L'innocence du mal

WINSLOW ELIOT

L'innocence du mal

BestSellers

Titre original : THE BRIGHT FACE OF DANGER

Traduction française de FRANÇOIS DELPEUCH

Photo de couverture
Femme : © DIGITAL VISION / ROYALTY FREE / GETTY IMAGES

83/85 boulevard Vincent-Auriol 75646 PARIS CEDEX 13.
Service Lectrices — Tél. : 01 45 82 47 47

ISBN 978-2-2808-4019-4 — ISSN 1248-511X

A ma mère qui m'a aidée,
et à ma fille qui m'a laissée faire.

1

— Silence, idiot ! chuchota Penny en pouffant lorsque Graham laissa tomber deux bières sur le sol dallé de la cuisine. Veux-tu que mon père nous entende ?

Le garçon rattrapa les canettes avant qu'elles roulent sous l'évier et les fourra dans la poche de son veston de toile.

— Doux Jésus, il est ici ? s'enquit-il d'une voix affolée. S'il apprend à ma mère que j'ai séché l'école, elle va me tuer !

— Je ne sais pas où il est, rétorqua Penny. Sans doute dans l'étable. Allons, venez.

Elle dévala l'escalier de la véranda et invita du geste les deux garçons à la suivre sous l'éclatant soleil d'été. Ils escaladèrent la barrière blanche qui les séparait du champ de maïs et coururent se réfugier à l'abri d'un bosquet de bouleaux. Le temps de rejoindre leur cachette favorite, en contrebas de la Taconic Parkway, tous trois suaient déjà à grosses gouttes. Penny se débarrassa prestement de sa veste de jean qu'elle jeta sur le sol, puis elle ouvrit une canette. Les deux garçons l'imitèrent.

La jeune fille appuya contre le tronc d'un chêne son buste moulé dans une brassière jaune, arqua sa taille fine, étira ses jambes qui flottaient dans un jean extra-large et présenta au soleil son visage constellé de taches de rousseur, tout en peignant de ses longs doigts la masse broussailleuse de ses cheveux noirs et bouclés.

— Plus qu'un an avant le bac, dit-elle en soupirant. Et après, adieu Dogwood Farm, adieu Northkill, adieu le nord de l'Etat de New York ! Seigneur, que j'ai hâte de quitter ce trou...

— Pourquoi attendre encore un an ? lui demanda Graham, grand gaillard au parler lent et aux yeux gris taciturnes.

— J'ai besoin de ce diplôme.

— Et pour quoi faire ?

Penny alluma une cigarette.

— Pour m'inscrire en fac, évidemment.

— Ah ouais ! fit Graham avec indifférence.

Pour sa part, après le lycée, il prévoyait de travailler au bourg, dans la boutique de reprographie de son père. De toute façon, ce dernier ne pouvait lui payer des études supérieures.

— Vous en voulez une ? proposa Penny aux garçons en leur tendant son paquet de cigarettes.

Ils secouèrent la tête.

— Moi aussi, j'aimerais bien aller à l'université, déclara Billy d'une voix songeuse. Mais il paraît que ça dure quatre ans et ma famille n'a pas de quoi.

— Oh, l'argent..., reprit Penny avec un haussement d'épaules dédaigneux. Papa non plus ne roule pas sur l'or, mais on peut toujours se procurer du blé quand on en a besoin.

— Et comment ?

— En empruntant... en obtenant une bourse...

— J'ai pas le niveau qu'il faut pour ça, rétorqua Billy.

— Alors, il te reste le vol, ou encore l'armée, répliqua

Penny en fermant d'un air pénétré ses yeux bleus. Moi, en tout cas, j'en ai ma claque. Des fois, quand je nettoie le poulailler ou que je ramasse les œufs pour papa, j'ai l'impression de devenir folle. Dans ces moments-là, je n'ai plus qu'une seule envie : débouler dans la baraque pour lui crier que je me casse.

— Et il réagirait comment, à ton avis ?

— En me fouettant comme une vieille carne.

— Et c'est ça qui te donne envie de ruer dans les brancards ? s'enquit Graham pour la taquiner.

— Il te fouette vraiment ? demanda Billy.

— Tous les jours, lâcha Penny.

Billy, qui la croyait, la dévisagea avec des yeux ronds d'admiration.

— Allez, les mecs, s'écria-t-elle en lançant sa canette vide dans les fourrés, trêve de bavardages. L'aventure nous tend les bras !

— Ah tiens ? s'exclama Graham. Et quelle aventure ?

— Je te défie de traverser la nationale !

— Allons. Je ne tiens pas à mourir jeune.

— Poltron ! Poltron !

— Hein ? Quoi ?

— Elle veut dire que t'as les foies, précisa Billy.

L'esprit embrumé par l'alcool, Penny se hissa en chancelant sur l'accotement de la route et se précipita sur la chaussée.

Le hurlement d'un avertisseur refroidit aussitôt son ardeur. Elle esquiva de justesse une Spider noire qui la dépassa en trombe pour se garer quelques mètres plus loin dans un crissement de pneus. Le conducteur jaillit de la voiture et marcha à grandes enjambées furieuses dans leur direction.

— Oh, oh ! murmura-t-elle en empoignant sa veste, je

crois qu'il est temps de déguerpir avant que le bonhomme nous voie de plus près. Il pourrait aller nous dénoncer à M. Jackson.

M. Jackson était le proviseur de leur lycée.

— Et les bières ? marmotta Graham, les yeux rivés sur le pack calé à l'ombre du chêne.

— Bah, il sera encore là demain ! s'exclama-t-elle en bondissant par-dessus un buisson, les cheveux au vent.

Bien qu'ils dussent courir à découvert pour rejoindre la ferme, elle estimait peu probable que le chauffeur se lance à leur poursuite.

Lorsqu'ils eurent débouché du champ de maïs sur le chemin carrossable, Graham s'apprêta à les quitter.

— Où vas-tu ? lui demanda Penny.

— Chez moi. Les cours finissent dans une heure et j'ai promis à papa de l'aider à la boutique. Je te raccompagne, Billy ?

— Le chauffeur nous a déjà oubliés, tu sais.

— Je préfère quand même rentrer.

Déçue, Penny les regarda partir, puis s'en retourna chez elle. La ferme avait déjà un siècle, ce qui était peu, comparé à l'ancienneté de la plupart des autres habitations du bourg, mais l'antique bâtisse n'en accusait pas moins son âge. La peinture blanche des bardeaux se décollait par plaques, la véranda était à moitié démantibulée, des lames manquaient aux volets et toutes les fenêtres, des baies du rez-de-chaussée aux vasistas du grenier, arboraient des carreaux opacifiés par la crasse.

Sa veste négligemment jetée sur l'épaule, Penny grimpa les marches branlantes de la véranda et ouvrit la moustiquaire à la volée. Le salon était encombré de rebuts divers, comme toutes les autres pièces de la maison. Son père gardait tout. Des meubles estropiés reposaient de guingois contre les murs ; prospectus périmés, vieux journaux et vieilles lettres, factures en instance et faire-part s'empilaient dans les moindres recoins, les moindres tiroirs, quand ce n'était pas directement sur le plancher. Penny se sentait incapable de juguler la marée montante de tout ce fatras, et encore moins de veiller à la propreté des lieux.

Pourtant, la demeure avait été si belle du vivant de sa mère…

La jeune fille se rendit dans la cuisine. C'était sa pièce préférée. Les murs étaient couverts de longues étagères sur lesquelles s'alignaient des assiettes et des brocs en étain, des bols en faïence, des boîtes à épices. Dans un coin trônait un poêle ventru, dans l'autre un immense évier en stéatite gris sombre et, au centre, une table en érable massif dont le plateau avait pris une patine luisante au fil des décennies.

Elle songea un instant à s'ouvrir une deuxième canette, mais au fond elle appréciait peu la bière. Aussi se choisit-elle plutôt un Coke dans le réfrigérateur, puis elle sortit sous la véranda arrière en se demandant où se trouvait son père. Ces derniers temps, il restait de plus en plus souvent enfermé à l'intérieur, assis devant son bureau encombré de papiers ou affalé devant la télévision, un œil vitreux fixé sur l'écran qui braillait des séries ineptes. Cet après-midi-là, cependant, la maison était aussi déserte que silencieuse.

Penny contempla un moment l'immense étable rouge qui surplombait la nationale. Plus loin, sur fond de barrière montagneuse, se découpaient les ramures d'érables vigoureux, tout bruissants de l'activité frénétique des écureuils qui en partageaient les robustes branches avec une troupe mêlée de corneilles, de vifs geais bleus et de gracieux mauvis. Ce remuement enjoué de vie animale reliait la ferme à la forêt qui s'étendait à proximité de l'étable.

Penny aperçut alors une voiture en train de remonter rapidement l'allée menant à la maison. Intriguée, elle retraversa la cuisine, puis le salon, et vit bientôt la Spider noire qui avait failli la renverser sur la nationale se ranger près de la véranda avant.

— Hé ! s'écria le chauffeur dès qu'il la reconnut. Quelle mouche vous a donc piquée tout à l'heure ?

« Zut ! pensa-t-elle. Si jamais M. Jackson apprend que j'ai séché l'école, il le rapportera à coup sûr à papa. » Elle ne craignait pas tant une punition que le lourd regard désapprobateur qu'il ne manquerait pas alors de poser sur elle. Penny avait parfois le sentiment que son existence même le gênait.

— Et vous ? répliqua-t-elle avec impudence. De quel droit venez-vous nous déranger ?

L'homme la toisa des pieds à la tête. Il était grand et élancé. Ses cheveux bruns se dressaient vigoureusement sur le haut de son front. Comme il s'approchait, Penny comprit à son regard qu'il était dans une colère noire.

Elle fit aussitôt volte-face et referma la porte derrière elle. Elle se tenait au milieu du salon, indécise sur la conduite à adopter, quand elle entendit soudain claquer la moustiquaire de la cuisine.

— Hé ! lança l'homme depuis la cuisine.

Penny se recula dans la pénombre de la salle à manger. Peut-être pourrait-elle attirer l'intrus dans une des chambres de l'étage pour l'y enfermer, se dit-elle. Ensuite, elle irait raconter à son père quelque histoire bien sordide sur son compte pour le discréditer.

Elle entendit ses pas se rapprocher. Elle traversa silencieusement le salon en sens inverse, et grimpa l'escalier quatre à quatre, en proie à une vague terreur mêlée d'excitation.

Les marches grinçaient bruyamment sous ses pieds. Elle se glissa en toute hâte dans la salle de bains et bondit dans la cabine de douche, dont elle tira le rideau.

Elle tendit l'oreille. Le bonhomme fouillait les autres pièces. Elle étouffa un gloussement. Elle était tentée de se déshabiller et de tourner les robinets — juste pour le mettre dans l'embarras —, quand il ouvrit soudain la porte de la salle de bains et écarta brusquement le rideau de la cabine.

Il avait l'air complètement décontenancé.

— A votre tour de vous cacher ! lui lança-t-elle d'un ton espiègle.

— Mais vous êtes folle ! Quelle idée avez-vous donc eue de vous jeter ainsi sous ma voiture ?

— Quelle voiture ? chantonna-t-elle tout en le contournant.

— Et puis que faites-vous ici, d'abord ? Qui êtes-vous donc ?

— Ce que je fais ici ? J'y habite.

Sur ces mots, elle se faufila dans le couloir. Comprenant son intention, l'intrus cala son pied entre la porte et l'encadrement avant qu'elle pût la refermer, et repoussa le battant d'un coup d'épaule. Ils se dévisagèrent mutuellement dans la lumière glauque du couloir. Quoique le plancher verni fût affaissé en cet endroit, le plafond bas frôlait presque les cheveux de l'homme.

— Vous devez être Penny, dit-il soudain.

— Bien deviné, répondit-elle, surprise qu'il connût son nom. Et vous, qui êtes-vous ?

— Dom Whitfield. J'ignorais que vous logiez encore dans la maison. Comme je passais le week-end dans le

Connecticut, j'ai décidé de venir jeter un coup d'œil ici.

— Dans quel but ?

— Mon nom ne vous dit vraiment rien ? s'enquit-il avec perplexité.

— Rien du tout.

— Je pensais que votre père vous avait mise au courant.

Penny regarda anxieusement par la fenêtre du couloir et vit à cet instant son père émerger de l'étable d'une démarche traînante, le dos voûté. Des poules le suivaient en caquetant. Quand il avisa la Spider de l'étranger, il se raidit et retourna dans l'étable dont il referma la porte. Le ciel bleu pâle semblait chauffé à blanc par le chaud soleil d'été ; le vert vif du regain éclatait déjà dans les pâtures. Cependant, Penny se sentait glacée. Elle reporta son attention sur l'intrus, dont les yeux mordorés et intelligents s'étaient départis de leur fureur et arboraient maintenant une expression embarrassée.

— Au courant de quoi ? lui demanda-t-elle sèchement.

— De la vente de cette ferme, répondit-il d'une voix posée. Nous avons conclu l'affaire l'automne dernier. Vous étiez censés libérer la demeure au mois de mai. Ma mère compte venir s'installer ici dès le week-end prochain. Je croyais logiquement trouver une maison vide.

2

Le soleil continuait à briller, mais Penny eut le sentiment qu'une main invisible avait brusquement tiré les rideaux poussiéreux de la fenêtre du couloir. Le silence de son père durant ces derniers mois d'hiver trouvait enfin une explication : il savait déjà que la ferme ne leur appartenait plus.

Et il ne lui avait rien dit ! Cette cachotterie la laissait abasourdie.

— Vous… vous emménagez ce week-end ? demanda-t-elle d'une voix éteinte.

— Oui, répondit Dom avec douceur. Ou plutôt ma mère. Elle va bientôt prendre sa retraite et veut quitter la ville de New York. Elle a toujours souhaité habiter dans une ferme.

— Quelle idée ! s'exclama Penny avec une grimace de mépris. Toutes les laiteries des environs végètent.

— Elle ne désire pas reprendre l'exploitation, mais seulement vivre ici.

— C'est de la folie pure. Pour quelle raison voudrait-elle s'enterrer dans ce bled ?

— Le coin est tranquille…

— Ennuyeux à crever.

— Calme…

— Comme la mort, oui.

— Et le paysage enchanteur…

— Autant qu'une vieille carte postale dans un grenier.

Dom se retint à grand-peine de sourire.

— Mon frère et moi pourrons toujours lui rendre visite, répliqua-t-il. Elle ne sera pas trop éloignée de New York. Elle pourra même venir nous voir si la solitude lui pèse.

Penny n'avait jamais considéré que la grande ville fût si proche. Les deux heures de trajet qui l'en séparaient auraient aussi bien pu être deux cents. Elle ne s'y était jamais rendue.

— Qu'allons-nous devenir ? murmura-t-elle.

Dom posa une main compatissante sur son bras nu.

— Je suis certain que votre père a prévu une solution.

Le contact de ses doigts émut la jeune fille. Elle leva les yeux sur lui tout en caressant sa peau à l'endroit qu'il venait d'effleurer.

— Une solution ? répéta-t-elle.

Peut-être allaient-ils enfin quitter Northkill, songea-t-elle, commencer ailleurs une existence entièrement nouvelle…

Le bruit d'une détonation l'arracha soudain à sa rêverie. Elle se tourna aussitôt vers l'étable, le visage livide.

— Oh, mon Dieu ! lâcha-t-elle dans un souffle.

— Qu'est-ce que c'est ?

Mais déjà elle s'était précipitée au bas de l'étroit escalier et jaillissait comme une flèche de la cuisine.

— Papa ! cria-t-elle en sautant par-dessus la barrière blanche.

Dom lui emboîta le pas. Georgia, le retriever de la ferme, hurlait à la mort tout en courant autour de l'étable. Penny ouvrit la porte de la bâtisse et se rua à l'intérieur.

Jan Houten gisait face contre terre, la tête dans une mare écarlate.

Il était en train de nettoyer son revolver. La boîte de graisse et les peaux de chamois reposaient sur un banc près des stalles. Poules et bétail menaient un vacarme assourdissant.

Penny s'agenouilla près du corps, bientôt rejoint par Dom. Ce dernier tâta le pouls du fermier : il était mort.

— Oh, mon Dieu ! hurla la jeune fille. Papa !

Dom la saisit aux épaules pour la forcer à se relever. Il redoutait qu'elle ne retournât le corps de son père et aperçût son visage.

Elle essaya d'échapper à son étreinte, mais dut finalement se résigner à sortir avec lui de l'étable.

— Penny..., lui chuchota-t-il. Penny... je suis là...

Elle s'accrocha à lui tandis que Georgia venait se presser contre leurs jambes en couinant. Une fois qu'ils eurent regagné la cuisine, elle se recula en tremblant, les yeux secs. Dom aurait préféré la voir pleurer.

— Ça va aller, lui dit-il, inquiet de son silence. Vous êtes ici, maintenant, avec moi...

Il s'approcha d'elle et lui passa de nouveau un bras autour des épaules. Le buste de la jeune fille était d'une raideur alarmante. Il lui frotta le dos tout en murmurant de confuses paroles de réconfort.

— Penny... Penny ? Parlez-moi, je vous en prie...

Il ne savait si elle avait toute sa conscience. Au bout d'un moment, cependant, il se rendit compte qu'elle se cramponnait à lui avec une énergie désespérée. Il tira une chaise et l'obligea à s'asseoir.

— Vous devriez boire un peu. Voulez-vous que je vous prépare du thé ? Du café ?

Comme elle demeurait dans un état de stupeur catatonique, il mit de l'eau à chauffer sur le poêle et dénicha une boîte de thé en sachets sur les étagères.

— Désirez-vous du sucre ? Du lait, peut-être ?

Il déposa un bol d'eau bouillante devant elle et sortit un pichet de lait du réfrigérateur. Penny versa machinalement sucre et lait dans son thé avant d'en avaler une gorgée. Dom constata avec soulagement que ses couleurs revenaient.

Il décrocha alors le téléphone mural pour appeler la police.

— Un accident vient d'arriver à la Dogwood Farm, annonça-t-il d'une voix blanche qui le surprit lui-même. M. Houten… Non, hélas… Dominic Whitfield. Je suis le nouveau propriétaire de la ferme… Oui, je vous attends.

Il raccrocha le combiné et se retourna vers la jeune fille qui considérait d'un regard morne la nappe d'un bleu délavé qui recouvrait la table. Tapie sous sa chaise, Georgia lui léchait de temps à autre la main. Elle ne paraissait même pas sentir ses coups de langue.

— Et si vous montiez vous étendre ? lui suggéra Dom. Je recevrai les policiers.

Elle remua la tête en signe de dénégation.

Dom cherchait fébrilement des paroles susceptibles de la consoler. Quand son propre père était mort, il avait lui-même connu une semblable confusion.

— C'est un terrible accident…, commença-t-il à articuler.

— Ce n'est pas un accident, l'interrompit-elle soudain d'un ton sourd, les yeux toujours rivés sur la nappe.

Papa s'est suicidé. Jamais il n'aurait pu abandonner la ferme.

Dom se pencha vers elle et la secoua doucement.

— Vous ne pouvez en être sûre, Penny.

— Si, j'en suis sûre. Cette exploitation était toute sa vie.

Dom contempla les boucles somptueuses de sa sombre chevelure. Il ressentait pour elle une tendresse si poignante qu'il faillit l'embrasser sur le front.

— Voulez-vous que j'appelle quelqu'un pour vous ? lui demanda-t-il à voix basse. Vos grands-parents ? Des amis ?

— Papa et moi vivions seuls ici.

— Ah ?… Bon. Tout va s'arranger, Penny. Ne vous inquiétez pas.

Une sirène se fit bientôt entendre. Dom vit par la fenêtre arriver une voiture de patrouille suivie par une ambulance blanche. Il alla sous la véranda accueillir ce sinistre cortège.

— Bonjour, lui dit le shérif en sortant de la voiture. Vous êtes M. Whitfield, n'est-ce pas ? Je m'appelle O'Mara.

L'officier, un être massif à l'allure martiale et au ventre proéminent, le précéda dans la cuisine.

— Salut, Penny, murmura-t-il en avisant la jeune fille prostrée sur sa chaise.

Celle-ci garda la tête baissée.

Il s'éclaircit la gorge et se tourna vers Dom.

— Où est le vieux Jan ?

— Dans l'étable.

Le shérif ressortit pour héler le chauffeur de l'ambulance.

— Le corps est dans l'étable. Amenez-y la civière.

— Pourriez-vous administrer un calmant à Penny ? s'enquit Dom. Elle est encore en état de choc.

L'officier en toucha deux mots aux ambulanciers et revint peu après avec un flacon en plastique.

— C'est du Valium, déclara-t-il. Donnez-lui deux comprimés avec un peu d'eau. Ça devrait l'assommer pour quelques heures.

— Qu'allez-vous faire d'elle ? lui demanda Dom alors qu'ils traversaient l'allée de gravier pour rejoindre l'étable.

— Je vais avertir les parents qui lui restent pour qu'ils viennent la chercher.

— Elle prétend ne plus en avoir.

Le shérif haussa les épaules.

— Alors je requerrai les services d'une assistante sociale. Elle n'a que seize ans, après tout.

Ils ouvrirent en grand les portes de l'étable. Dom hésita sur le seuil puis, se souvenant du flacon qu'il serrait dans sa main, rebroussa chemin en direction de la cuisine.

La jeune fille ne s'y trouvait plus.

— Penny ! cria-t-il.

N'obtenant aucune réponse, il monta précipitamment l'escalier et entra dans la première pièce qui se trouvait sur sa droite. Au pyjama de flanelle rose roulé en boule sur le lit défait, il devina que c'était la chambre de Penny. Tous les tiroirs de sa commode étaient ouverts. Sur une petite étagère accrochée près de la fenêtre s'alignaient une douzaine de livres, des contes de fées et des romans policiers.

Dom poursuivit son inspection de l'étage — sans succès. Il passa en revue la chambre paternelle en désordre, une pièce servant de débarras ainsi que la salle de bains. Cette dernière prenait le jour par une baie étroite qui donnait sur l'avant de la maison. Dom se hissa à son niveau et vit dans le lointain la silhouette de Penny qui traversait le champ de maïs en direction de la nationale.

Il dévala l'escalier quatre à quatre, suppliant le ciel de lui permettre de la rattraper avant qu'elle roulât sous un camion.

Il fut dehors en un éclair et aperçut alors la jeune fille qui se tenait à l'endroit même où il avait manqué la percuter une heure plus tôt. Elle regardait la circulation dans un état second. Il la rejoignit en courant, la saisit par le bras et la tira brutalement en arrière.

Il lui fallut une bonne minute pour recouvrer son souffle.

— Je sais ce que tu ressens, lui déclara-t-il enfin d'une voix haletante. Et même si tu ne me crois pas pour l'instant, je te promets que tu t'en remettras. Tu n'oublieras jamais, mais ça te passera, j'en suis certain.

— Comment pouvez-vous savoir ce que je ressens ? répliqua-t-elle sans quitter le trafic des yeux.

— Ma mère t'aidera. Tiens le coup, Penny. Tu es trop jeune pour ça.

Elle le dévisagea sans comprendre. Puis son visage s'éclaira d'un pâle sourire.

— Oh, je vois… Mais ne vous tracassez pas. Je n'ai absolument pas l'intention d'imiter mon père.

— Pourquoi es-tu venue ici, alors ?

— Je ne sais pas. Pour partir de ce trou, partir n'importe où. Monter dans une de ces voitures, n'importe laquelle. Etre libre.

Dom la considéra sans mot dire.

— Mais pour partir, poursuivit-elle, il me faut de l'argent. Et un point de chute.

Elle demeura un moment silencieuse. Puis ses épaules s'affaissèrent.

— Oh ! oui, reprit-elle, j'ai souvent rêvé de m'enfuir. Mais à quoi bon, maintenant ?

Dom crut qu'elle allait enfin céder au chagrin et se mettre à pleurer. Cependant elle resta immobile, la tête basse. Alors il lui prit doucement le bras et la ramena à pas lents vers la ferme.

— Je pense que tout le monde éprouve un jour le besoin de connaître de nouveaux horizons, lui murmura-t-il. C'est un désir naturel.

Penny se tint coite et contempla d'un œil absent les montagnes qui fermaient le paysage.

Une fois à l'intérieur de la maison, Dom la conduisit dans sa chambre et se rendit dans la salle de bains pour remplir un verre d'eau. Elle avala les comprimés sans rechigner.

— Couche-toi, maintenant. Je vais rester ici jusqu'à ton réveil.

Elle s'étendit et ferma presque aussitôt les yeux. Dom attendit que sa respiration se calmât, puis quitta la chambre sur la pointe des pieds.

3

Le shérif était appuyé contre l'évier de la cuisine.

— Quelle tragédie, lança-t-il à Dom quand celui-ci pénétra dans la pièce.

— Plus tragique encore que vous le pensez : apparemment, son père lui avait caché la vente de la ferme.

— Ça ne m'étonne pas de lui.

— Que va-t-elle devenir ?

— Elle est encore mineure. Et orpheline, à l'en croire. Si tel est bien le cas, elle devra être placée dans une famille d'adoption ou, à défaut, à l'orphelinat.

— Elle sera donc contrainte de quitter Northkill ?

— Peut-être pas, faut voir, répondit le shérif.

Il considéra Dom avec un soudain embarras.

— Je suppose en tout cas qu'il s'agit bien d'un accident, n'est-ce pas ? Je veux dire : que Jan ait préféré ne pas révéler vos transactions à sa fille pourrait laisser penser…

— Je n'en sais pas plus que vous, shérif, l'interrompit Dom.

— Bien sûr, bien sûr… Enfin, peu importe. Si le vieux Jan a souscrit une assurance-vie, sa compagnie ne manquera pas d'enquêter elle-même sur son décès.

La sirène de l'ambulance interrompit leur conversation.

Dom ne put retenir une grimace en voyant le véhicule qui transportait le corps du fermier redescendre l'allée sur les chapeaux de roues. Il espérait du moins que le bruit ne réveillerait pas la jeune fille.

— Quand comptez-vous emménager ? lui demanda le shérif.

— Ce n'est pas moi mais ma mère qui doit venir habiter ici, et elle a prévu de prendre possession des lieux le week-end prochain.

— O.K. Je vais appeler immédiatement l'assistante sociale pour qu'elle trouve un foyer pour Penny d'ici à la fin de la semaine.

Dom faillit proposer au shérif de confier la jeune fille à sa mère, quand il se ravisa : celle-ci venait de subir un infarctus et avait besoin de se reposer — plutôt que de veiller sur une adolescente révoltée.

— Entre-temps, ma femme s'en occupera, poursuivit l'officier.

Puis, baissant la voix :

— Penny ne l'aime pas, ajouta-t-il. C'est une fille intelligente, quoiqu'un peu sauvage, et elle a la sale manie de répondre — ma femme a horreur de ça. Enfin, elles s'en accommoderont pour quelques jours, je pense.

— Qu'est-il arrivé à la mère de Penny ?

— Elle est morte il y a dix ans. Jan n'a jamais su mettre sa fille au pas. Elle s'est acoquinée avec une sale bande, à l'école. Ils sèchent les cours pour aller faire des bêtises. Un jour, la petite a été surprise en flagrant délit de vol à l'étalage. Depuis, nous ne permettons plus à notre fille de venir ici. Je crois que Penny ne l'a toujours pas digéré. Enfin, nous essaierons de lui trouver un foyer d'accueil au plus vite.

— Je vais informer ma mère de l'accident, annonça

Dom en raccompagnant le shérif à sa voiture. Peut-être aura-t-elle une idée pour Penny.

O'Mara parut enchanté de cette suggestion.

— Bien. J'attendrai donc que vous me rappeliez avant d'envoyer mon épouse chercher la petite. Ravi de vous avoir rencontré, monsieur Whitfield. Je souhaite que votre mère se plaise à la Dogwood Farm.

— Oh, elle a eu le coup de foudre pour la ferme sitôt qu'elle l'a vue !

— Faut dire que c'est une chouette propriété.

Quand le shérif fut reparti, Dom rentra dans la maison pour composer le numéro de sa mère sur l'antique téléphone à cadran de la cuisine.

— Allô ? Qui est à l'appareil ? s'enquit Susan Whitfield.

— Dom.

— Ah ! Bonjour, mon chéri. Alors, déjà de retour du Connecticut ?

— Non, pas encore. Je suis passé à Northkill voir si tout était en ordre pour samedi prochain.

— Comme c'est gentil ! Alors, je n'ai plus qu'à m'y installer ?

— Hmm, à vrai dire, j'y suis encore.

— Il y a un problème ?

Dom lui résuma brièvement la situation.

— La pauvre petite ! s'exclama Susan avec affliction. Quel malheur ! Elle est toujours avec toi ?

— Oui, elle se repose dans sa chambre. Je ne peux pas la laisser seule ici. Le shérif m'a assuré que sa femme s'occuperait d'elle, mais…

— Ça va, j'ai compris, l'interrompit-elle. J'arrive dès que possible.

— Hé, attends un peu ! protesta Dom. Ta présence n'est absolument pas utile.

Il n'ignorait cependant pas qu'il était vain de discuter avec sa mère. D'ailleurs, n'avait-il pas vaguement compté sur elle pour le sortir de ce pétrin ?

— Bien sûr que si, rétorqua Susan. Quand la femme du shérif se présentera, tu n'auras qu'à la prévenir que je me charge de tout.

— Maman…

— Ne bouge surtout pas. J'arrive tout de suite.

— Mais tu n'es pas en état de t'occuper d'une gamine ! lui rappela Dom en désespoir de cause. Et puis, comment vas-tu te débrouiller pour arriver jusqu'ici ?

— Je demanderai à Toni de m'y conduire. Elle sera trop contente de te revoir.

Et sur ce, elle raccrocha.

4

— Qu'allez-vous faire une fois là-bas ?

Elles *survolaient* la Taconic Parkway dans la Mazda rouge de Toni Sumner. Bien que le compteur indiquât 120 km/h, la voiture semblait glisser sur un coussin d'air. Une mélodie éthérée s'échappait des haut-parleurs de l'autoradio.

Susan Whitfield se renfonça dans le moelleux siège de cuir beige. Ce voyage sur la Taconic en direction des monts Berkshire la ravissait. Elle avait assisté à l'aménagement de la route, des années auparavant, et le résultat final était une magnifique réussite. Les arbres qui bordaient la chaussée avaient atteint leur taille adulte et des forsythias aux fleurs mordorées égayaient les accotements.

— Je vais m'occuper de la jeune fille, évidemment, répondit-elle avec un sourire vague. L'adopter même, si nécessaire.

Toni s'esclaffa. Elle avait un rire adorable. Tout chez elle, en vérité, concourait à son charme : ses mains fines aux ongles parfaitement manucurés, ses cheveux d'un blond platine dont la coiffure soulignait l'ovale de son visage, son caractère à la fois serviable et décidé.

Mais sa qualité la plus appréciable était sa très grande

sensibilité. Susan ne cessait d'être étonnée par l'aptitude de son assistante à s'accorder à l'humeur d'autrui. Voilà trois ans qu'elle était son bras droit à la tête de Whitfield Communications, et durant tout ce temps, Toni n'avait cessé de démontrer une compétence et une autorité grandissantes. Grâce à elle, l'agence publicitaire avait acquis un prestige qui dépassait largement son modeste rang dans la profession. Les annonceurs requéraient leurs services parce qu'ils savaient pouvoir compter personnellement sur Toni pour satisfaire leurs désirs. Et cette dernière adorait son travail au point de lui sacrifier ses soirées, ainsi que la plupart de ses week-ends. Susan pouvait donc se retirer des affaires l'âme en paix : Toni était déjà en mesure de la remplacer. Certes, elle garderait la présidence de la société et ne serait pas avare de ses conseils, mais elle était certaine que son assistante serait la mieux placée pour reprendre la gestion de son entreprise.

— L'adopter ! s'exclama cette dernière. Mais vous ne la connaissez même pas ! Et si elle se révélait pervertie au dernier degré ?

— Personne n'est « perverti » à seize ans, répliqua Susan sur un ton irrité.

Toni jeta un coup d'œil en coin à la femme dont elle espérait bien un jour devenir la bru. Sa patronne avait la soixantaine glorieuse. Ses pommettes haut placées étaient encore fermes et ses grands yeux terre de Sienne étincelaient d'un éclat aussi intense que profond. Son visage ne portait aucune trace de maquillage, hormis un rouge à lèvres pêche, et ses cheveux châtains coupés court se gonflaient de boucles naturelles, brillantes et vigoureuses. Toni se l'imaginait difficilement recluse dans une ferme, loin de ses relations distinguées et des instituts de beauté de la grande ville. Et un infarctus bénin lui semblait un prétexte bien léger pour aller ainsi s'enterrer au fin fond de l'Etat.

— Pourquoi souriez-vous ? lui demanda Susan.

— Je n'arrive toujours pas à croire que vous désiriez vous retirer dans ce coin perdu — et pour vous occuper d'une petite, qui plus est. Vous avez toujours mené une vie si active. Votre place est à New York, pas ici.

— J'en suis moins sûre que vous. Mon travail n'a jamais été à mes yeux qu'un gagne-pain. Quant à la « petite »...

Ses yeux s'embuèrent de larmes.

— Vous savez, j'ai perdu une fille en bas âge, jadis. C'était il y a longtemps, bien avant la naissance de Dom.

Toni garda un silence compatissant.

— Je ne crois pas que votre génération puisse comprendre combien nous adorions les enfants dans les années cinquante, poursuivit Susan. La mort de mon mari m'a durement affectée, et j'ai dû ensuite confier Jonny et Dom à des nourrices et à des baby-sitters pour pouvoir assurer notre subsistance. Mais les jeunes femmes d'aujourd'hui semblent avoir perdu la fibre maternelle.

— C'est à mon tour d'en être moins sûre que vous, rétorqua Toni d'une voix amusée. Si j'avais des enfants, j'aimerais bien rester avec eux à la maison — durant les premières années, du moins.

— Tiens donc ? Pour le coup, vous m'étonnez vraiment. Je croyais que rien ne saurait vous détourner de votre carrière.

— J'aime mon boulot, je l'admets. Mais j'approche aussi la trentaine et, comme toute femme d'affaires de cet âge, je me sens un peu à la croisée des chemins.

D'ailleurs, j'adore les enfants et j'ai toujours voulu en avoir.

Entendant Susan éclater de rire, elle ne put s'empêcher de l'imiter.

— Non, je vous assure, reprit-elle. Parfois, je rêve même qu'un chevalier à l'armure immaculée viendra m'enlever au couchant sur son fringant destrier. Incroyable, non ?

— Pas tant que ça. C'est à peu près ce qui m'est arrivé.

— Vous voyez ?

Elles demeurèrent silencieuses un instant. Puis Susan se pencha vers son assistante pour lui tapoter la main.

— Je vous remercie d'avoir pris le temps de me conduire à la ferme. J'espère que je n'ai pas trop bousculé vos projets pour cet après-midi.

Toni jugea préférable de mentir.

— Bah ! répondit-elle, de toute manière, la journée promettait d'être calme.

De plus, elle était prête à bondir sur n'importe quel prétexte pour voir Dom. Elle avait néanmoins été obligée de retarder leur départ pour recevoir leur plus important client : le député Justin Groome. Susan elle-même avait dû s'incliner — non sans proposer d'appeler le député, un vieil ami, pour lui proposer de reporter le rendez-vous. Mais Toni avait décliné son offre, si bien qu'elles n'avaient pu quitter l'agence qu'à 16 heures.

— Nous allons bientôt arriver, lui annonça Toni. Avez-vous prévenu Dom ?

— Que je désirais garder cette jeune fille avec moi ? Presque — et nul doute qu'il m'approuvera. Oh, tenez, voici notre bretelle !

Toni obliqua prestement pour gagner la sortie et

suivit ensuite les indications de Susan jusqu'à l'allée de gravier qui montait à la ferme.

Dom les attendait devant la maison. La vue de la Mazda parut le soulager. Il descendit les marches branlantes de la véranda pour les accueillir.

— Où se trouve notre protégée ? lui demanda Susan dès qu'elle fut sortie de la voiture.

— Elle est encore dans les bras de Morphée, répondit son fils en l'embrassant. Je lui ai administré deux Valium. Salut, Toni. Entrez donc.

Il déposa un baiser sur la joue de l'assistante et les entraîna ensuite toutes deux dans la cuisine.

— Y a-t-il quelque chose à boire dans cette cahute ? s'enquit Toni tout en promenant son regard sur la pièce.

— De la bière, du thé ou du café. A vous de choisir.

— Café pour moi. Susan ?

— Oui, pour moi aussi, répondit celle-ci.

Elle ôta sa veste en tweed, s'assit à la large table de bois et posa un regard inquisiteur sur son fils.

— Allons, raconte-moi en détail ce qui s'est passé.

Dom lui récapitula les événements de la matinée. Il avait eu plusieurs heures pour méditer sur le sort de Penny, et avait fini par admettre que, malgré tout l'attachement qu'il ressentait envers la jeune fille, il ne pouvait demander à sa mère de s'en occuper.

— A ma connaissance, Penny est désormais orpheline, conclut-il. Le shérif m'a néanmoins certifié qu'il lui trouverait une famille d'accueil.

— Lui as-tu au moins assuré qu'elle pourrait rester avec moi aussi longtemps qu'elle le désirerait ?

— Non, mais…

— Alors je l'en informerai moi-même dès qu'elle se réveillera.

— Maman, je comprends que tu veuilles l'aider, mais elle ne peut demeurer ici. Je te rappelle que tu es à peine remise de ton accident cardiaque.

— Veiller sur une jouvencelle me redonnera du tonus. De plus, elle me fera visiter les environs ; nous nous amuserons comme des folles.

Se rappelant encore le regard narquois que lui avait lancé la jeune fille dans la cabine de douche, Dom éprouvait quelques doutes à ce sujet.

— C'est un vrai petit démon, tu sais. La première fois que je l'ai vue, elle s'était soûlée à la bière avec des camarades et les défiait de traverser la nationale en courant. J'ai manqué la percuter.

— J'aime l'intrépidité.

— Chez elle, c'est pire encore. Voilà dix ans qu'elle a perdu sa mère, et depuis elle vit comme une sauvage. Elle risque de te donner du fil à retordre.

— Pas plus que toi, j'imagine. Tu n'étais pas non plus un ange à son âge.

— Oh, épargne-moi cette sérénade, maman ! répliqua Dom en surprenant le regard amusé de Toni. Je te signale que Penny a déjà reçu un avertissement du shérif pour vol à l'étalage, qu'elle ne daigne se rendre à l'école que la semaine des quatre jeudis et que ledit shérif a interdit à sa propre fille de la fréquenter.

— Voilà un gaillard bien rabat-joie, me semble-t-il.

Se retenant à grand-peine de pouffer, Toni versa le café dans trois grands bols de faïence blanche. Comme la cuisine, orientée vers l'est, était déjà plongée dans la pénombre, elle alluma la lampe posée sur la table.

Finalement, se dit-elle avec surprise, elle commençait

à aimer cette vieille ferme — d'autant plus que sa patronne devait s'y retirer incessamment — même si, pour sa part, elle ne se voyait guère habiter si loin de la grande ville. Cela équivalait pour elle à s'installer dans un cimetière.

Un bruit sourd attira soudain son attention. Les autres ne parurent pas le remarquer.

Dom arpentait la cuisine tout en se passant nerveusement la main dans les cheveux.

— C'est de la folie, marmonna-t-il. Cette petite te fera honte quand tu recevras tes amis.

— Son père vient juste de mourir, lui rétorqua sèchement sa mère, et elle n'a appris que ce matin même la vente de la ferme. N'as-tu donc aucune pitié ?

— Si, bien sûr, mais je m'inquiète pour toi. Attends au moins de la connaître avant de prendre une décision.

— Ma décision est déjà prise, et rien ne pourra la modifier.

— Même pas ton récent malaise ? répliqua son fils en haussant la voix. Tu as besoin de repos, et t'occuper d'une tigresse comme Penny ne sera pas précisément de tout repos, quand bien même elle pourrait t'aider ici — ce qui est moins que probable. C'est une délinquante ou peu s'en faut, maman. Si seulement tu avais été là ce matin… Elle m'a obligé à la pourchasser à travers toute la maison !

Toni entraperçut une silhouette qui se profilait sur le seuil.

— Dom…, murmura-t-elle.

Mais le fils de Susan était déchaîné.

— Tu es censée t'installer ici pour ré-cu-pé-rer, scanda-t-il, pas pour courir après un feu follet qui te rira au nez. Je suis certain que le Dr Goodman serait d'accord avec moi.

— Dom, répéta Toni un ton au-dessus, je crois que nous avons de la visite.

Et elle désigna du menton l'entrée de la cuisine où, bras croisés, Penny les toisait d'un regard méprisant.

5

Un silence gêné tomba sur la pièce. Puis Susan se leva et s'approcha de la jeune fille.

— Tu dois être Penny, n'est-ce pas ? murmura-t-elle. Entre donc.

L'intéressée n'esquissa aucun geste. Toni estima aussitôt que Dom ne s'était pas trompé sur son compte. Elle avait vraiment l'allure d'une délinquante avec ses longs cheveux en broussaille, son T-shirt sale, son jean flottant et son expression arrogante. Et puis, comment diable pouvait-on avoir la taille aussi fine ? Malgré tous les régimes du monde, jamais elle n'était parvenue à avoir une ligne pareille !

— Je suis désolé, intervint Dom, je ne savais pas que vous étiez là. Ma mère…

— Suffit, l'interrompit Susan. Je désire m'entretenir avec Penny en tête à tête. Allez donc roucouler dans le champ de maïs, tous les deux.

Dom parut vouloir se rebiffer, mais le regard impérieux de Susan le refroidit avant même qu'il eût ouvert la bouche. Il tourna brusquement les talons et quitta la cuisine. Toni se hâta de le suivre.

Sitôt qu'ils furent sortis, Susan tendit la main à la jeune fille — qui garda les bras croisés.

— Tu as vécu une journée éprouvante, lui dit-elle. Les paroles de Dom ont dépassé sa pensée. Il croit qu'un simple petit infarctus peut m'empêcher de m'occuper de toi.

Penny haussa les sourcils.

— De quel droit vous occuperiez-vous de moi ?

— J'ai pensé que ça te ferait plaisir. En fait, nous nous occuperions l'une de l'autre. A ce propos, désires-tu un peu de café ?

— Non, répondit Penny en ouvrant le réfrigérateur d'un air de défi pour y prendre une bière.

Susan s'abstint de relever la provocation.

— Et pourquoi voudriez-vous vous occuper de moi ? s'enquit l'adolescente avec morgue tout en ouvrant sa canette.

— Parce qu'ainsi je bénéficierais de ta compagnie et qu'en retour je ne te chasserais pas de la maison.

Penny avala une gorgée de bière sans se départir de son expression renfrognée.

— Merci, répliqua-t-elle, je peux me débrouiller toute seule.

— Certes, mais j'espérais que tu serais assez généreuse pour me laisser veiller sur toi quelque temps.

— Et lui ? rétorqua-t-elle en désignant la porte du pouce. Vous croyez qu'il apprécierait autant que vous ma « générosité » ?

— Ne pense plus à mon fils. Cette histoire ne regarde que toi et moi.

Penny reposa sa canette pour fouiller dans les poches de sa veste en jean pendue au dossier du rocking-chair. Elle en sortit son paquet de cigarettes. Ses mains tremblaient quand elle craqua une allumette. Elle la souffla aussitôt.

— Oublie ce qu'a dit Dom tout à l'heure, ajouta

Susan en la scrutant du regard. C'est contre moi seule qu'il en avait.

Penny eut une moue incrédule.

— Il s'inquiète pour moi, poursuivit Susan. Il a voulu me bousculer pour m'inciter à revenir sur ma décision. Son éclat ne te concernait en rien.

— Vous fatiguez pas, répondit la jeune fille d'une voix lasse. De toute façon, je m'en fiche.

Susan éprouva l'envie subite de la prendre dans ses bras. Comme si elle avait deviné son désir, Penny s'écarta aussitôt et contourna la table.

— Je te propose de rester ici jusqu'à la fin de l'été, reprit Susan. Si ça marche entre nous, tu pourras passer la prochaine année scolaire avec moi. Dans le cas contraire, tu auras eu au moins un peu de temps pour te retourner.

Elle se rassit et se versa une deuxième tasse de café. Elle ressentait une affection spontanée pour l'adolescente, qu'elle était frustrée de ne pouvoir consoler. Celle-ci retenait-elle ses larmes par pudeur ou était-elle encore trop choquée par la mort de son père pour pleurer ?

Tandis que Penny allait et venait dans la pièce tout en l'épiant par moments du coin de l'œil, Susan se retint de trahir aucun sentiment de pitié, doutant fort que la jeune rebelle acceptât une aide motivée par la seule charité.

— C'est bon, marmonna soudain cette dernière. J'accepte.

6

— Et tu les passes comment, tes soirées avec l'autre ? s'enquit Mary, la fille du shérif, à l'interclasse.

— On n'arrête pas de regarder des films, répondit Penny. Elle a un magnétoscope et elle loue des cassettes dans tous les clubs vidéo du pays. C'est une fana de cinoche.

— Je trouve ça plutôt chouette, déclara Graham.

— L'un de ses fils est Jonny Whitfield, vous savez ? le metteur en scène.

Mary et Billy se dévisagèrent d'un air indécis.

— Il a pondu quelques longs métrages dans les années soixante-dix, leur expliqua Graham. L'était pas dépourvu de talent, le bonhomme.

— Tu sembles… changée, dit Mary à son amie en la détaillant d'un œil acéré.

— Susan m'a emmenée dans un institut de beauté, répliqua Penny sur un ton désinvolte. On m'a coupé les cheveux et fait les ongles pour plus que je les ronge. Paraît que c'est moche de la part d'une « jeune fille ».

Elle leur présenta ses longs doigts soigneusement manucurés. Ses ongles étaient peints d'un vernis rose corail.

— Joli, admit Mary.

— Tiens, s'exclama Penny en extirpant de sa poche deux petits flacons de vernis. J'ai chopé ces trucs pendant qu'on s'occupait de mes pieds.

— Tu les as volés ?

— Mais non : empruntés, seulement. Allez, sers-toi, c'est pas tous les jours fête. Quelqu'un peut me filer une tige ?

Les garçons ne fumaient pas et Mary n'avait pas de cigarettes sur elle.

— Susan m'empêche de cloper à la maison, précisa Penny. Je vais attraper la crève, en hiver, à force de sortir pour m'en griller une en douce.

— Tu vas rester avec elle jusqu'à la fin de l'année ? lui demanda Graham.

Elle haussa les épaules.

— Ça se peut, ouais.

— Maman prétend qu'elle t'accueillera chez nous, affirma Mary.

Penny ne répondit pas. Lorsque Susan lui avait exprimé l'intention de postuler pour son placement familial, elle ne l'avait pas crue. Puis sa protectrice s'était rendue à une réunion d'information et avait accepté de subir un examen médical. Enfin, elle avait obtenu une période probatoire de six semaines, dont trois étaient déjà écoulées.

Et tout ça pour une fille qu'elle ne connaissait même pas le mois d'avant…

— Elle doit être vraiment sympa, murmura Mary.

Penny le reconnaissait volontiers. Susan était également la personne la plus active qu'elle eût jamais rencontrée, et elle ne lui laissait pas une minute de répit. En tout premier lieu, elle l'avait priée de l'aider à débarrasser la maison du fouillis qui l'encombrait. Ensemble, elles avaient trié les vieilles lettres et jeté des tonnes de prospectus, de journaux et de coupures de presse, ainsi que des cartons entiers de vieux livres de poche moisis. Après quoi, Susan s'étant mis en tête de redécorer les pièces, elles avaient longuement discuté peintures, papiers peints et mobilier avant d'aller écumer les grands magasins d'Albany durant tout un après-midi. L'entreprenante vieille dame avait même commandé une étagère sur mesure pour la salle à manger.

— Ce sera désormais notre bibliothèque, lui avait-elle annoncé. Nous prendrons nos repas dans la cuisine. Cette pièce est d'ailleurs ma préférée. Je la trouve absolument parfaite telle qu'elle est.

Penny n'avait émis aucun commentaire, soulagée qu'elle appréciât autant qu'elle la vaste et chaleureuse cuisine. En outre, pour son plus grand plaisir, la nouvelle « bibliothèque » s'était promptement remplie de centaines de livres, pour la plupart des romans policiers.

Susan l'avait ensuite entraînée chez les brocanteurs de la région et, malgré la répugnance de la jeune fille pour les antiquités, elle avait réussi à persuader celle-ci de choisir avec elle quelques objets d'art pour agrémenter les pièces désormais claires et spacieuses de leur demeure. Elles avaient ainsi jeté leur dévolu sur un coffret peint de la marine marchande française, un vide-poches en bronze de l'époque victorienne représentant un cheval cabré et deux appliques italiennes soutenues par des angelots en merisier.

Puis Susan voulut revendre la volaille, le bétail et la laiterie automatique. Comme elle s'effrayait de la rapidité avec laquelle poussaient le maïs et les citrouilles, Penny dut tout lui apprendre sur les moissons et le cycle des récoltes. En plusieurs occasions, cette dernière la surprit même en train de parler aux gigantesques tournesols qui se dressaient près de la maison. Elle en rit sous cape, mais se garda bien de rapporter le fait à ses amis. Pour rien au monde elle n'aurait voulu qu'on se moquât de Susan : curieusement, elle ressentait elle aussi le besoin de la protéger.

Susan adorait également cuisiner. Elle était friande de tous les plats exotiques dont elle pouvait dénicher la recette. Quand elle recevait, ses invités se proposaient fréquemment pour couper, laver ou peser les ingrédients. Et Penny, constatant que ses relations huppées de la grande ville ne dédaignaient pas de mettre la main à la pâte, se plaisait elle-même à l'aider.

Dom, le fils de Susan, leur rendait souvent visite. Au cours des premières semaines d'été, il vint même pratiquement tous les soirs. Pourtant, quoiqu'il lui témoignât une amabilité sans faille, Penny ne pouvait oublier qu'il l'avait naguère qualifiée de « délinquante » pour dissuader sa mère de s'occuper d'elle.

Puis, par une chaude matinée d'été, tout bascula.

Dom la trouva ce jour-là en train de contempler la nationale d'un air sombre à travers la moustiquaire de la porte de la cuisine.

— Je descends au bourg m'acheter le *New York Times*, lui dit-il. Tu veux venir avec moi ?

Elle faillit refuser, mais la tentation de rouler dans sa Spider noire se révéla trop forte pour qu'elle sût y résister. Elle glissa donc ses pieds nus dans ses chaussures de sport qu'elle avait abandonnées sous la table, et suivit Dom, qui lui ouvrit la moustiquaire en s'effaçant pour la laisser passer.

Le bolide eut tôt fait de dévaler l'allée de gravier dans un puissant vrombissement. Penny sentait avec délices les boucles sombres de sa chevelure fouettées par le vent. Ses yeux étincelaient de plaisir. « Quand je quitterai enfin Northkill, se promit-elle, ce sera dans une voiture pareille. »

— Tout va bien ? s'enquit Dom en souriant.

Elle hocha légèrement la tête.

— Je veux dire : en général, avec ma mère ?

A sa grande surprise, elle hocha de nouveau la tête.

— Maman t'aime beaucoup, poursuivit Dom. Elle m'a même affirmé qu'elle ne serait jamais parvenue à arranger aussi bien la maison sans toi. Tu n'as pas ménagé ta peine. Elle t'en est extrêmement reconnaissante.

Penny se tint coite. Elle se sentait d'autant plus gênée par cette confidence qu'elle ne s'était jusqu'alors montrée serviable envers sa protectrice que pour prouver à son fils qu'il avait eu tort de se méfier d'elle.

Ce dernier parut néanmoins s'accommoder de son silence. Quand ils arrivèrent devant l'épicerie, il sauta hors de la décapotable sans prendre la peine d'ouvrir sa portière.

Penny espérait que ses camarades la verraient dans ce luxueux coupé. Hélas, il était encore trop tôt pour qu'aucun d'entre eux fût déjà réveillé.

— Tu n'as besoin de rien en ville ? lui demanda Dom en ressortant de la boutique.

— Non.

— Si maman ne nous a pas préparé un copieux petit déjeuner pour notre retour, je t'invite au restaurant.

Il réengagea la Spider sur la route.

— J'ai comme l'impression que tu apprécies la balade — je me trompe ?

— Vous avez une chouette voiture, admit-elle.

Dom se retint de sourire.

— Hum… Je ne crois pas t'avoir encore présenté mes excuses pour les propos déplacés que j'ai tenus sur toi le jour de la mort de ton père.

Penny devint aussitôt écarlate.

— Je n'en pensais pas un traître mot, vois-tu, reprit

Dom tandis qu'ils filaient sur la Taconic. J'étais seulement inquiet pour ma mère. Elle a été très malade, tu sais.

— Je sais.

Ils gardèrent le silence un moment.

— Ton père doit te manquer énormément, murmura-t-il.

— Je préfère changer de sujet, répondit Penny, les yeux fixés sur la route.

— D'accord, mais je veux que tu saches que moi aussi, je tiens à toi. Si tu as besoin de quoi que ce soit, ou si tu veux simplement me parler, n'hésite surtout pas.

Ils regagnèrent enfin la ferme. Confuse, Penny sortit précipitamment de la voiture et monta tout droit dans sa chambre. Dom n'essaya pas de la retenir.

Cependant ses paroles résonnèrent longtemps dans l'esprit de la jeune fille. « Je tiens à toi. » Jamais personne ne lui avait dit cela auparavant. Elle en était bouleversée.

Après le départ de Dom, elle montra encore plus de zèle à l'égard de Susan.

La Dogwood Farm recevait également les visites fréquentes de Justin Groome. Le député, un géant aux larges épaules et au rire tonitruant, siégeait au Congrès depuis des années et avait déjà par deux fois échoué aux élections sénatoriales. Ce qui ne le décourageait nullement de la carrière politique, à laquelle son père, son grand-père, ainsi que deux de ses oncles, s'étaient déjà consacrés avant lui.

Quoique entouré d'une équipe compétente, Groome requérait systématiquement les services de Whitfield Communications chaque fois qu'il menait une campagne d'importance. Il était l'un des clients les plus prestigieux de l'agence, et Toni le conviait souvent chez Susan pour discuter en comité restreint de tortueuses questions de stratégies.

Avec sa voix de stentor, son rire communicatif et ses prévenances d'homme du monde, le député fascinait Penny. Il la traitait à l'égale d'une grande dame. Quand il offrait des fleurs à Susan, il n'oubliait jamais de lui apporter aussi un petit bouquet. Et quand il invitait sa complice à déjeuner dans un restaurant discret surplombant l'Hudson, Penny était généralement de la partie. Ses yeux bleu ciel avaient toujours un éclat dur, sauf lorsqu'ils se posaient sur l'adolescente. Celle-ci était flattée qu'un personnage tellement en vue daignât s'intéresser à elle, et plus encore qu'il sollicitât sa compagnie.

— A quoi ressemble-t-il ? lui demanda un jour Mary.

— A une sorte de gros nounours, répondit-elle. Mais un nounours plein aux as. Il n'arrête pas de me donner des cadeaux.

— Ah tiens ? Et pour quelle raison ?

— D'après lui, ce serait pour me consoler de la mort de papa. J'imagine qu'il doit me prendre un peu pour sa fille.

— Tu penses qu'il veut épouser Susan ?

— Je ne sais pas. Ils se connaissent depuis des années. S'ils s'aimaient, ils seraient déjà à la colle, non ?

Penny avait néanmoins du mal à saisir la nature exacte de leurs relations. Elle n'ignorait pas que Susan avait épaulé Groome dès le début de sa carrière ou presque, et pourtant, la vieille dame continuait à lui opposer une certaine réserve.

— En fait, poursuivit Penny, il est plus gentil avec moi qu'avec elle.

— Méfie-toi, l'avertit Graham. Les politiciens font rarement des cadeaux pour rien.

— Peut-être qu'il m'aime bien.

— Peut-être…

Cela dit, Penny elle-même estimait singulière l'attitude du député à son égard. Non content de la couvrir de présents, il recherchait souvent son contact. Or, depuis la mort de sa mère, elle avait perdu l'habitude des caresses et se crispait involontairement quand Groome la touchait, même pour lui tapoter l'épaule. Et elle goûtait très peu les gros baisers sonores dont il la gratifiait chaque fois qu'il arrivait à la maison ou qu'il en repartait : ses lèvres épaisses et moites la révulsaient.

Elle ne savait cependant comment s'ouvrir à Susan du malaise que suscitaient en elle les manières de Justin Groome. Après tout, le colosse était le plus vieux et le plus cher ami de sa protectrice. Un samedi soir, enfin, elle confia à Dom d'une voix hésitante que le député était plutôt « relou » avec elle.

— Lourd ? Et pourquoi ça ?

— Il est toujours en train de me peloter.

Dom s'esclaffa.

— Je suppose qu'il a hâte de te voir majeure.

— Et que me fera-t-il quand je serai majeure ?

— Il te suppliera de voter pour lui ! Crois-moi, Penny, Justin est uniquement obnubilé par sa réélection à la Chambre.

L'adolescente se sentit penaude, songeant que baisers et embrassades étaient sans doute de mise dans la grande ville, et qu'elle s'était conduite comme la dernière des péquenaudes.

Le dimanche suivant, alors qu'il regagnait New York en compagnie de Toni, Dom lui avoua qu'il craignait que Penny ne lui eût toujours pas pardonné les écarts de langage auxquels il s'était laissé aller le jour de la mort de son père.

— Ne t'inquiète donc pas, assura Toni en riant. Cette petite est folle de toi, mais comme elle sait qu'elle n'a aucune chance, elle a décidé de te donner des remords à défaut de désir.

— Elle serait amoureuse de moi ? A seize ans ?

— Veux-tu réellement que je t'énumère tous les hommes de trente ans pour lesquels j'ai eu le béguin à son âge ?

— Mais elle me regarde à peine !

— Pas quand *toi*, tu la regardes. Maintenant, si tu l'observes de biais, tu verras dans ses yeux bleus étinceler une passion juvénile des plus ardentes.

Pour quelque indéfinissable raison, Dom ne put supporter d'entendre son amie se moquer ainsi des sentiments de Penny à son égard. Il s'abstint dès lors de lui reparler de la jeune fille.

7

Un après-midi, Penny rejoignit ses amis à leur cachette, en contrebas de la Taconic, en brandissant avec excitation une Mastercard.

— Regardez un peu ce que j'ai là ! s'écria-t-elle en lançant l'objet à Graham.

— Justin Dwight Groome, lut le garçon à voix haute. Seigneur, Penny, tu ferais mieux de la lui rendre tout de suite.

— Pourquoi ?

— Tu ne vas quand même pas t'en servir !

— Je vais me gêner. Tu te rappelles le concert que Minimum Rage doit donner à Albany ? Eh bien, je viens juste de nous y réserver quatre places par téléphone.

— Je ne peux pas y aller, s'exclama Mary en gémissant. Maman ne me le permettra jamais.

— Tu n'auras qu'à te passer de sa permission, nigaude !

Le concert devait avoir lieu le vendredi soir. Penny prévint Susan qu'elle comptait sortir avec des amis et qu'elle risquait de rentrer tard.

— Pas après minuit, l'avertit Susan d'une voix ferme. Qui prendra le volant ?

— Graham.

Susan avait confiance en ce garçon placide.

— Bon, dit-elle. Amuse-toi bien.

Ce fut en effet Graham qui conduisit. Pendant ce temps, Penny, Billy et Mary burent chacun une bière et fumèrent un joint. Quand ils arrivèrent devant la salle de concert, ils flottaient tous les trois sur un nuage. Penny ne cessait de harceler Graham pour le persuader de tirer une bouffée.

— Laisse tomber, lui répliqua-t-il. Je veux être en état de vous ramener tout à l'heure.

— Tant pis pour toi ! Hé, en avant, vous autres. Il faut qu'on aille chercher nos billets à la caisse.

Elle alluma un deuxième pétard dans la file d'attente.

Juste au moment où elle s'apprêtait à prendre l'enveloppe contenant les billets, Justin Groome la saisit par le coude. Elle sursauta de frayeur.

— Je me doutais que c'était toi, s'exclama-t-il en lui arrachant l'enveloppe. Croyais-tu me rouler impunément ?

— Aïe ! Vous me faites mal…

Elle vit Billy et Mary se dissimuler derrière un groupe d'adolescents qui leur succédait dans la file d'attente. Graham demeura vaillamment à son côté, jusqu'à ce que le politicien lui décoche un regard mauvais.

— Ces billets ont été acquis illégalement, lui déclara-t-il. T'as intérêt à filer immédiatement chez toi si tu ne veux pas de problèmes. La petite repart avec moi.

Graham frémissait de colère contenue.

— C'est bon, murmura Penny. Je le connais.

Le garçon s'exécuta à contrecœur. Justin entraîna aussitôt la jeune fille jusqu'au parking.

— Monte, lui dit-il en la poussant dans sa voiture.

Penny s'assit sur le siège avant. Elle regrettait amèrement de n'avoir pas eu le temps de fumer son joint.

— Comment m'avez-vous retrouvée ? demanda-t-elle à Groome.

— Le plus simplement du monde, ma chère enfant. Il m'a suffi de prier ma banque de me communiquer la liste des derniers achats effectués avec ma carte. Quand j'ai appris qu'elle avait été utilisée pour obtenir des places à un concert de rock, je vous ai immédiatement soupçonnés, toi et ta bande de petites crapules.

Il démarra le moteur de sa Lincoln et sortit du parking.

— Vous allez tout raconter à Susan ? s'enquit Penny avec anxiété.

— Tu verras bien, lui rétorqua-t-il rudement.

Ils demeurèrent un moment silencieux. Penny observait le député à la dérobée tout en cherchant fébrilement un moyen de s'attirer sa mansuétude.

— Excusez-moi, murmura-t-elle alors qu'il roulait sur la Taconic. Je ne recommencerai plus.

— Je l'espère bien !

Bientôt, la Lincoln s'engagea dans une bretelle que Penny ne connaissait pas. Quoique intriguée, celle-ci se tint coite jusqu'à ce qu'ils s'arrêtent enfin sur le bas-côté d'un chemin de terre battue, à l'écart de la route principale.

— Sors, grommela Justin.

— Hein ?

Il ouvrit brutalement sa portière. Penny lui obéit en tremblant.

— Pourquoi vous êtes-vous arrêté ici ?

Justin contourna la voiture et vint se planter devant elle.

— Je te connais mieux que tu le penses, Penny. Tu es

menteuse, pickpocket, voleuse. Je te tiens à l'œil depuis le début, figure-toi, et j'en ai entendu de drôles à ton sujet. Jusqu'à présent, j'ai préféré respecter ton deuil. Mais tu as dépassé la mesure. Jamais Susan n'arrivera à te mettre un peu de plomb dans la tête. Tu as besoin d'une main ferme pour te guider dans la vie — en l'occurrence, la mienne.

Penny écarquilla les yeux.

— Ça veut dire quoi, ça ?

— Que tu vas recevoir une fessée dans les règles de l'art. Baisse ton pantalon.

— Vous rigolez !

— En ai-je l'air ?

Elle se contenta de le dévisager d'un regard incrédule.

— Très bien… Dans ce cas, je vais t'aider.

Il la prit à bras-le-corps avec une aisance désarmante, lui descendit son jean jusqu'aux genoux et la retourna sur la Lincoln tout en lui maintenant la tête contre le capot.

Elle hurla en sentant sa main s'abattre sur son postérieur.

— Ça, c'est pour avoir menti à Susan ! lança-t-il. Ça, pour avoir pris de la drogue ! Ça, pour m'avoir subtilisé ma carte de crédit ! Et ça, pour t'apprendre les bonnes manières !

Il marqua une pause, sans la quitter des yeux. Lorsque Penny releva la tête, elle vit qu'il souriait.

— Et quelques tapes de plus pour que tu te souviennes de cette leçon ! ajouta-t-il.

Puis il la relâcha. Penny remonta son pantalon en hoquetant de douleur.

— Comment avez-vous osé ? s'écria-t-elle d'une voix rageuse. Susan vous tuera quand elle saura !

— Ah oui ?

Penny en demeura interdite. Susan estimerait-elle également qu'elle avait mérité cette punition ? La réaction de Groome lui semblait tout à la fois disproportionnée et justifiée.

Sa vie durant, elle avait été traitée de méchante fille. Ses professeurs comme son père lui avaient inlassablement seriné cette rengaine. Elle se rappelait encore le jour où ce dernier l'avait vouée aux gémonies après que la vache qu'elle venait de traire avait renversé le pot à lait.

« Je t'avais pourtant recommandé de faire attention ! lui avait-il crié dans les oreilles. Va-t'en ! Je ne veux plus que tu m'aides. Tu n'es rien qu'une méchante, méchante petite fille ! »

Elle n'avait alors que cinq ans.

— Remonte dans la voiture, lui ordonna Groome.

Ils rentrèrent à la ferme dans un silence de mort. Susan s'était déjà retirée. Penny s'éclipsa elle aussi dans sa chambre, soulagée de ne pas avoir à affronter le regard de sa tutrice.

« Oh, papa, songea-t-elle tristement, étendue tout habillée sur son lit, pourquoi t'as fait ça ? Tu m'as laissée seule. »

La colère qu'éveillait en elle le souvenir de son suicide l'empêcha de dormir durant la moitié de la nuit. Tout le ressentiment qu'elle aurait pu éprouver à l'encontre de Justin Groome, elle le reporta sur son père disparu. S'il avait été encore de ce monde, songeait-elle, jamais Groome n'aurait osé lever la main sur elle.

Le lendemain matin, elle surprit Susan et Justin en conversation sous la véranda avant. Apparemment, ils ne s'étaient pas rendu compte que la fenêtre de sa chambre ouvrait juste au-dessus de leur tête et qu'elle pouvait ainsi les entendre distinctement.

— Dom a parlé à son avocat de l'assurance-vie du père de Penny, disait Susan. D'après lui, le suicide du souscripteur en interdirait la capitalisation au profit des ayants droit.

— Susan, Susan… Dom n'est pas infaillible. Fais-moi confiance.

— Tu as toute ma confiance, Justin, mais dans ce cas, je serais plutôt portée à croire mon fils. Et puis il pense à la petite, vois-tu : les démarches requises pour justifier ses prétentions devant la compagnie d'assurances pourraient fortement la perturber.

— Certes. En revanche, si elle obtient gain de cause, la coquette somme qu'elle toucherait saurait aussi la rasséréner.

— J'en doute, quand bien même cet argent lui permettrait de se remettre à flot après que la majeure partie du produit de la vente aura servi à payer les arriérés des dettes de son père.

— Et si nous lui demandions directement si elle serait ou non disposée à entamer une procédure ?

— Non, ce serait malvenu, répondit Susan sur un ton sans appel.

Groome s'esclaffa.

— Elle serait ravie de sauter sur l'occasion, tu sais.

— Peut-être, mais elle est encore trop bouleversée par la mort de son père. Elle n'a pas lâché un mot ni une larme sur lui depuis. Dom m'a rapporté qu'elle n'avait pas pleuré davantage le jour du décès.

— Et ma réélection, Susan ? Cette histoire me serait un sacré viatique. Imagine : un courageux député prend la défense d'une jeune innocente spoliée par une compagnie d'assurances. Ma cote atteindrait des sommets !

— A condition que vous parveniez à emporter le morceau. Autrement, tu toucherais le fond.

— Bah ! cette affaire est du gâteau. Sans compter que j'ai intérêt à m'attirer les faveurs des électeurs du coin. Ces péquenots ne daigneraient même pas jeter un œil sur un démocrate comme moi sans ce petit coup de pouce.

— On trouvera autre chose. Tiens, tu n'as qu'à leur proposer de leur construire une nouvelle salle des fêtes.

Groome eut un reniflement méprisant.

— A propos de fêtes, reprit Susan, je croyais que Penny devait sortir avec Graham, hier soir. Comment se fait-il qu'elle soit revenue avec toi ?

La jeune fille retint sa respiration.

— Ses copains l'avaient larguée en bas de l'allée, répondit Justin sur un ton faussement désinvolte. Je lui ai épargné la grimpette jusqu'ici. Ah ! Doux Jésus, quelle merveilleuse journée !

— Et pourquoi diable l'ont-ils laissée en bas ?

— Ils se sont chamaillés, paraît-il. Si on rentrait, maintenant ? Je reprendrais bien un peu de café.

Ils quittèrent la véranda.

Penny se rassit sur son lit pour réfléchir. Elle ne désirait pas perdre son temps à prouver que la mort de son père était accidentelle. Elle savait pertinemment que tel n'était pas le cas et répugnait à mentir. Néanmoins, elle avait été troublée d'apprendre qu'il ne resterait bientôt plus rien de la vente de la ferme. Jusqu'alors, elle ne s'était pas inquiétée de ces questions financières, certaine que Susan pourvoirait à ses moindres besoins. Mais elle était désormais déterminée à chercher du travail.

Peut-être accepterait-on de l'embaucher dans l'institut de beauté pour le week-end. Cela lui donnerait déjà un prétexte pour échapper à la présence de Justin Groome. Cet ours mal léché avait été vraiment infect de lui administrer une pareille correction. Elle en était d'autant plus certaine qu'il avait caché le fait à Susan. Et tant qu'il tairait le vol de sa carte de crédit, ce ne serait pas elle qui dévoilerait le pot aux roses. Sur ce point, il la tenait bel et bien.

Elle continua à méditer tout en se massant inconsciemment les fesses. Cette partie de son anatomie la lançait toujours un peu.

Pour l'heure, cependant, mieux valait qu'elle ravalât sa rancœur. Le député était retors. Et vicieux.

Mais elle le savait, et un de ces quatre matins, il finirait par comprendre qu'il avait eu tort de se révéler à elle sous son vrai jour.

8

Penny eut dix-sept ans ce même été.

— Comment souhaiterais-tu fêter ton anniversaire ? lui demanda Susan.

— Je ne sais pas.

— Que fais-tu d'habitude pour l'occasion ?

— Rien.

— Eh bien, cette année, ce sera différent, décida Susan. Dix-sept ans est un âge merveilleux. Nous allons organiser un barbecue. Dom et Toni seront ravis de venir, j'en suis sûre. Et puis nous inviterons tous les amis que tu voudras.

Pour le plus grand plaisir de Susan, son aîné, Jonny, séjournait alors à New York avec son épouse pour une quinzaine de jours et projetait de passer quelque temps à la ferme. Ils s'arrangèrent pour que leur visite coïncidât avec l'anniversaire de Penny.

Celle-ci était tout excitée à l'idée de le rencontrer.

— Comment est-il ? s'enquit-elle auprès de Susan.

— Captivant. Tout le monde l'adore. Même Emmy, sa femme, qu'il ne cesse pourtant de traiter comme un paillasson.

Susan avait refusé de laisser sa protégée travailler dans l'institut de beauté du bourg. Maintenant qu'elle était quasi officiellement sa tutrice, lui avait-elle répliqué, elle se devait de lui assurer un bien-être moral et matériel. Elle aimait mieux que Penny profitât plutôt de ses week-ends pour consacrer plus de temps à ses devoirs, l'aider à la maison ou l'accompagner au cinéma.

Jonny et Emmy se présentèrent donc un soir à la ferme. Comme il était tard, Penny était déjà montée se coucher. Le lendemain matin, au petit déjeuner, la jeune fille ne put parler qu'à Emmy, Jonny dormant encore dans la chambre d'hôtes.

— Salut, s'exclama Penny en pénétrant dans la cuisine.

— Bonjour, lui répondit Emmy d'une voix grave et bien posée. Heureuse de te connaître.

Penny la trouva aussitôt d'une classe ahurissante, avec ses yeux turquoise, vifs, et ses somptueux cheveux auburn qu'elle portait courts. Plus grande que l'adolescente, elle était vêtue d'une jupe fourreau en voile de soie pourpre et ses pieds bronzés étaient chaussés de fines sandalettes italiennes.

Journaliste indépendante, elle expliqua à Susan et à Penny le sujet sur lequel elle était en train de travailler.

— Le *Monday Week* m'a commandé un article sur les vies comparées des S.D.F. sur les côtes Ouest et Est. Dans un premier temps, j'ai prévu de mener mon enquête à Boston, Washington et, naturellement, New York.

— Tu as une petite mine, lui dit sa belle-mère. Tu ne te surmènes pas, au moins ?

Emmy secoua la tête.

— Ma fatigue ne vient pas du boulot.

— Ça ne s'est toujours pas arrangé ? demanda allusivement Susan.

Sa curiosité en éveil, Penny les dévisagea tour à tour.

— Non, hélas, murmura Emmy.

— Il a pourtant bien de la chance de t'avoir ! répliqua Susan avec indignation.

— Ce n'est pas spécialement contre moi qu'il en a. Il cherche actuellement des fonds pour tourner *Flaming Forest*. Tu sais combien son travail peut parfois l'obséder. Dans ces moments-là, tout le reste passe au second plan.

— Tu veux que je lui en touche un mot ?

— Il ne t'écouterait pas.

Jonny avait les cheveux bruns comme son frère, mais ses yeux étincelaient d'un éclat que Penny n'avait jamais connu dans ceux de Dom. Si le regard de ce dernier savait parfois se montrer particulièrement acéré, il ne trahissait que rarement ses émotions. Celui de Jonny, en revanche, semblait une porte ouverte sur son âme. D'ailleurs, tout était chez lui d'une exubérance tapageuse : le rire, l'affection, la tristesse… et la boisson.

Penny n'avait jamais connu quelqu'un qui bût autant que lui. Il semblait toujours avoir un verre à la main — sauf au petit déjeuner lorsque, les paupières bouffies et l'air menaçant, il s'abreuvait en silence de café serré.

— De quoi parlera votre prochain long métrage ? s'enquit-elle le matin de son anniversaire.

Ils s'étaient assis sous la véranda. C'était une journée chaude et lourde. Au loin grondait le tonnerre.

— *Flaming Forest* doit être un film d'aventures ayant pour décor la forêt pluviale amazonienne. Tout le monde s'accorde sur son utilité. Il attirera l'attention du public sur les événements de cette partie du monde et montrera que la destruction de son écosystème découle, en vérité, des quotas excessifs imposés à l'exportation de bois dur par des responsables économiques et politiques sans scrupule qui osent se prétendre écologistes. C'est un projet fabuleux, personne ne le conteste. Mais personne ne veut non plus m'en confier la réalisation.

— Pourquoi ?

— Parce que je coûte trop cher.

Penny buvait du café pour la première fois depuis qu'elle vivait avec Susan. D'ordinaire, celle-ci lui préparait toujours des tisanes. Jonny, lui, abhorrait la simple idée de tremper les lèvres dans ce genre de breuvage.

— Ça n'a pas l'air d'une histoire très intéressante, marmonna-t-elle.

— Au contraire, rétorqua-t-il en la fusillant du regard, ce sera l'œuvre de la décennie ! Bourrée d'action, de rebondissements, de meurtres, de viols, de suspense…

— De suspense ? répéta-t-elle sur un ton moqueur. Mais tout le monde connaît déjà la fin : la forêt amazonienne sera dévastée jusqu'au dernier tronc.

— Tu es trop fataliste. Moi, je suis un optimiste lucide. J'espère envers et contre tout que mon film changera l'opinion des gens.

Il manifestait un tel enthousiasme que Penny ne put se retenir de le taquiner.

— Bonne chance, mais personnellement, je ne crois pas que le cinéma soit capable de toucher la conscience du public. Il ne s'agit que d'un divertissement après tout.

Jonny haussa un de ses sombres sourcils.

— C'est un sujet sur lequel je pourrais m'étendre toute la journée, dit-il. Malheureusement, je n'ai pas encore fini de prendre ma dose quotidienne de café !

Susan avait raison, pensa Penny : Jonny était captivant. Seul Dom paraissait immunisé contre son charme. La tension entre les deux frères se manifesta d'ailleurs dès l'arrivée de ce dernier.

Debout près du barbecue où Dom surveillait consciencieusement la cuisson des hamburgers et des saucisses,

Jonny se lança à un moment dans la description acrimonieuse de son dernier et stérile entretien avec un producteur.

— Tu ne disposes même pas d'un scénario qui se tienne, l'interrompit sèchement son frère, et Jeannette est pour l'instant la seule star que tu peux mettre en avant. Qui irait risquer ses sous dans de telles conditions ?

— J'ai la matière d'un film plus que prometteur, et de nombreuses vedettes ne demandent qu'à s'engager à mes côtés. Et puis l'importance du sujet devrait à lui seul m'obtenir un financement ! La terre entière est en train de se dégrader à cause de ces maudits exploiteurs !

— Tu n'arriveras pas à me persuader que le destin de la planète t'inquiète plus que ton propre sort, lui rétorqua Dom sur un ton sarcastique.

— Ta chaîne ne me semble pas non plus se soucier de l'information de ses téléspectateurs, répliqua Jonny en mordant dans un épi de maïs.

— Je ne prétends pas pour ma part suivre des buts philanthropiques.

Toni prit aussitôt la défense de Dom.

— Tu sais très bien que ton frère verse régulièrement des dons à des associations écologistes, Jonny, lui lança-t-elle sur un ton vindicatif, et qu'il a toujours veillé à ce que sa chaîne programme encore plus de documentaires que ne lui en imposent les quotas officiels !

Emmy posa une main conciliante sur le bras de son mari.

— Vous vous efforcez l'un et l'autre d'œuvrer pour le bien commun, déclara-t-elle. Rien ne sert de se disputer sur les moyens dont chacun dispose pour y parvenir.

L'altercation s'acheva sur un *statu quo* boudeur. Penny, pour sa part, était fascinée. C'était le meilleur anniversaire qu'elle eût jamais vécu. Son père et elle se parlaient peu ; et se livraient encore moins à des controverses passionnées.

En outre, il ne lui déplaisait pas de voir Dom acculé dans ses derniers retranchements. Susan, hélas, semblait souffrir de ces dissensions. Aussi la jeune fille vint-elle lui tapoter doucement l'épaule.

— Merci pour tout, lui chuchota-t-elle. Je passe une merveilleuse journée.

Susan lui serra la main, et Penny embrassa affectueusement le front de sa tutrice. Depuis peu, cette dernière avait décidé de ne plus se teindre les cheveux et de laisser des fils gris envahir ses tempes. Penny les préférait ainsi. Leur nuance argentée lui rappelait les nervures scintillantes dont les gelées paraient à l'automne les tapis mordorés de feuilles mortes.

Alors qu'elle tournait la tête, elle vit Dom la contempler d'un air si tendre qu'elle se sentit fondre. Elle porta instinctivement la main à la chaînette dorée qu'il lui avait offerte le matin même. Il esquissa un sourire et se retourna vers le barbecue.

Penny demeura auprès de Susan, le cœur en émoi. Elle refusait de tomber amoureuse de Dom. L'amour était un sentiment sans issue, pensait-elle, car l'être aimé finissait toujours par vous abandonner.

9

Le tonnerre gronda de façon menaçante à l'horizon, puis parut s'éloigner. Il ne plut pas, mais une touffeur moite s'appesantit sur la ville.

— Jonny, demanda Emmy, ne crois-tu pas que tu devrais chercher du travail ?

— Non, pourquoi ?

— Je sais que tu désires obtenir les fonds nécessaires pour tourner *Flaming Forest*, mais jusqu'à présent personne n'a semblé intéressé par ce projet. Mes propres revenus ne suffiront pas à nous assurer le train de vie auquel tu es habitué. Je ne gagne même pas assez pour payer la taxe d'habitation de ta maison.

Ils étaient revenus à New York ; Emmy poursuivait son enquête sur les S.D.F. tandis que Jonny s'acharnait encore à trouver un producteur susceptible de financer son long métrage.

La ventilation de leur chambre d'hôtel était tombée en panne. Tournant le dos à sa femme, Jonny se campa devant la fenêtre ouverte et plongea son regard sur la foule qui grouillait sur les trottoirs en contrebas. Les passants se déversaient des immeubles de bureaux comme un sirop grumeleux, prêts à être avalés par les bouches de métro. Comment en étaient-ils arrivés là ? s'interrogea Jonny. Pourquoi n'avaient-ils pas tenté d'échapper à l'emprise de leur boulot avant de se transformer ainsi en automates ? Fallait-il donc qu'une ambition maligne couvât sous l'enveloppe durcie qu'ils opposaient au monde ? Ne poussaient-ils pas chaque soir un soupir rageur en découvrant qu'ils n'étaient pas plus près que la veille de réaliser le rêve qu'ils avaient pu un jour caresser ? Ne se débattaient-ils jamais sous la pression de ce quotidien terne et décevant qui les poussait chaque jour un peu plus vers l'anonymat et la mort ? Y pensaient-ils seulement ?

Et Emmy désirait qu'il eût comme eux un *travail* !

Il avisa au coin d'une rue un groupe de déshérités en train de se passer un sac en papier d'où dépassait le goulot d'une bouteille. Cet affligeant spectacle ranima sa soif.

— Ton enquête avance ? s'enquit-il.

— Mouais…

Il s'aperçut soudain qu'Emmy lui parlait rarement de ses articles. A moins qu'il ne l'écoutât lui-même que d'une oreille distraite…

Les yeux toujours fixés sur la bande de S.D.F., il songea qu'il préférait encore devenir l'un d'entre eux plutôt que de subir un travail. Pour un clochard, jour et nuit débutaient et s'achevaient dans une miséricordieuse torpeur ; le temps n'avait pas ce cours aussi inexorable que rectiligne qui asservissait les actifs.

Emmy écrivait nue, couchée à plat ventre sur le grand lit. Son dos long et souple s'auréolait vaguement de taches de rousseur. Jonny s'étendit à côté d'elle, trop abruti par la chaleur pour ébaucher la moindre caresse.

— Je ne peux me permettre de chercher un travail en ce moment, décréta-t-il. Une opportunité peut se présenter d'un jour à l'autre. Il faut que je reste disponible.

— Un job d'appoint, alors ?

— Non.

Il devinait son irritation. Pourtant, elle n'avait aucune raison de douter ainsi du résultat de ses efforts.

Posant un bras autour de ses épaules, il chuchota :

— Je t'aime.

— Il fait trop chaud, lui répondit-elle en lâchant son stylo.

Il lui embrassa la nuque.

— J'adore quand tu es en nage.

Emmy regimba, puis elle se retourna et écarta une boucle de cheveux humides du front de son mari.

Chaque fois qu'ils se touchaient, une pellicule de sueur leur engluait la peau.

— Bon, murmura-t-elle, nous attendrons encore un peu. Nous finirons bien par trouver une solution.

— A la bonne heure, fit Jonny.

Puis la chaleur interrompit de nouveau leur contact et ils s'affalèrent sur le lit, séparés l'un de l'autre par un bloc d'air moite et stagnant.

10

Le souffle vif de l'automne se déversait dans la vallée, enveloppant la ferme de courants glacés. La peau brune des citrouilles se fendait. Des fruits ridés tombaient de la demi-douzaine de pommiers qui garnissaient l'étroit verger. Penny, exceptionnellement, vivait une rentrée heureuse. Susan se proposait sans cesse de l'aider dans ses devoirs et la félicitait souvent pour la qualité de ses rédactions.

— Tu as un sacré talent pour l'écriture, lui déclara-t-elle un soir. Tu n'as jamais songé à publier ?

— Non, répondit-elle, les yeux brillants. Tu penses vraiment que ça en vaudrait le coup ?

— Mais tu es *douée*, ma chérie !

Comme le temps se rafraîchissait, elles en vinrent à maintenir le poêle de la cuisine en activité durant toute la journée, et cette pièce devint bientôt la plus chaleureuse de la maison — dans tous les sens du terme. Penny désertait de plus en plus souvent sa chambre pour s'y réfugier.

Susan l'encourageait à inviter ses amis à la maison. Elle avait même persuadé le shérif O'Mara d'autoriser de nouveau sa fille à fréquenter la Dogwood Farm. Un soir, Penny donna une pyjama-partie entre copines.

Lorsque Susan le lui avait proposé, la jeune fille avait d'abord émis un reniflement dédaigneux.

— C'est la mort, ce genre de truc.

— Pourquoi ? s'était exclamée Susan en riant. Uniquement parce qu'il n'y aura pas de garçons ? Eh bien, imagine-toi un peu le plaisir que vous aurez à *parler* d'eux.

Ses copains s'étaient gaussés de cette réunion féminine, mais Penny avait vite compris que leurs moqueries étaient motivées par la jalousie, ce dont elle fut enchantée.

Habituellement, Susan considérait d'un œil tolérant les incartades de sa pupille. Quand cette dernière s'attirait des ennuis, elle prenait en général sa défense et, quoiqu'elle n'appréciât pas de la voir fumer, elle s'abstenait de le lui reprocher. Penny finit d'ailleurs par remarquer elle-même les relents de tabac froid qui imprégnaient ses cheveux et ses vêtements, ainsi que les taches jaunâtres qui lui maculaient le bout des doigts, et commença à se demander pourquoi elle s'obstinait dans ce vice peu ragoûtant.

Le seul point sur lequel Susan se révélait intraitable était la drogue.

Penny se renfrogna la première fois que sa protectrice aborda le sujet.

— Toutes les drogues sont un poison mortel, l'avait avertie Susan avec fermeté. Un piège diabolique. Je ne voudrais pas donner dans le mélodrame, mais il n'en reste pas moins que tous les pourvoyeurs du pays sont des brutes et des assassins. Ils n'hésitent pas à torturer et à tuer quiconque les gêne dans leur trafic. Et quand toi, tu leur verses de l'argent, tu encourages tous ces sévices et ces meurtres. Voilà pourquoi prendre de la drogue est un acte profondément pernicieux.

Penny réfléchit longtemps à ces paroles, et lorsque,

quelque temps après, ses amis lui proposèrent un joint au cinéma, elle le refusa tout net.

— Tu te sens bien ? s'enquit Graham quand ils sortirent de la salle.

— Je n'ai plus envie de planer comme une camée, c'est tout.

Au début du mois de décembre, Susan l'emmena visiter New York. Elles avaient prévu de passer la nuit au Plaza. Susan voulait montrer à Penny l'Empire State Building et quelques musées. Elles devaient ensuite se rendre à un cocktail dans l'appartement de Justin Groome, puis assister à une représentation du *Casse-Noisette* au Lincoln Center.

Penny fut ébahie par les gratte-ciel, les boutiques et la foule qui se pressait dans les rues.

— Seigneur, que de monde ! s'écria-t-elle.

Tout en fendant la cohue de la Ve Avenue, elle s'extasiait à en perdre haleine devant les tableaux animés qui décoraient les vitrines de Noël. Le gigantesque sapin illuminé qui se dressait dans le hall du Rockefeller Center la laissa béate d'admiration.

Sa jubilation se révéla contagieuse : Susan prit presque autant de plaisir qu'elle à cette promenade mouvementée. Quand elles parvinrent dans le Rockefeller Center, cependant, elle se sentit abrutie par la foule et les bruits de la circulation. Elle s'appuya au bras de Penny pour contempler avec elle le mirifique arbre de Noël.

— Tu es fatiguée ? lui demanda la jeune fille. Allons nous reposer quelque part.

— Le cocktail de Justin a lieu à 17 heures, lui rappela-t-elle. Hâtons-nous de trouver un taxi. Je suis incapable de faire un pas de plus.

Une file ininterrompue de *yellow cabs* parcourait la Ve Avenue. Comme les véhicules étaient tous occupés,

Penny proposa de louer une des carrioles à cheval qui stationnaient devant le Rockefeller Center.

— Oui, convint Susan, ce sera plus long mais plus amusant.

Elles communiquèrent au postillon l'adresse du député Groome dans Upper East Side, puis se renfoncèrent dans la banquette pour apprécier le paysage urbain. De gros flocons descendaient lentement du ciel, ajoutant au charme de la balade.

Groome se servait de son appartement en terrasse sur Park Avenue pour les réceptions officielles, les soirées intimes et les transactions délicates. Un ascenseur privé tendu de soie rouge, orné de cuivres et de miroirs, conduisit Susan et Penny au dernier étage de l'immeuble. Les portes ouvragées de la cabine s'ouvrirent sur une petite antichambre, où un domestique en livrée les débarrassa de leurs manteaux. Alors qu'elles arrangeaient leurs coiffures dans le miroir au cadre argenté qui jouxtait l'ascenseur, des bruits de conversations et des éclats de rire leur parvinrent de la pièce voisine.

Penny trépignait d'impatience. Elle prit Susan par le bras et l'entraîna vers la salle à manger… pour se figer bientôt sur le seuil. La pièce était presque aussi dépouillée que l'entrée. L'un de ses murs était entièrement occupé par une immense fenêtre surplombant l'East River, au-delà de laquelle brasillaient les lumières de Queens et de Brooklyn. Les deux parois latérales étaient blanches et nues. Celle du fond, dans laquelle se découpait la porte, était décorée d'une grande composition abstraite mêlant tourbillons et paraphes indistincts.

— C'est un Jackson Pollock, l'informa Susan en suivant son regard. Justin l'a payé deux millions de dollars. Il en vaut certainement dix fois plus, aujourd'hui.

Elles se dirigèrent vers la gigantesque baie vitrée.

Le buffet avait été installé le long du mur de droite, au milieu duquel se distinguait l'encadrement d'une porte blanche de bois massif. Une cohue de convives y était agglutinée.

Six fauteuils de cuir à piètement de chrome étaient postés comme des sentinelles autour de la salle à manger.

— Ces meubles viennent de l'atelier de Charles Eames à Barcelone, chuchota Susan.

— Pourquoi personne ne s'assoit-il dessus ?

— Au risque d'esquinter une création de deux mille dollars ? expliqua Susan en riant. Justin a rendu service au revendeur, qui lui a accordé en échange une ristourne.

Devant la fenêtre avait été disposée une table de marbre noir sur laquelle trônait un vase rempli de grands asters jaunes. Derrière palpitaient les lumières de la ville. Les phares des voitures qui franchissaient les ponts, les buildings illuminés disséminés à l'est et au sud, les cabines des bateaux qui sillonnaient le fleuve — toutes ces clartés mouvantes scintillaient d'un éclat féerique dans le crépuscule hivernal. Penny se retourna vers la vaste salle à manger. La sobriété de sa décoration semblait destinée à mettre en valeur les personnalités prestigieuses qui s'y mouvaient avec une grâce altière. La jeune fille se demanda ce que pouvait cacher la porte blanche, étroitement close, ménagée en plein centre de la paroi latérale.

De loin se distinguait la haute stature du député Groome. Debout près du bar, entouré d'un essaim de jeunes femmes, il ne cessait d'inspecter la salle à manger du regard tout en parlant de sa voix forte et joviale. Dès qu'il aperçut Susan et Penny, il s'excusa auprès de ses interlocutrices pour venir les rejoindre.

— Ah, voici enfin mes invitées préférées ! s'exclama-t-il en les embrassant toutes les deux sur la joue.

Il prit la main de Penny dans l'intention manifeste de ne plus la lâcher.

— Désirez-vous un verre ?

— Susan est fatiguée, répondit Penny d'une voix revêche tout en essayant vainement de dégager sa main. Et puis nous aimerions nous asseoir.

Sans se troubler, Justin Groome leur présenta l'un des fauteuils de collection. Susan s'y installa avec reconnaissance.

— Je prendrais bien un *ginger ale*, dit-elle. Penny ?

— Moi aussi.

Groome transmit la commande à un serveur qui transportait des tranches de saucisson en croûte sur un plateau d'argent.

Penny remarqua alors Dom près de la fenêtre. Il la vit à son tour et lui sourit. Elle détourna vivement la tête.

Puis, sans attendre qu'on lui apportât son verre, elle se mit à déambuler dans la pièce. La porte blanche l'attirait irrésistiblement. Voyant que l'attention de Justin était accaparée par ses invités, elle tourna la poignée de cuivre et jeta un coup d'œil par l'entrebâillement du battant. C'était apparemment un bureau. Un tapis d'Aubusson aux nuances bleu et ivoire recouvrait le sol. Ses tons s'harmonisaient avec les teintes d'un grand tableau accroché au-dessus d'un canapé. Penny s'approcha de la peinture : il s'agissait du portrait d'un homme qui ressemblait à s'y méprendre à son hôte.

— Ce n'est pas moi, dit Justin tout en refermant la porte derrière lui.

Il vint se placer à côté de la jeune fille.

— C'est un de mes ancêtres. L'œuvre est de John Singer Sargent. Elle te plaît ?

— Mouais, fit Penny.

Ses yeux se reportèrent discrètement vers la porte.

Depuis le soir où il l'avait fessée, Justin l'effrayait et l'attirait tout à la fois. C'était un être enjôleur, mais dangereux. Comme elle affrontait hardiment son regard, elle s'avisa soudain qu'il pourrait sans doute charmer n'importe qui.

Il s'installa à son aise au milieu du canapé moelleux et tapota l'assise de cuir ivoire.

— Tu me parais un peu fatiguée, toi aussi.

— Pour rien au monde je ne m'assiérais à côté de vous !

— Ma petite, répliqua-t-il d'une voix nonchalante, si l'envie me prend de te corriger encore une fois, tu peux être sûre que je ne m'en priverai pas, que tu sois ou non assise à côté de moi.

Elle n'en resta pas moins debout.

Le député la contempla de ses yeux bleus à l'éclat perçant.

— J'aime ta toilette. Elle te va cent fois mieux que tes jeans.

Penny tritura nerveusement la soie noire du fourreau qu'elle avait acheté quelques heures plus tôt avec Susan chez Saks. Le vendeur ayant rangé dans un sac sa vieille jupe et son pull, elle était ressortie du magasin dans sa nouvelle robe. Celle-ci moulait son corps élancé, dont il accentuait les rondeurs, et découvrait ses jambes jusqu'à mi-cuisses. C'était le vêtement le plus court qu'elle eût jamais porté. Susan lui avait également offert des bas noirs rehaussés de motifs délicats et des hauts talons de même teinte qui soulignaient à merveille la cambrure de son pied ainsi que la finesse de ses chevilles.

Groome se remit à tapoter le canapé.

— Ne sois pas nunuche, Penny. Viens donc t'asseoir. Tu n'es plus une enfant, ajouta-t-il sur un ton ironique tout en la détaillant de haut en bas.

La jeune fille eut l'impression d'être mise à nu par ce regard.

Puis elle obtempéra brusquement et se percha sur le bord du canapé, le dos raide. Le député dégageait une odeur doucereuse d'après-rasage.

— Où dois-tu dormir, ce soir ? lui demanda-t-il.

— Au Plaza.

— Avec toute cette neige, vous aurez du mal à trouver un taxi. Et si vous passiez plutôt la nuit ici ?

— Je préfère retourner au Plaza.

— Bon, tant pis.

Il lui effleura la cuisse du bout des doigts.

— Tu devrais t'habiller comme ça plus souvent. Tu as des jambes magnifiques.

— Merci. Je rapporterai votre compliment à Susan.

— Je crois que tu n'en feras rien, répliqua-t-il d'une voix sourde.

— Vous verrez bien.

— Tu me sembles une partenaire plutôt rétive, murmura-t-il en lui touchant de nouveau la cuisse, mais j'aime ça.

Penny n'esquissa aucun geste. Elle n'appréciait guère le tour que prenait leur conversation. Aussi fut-elle soulagée d'entendre un léger coup frappé à la porte. Le valet de Groome se présenta peu après sur le seuil.

— M. Sheehan vous demande au téléphone, monsieur, annonça-t-il.

Groome se leva aussitôt.

— Je le prends ici.

Il adressa un bref hochement de tête au serviteur ainsi qu'à Penny pour leur signifier leur congé.

Plus tard, une fois rentrée au Plaza, la jeune fille se prélassa longuement dans un bain chaud. Elle avait laissé la porte ouverte pour pouvoir discuter avec Susan de la soirée. Celle-ci se trouvait déjà au lit. La salle de bains était vraiment la pièce la plus agréable de leur suite, pensa Penny. Ses murs et son sol étaient couverts de marbre gris sur lequel tranchait la blancheur d'épaisses serviettes moelleuses. A côté du grand lavabo de marbre à la robinetterie dorée s'alignaient de gracieux flacons emplis de liquides odorants : l'un contenait du shampoing, le deuxième du lait corporel, et le troisième un bain moussant capable de générer plus de bulles qu'elle n'en avait jamais rêvé.

La baignoire, longue et profonde, dans laquelle elle pouvait entièrement s'immerger, la changeait de la cuvette de tôle peinte dont elle disposait à la ferme. Elle jouissait du plaisir de sentir son corps flotter entre deux eaux, aussi léger que la mousse, et laissait son esprit se purger du mépris d'elle-même qui l'accablait. Elle ne se rappelait pas sans répugnance l'obéissance servile avec laquelle elle s'était assise à côté de Justin Groome. Elle s'en voulait amèrement de n'avoir su lui tenir tête.

Elle sauta hors du bain pour s'éponger. La serviette était presque aussi grande qu'une couverture. Elle se frictionna vigoureusement et vit sa peau rosir dans le miroir fixé derrière la porte. Puis elle se massa avec le lait parfumé en commençant par les bras. Enfin, détendue, le corps et l'âme purifiés, elle revint dans la luxueuse chambre qu'occupaient deux lits jumeaux garnis d'oreillers à la blancheur éblouissante et d'édredons de soie. Elle s'assit sur le sofa placé près de la fenêtre. La rue en contrebas fourmillait de lumières et de mouvement. Elle prit une brosse sur une table basse et entreprit de discipliner son opulente chevelure.

En termes prudents, elle avoua alors à Susan combien le député l'indisposait.

— Il estime que je lui appartiens, dit-elle.

— Il estime que tout le monde lui appartient, reconnut Susan. Je veillerai à ce qu'il te laisse tranquille.

— Je ne l'aime pas.

Susan se mit à rire.

— Justin ne s'en souciera que lorsque tu auras obtenu le droit de vote. Il n'aime lui-même que les personnes dont il peut se servir.

— Je pensais qu'il était ton ami.

— Celui de mon mari, corrigea Susan. Ils se sont connus sur les bancs de la faculté de droit à Harvard et ont entamé ensemble leur carrière politique à Washington, au début des années cinquante.

Penny s'assit sur son lit. Elle portait une nouvelle chemise de nuit en flanelle de couleur pêche — un nouveau cadeau de sa protectrice.

— Qu'est devenu ton mari ? s'enquit-elle. Tu ne parles jamais de lui.

— Il est mort, répondit Susan d'une voix lointaine. Et il me manque beaucoup.

— Je comprends.

— Toutes les femmes ne regrettent pas leur mari, tu sais. Mais moi, si. Après son décès, je n'avais plus de quoi nourrir mes enfants. Aussi me suis-je lancée dans les affaires. Jamais je n'aurais aussi bien réussi sans l'aide de Justin. Il m'a soutenue tant moralement que financièrement. Je lui en serai toujours redevable.

— Je suis certaine que tu t'en serais aussi bien sortie sans lui, répliqua Penny. Ta gratitude l'arrange.

— Je n'ai jamais été une battante. Justin a su me persuader que j'étais capable de mener avec succès une existence entièrement nouvelle. Il saurait d'ailleurs persuader n'importe qui de n'importe quoi.

— Mouais…

— Il est très attaché à toi, Penny, tu sais. Il se considère un peu comme ton père.

La jeune fille baissa la tête.

— Qu'y a-t-il ? lui demanda Susan.

— Rien.

— Ton papa te manque ?

— De temps en temps.

— Tu veux me parler de lui ?

Penny demeura silencieuse.

— Dom prétend que tu n'as pas pleuré le jour de sa mort ni versé une seule larme depuis. Pourquoi, Penny ? J'ai le sentiment que tu refoules ton chagrin.

Elle haussa les épaules.

— J'ai tellement pleuré maman que ça m'a comme rendue sèche à l'intérieur.

Les yeux de Susan s'embuèrent.

— Tu n'avais alors que six ans…

Penny se glissa sous l'édredon.

— J'ai passé une merveilleuse journée, aujourd'hui, déclara-t-elle avant d'éteindre la lumière. Merci pour tout, Susan.

— Moi aussi, ma chérie, j'ai passé une merveilleuse journée. Je suis heureuse de t'avoir à mes côtés.

11

La semaine précédant Noël, Jonny et Emmy revinrent sur la côte Est. Emmy laissa son mari à New York pour passer à la Dogwood Farm. Elle était lasse de l'obsession de Jonny pour son film.

Ils venaient de se disputer une nouvelle fois. Jonny avait rencontré un énième producteur que connaissait Dom. Emmy s'emporta en apprenant qu'il disposait de ressources aussi maigres que les siennes.

— Comment diable ce Perry pourrait-il t'aider dans ces conditions ?

— Il pourrait me présenter à des gens importants, me tenir au courant d'éventuelles opportunités…

— S'il n'a pas de boulot lui-même, par quel miracle veux-tu qu'il t'en trouve un ?

— Ce n'est pas d'un boulot dont j'ai besoin, mais d'argent.

— Et si tu travaillais pour en avoir ?

— Travailler ne me dérange pas, à condition que ce soit pour moi seul. Je n'ai pas envie de subir les lubies d'un petit chef.

— Et te montrer raisonnable, tu n'en aurais pas envie pour une fois ? Nous avons besoin d'argent pour subsister, pas seulement pour tourner un film.

— Oh ! Tu ne comprends rien à rien !

Emmy fut heureuse de retrouver l'atmosphère sereine de la ferme. Susan et Penny avaient paré les pièces de branches de pin et accroché une couronne enrubannée sur la porte principale. La jeune fille alla choisir l'arbre le plus touffu chez un revendeur local de sapins de Noël, et Emmy l'aida à le transporter jusqu'à la maison.

Susan, elle, sortit d'un vieux coffre des boules colorées ainsi que d'antiques décorations.

— Certaines datent de mon enfance, dit-elle.

Ne disposant pas d'un tel trésor, Penny se proposa pour confectionner l'étoile qui devait être fixée au sommet du sapin. Lorsque Dom arriva à son tour à la ferme, il apportait une guirlande de minuscules lumières blanches et des cadeaux qu'il déposa sous l'arbre avec Toni. Jonny, qu'ils avaient amené avec eux, soutint que la maison manquait encore de verdure et partit avec Emmy acheter du gui et du houx.

Le gui lui fournit le prétexte à d'incessantes embrassades.

Durant le réveillon il se soûla. Emmy se coucha tôt et s'endormit quelques minutes après avoir ouvert un roman policier. Elle rêva qu'elle se trouvait avec son mari sur un navire en perdition au milieu d'une tempête. D'énormes déferlantes menaçaient à tout instant de les engloutir. Elle se mit à hurler, tandis que Jonny ne cessait de répéter : « Arrête donc de crier, Em. Profite plutôt de cette expérience unique. »

Puis la scène changea. Emmy était en train de raconter le naufrage aux enfants qu'elle n'avait pas. Jonny se tenait assis à côté d'eux. Ses cheveux étaient blancs et son dos voûté par l'âge. Il se leva, monta dans sa voiture — une Porsche dorée — et disparut à l'horizon. Emmy prit alors les enfants dans ses bras ridés.

« Même s'ils savent que les naufrages ont toujours existé, leur chuchota-t-elle, les gens ne s'arrêtent pas pour autant de construire des bateaux. »

Elle leur parlait en fait de l'amour.

Elle rouvrit les yeux. L'aube ne s'était toujours pas levée. Les lumières étaient allumées et elle se trouvait seule dans la chaleureuse chambre d'amis. Du rez-de-chaussée lui parvenait le bruit des conversations où se reconnaissait surtout la voix de Jonny.

Parfois elle se demandait combien de temps encore elle supporterait de vivre avec lui.

Ils s'étaient rencontrés sept ans auparavant. En voulant sortir sa Porsche d'un parking, Jonny avait éraflé l'aile de sa vieille Hyundai alors qu'elle était partie faire ses courses. En revenant, elle avait trouvé un mot glissé sous l'un de ses essuie-glaces, dans lequel il lui demandait de l'appeler pour qu'il pût lui rembourser les frais de réparation.

Ils avaient pris rendez-vous par un après-midi sec et venteux dans le restaurant Mort's, à Pacific Palisades. Jonny était en retard. Elle s'était assise à une grande table de bois en compagnie d'un couple d'étrangers amateurs de *pastrami*. Elle commençait à croire qu'elle attendait pour rien, lorsque Jonny apparut soudain devant elle. Il se répandit en excuses tout en la contemplant d'un regard intrigué, comme s'il la reconnaissait.

Plus tard, il lui avoua avoir éprouvé pour elle une attirance immédiate, un authentique coup de foudre, le sentiment d'avoir enfin trouvé l'âme sœur.

Et ce fut réciproque.

Ils restèrent des heures au restaurant à siroter des cafés et à parler comme deux vieux amis qui désireraient rattraper le temps perdu.

Jonny était metteur en scène ; elle avait vu tous ses films. Il avait divorcé par deux fois. Elle était journaliste.

Dans la soirée, il l'invita chez lui et, durant les trois jours qui suivirent, ils quittèrent à peine la chambre.

La maison de Jonny était perchée au sommet d'un escarpement rocheux qui surplombait Pacific Palisades. Ses fenêtres ouvraient sur Los Angeles et le Pacifique au loin. Un jardin empli de fleurs s'étageait sur l'arrière de la demeure blanche de style espagnol. Parterres et massifs s'y épanouissaient avec une exubérance folle, dominés par de gigantesques poinsettias aux feuilles écarlates, longues et effilées comme des griffes. Emmy n'en avait jamais connu que de petits spécimens en pots : ceux-là étaient aussi grands que des arbres.

Le jardin comportait également des plants de jasmin et des rosiers odoriférants aux fleurs charnues, qui auraient proprement ravi un parfumeur. Des hibiscus couleur pêche poussaient le long de l'allée qui menait à la terrasse devant la façade. Leurs pétales étaient ratissés par le jardinier presque aussitôt qu'elles touchaient le sol. Un citronnier tendait vers la fenêtre de leur chambre des branches chargées de fruits aussi gros que des papayes. Un oranger et un limettier ajoutaient encore à la débauche de teintes et de fragrances. Des nuées d'immenses papillons migrateurs aux ailes graciles et mordorées, frangées de noir duveteux, venaient quelquefois voleter au-dessus de cette splendeur tels des pétales arrachés aux fleurs par le vent.

Les sentes pavées de pierre brute étaient bordées de haies basses d'un demi-mètre de haut que ponctuait à chaque croisement un arbuste taillé en boule. Des oiseaux y nichaient, indifférents aux allées et venues d'Emmy, qui pouvait distinguer au creux des branches le duvet ébouriffé par la brise de leur poitrail dodu.

Quand elle ne travaillait pas, elle parcourait des heures durant ce petit paradis. Elle n'était astreinte à aucune corvée domestique. La résidence était tenue par une servante mexicaine au zèle infaillible, le jardin par un spécialiste à l'œil vigilant qui le débarrassait de ses moindres feuilles mortes et de toutes les mauvaises herbes que la jeune femme eût pu être tentée d'arracher elle-même. Comme ils ne parlaient l'un et l'autre que l'espagnol, ses conversations avec eux se réduisaient à des sourires timides et des mimiques embarrassées.

Emmy aimait à nager dans la piscine chauffée creusée au bas du jardin. Son eau d'un outremer scintillant lui donnait l'aspect d'un joyau incongru égaré sur le flanc de l'escarpement fleuri. Un eucalyptus géant aux feuilles argentées protégeait de son ombre le bassin. Sa ramure bruissait de temps à autre sous le vent, mais demeurait le plus souvent immobile sous l'implacable soleil de Californie. Par moments, Emmy songeait que l'écho d'un plongeon solitaire dans une piscine était le bruit même de la solitude.

Une fontaine agrémentait aussi le jardin. Le chant de l'eau coulant sur les poissons rouges qui flânaient dans leur vasque de jade vert berçait jour et nuit la jeune femme de son clapotis monotone. Quand elle était étendue près de la piscine, cette rumeur aigrelette lui arrachait parfois un soupir mélancolique.

Lorsqu'elle prenait le soleil sur la pelouse, il lui arrivait d'entendre des voix résonner dans les profondeurs fraîches de la maison avec des balbutiements étouffés d'âmes en peine. Elle se redressait alors d'un bond et remontait en courant l'escalier dallé dans l'espoir d'accueillir des visiteurs. Malheureusement, il ne s'agissait d'ordinaire que de la servante ou du jardinier, conversant entre eux dans leur langue incompréhensible.

Elle s'accommodait néanmoins de son isolement, étant par nature d'un tempérament méditatif. Elle avait vécu seule des années avant d'épouser Jonny. Son emploi du temps n'en avait d'ailleurs été aucunement changé : elle recevait toujours des commandes, effectuait des enquêtes, écrivait des articles. Elle continuait également à fréquenter ses amis.

Non, au fait, c'était l'abandon de Jonny qui lui pesait. Sinon Jonny lui-même. Elle ne pouvait guère supporter son caractère versatile, son inconscience, son égocentrisme, son penchant pour l'alcool. Et encore moins son travail.

Après tout ce temps, hélas, il lui était trop pénible d'admettre qu'elle avait fini par se lasser de l'homme qu'elle avait tant aimé !

12

Tandis que Jonny demeurait au rez-de-chaussée avec Susan, Penny et quelques invités qui tardaient à prendre congé, Toni et Dom montèrent se coucher.

Dom alluma un feu dans la chambre, en observant du coin de l'œil Toni qui se déshabillait. La vue de ses dessous le mettait immanquablement en transe. Ce soir-là, elle portait un bustier rouge vif et noir à lacets, un string rouge et des bas noirs unis dont la couture soulignait le galbe de ses jambes.

— Brrr ! chuchota-t-elle en souriant. Il fait frisquet !

— Je n'en ai que pour une minute.

Non sans réticence, il lui tendit son peignoir bordeaux pour qu'elle pût siroter son champagne au chaud. Elle enveloppa son corps fin et racé dans l'ample vêtement de laine peignée et se pelotonna dans le large fauteuil près de la cheminée.

— Tiens, ouvre-moi ça pendant que je m'occupe du feu, dit-il en lui présentant la bouteille.

Elle en ôta le bouchon d'une main experte.

— J'ai une nouvelle à t'annoncer, reprit-il pendant qu'il disposait deux flûtes sur la table basse. Le poste qu'on m'avait promis à APG vient de se libérer. Je compte déménager à Los Angeles dès janvier.

Toni, qui s'apprêtait à verser le champagne, suspendit son geste.

— Je ne peux refuser, poursuivit Dom. C'est une proposition en or.

— Et pourquoi la refuserais-tu ? répliqua-t-elle sèchement.

Il hésita quelques instants.

— A cause de nous.

— Ah tiens ?

— Je sais ce que tu penses : loin des yeux, loin du cœur. Mais je suis sûr qu'on se débrouillera.

Toni se réfugia dans un silence boudeur et reposa la bouteille sur la table.

— Où est le problème ? s'enquit-il.

— Dom, j'aurai bientôt la trentaine !

— Et alors ?

— J'espérais mieux qu'une relation lointaine avec toi.

— Mais... je t'aime.

Elle prit une profonde inspiration.

— Pas assez pour m'épouser, murmura-t-elle enfin.

Dom se tint coi un instant.

— Ma vie va tellement vite en ce moment, Toni. Je ne me sens pas encore assez mûr pour le mariage.

— Nous nous fréquentons depuis trois ans. Si tu n'es pas prêt à m'épouser maintenant, tu ne le seras jamais.

Elle refoula ses larmes, puis elle ôta son peignoir et entreprit de se rhabiller.

— Que fais-tu ?

— Je m'en vais.

— Et où ça, grands dieux ? C'est Noël, demain !

— Voilà trop longtemps que j'attends le lendemain, lui rétorqua-t-elle en enfilant sa robe de velours noir.

— Toni, examinons la situation objectivement…

— Laisse tomber. J'ai patienté durant tout ce temps dans l'espoir que *tu* me proposerais un jour le mariage. Tu ne croyais tout de même pas que c'était moi qui allais me déclarer la première, non ?

Elle glissa ses pieds dans ses escarpins à hauts talons.

— Pour l'amour du ciel, ne sois donc pas si impulsive !

— Excuse-moi auprès de ta mère, veux-tu ? Je pense qu'*elle* me comprendra.

— Dis-moi au moins où je peux te joindre !

— Chez mes parents. Eux, en tout cas, je suis sûre qu'ils me comprendront.

Et elle sortit de la pièce.

Quand elle redescendit au rez-de-chaussée, Jonny bavardait avec Penny. Quoique visiblement fatiguée, la jeune fille avait l'air captivée. Ils étaient seuls dans le salon.

— Tu vas à la messe de minuit ? demanda Jonny à Toni en la voyant récupérer son manteau de fourrure dans la penderie de l'entrée.

— Minuit a sonné depuis belle lurette. Vous n'êtes pas encore couchés, vous autres ?

— Pourquoi ? La fête est déjà terminée ?

— Oui, définitivement. Salut, Penny.

— A plus, répondit cette dernière.

Ils entendirent peu après sa voiture dévaler en vrombissant l'allée enneigée.

— Pauvre Toni, marmonna Jonny en se resservant une rasade de Glenfiddich. Savais-tu qu'en buvant uniquement du scotch à l'eau on évitait la gueule de bois ?

— Ben tiens, fit Penny sur un ton sarcastique. Voilà sans doute pourquoi vous n'avez jamais émergé de votre lit avant midi depuis que vous êtes ici. Pour quelle raison plaignez-vous Toni ?

— Parce qu'elle a eu la mauvaise idée de s'amouracher de mon imbécile de frangin.

— Ce n'est pas un imbécile ! protesta Penny avec indignation.

Jonny émit un grognement moqueur.

— Ne va pas me dire que tu en pinces également pour lui ! Seigneur, pourquoi faut-il que toutes les filles courent toujours après les salauds de son espèce ?

— Et pourquoi donc serait-il un « salaud » ?

— Parce qu'il refuse de m'aider à trouver des fonds pour le tournage de *Flaming Forest* alors qu'il en a la possibilité.

— Peut-être estime-t-il que votre projet ne le mérite pas.

— Et toi, pourquoi prends-tu toujours sa défense ? Maman m'a rapporté qu'il t'avait traitée de tous les noms.

— Il s'inquiétait juste pour Susan. Ses mots ont dépassé sa pensée.

— Exactement, approuva une voix dans leur dos. Merci, Penny.

Ils se retournèrent dans un même mouvement. Dom se tenait sur le seuil, une bouteille de champagne ouverte à la main. Jonny le dévisagea d'un regard lourd de reproches.

— Hé ! s'exclama Dom. M'en voudrais-tu encore de t'avoir recommandé à un producteur dans la dèche ? Je t'avais pourtant prévenu avant que tu prennes rendez-vous avec lui.

Jonny agita la main d'un geste las.

— Je sais, répondit-il, je sais.

— Tu m'aides à la finir ? lui proposa Dom en posant le magnum sur la table. Toni et moi n'avons pu en venir à bout.

— Naturellement.

— Volontiers, renchérit Penny, qui n'avait jamais bu de champagne de toute sa vie.

Dom s'assit à côté d'eux. Jonny sortit trois coupes du vaisselier et les remplit à ras bord. La jeune fille trouva le breuvage fort à son goût.

— Où est allée Toni ? s'enquit-elle. Elle paraissait bouleversée.

— Ne t'a-t-on jamais appris à avoir un peu plus de tact ? grommela Jonny avant que son frère pût ouvrir la bouche.

— Mais j'aimerais bien savoir ce qui s'est passé, moi ! Vous vous êtes disputés ? demanda-t-elle à Dom en le dévisageant de ses grands yeux innocents.

— Laisse-le tranquille, intervint Jonny. Tiens, parle-nous plutôt de tes petits copains. Qui est donc ce Graham que maman a évoqué tout à l'heure ?

— Personne, répondit-elle en chassant d'un revers de main le souvenir gênant de son enfance indisciplinée.

Dom cala son menton dans sa paume et la scruta avec un regard singulier.

— Tu es un sacré personnage, Penny. Ce n'est pas ton avis, Jonny ?

— Absolument. Comment as-tu attrapé toutes ces taches de rousseur ?

Penny détestait les grains de son qui parsemaient son visage.

— Et pourquoi vous chamaillez-vous constamment tous les deux ? protesta-t-elle.

— Mais on s'adore, rétorqua Dom. Seulement, on n'arrive pas à s'entendre.

— Oh…

Elle se sentait un peu grise. Jonny remplit leurs verres. Les deux frères se dévisagèrent comme si Penny n'existait plus.

— Je suis désolé pour Toni, déclara Jonny.

Dom se contenta de hausser les épaules.

— Peut-être devrais-tu te jeter à l'eau.

— Se jeter à l'eau ? s'enquit Penny.

Ils l'ignorèrent.

— Comment diable un égoïste de ton acabit parvient-il toujours à deviner ce qui se passe autour de lui ?

— Ce n'est pas si difficile.

— Qu'est-ce qui n'est pas difficile ? demanda Penny avec insistance.

Ils continuèrent à ne pas l'écouter.

— Je déménage à L.A. en janvier, reprit Dom. Le poste promis à APG vient de se libérer.

— Félicitations. Elle t'accompagne ?

— Pas sans ma signature au bas d'un certain parchemin.

— Mais quel parchemin ? voulut savoir Penny. De quoi parlez-vous donc ?

— Ça non plus, ce n'est guère difficile, s'exclama Jonny en riant. Je sais que la perspective peut te sembler peu réjouissante, mais on y survit, crois-moi.

— Belle leçon de courage de la part d'un homme ayant déjà divorcé par deux fois.

— Et si vous me mettiez un peu au parfum ? intervint Penny sur un ton suppliant. De quoi discutez-vous, à la fin ?

— D'un mariage, répondit Jonny sans quitter son frère des yeux. Ou plutôt de son éventualité.

Penny ne toucha plus à une seule goutte de champagne de la soirée.

13

Deux jours plus tard, Dom se rendit avec son frère dans l'unique bijouterie de Northkill. Jonny lui désigna une énorme émeraude carrée ornée de brillants.

— Elle n'est pas obligée de savoir que ça ne vient pas de chez Harry Winston.

— Pourquoi s'en soucierait-elle ? Seule la signification de ce cadeau lui importe.

— Alors saute le pas, l'exhorta son frère. Elle sera la lumière de ton foyer et vous aurez beaucoup d'enfants.

— J'apprécie vraiment sa compagnie. Je l'aime aussi, c'est sûr. Mais de là à l'épouser…

Il considéra la bague d'un air morne. Le vendeur la présentait avec des gestes tentateurs aux pâles rayons de soleil qui traversaient la vitrine.

— Tout le monde ou presque s'y est risqué au moins une fois dans sa vie, lui rappela Jonny avec enthousiasme. Ça pourrait même te plaire, tu sais.

Dans l'après-midi, Dom partit retrouver Toni chez ses parents, dans le Connecticut. Le ciel était d'un gris désespérant. Quelle mouche piquait donc les femmes de gâcher des relations idylliques avec de tels ultimatums ? se demanda-t-il.

Enfin, il était malgré tout résigné à céder.

Ce fut Toni elle-même, revêtue d'un pantalon en stretch noir et d'un ample pull blanc en angora, qui lui ouvrit la porte. Elle le dévisagea avec stupeur.

— Entre, dit-elle d'une voix hésitante.

— Non, sors plutôt avec moi, proposa-t-il avec un grand sourire. Allons nous promener un peu.

— Tu ne veux pas saluer mes parents ?

— Après. Viens, la nuit ne va plus tarder à tomber.

Elle rentra se changer.

— Par où va-t-on ? s'enquit-elle en ressortant de la maison dans son manteau de fourrure, les pieds chaussés d'après-ski.

Il la conduisit à travers champs au sommet d'une colline qui se profilait à l'horizon. De cette éminence, le bourg de Middletown se réduisait à un village de poupée. Ses rues enneigées étaient pratiquement désertes. Les maisons aux murs de bardeaux découpaient leurs silhouettes fantomatiques sur la neige, apparitions blanches sur fond blanc. Le clocheton étincelant de l'église semblait percer le plafond bas et cotonneux des nuées.

Dom se racla la gorge avec embarras.

— Voici ton cadeau de Noël, déclara-t-il en tendant à la jeune femme un écrin de velours beige.

Toni crut que son cœur manquait un battement.

— Oh, Dom ! balbutia-t-elle dans un soupir.

Elle ouvrit l'écrin et contempla la bague. Elle était intensément consciente du froid qui lui mordait les chevilles, du souffle de la bise sur ses joues. L'atmosphère était emplie du parfum âcre et piquant de la neige et de la résine de pin. Ces senteurs l'inondaient d'une allégresse vibrante.

Dom se méprit sur son silence.

— Je ne te demande pas ta main uniquement à cause

de notre dispute de l'autre soir. Je désire vraiment t'épouser.

Il prit la bague et l'enfila à l'annulaire de sa main gauche. Toni s'accrocha à son bras. Il embrassa sa joue, ses paupières closes, son front. Leurs lèvres se rencontrèrent.

— Je t'aime, murmura Toni.

La main de Dom se faufila sous son manteau, son pull, son soutien-gorge.

— Non, pas ici, chuchota-t-elle.

— Pourquoi pas ?

Ils étaient seuls au sommet du monde. Le crépuscule approchait. Toni se pendit au cou de Dom, le corps frémissant de vagues de plaisir depuis la pointe des seins jusqu'au creux du ventre, des cuisses. Le désir de son amant enflammait le sien. Ils se fréquentaient déjà depuis trois ans, mais jamais elle n'avait ressenti une passion si dévorante pour lui.

Ils se laissèrent tomber sur le tapis de neige craquant et doux. Toni garda son manteau de fourrure pour se protéger le dos de la froidure. Dom lui ôta son pantalon moulant, puis la couvrit de son corps et réchauffa ses seins nus contre ses paumes. Ils s'embrassèrent de nouveau.

— Tu es à moi, grommela-t-il, toute à moi.

— Pour la vie.

Il eut un frisson.

— Oh, Toni !

— Je n'arrive toujours pas à croire que nous osions faire ça ici…

Sa phrase mourut dans un gémissement de volupté. Elle regarda Dom fixement tandis qu'ils s'étreignaient avec une ferveur grandissante.

— Encore heureux que j'aie mon manteau, murmura-t-elle d'une voix saccadée. Dom, je…

— Chut.

L'extase les ravit sur le fil glacé d'un glaive de feu, les plongeant dans la moiteur torride, sauvage, éclatante et ténébreuse du plaisir. Dom s'effondra contre sa poitrine en haletant.

— Je ne suis pas près d'oublier cet instant, dit-il enfin.

Ils se rajustèrent en riant. Après tout, songea Dom, se marier avec Toni serait peut-être une épreuve moins terrible qu'il l'avait redouté.

14

Le jour de la Saint-Valentin, Susan et Penny firent une nouvelle excursion à New York. Susan voulait montrer le Metropolitan Museum à sa pupille. Elle désirait aussi communiquer à Toni le nom de nouveaux clients potentiels.

Elles avaient prévu de rester toute la journée et de repartir le soir en train après une collation chez Justin Groome. Comme c'était un vendredi, Penny avait obtenu de son école une permission de sortie. Elle avait revêtu un chemisier blanc, un cardigan rouge en lambswool, une jupe longue en velours côtelé. Elle portait aux pieds des chaussures à talons plats. Quoique ne se sentant jamais complètement à son aise dans les vêtements que lui offrait sa protectrice, elle les portait quand même pour ne pas la vexer. Pour sa part, elle préférait encore les jeans.

Elles passèrent l'après-midi au Metropolitan, qu'elles rejoignirent en traversant Central Park. Penny ouvrait des yeux ronds tout en parcourant lentement les vastes salles emplies d'œuvres d'art toutes plus étonnantes et splendides les unes que les autres. Quand elle se sentit saturée de tant de beauté, elles prirent un taxi pour se rendre au restaurant Enrico's, sur Lexington. La salle de l'établissement était longue, étroite et bruyante, mais il y régnait un délicat fumet. Elles commandèrent des *saltimbocca alla romana*, ainsi que deux salades italiennes, et terminèrent leur repas en sirotant les cafés les plus noirs et les plus amers que la jeune fille eût jamais goûtés.

— Je vais te laisser un moment, lui annonça alors Susan en se remettant du rouge à lèvres. Tu es assez grande pour explorer toute seule galeries et boutiques. Et puis il est impossible de se perdre par ici. Je te retrouverai à 16 h 30 à la Prescott Gallery. Elle est située à l'angle de la 57e Rue et de Madison. Amuse-toi bien.

Frémissant d'excitation à l'idée d'arpenter seule la grande ville, Penny remonta Madison Avenue, puis la 69e Rue. Elle entra dans des magasins pour essayer des robes et admira les vitrines des antiquaires. Elle sonna aux portes calfeutrées des petites galeries d'art, étourdie par sa propre audace. Elle découvrit qu'elle appréciait surtout le néoréalisme de l'après-guerre, et se promit d'en parler à Susan.

Il était 16 heures lorsqu'elle se présenta à la Prescott Gallery. Susan n'était pas encore arrivée. Bien que fatiguée, Penny ne résista pas à l'envie de jeter un coup d'œil aux œuvres exposées dans la galerie — des sculptures tribales africaines qu'un critique avait qualifiées de « proto-cubistes ». Accrochés aux murs d'un blanc virginal, des masques alignés sur plusieurs rangées scrutaient la jeune fille. Ces faces étranges aux traits bombés et recuits la troublèrent, lui inspirant une répulsion proche de la terreur.

Elle s'assit dans un fauteuil et attendit. 16 h 20. « Pourvu que Susan ne soit pas en retard », songea-t-elle.

16 h 30. Elle entendit soudain la voix imposante de Justin Groome résonner dans le hall. Son ton chaleu-

reux et bonhomme évoquait celui d'un papa jouant au Père Noël. Penny sentit son cœur se serrer et espéra vivement que Susan l'accompagnait. Malheureusement, il était seul.

— J'ai l'intention d'acheter un de ces masques, lui lança-t-il en guise de salut. Tu peux me conseiller ?

— Pas vraiment… Je ne les aime pas trop.

— Pourtant ils sont terribles ! Tiens, regarde un peu celui-ci.

Il lui montra une figure cauchemardesque, taillée dans de l'ébène, dont les yeux étaient agrandis par l'effroi et la bouche ouverte sur un hurlement muet.

— Mouais, fit-elle. Comment saviez-vous que j'étais ici ? Où est Susan ?

Groome sourit.

— Il te plaît, hein ? s'enquit-il en continuant à désigner le masque. Bon, dans ce cas, je vais l'acheter.

— Je le trouve horrible.

— Nous allons l'emporter chez moi pour que tu me dises exactement où l'installer.

Il se rendit dans le fond de la salle où une jeune femme était assise derrière une table.

— D'ordinaire, nous ne laissons sortir aucune pièce avant la fin de l'exposition, monsieur le député, lui répondit-elle. Maintenant, si vous insistez…

— J'insiste, oui, rétorqua Justin Groome avec hauteur.

Il surprit du coin de l'œil l'expression de Penny et se mit à froncer les sourcils.

— Qu'y a-t-il donc de si drôle ?

— Avez-vous bien réfléchi ? Ce masque est pratiquement le plus cher de tous.

Il haussa dédaigneusement les épaules.

— Comment saviez-vous que j'étais ici ? demanda de nouveau Penny quand l'œuvre fut emballée.

— Par Susan. Je l'ai laissée au bureau discuter boutique avec Marianne, à l'agence. Toni étant partie à L.A. pour le week-end, elle en a profité pour passer me voir en avance.

Ils sortirent de la galerie. Un chauffeur leur ouvrit la portière d'une limousine. Justin déposa le masque sur les genoux de la jeune fille.

— Je désire te montrer chez moi une œuvre que m'a envoyée un ami et sur laquelle j'aimerais avoir ton opinion avant de l'acheter pour le musée de Northkill.

— L'art et moi, ça fait deux, vous savez.

— Tant mieux. J'ai besoin d'un regard neuf.

L'appartement en terrasse semblait lugubre sans la foule des invités que Penny y avait vue se presser naguère. La salle à manger nue et vide la rendait mal à l'aise.

— Est-ce que Susan doit nous retrouver ici ?

— Oui. Mais enlève donc ton manteau. Je vais l'accrocher dans l'entrée. Tu veux un verre ?

— Non.

Il s'en prépara un pour lui-même — un cocktail à base de jus de fraises dont il prétendait être l'inventeur. Puis il prit un cigare dans un coffre de bois marqueté posé sur une table basse et l'alluma.

— Que désiriez-vous me montrer ? s'enquit Penny.

— Assieds-toi d'abord, repose-toi un peu. Et si tu me racontais ta journée ? Où es-tu allée aujourd'hui ?

— Au Metropolitan Museum, dit-elle sans répondre à son invitation.

— Ah ? Et qu'y as-tu vu ?

— Des tableaux, des statues…

Justin lui proposa un des sièges de collection. Les

pieds de chrome crissèrent sur le sol dallé de granit. Penny fit la grimace.

— Tu ne te souviens donc d'aucune œuvre particulièrement remarquable ?

— Non.

Elle sentit les doigts épais et froids du député lui enserrer la nuque.

— Tu es encore une petite sauvageonne, murmura-t-il.

Penny se redressa vivement.

— Vous vouliez me montrer quelque chose, je crois ?

Il hocha la tête avec un sourire affable.

— Certes, dit-il en reposant son cigare dans le cendrier.

Il la mena devant une sculpture en cuivre, bronze et acier représentant une croix sur laquelle était clouée une femme aux formes stylisées. Penny ne put retenir un frisson de dégoût.

— Je n'y connais rien en art, je vous le répète.

— Naturellement, ce n'est pas le genre de crucifix devant lequel on est censé s'agenouiller, reconnut Groome en remplissant son verre.

Il lui désigna un plateau où étaient disposés une coupelle de crackers, un ravier de fromage en cubes et une assiette de fraises.

— Sers-toi, je t'en prie.

— Merci, mais je n'ai pas faim.

Elle consulta sa montre d'un regard appuyé.

Groome sourit une nouvelle fois, les yeux brillant d'un éclat dur.

— Ne joue pas avec moi.

— Je ne joue pas.

— Parfait.

Il se pencha brusquement vers elle pour l'embrasser.

Choquée, Penny s'écarta d'un bond.

— Je t'ai dit de ne pas jouer avec moi, marmonna-t-il en l'acculant contre le mur.

Elle le toisa avec répugnance. Les muscles de ses énormes bras roulaient sur ses minces épaules. Il était si près d'elle qu'elle avait l'impression de le regarder à travers une loupe. Les pores sur les ailes de son nez lui paraissaient des gouffres. Elle tenta de se débattre. Il l'agrippa d'une main ferme.

— Tu ne peux plus m'échapper, maintenant. Avoue que tu attendais ça depuis longtemps, hein ?

— Non !

Luttant contre la panique, Penny échappa à l'étreinte de Groome et courut vers l'ascenseur dont elle pressa fébrilement le bouton d'appel. « Vite, bon sang ! Plus vite ! »

Groome la rejoignit, les lèvres retroussées en un rictus cruel.

— Loupé, ma douce.

Il lui empoigna le bras et la traîna le long du couloir. Penny lui décochait des coups de pied frénétiques dans les tibias.

Cependant, il réussit à la pousser dans sa chambre et la propulsa sur un immense lit. Elle se rua vers la porte. Il la rattrapa au passage, l'envoya derechef bouler sur le matelas et lui administra une violente gifle.

Elle hurla.

— Personne ne t'entendra, la prévint-il d'un ton nonchalant. Nous sommes perdus au milieu des nuages, ici. Pourquoi n'admets-tu pas simplement que tu n'as cessé de m'aguicher depuis le premier jour ? Tu me veux autant que je te veux, petite Penny.

Il retira sa veste, exhibant un holster d'où dépassait la crosse d'un revolver.

Mais Penny n'était pas prête à subir passivement une telle lubricité. Elle roula hors du lit.

— Tiens-tu donc à ce que je t'attache ? s'écria Groome en la tirant par les cheveux. Je peux te faire ça à la dure, tu sais. Mais peut-être est-ce justement ce que tu cherches ?

Il lui maintint d'une seule main les bras au-dessus de la tête et de l'autre entreprit de déboutonner son cardigan. Penny se débattait toujours.

— Non, bredouilla-t-elle d'une voix larmoyante. *Non, par pitié !*

Il défit la boucle de sa propre ceinture. Elle suivit les mouvements de ses doigts avec des yeux hagards. La ceinture était taillée dans un cuir épais.

— Détends-toi et tout se passera bien. Tu dois d'ailleurs avoir l'expérience de la gaudriole, depuis le temps.

— Vous êtes dingue, dit-elle tout en s'efforçant de ne pas trahir son effroi. Avez-vous seulement pensé à votre carrière ? Aux prochaines élections ?

Serrant ses poignets de la main droite, il commença à lui fouetter les cuisses à petits coups de ceinture.

Elle frémit.

— Je sais me montrer particulièrement convaincant quand je le désire. Si jamais on doit choisir entre ta version des faits et la mienne, je peux te garantir que tu t'égosilleras en vain. Tu as déjà été tellement culbutée par Pierre, Paul et Jacques que n'importe qui pensera que tu n'es qu'une sale menteuse de nymphomane. Et tu n'aimerais guère avoir une telle réputation, n'est-ce pas ?

Le cuir lui cingla les hanches.

Elle se remit à hurler et essaya de se dégager. Ses

sursauts eurent pour seul effet d'amuser son tortionnaire. Il déboutonna son chemisier, lui arracha son soutien-gorge, remonta sa jupe et lui ôta ses bas.

Sans cesser de lui tenir les mains, il la retourna sur le ventre. La ceinture s'abattit sur l'arrière de ses cuisses, sur ses fesses.

Puis il la lâcha. Comme elle ne bougeait pas, il la bascula sur le dos. Les yeux écarquillés de souffrance, elle le vit enlever son pantalon. Il s'étendit sur elle. Son revolver lui laboura les côtes. Il la reluquait d'un regard ivre d'excitation. Elle pouvait à peine respirer.

— Putain, marmonna-t-il en la pénétrant.

La douleur cisailla la jeune fille en deux. Groome ahanait bruyamment.

— Susan sait-elle que tu es une menteuse, une voleuse, une obsédée sexuelle ? murmura-t-il d'une voix haletante. Et Dom, le sait-il lui aussi ?

Il s'activait sur elle en grognant. Penny gisait, paralysée, sous son corps massif.

Il s'immobilisa dans un spasme et roula enfin sur le côté.

— Les allumeuses dans ton genre ne méritent qu'un nom, lâcha-t-il en se relevant. Tu n'es qu'une traînée.

Il lui lança ses bas.

— Renfile-moi ça et compose-toi une allure respectable. Nous avons rendez-vous avec Susan en ville.

Penny contempla fixement le revolver dans son étui. Puis elle courut vomir dans la salle de bains, se doucha et se rhabilla.

Quoique bouleversée, elle était au moins certaine d'être incapable de rester assise durant tout le dîner à côté de son violeur. Elle partit récupérer son manteau dans la penderie de l'entrée.

— Où crois-tu donc aller ? s'exclama Groome.

Elle appuya sur le bouton de l'ascenseur sans répondre.

— C'est ça, fuis donc. De toute façon, tu ne pourras longtemps te fuir toi-même !

Elle s'engouffra dans la cabine. Groome ne tenta même pas de la retenir.

Les portes se refermèrent dans un chuintement.

Penny s'adossa en tremblant contre la paroi de l'ascenseur. Une fois sortie du bâtiment, elle héla un taxi.

— Grand Central Station, s'il vous plaît, chuchota-t-elle d'une voix hoquetante.

Elle se renfonça contre le dossier de la banquette. « Une traînée… » Que dirait Dom s'il savait ?

« Justin saurait persuader n'importe qui de n'importe quoi. »

Pourrait-il aussi persuader Dom qu'elle était une traînée ?

Groome avait manœuvré à la perfection. Son passé d'adolescente provocatrice était effectivement une arme imparable entre ses mains. Et il s'en était servi contre elle en politicien roué qu'il était.

Elle enfouit en sanglotant son visage entre ses mains.

Oh ! oui, songea-t-elle avec désespoir, l'infâme était sûr de pouvoir compter sur son silence.

15

Alors que le taxi emmenait Penny à la gare, Dom et Toni étaient en train de fêter la Saint-Valentin.

Toni avait téléphoné à son fiancé dans l'après-midi.

— Tu me manques, lui avait avoué ce dernier. Près de cinq mille kilomètres, c'est beaucoup trop loin pour moi.

— Ça te dirait de passer la soirée en amoureux ?

— Oui, mais comment…

— Tu n'as qu'à me rejoindre au Beverly Hills Hotel après le travail. Je viens de m'y installer.

Il avait ri aux éclats, étonné et ravi à la fois.

Toni lui avait ouvert dès qu'il avait frappé à la porte de sa chambre. Elle portait un caraco rose pâle brodé de petits cœurs, un porte-jarretelles assorti, des bas ivoire et des talons aiguilles fuchsia. Ses cheveux blonds lui tombaient sur le visage. Elle embaumait le jasmin.

— Salut, lui dit Dom d'une voix rauque.

Seigneur, pensa-t-il, aucune autre femme ne savait autant l'aguicher !

— Hum, fit-elle en l'embrassant. Tu sens bon.

— Moins que toi.

— J'ai commandé du champagne. Je te sers ?

— Volontiers.

Il abandonna sa veste et sa cravate sur un fauteuil tandis que Toni remplissait deux flûtes de Moët et Chandon.

— A ta santé, chuchota-t-elle.

Puis elle s'étendit sur le lit pour siroter son champagne.

— Quelle divine surprise, déclara-t-il tout en admirant son corps souple et élancé.

Elle lui rendit son regard sans fausse pudeur. Elle était si heureuse d'être avec lui. Il ne pouvait s'imaginer combien elle avait langui de sa présence. Sans doute croyait-il qu'elle jugeait sa carrière plus importante, mais c'était tout simplement faux.

— Comment trouves-tu ton nouveau travail ? s'enquit-elle.

— Super, quoique éreintant. Et toi, toujours à devancer les desiderata de tes clients, le sourire aux lèvres ?

— Exactement. Du moins, je l'espère.

— Tu as vu ma mère dernièrement ?

— Non. Nous devions nous rencontrer cet après-midi à New York, mais Justin m'a offert un billet pour L.A., comme cadeau pour la Saint-Valentin. Sympa, non ? Il m'a appris que Susan guidait Penny dans les musées. D'après lui, elle compte fermement transformer notre délinquante en première communiante.

— Penny n'a absolument rien d'une délinquante, tout de même !

— Tiens ? Aurais-tu donc changé d'avis ? Enfin, oublions Penny. Justin n'arrête pas d'en parler depuis quelque temps.

— Ah ? Et pourquoi ?

Elle haussa les épaules.

— Peut-être lui rappelle-t-elle sa jeunesse.

Dom se débarrassa prestement de ses chaussures et s'allongea près d'elle.

— Tu m'as vraiment manqué.

— Toi aussi.

Il embrassa les petits cœurs brodés sur l'échancrure du caraco.

— Je sais que nous sommes convenus de nous marier à l'automne, reprit-il, mais tu pourrais quitter ton boulot pour emménager tout de suite avec moi.

— Pourquoi ?

Dom glissa un doigt sous une des fines bretelles du déshabillé et dégagea l'épaule de la jeune femme. Il n'osait lui avouer qu'il désirait vivre un peu avec elle avant de contracter un engagement aussi définitif.

— Je suis sûr que tu trouverais sans problème un autre poste, poursuivit-il tout en lui bécotant le cou.

— Je t'ai déjà dit que je me refusais à démissionner de Whitfield Communications.

— Il faudra pourtant bien que tu t'y résignes pour me rejoindre ici.

— Et si *toi*, tu retournais à New York ?

— C'est impossible.

— Ben voyons…

— Ecoute, le poste de vice-président est censé me revenir d'ici peu. Jamais je n'ai pu disposer aussi rapidement d'une telle opportunité à New York. L.A. me tend les bras. Cette ville est faite pour moi.

Toni lui effleura l'intérieur des cuisses de la pointe de ses longs ongles vernis.

— Je suis une nana vieux jeu, Dom. Un concubinage éternel ne me tente pas.

— J'adore les nanas vieux jeu.

Les lèvres de Toni lui semblaient pulpeuses à souhait. Il enfouit la main dans sa chevelure pour lui caresser la nuque.

— Je t'aime, murmura-t-il. Nous nous marierons dès demain, puisque tu y tiens.

— Je t'aime aussi.

Et elle s'offrit à lui avec une sincérité éperdue.

16

Susan était furieuse contre Penny.

— Ne recommence plus jamais ça ! J'ai cru que mon cœur allait lâcher lorsque Justin m'a prévenue qu'il ne t'avait pas trouvée à la galerie !

Penny se tenait immobile au milieu de la cuisine, la tête basse.

— Si tu avais un rendez-vous galant, tu n'avais qu'à m'en avertir.

— Je n'avais pas de rendez-vous galant.

— Alors pourquoi diable es-tu partie sans crier gare ? N'as-tu donc aucune jugeote ? J'étais quasi morte de frayeur.

Il aurait suffi à Penny de lui dire : « Je pensais que M. Groome t'avait avertie de mon départ. Comment donc ai-je pu être aussi naïve ? »

Mais les mots restèrent coincés dans sa gorge. Si Susan interrogeait le député sur les raisons de ce mensonge, il lui répondrait certainement qu'il avait agi ainsi pour la ménager. « Car, vois-tu, Susan, ajouterait-il probablement, j'ai le regret de t'apprendre que ta pupille est en fait une traînée. » Et ensuite, sa protectrice le répéterait à Dom.

— Et où as-tu passé la soirée ? voulut savoir cette dernière.

— J'ai pris le train pour rentrer à la maison.

— Et tu n'en es plus ressortie ?

— Non.

— Comment veux-tu que je te croie, Penny ? Si tu désirais simplement revenir ici plus tôt, je t'aurais raccompagnée.

Dans chacune de ses paroles, la jeune fille avait l'impression d'entendre l'écho des arguments de Justin.

« Il saurait persuader n'importe qui de n'importe quoi. »

Elle préféra couper court à l'explication et, tournant le dos à Susan, monta se réfugier dans sa chambre.

Susan ne reparla plus de l'incident, mais ni l'une ni l'autre ne purent l'oublier. En son for intérieur, Penny était aussi troublée que sa mère adoptive. « Pourquoi ne s'est-elle doutée de rien ? se demandait-elle. Elle connaît Groome pratiquement depuis toujours. Jamais elle n'aurait dû lui confier l'adresse de la galerie. »

Le député continua à leur rendre visite. Penny l'appelait « M. Groome » et veillait à ne jamais rester seule avec lui. Il tint lui-même sa langue.

— Penny m'inquiète, dit un jour Susan à Dom au téléphone. Je trouve que le printemps la rend bien taciturne.

— Elle travaille trop à l'école ?

— Ça m'étonnerait. C'est une élève très brillante.

— Elle se tracasse peut-être pour son avenir.

— Nous en avons déjà discuté toutes les deux. Nous avons prévu de voyager ensemble l'année prochaine. Elle ne s'inscrira à l'université que l'année suivante. Je ne sais plus quoi faire pour la dérider. J'ai pensé organiser une fête après son bac. J'espère que ça lui plaira. Tu pourras prendre un congé ?

— Naturellement. Les classes se terminent vers la fin mai, n'est-ce pas ?

— Oui. Dès que nous aurons décidé d'une date, je te la communiquerai.

— Je viendrai avec Toni.

Toutes les camarades de Penny furent invitées. Plusieurs amis de Susan promirent d'être de la partie. Emmy ne put se libérer, mais Jonny et Dom se déplacèrent spécialement de la côte Ouest pour l'occasion. Dom arriva en compagnie de Toni et de la sœur cadette de cette dernière, Violet. Jonny, pour sa part, était aux anges parce que la société de Dom — l'American Production Group — avait finalement accepté de financer le tournage de *Flaming Forest*, son film sur l'Amazonie.

Les deux frères accrochèrent des lanternes japonaises dans les arbres qui encadraient la cour de la ferme et débarrassèrent la salle à manger de son mobilier pour y ménager une piste de danse. Un traiteur, le meilleur du bourg, s'occupa du buffet. Penny put ainsi profiter pleinement de la fête.

Elle traversait la bibliothèque pour se rendre dans la salle à manger lorsque Justin Groome s'approcha d'elle.

— Bonjour, Penny, lui lança-t-il avec un sourire affable. Félicitations pour ton diplôme.

L'intéressée hocha sèchement la tête. Elle était habillée de manière ravissante. Susan lui avait acheté une robe de soie bleue au col chastement remonté jusqu'au cou et au dos ouvert sur un décolleté vertigineux. Ses cheveux bruns, d'ordinaire ramassés en une masse épaisse et broussailleuse, avaient été apprêtés l'après-midi même par un coiffeur de Northkill qui les avait noués en un somptueux chignon découvrant ses épaules parsemées de taches de rousseur.

— Tu danses ? s'enquit Groome.

— Non, répondit-elle en tournant les talons.

Quand il voulut la retenir par la main, elle se dégagea violemment. C'était la première fois qu'il la touchait depuis le viol. Elle s'échappa en courant et percuta Jonny sur le seuil de la pièce.

— Holà ! s'écria-t-il. Ça va ?

Il la dévisagea attentivement.

Elle était en nage. Jonny s'avisa alors de la présence du député, qui le toisa d'un œil mauvais avant de s'éclipser en silence.

— Viens donc t'asseoir, dit Jonny à la jeune fille en la guidant vers un des canapés de la salle à manger.

Un parfum apaisant de glycine en fleur leur parvenait par la fenêtre ouverte.

— Pourquoi donc notre honorable député avait-il l'air d'avoir avalé un petit-four de travers ?

— Parce que je ne voulais pas danser avec lui.

— C'est sans doute le premier refus qu'il essuie de sa carrière.

Jonny la scruta avec une sollicitude inquiète.

— Qu'y a-t-il, Penny ? Je pensais que vous étiez amis, tous les deux.

Elle se tint coite. Jonny en fut intrigué.

— Je viens à l'instant de discuter avec la sœur de Toni, reprit-il. J'ai cru comprendre qu'elle était l'ex-petite amie de Justin. Maintenant, je ne suis pas arrivé à savoir si elle était simplement ivre ou un peu limitée. Qu'en penses-tu ?

Violet était mannequin. De neuf ans la cadette de Toni, elle avait les mêmes cheveux blond platine que sa sœur, ainsi que ses pommettes hautes. D'une expansivité fébrile, elle avait déjà par deux fois renversé le verre d'un invité dans la soirée. Sa présence rendait Penny nerveuse.

— C'est une tête de linotte, décréta la jeune fille.

Jonny s'esclaffa.

— Assurément, convint-il.

— Elle semble terrorisée, aussi, comme si elle craignait que M. Groome soit armé.

— Armé ? Voilà donc qui explique pourquoi il ne retire jamais sa veste…

Il considéra longuement Penny.

— Tu as beaucoup vu Justin cette année, n'est-ce pas ?

— Il vient souvent rendre visite à votre mère.

— Pourquoi ai-je l'impression que tu ne l'aimes pas ?

— Parce que c'est la stricte vérité.

Penny regarda Dom enlacer Toni sur la piste de danse. Ses doigts étaient amoureusement glissés sous la ceinture de la minijupe rouge de sa fiancée. Il avait les yeux fermés. Penny en ressentit une vive irritation.

— Et si nous sortions ? dit-elle soudain. On étouffe, ici.

Jonny se redressa aussitôt.

— Volontiers, répondit-il. Laisse-moi juste le temps de nous dégoter une bouteille de champagne.

Quelques instants plus tard, il la rejoignait avec un magnum et deux verres. Bras dessus, bras dessous, ils se rendirent ensuite sous la véranda. Comme ils passaient sous les fenêtres ouvertes de la bibliothèque, ils entendirent les échos d'une conversation.

— Tu sais très bien que je n'ai rien dit, murmurait la voix de Violet sur un ton suppliant.

— Vraiment ? s'enquit Groome avec un calme menaçant. Alors pourquoi choisis-tu précisément cette soirée pour remettre ta vieille histoire sur le tapis ?

— J'ignorais que le sujet te mettrait autant en colère.

— En colère ? Ton chantage me laisse de marbre, ma petite.

— Mais j'ai besoin d'argent ! Et puis c'était un acte ignoble de ta part. Je n'avais que quinze ans à l'époque.

— Eh bien, maintenant tu es assez grande pour connaître le prix de l'indiscrétion.

Jonny pressa le bras de Penny et l'entraîna au bas des marches.

— Quelle horreur, marmonna-t-il une fois qu'ils furent suffisamment éloignés de la maison.

— Jonny, balbutia Penny, savez-vous de quoi ils parlaient ?

— Non, répondit-il abruptement, et je ne tiens pas à l'apprendre. Asseyons-nous ici et ouvrons donc cette bouteille.

Penny songea qu'il serait peut-être avisé de se lier avec Violet.

Jonny ôta sa veste et l'étendit galamment sur la pelouse pour la jeune fille. Puis il fit sauter le bouchon de champagne, qui fusa dans la nuit étoilée. Ils burent avidement la première coupe.

— Pourquoi Emmy n'est-elle pas avec vous ? demanda Penny tandis que Jonny remplissait leurs verres.

— Elle déteste me suivre dans mes voyages d'affaires. Dans ces moments-là, selon elle, je ne suis presque jamais disponible. Elle n'a pas entièrement tort, d'ailleurs.

— Vous êtes ici en voyage d'affaires ? Je croyais que vous étiez venu uniquement pour la fête.

— Le genre d'« affaires » dont je m'occupe se conclut en

tout lieu et à tout instant. J'espère notamment convaincre Justin de participer au financement de *Flaming Forest*. Les responsables d'APG ont finalement accepté de produire le film, mais le budget qu'ils m'octroient est trop restreint. Et Dieu sait que Justin a les moyens de soutenir ce projet, et de s'attirer par là même la faveur des écologistes.

— Vous croyez qu'il marchera ?

— Penses-tu ! C'est un imbécile.

Puis, changeant aussitôt de sujet :

— A quelles études se destine donc notre éminente bachelière ? s'enquit-il. Maman m'a rapporté que tu désirais t'inscrire dans une université. As-tu déjà décidé laquelle ?

— Pas encore. Susan m'a proposé de prendre une sorte d'année sabbatique et de partir en premier lieu visiter l'Europe avec elle.

— Tu n'y es jamais allée, je suppose ?

— Non, et j'ai hâte de connaître Londres. Et puis Paris. Vous m'imaginez un peu dans la capitale française ?

— *Bien sûr*, assura Jonny dans la langue de Descartes. Tu as d'ailleurs l'allure d'une petite Française, ce soir.

— *Merci, monsieur*, répondit la jeune fille en rougissant. J'ai choisi le français comme seconde langue à l'école.

Elle avala une gorgée de champagne.

— Nous avons même l'intention de pousser jusqu'en Extrême-Orient, poursuivit-elle. C'est drôle, j'ai toujours voulu voyager, même si je n'ai jamais cru en avoir un jour la possibilité. Rien que les deux derniers séjours que j'ai passés à New York avec votre mère m'ont enchantée.

— Je crains pour ma part avoir trop couru le monde pour ne pas en être un peu lassé. Mais peut-être irai-je vous rejoindre malgré tout en Europe. Tu es une jeune fille si pétillante, Penny. Redécouvrir l'étranger par tes yeux pourrait se révéler une expérience rafraîchissante.

Ils entendirent soudain un bruit de pas. Justin Groome émergea peu après de la haie. Il parut à la fois étonné et contrarié de les voir encore ensemble.

— Où est Violet ? demanda-t-il en regardant autour de lui.

— Nous ne l'avons pas aperçue.

— Que faites-vous ici ?

— Nous admirons le clair de lune, répondit Jonny sur un ton affable. Voulez-nous nous tenir compagnie ?

Le député semblait déjà en colère, mais surprendre Penny avec Jonny l'avait mis proprement en fureur.

— Non, merci, rétorqua-t-il sèchement.

Violet apparut à son tour.

— Me voici, murmura-t-elle d'une voix soumise.

Groome l'ignora. Il saisit Penny par le bras et la releva sans ménagement.

— Ta place n'est pas ici, grommela-t-il. Suis-moi.

— Non ! cria Penny.

Ce court échange rendit Jonny perplexe. Il distinguait de la frayeur dans le regard de la jeune fille. Il posa sur son épaule une main protectrice.

— Désolé, déclara-t-il, mais Penny reste avec moi.

— Retirez votre sale patte de là, lui ordonna Justin.

— Retirez d'abord la vôtre, répliqua-t-il.

— Pourquoi voulais-tu m'amener ici ? s'enquit Violet sur un ton plaintif.

Nul ne lui prêta attention. Jonny sentait Penny trembler contre lui.

— Du calme, mon vieux, dit-il d'une voix sifflante. Ressaisissez-vous. Vous vous comportez comme un goujat.

— Espèce de…

Et sans prévenir, Groome frappa Jonny d'un crochet à la mâchoire.

Celui-ci chancela en arrière, puis il se redressa et marcha résolument sur son adversaire. Groome lui décocha un coup de pied dans les parties, qui l'envoya bouler sur la pelouse en gémissant.

Ce qui survint ensuite sembla se dérouler comme dans une séquence filmée au ralenti. Penny en garda tous les détails à la mémoire. Chaque geste, chaque mouvement s'y gravèrent pour toujours. Le regard froid et calculateur, Justin dégaina son revolver et en abattit la crosse sur le crâne de Jonny. Il agit sans trahir la moindre hésitation ni la moindre émotion. Le frère de Dom s'effondra sur le sol. Penny se porta en hurlant à son secours. Groome retourna alors son arme contre Violet et actionna la détente. La sœur de Toni s'affaissa silencieusement sur la pelouse.

Penny s'étendit sur le corps de Jonny, certaine que Groome voulait le tuer à son tour. Elle ne se rappelait pas s'être remise à crier. Dans son souvenir, un calme mortel planait sur toute la scène, une hébétude de cauchemar. Elle leva la tête vers Justin pour implorer sa clémence, mais aucun son ne sortit de ses lèvres. Puis elle vit Georgia jaillir de la haie et se précipiter la gueule ouverte sur le député. Groome abattit le retriever d'une deuxième balle. La chienne fut violemment projetée en arrière. Justin articula alors des paroles que la jeune fille n'entendit pas, et lui envoya son pied en pleine face.

Elle perçut le craquement sinistre des os sous la peau de son visage et sombra bientôt au fond d'un gouffre immense et ténébreux.

17

Penny s'éveilla dans la lumière du jour, allongée sur une couche étroite et dure. Elle ouvrit les yeux. Le visage de Susan était penché sur elle, comme enveloppé de brume.

— Penny, chérie ? Réveille-toi, Penny. Tu peux m'entendre ?

La jeune fille sentit une souffrance sourde irradier dans son crâne. Elle referma les paupières.

— Ne bouge pas, lui conseilla Susan. Ne te fatigue surtout pas.

— Comment va-t-elle ? s'enquit la voix de Dom.

— Aussi bien que le lui permet son état.

— Où suis-je ? s'enquit la jeune fille.

Parler lui était douloureux. Elle pouvait à peine ouvrir la mâchoire.

— A l'hôpital.

Son esprit se remit péniblement en action.

— Et Jonny ?

— Il s'en est tiré avec quelques bleus. Il est reparti en Californie.

— Depuis longtemps ?

— Tu es restée inconsciente deux semaines durant.

La mémoire lui revint lentement. Elle rouvrit les

yeux et distingua dans le regard de sa protectrice une expression d'angoisse mêlée d'une singulière affliction. Elle se souvint alors brusquement de sa chienne.

— Georgia..., gémit-elle.

— Oui, ma chérie, nous avons dû l'abattre. Elle allait t'attaquer.

— Non, non. Groome...

— Ne t'inquiète pas. Il doit bientôt venir te voir. Il m'a demandé de tes nouvelles pratiquement tous les jours.

— Non ! hurla Penny.

Susan lui serra la main pour l'apaiser.

— Penny...

— Il a tué Georgia ! Il a voulu me tuer, moi aussi !

— Mais non, mon ange, calme-toi. Ce n'était qu'un accident.

Penny tenta en vain de s'asseoir.

— Un *accident* ! s'écria-t-elle.

— Allons, ne t'agite pas, mon cœur. Tu te fais du mal.

— Il a tué Violet ! Il...

Un terrible élancement dans les pommettes la réduisit d'un coup au silence. Sa poitrine se soulevait convulsivement.

— Repose-toi, reprit Susan à mi-voix. Nous rediscuterons de tout ça plus tard.

Penny ferma les yeux, apeurée et désorientée. Elle avait l'étrange sensation que son visage n'existait plus, quoique la douleur fût là pour lui prouver le contraire.

Elle finit par s'assoupir.

A son réveil, Dom avait remplacé Susan à son chevet.

— Maman avait besoin d'une pause, lui dit-il. Elle t'a veillée presque jour et nuit.

— Qu'est-ce que Groome lui a raconté ? Je n'y comprends rien.

— Evite d'y penser pour l'instant. Ne parle pas non plus. Ta mâchoire est maintenue par une attelle. Tu vas t'en tirer, crois-moi. Je suis sûr qu'il s'agit d'un simple accident.

— Comment ça ? bredouilla Penny. Que voulez-vous dire ?

— Violet…, lui rappela Dom d'une voix hésitante.

— C'est lui qui l'a tuée, l'interrompit-elle.

— Qui donc ?

— Groome. Il lui a tiré dessus. Je l'ai vu !

Dom parut ébranlé. Il se renfonça dans son fauteuil.

— Tu es sûre ?

— Sûre et certaine. Je vous répète que je l'ai *vu*. Et Jonny aussi l'a vu. Demandez-le-lui.

— Il est retourné chez lui, à Pacific Palisades, répondit Dom, l'air soucieux.

— Mais il a bien dû vous dire ce qui s'était passé, non ?

— Oui, mais laissons cela pour le moment. Je désire vivement entendre ta version des faits, et la police souhaite aussi recueillir ton témoignage, mais tu as d'abord besoin de reprendre des forces.

— C'est lui qui l'a tuée, répéta Penny d'une voix que la souffrance rendait hoquetante et pâteuse.

Jamais elle n'avait éprouvé une telle lassitude. Néanmoins, la pitié qu'elle déchiffrait dans les yeux de Dom lui était encore plus pénible que la migraine qui lui taraudait les tempes.

— Je dois être salement amochée, n'est-ce pas ? lui demanda-t-elle au bout d'un instant.

Dom lui prit la main.

— Pour moi, tu ne seras jamais moche, Penny.

Elle détourna la tête, sans pour autant relâcher sa main. Dom demeura à son côté jusqu'à ce qu'elle se rendormît. Quand elle émergea du sommeil, deux infirmières s'activaient autour des machines disposées près de son lit.

— Vous avez un visiteur de marque, lui annonça l'une d'entre elles, visiblement impressionnée par les relations de sa jeune patiente. Nous l'avons autorisé à vous voir en dehors des horaires stipulés par le règlement.

— Salut, Penny. Comment te sens-tu ?

C'était Justin Groome. Les infirmières s'éclipsèrent discrètement.

Penny se recroquevilla contre l'oreiller.

Groome s'assit sur le bord du lit et saisit sa main glacée entre la sienne. Elle s'efforça en vain de la lui retirer.

— Je ne pense pas qu'on t'ait mise au courant des événements, poursuivit-il sur un ton doucereux. Apparemment, tu étais dans un tel état de confusion que tu n'as su mesurer la pleine portée de ton acte. Dom m'a répété tes allégations. Elles sont absurdes. Je n'ai rien à voir dans ce tragique accident. C'est toi qui as tiré sur Violet, par jalousie. Tu m'aimais en cachette depuis des mois. Jonny a tenté de s'interposer, mais il était trop tard. Il t'a assommée, et tu es malheureusement tombée la tête la première contre une pierre de bordure.

— Vous mentez ! marmotta Penny entre ses dents, soudain consciente du piège que le politicien lui avait tendu. Personne ne vous croira !

— Tais-toi et écoute-moi.

Penny lui obéit, redoutant qu'il l'étrangle séance tenante. Elle savait désormais qu'il en était capable.

— Je ne tolérerai aucun obstacle sur mon chemin, reprit-il d'une voix aussi posée que menaçante. Aucun.

Violet s'en est rendu compte à ses dépens. Et je ne veux pas que tu réitères son erreur. Est-ce bien clair ? Tu devras bientôt comparaître devant les juges pour son meurtre. Si tu te tiens à carreau, tu t'en tireras comme une fleur. Par chance, tu es encore mineure. Mais un seul mot sur moi, et je te promets de te défigurer définitivement. Compris ?

Penny referma les paupières, submergée par la terreur. L'accident redéfila devant ses yeux avec une netteté de cauchemar.

— Et Jonny ? murmura-t-elle enfin. Il a été témoin du coup de feu, lui aussi.

— Jonny sait parfaitement où se trouve son intérêt. Tout comme toi, je l'espère. Cela étant, il s'était soûlé, comme de coutume. Il n'a rien vu. Et même si tel n'était pas le cas, ce qu'il a vu lui aura servi d'avertissement. Jusqu'à présent, en tout cas, il s'est montré moins stupide que toi. Il n'a pas bronché lorsque je lui ai soutenu ta culpabilité. J'ai eu plusieurs minutes de battement pour arranger la scène à ma convenance. Et apposer tes empreintes digitales sur la crosse de mon revolver. Jamais personne n'aura l'idée de mettre en balance la parole d'un député et celle d'une gamine à moitié ivre au moment des faits.

— Vous avez tué Georgia, ma chienne.

Une haine absolue l'animait. Elle tendit la main vers le cordon d'appel. Groome prévint son geste.

— Au diable ce cabot, grommela-t-il en lui serrant cruellement les doigts. Je veux être sûr que tu as bien saisi ce que je viens de te dire.

Elle déglutit avec peine.

— Oui, j'ai saisi.

— Parfait.

Il relâcha sa main.

— Si tu me prouves ta bonne volonté, je te paierai toutes les opérations de chirurgie esthétique dont tu pourras éprouver le besoin. Et puis je t'offrirai un nouveau chien, ajouta-t-il en se redressant. J'ai un petit faible pour toi, tu sais. Allons, bonne nuit. Il faut maintenant que tu te reposes.

Penny demeura immobile dans son lit après qu'il eut quitté la chambre. De la chirurgie esthétique ? Avait-elle donc le visage esquinté à ce point ? Elle voulut se tâter les joues, mais ses doigts heurtèrent la trame rugueuse d'un bandage.

Elle devait impérativement recouvrer son sang-froid, se dit-elle, réfléchir à son avenir. Les prochaines années menaçaient d'être sordides. Ses projets de voyage avec Susan étaient désormais repoussés dans un lointain hypothétique. Peut-être même ne visiterait-elle jamais l'Europe, encore moins l'Extrême-Orient. Au lieu d'aller à l'université, elle risquait même de devoir poursuivre ses études en prison.

Il y aurait un procès interminable qui, si elle taisait la vérité, se conclurait certainement par une condamnation en bonne et due forme. D'un autre côté, si elle parlait, Groome la massacrerait tout aussi certainement.

— Oh, Georgia…, chuchota-t-elle avec désespoir.

Le fidèle retriever était son dernier lien vivant avec l'enfance. Jeune chiot recueilli à la ferme après la mort de sa mère, l'animal l'avait ensuite accompagnée durant toute son adolescence. Il avait aussi essayé de la consoler le jour du suicide de son père. Penny avait le sentiment que les derniers restes de son passé lui étaient irrémédiablement arrachés et qu'elle se trouvait désormais perdue dans un monde dévasté, peuplé d'inconnus hostiles. Même Dom lui était devenu étranger, elle l'avait lu dans son regard. Et Susan également, à force de vouloir à tout prix être sa mère plutôt que son amie.

A 6 heures du matin, une infirmière vint s'enquérir de son état. Penny ne dormait toujours pas.

— Comment vous appelez-vous ? lui demanda-t-elle tandis qu'elle vérifiait les raccordements des tuyaux et des palpeurs la reliant aux machines.

— Alice.

— Pourriez-vous me prêter un miroir, Alice ?

L'infirmière parut hésiter. C'était une très jolie jeune femme qui venait juste d'être engagée à l'hôpital.

— Plus tard, ma douce. Dès que vous vous serez remise un peu.

— Non, maintenant. S'il vous plaît. Je vous promets de ne pas m'affoler, lui jura-t-elle en tremblant déjà d'appréhension. Mon visage… il n'est pas beau à voir, n'est-ce pas ?

— La chirurgie esthétique accomplit des merveilles, de nos jours, lui assura Alice.

Ainsi donc Groome ne lui avait pas menti, comprit aussitôt Penny.

— Donnez-moi un miroir, Alice. Je vous en prie.

L'infirmière accéda à sa requête un peu plus tard dans la matinée. Penny attendit de se retrouver seule pour se regarder dans le miroir. Son œil était encore si tuméfié que les paupières en étaient presque closes. Elle tira fébrilement sur son bandage pour examiner le reste de ses blessures. Sa mâchoire était prise dans une attelle ; ses lèvres étaient violacées et fendues. Il lui fut impossible d'en voir plus. Elle s'aperçut néanmoins qu'une moitié de son visage était différente de l'autre.

Elle sentit un cri lui monter à la gorge.

— Je vous avais prévenue, lui dit Alice en rentrant

dans la chambre avec un gobelet. C'est plutôt dur à supporter.

Elle lui reprit le miroir.

— Comment est-ce, sous le bandage ?

— Tenez, prenez ça. Il s'agit d'un sédatif.

— Répondez-moi d'abord, s'il vous plaît, rétorqua Penny en écartant le gobelet.

— Je peux seulement vous dire que votre pommette et votre nez sont cassés. Si vous voulez en savoir plus, vous devrez vous adresser au médecin. Allons, soyez une bonne fille et avalez-moi ce tranquillisant. Il faut vous reposer.

Penny aspira le liquide épais avec une paille, puis reposa sa tête sur l'oreiller. Alice rajusta son bandage, lui tapota la main et courut au chevet de ses autres patients.

Penny était submergée par le chagrin. Son visage, son joli minois parsemé de taches de rousseur était en bouillie. Elle s'avisait maintenant combien elle y avait tenu. Toute la famille Whitfield était en un sens responsable de ce malheur. Susan aurait dû se méfier de Groome. Jonny aurait dû la défendre. Et où donc était passé Dom ? Pourquoi n'était-il pas revenu lui rendre visite ?

Les minutes s'écoulèrent. Elle comprit soudain qu'elle avait été constamment livrée à elle-même depuis la mort de sa mère. Le suicide de son père avait seulement accentué cette solitude. Jusqu'alors, néanmoins, tous les habitants de Northkill lui reconnaissaient la place qui lui revenait au sein de leur communauté : elle était l'enfant rebelle de Jan Houten qui possédait le champ de citrouilles près de la Taconic. Et même si ce dernier avait mené à la faillite son exploitation laitière, jamais de son vivant il n'aurait permis que Groome touchât à sa fille. Jamais non plus il n'aurait cru un seul moment aux mensonges du député. En revanche, qui étaient les Whitfield ? Des amis de Groome. Point final.

Trois éventualités s'offraient désormais à elle. Ou bien elle adoptait un profil bas au procès et écopait ensuite d'une peine de prison pour un meurtre qu'elle n'avait pas commis. Ou bien elle se défendait en risquant sa vie.

Ou bien encore elle s'évanouissait dans la nature.

Le sommeil la surprit au milieu de ces réflexions.

Dans l'après-midi, quand arriva l'heure des visites, Susan entra la voir, les larmes aux yeux. L'infirmière venait de lui apprendre l'épisode du miroir.

— Oh, Penny, ma chérie !

La jeune fille fut incapable de parler. Susan la prit dans ses bras et la serra contre elle.

« Comment pourrais-je la quitter ? se demanda Penny en répondant à son étreinte. Après tout, elle ignore encore que Groome m'a violée et qu'il a assassiné Violet. Je n'aurais qu'à le lui dire pour retrouver toute sa confiance. Et pour mourir peu après… »

Un coup frappé à la porte mit un terme à leurs effusions.

— Ce doit être le shérif O'Mara, l'avertit Susan en s'asseyant sur le bord du lit. Il souhaite recueillir ton témoignage. Te sens-tu en état de répondre à ses questions ?

— Non.

— Il ne cherchera pas à te confondre. Il désire simplement enregistrer ta version des faits.

— Peu importe, répliqua Penny alors que le shérif pénétrait à son tour dans la chambre. Je ne veux parler à personne.

— Tu as peut-être raison, convint Susan.

Elle se retourna vers l'officier pour lui adresser un regard contrit.

— Vous ne croyez pas qu'elle devrait requérir l'assistance d'un avocat ?

— Ce serait effectivement dans son intérêt. Nous comptons de toute façon ouvrir une enquête criminelle. Désire-t-elle demander à la cour de lui commettre un avocat d'office ?

— Non, répondit Susan. Nous lui en trouverons un.

— Parfait. Je suis désolé d'avoir à entamer une procédure, Penny, reprit O'Mara d'une voix conciliante. J'espère vraiment que tu te sortiras de tout ça avant la fin de l'année.

La blessée le considéra d'un air hostile.

— Vos enfants sont actuellement en Californie, n'est-ce pas ? s'enquit-il auprès de Susan.

— Oui, mais ils se tiennent à votre disposition pour tout complément d'information.

— Dom est reparti ? s'exclama Penny.

— Son travail l'appelle. Il a déjà accompli par deux fois l'aller-retour jusqu'ici, tu sais.

— Il est reparti à Los Angeles ? répéta la jeune fille, manifestement choquée.

Si c'était lui qui gisait à moitié défiguré sur ce lit — accusé de meurtre, qui plus était —, jamais elle ne l'aurait laissé ainsi. Pour rien au monde.

Elle décida aussitôt de ne plus jamais le revoir.

Le shérif accepta de repousser l'interrogatoire et sortit de la pièce.

— Une enquête criminelle, murmura Penny. Je n'en reviens pas.

— Moi non plus, avoua tristement Susan.

— O'Mara a-t-il posté l'un de ses hommes devant la porte de cette chambre ?

— Non, ma chérie. Justin l'a persuadé que tu ne tenterais pas de t'enfuir. Il m'a également proposé de payer la caution requise pour que tu puisses revenir à la maison avec moi.

« Du diable si j'accepte un sou de sa part ! » se dit Penny.

— Je ne comprends pas comment Groome peut être ton ami, marmonna-t-elle avec aigreur. Je ne le comprends tout simplement pas.

— Voyons, Penny…

— Je ne le comprends pas, voilà tout.

— Il y a des années de cela, lorsque Steve, mon mari, est décédé, Justin m'a avancé les fonds nécessaires pour démarrer mon agence. C'était un prêt important, mais sa générosité ne s'est pas arrêtée là. Il m'a aussi amené mes premiers clients. Whitfield Communications aurait végété sans ce coup de pouce. Les affaires m'étaient un domaine totalement étranger ; Justin m'a tout appris.

— Mais tu l'as remboursé depuis, je suppose ?

— Oui. Et je l'ai également soutenu dans sa carrière. La gratitude est un sentiment qui ne se mesure pas, Penny. Il est permanent et inconditionnel, ou bien il n'est pas. Tu t'en apercevras toi-même un jour.

— Je crois que je le sais déjà.

Susan lui tapota affectueusement la main.

— Justin m'a aussi aidée d'une autre manière, reprit-elle avec hésitation. En me sauvant d'un mariage désastreux.

— Comment ça ?

— Après le décès de mon époux, j'ai eu un moment l'intention d'épouser son meilleur ami. Mais il s'est révélé être responsable des malheurs qui avaient poussé Steve au suicide. Justin m'a confié la terrible vérité la veille de mes noces.

Le silence retomba sur la pièce. Penny songea alors

qu'elle ne disposait plus de trois possibilités, comme elle le pensait encore naguère, mais d'une seule.

— Plusieurs de tes amis désirent te rendre visite, lui dit Susan. Graham, en particulier. Je leur ai promis de t'en parler dès que tu irais un peu mieux.

Penny secoua la tête. Susan la dévisagea avec stupéfaction.

— Mais, ma chérie… tu pleures !

— Je… c'est plus fort que moi…

— Mais pourquoi ?

Elle haussa piteusement les épaules.

— En tout cas, chuchota-t-elle en sanglotant, je veux que tu saches que tu as vraiment été une mère pour moi.

— Oh, Penny, murmura Susan en la serrant dans ses bras.

— Ma maman m'a tellement manqué, avoua Penny contre son épaule. J'ai cru la retrouver avec toi. Mais je suis grande, maintenant. J'aurais tant voulu que tu deviennes aussi mon amie. Oh, Susan, je tiens tellement à toi ! Je ne peux supporter l'idée d'une séparation.

— Personne ne nous séparera, lui affirma sa tutrice d'une voix tremblante. J'engagerai les meilleurs avocats du pays…

— Mais si l'on ne se voit plus, l'interrompit-elle. Si… si quelque chose m'arrive…

— Allons, protesta Susan d'un ton plus ferme, j'ai l'impression de vivre des adieux ! Rassure-toi, encore quelques jours et nous nous retrouverons toutes les deux chez nous. Le simple fait de sortir de cet hôpital t'apaisera, crois-moi. Et puis tu auras d'ici peu recouvré assez de forces pour subir l'opération qui te rendra ta mignonne petite bouille d'antan.

Le corps secoué de spasmes, Penny s'accrochait à Susan comme à une bouée de sauvetage.

— Je t'aime, lâcha-t-elle au milieu de ses larmes. Je ne veux pas te quitter !

Susan se mit elle aussi à pleurer.

— Jamais je ne laisserai personne t'emmener loin de moi. Jamais !

La jeune fille songea alors avec désespoir que disparaître promettait d'être la plus rude épreuve de toute son existence.

18

Ce fut seulement deux semaines plus tard que Penny fut enfin prête à mettre son plan en action. Elle devait sortir de l'hôpital un lundi, mais avait demandé à Susan de venir la chercher le lendemain. Elle disposerait ainsi d'une marge d'avance de vingt-quatre heures.

Le dimanche, Susan lui offrit une charmante tenue de convalescente : une robe blanche et des sandalettes assorties.

— Je t'ai apporté aussi une trousse de maquillage, ajouta-t-elle. Comme ça, tu auras l'air d'un vrai rayon de soleil !

Elle tendit à sa pupille une boîte de fard à paupières, un tube de mascara, un rouge à lèvres et un poudrier pourvu d'un miroir. Ni l'une ni l'autre ne nourrissaient cependant beaucoup d'illusions. Tout le côté droit du visage de Penny était enfoncé, son nez était cassé, deux dents lui manquaient et sa peau était grêlée de points de suture. Il lui faudrait bien du temps et de l'argent pour ressembler à un « rayon de soleil ».

Comme Susan s'apprêtait à repartir, elle la retint par la manche.

— S'il te plaît, ne viens pas demain. Je n'ai plus que

deux jours à patienter. A quoi bon refaire encore tout ce chemin depuis la ferme ?

— Parce que ça me plaît.

— Repose-toi un peu. Tu seras plus en forme pour me raccompagner.

Susan accepta à contrecœur.

— Très bien. Alors à bientôt, ma chérie. Seigneur, que j'ai hâte d'être à mardi !

Elles s'abstinrent ce jour-là d'évoquer l'inculpation de meurtre prononcée à son encontre après la visite du shérif.

— A mardi, répondit Penny.

Susan la laissa seule dans sa chambre. Bien que la nuit commençât à tomber, l'infirmière de garde ne vint pas allumer. Etendue sur le lit, Penny eut tout loisir de réfléchir au moyen de quitter Northkill sans éveiller l'attention. Elle ne devait pas seulement échapper à la surveillance de Susan, mais aussi à la vigilance de la police et, plus tard, lorsqu'elle traverserait la frontière de l'Etat, à celle du F.B.I.

Elle serait une fugitive en sursis.

« Une menteuse, une voleuse, une traînée, une meurtrière, une fugitive. » Décidément, Justin l'avait manœuvrée en beauté.

— Excusez-moi. Penelope Houten ?

Penny tourna la tête. Un médecin lui souriait dans la pénombre du crépuscule.

— Comment allez-vous ?

— Pas trop mal.

— Vous sortez demain matin. Vous vous sentez d'attaque ?

— Mouais…

Elle ne l'avait jamais vu auparavant. Peut-être était-ce le nouvel interne de service.

— Avez-vous déjà envisagé le recours à la chirurgie esthétique ?

— Euh, oui. Pourquoi ?

— Parce que je peux vous transmettre les coordonnées d'un praticien susceptible de vous aider.

— Je n'aurais pas les moyens de le payer.

— L'intérêt même de l'opération l'inciterait sans doute à se montrer complaisant.

— Ah bon ?

— Il travaille à Londres. Je sais que ce n'est pas la porte à côté, mais le déplacement pourrait en valoir le coup.

Il extirpa une carte de visite de la poche de sa blouse.

— Voici son adresse.

Penny prit la carte. Elle nota que les mains de l'interne étaient sales et calleuses. Etrange pour un médecin, pensa-t-elle.

— Dr Carl Bellamon, murmura-t-elle sur un ton intrigué.

Peut-être était-ce un message du destin, après tout.

— Vous croyez vraiment qu'il pourra m'aider ?

— J'en suis certain.

Penny regarda de nouveau la carte, puis l'interne. Ce dernier l'encouragea d'un clin d'œil.

— Qui êtes-vous ? s'enquit-elle enfin.

— Dr Smith. Le Dr Bellamon est un ami. Dites-lui que vous venez de ma part.

Elle considéra une nouvelle fois la carte avec perplexité.

— Au revoir, chuchota le Dr Smith en se faufilant par la porte.

Alice lui apporta quelques instants plus tard son plateau-repas.

— Vous connaissez le Dr Smith ? lui demanda-t-elle.

— Qui ça ?

— Le Dr Smith. Il vient de quitter ma chambre. Je ne le connaissais pas jusqu'à présent.

— Il n'y a pas de Dr Smith dans cet établissement.

— Un interne, peut-être ? Ou un aide-soignant ?

— Je vérifierai, promit Alice avec un air soucieux. Que voulait-il ?

— Savoir comment j'allais, c'est tout.

Une fois Alice sortie de la chambre, Penny repoussa son plateau et commença à régler les détails de sa fuite.

Elle regrettait vivement de ne pouvoir passer chercher son jean à la ferme, mais elle n'osait courir le risque de semer derrière elle des indices de son passage. Filer sans se retourner était la seule manière de se protéger des menées de Groome.

Au moins, elle avait une destination : Londres. La petite carte de visite qu'elle tenait dans son poing lui semblait un viatique pour une nouvelle existence.

Elle refusait de se laisser décourager par les difficultés qui l'attendaient en chemin. Mieux valait pour l'instant consacrer toute son énergie et son intelligence à se sauver de l'hôpital.

Elle se leva, enfila sa robe de chambre et traversa le couloir pour se rendre dans le parloir. La salle était presque vide, à l'exception de deux patients qui fumaient en jouant aux cartes. Penny connaissait l'un d'entre eux ; il occupait la chambre voisine de la sienne et venait de subir une transplantation rénale.

— Salut, Ben, lui lança-t-elle en s'asseyant sur l'accoudoir de son fauteuil.

L'homme avait à peu près sa taille.

— Salut, Penny. Comment va ?

Penny suivit un moment le jeu, puis les quitta sans mot dire.

Ben partageait sa chambre avec un autre malade qui, par chance, sommeillait dans son lit au moment où la jeune fille y pénétra. La pièce était plongée dans l'obscurité.

Penny marcha à pas feutrés vers l'armoire où les patients rangeaient leurs affaires personnelles. Elle en entrouvrit la porte et perçut bientôt sous ses doigts l'étoffe rugueuse d'une veste en tweed. Elle tira le vêtement à elle d'un geste prompt et silencieux. Puis elle mit la main sur un pantalon contenant un portefeuille et un trousseau de clés. Elle s'abstint de prendre ce dernier.

— Qui va là ?

Le malade, à l'autre bout de la chambre, s'était réveillé.

— Ben veut ses cigarettes, répondit-elle.

— Ah, ouais, d'accord…

Le cœur battant la chamade, elle attendit qu'il se fût rendormi, puis elle alla se réfugier dans sa chambre avec son butin. Elle referma la porte avant d'actionner le plafonnier. Quoique grande, la veste n'était pas trop incongrue sur elle. Dans le portefeuille, elle trouva un billet de vingt dollars, un permis de conduire et une carte de crédit Visa.

Celle-ci lui serait utile si elle pouvait l'utiliser avant que son vol soit signalé.

A 6 heures du matin, Penny était prête à prendre le large. Elle avait revêtu la robe blanche apportée par Susan et chaussé les sandalettes. Un chapeau de paille avachi lui dissimulait en partie le visage. Elle avait mis longtemps à se maquiller. Le résultat se révélait passable. Ses affaires de rechange étaient serrées dans le fourre-tout apporté de la ferme par sa protectrice.

Alice entra dans la pièce au moment où elle achevait ses préparatifs.

— Votre mère doit donc venir vous chercher si tôt ? s'enquit-elle avec un sourire.

— Je l'espère. Je lui ai dit de m'attendre au rez-de-chaussée.

— N'oubliez pas de passer par la réception. Bonne chance, Penny. Vous nous manquerez.

En bas, dans le hall, médecins et infirmières vaquaient à leurs occupations. Le changement de service avait eu lieu quelques minutes auparavant. Nul ne prêta attention à la jeune fille. Elle raffermit son maintien, redressa le menton, s'efforça de cacher son appréhension sous un air dégagé et franchit le sas d'entrée pour sortir du bâtiment.

Elle s'aperçut alors que des trombes d'eau s'abattaient sur le perron.

Ses sandalettes de cuir blanc se transformèrent bientôt en éponges et ses jambes nues devinrent luisantes de pluie tandis que son large chapeau de paille s'affaissait sur son crâne.

Bon sang, se dit-elle, ces quelques secondes sous l'averse suffisaient déjà à lui donner une allure suspecte ! Elle descendit d'un pas vif l'allée de l'hôpital pour rejoindre l'arrêt du car. Elle y attendit avec angoisse durant ce qui lui sembla une éternité.

Lorsque l'autobus apparut enfin, elle se hissa à l'intérieur, acheta un billet et, trempée jusqu'aux os, prit place sur la banquette du fond. Le terminus de la ligne était Albany. Le paysage extérieur disparaissait sous la buée qui couvrait les vitres. Tant mieux, songea-t-elle. De la sorte, elle demeurerait invisible depuis la route.

Une fois parvenue à destination, elle se rendit dans la boutique J.C. Penney située à proximité du terminus, pour y acheter un bob à neuf dollars ainsi qu'une paire de baskets bon marché fabriquées en Corée.

Il ne lui restait plus beaucoup d'argent.

Elle poussa la porte des toilettes publiques les plus proches tout en se demandant comment, déguisée en homme, elle arriverait à sortir du local réservé aux femmes. Elle tomba sur une vieille dame en train de se poudrer le nez devant la glace.

— Tous mes vêtements sont mouillés, lui expliqua-t-elle en souriant, et je n'ai pour me changer que les affaires de mon frère. Pourvu qu'elles m'aillent !

La dame hocha vaguement la tête après avoir jeté un coup d'œil horrifié à son visage.

Penny se réfugia dans l'un des box pour enfiler veste et pantalon. Puis elle glissa ses pieds dans les baskets.

Entre-temps, la vieille dame était repartie. Penny put se contempler à son aise dans l'immense miroir et ajuster sa veste afin de dissimuler son soutien-gorge. Elle n'avait pas pensé à se procurer une chemise et n'avait pas le temps de découdre le haut de sa robe. Elle se contenta donc d'insérer les pans de la veste sous la ceinture du pantalon pour empêcher celui-ci de godailler.

Le bob ne lui couvrait pas autant le visage que le chapeau de paille, mais c'était mieux que rien. Estimant que la longueur de ses cheveux pouvait la trahir, et ne disposant pas d'une paire de ciseaux, elle remonta ses boucles sous le chapeau.

Elle mit le reste de ses vêtements dans le fourre-tout et ressortit des toilettes. Juste en face s'étalait la vitrine d'une agence de voyages. Hermes Travel, proclamait l'enseigne. Penny hésita un instant avant de pénétrer dans une cabine téléphonique pour appeler les renseignements.

— Pourriez-vous me donner le numéro d'Hermes Travel sur Walt Whitman Mall ?

Elle composa aussitôt le numéro qui lui fut communiqué.

— J'aurais besoin de me rendre de New York à Londres au plus tôt, déclara-t-elle à l'employé de l'agence. Vous serait-il possible de me réserver une place pour ce soir ou demain matin si je vous communique le numéro de ma carte de crédit ?

— Naturellement. Un instant, s'il vous plaît.

Elle entendit cliqueter les touches d'un clavier d'ordinateur.

— Un vol pour l'Angleterre est prévu à 20 heures au JFK, arrivée à Heathrow à 7 h 45. Classe touriste ou affaires ?

— Touriste.

— Votre numéro de carte de crédit, je vous prie.

Elle transmit à l'employé tous les renseignements requis.

— Merci, lui répondit-il. Vous pourrez retirer votre billet dans n'importe quelle agence de voyage ou directement à l'aéroport. Désirez-vous autre chose ?

Penny opta mentalement pour la deuxième solution.

— Non, je vous remercie.

Elle se sentait si nerveuse que la tête lui tournait. Elle redoutait constamment que Groome ne surgît brusquement d'un coin de rue. Elle revint à vive allure au terminus du car.

— Quand doit partir le prochain car pour New York ?

Elle frémit en remarquant le sursaut du guichetier à la vue de son visage, mais se ressaisit rapidement.

— Dans une demi-heure. Porte douze.

— Un aller simple, s'il vous plaît, reprit-elle en lui tendant la carte de crédit.

Tandis que le guichetier effectuait l'opération, Penny avisa subrepticement deux policiers en faction devant le hall du terminus. Ils semblaient chercher quelqu'un.

« Plus vite ! » pensa-t-elle à l'adresse du préposé.

Sans même vérifier sa signature sur le double du ticket, celui-ci lui rendit sa carte avec son billet. Alors qu'elle gagnait la porte douze, Penny abandonna la carte Visa dans une poubelle.

Dans une demi-heure, se dit-elle avec impatience, elle filerait sur la nationale en direction de New York.

19

Plus de quatre semaines s'étaient écoulées depuis que Penny avait obtenu son bac ; c'était la fin du mois du juin et Toni était venue rendre visite à son fiancé comme chaque week-end.

Le téléphone sonna alors que Dom prenait son bain. Toni s'était assise sur le rebord de la baignoire et sirotait un cocktail.

— Tu ne décroches pas ? s'enquit Dom.

— Le répondeur s'en chargera, décréta la jeune femme sur un ton désinvolte.

— Et tu ne veux vraiment pas me rejoindre ? La baignoire est très spacieuse, tu sais.

— Mon avion décolle à 20 heures. Je n'ai pas le temps. Je vais plutôt aller remplir nos verres.

Dom se rallongea dans la baignoire. Toni n'ayant pas allumé la lampe, la pièce était plongée dans la pénombre. Un parfum d'hibiscus s'y infiltrait par la fenêtre ouverte. Dom habitait cette maison aux grandes baies vitrées, au milieu des bois du Topanga Canyon, depuis qu'il avait déménagé de New York six mois plus tôt. Il appréciait de vivre ainsi sur les hauteurs de l'arrière-pays ; la coupure entre le travail et ces moments de détente n'en était que plus franche.

Toni avait, pour sa part, estimé que la demeure était trop exiguë et trop éloignée de Los Angeles pour un homme assurément promis au poste de président de l'American Production Group. Jonny avait abondé dans son sens, quoique uniquement pour persuader son frère de racheter sa somptueuse résidence de Pacific Palisades.

Toni réapparut dans la salle de bains avec un verre dans chaque main. Elle en posa un sur le rebord du lavabo et actionna l'interrupteur. Dom lui adressa un baiser du bout des lèvres. Deux yeux de jade à l'iris mordoré lui sourirent en retour.

Et la baignoire eut bientôt un occupant supplémentaire.

Quand Dom émergea enfin de la salle de bains après s'être séché, plusieurs messages l'attendaient sur son répondeur. Toni descendit dans la cuisine leur préparer un en-cas tandis qu'il les écoutait. Le premier venait de sa mère.

— Dom, mon chéri, rappelle-moi dès que possible, s'il te plaît.

Dom noua la serviette autour de ses reins en fronçant les sourcils. Le message suivant était de Jonny.

— Maman t'a-t-elle appelé au sujet de Penny ? Que devons-nous faire ? Il faut impérativement la retrouver ! S'il lui arrivait quoi que ce soit, je ne me le pardonnerais jamais. Il m'a pourtant juré qu'il ne la toucherait pas…

Jonny avait l'air ivre et ses propos incohérents s'achevèrent dans un sanglot étouffé.

Sérieusement alarmé, Dom tendit l'oreille pour prendre connaissance du troisième message. C'était un nouvel appel de sa mère.

— Dom, tu es là ? Décroche, je t'en supplie…

Dom maudit l'appareil et composa le numéro de

Susan. Toni apporta à ce moment un plateau où étaient disposés une assiette de crackers et un bol de fromage frais. Elle se figea net au milieu de la pièce.

— Je viens à l'instant d'écouter tes messages, disait Dom au téléphone. Que se passe-t-il ?

— C'est Penny, lui répondit sa mère d'une voix tremblante d'anxiété. Elle a disparu.

— Comment ça, « disparu » ?

— Elle m'a menti sur sa date de sortie de l'hôpital. Elle devait en fait quitter sa chambre aujourd'hui. Elle a été aperçue pour la dernière fois alors qu'elle montait dans le car pour Albany. Plus personne ne l'a revue depuis.

— Elle se serait enfuie ?

— Ça ne lui ressemble vraiment pas, Dom ! Je la connais. Elle a toujours eu le courage d'affronter ses problèmes.

— Oh ! Seigneur…

— L'autre jour, j'ai cru qu'elle me faisait ses adieux, mais jamais je n'aurais deviné qu'elle voulait effectivement s'en aller !

— Tu es seule ? lui demanda Dom sur un ton soucieux.

— Non, Justin est à mon côté. C'est d'ailleurs grâce à lui que nous avons appris sa fuite. Il désirait lui rendre visite, mais elle n'était plus dans sa chambre. Il s'est dépêché de me rejoindre à la ferme et… Oh ! Dom, qu'allons-nous faire ?

— Tu as averti la police ?

— Je n'avais pas le choix.

— S'ils ne la retrouvent pas, ils préviendront le F.B.I. Oh, mon Dieu, j'ai encore du mal à y croire !

— Et moi donc…

— Nous devrions peut-être engager un détective

privé. C'est la seule solution qui me vient en tête pour le moment.

— J'ai peur qu'elle ne m'en veuille, poursuivit Susan d'une voix larmoyante. Je n'ai pas su la réconforter. Nous l'aurions pourtant tous soutenue.

— Elle le savait, maman, elle le savait.

Il entendit sa mère se moucher à l'autre bout de la ligne.

— Elle avait vraiment l'air bouleversée en apprenant que tu étais retourné à L.A., reprit-elle.

— Ignorait-elle donc que ma présence était requise à APG ?

— Oui. Enfin, non… Oh, Dom, j'ai l'impression de devenir folle !

— Ecoute, je vais prendre le premier vol pour New York. A deux, nous découvririons le fin mot de toute cette histoire. Penny a certainement laissé un indice quelque part…

Il raccrocha après avoir consolé Susan du mieux qu'il pouvait.

— Qu'y a-t-il ? murmura Toni en déposant enfin son plateau sur la table basse du salon.

Dom se passa nerveusement la main dans ses cheveux humides.

— Penny s'est enfuie.

— Non ?

— Si, répliqua-t-il tout en composant le numéro de son frère. Peux-tu aller me préparer un autre verre, Toni ? J'ai encore quelques coups de fil à donner.

Il n'avait guère envie de boire, mais cherchait plutôt un prétexte pour éloigner sa fiancée et pouvoir ainsi parler à Jonny seul à seul.

— Hé, une minute ! s'exclama la jeune femme. Cette

petite est la meurtrière de ma sœur. J'ai encore plus envie que toi de lui remettre le grappin dessus !

Dom reposa le combiné.

— Je te comprends, Toni. Mais Penny est aussi ma sœur adoptive. Et tu sais que j'ai toujours douté de sa culpabilité. Justin a affirmé lui-même qu'il s'agissait d'un accident.

— C'est aux jurés d'en décider, pas à Justin. Notre cher député a toujours eu un penchant pour les adolescentes. Son témoignage est sujet à caution.

— Bon. Oublions cela pour le moment. Vas-tu, oui ou non, me laisser converser en paix avec mon frère ?

Toni quitta le salon en claquant la porte. Après quelques instants d'hésitation, Dom renonça à lui courir après et appela Jonny.

— Salut, frangin.

— Dom ? C'est toi ? balbutia Jonny d'une voix pâteuse. T'es au courant, alors ?

— Oui, maman m'a tout dit. Que diable signifiait ton message ? Quel est donc ton rôle dans toute cette embrouille ?

— J'aurais dû cracher le morceau sans me soucier des conséquences, tu vois. Oh, oui, je l'aurais dû ! Si seulement j'avais su qu'elle avait autant la trouille. Mais, bon sang, je n'en menais pas large non plus ! Oh, non…

Dom détestait discuter avec son frère lorsqu'il avait bu.

— La trouille de quoi, pour l'amour du ciel ?

Un hoquet sonore résonna dans l'écouteur.

— Oublie, va, oublie. Ça vaudra mieux.

— Mais oublier quoi ? hurla Dom. Tu ne peux pas être plus explicite, à la fin ?

— Je l'aimais bien, moi aussi. Mais c'est toi qu'elle

avait à la bonne. Elle a sans doute préféré mourir plutôt que de te montrer son visage.

Dom entendit le claquement sec d'une portière, suivi du vrombissement d'une voiture qui dévalait l'allée de la résidence. La Ford de location de Toni.

— Tu divagues, Jonny. Je vais rester avec maman pendant quelques jours. Il nous faut retrouver Penny coûte que coûte. Accompagne-moi à la ferme, veux-tu ?

— Je dois aller au Brésil effectuer un premier repérage pour *Flaming Forest*.

Dom lui raccrocha au nez pour appeler son responsable des déplacements.

— Prenez-moi une place sur le vol de ce soir pour New York. En première classe.

Après s'être fait confirmer sa réservation, il se rendit dans la chambre pour constater que Toni avait emporté sa valise. Elle avait même pensé à récupérer sa brosse à dents.

Il s'habilla promptement et enfourna quelques affaires dans un sac de voyage puis, récupérant ses clés, il courut jusqu'à sa voiture.

« Pourquoi diable Penny s'est-elle enfuie ? » ne cessa-t-il de se répéter jusqu'à l'aéroport.

Il repéra Toni dans la salle d'attente de la TWA. Elle patientait en feuilletant un exemplaire d'*Harper's*. Il la contempla depuis le seuil comme l'eût fait un inconnu. La jeune femme était légèrement penchée en avant, l'échancrure de son chemisier de soie laissant entrapercevoir son soutien-gorge de dentelle. Ses jambes croisées étaient voilées par sa jupe de tarlatane qui lui descendait pratiquement jusqu'aux chevilles. Hormis son pied nu qui se balançait dans une sandale, elle était totalement immobile.

« Voilà la personne que je dois épouser », songea Dom.

Elle était de loin la plus belle des femmes présentes dans la salle, la plus inaccessible aussi.

Une sorte de sixième sens incita Toni à relever la tête. Dom vint s'asseoir à côté d'elle.

— Re-bonjour.

Elle lui sourit tendrement. L'absence de rancune était décidément le trait de caractère qu'il appréciait le plus chez elle.

— Quel bon vent t'amène ici ? s'enquit-elle en posant son magazine.

— J'ai réservé une place sur le prochain vol pour New York… juste à côté de la tienne.

— Tu vas aider ta mère à retrouver Penny ?

— Oui.

— Violet était une petite écervelée, mais elle ne méritait pas de mourir…

Sa voix s'éteignit.

— Je sais, Toni, et je compatis sincèrement à ta douleur.

— Tout est ma faute. Ce n'était qu'une enfant, une gamine évaporée…

— Tu n'as rien à te reprocher.

Il passa un bras autour de ses épaules, se demandant comment il avait pu ne pas remarquer son chagrin quelques heures plus tôt. Sous son apparence sereine se dissimulait en vérité une femme fragile et profondément désorientée.

— Notre mariage en septembre tient toujours ?

— Bien sûr, lui répondit-il en lui embrassant les cheveux. Si tu le veux encore, du moins.

— Mes parents commencent à croire que nous devrions attendre un peu.

— Je comprends leur peine. Je suis d'accord pour reporter les noces, s'ils le désirent.

— Oui, mais moi je ne le désire pas.

Dom prit son visage entre ses mains et la dévisagea intensément.

— Alors nous nous marierons en septembre, lui promit-il.

— Je pensais qu'elle m'aurait au moins laissé un message, lança Susan à son fils dès qu'il se présenta à la ferme. J'ai du mal à croire qu'elle soit ainsi partie sans crier gare.

— N'a-t-elle rien révélé à la police qui puisse nous renseigner ?

— Non. Elle s'est refusée à toute déclaration.

— Et au sujet de Justin ?

— Pas un mot.

— Elle m'a soutenu que c'était lui qui avait tué Violet. Pourquoi donc ne l'a-t-elle pas répété au shérif ?

— Sans doute parce que c'était un mensonge, répliqua Susan, effondrée. Ce ne serait pas son premier, tu sais.

— Ah bon ?

— Je l'aime beaucoup, mais pas au point d'être aveugle sur ses défauts. Tu m'en as d'ailleurs prévenue toi-même : depuis la mort de sa mère, elle vivait comme une sauvage.

— Je ne l'ai cependant jamais ouvertement soupçonnée d'être une menteuse.

Susan lui avoua alors comment Penny lui avait naguère faussé compagnie à New York pour revenir à Northkill sans jamais lui en expliquer la raison.

— Je n'arrive toujours pas à admettre qu'elle ait pu tuer Violet.

— Moi non plus, convint Susan. Mais Justin l'a vue de ses propres yeux.

Dom persuada sa mère de monter se reposer avant le déjeuner. Puis il alla inspecter la chambre de Penny. La pièce était encombrée de vêtements et d'objets divers. Chaque recoin portait la marque de la jeune fille : le rebord de la fenêtre où trônait un chapelet de pierres de lune, l'étagère garnie de romans policiers, la table de nuit sur laquelle gisait un ours en peluche usé par les caresses, le mur latéral orné d'une reproduction de Monet qu'il lui avait offerte.

Alors qu'il passait en revue toutes ses affaires, tel un policier cherchant la clé d'une énigme, il se souvint du matin où il avait couru après elle dans la crainte qu'elle n'attentât à ses jours. Lorsqu'il l'avait enfin rattrapée, elle lui avait confié son désir de « partir n'importe où, monter dans une voiture, n'importe laquelle, être libre ».

Ces paroles résonnaient dans sa tête avec une clarté sinistre, comme si elle se trouvait encore à son côté dans la chambre.

Il était résolu à la retrouver.

Oui, quel qu'en fût le prix, ils se reverraient un jour.

20

Le car Greyhound arriva à New York en début d'après-midi. Penny suivit le flot des voyageurs le long d'un Escalator et déboucha sur un trottoir noir de monde. La rumeur de la circulation était si assourdissante qu'elle en fut désorientée. Une migraine douloureuse battait à ses tempes.

Elle leva la tête vers les nuées couleur d'hématomes. La pluie lui piqua les yeux. Alors qu'elle se demandait où porter ses pas, un mendiant s'approcha d'elle. Promptement elle s'écarta.

Elle se mit à arpenter la rue que bordait une enfilade de clubs vidéo et de cinémas pornographiques. Des prostituées court vêtues étaient postées devant les rideaux pourpres des entrées.

— Hash ? lui murmura une voix masculine dans le creux de l'oreille.

Elle pressa l'allure.

Si par hasard elle ne trouvait pas le moyen de gagner un peu d'argent et de rejoindre l'Angleterre, échouerait-elle également sur ce trottoir, contrainte de lutter pour sa survie dans l'univers implacable des dealers, des maquereaux, des tapineuses et des fugueuses ?

Un martèlement incessant lui déchirait le crâne. Elle crut défaillir.

Il lui fallait de toute urgence échapper à cet enfer.

Elle toucha le bras d'un policier. Il fit aussitôt volte-face, la main posée sur la crosse de son revolver.

— Veuillez m'excuser, bredouilla-t-elle. J'ai perdu mon chemin.

Il la considéra d'abord avec suspicion. Puis son regard trahit un sentiment trouble qui mit la jeune fille mal à l'aise.

— Où se trouve la Ve Avenue, s'il vous plaît ?

Il la lui indiqua du doigt.

Une fois parvenue dans la brillante artère, elle fendit la foule en direction du nord. Central Park apparut bientôt dans son champ de vision. Sur un banc, près de l'entrée, était assise une vieille femme perdue dans un marmonnement inintelligible. Elle avait les cheveux aplatis par la crasse et les paupières mi-closes. A ses pieds gisaient deux sacs en papier froissés débordant de vieux journaux et de lainages pouilleux. Ses mains déformées par l'arthrose étreignaient convulsivement son chemisier trempé, au rythme de son monologue.

Penny s'arrêta devant elle, sa répugnance instinctive se transformant peu à peu en une singulière tendresse. Elle avait l'impression de se voir telle qu'elle serait à son âge.

Elle se retourna vers le parc. L'activité folle de la grande ville lui faisait regretter sa campagne natale. Rien d'étonnant à ce que la vieille femme marmottât une confuse litanie de griefs. Elle-même pourrait bien l'imiter avant peu.

Les mains raidies de la clocharde se tendirent vers elle et l'agrippèrent par l'un des pans de sa veste en tweed. Sa face était aussi rubiconde que celle des paysans dans les tableaux de Bruegel. Son nez grouillait de verrues et ses lèvres étaient humides et violacées. Elle posa sur la jeune fille des yeux d'un noir intense.

Penny ressentit pour elle une compassion indicible.

Puis la vieille femme ouvrit une bouche édentée.

— Sale chienne ! hurla-t-elle. Vagin sur pattes ! Qu'est-ce t'as à me mater comme ça ?

Eberluée, Penny se dégagea et courut se réfugier dans les profondeurs du parc. La clocharde avait perdu l'esprit. Mais pas elle. Oh, non, elle n'avait rien d'une folle ! *Elle n'était pas comme cette vieille femme, tant s'en fallait.*

Les allées étaient pratiquement désertes. L'averse tombait, drue, sur le ruban de gravier. Penny s'en écarta pour fouler la pelouse luisante qui s'étendait sous les ramures sombres des arbres. L'endroit semblait si retiré qu'elle aurait aussi bien pu se croire dans un bois — mais un bois étrange, aux troncs indistincts et lépreux, cernés de tessons de bouteilles. Un labyrinthe où le promeneur, toujours, finissait par se perdre et revenir à son point de départ.

21

Penny réussit finalement à sortir du parc et se mêla à la cohue de la VIe Avenue. Au bout d'un moment, l'éclat scintillant des enseignes multicolores sur l'asphalte mouillé la rasséréna. Normalement, elle devrait être dans l'avion à destination de Londres, d'ici à la fin de la soirée.

Normalement.

Elle fit une halte devant une cafétéria. L'odeur des hamburgers et des frites lui mit l'eau à la bouche. Elle n'avait rien avalé depuis la veille.

Une jeune femme pénétra dans le snack. Elle était vêtue d'un tailleur strict de flanelle grise et chaussée de baskets blanches sur lesquelles étaient roulées des socquettes. Elle portait un parapluie imprimé d'une multitude de petits poissons. Un homme en complet veston entra peu après dans le restaurant.

Penny les suivit.

Elle prit place au comptoir et commanda un hamburger ainsi qu'un verre d'eau. Tout en mâchant goulûment, elle repéra la porte des toilettes pour dames.

Et soudain, elle sentit une poussée d'adrénaline. « Ce soir, je m'envolerai pour Londres ! »

Elle régla d'abord l'addition à la caisse avec le peu

de monnaie qui lui restait, puis, s'étant assurée que nul ne lui prêtait attention, elle se dirigea vers les toilettes. Elle s'enferma dans une des cabines et extirpa sa robe de son fourre-tout. Elle l'enfila promptement. L'étoffe en était un peu chiffonnée, mais il lui suffirait d'endosser la veste pour se donner une allure correcte. Elle décida de garder ses baskets, puisque cela semblait être le dernier cri de la mode féminine à New York.

Elle renonça néanmoins au bob et laissa ses cheveux retomber librement sur ses épaules.

Quelqu'un entra à cet instant dans le box voisin.

Penny remisa son pantalon dans le fourre-tout et se jucha sur la lunette des toilettes pour jeter un coup d'œil par-delà la cloison de séparation.

La cliente avait pendu son sac à main à la poignée de la porte et étalait consciencieusement des feuilles de papier hygiénique sur l'abattant avant de s'y asseoir.

Penny descendit de son perchoir et déverrouilla le loquet.

Avisant un tabouret sous un des lavabos, elle le tira jusqu'à la porte du box, grimpa dessus et saisit le sac par la bride.

Une seconde après, elle sortait des toilettes sous les cris furieux de la cliente. Elle dépassa la caisse en trombe, quitta le snack, s'engouffra dans la première rue latérale et héla avec des gestes frénétiques un taxi qui venait à passer.

— Au Rockefeller Center ! lança-t-elle au chauffeur, le cœur battant à tout rompre.

Ce dernier lui accorda à peine un coup d'œil. Se dissimulant derrière son siège, elle ouvrit le sac d'une main tremblante.

Il contenait une brosse à cheveux, un roman français, un passeport français, un chéquier et un porte-monnaie.

Elle inspecta le contenu du porte-monnaie : dix billets de cinquante dollars, trois de dix, trois cartes de crédit et un permis de conduire établi à la préfecture de Paris.

Elle feuilleta ce qui lui avait d'abord paru un banal chéquier et qui, en fait, s'avéra être une liasse d'environ deux cents traveller's checks de l'American Express.

Ivre de joie, elle empocha le tout. Elle devait agir au plus vite, avant que le vol soit signalé.

La circulation, malheureusement, subissait un fort ralentissement.

— Je suis très pressée, dit-elle au chauffeur.

— Alors allez à pied, lui rétorqua-t-il sèchement. Vous n'êtes plus qu'à un pâté de maisons du Rockefeller Center.

Elle lui tendit un billet de dix dollars et descendit sans attendre sa monnaie.

Une fois entrée dans le bâtiment, elle se dirigea vers la première banque qu'elle aperçut.

— Je désirerais changer des traveller's checks, annonça-t-elle au guichetier avec son meilleur accent français.

Il lui prit le chéquier des mains.

— Votre signature, je vous prie, lui répondit-il d'une voix lasse en lui rendant les traveller's checks.

Elle regretta de n'y avoir pas songé plus tôt. Prise de court, elle imita du mieux qu'elle put le paraphe déjà apposé en haut de chaque formulaire.

— En coupures de quinze dollars, *s'il vous plaît*.

L'employé ne se soucia même pas de vérifier la signature. Il compta les billets et les disposa devant elle en éventail.

Elle se rendit ensuite chez Saks.

Son cœur se serra tandis qu'elle parcourait seule les allées du magasin où Susan l'avait entraînée au mois de décembre précédent. Elle prit l'ascenseur pour gagner le troisième étage, où étaient présentées les créations des couturiers. Une vendeuse s'approcha bientôt d'elle.

— Puis-je vous aider ?

— J'ai besoin d'une tenue de deuil, déclara-t-elle avec la voix hautaine et pointue de la Parisienne en voyage. Je dois bientôt rentrer en clinique — pour mon visage. Mais il faut d'abord que j'aille aux funérailles de ma mère. Elle est, hélas, décédée dans l'accident.

La vendeuse eut un hochement de tête compatissant, mais parut douter que sa cliente eût réellement les moyens de s'offrir la toilette appropriée.

— Je ne voudrais pas y mettre trop cher, ajouta Penny en devinant ses réticences. Un millier de dollars, c'est possible ? Enfin, dans ces eaux-là, vous voyez ?

L'employée écarquilla les yeux et hocha de nouveau la tête.

— Avez-vous un modèle particulier en tête ? Une robe ? Un ensemble ?

— Oui, un ensemble. Quelque chose de *très chic* qui fera oublier mon horrible visage.

— Dans ce cas, je vous conseillerais également un chapeau, suggéra la vendeuse, se prenant au jeu. Un chapeau avec une voilette, peut-être ?

— Oui, parfait.

— Un chapeau noir, bien entendu. Nous avons ici un tailleur Chanel qui pourrait vous convenir. Je vais vous le montrer.

La veste était longue, la jupe courte. Penny les essaya.

— *Ravissant !* s'exclama-t-elle.

Comme la jupe lui découvrait les mollets, elle décida d'acquérir également une paire de bas noirs. Malgré tous ses efforts pour dissimuler sa hâte, la peur lui étreignait le ventre.

La vendeuse lui avait apporté un assortiment de chapeaux alors qu'elle se changeait en cabine. Elle opta pour une coiffure noire assortie d'une voilette brodée.

— Désirez-vous des chaussures ?

— Oh, de petits escarpins tout simples suffiront !

Les « petits escarpins tout simples » choisis par la vendeuse coûtaient deux cents dollars. Avec leurs hauts talons et leur galbe exquis, ils lui donnaient le sentiment d'être une nouvelle personne. Elle mit le chapeau, rabattit la voilette et se contempla dans le miroir. Nul n'aurait pu associer la femme à la toilette austère que lui renvoyait la glace avec une fugueuse.

— Comment comptez-vous régler vos achats ? s'enquit la vendeuse tout en ajustant les épaulettes de la veste.

Penny ouvrit son sac.

— Avec une Mastercard, répondit-elle.

— Veuillez me suivre.

L'employée la guida jusqu'aux caisses.

— Merci infiniment, lui dit Penny tout en riant intérieurement.

Lorsque la vendeuse fut repartie vers son rayon, elle régla en espèces. Se fournir dans un magasin de luxe était certes une bonne idée, mais il était inutile de livrer des indices à la sagacité de Groome.

Désormais, rien ne saurait l'arrêter. Rien.

Comme elle franchissait la porte à tambour de chez Saks, elle vit trois policiers interroger un chauffeur de taxi nonchalamment appuyé contre l'aile de sa voiture. Un attroupement de badauds les entourait.

— A mon avis, ce n'était qu'une pickpocket de seconde zone, soutenait l'un des officiers.

Elle reconnut alors dans le chauffeur celui qui l'avait prise à sa sortie de la cafétéria.

Leurs regards se croisèrent. Penny demeura tétanisée

sur le trottoir, redoutant qu'il pointât sur elle un doigt accusateur.

Mais il détourna les yeux avec un air indifférent et poursuivit sa conversation avec les trois policiers.

Penny se fondit d'un pas léger dans la foule, soulagée et heureuse. Elle était devenue invisible.

Elle obliqua dans la Ve Avenue en direction de Madison. Ses pieds, peu habitués aux talons hauts, commençaient à la lancer. Il était déjà 16 heures. Son avion l'attendait.

Elle héla un taxi.

— Au Kennedy Airport, je vous prie.

Comme ils approchaient de l'aéroport, le chauffeur lui demanda :

— Quelle compagnie, madame ?

Elle hésita. Si Ben avait signalé le vol de sa carte, la police la guettait déjà au guichet et elle n'avait plus aucune chance de fuir. La prudence lui dictait de changer ses plans.

— British Airways, répondit-elle enfin.

Elle consulta le tableau des départs et nota qu'un vol à destination de Londres était prévu pour 21 heures.

Le guichet de la compagnie anglaise était désert.

— Je voudrais une place sur votre prochain vol pour Londres, dit-elle avec son accent français.

— Certainement, madame. Comment désirez-vous payer votre billet ?

— En espèces.

— Cela vous fera six cent quatre-vingt-seize dollars.

Elle blêmit.

— Eh bien… Je me contenterai de la classe touriste, pour une fois.

— Mais c'est le prix d'une place en classe touriste.

Un trajet en première classe vous reviendrait à mille neuf cent quatre-vingt-huit dollars.

— Bon, dans ce cas…

L'employé tapota sur le clavier de son ordinateur. Penny lui remit la somme exigée.

— Avez-vous des bagages à enregistrer ?

— Non.

— Désirez-vous être assise près d'un hublot ? Fumeur ou non fumeur ?

— Près d'un hublot, et non fumeur.

Il introduisit quelques données supplémentaires dans sa machine, et, l'instant d'après, l'imprimante crachait son billet et sa carte d'embarquement.

— Vous serez attendue à la porte sept, madame.

— Merci.

Elle gagna la salle d'attente. Ses hauts talons produisaient un bruit mat sur le linoléum. Elle fit un détour par une librairie où elle acheta un livre pour passer le temps dans l'avion — un roman de Raymond Chandler, son écrivain de romans policiers favori.

Quand arriva l'heure du départ, elle transféra dans la poche intérieure de sa veste tout l'argent qui restait dans le sac à main et jeta celui-ci dans une boîte aux lettres.

Au moment d'embarquer, elle crut devenir folle de douleur. Comment diable pouvait-on porter des chaussures pareilles ? se dit-elle.

22

Penny était émerveillée. De son siège, par le minuscule hublot, elle voyait scintiller des milliards d'étoiles dans le ciel noir. Le vrombissement monotone des réacteurs la plongeait dans un état d'exaltation sereine. Jamais elle ne se lasserait de prendre l'avion, elle en était certaine.

Un fois qu'hôtesses et stewards eurent remporté les plateaux du dîner, on baissa les lumières et la plupart des passagers se préparèrent à dormir.

Blottie sous une couverture, Penny continuait à contempler le paysage aérien. Un épais tapis de nuages la séparait du sol. Elle se sentait invincible.

Même Dom ne l'aurait pas reconnue en cet instant.

Elle s'assoupit. A son réveil, le ciel de perle se teintait de rose nacré. Les autres passagers commençaient à rouvrir les paupières et à s'étirer.

Penny se rendit aux toilettes avec son nécessaire de maquillage et apprêta son visage devant le miroir. Quand elle revint s'asseoir, un steward lui apporta son café. Elle prenait plaisir à voir ses compagnons de voyage émerger l'un après l'autre du sommeil.

Le haut-parleur crachota.

— Nous allons atterrir dans quelques minutes sur l'aéroport d'Heathrow. Veuillez attacher vos ceintures.

Penny jeta un nouveau coup d'œil par le hublot. Des volutes de brume grise défilaient derrière le vitrage. Elle entraperçut des pâtures vertes traversées par les rubans sombres des routes. Puis l'avion toucha le sol avec un choc mat et les réacteurs s'inversèrent.

Penny suivit les passagers hors de la carlingue jusqu'au sas de la douane.

— Rien à déclarer ? lui demanda un fonctionnaire en uniforme.

Elle secoua la tête d'un air distrait tout en lui tendant son passeport. Il le lui rendit presque aussitôt.

— C'est bon. Passez.

Elle n'avait plus qu'à se laisser guider par les panneaux pour quitter l'aéroport.

— En fait, je m'en sors parfaitement, murmura-t-elle en riant sous cape.

Elle avisa bientôt un bureau de change. Elle rassembla tout l'argent qui restait dans le porte-monnaie.

Le guichetier lui remit des billets à l'aspect insolite, une pleine liasse, ainsi qu'un petit tableau lui expliquant les subdivisions monétaires en cours dans le pays. Elle enfourna liasse et imprimé dans son fourre-tout et se dirigea vers le bureau des renseignements.

— Quel est le moyen le plus pratique pour rejoindre Londres ?

— Le bus est le moins cher et vous mènera jusqu'à Victoria Station. L'arrêt est situé juste à côté des portes.

Au grand plaisir de Penny, le bus était à impériale, exactement comme dans les films. Elle grimpa à l'étage et s'installa sur la première rangée de sièges, amusée de voir le véhicule s'engager sur la gauche de la route. La nationale était encombrée. Cependant, lorsque le car pénétra dans la capitale même, Penny goûta la lenteur de son moyen de locomotion : elle était trop heureuse de pouvoir tout admirer à loisir.

Londres ! songea-t-elle. Elle y était enfin !

Le bus parvint au terminus ; les voyageurs descendirent en bon ordre sur le trottoir. Penny regarda autour d'elle.

— Excusez-moi, quelle heure est-il ? s'enquit-elle auprès d'un passant.

— La demie de dix.

Allons bon, que signifiait ce charabia ? Sans doute 10 h *30*, pensa-t-elle, et non *5* heures. Un taxi massif et noir vint à passer ; elle fit signe au chauffeur.

Elle lui donna l'adresse du Dr Bellamon sur Harley Street et se renfonça contre le cuir sombre et satiné de la banquette. Au bout d'un instant, elle rabattit le strapontin fixé sur le dossier du siège avant et y posa les pieds.

La salle d'attente du cabinet du Dr Bellamon était décorée d'un papier peint vieux rose et d'un nombre impressionnant de miroirs. Sur le rebord des fenêtres s'alignaient des plantes tropicales en fleurs. La table basse et les quatre fauteuils étaient de bois d'ébène incrusté d'émaux.

Lorsqu'elle pénétra dans la pièce, une secrétaire leva les yeux de son magazine. Ses lèvres étaient étirées en un sourire aussi éclatant qu'impersonnel.

— Je désirerais voir le Dr Bellamon, déclara Penny de son ton le plus assuré.

— Avez-vous pris rendez-vous ? lui demanda la jeune femme tout en consultant l'agenda ouvert sur son bureau.

— Non.

— Le Dr Bellamon ne reçoit que sur rendez-vous.

— Oh… Eh bien, pourriez-vous m'en accorder un ?

— Certainement. A quelle heure ?

— Pourquoi pas maintenant ? insista Penny avec un rire nerveux.

La secrétaire pinça ses lèvres rose pâle.

— Votre nom ?

Penny réfléchit rapidement.

— Euh… Lark.

Son interlocutrice attendit la suite.

— Lark Chandler, ajouta-t-elle.

La secrétaire se leva.

— Je reviens dans un instant, lui dit-elle.

Le téléphone sonna en son absence, mais presque aussitôt quelqu'un prit l'appel dans une autre pièce. Penny alla se camper devant l'un des miroirs et releva sa voilette. Elle ne pouvait s'imaginer de nouveau séduisante.

La secrétaire réapparut.

— Le Dr Bellamon accepte de vous recevoir ce matin, mais pas avant une demi-heure. Voulez-vous un thé ou un café en attendant ?

— Un thé, merci.

Penny s'assit dans un des fauteuils tapissés de velours mauve. Le cabinet du médecin ressemblait à un décor sans acteurs. Personne d'autre ne s'y présenta. Penny eut tout loisir pour décider des renseignements qu'elle devait ou non livrer au médecin. Elle achevait de boire son thé lorsque s'ouvrit la porte de la salle d'attente. Elle se redressa vivement, en proie à une soudaine angoisse.

Un homme se tenait sur le seuil.

— Mademoiselle Chandler ?

— Oui, bonjour.

Ils se serrèrent la main en se dévisageant mutuellement. Comme ils avaient tous les deux la même taille, Penny pouvait sonder les yeux gris sombre du praticien. Les coins de ses paupières s'étoilaient de pattes d'oie. De profondes rides marquaient son visage depuis l'arête de ses mâchoires jusqu'à son front bronzé.

— Merci de me recevoir ainsi à l'improviste.

— Par ici, lui dit-il en s'effaçant devant elle. Diana, prenez mes appels, voulez-vous ?

Sa voix était empreinte d'un léger accent étranger.

— Bien, docteur, répondit sa secrétaire.

Penny le précéda dans un large couloir au bout duquel se découpait la porte de son cabinet. Un imposant bureau de chêne était disposé en diagonale à l'un des angles de la pièce. Deux fauteuils Queen Anne faisaient face à l'entrée. Le bronze d'une pendule luisait doucement sous l'éclat d'une lampe à collerette verte posée sur le plateau.

— Pourriez-vous ôter votre chapeau et vous étendre ici ? lui demanda le médecin en lui désignant un long canapé de serge blanche installé sous une fenêtre ouverte.

De l'encadrement de la baie dépassaient les branches d'un tulipier. Les larges pétales des fleurs étaient d'un rose perlé qui évoquait les nuances d'une chair d'enfant. Une chair pure, fraîche, innocente… Penny s'allongea sur le canapé sans les quitter des yeux.

Le Dr Bellamon s'assit hors de sa vue.

— Je procède toujours ainsi lors de la première consultation, lui expliqua-t-il de sa voix grave et bien timbrée. Pour remodeler le visage d'une patiente, il me faut d'abord écouter sa voix — l'écouter attentivement, sans être distrait par son apparence physique. J'aimerais que vous me disiez qui vous êtes et comment vous vous voyez vous-même, quelle est votre couleur favorite, votre chanson préférée. De cette manière, ma première impression sera également la plus authentique.

Penny s'efforça d'identifier son accent. Quoique typiquement britannique par certains côtés, il comportait aussi des intonations qui lui semblèrent familières. Américaines ?

— Je m'appelle Lark Chandler et je suis née à New York, dans une famille modeste du Bronx. J'ai récemment été victime d'un accident de la circulation…

Elle l'entendit rire et s'interrompit.

— Non, non, vous devez me dire la stricte vérité, la prévint-il. Je suis tenu par le secret professionnel, je vous le rappelle.

Penny fronça les sourcils. Qu'est-ce qui l'avait trahie ? se demanda-t-elle. Et quelle confiance était-elle en mesure d'accorder à cet homme qui, hors son titre, lui était parfaitement inconnu ?

— Fiez-vous à moi, reprit-il d'une voix douce, comme s'il avait lu dans ses pensées.

Elle soupira.

— J'ai vécu mon enfance dans une ferme. Mon père a accumulé des dettes qui lui ont sapé le moral. Il s'est suicidé l'année dernière. Je suis orpheline depuis. J'avais déjà perdu ma mère auparavant, ajouta-t-elle.

Elle poursuivit d'un ton de plus en plus hésitant.

— Une malheureuse coïncidence a mis ma vie en danger. J'ai vu certaines choses que je n'étais pas censée voir. Alors je me suis enfuie. Personne ne doit retrouver ma trace, sinon on me tuera. Voilà pourquoi je suis venue ici. Je veux que vous me donniez un nouveau visage.

Le Dr Bellamon se leva et posa les yeux sur elle. Son regard respirait la bienveillance.

— Je ferai de mon mieux.

— Le problème est que je n'ai plus un sou en poche, docteur. Je vous rembourserai sans doute un jour, mais pour le moment c'est impossible. Le Dr Smith m'a affirmé que nous pourrions nous arranger.

— Le Dr Smith avait raison. Votre cas m'intéresse,

mademoiselle. Allons, asseyons-nous à mon bureau, nous serons plus à l'aise pour discuter. Avant tout, où logez-vous ?

— Je suis venue directement de l'aéroport.

— Parfait. C'était avisé de votre part.

23

Traverser la campagne anglaise dans la Mercedes brun sombre du médecin était comme se prélasser dans un somptueux bain moussant, songeait Penny. La voiture roulait en silence vers la demeure du praticien, dans le Sussex.

— Nous y arriverons dans trois quarts d'heure. La maison n'est qu'à six kilomètres de l'hôpital où j'exerce. Vous pourrez emménager dans une des chambres d'amis.

— Quand m'opérerez-vous ?

— Pas avant quatre mois. Il faut d'abord que votre visage se remette du trauma.

— Quatre mois ! Et que suis-je censée faire d'ici là ?

— Profiter de mon splendide manoir. Je doute que vous vous y ennuyiez.

— Je pensais que ce serait seulement l'affaire de quelques semaines. Le temps joue contre moi… et pour mes poursuivants.

— Nul n'ira vous chercher là-bas. Mais, dites-moi, avez-vous entendu parler du Pr McIndœ ? Après la Seconde Guerre mondiale, il s'est spécialisé dans la chirurgie faciale des grands brûlés. Sous sa houlette, le Queen Victoria Hospital est peu à peu devenu un établissement de pointe dans ce domaine.

— Ah bon ? fit Penny.

Son esprit était déjà ailleurs. Tant de nouveautés s'offraient à sa curiosité, depuis la bruine moite et grise qui baignait le paysage jusqu'à cette coutume singulière de la conduite à gauche. Ce qui l'avait surtout frappé, c'était la verdure qui avait envahi la campagne dès leur sortie de la banlieue. Chez elle, au début du mois de juillet, la végétation n'avait déjà plus cette vigueur.

— Le Pr McIndœ s'est surtout attaché à accoutumer ses patients à leur apparence avant l'opération, poursuivait le Dr Bellamon. Les habitants d'East Grinstead — la localité où fut construit l'hôpital — avaient même fini par s'habituer aux patients défigurés qui fréquentaient leurs pubs et, depuis lors, ils avaient cessé d'être effrayés par leur visage. Vous devez savoir vous-même combien la répulsion instinctive d'autrui peut être perturbante.

— Sans compter la mienne ! Je sursaute dès que je me regarde dans une glace.

— Et vous sursauterez probablement ainsi jusqu'à la fin de votre existence. Mais j'espère qu'alors ce sera de bonheur.

La résidence du Dr Bellamon avait été édifiée sous George V en bordure d'une sinueuse route de campagne. Son vestibule carré, pavé d'un damier en marbre, s'ouvrait sur un large séjour dont les fenêtres à vitraux donnaient sur une pelouse d'un vert profond. Un sofa de cuir noir et deux fauteuils à oreillettes tapissés de brocart entouraient la cheminée la plus vaste que Penny eût jamais vue. Un précieux secrétaire florentin occupait l'angle opposé, sous la reproduction d'une madone de Raphaël.

La domestique du médecin la conduisit dans sa chambre qui se trouvait à l'étage. Elle s'appelait Betts. C'était une femme menue et réservée qui semblait empressée de satisfaire tous ses désirs.

Penny était ravie du nouveau tour que prenait sa vie. Non seulement elle se sentait en sécurité auprès du Dr Bellamon, mais voilà qu'en plus elle était brusquement introduite dans un univers raffiné qui lui était jusqu'alors totalement inaccessible.

Les fenêtres de sa chambre surplombaient un petit jardinet clos, au centre duquel se dressait un bain d'oiseaux en granit. La pièce n'était meublée que d'un lit à colonnes et d'une penderie en merisier, mais l'épais tapis d'une nuance parme qui en couvrait le plancher, ainsi que les rideaux damassés d'or qui en encadraient les hautes baies, lui conféraient une indubitable magnificence.

Des bûches flambaient joyeusement dans la cheminée, éclairant la pénombre crépusculaire de lueurs mouvantes.

— Un feu en juillet ? s'exclama Penny en pouffant.

— Les fins de journée sont humides par ici, mademoiselle, lui répondit Betts. Vous vous en rendrez bientôt compte par vous-même.

Après le dîner, qui fut servi par une jeune domestique du nom de Sara, le Dr Bellamon prêta à la jeune fille une paire de gigantesques bottes Wellington ainsi qu'un imperméable qu'il appela un « mackintosh », et l'emmena visiter la propriété. Penny comprit l'utilité des grandes bottes noires montantes en caoutchouc dès qu'elle posa le pied sur la pelouse détrempée.

— J'ai du mal à croire que je suis bien ici, dit-elle en humant l'air embaumé du crépuscule.

Son hôte la conduisit à travers une futaie de bouleaux blancs dont les feuilles frémissaient sous la bruine vaporeuse.

— Le domaine s'étend jusqu'à la forêt, lui apprit-il. Il

offre de charmantes promenades. Dans cette direction se trouve la Goodhall Farm. M. Goodhall possède un ravissant petit lac dans lequel il nous permet à l'occasion de nous baigner. Vous pourrez en profiter quand le temps se réchauffera.

— Parce qu'il lui arrive de se réchauffer ? s'enquit Penny en riant. Je pensais qu'il pleuvait constamment en Angleterre.

— Le soleil ne dédaigne pas de nous visiter, assura le Dr Bellamon.

Il lui prit le coude pour l'aider à franchir une barrière. Penny se rétracta à son contact et enjamba seule l'obstacle. Ils traversèrent une pâture gorgée d'eau tout en évitant les bouses qui la parsemaient. Penny marchait devant, inconsciente du regard intense dont le médecin la couvait.

— Je ne saisis toujours pas la raison pour laquelle vous m'avez invitée chez vous, avoua-t-elle enfin. Cela me semble insensé. Vous me connaissez à peine.

— Je pense que vous êtes plus jeune que vous ne le prétendez, et que vous n'avez personne pour veiller sur vous.

— Je me débrouille très bien par moi-même.

— Certes. Tout le chemin que vous avez dû parcourir depuis les Etats-Unis prouve votre force de caractère. Avez-vous eu peur ?

— Oh, oui ! Mais c'était excitant, aussi.

Le ciel d'étain s'assombrissait si graduellement que Penny remarqua à peine la tombée de la nuit. A 22 heures, quand les dernières lueurs du jour se furent évanouies, elle était encore à même de diriger ses pas. La résidence apparaissait au loin, silhouette blanche et confuse, perdue dans un lointain brumeux. Une lumière mordorée émanait des baies du rez-de-chaussée.

— Par quel miracle chaque coin d'Angleterre est-il si enchanteur ? s'exclama Penny, fascinée. On dirait un décor de conte de fées.

— Je suis heureux que vous vous y plaisiez.

— Je crois comprendre pourquoi Hitchcock a tourné tant de films ici. Le paysage est si charmant que le moindre événement un tant soit peu sordide y détonne.

— Vous ne trouverez rien de sordide dans cette propriété, lui assura le médecin.

— Oh, c'est à voir ! répliqua-t-elle avec un frisson. Acquérir un visage entièrement nouveau n'est pas une expérience de tout repos, je suppose.

— Non, je ne prétendrai pas le contraire, admit le Dr Bellamon.

Ils revinrent lentement vers la demeure.

— Nous laisserons pour l'instant de côté l'aspect financier de l'opération, murmura le praticien sur un ton plus sérieux avant d'ouvrir la porte. Vous saurez bien me rembourser un jour, mais rien ne presse. A chaque jour suffit sa peine, n'est-ce pas ?

Penny le considéra en silence. Elle avait l'impression de se tenir à l'extrême bord d'un abîme qui devait la séparer définitivement de son ancienne existence. Un frémissement l'étreignit au souvenir de Susan. Elle baissa les yeux.

— Penny ?

Elle releva la tête. Quoique exprimant toujours la même sollicitude, le regard de son hôte trahissait également un sentiment qui lui parut étrangement familier. Dom l'avait déjà contemplée avec cette tendresse déchirante. A l'idée de ne plus jamais le revoir, son cœur s'emballa, tandis que la crainte d'une perte irréparable menaçait de la submerger.

— Penny ? répéta le Dr Bellamon. A quoi pensez-vous ?

— A quelqu'un…

Elle marqua une pause.

— Une personne que je regrette d'avoir quittée sans un mot, sans une lettre pour lui dire combien elle comptait pour moi.

Le Dr Bellamon la prit par les épaules et, la sentant se raidir, la serra doucement contre lui.

— Un visage neuf ne vous rendra pas forcément étrangère à vous-même. Vous aurez toujours la possibilité, plus tard, de réparer cette indélicatesse.

— Non. Quand vous en aurez fini avec moi, je ne serai plus la même. Je partirai sous un nouveau nom m'installer dans un autre pays.

Elle prit une profonde inspiration avant d'ajouter :

— Mais je m'en sortirai. Vous ne pouvez savoir combien je vous suis reconnaissante. Et je ne comprends toujours pas vos motivations.

Il sourit et la relâcha.

— Un jour, sans doute, tout vous paraîtra plus clair. D'ici là, je vous demande seulement votre confiance. Je suis désormais votre ami, Penny, croyez-moi.

— Bien, docteur, répondit-elle en hochant la tête. Je m'en remets à vous.

24

Emmy Whitfield parcourut une dernière fois la chambre des yeux. Ses bagages étaient empilés en bas, dans l'entrée. Durant un moment, elle crut qu'elle n'aurait pas le courage de franchir le pas.

Puis, soudainement, tels ces chevaux de bois tournoyant dans les manèges de son enfance, ses disputes avec Jonny lui revinrent à la mémoire.

« Où étais-tu ?

» Pourquoi n'as-tu pas appelé ?

» Je te déteste.

» Je regrette de t'avoir connu. »

Aux altercations succédaient invariablement les pleurs, les repentirs, les étreintes, les promesses… le pardon. Rien que d'y repenser, elle en avait la nausée. Car à la différence du pardon, l'oubli, lui, était impossible. Jonny estimait pour sa part qu'oublier et pardonner revenaient au même. Chaque dispute semblait pour lui être la première. Emmy, en revanche, se rappelait toutes leurs dissensions avec douleur. Et chacune avait enseveli son cœur sous l'un de ces tas de cendres dont Jonny ne paraissait même pas soupçonner l'existence.

Elle l'entendit grimper quatre à quatre l'escalier.

— Salut !

Les semaines de repérage qu'il venait d'effectuer au Brésil lui avaient laissé l'épiderme bronzé et les yeux injectés de sang.

— Je pars, Jonny.

— Nous partons tous les deux, non ? La maison est vendue.

— Je retourne à New York. Je vais demander le divorce.

Il en demeura bouche bée. Il ressemblait à un petit garçon de dix ans auquel on aurait appris la mort de son chien. Elle ne put le supporter. Elle passa devant lui sans mot dire et descendit l'escalier.

— Hé, attends un peu !

Il la précéda d'un bond et la bloqua au bas des marches.

— Comment suis-je censé répondre à ça ?

— Tu devais bien t'en douter, non ?

— Vraiment ? Alors pourquoi ai-je l'impression de recevoir le ciel sur la tête ?

— Voilà des mois que j'essaie de t'en parler, mais tu ne m'écoutes jamais.

— Eh bien, je t'écoute, maintenant.

— Si tu avais accepté de suivre une cure de désintoxication…

— Je ne suis pas alcoolique.

— Non, mais tu bois.

— Exact ! répliqua-t-il avec entrain. Et tu voudrais me quitter uniquement pour un verre ou deux ?

— *Un verre ou deux ?* Et Jeannette, qu'en fais-tu ?

— Jeannette qui ?

— Oh, je t'en prie…

— Aurais-tu perdu tout sens de l'humour ? Ah, mais j'oublais, ajouta-t-il avec morgue, tu n'en as jamais eu.

Je pensais d'ailleurs que mes aventures t'indifféraient. Jusqu'à présent, tu n'as pas semblé t'en soucier.

— Jeannette n'est pas tout à fait une simple aventure. Je me trompe ?

Ils se dévisagèrent un instant. Jonny se tenait coi. Emmy baissa finalement les yeux.

— Enfin, quoi qu'il en soit, nous ne pouvons continuer ainsi. Nous n'avons même plus de quoi vivre. Tu as bien dû être un tant soit peu rétribué pour ce premier repérage, n'est-ce pas ? Alors, où est passé tout cet argent ?

— Dans les arriérés d'impôts.

— Et le revenu de la vente de cette résidence ?

— Idem.

— Je ne savais pas que le fisc te réclamait des *millions* de dollars.

— Et moi je ne savais pas que ces questions d'argent te préoccupaient autant. Tu gagnes largement de quoi subsister.

— Seule, oui. Mais pas avec un train de vie comme le nôtre…

Elle désigna d'un large geste du bras la dispendieuse demeure.

— Bah ! avoua Jonny, de toute manière, je n'ai jamais aimé cette bicoque. Qui diable voudrait habiter au milieu d'une réserve de milliardaires adipeux ? En plus, la vue sur L.A. n'est pas si formidable que ça.

— D'où tes escapades régulières dans les hôtels miteux d'Hollywood, j'imagine ?

— Je n'aurais pas cru non plus que cela te chagrinait outre mesure.

— Pas tant que nous avions encore un semblant d'existence commune.

— Mais nous sommes ensemble, non ?

— Plus pour très longtemps.

Il s'approcha d'elle.

— Tu es si mignonne en bleu.

— Jonny…

— Tu aurais pu au moins m'épargner ce supplice de Tantale avant de claquer la porte.

— Oh, assez !

— Alors va donc au diable !

Il fit brusquement volte-face et fila dans la cuisine se servir un verre. Ses mains tremblaient.

— J'ai aussi ma part de responsabilité, je te l'accorde, poursuivit Emmy en le rejoignant. J'aurais voulu que tu sois différent. J'ai toujours espéré que tu changerais.

Il lui sourit.

— Mais je peux changer, je t'assure.

— Tu me l'as tant seriné ces derniers temps que je ne peux plus te prendre au sérieux.

— C'est cela, je suis un bouffon… Je t'aime, Em.

Elle lui tourna le dos. Il pensa un instant qu'elle pleurait. Cependant, lorsqu'elle se remit à parler, ce fut d'une voix parfaitement égale.

— Que tu m'aimes ou non importe peu. Je suis tout simplement incapable de rester plus longtemps avec toi.

Le téléphone sonna dans le séjour. Ni l'un ni l'autre n'esquissèrent le moindre mouvement. Il y eut une deuxième sonnerie, puis une troisième.

Le répondeur avait déjà été emballé.

— Non, reprit Jonny, tu ne peux pas me quitter.

— Tu n'as jamais eu l'idée de te mettre à la place d'autrui. Tu t'es toujours comporté comme le metteur en scène que tu es, posant un regard supérieur et distant sur tout ce qui t'entourait. Et c'est le cas encore maintenant. Pourrais-tu, pour une fois au moins, essayer de comprendre mon point de vue ?

— *Ton* problème, Em, c'est que tu considères le monde entier à travers le filtre de ta seule subjectivité.

Ils étaient de nouveau sur le point de se blesser mutuellement. Néanmoins, Jonny s'y refusait. Il battit en retraite dans le séjour, mais ne décrocha pas le téléphone. Il ne voulait pas se séparer d'Emmy en mauvais termes. Et, par Dieu, il ne voulait pas se séparer d'elle du tout !

— Allons, au revoir, lui dit-elle en enfilant sa veste.

— Je te conduis à ton avion.

Emmy hésita, puis songea qu'elle éviterait ainsi de demander à un ami de récupérer sa voiture sur le parking de l'aéroport.

— Entendu. Merci.

Ils gardèrent le silence durant presque tout le trajet. Emmy répugnait à raviver les vieilles rancœurs. Quant à Jonny, il souhaitait se cacher dans un trou et disparaître de la surface de la terre.

Les vents brûlants du désert le suffoquèrent sur le chemin du retour. La chaleur était de plus en plus accablante. Il avait rendez-vous avec Dom à 16 h 30. Il avait déjà dépassé le budget initialement prévu pour le tournage de *Flaming Forest*, tant et si bien que les dirigeants d'APG avaient décidé de se retirer du projet.

— J'ai bien tenté de les persuader de t'accorder un délai, lui annonça Dom, l'air frais et dispos, dans son gigantesque bureau climatisé, mais tu persistes à affirmer n'avoir accompli que la moitié du travail alors que tu disposes déjà d'environ soixante-dix heures de pellicule !

— J'ai un peu exagéré, avoua-t-il piteusement. J'ai juste besoin d'une rallonge.

— Je suis vraiment désolé pour toi. Je sais quelle importance tu attaches à ce film.

— Ouais…

Il contempla par l'immense baie panoramique les sommets brumeux des immeubles de Los Angeles. Dom occupait maintenant le poste de vice-président et disposait d'un nouveau bureau deux fois plus spacieux que le précédent.

— Maman m'inquiète, reprit ce dernier en changeant de sujet. Tu lui as parlé dernièrement ?

— Non. Qu'a-t-elle ?

— Le Dr Goodman m'a confié qu'elle avait beaucoup maigri et qu'elle souffrait de troubles respiratoires. A moi, tu t'en doutes, elle n'en dira rien…

— Je lui passerai un coup de fil bientôt.

— Et si tu allais t'installer à la ferme durant quelques jours ? Je suis tellement pris ici que je n'ai plus une minute à moi.

Jonny ne répondit pas.

— Elle a très mal supporté la fuite de Penny, ajouta Dom. Elle s'en estime responsable.

— Je ne peux pas m'absenter, Dom.

— Ah bon ? Et pourquoi ?

— Je ne peux pas, c'est tout.

— Tu vas bien ?

— Mais oui… Bon, il faut que j'y aille.

Dom le raccompagna à la porte, malheureux de constater une fois de plus ses difficultés à communiquer avec son frère. Ils auraient aussi bien pu venir de deux planètes différentes.

— Au fait, Toni et moi avons repoussé la date du mariage. Ses parents sont encore trop bouleversés par la mort de Violet pour s'occuper des préparatifs d'ici au mois de septembre.

— Quel soulagement, hein ? devina Jonny avec un rire sonore.

— Je l'avoue, convint Dom en s'esclaffant à son tour.

Les deux frères se regardèrent un moment. Les yeux de Jonny se remplirent alors de larmes.

— Qu'y a-t-il ? s'enquit Dom.

Il prit Jonny par les épaules.

— Elle est partie. Emmy m'a quitté…

— Oh, non ! murmura Dom en étreignant son frère.

D'un seul coup, ils ne furent plus des étrangers l'un pour l'autre. Jonny, sans fausse pudeur, se mit à pleurer contre son épaule.

25

— Penny, dit-elle à l'adresse de son reflet dans le miroir de la salle de bains. *Penelope*…

Puis elle murmura tout bas :

— *Lark*.

Lark… Lark. *Lark*.

Tel était son prénom désormais. Et le prénom est le reflet de la personne. Que signifiait ce prénom, pour elle ? Quel genre de personne était Lark ?

Elle l'ignorait. Parfois, elle avait le sentiment que ce n'était pas seulement son visage qui allait être remodelé, mais son être tout entier.

Qu'en aurait pensé Dom ?

Le Dr Bellamon lui accordait plus qu'une simple attention d'ordre professionnel. Il avait été sidéré par ce qu'il tenait pour des lacunes énormes dans son instruction. La politique européenne était un mystère pour la jeune fille. Quoiqu'elle appréciât les œuvres d'art, ses connaissances en la matière étaient des plus rudimentaires. Elle n'avait jamais lu une ligne de Shakespeare ou de Milton, ni assisté à une représentation théâtrale.

— Nous devons corriger tout cela, lui avait lancé le praticien avant d'acheter des places dans diverses salles du West End, à Londres.

Souvent elle avait cherché à connaître le motif d'une telle sollicitude. Chaque fois, il avait éludé ses questions par une blague ou une anecdote. Certes, elle se rappelait cette première soirée où il lui avait demandé de lui accorder une confiance aveugle, mais elle n'en nourrissait pas moins à son égard une suspicion irrépressible. Il avait à peu près le même âge que Justin Groome et elle ne pouvait s'empêcher de demeurer sur ses gardes en sa présence. Pourtant, il n'avait jamais tenté de la séduire, et même, lorsqu'il lui avait montré comment tenir une raquette de tennis, il l'avait à peine effleurée.

Il l'incita à lire plus de livres qu'elle n'en avait jamais ouverts auparavant. Elle se plongea dans l'autobiographie d'Isadora Duncan, la correspondance de Robert Louis Stevenson, la vie de Garibaldi. Ces personnalités qui avaient vécu une existence si audacieuse et si libre la confortèrent dans le sentiment de s'être elle-même lancée dans une entreprise aussi hardie que passionnante.

Durant les longues soirées d'été, son hôte l'entretint des principaux événements de l'actualité et lui expliqua les méandres de la politique. Ils se penchèrent ensemble sur des extraits de pièces ou de poèmes qu'elle n'avait pas compris. Dans la journée, elle l'accompagnait parfois à Londres pour visiter le Victoria & Albert Museum ou le British Museum. Elle passait des heures à contempler sculptures et tableaux et, sur le chemin du retour, était longuement interrogée par le Dr Bellamon sur ce qu'elle avait vu. Pendant les week-ends, quand il ne devait pas se rendre à son cabinet londonien ni à l'hôpital pour une opération, ce dernier lui apprenait à jouer au tennis sur le court gazonné de la propriété. A l'occasion, ils disputaient également une partie de croquet.

Et, de fait, son être entier s'en trouva remodelé.

Pouvait-on également remodeler son esprit ?

Elle serra intensément les paupières. Dom serait sans doute captivé par toutes ces questions, songea-t-elle malgré elle. S'il était là, ils discuteraient ensemble de l'essence de la personne dans son rapport avec le corps et le nom. Et Dom ne manquerait pas de lui rappeler qu'elle était bien quelqu'un avant de négocier ce nouveau tournant de sa vie.

Voilà ce qui était le plus pénible : se rappeler son ancien moi, sa personnalité d'avant la mort de son père. Elle était alors une jeune fille réputée pour son caractère déluré et ses incessantes frasques. La pourvoyeuse de joints, une gamine qui se soûlait aux fêtes depuis l'âge de treize ans. *Une menteuse, une voleuse, une traînée*…

Oui, voilà ce qu'elle était avant de connaître Dom.

Elle prit alors conscience qu'elle avait commencé à changer bien avant la tragédie qui avait défiguré son visage. Susan lui avait prouvé auparavant que la culture pouvait être une source de joie, elle lui avait appris à goûter l'art et la musique et lui avait donné de solides connaissances de base en cinématographie. Au cours de la réception organisée après son bac, tout le monde l'avait trouvée adorable. Jonny le lui avait dit, et les autres aussi. Ce soir-là, elle évoluait déjà dans cet univers plus raffiné où le Dr Bellamon achevait actuellement de guider ses pas.

Il n'y avait pas eu de transformation soudaine. Son existence présente n'était que le prolongement d'une même évolution.

Et puis elle était tombée amoureuse. Malgré le désespoir qui l'habitait désormais comme une seconde nature, son affection pour Dom ne cessait de l'épanouir intérieurement.

Lark rouvrit les yeux. Elle se sentait plus forte. Plus réelle. Plus substantielle. *J'ai été, je suis, je serai.*

L'essentiel était de saisir la continuité de sa propre vie. Là était la clé de son destin.

Mais ce n'était pas aisé. L'été finissant, elle se souvint avec une acuité douloureuse de l'automne précédent, des longues heures qu'elle avait passées dans la chaleureuse cuisine de la ferme avec Susan. Elle traversa ainsi des moments de solitude et de confusion, entrecoupés de poussées d'excitation à l'idée de recouvrer un visage normal. Des cauchemars la hantaient ; elle s'éveillait parfois en sanglotant après Susan. Quand, à mots couverts, elle informa le Dr Bellamon de ces troubles nocturnes, celui-ci lui assura qu'ils ne présentaient rien d'insolite.

— Vous avez subi un profond traumatisme. Votre subconscient cherche frénétiquement un moyen de le gérer.

C'était au cours de ces périodes d'affliction, lorsqu'elle était submergée par une nostalgie si intense qu'elle en souffrait corps et âme, qu'elle nourrissait le plus de soupçons sur les véritables motivations de la sollicitude de son hôte. Quoique personne ne lui eût jamais témoigné une telle attention — et encore moins un inconnu —, le Dr Bellamon continuait à lui manifester un respect sans faille.

— Pourquoi vous enfermez-vous la nuit dans votre chambre ? lui demanda-t-il un après-midi de fin d'octobre, alors qu'ils revenaient d'une promenade en forêt.

Qu'il connût ce détail l'ébranla. Avait-il donc tenté de pénétrer dans sa chambre ?

— Ne vous inquiétez pas, ajouta-t-il aussitôt. Je n'ai pas essayé de forcer votre porte. Sara m'a seulement rapporté que vous deviez la déverrouiller chaque matin pour la laisser entrer avec votre chocolat chaud. Cela a éveillé ma curiosité. Craignez-vous encore vos poursuivants ? Je vous assure qu'ils ne vous retrouveront pas ici.

Penny marchait en silence, les yeux papillonnant sous la clarté tiède du soleil couchant.

— J'ai été violée, jadis, confessa-t-elle brusquement. Je ne m'en suis jamais vraiment remise. Je dois craindre que cet accident ne se reproduise, j'imagine.

Le médecin hocha la tête.

— Je m'en doutais un peu.

— Ah bon ? Et comment ?

— J'ai observé chez vous un frémissement symptomatique chaque fois que je vous frôlais par mégarde.

Son regard s'assombrit.

— Tout viol est une horreur, poursuivit-il. Avez-vous consulté un psychologue après l'incident ?

— Non. Vous êtes la première personne à qui j'en parle.

Le soleil disparut derrière une épaisse barrière nuageuse, et Lark sentit bientôt des gouttes de pluie lui tomber sur le front. Le Dr Bellamon la considérait avec une rage douloureuse qui la troubla.

— Je n'aurais jamais cru que c'en était arrivé à ce point-là, marmonna-t-il.

— Bah, je n'y pense presque plus, déclara Lark en haussant les épaules.

— Vous pouvez vous enfermer derrière autant de portes que vous le désirez, si cela vous soulage. Néanmoins nous essaierons de débloquer celle qui cache vos plus douloureux secrets.

L'ondée devint averse. Comme ils rentraient précipitamment à la résidence, Lark se demanda pourquoi le Dr Bellamon avait paru soudain si alarmé par son aveu.

26

Par une venteuse matinée de novembre, Lark fut enfin autorisée à sortir de l'hôpital après une semaine entière de chirurgie et deux de convalescence.

En dépit des bleus et des hématomes consécutifs aux opérations, elle était sidérée par la transformation de ses traits. Le Dr Bellamon l'invita à déjeuner pour fêter l'événement.

— Alors, satisfaite ? s'enquit-il en chemin.

— Je ne peux toujours pas y croire, dit-elle en tendant le cou pour se regarder dans le rétroviseur. Est-ce vraiment moi ?

— Votre nouveau visage me semble refléter plus fidèlement votre personnalité que le précédent. La commissure des lèvres exprime mieux votre sens de l'humour, et vos yeux paraissent plus grands et plus innocents.

— Et mon nez, qu'il est mignon ! Il est si droit, sans une seule tache de rousseur. Et puis mes dents…

Elle grimaça avec extase.

— Je dois admettre que mon assistant en orthodontie a effectué un boulot remarquable, déclara le Dr Bellamon.

Elle se renfonça dans son siège.

— Pourquoi prétendez-vous que je me ressemble plus qu'avant ? Vous ignorez tout de moi ou presque.

— Je crois pourtant en avoir une assez bonne idée, répliqua-t-il en souriant.

Il l'emmena déjeuner au Gravetye Manor, une immense bâtisse édifiée en pierre grise du Sussex, aux murs percés de baies ogivales néogothiques. La longue allée conduisant au restaurant était bordée d'antiques chênes.

Une fois à l'intérieur, ils furent conduits dans l'un des trois confortables salons qui jouxtaient la salle. Ils s'assirent dans de profonds fauteuils de cuir entourant une cheminée où ronflait une brillante flambée. Le Dr Bellamon commanda deux verres d'almacenista. Intimidée par le luxe cérémonieux de l'endroit, Lark se retint d'aller examiner les trophées ainsi que les tableaux qui ornaient les murs du salon. A une table voisine, des hommes se vantaient bruyamment des exploits qu'ils avaient accomplis le matin même au cours d'une chasse au renard.

Lark reporta son attention sur le Dr Bellamon. Son mentor semblait aussi distingué que n'importe lequel des autres clients.

— J'ai l'impression d'avoir définitivement tourné une page de ma vie, maintenant que mon visage est différent. Je ne saurais abuser plus longtemps de votre hospitalité.

— J'approuve votre désir d'autonomie. Mais il nous faut d'abord vous procurer une nouvelle identité. Ce sera difficile, mais pas impossible.

Il lui détailla la procédure à suivre. Ils devaient en premier lieu connaître le nom d'une personne décédée en bas âge à peu près à l'époque où elle était elle-même venue au monde, puis réussir à obtenir l'acte de naissance de cette personne auprès des services de l'état civil. Une fois en possession de ce document, elle pourrait légalement changer ce prétendu nom de baptême pour celui de Lark Chandler. Ensuite, elle n'aurait aucun mal à se procurer passeport, permis de conduire, accords pour l'ouverture d'un compte en banque et pour la délivrance d'une carte de crédit.

— A compter de cet instant, vous deviendrez une Anglaise pure souche. Nous veillerons à modifier votre accent en conséquence et à vous inventer une enfance. Les Anglais sont particulièrement attentifs aux habitudes idiomatiques de leur interlocuteur. Tout américanisme sera à proscrire en public.

— Je vois… Et si je désirais un jour retourner aux Etats-Unis ?

— Est-ce une hypothèse réellement envisageable, Lark ?

Elle sirota son sherry tout en songeant pour la première fois à son avenir. Quand elle releva les yeux, le Dr Bellamon la scrutait toujours d'un air dubitatif.

— J'ai constamment vécu dans le moment présent depuis mon départ d'Amérique ! s'exclama-t-elle en riant. Je me suis contentée de mettre un pas devant l'autre, comme vous me le conseillez vous-même. Mais je crois qu'avant de mourir je souhaiterais clarifier certains problèmes que j'ai laissés derrière moi en franchissant l'Atlantique.

Le visage de Justin Groome surgit inopinément dans son esprit.

— Des années me seront peut-être nécessaires pour les affronter, reprit-elle, mais je pense que ce moment arrivera forcément.

— Dans ce cas, vous retournerez un jour aux Etats-Unis, conclut-il. Par amour ou par vengeance, qui pourrait encore le dire ? ajouta-t-il avec une singulière clairvoyance. Seul le temps en décidera. Mais d'ici là, vous serez anglaise.

Un serveur en livrée s'approcha d'eux.

— Madame, monsieur. Si vous voulez bien me suivre…

Il les guida jusqu'à une table située près d'une fenêtre. Le vent agitait les feuilles brunes des chênes de l'allée. Un cerf déambulait gracieusement en bordure de la pelouse.

Les mets indiqués sur la carte mirent Lark en appétit : chevreuil, faisan, lièvre, caille, coq de bruyère…

— Je ne sais pas si j'oserai manger du cerf, avoua-t-elle en souriant, les yeux fixés sur le majestueux animal qui évoluait au-dehors.

Elle ne put cependant résister à la tentation d'en goûter la chair.

Alors qu'elle relevait le nez de son assiette, elle surprit le Dr Bellamon en train de la contempler avec un orgueil si manifeste qu'elle en rougit. Puis elle comprit qu'il était moins fier de sa personne que de sa propre habileté de chirurgien, dont elle constituait le vivant témoignage. Gênée, elle baissa de nouveau les yeux.

— A quoi pensez-vous ? s'enquit-il.

— Je me demandais qui était vraiment ce Dr Smith.

— Qui ?

Elle lui narra sa rencontre avec l'homme en blouse blanche qui lui avait communiqué son adresse.

— La première fois que je vous ai rencontré, j'ai eu le sentiment que vous m'attendiez. N'était-ce pas le cas ?

Il leva les mains en signe de dénégation.

— J'ai estimé votre cas digne d'intérêt, tout comme ledit Dr Smith l'avait supposé. Sans doute s'agit-il d'un collègue croisé dans un séminaire quelconque. En tout cas, son nom ne m'évoque rien.

Puis, changeant abruptement de sujet :

— Je souhaiterais que vous dégustiez ce vin comme il se doit, dit-il. C'est un des meilleurs bordeaux dont on puisse rêver. Latour à Pomerol — millésime 75. Veuillez considérer l'étiquette.

Elle s'exécuta en gloussant.

— Espérez-vous faire de moi un gourmet aussi bien qu'un amateur d'art doublé d'une championne de tennis ?

— Peut-être pas un gourmet, non, mais une jeune femme d'une haute éducation qui sait apprécier les grands crus. Le sherry qui nous a été servi dans le salon provenait d'une réserve absolument exceptionnelle. Je suis chagriné que vous ne l'ayez pas noté vous-même.

De fait, elle n'avait pas terminé son verre.

— Je suis désolée. J'essaierai d'y prêter une plus grande attention la prochaine fois.

Quelques jours plus tard, au cours du petit déjeuner, il lui tendit une enveloppe.

— Voici votre acte de naissance, lui annonça-t-il.

Intriguée, elle parcourut le document. Son nom y était inscrit : Lark Chandler, ainsi que sa nouvelle date de naissance — le 15 mars. Elle posa sur son hôte un regard hésitant.

— J'espère que je m'en souviendrai.

— Vous n'aurez qu'à penser aux ides de mars.

— Les *quoi* de mars ?

— C'est le jour où Jules César a été trahi et assassiné. Vous avez dû apprendre cela à l'école, non ?

— Pourvu que mon destin soit plus enviable que le sien, murmura-t-elle. En tout cas, avoir vingt et un ans me plaît. Quand j'atteindrai la trentaine, je pourrai toujours enlever les années en trop.

— Ce serait dommage. Les gens arrêteraient de vous dire que vous êtes très bien conservée pour votre âge.

Ils rirent en chœur.

— Désormais, vous avez la possibilité de demander un passeport, un permis de conduire ou tout autre papier officiel dont vous aurez besoin.

— Incroyable !

— Quand vous jugerez le moment venu de retourner aux Etats-Unis, vous aurez le choix entre requérir un visa temporaire de séjour, voire la carte verte de résidente…

— Ou bien ?

— Ou bien épouser un de vos ex-compatriotes.

— Beurk ! Je préfère encore le visa.

Le Dr Bellamon prit un air grave.

— Si vos réticences sont une conséquence de la terrible tragédie qui…

— Cela n'a aucun rapport, le coupa-t-elle.

— Votre beauté vous attirera cependant bien des cœurs.

— Beurk ! répéta-t-elle.

— Aviez-vous un petit ami avant de quitter l'Amérique ?

Elle secoua la tête.

Le Dr Bellamon la raccompagna peu après à la résidence et partit rejoindre son cabinet.

— Nous nous reverrons ce soir, lui dit-il en sortant. Nous rediscuterons de tout ça pendant le dîner.

Après son départ, Lark relut le document officiel qu'il venait de lui remettre. Les noms de ses prétendus parents étaient Derek et Elizabeth Chandler, née Buckly. Lieu de naissance : Londres, Royaume-Uni.

Elle était vraiment quelqu'un, désormais. Finie, Penny. Envolée, disparue à jamais. Dorénavant, elle était Lark Chandler.

— Tout va bien, mademoiselle ? lui demanda Sara en pénétrant dans la salle à manger pour débarrasser la table.

— On ne peut mieux, lui répondit-elle en souriant.

Au début, elle avait tenté de gagner l'amitié de la jeune domestique, qu'elle devinait à peu près de son âge. Mais Sara s'était scrupuleusement cantonnée dans son rôle de servante et avait décliné avec une égale politesse toutes les invitations de Lark à partager son thé ou échanger quelques balles sur le court. Celle-ci en déduisit d'abord qu'elle était une pimbêche. Cependant, elle s'avisa bientôt, non sans surprise, de la rapidité avec laquelle elle avait fini par s'habituer à être servie par la jeune fille. Il lui aurait désormais été presque impossible de se passer du bol de chocolat chaud qu'elle lui montait chaque matin dans sa chambre.

— L'argent ne fait peut-être pas le bonheur, murmura-t-elle tout en enfilant sa veste de laine et les Wellington du Dr Bellamon, mais il vous rend assurément la vie plus agréable.

Elle sortit pour une longue promenade. Les nuages étaient noirs. Bien que la matinée eût à peine commencé, les boutiques du village étaient déjà ponctuées de clartés jaunes que réfléchissaient les trottoirs mouillés. Une odeur de pluie planait dans l'air. Les branches basses des aubépines qui bordaient la route lui frôlaient la tête telles des toiles d'araignées pendues au plafond d'une cave. Comme elle longeait une rangée de maisons victoriennes, elle jeta un coup d'œil par les fenêtres, curieuse de savoir quelles existences pouvaient s'écouler derrière ces murs. Des visions fugitives s'imprimèrent dans son esprit avec une présence presque tangible : un couple assis sur un canapé devant la télévision ; un vieil homme feuilletant un livre près d'un fourneau à gaz ; des convives riant autour d'une table ; le regard mélancolique d'une petite fille derrière les vitres…

Toutes ces personnes auraient pu être elle-même.

Elle monta une butte couverte de fougères jaunissantes et de bosquets d'ajoncs. Devant elle s'étendait une verte étendue, limitée au loin par l'Ashdown Forest.

Chênes, frênes et ifs la protégèrent de la bruine qui ne tarda pas à tomber. Même les bouleaux blancs, dont les ramures frémissaient sous l'ondée, lui offrirent un abri.

« Il me faut avant tout de l'argent, pensa-t-elle tout en suivant les méandres d'un ruisseau. Et pour cela, je dois trouver un travail. J'ai également besoin d'un logement, car je ne peux continuer à profiter ainsi de l'hospitalité du Dr Bellamon. Il m'a déjà aidée plus que de raison. Demeurer chez lui plus longtemps finirait par être malséant. Dès que j'aurai touché suffisamment d'argent, je le rembourserai. Après quoi, je songerai à retourner aux Etats-Unis. Peut-être même pourrais-je prouver mon innocence et confondre Groome. Mais comment, grands dieux ? Comment ? »

Enfin, se reprit-elle, le plus important était d'abord de se trouver un emploi. Le chômage frappait durement l'Angleterre. La lecture des chiffres rapportés la veille dans le *Guardian* lui en avait fourni la déprimante confirmation.

Elle quitta la rive du ruisseau et s'enfonça dans le sous-bois en direction d'un terrain de golf. L'ondée était devenue averse. Il n'y avait personne en vue.

Une occasion favorable se présenterait bien un jour, pensa-t-elle. Pour l'heure, elle désirait simplement jouir de la pluie et du vent, de cette escapade dans la verdure féerique de l'Ashdown Forest.

Elle était désormais affranchie de tout lien avec le passé. Y compris avec Dom. Que lui avait-il dit, déjà, le jour de la mort de son père ? « Tu n'oublieras jamais, mais ça te passera. » Eh bien, elle n'oublierait jamais Dom, mais l'affection qu'elle éprouvait à son égard lui passerait certainement.

Pour l'instant, en tout cas, la certitude que nul au monde ne savait où elle était l'enivrait. Elle se sentait plus libre que jamais auparavant.

Elle continua son errance d'un pas léger, et ce ne fut que lorsque l'averse eut détrempé sa veste qu'elle rebroussa enfin chemin pour rejoindre la résidence du Dr Bellamon.

27

— Je veux chercher du travail, annonça-t-elle ce soir-là au dîner.

Les dîners à la résidence du Dr Bellamon étaient des événements solennels. Dans la cuisine officiait l'époux de la zélée Betts, Jean Bodot, un remarquable maître queux français. Comme chaque week-end, Sara assurait le service.

— C'est une excellente idée, approuva le médecin. Je pense que nous devrions également vous trouver un appartement. Acquérir une autonomie vous sera d'un précieux secours psychologique pour assumer votre nouvelle existence.

Il avait trop souvent vu des patients nourrir une dépendance affective à son égard, bien après leur convalescence.

— Tant que vous limitiez vos sorties, poursuivit-il, votre présence en ces lieux n'attirait guère l'attention. Mais il nous faut dorénavant songer aux convenances.

— Oui, je comprends.

— Je connais un charmant petit studio que doit bientôt libérer une amie. Il est situé à Londres, près de Kensington, et son loyer ne s'élève qu'à trois cents livres par mois.

— Si je ne dispose pas d'un salaire, je n'arriverai pas à le payer.

— Justement, j'y viens. La semaine prochaine, comme chaque année à la même époque, je dois donner une réception à la maison — juste un petit dîner entre intimes. Certains de mes invités auront peut-être un emploi à vous proposer, qui serait susceptible de vous intéresser.

— Oh, ce serait merveilleux !

— Un dernier point : appelez-moi Carl. N'étant plus ma patiente, vous n'avez plus à user envers moi du titre de « docteur ».

— Très bien… Carl.

— Mais revenons à la question de votre identité, reprit-il après que Sara leur eut servi des diplomates. Nous devons vous imaginer une origine. Je crains, hélas, que nous n'ayons guère le temps de perfectionner votre accent britannique. Et puis, de toute façon, vous ne serez jamais à l'abri d'un lapsus.

— J'ai un certain talent pour contrefaire les accents, mais je n'oserais pas prendre le risque de le mettre à l'épreuve, reconnut-elle.

— Il ne nous reste donc qu'une seule solution : prétendre que, si vous êtes bien née à Londres, comme l'attestent les registres de l'état civil, vous avez vécu plusieurs années aux Etats-Unis où votre père avait été envoyé par son entreprise.

— Génial ! Il y est devenu responsable d'une succursale de la grosse fabrique de chaussures qui l'employait en Angleterre. Toute la famille l'a suivi à New York quand j'entrais dans ma douzième année. J'ai beaucoup aimé la vie en Amérique et rêve depuis lors d'y retourner.

— Une fabrique « de chaussures » ! s'exclama Carl en riant.

— Pourquoi pas ?

— Et que sont devenus vos parents ?

— Ils sont décédés dans un accident de voiture, il y a trois ans de cela. Et je suis diplômée de l'université de New York !

— En quelle discipline ?

— Hum… Cinéma. J'en connais un rayon sur le sujet.

— Parfait.

— Eh bien, ça promet de ne pas être triste. Vous croyez qu'on pourra me confondre ?

— J'en doute. Néanmoins, je vous conseille de peaufiner vos réponses. Tenez, si on vous demande comment vous m'avez connu, vous n'aurez qu'à dire que je suis un vieil ami de votre père et que je vous ai donné votre premier biberon !

Lark emménagea dans son nouvel appartement à la fin de la même semaine. Cela lui prit quelques heures à peine. Depuis son installation chez le Dr Bellamon, le reste de son argent lui avait seulement servi à acheter un jean, deux ou trois chemisiers, quelques dessous et un pull en lambswool. Elle quittait rarement ce dernier, la laine s'étant révélée le seul textile apte à la protéger du froid humide de l'automne anglais. Elle avait par ailleurs gardé ses baskets. Quand elle devait sortir, elle se choisissait les vêtements les plus discrets possibles. Cependant, même lorsqu'elle n'était revêtue que de son jean et de son pull flottant, les hommes se retournaient sur son passage. Ses longs cheveux noirs lui tombant en cascade dans le dos, ses yeux d'un bleu de Prusse intense et les traits sculpturaux de son visage lui conféraient une beauté exceptionnelle, rare, dont nul ne manquait d'être frappé — et l'aspect négligé de sa tenue ne faisait que la souligner.

Inaccoutumée à la rumeur de la grande ville, elle eut du mal à dormir au cours des premières nuits qu'elle passa dans le studio. Elle préférait généralement s'asseoir près de la fenêtre pour contempler les remous chatoyants de la circulation, tout en sirotant des tisanes et en s'inventant des anecdotes sur son passé.

Carl vint lui rendre visite quelques jours après son installation. C'était un dimanche. Entre-temps, elle avait acheté un lit, des draps de coton et deux couvertures de laine. Dépourvu de tout autre mobilier, le petit appartement semblait vide. Le fait qu'il n'y eût pas de rideaux aux fenêtres accentuait encore cette impression. Carl s'offusqua de cette absence de pudeur.

— J'éteins la lumière pour me déshabiller, lui expliqua-t-elle. Je n'ai pas besoin de voilages.

— Vous avez tort. Cet endroit ressemble à une cellule. J'ai du mal à croire qu'Anna ait vécu ici. Le studio était si encombré par toutes ses affaires que je n'avais même pas remarqué que le plancher était de bois.

— J'apprécie ce dépouillement.

Ce qui était vrai. Sa nature la portait à une certaine austérité. L'armoire, avec sa penderie et ses quatre étagères, lui suffisait amplement pour ranger ses affaires et ses sous-vêtements.

Carl inspecta le placard au-dessus de l'évier de la cuisine. Il était vide.

— Vous comptez vivre de l'air du temps ?

— Je trouverai bien un lot d'ustensiles dans un bazar quelconque.

— Bah ! répliqua Carl avec un sourire, laissez-moi plutôt demander à Betts de vous dépanner d'un ou deux couverts. Cela dit, je suis venu vous inviter à la réception de samedi prochain. Je vous enverrai Clive, mon chauffeur. Il vous conduira à la maison dans la limousine. Ainsi, vous n'aurez pas à prendre le train.

— Qui d'autre sera présent au dîner ?

— Un producteur, le directeur d'une agence de mannequins, un acteur et une poignée de journalistes. J'espère qu'il y en aura un parmi eux qui sera disposé à vous obtenir un travail.

— Je l'espère aussi.

Carl semblait ravi.

— Vous aimez faire la fête, n'est-ce pas ?

— J'aimais ça, oui. Mais cette fête-ci sera probablement très différente des précédentes.

Soudain, Carl vacilla en battant des paupières. Lark le retint par le bras et l'aida à s'asseoir sur le lit.

— Ça va ?

Il était livide.

— Oui… ça va.

Il respirait avec difficulté. Bien qu'elle se rendît parfaitement compte de son malaise, Lark ne sut comment réagir. Faute de verre, elle ne pouvait même pas lui offrir un peu d'eau. Il parvint enfin à se ressaisir.

— Je désirais également vous entretenir de la toilette que vous porterez pour la soirée, reprit-il d'une voix faible. Je vous vois bien en rouge. La délicatesse de votre silhouette vous autorise à revêtir une robe moulante. Une robe qui découvrira vos épaules. Il vous faut aussi un manteau. Une pelisse en poil de chameau serait idéale. Vous trouverez tout cela chez Harrod's. Vous m'enverrez les factures, entendu ?

— Je ne peux accepter, protesta-t-elle. Vous avez déjà été si généreux envers moi.

— Vos scrupules sont superflus. Considérez ces présents comme des cadeaux de Noël.

Elle hésitait encore. Le regard de Carl la réduisit

toutefois au silence. Elle crut presque y déchiffrer une supplique muette.

— Bon, d'accord, répondit-elle enfin. Merci, Carl, merci beaucoup.

Cependant, l'état de son bienfaiteur l'inquiétait toujours.

— Vous ne pensez pas que vous feriez mieux de rentrer vous reposer ?

Il ignora son conseil.

— Oui, une robe rouge, répéta-t-il sur un ton rêveur. Cela vous ira à merveille. Vous serez la déesse de cette réception.

28

Lark ne se tenait plus de joie. Le fourreau de soie qu'elle avait essayé chez Harrod's épousait ses formes à ravir. Elle avait également jeté son dévolu sur une paire de bas ivoire et des talons hauts d'une nuance lie-de-vin. Enfin, elle s'était choisi un manteau, le premier qu'elle eût possédé de toute sa vie. Durant les hivers à la ferme, elle avait toujours porté une veste en grosse laine. Certes, Susan lui avait offert un trench-coat à New York, mais jusqu'alors, jamais elle n'avait pu se décider à revêtir un authentique manteau.

Elle s'était habillée de pied en cap une heure avant que le chauffeur de Carl vînt la chercher en limousine. Dehors, il s'était remis à pleuvoir — comme d'habitude, se dit-elle. Elle avait vécu l'été le plus humide de son existence. Cependant elle aimait la pluie anglaise. Celle-ci ne ressemblait en rien aux lourdes trombes orageuses qui balayaient par à-coups le nord de l'Etat de New York. Elle avait au contraire la légèreté enchanteresse d'une eau lustrale.

Elle avait déjà croisé Clive, le chauffeur de Carl, en plusieurs occasions. Il préparait une licence en cinématographie à l'université de Londres. Tout comme Sara, il faisait montre envers la jeune femme d'une politesse réservée.

— Comment vont vos études ? s'enquit celle-ci depuis la banquette arrière.

— Très bien, je vous remercie, madame.

— Savez-vous que j'ai suivi le même cursus que vous, à New York ?

— Non, madame.

— Curieuse coïncidence, n'est-ce pas ?

Clive ne releva même pas la remarque. Apparemment, songea Lark avec dégoût, le peuple était encore plus snob, en Angleterre, que les nantis. Clive aurait été bien étonné d'apprendre qu'elle nettoyait jadis le poulailler de son père !

— D'où venez-vous ? lui demanda-t-elle.

— De Norfolk, madame.

— Où est-ce ?

— Dans le nord, madame.

Décidément, il comptait ses mots, par-dessus le marché.

— Dites-moi, entre vos cours et votre travail chez le Dr Bellamon, vous ne devez plus avoir un instant de libre. Il vous arrive de vous détendre un moment ?

— Plaît-il, madame ?

Lark renonça à entretenir plus avant la conversation. Quand ils parvinrent à la résidence, Clive lui ouvrit la portière.

— Je vous souhaite une bonne soirée, madame.

— C'est cela, à plus.

— Pardon, madame ?

— Au revoir, Clive.

— Euh… oui, bonsoir, madame.

Elle grimpa les marches en marbre du perron et

appuya sur la sonnette. Carl vint lui-même lui ouvrir et la détailla avec un hochement de tête approbateur.

— Ravissant, murmura-t-il en découvrant sa toilette sous le manteau. Je suis fier de vous.

Tout autant que de lui-même, ajouta Lark silencieusement. Il lui tendit le bras et la conduisit dans le séjour où bavardaient des messieurs en smoking et des dames en tenue de soirée. La pièce était égayée par des brassées de branches de genévrier, d'églantier et de houx.

— Sherry ? lui proposa Carl.

— Volontiers.

Un homme corpulent, à la face rougeaude, s'approcha d'elle.

— Voilà une perle rare que Carl nous avait cachée ! s'écria-t-il. Bonjour, je m'appelle Charles King. Ravi de vous connaître.

— Salut, répondit Lark en tendant la main.

Aussitôt, elle surprit chez son mentor un froncement de sourcils appuyé, et s'empressa d'ajouter avec son accent anglais le plus digne :

— C'est un plaisir de vous rencontrer.

— Charles ne vous l'avouera jamais, mais il écrit dans le *Sun,* intervint Carl tout en lui présentant son verre de sherry. Et voici Jack Adler, qui réalise des documentaires pour la télévision. Vous avez peut-être regardé son reportage sur l'éléphant d'Afrique, cette semaine ?

— J'espère que non, intervint une petite femme rondelette, engoncée dans une robe de taffetas mauve. C'était atroce. J'en ai pleuré des heures durant. Après, j'ai ramassé tous les objets en ivoire qui traînaient dans la maison pour les enfermer dans un placard. Plus jamais je ne me rendrai complice du massacre de ces pauvres animaux !

— C'était précisément le but de ce documentaire, rétorqua Charles King. N'est-ce pas, Jack ?

— Oui, c'est effectivement un de mes meilleurs reportages, répliqua l'intéressé, un moustachu d'une quarantaine d'années. Mais il est vrai que si j'avais réalisé un film sur la dure existence des braconniers, Bettina s'en serait émue tout autant.

— Absolument pas ! protesta cette dernière avec indignation. Ces individus sont de vraies bêtes sauvages !

— Mais les éléphants aussi ! lui rappela Charles en riant.

— Enfin, reprit Carl à l'intention de Bettina, tu ne les as jugés ainsi que parce que Jack les a présentés comme des criminels. Maintenant, il faut reconnaître que ces malheureux n'ont pas d'autres moyens pour survivre.

Charles adressa un clin d'œil à Lark.

— Ne trouvez-vous pas que les journalistes sont une race à part ? Ils se targuent d'être purement objectifs, mais ne se privent jamais de placer une citation ici, une image là et une épithète ailleurs pour titiller les sentiments du public. Ajoutez un petit mensonge par omission pour couronner le tout, et vous obtiendrez un plaidoyer vibrant pour la cause de votre choix.

— J'admets qu'il s'agit là d'une description fidèle de *tes propres méthodes* de journaliste à sensation, reconnut Jack. Pour ma part, je respecte toujours une scrupuleuse neutralité dans mes enquêtes et me contente de présenter les faits bruts.

— Oh, oh, voyez-vous ça ! s'exclama une autre invitée.

Plus grande que Lark, elle était si fine qu'elle semblait aussi fragile qu'une flûte à champagne. Elle portait une combinaison moulante de lamé émeraude et arborait un énorme nœud vert dans sa chevelure rousse.

— Je me rappelle encore ce député du Worcester que tu as interviewé. Tu l'as harcelé sans pitié. Le pauvre homme a dû bien regretter de t'avoir accordé un entretien.

— Je m'en souviens aussi, renchérit Carl. Ce politicien paraissait incarner l'honnêteté même, jusqu'à ce que tu lui balances cette sordide histoire d'adultère.

— Ce n'est pas moi mais un confrère qui a réalisé ce reportage, déclara Jack. Néanmoins, je soutiens qu'il n'a montré aucune animosité particulière. Henry Smartt menait campagne au nom de l'ordre moral. Il était contre l'avortement, même en cas de viol ou d'inceste. Et voilà qu'on découvre qu'il entretenait une… hmm… « relation » avec une jeune fille, une *très jeune* fille, ce qui revenait à un détournement de mineure — d'un point de vue strictement légal, s'entend, car ladite jeune fille semblait pour sa part entièrement consentante. Cela dit, nous pouvions difficilement lui passer cette incartade à ses principes.

— Est-il marié ?

— Plus maintenant.

— Le repas est servi, annonça le maître d'hôtel engagé pour l'occasion.

— Alternons, voulez-vous ? suggéra Carl. Lark à côté de Jack et Isabella à côté de Charles.

Isabella était la femme en combinaison moulante.

Une fois décidé le placement des invités, ceux-ci pénétrèrent dans la salle à manger.

Lark n'avait jamais vu la grande table dressée avec une telle magnificence. Porcelaine et cristal étincelaient sur la nappe de lin écarlate. Des bougies rouges étaient allumées dans de lourds chandeliers d'argent disposés au centre de la table, que des coupelles emplies de roses blanches ornaient sur toute sa longueur et que surplombait un lustre éblouissant. Un délicieux fumet s'échappait des assiettes de potage tenu au chaud sous des bols de porcelaine.

Quand les convives se furent assis, le maître d'hôtel découvrit le velouté à la citronnelle.

Lark prit place entre Jack, à sa gauche, et Charles à sa droite. Jack sollicita son attention le premier.

— Comment se fait-il que nous ne nous soyons jamais rencontrés auparavant ? s'enquit-il. Je le regrette vivement.

Elle lui sourit.

— Je viens juste de sortir d'une université américaine, lui répondit-elle avec son meilleur accent anglais. J'ai suivi un cursus de cinématographie à l'université de New York.

— Ah tiens ? Serions-nous donc destinés à devenir confrères ?

— Sans doute. J'ai l'intention de réaliser des documentaires.

Elle le fixa d'un regard brillant, se demandant s'il pourrait l'aider à trouver un travail. Les yeux de Jack étaient d'une nuance argentée.

— J'avais d'ailleurs hâte de vous connaître, ajouta-t-elle.

Il parut flatté.

— Habitez-vous Londres ? lui demanda-t-il.

— Oui, dans un appartement près de Kensington.

— Et moi dans St. John's Wood, depuis des années.

Charles se tourna vers elle au moment où l'on desservait le potage.

— Isabella habite également à Kensington, lui apprit-il. Vos chemins ne s'y sont jamais croisés ?

— Non.

Isabella, assise à la droite de Charles, était en grande conversation avec Carl.

— Elle est mannequin, reprit Charles. Comme je suppose que vous l'êtes aussi, j'ai pensé que vous pouviez vous connaître.

— Mais je ne suis pas mannequin !

Lark se mit à rire, jugeant l'idée absurde. Puis elle se rappela brusquement son nouveau visage.

— Ce n'est tout de même pas un impair si offensant ! rétorqua Charles en s'esclaffant à son tour. Mais enfin, vous estimez probablement qu'être mannequin est indigne de vous. Dois-je en déduire que vous êtes actrice ?

— Pas du tout. Je n'ai aucun talent pour la scène. Mon intérêt pour le septième art m'a simplement amenée à suivre des études de cinématographie dans une université américaine. Je préfère être derrière les caméras, voyez-vous.

— Vraiment ? J'ai du mal à penser qu'une jeune fille aussi ravissante que vous puisse nous priver longtemps du spectacle de sa beauté.

— Cela risque pourtant d'être le cas.

Le plat suivant fut un coq au vin cuisiné au chambertin — le vin même, nota scrupuleusement Lark, qui venait de leur être servi.

— Et dans quel secteur travaillez-vous actuellement ? lui demanda Jack.

— Aucun. Je cherche justement un emploi.

— Il n'est guère aisé d'être embauché quand on n'a pas d'expérience.

— Il n'est guère aisé d'avoir de l'expérience si l'on n'a jamais été embauché, rétorqua-t-elle.

— Exact, admit-il en riant. Comment vous voyez-vous dans cinq ans ?

Il la dévisageait avec une attention polie.

Elle mourait d'envie de lui répondre : « Je m'en fiche complètement, du moment que dans l'intervalle Justin Groome est jeté en prison et Penelope Houten vengée. »

— J'aimerais réaliser des reportages pour la télévision, répondit-elle d'un ton enjoué, et plus particulièrement sur des hommes politiques comme le député que vous évoquiez tout à l'heure.

— Je m'étonne que vous ne songiez pas plutôt à devenir comédienne. Le charme de vos traits vous y prédispose, en tout cas.

— Oh, il n'est pas toujours besoin de monter sur scène pour jouer la comédie !

Après la crème brûlée — servie, remarqua Lark, avec un coutet sauternes 78 —, les convives se retirèrent au fumoir pour déguster café et liqueurs. Bettina, la femme rondelette à la toilette mauve, vint s'asseoir à côté de Lark. Elle avait des cheveux d'un blond éclatant, une complexion de peau rosée et des yeux d'un bleu clair pétillant de curiosité.

— Charles prétend que vous n'êtes pas actrice. Qu'êtes-vous donc, alors ?

— Je viens juste de terminer mes études. Je cherche un travail à la télévision.

Bettina émit un grognement moqueur.

— Comme tout le monde, répliqua-t-elle. Je suis heureuse que Charles et moi-même soyons l'un et l'autre dans le journalisme. Il écrit sous ma direction dans la rubrique mondaine du *Sun*. Beaucoup estiment que nous devrions inverser les rôles, étant donné mon goût pour les ragots, mais Charles en est encore plus friand que moi. Nous travaillons ensemble depuis des années ; en vérité, c'est même au journal que nous nous sommes connus. J'ai débuté comme simple secrétaire.

— Je n'avais pas compris que Charles était votre mari.

— Et pourtant, nous avons déjà trente-cinq ans de vie commune.

Puis, baissant la voix :

— Mais, dites-moi, poursuivit-elle, est-ce Carl qui est responsable de…

Elle fit un geste théâtral.

— … votre apparence actuelle ? Vous pouvez me répondre en toute sincérité, vous savez : je ne le répéterai à personne.

Lark émit un rire dubitatif.

— Naturellement, répondit-elle avec l'ambiguïté requise.

— Chaque fois que je regarde un témoignage de son talent, je suis tentée de m'en remettre à ses bons soins. Mais je suis trop timorée. Et puis, je ne déteste pas le visage que m'a donné la nature, tout cocasse qu'il puisse sembler.

— J'aimais bien le mien aussi, avoua Lark avec tristesse. Mais vu mon état, je n'avais guère le choix.

Bettina eut un hochement de tête compatissant.

— Votre cas est effectivement différent du mien.

Les invités commencèrent à quitter la résidence peu après 1 heure du matin. Lark accepta la proposition que lui fit Jack de la ramener à Londres dans sa voiture, estimant qu'elle trouverait plus d'agrément à sa compagnie qu'à celle de Clive, l'ennuyeux chauffeur de Carl.

— J'espère que vous avez passé une bonne soirée, lui dit ce dernier lorsqu'elle vint le prévenir de son départ.

— Oh, absolument ! Je peux même décliner les noms de tous les vins que nous avons bus au cours du repas.

Jack vint à ce moment serrer la main de son hôte.

— Merci mille fois de m'avoir invité, vieille branche. Le dîner était mirifique et les convives charmants.

Une fois dehors, Lark prit une profonde inspiration. Elle avait absorbé plus d'alcool que de raison et l'air frais la revigora un peu.

— Ma voiture est par là, l'informa Jack en lui désignant une Jaguar blanche.

Il déverrouilla la portière côté passager et s'effaça pour la laisser monter.

— Serez-vous en ville pour Noël ? demanda-t-il en tournant la clé de contact.

— Oui.

— C'est un des moments les plus sordides de l'année, vous ne trouvez pas ? Tout ce monde affectant la joie, malgré les soucis sans nombre qui les travaillent… Selon moi, Noël rappelle surtout à chacun sa solitude.

— Vous ne fêterez pas le réveillon en famille ?

— Mes parents vivent dans le Kent. Je resterai certainement un jour ou deux chez eux avec mes sœurs. Mais tout cela est pitoyable, vraiment. Je préfère encore me soûler chez moi plutôt que de me vautrer durant une soirée entière devant la télé paternelle.

Lark ne sut que lui répondre.

— Où habite votre famille ? lui demanda-t-il.

— Mes parents sont morts. Je suis fille unique.

— Je suis désolé.

Et pourtant, pensa-t-elle, Susan, Dom, Jonny et Emmy se réuniraient probablement à la ferme ce jour-là…

— Quel idiot je fais, murmura Jack en lui prenant le menton. Je ne voulais pas vous contrarier.

— Je crois plutôt que j'ai trop bu.

— A ce propos, pourquoi avez-vous dit à Carl que vous pourriez lui réciter les noms de tous les vins que nous avons goûtés ce soir ?

— Il essaie de faire de moi un gourmet, répondit-elle en gloussant.

— Vous ne sauriez rêver meilleur professeur. Carl est un chic type.

— Oui, je sais.

Les rues de Londres étaient pratiquement désertes. La capitale, la nuit, ne ressemblait en rien à la grande ville trépidante qu'elle était dans la journée. On aurait dit un décor de film fantastique.

— C'était une réception agréable, commenta la jeune femme.

— Votre présence y a largement contribué. Au fait, comment avez-vous connu Carl ?

— C'était un ami de mon père. Nous avons toujours été très proches l'un de l'autre.

— Il est tout de même étrange que nous ne nous soyons jamais rencontrés auparavant. Carl est un très vieil ami.

— Comme je vous le disais tantôt, j'ai longtemps vécu aux Etats-Unis.

Ils parvinrent enfin devant l'immeuble de Lark. Jack coupa le moteur.

— J'aimerais vous revoir, déclara Jack. Puis-je vous appeler ?

Jusque-là, Lark comptait seulement sur lui pour lui trouver un emploi. Elle ne s'était même pas imaginé qu'elle pouvait l'attirer. Elle se maudit intérieurement pour sa stupidité.

— Vous êtes déjà avec quelqu'un ? s'enquit-il à mi-voix tout en la dévisageant de ses yeux gris.

— Non, ce n'est pas ça.

— Je ne vous demande pas de coucher avec moi, vous savez. Juste d'accepter une invitation à déjeuner pour la semaine prochaine. De m'accorder de nouveau le plaisir de votre compagnie.

— Bon, soit.

Il sortit de la voiture. Lark allait tendre la main vers la poignée de la portière, lorsqu'elle comprit qu'il contournait précisément la Jaguar pour la lui ouvrir. Elle n'était toujours pas accoutumée à de pareilles prévenances. Même Justin Groome, lors de leurs sorties au restaurant avec Susan, ne lui avait jamais témoigné une telle galanterie.

Au moment où elle posait le pied dehors, Jack lui présenta son bras. Elle s'écarta instinctivement.

— Bonne nuit, balbutia-t-elle.

— Bonne nuit.

Il ne remonta dans sa voiture que lorsqu'elle fut en sécurité à l'intérieur de l'immeuble.

29

Carl téléphona le lendemain après-midi. Comme elle souffrait d'un léger mal de tête, Lark était demeurée chez elle pour la journée. Le temps l'y incitait d'ailleurs. L'atmosphère s'était rafraîchie et les deux couches de vêtements qu'elle portait sous son pull de laine la préservaient à peine du froid. Le chauffage central de l'immeuble n'était pas d'une grande efficacité.

— Comment vous sentez-vous ?

— Très bien, vu la quantité de rousseau chambertin 79 que j'ai ingurgitée hier.

Il rit aux éclats.

— Tant mieux.

— Et vous ? Vous m'avez paru un peu fatigué hier.

— Je me porte à merveille, rassurez-vous. Le retour avec Jack s'est-il bien passé ?

— Au poil.

— Allons, Lark, auriez-vous déjà oublié que vous êtes une jeune *lady* ?

— Rappelez-le plutôt à Jack : il m'a déjà invitée à déjeuner.

— Hum, je vois…

Il y eut une pause à l'autre bout de la ligne.

— Et… vous l'appréciez ?

— Il est plutôt sympa.

Elle pouvait presque deviner les pensées de son mentor.

— Vous êtes encore trop jeune pour vous impliquer avec un homme de quarante ans qui a déjà deux divorces derrière lui, déclara-t-il enfin.

— *Deux* divorces ?

— Eh oui ! Notez bien que je ne veux pas le dénigrer. Jack est un brave garçon, et il vous aidera sûrement à obtenir un travail. Cependant, ajouta-t-il sur un ton ferme, c'est vous qui m'inquiétez en l'occurrence. Vous êtes toujours à la recherche de votre identité. Votre gaieté présente n'a pas effacé en vous toute angoisse. Vous n'êtes pas encore préparée à affronter les tourments psychologiques qu'entraînerait une telle relation.

— J'ai besoin d'un emploi, lui répliqua-t-elle avec une légère irritation. Et si Jack peut m'aider à en dégoter un, je n'y vois pas d'inconvénient.

— Moi non plus, admit-il d'une voix plus douce. Mais laissez-vous au moins le temps de retrouver vos marques avant de vous engager sérieusement avec qui que ce soit.

— Il s'agit uniquement d'un déjeuner pour l'instant.

— Pour l'instant, oui.

Jack l'appela à son tour dans la soirée.

— Alors, remise ? s'enquit-il sans même se présenter.

— Oui. Et vous ?

— Pas trop, hélas. Je n'ai pas eu un seul moment de libre, aujourd'hui.

Sa voix douce et intime avait des accents de Cambridge. Lark aimait l'entendre parler. Elle se pelotonna sur son lit et sourit à l'adresse du combiné.

— Vous travaillez aussi le dimanche ? lui demanda-t-elle.

— En cas de charrette uniquement.

— Ah oui, évidemment !

— Notre déjeuner tient toujours ? Vendredi, ça vous irait ?

— Attendez un instant. Je dois consulter mon agenda.

Elle enfouit sa tête dans l'oreiller pour étouffer son rire.

— Oui, répondit-elle au bout d'un moment. J'ai un trou en fin de matinée.

— Parfait. On se retrouve à la boîte ? Je vous ferai visiter les lieux. Je crois que ça pourrait vous intéresser.

— Je le crois aussi.

Il lui communiqua l'adresse, puis la pria de venir vers midi. Lark raccrocha avec un sourire satisfait. Elle pressentait que Jack allait lui être d'un grand secours.

Le bâtiment des Stafford Productions était situé sur Charlotte Street, juste au débouché de Tottenham Court Road. A midi pile, ce vendredi-là, Lark poussa la grille en fer forgé de l'entrée et suivit le sentier pavé qui menait à l'immeuble en brique de trois étages. Une hôtesse l'invita à prendre un siège en attendant M. Adler.

— Vous pouvez suspendre votre manteau dans la penderie, ajouta-t-elle.

Lark retira sa pelisse en poil de chameau. Dessous, elle portait une jupe moulante de laine noire fendue sur le côté, ainsi qu'un cardigan croisé de mohair vert cendré, ouvert sur un chemisier de lin blanc. Elle se contempla dans le miroir fixé contre la porte de la penderie. Nul n'aurait pu deviner qu'elle s'était habillée dans une friperie. Même ses escarpins noirs étaient d'occasion. Ses cheveux, légèrement ébouriffés par le vent, donnaient du piquant à ses traits. Elle les avait ramenés en arrière et retenus sur la nuque par un nœud noir.

Elle était décidément superbe. Et ne cessait de s'en étonner.

Ayant refermé la porte de la penderie, elle prit place dans un fauteuil. Jack parut quelques minutes après.

— Bonjour, lui lança-t-il en serrant chaleureusement ses deux mains dans les siennes. Vous êtes aussi ravissante que dans mon souvenir.

— Et pour quelle raison aurais-je dû changer depuis samedi dernier ? s'enquit-elle en reculant d'un pas.

Lui, en revanche, paraissait différent. Durant la réception, elle avait été si obnubilée par son désir de devenir réalisatrice de documentaires pour dénoncer les turpitudes de Justin Groome qu'elle n'avait prêté qu'une attention distraite à sa personne. Aujourd'hui, il lui semblait cependant plus réel. Les yeux argentés du cinéaste répondirent à son sourire.

— Je vous emmène d'abord visiter les lieux, d'accord ?

— Impec, répondit-elle — avant de jurer intérieurement.

Il la guida à travers un dédale de couloirs.

— Voici la salle de projection où nous visionnons les films après montage… Et voici la salle de montage proprement dite… Et la salle de conférences où… Oh ! Pardon.

Il referma précipitamment la porte.

— J'ignorais qu'il devait y avoir une réunion à cette heure-ci, marmonna-t-il. Allez, montons. Je voudrais vous présenter à Andrew, l'un de nos producteurs délégués. Il a le génie pour vous trouver des subsides en un rien de temps… Hé, Andrew, je t'amène une de mes amies, Lark Chandler.

Jack le gratifia d'une bourrade amicale et cligna de l'œil à l'intention de la jeune femme. Andrew était plus âgé que lui. Il n'était pas rasé et des cernes assombrissaient ses yeux. Il portait un pantalon à bretelles et une chemise bleue maculée de sueur.

— Veuillez excuser ma tenue, déclara-t-il à Lark d'une voix contrite, mais nous sommes en pleine charrette. Je n'ai pas vu ma famille depuis deux jours.

Puis, se tournant vers Jack :

— Mais, dis-moi, vieux, la dernière fois que je t'ai croisé, tu avais une mine encore plus épouvantable que la mienne. Aurais-tu sollicité les bons offices de ton maquilleur ?

— Je te rappelle que nous avons tout bouclé ce matin à 8 heures tapantes, rétorqua Jack. J'ai largement eu le temps de passer chez moi me doucher et me changer. Je te conseille d'ailleurs d'en faire autant. Que dirait ta femme en te voyant rentrer dans cet état ?

— Dehors ! s'exclama Andrew en riant.

Il adressa un grand sourire à Lark avant d'ajouter :

— Pas vous. Vous, vous pouvez rester, si du moins Jack accepte de vous laisser ici — ce dont je doute.

Le téléphone sonna. Il décrocha le combiné tout en les saluant de la main.

— Pouvez-vous travailler sous pression ? s'enquit Jack alors qu'ils regagnaient son bureau.

De grandes baies vitrées surplombaient la rue en contrebas. Des rafales de vent roulaient les nuages dans le ciel, y creusant des profondeurs d'un bleu intense où brillait le soleil par intermittence.

Jack désigna à sa visiteuse un fauteuil orange d'un confort ostentatoire.

— Absolument, répondit cette dernière en croisant les jambes. Je vis même constamment sous pression.

Jack haussa les épaules sous sa veste en tweed Harris.

— Quand vous parlez ainsi, je me demande toujours si c'est du lard ou du cochon. A ce propos, avez-vous faim ? J'ai réservé une table au Savoy pour 13 heures. Nous n'avons que le temps de nous y rendre.

Bien que le restaurant ne fût qu'à cinq minutes à pied, ils prirent un taxi. Leur table dominait le Strand. Lark refusa un cocktail, mais goûta le vin que Jack commanda. Elle reconnut un bordeaux — un bordeaux de piètre qualité comparé aux grands crus que Carl tenait en réserve.

Elle voulut savoir sur quel documentaire Jack travaillait ces temps-ci. Il s'agissait d'un reportage sur les années soixante-dix. Curieusement, il lui expliqua le projet avec un tel luxe de détails qu'il semblait vouloir l'impressionner — alors que c'était elle qui, en principe, cherchait à obtenir de lui un emploi aux Stafford Productions.

Leur rendez-vous s'acheva avec une soudaineté qui surprit la jeune femme.

— Je vous laisse rentrer en taxi, lui dit Jack après qu'ils furent sortis du restaurant pour se retrouver sur le trottoir venteux.

— Merci pour le déjeuner et la visite, lui répondit-elle.

Puis il la poussa dans un taxi, communiqua son adresse au chauffeur et referma la portière. Il lui adressa un vague signe de la main à travers la vitre.

Lark se renfonça dans la banquette, déçue de voir cette agréable rencontre prendre fin si inopinément. Elle n'avait même pas eu la possibilité de présenter sa requête à Jack.

Celui-ci lui téléphona cependant le surlendemain.

— Désolé de ne pas vous avoir rappelée plus tôt.

J'ai dormi toute la journée d'hier. J'avais du sommeil à rattraper. Comme la plupart de mes collaborateurs, du reste. Nos horaires ne sont pas vraiment réguliers. J'espère que vous saurez vous en accommoder.

— Sans problème.

« Surveille donc ton langage, bon sang ! » se morigéna-t-elle aussitôt.

— J'ai eu l'occasion de parler de vous à Andrew, poursuivit Jack. Je lui ai rapporté que vous cherchiez du travail.

Lark retint sa respiration.

— Ah oui ? articula-t-elle.

— Il m'a informé d'une opportunité susceptible de vous intéresser. Ce n'est pas dans le domaine de la réalisation, mais cela pourrait vous mettre le pied à l'étrier.

— Et en quoi consiste cet emploi ?

— Il s'agit de lire les manuscrits envoyés spontanément à la boîte, de les évaluer. Vous toucherez un salaire pitoyable — aussi pitoyable que les synopsis eux-mêmes, en fait —, mais vous apprendrez ainsi les ficelles du métier. Cela vous tente-t-il ?

— Et comment ! s'exclama-t-elle d'une voix frémissante. Merci, merci beaucoup. Quand dois-je commencer ?

— Oh, pas avant l'année prochaine ! De toute façon, l'agence ferme entre Noël et la Saint-Sylvestre. Disons... à partir du mardi 4 janvier ?

— C'est noté.

— Je serai revenu de chez mes parents d'ici là. Avez-vous des projets pour le réveillon du nouvel an ? Je pourrais vous emmener à des réceptions.

— Volontiers.

— Bien. Je vous recontacterai donc à mon retour.

— Entendu.

Dès qu'elle eut raccroché, Lark se mit à arpenter

fébrilement le studio. Son premier boulot… Elle avait du mal à y croire. Elle allait enfin être véritablement autonome. Restait à savoir à combien s'élevait un salaire « pitoyable »…

Pour l'instant, en tout cas, il lui fallait songer à agrandir sa garde-robe. Elle ne pouvait décemment porter la même jupe tous les jours. Peut-être avait-on déjà remarqué l'avant-veille que sa tenue paraissait quelque peu défraîchie.

Enfin, elle n'avait guère le choix : faute d'argent, elle devait encore retourner s'habiller dans les friperies. Mais un peu de couture par-ci et quelques retouches par-là pallieraient les défauts de ses trouvailles. Parfois, un simple nettoyage à sec suffisait à rendre un chemisier présentable.

Elle appela Carl pour lui communiquer la grande nouvelle.

— J'ai un travail ! s'exclama-t-elle sitôt qu'il eut décroché.

— Je n'en attendais pas moins de Jack, répondit-il. Et ce n'est peut-être pas un mal, après tout.

Il avait presque prononcé cette dernière phrase pour lui-même.

— Pas un mal ! se récria Lark. Mais c'est du tonnerre !

— Attention, très chère, votre vocabulaire se relâche. Bon, allez, racontez-moi tout.

Elle s'exécuta avec empressement.

— Hum, fit-il, ça m'a l'air d'être une proposition sérieuse.

— Je le souhaite vivement.

Carl marqua une pause.

— Je suis content que vous m'ayez téléphoné, reprit-il sur un ton embarrassé, car je désirais vous prévenir que j'allais passer le réveillon de Noël chez des amis gallois. Saurez-vous vous débrouiller toute seule ?

— Bien sûr, répondit-elle au bout d'un moment.

Que représentait Noël pour elle, de toute manière ? Elle ne l'avait pratiquement jamais célébré avec son père, ou si peu.

Seul le réveillon de l'année précédente lui avait plu. Beaucoup, même.

— Etre seule pour les fêtes ne me dérange pas, ajouta-t-elle d'une voix plus ferme.

— Je viendrai vous voir avant mon départ. J'ai un cadeau pour vous, ainsi qu'un billet pour le concert de la veillée de Noël, à St. Paul. On y jouera *Le Messie* de Haendel. Je suis sûr que vous aimerez.

— Ne vous sentez pas obligé…

— Au contraire, l'interrompit-il, cela me fait plaisir.

Après avoir raccroché, Lark contempla la chaussée mouillée par l'étroite fenêtre de son appartement. Susan, Jonny, Emmy, Dom et tous leurs amis se retrouveraient bientôt à la Dogwood Farm pour échanger des cadeaux, se chuchoter des confidences, s'embrasser sous le gui, rire, chanter…

L'oublier.

Elle trouvait parfois insupportable de vivre dans la dissimulation. Mais, somme toute, elle s'y était attendue.

Le jour du réveillon, il neigea. Lark décida d'enfiler un jean et un col roulé en cachemire violet pour assister au concert. Le pull était le présent que lui avait promis Carl ; il le lui avait offert la veille, ainsi qu'une jupe moulante assortie — l'ensemble idéal pour son premier jour aux Stafford Productions.

Elle prit le bus pour se rendre à la cathédrale St. Paul. Les trottoirs étaient boueux et glissants. Elle se félicita d'avoir finalement préféré des baskets et un jean à sa jupe rouge qu'elle avait un moment pensé revêtir pour l'occasion. D'ailleurs, pourquoi se mettre sur son trente et un ? Elle serait seule toute la soirée.

Le bus, presque vide, la déposa en face d'un jardin enneigé qu'elle eut seulement à traverser pour rejoindre la cathédrale. Une ouvreuse la guida à l'intérieur vers sa place. Celle-ci, comme elle s'en aperçut avec consternation, était située en plein milieu d'un banc près de la scène. Plusieurs personnes durent se lever pour lui permettre de l'atteindre. Assurément, si elle voulait s'éclipser avant la fin, elle ne pourrait le faire en toute discrétion.

Les deux places contiguës étaient vides. Elle consulta le programme, puis releva la tête pour admirer l'imposant édifice. La coupole sombre au-dessus de sa tête était si haute qu'elle semblait une partie intégrante du ciel nocturne. Une lumière étincelante éclairait cependant la nef, qui se remplit rapidement. L'atmosphère de la cathédrale était très humide, et Lark appréciait la chaleur de son nouveau pull.

Les lumières commencèrent à s'estomper.

A cet instant, un homme se fraya un passage le long du banc pour rejoindre une des places vacantes à côté d'elle. Lark lui jeta un coup d'œil au moment où il s'asseyait.

Il était d'une beauté hâve et ténébreuse. Leurs regards se croisèrent. Il lui fit un clin d'œil.

Elle se retourna d'un bloc, n'en croyant pas ses yeux.

Son voisin n'était autre que Jonny Whitfield.

30

— Maman, arrête de te tourmenter, répéta Dom pour la énième fois. Tu as fait tout ce que tu pouvais.

Le vide de la maison à l'approche des fêtes avait jeté Susan dans un état de dépression aiguë qui l'amenait à se reprocher incessamment la fuite de Penny. Justin Groome, quoique las de ces perpétuelles jérémiades, n'en contenait pas moins son irritation.

— Il serait tout de même étonnant qu'une petite jeunette comme elle ait pu s'évanouir dans la nature sans bénéficier de complicités, marmonna-t-il tout en contemplant le feu. L'état de son visage aurait dû la trahir depuis longtemps. Quiconque l'a entraperçue une fois ne saurait l'oublier.

— Elle n'avait pourtant pas l'air si horrible ! protesta Dom. Et puis le bus qu'elle a pris devant l'hôpital devait la conduire à New York, et la plupart des sept millions de New-Yorkais ont bien plus répugnante allure qu'elle.

— J'ai engagé un détective privé, reprit Justin à l'adresse de Susan. Je croyais qu'il aurait plus de chances que les flics.

— Nous en avons engagé un, nous aussi, l'informa Susan en soupirant.

— Vous avez donc appris le vol de la carte de crédit, je suppose ?

— Celle du patient de l'hôpital ? Oui, mais ce n'est pas forcément Penny qui l'a volée.

— Que tu dis. Ça lui ressemble, en tout cas. Elle est prédisposée au vol, cette petite. Elle m'a même subtilisé ma propre carte, un jour.

Dom et Susan en demeurèrent ébahis.

— Je ne vous en ai pas parlé jusqu'à présent, afin de ne pas attirer des ennuis à votre protégée, mais elle s'est bel et bien servie de ma carte pour acheter des billets de concert. Naturellement, je l'ai rattrapée à l'entrée de la salle. Je pensais lui avoir fait passer l'envie de recommencer.

Dom vit que la nouvelle bouleversait sa mère.

— Ce n'est probablement pas Penny qui a volé la carte de crédit à l'hôpital, s'empressa-t-il d'affirmer. D'après les flics, un individu suspect déguisé en médecin rôdait alors dans les couloirs. C'est sans doute lui le coupable. Le seul achat effectué avec la carte a été celui d'un billet d'avion pour l'Angleterre, qui n'a d'ailleurs jamais été retiré dans aucune agence ni aucun aéroport.

— De plus, pourquoi diable Penny aurait-elle voulu traverser l'Atlantique ? renchérit Susan tout en se levant pour aller préparer le dîner.

La maison n'avait pas été apprêtée comme pour le réveillon précédent. Seul un minuscule sapin se dressait dans la salle à manger, et ses décorations semblaient tristes à mourir. Emmy avait décliné l'invitation, comme il fallait s'y attendre, et Jonny s'était réfugié quelque part à l'étranger. Dom, lui, n'avait pu se libérer que pour deux jours. Il avait été nommé président de l'American Production Group en octobre. La proposition ne l'avait guère pris au dépourvu, son prédécesseur étant depuis longtemps considéré comme un tyran incompétent. Ce qui l'avait surpris, en revanche, c'était la somme de travail requise par sa nouvelle fonction. Il n'avait pu rendre visite à sa mère depuis le mois de juillet.

— Et Toni, tu comptes la revoir quand ? s'enquit sa mère, la veille de Noël.

Justin les avait quittés pour passer le réveillon avec des amis dans sa maison de Long Island. Il avait essayé de persuader Susan de venir avec lui, mais elle s'y était refusée, dans l'espoir — son fils le savait — que Penny se présenterait à la ferme pour les fêtes.

— Demain, lui répondit Dom. Nous devons nous retrouver chez elle.

— Vous êtes toujours fiancés ?

— Oui.

— Je ne voudrais pas me montrer indiscrète, mais tu ne me parles jamais d'elle. Je commençais à me poser des questions.

— Nous avons toujours l'intention de nous marier. Mais je crains de ne pouvoir disposer d'un week-end de libre pour mes noces. Et encore moins pour une éventuelle lune de miel.

Susan prit un air soucieux.

— Dis-moi, Dom, sacrifierais-tu ton bonheur personnel à ton seul travail ? Cette erreur guette toutes les personnes dans ta position, tu sais.

— Je sais. Mais je ne suis pas comme ça. J'adore mon boulot, c'est tout.

— Si Toni décide de s'installer avec toi à L.A., je suis certaine que Marianne pourra la remplacer sans problème à la tête de Whitfield Communications. Elle y travaille depuis presque aussi longtemps que Toni. Et elle est tout aussi avisée et ambitieuse qu'elle.

— C'est bon à savoir. J'allais moi-même suggérer à

Toni d'ouvrir une filiale de l'agence sur la côte Ouest. Elle serait parfaite pour lancer l'affaire.

— Mouais…

— Tu ne crois pas que c'est une bonne idée ?

— Oh, si Toni est partante, je le suis aussi ! Mais j'ai le sentiment qu'une fois mariée elle sera moins encline à consacrer autant de temps qu'aujourd'hui à son travail.

— Tu rigoles ? rétorqua Dom, stupéfait. Elle est presque aussi accro au boulot que toi !

— Disons plutôt que c'est une perfectionniste. Elle veut être la meilleure en tout. Mais si cela implique de mener de front sa carrière et une existence de mère de famille…

Dom sursauta.

— Eh bien, poursuivit Susan, elle préférera sans doute abandonner l'une au seul profit de l'autre.

Dom crut opportun de changer de sujet.

— Tu es sûre que tu ne veux pas m'accompagner à New York ? Cette maison paraît tellement déserte en ce moment.

— A cause de l'absence de Penny. Mais j'ai de quoi m'occuper, ici. Mes amis ne m'ont pas oubliée non plus. Et puis l'endroit me plaît toujours.

— Le Dr Goodman…

— Ce brave médecin s'inquiète pour rien depuis des années, l'interrompit Susan. Je me sens très bien. Ne te tracasse pas, va.

— Et tes problèmes respiratoires ?

— La vieillesse, voilà tout. Suffit de prendre son mal en patience.

Dom s'abstint d'insister. Leur réveillon se déroula dans le calme et l'intimité. Le lendemain après-midi, il se rendait à New York.

Toni l'accueillit chez elle, aussi merveilleusement séduisante que d'habitude. Cette fois-là, elle portait une minijupe en daim blanc, une veste assortie, une écharpe de soie tilleul et des chaussures en nubuck vert pin. Le rebord d'un feutre blanc ombrait ses yeux de jade.

Ils allèrent dîner au restaurant Le Relais, sur Madison Avenue, à deux pas de son appartement. De la neige s'était accumulée dans les caniveaux, mais les trottoirs étaient nets. Ils s'assirent à une table, près d'une fenêtre encadrée de petites lumières blanches.

— Un apéritif ? lui demanda Dom.

— Un brandy.

— Alors deux, lança Dom au serveur. Et apportez-moi également votre carte des vins, je vous prie.

— Comment va Susan ? s'enquit Toni.

— Bien, d'après elle, mais elle me semble encore un peu faible. Penny lui manque toujours.

Il contempla la jeune femme d'un air perplexe.

— Maman prétend que si tu déménageais à L.A., Marianne serait capable de reprendre en main Whitfield Communications.

Toni tendit le bras vers la corbeille à pain, découvrant dans son mouvement la garniture en dentelle de son soutien-gorge. Dom en conclut qu'elle ne portait pas de chemisier sous sa veste.

— Et toi, répliqua-t-elle, qu'en penses-tu ?

Il sourit.

— Voilà presque un an que j'attends que tu prennes cette décision.

— Tu te refuses toujours à revenir ici, n'est-ce pas ?

Il se tint coi un instant.

— Oui, admit-il enfin.

— Alors, tant pis.

— Et si tu ouvrais une filiale de Whitfield Communications à L.A. ?

— J'y ai déjà songé, mais je n'y tiens pas.

— Pourquoi ça ?

Toni détourna les yeux vers la fenêtre. Elle rechignait à lui avouer son désir d'avoir au plus vite un enfant et de se dévouer ensuite entièrement à leur famille — pour quelques années, du moins. Or, si elle devinait Dom plus que rétif à l'idée de fonder un foyer, elle comptait bien l'en persuader sitôt après le mariage.

— Je serais écrasée par les responsabilités, répondit-elle. J'ai d'autres priorités en vue.

Dom lui sourit de nouveau.

— Tu sous-estimes tes talents.

Toni repensa alors au Noël précédent et ses yeux se radoucirent. Elle venait de vivre une année extrêmement éprouvante, mais elle était sûre que tout s'arrangerait quand ils seraient mariés. Elle aimait tellement Dom.

Celui-ci lui prit la main par-dessus la table.

— Tu me parais un peu chagrine. Qu'y a-t-il ?

— Je ne suis pas d'accord pour déménager chez toi avant d'être ta femme, je te le répète.

— Soit. Alors quand veux-tu que nous nous mariions ?

— Pourquoi pas cet hiver ? Il faudra que nous organisions la cérémonie à New York, pour que tous mes amis puissent venir.

— Souhaites-tu un grand mariage ?

— Non, bien sûr que non. Restons simples et de bon ton : un office en pleine tempête de neige, au milieu de Central Park, suivi d'une réception chez moi. Qu'en dis-tu ?

Dom s'esclaffa.

— Je doute que tes parents approuvent une telle

excentricité, mais moi, franchement, j'adore. Et puis l'idée de la tempête de neige correspond à ton caractère romantique.

Il leva son verre.

— A nous deux, Toni.

— A nous deux.

Alors qu'ils remontaient Madison Avenue, Toni se serra contre Dom. Ce dernier glissa un bras sous son manteau de vison.

— Je t'aime, murmura-t-elle.

Il ne répondit pas.

— Tu ne m'aimes pas ?

— Moi ? Oh, si !

— Tu me parais distant.

Ils pénétrèrent dans l'entrée brillamment éclairée de l'immeuble de Toni. Celle-ci salua le portier. Puis ils montèrent dans l'ascenseur.

— Aurais-tu rencontré quelqu'un d'autre ? s'enquit-elle.

— Mais non. Je me demandais simplement si tu serais heureuse à L.A. Tu es une fille tellement typique de la côte Est.

Elle se pelotonna contre lui.

— Le temps seul nous le dira. Ne gâchons pas la soirée en nous inquiétant de l'avenir. Tu m'as trop manqué.

Dom rapprocha ses lèvres des siennes. Embrasser Toni était toujours pour lui une sorte d'aventure. Elle avait le don de réveiller ses sens par ses baisers et de l'amener en un rien de temps à se déshabiller. Tel fut également le cas cette fois-là. Ils parvinrent malgré tout à sortir de la cabine pour continuer leur effeuillage mutuel dans le séjour de l'appartement.

Et Dom se retrouva bientôt devant sa fiancée, uniquement vêtue de ses bas, son porte-jarretelles, son string et son soutien-gorge.

Il la prit alors dans ses bras, l'esprit et le corps en ébullition.

31

Dès qu'elle fut revenue de son étonnement, Lark se sentit envahie par une rage aussi féroce que celle qu'elle vouait à Justin Groome. Bien qu'il eût été le témoin du meurtre de Violet, Jonny n'avait jamais contesté la version du député. Jamais elle ne pourrait lui pardonner cette lâcheté.

Bon sang, comment avait-il échoué sur ce banc, juste à côté d'elle ? Ce n'était certainement pas Carl qui aurait osé manigancer ce coup-là. Et pourquoi diable l'aurait-il fait ? S'il était au courant de sa véritable identité, elle l'aurait su, depuis le temps. Mais si ce n'était pas lui le responsable de cette rencontre, qu'est-ce qui avait pu la provoquer ? Cela semblait tout de même un peu gros pour une simple coïncidence !

Plongée dans ses réflexions, elle écoutait à peine le chef-d'œuvre de Haendel. Les applaudissements des spectateurs la surprirent. Puis les lumières se rallumèrent pour l'entracte. Jonny lui souriait de toutes ses dents, aussi charmeur que naguère.

— Eh bien, dit-il, j'attends toujours le Messie.

— Quant à moi, je viens d'avoir une révélation, répliqua-t-elle.

— Vraiment ?

Il posa un regard désolé sur la place vacante à côté de lui.

— Remarquez, moi aussi, ajouta-t-il. On dirait bien que la fille qui m'a offert le concert m'a posé un lapin.

— Il existe des moyens moins onéreux pour se débarrasser d'un soupirant.

— Bah ! rétorqua-t-il, ses yeux mordorés pétillant de malice, ce n'est pas une grande perte. Je la connaissais à peine.

Il reporta son attention sur la place vide à droite de Lark.

— Et… qu'est-il arrivé à l'autre absent de la file ?

— Il s'est défilé, apparemment.

Elle soutint son regard tout en s'efforçant de contenir sa colère. La dernière fois qu'elle l'avait vu, Groome l'avait assommé de son arme. Or, sitôt après, il s'était rendu en Californie sans même essayer de la disculper de l'assassinat de Violet. Elle n'en revenait toujours pas.

— Barrons-nous d'ici avant qu'ils ne recommencent à nous casser les oreilles, chuchota-t-il. Une mesure de plus et je défaille.

En dépit de sa fureur, Lark ne sut décliner l'invitation. Elle avait trop hâte d'avoir des nouvelles de Susan — et de Dom. Les lumières se remirent à baisser et le chef d'orchestre réapparut sur la scène au milieu des vivats du public. Jonny se trouvait déjà près des bas-côtés, en train de l'attendre.

Elle se leva et bouscula quelques paires de jambes en bredouillant des excuses embarrassées. Lorsqu'elle eut rejoint Jonny, elle s'aperçut qu'elle avait laissé sa pelisse sur le banc.

— J'ai oublié mon manteau, maugréa-t-elle en soupirant.

— J'y vais.

Jonny remonta la rangée sans vergogne, indifférent aux grommellements de l'assistance. Il revint, l'air triomphant, et aida séance tenante la jeune femme à enfiler sa pelisse.

— Assis ! marmonnait le public.

Jonny n'en avait cure. Lark, en revanche, aurait voulu disparaître dans un trou de souris.

— Salut, les pète-sec ! s'exclama-t-il à la porte de la cathédrale.

Dehors, la neige tombait à menus flocons, recouvrant le paysage urbain d'une beauté aussi charmante qu'éphémère. Jonny tendit la main à Lark avec un sourire radieux.

— Je m'appelle Jonny Whitfield.

— Lark Chandler.

Elle se força à serrer sa main, mais la relâcha presque immédiatement.

— Où pourrions-nous aller ? reprit-il d'un air pensif. Ici, chacun reste chez soi pour le réveillon de Noël. La moitié de la ville est fermée.

Lark ne dit mot. Elle s'étonnait encore d'avoir accepté son invitation.

— Et si nous nous réfugiions dans un pub ? lui proposa-t-il.

Elle haussa les épaules. Ils redescendirent la rue. Jonny voulut savoir d'où elle était — il ne parvenait pas à identifier son accent. Elle lui resservit la même histoire qu'aux relations de Carl : son séjour à New York, ses études en cinématographie...

— Je suis également de la partie, lui annonça-t-il d'une voix lasse. Et ce milieu est une vraie mafia, je vous assure. Mieux vaut ne pas y mettre les pieds.

— J'aime pourtant bien Hollywood. J'y suis déjà allée une fois ou deux. Mais je me destine plutôt à la réalisation de documentaires télévisés.

— La télévision est également une mafia. Non, croyez-moi, vous êtes trop jeune et trop ingénue pour y mener une carrière.

— D'où tenez-vous ça ?

— La jeunesse ? De votre visage. Et l'ingénuité, de vos yeux.

— Mes yeux sont trompeurs. En fait, je suis une menteuse, une voleuse et une traînée.

— Tant mieux. Cela me convient parfaitement. Où habitez-vous ?

Elle ne lui répondit pas. Elle frissonnait sous son manteau et fut soulagée de pénétrer enfin dans un pub dénommé The Swan. Ils commandèrent un vin chaud et en contemplèrent un instant les profondeurs capiteuses, pourpre et or, qui reflétaient les flammes ondoyant dans la cheminée de la salle. Le breuvage les réchauffa rapidement. L'endroit était si populeux qu'ils devaient rester debout, coincés contre les fenêtres aux vitraux losangés couverts de givre. Toute cette foule, dont Jonny semblait pour sa part s'accommoder, rendait la jeune femme claustrophobe.

— Que faites-vous donc toute seule un soir de réveillon ? lui demanda-t-il. Vos parents sont restés aux Etats-Unis ?

— Ils sont morts, répondit-elle laconiquement. Et vous, pourquoi n'êtes-vous pas avec les vôtres ?

— Je suis venu à Londres relancer des producteurs de ma connaissance. J'attends encore leur réponse.

— Vous risquez d'attendre jusqu'à l'année prochaine. Par ici, les affaires sont pratiquement au point mort durant les vacances.

— Certes, mais il serait absurde de retourner en Amérique juste pour une semaine. Ma mère habite une ferme dans un trou perdu et elle comptait inviter pour le réveillon un de ses amis qui est loin d'être le mien, ainsi que mon frère — que je ne peux non plus supporter — et sa promise. Pour tout vous avouer, ce voyage est plus ou moins un prétexte pour les éviter.

— Oh…

— Qu'y a-t-il ? Vous paraissez contrariée.

— Ainsi donc votre frère doit se marier.

Elle avala une gorgée de vin chaud.

— Et quand auront lieu les noces ?

— Allez savoir. Dom — mon frère — n'arrête pas de repousser l'échéance.

— Ah bon ? N'est-il pas amoureux de sa fiancée ?

— Amoureux ? répéta Jonny avec un reniflement moqueur. C'est un bien grand mot.

— Alors pourquoi désire-t-il l'épouser ?

— Un vieil adage prétend qu'il n'existe qu'une seule raison pour se marier et des millions pour divorcer. Je pencherais plutôt pour le contraire : il y a des millions de raisons qui incitent au mariage, mais une seule qui peut entraîner un divorce.

Il lâcha un profond soupir.

— Dans ce cas, pourquoi n'êtes-vous pas marié vous-même ?

— Je l'ai été, justement, et ma femme m'a quitté.

Lark n'en fut pas surprise.

— Où est-elle, maintenant ?

— A New York, je suppose.

— Vous l'ignorez ?

— Je n'en suis pas certain.

— Vous avez donc rompu tout contact ?

— Que pourrais-je lui dire ?

— Que vous regrettez de vous être montré salaud avec elle, par exemple.

Il releva brusquement la tête.

— Voilà un propos bien étrange. Comment savez-vous que je suis responsable de notre rupture ? Elle aurait pu l'avoir provoquée, après tout.

Elle lui rendit son regard sans ciller.

— Tout votre être respire la culpabilité.

Les yeux de Jonny s'assombrirent. Il émit un soupir ironique sans cesser de la dévisager.

— On m'a pourtant toujours affirmé que j'étais séduisant.

— Un séduisant salaud, oui.

— Holà ! Je trouve que vous vous permettez bien des libertés avec un quasi-inconnu.

— Pas tant que ça. Tenez, montrez-moi votre main.

Il la lui tendit avec une visible réticence. Elle examina sa paume et fit mine d'en suivre les lignes.

— Vous êtes pourvu d'un immense talent… Un talent qui confine au génie.

Il parut enchanté.

— Cependant, votre carrière me semble assez chaotique, poursuivit-elle. De vraies montagnes russes.

— Remarquable !

— N'est-ce pas ? Mais continuons… Oh, comme c'est curieux ! C'est la première fois que je vois ça.

— Quoi donc ?

— Une ligne de remords, là.

— De remords ?

— Oui. Vous devez traîner une lourde faute derrière vous.

— Ah bon ? Franchement, je ne…

— Une faute dont vous n'êtes peut-être pas responsable, le coupa-t-elle, mais dont vous vous êtes rendu complice, par votre silence ou vos mensonges.

— Où est-elle donc, cette maudite ligne ?

Elle lui désigna une infime ridule à la base du petit doigt.

— Mazette ! J'ignorais que cette chose était là. Et que lisez-vous d'autre ?

— Je distingue également une ligne de peur.

— De peur ! s'exclama-t-il avec un rire rauque.

— Je ne plaisante pas. Quelqu'un vous terrorise, c'est évident.

— Je pensais que toute chiromancienne qui se respecte devait taire les mauvaises nouvelles à ses clients.

— Que voulez-vous ? repartit Lark sur un ton glacial. Je vous rapporte ce que j'ai sous les yeux, c'est tout.

Jonny lui retira sa main.

— Sortons, dit-il. Je suis sûr que Kensington Gardens est magnifique sous la neige.

— Sans doute, mais les grilles sont fermées pour la nuit.

— Alors nous nous assiérons près du fleuve dans Trafalgar Square. Ce manteau est chaud, non ? Allons, en route !

Ils quittèrent le pub. Il neigeait toujours, quoique moins dru.

— Où se trouve la ferme de votre mère ? s'enquit Lark tout en marchant.

— Dans le nord de l'Etat de New York.

— Vous lui rendez souvent visite ?

— Pas assez. Je ne m'y suis arrêté que quelques jours avant de traverser l'Atlantique.

— Elle va bien ?

Il éclata de rire.

— Seriez-vous donc extralucide au point de sentir que ma mère est malade ?

— Elle est donc malade ? lui demanda-t-elle avec anxiété.

— Oui, mais comment avez-vous pu le deviner ?

— Sixième sens…

Une fois parvenus sur les berges de la Tamise, ils se penchèrent par-dessus le parapet de pierre pour regarder les bateaux sillonner le fleuve. A la lueur des fanaux ornant les embarcations, les vaguelettes ressemblaient à des perles éclatantes. Dans le lointain perçaient les points de lumière du Tower Bridge. Lark reprit la parole en essayant de ne pas trahir son inquiétude.

— Qu'a-t-elle ?

— Ma mère ? Une faiblesse cardiaque, selon les médecins. Selon moi, elle est simplement victime du stress.

— Du stress ? Dans le nord de l'Etat de New York ?

— Ce serait trop long à raconter. En attendant…

Il plongea la main dans la poche de son manteau et en sortit une petite boîte.

— Joyeux Noël, Lark.

Elle cligna des yeux, ébahie.

— Comment diable…

— C'était le cadeau destiné à la garce qui m'a planté au concert. Vous le méritez plus qu'elle. En outre, je pense qu'il vous ira mieux.

A l'intérieur de la boîte scintillaient des boucles d'oreilles Art-déco, deux bijoux étincelants en diamant et saphir. Lark se crut victime d'une hallucination.

— Elles sont bien réelles, lui affirma Jonny. Aussi ne les perdez pas. Elles étaient vendues trois fois rien dans une échoppe de Burlington Arcade. Je cherchais une babiole pour ma mère quand je suis tombé dessus. Je n'ai pas pu résister.

— Incroyable…

— Comme quoi, je ne suis pas si salaud que j'en ai l'air.

— Oui… Enfin, non. Merci.

Remarquant son embarras, Jonny préféra changer de sujet.

— Ainsi donc vous désirez réaliser des documentaires ? Je vous aurais plutôt vue actrice. Vous avez le physique pour, en tout cas.

— Je ne sais pas jouer.

— Oh, cela compte assez peu !

— Pas pour moi.

— Je n'ai jamais compris le goût de certains de mes confrères pour les documentaires. Tenez, je viens de terminer les premiers repérages pour un film sur la déforestation en Amazonie et j'espère en tirer une œuvre qui sera tout aussi instructive qu'un documentaire, avec de l'action en plus. J'ai voué mon existence à la fiction, vous savez. Je suis un fana des bonnes intrigues, des personnages bien campés, des grands moments de bravoure.

— Et quand ce chef-d'œuvre sera-t-il dans les salles ?

— Je l'ignore encore, hélas ! Ces satanés producteurs m'ont coupé les vivres sans crier gare, sous prétexte que je n'allais pas assez vite et que je dépensais trop d'argent — le baratin habituel…

Malgré toute sa rancœur, Lark se sentit désolée pour lui.

— Moi aussi j'aimerais concevoir des documentaires avec de bonnes histoires et de grands moments de bravoure. Des reconstitutions de faits divers, surtout.

Jonny eut un reniflement de dédain.

— Et c'est pour trouver une rallonge que vous êtes venu à Londres ? s'enquit-elle.

— Non, pour défendre le projet d'un nouveau long métrage. Un sujet du tonnerre.

— Mais encore ?

— Vous avez entendu parler de Maria Benton ? Elle était assez célèbre dans les années quatre-vingt. La plus jeune des top models de l'époque. Elle a fait la couverture de tous les magazines de mode. Une gloire instantanée et prodigieuse. Et puis des rumeurs sordides ont commencé à courir sur son compte : son beau-père abusait d'elle, son amant la molestait, son mari se souciait uniquement de dilapider sa fortune. Elle s'est mise à prendre de la drogue et a finalement donné dans la prostitution de haute volée. Sa déchéance a nourri pendant des mois les gros titres des journaux à scandale.

— Que lui est-il arrivé ensuite ?

— Elle a été battue à mort par son ex-ami d'enfance. Sous les yeux de son mari, semble-t-il, qui a pudiquement détourné le regard.

— C'est horrible. Pourquoi donc voudriez-vous tourner un film sur sa vie ?

— Sa vie en elle-même m'intéresse moins que la relation triangulaire dans laquelle elle était piégée, entre le beau-père, l'amant et le mari. J'en ai personnellement rédigé le scénario en m'inspirant d'une biographie.

— Je dois admettre qu'un tel film aurait plus d'impact qu'un documentaire. Le public adore jouer les voyeurs. Maintenant, cette histoire me paraît trop affligeante pour ne pas choquer sur le grand écran. En revanche, elle passerait parfaitement à la télé. Surtout si elle était présentée comme la narration d'un fait divers authentique.

— Je vous l'accorde. Malheureusement, je hais la télé. Les synopsis y sont toujours charcutés par ces satanés comités de lecture. Et quand messieurs les censeurs n'ont pas trop esquinté le bébé, les coupures publicitaires sont là pour achever leur sale besogne.

Lark ne put réprimer un frisson.

— J'aimerais rentrer, dit-elle.

— Vous vivez seule ?

— Oui.

— Pourquoi ?

— Par goût.

Il posa un bras autour de ses épaules. Elle se rétracta et le fusilla du regard.

— Qu'est-ce qui vous prend ?

Il afficha une mine piteuse.

— Hé, c'est la veillée de Noël, non ? Comme nous étions tous les deux en manque de chaleur humaine, j'ai pensé que…

— Ne pensez pas, lui rétorqua-t-elle sèchement tout en s'éloignant d'un pas vif.

Il courut après elle.

— Mais qu'y a-t-il ?

Que le contact masculin lui répugnât encore troublait Lark. Elle le ressentait comme une secousse électrique qui lui donnait des haut-le-cœur. Elle s'abstint cependant de s'en ouvrir à Jonny.

— Je suis déjà avec quelqu'un d'autre.

— Oh… Ce n'est que ça ? Mais je suis dans le même cas que vous, et je ne m'en formalise pas pour autant.

— Moi si.

Il haussa les épaules et lui sourit doucement.

— Essayons au moins de vous trouver un taxi. Vous paraissez frigorifiée.

Quand ils purent enfin héler une voiture, Lark s'était suffisamment radoucie pour lui proposer de partager la course.

— Etes-vous maintenant disposé à me confier votre

grande faute secrète ? lui demanda-t-elle lorsqu'ils furent installés à l'arrière du taxi.

— Seigneur, se lamenta-t-il, je n'aurais jamais dû vous laisser me lire les lignes de la main !

— Alors ?

— Eh bien… je suis un ivrogne.

Elle fut déçue.

— Il m'a pourtant semblé voir une faute plus grave encore.

— Sans rire ?

Il la scruta d'un regard inquisiteur. Elle détourna les yeux.

— Un fait qui se rapporte à Emmy, peut-être.

— Comment savez-vous que ma femme s'appelle Emmy ?

— Hein ? Oh, euh, parce que vous me l'avez dit !

— Ah…

Il se renfonça dans la banquette de cuir.

— Il nous arrive à tous de commettre des bévues regrettables, admit-il d'une voix sourde.

— Et laquelle regrettez-vous le plus ?

— Elles sont légion et, qui plus est, aussi inavouables les unes que les autres.

— Mais il doit bien y en avoir une qui vous tourmente particulièrement, non ? Je ne parle pas de votre penchant pour l'alcool ni de vos infidélités, mais d'une véritable trahison, d'un acte totalement inqualifiable.

— Et pourquoi diable me soupçonnez-vous ainsi ?

— Mais je ne vous soupçonne pas. Vous avez vous-même reconnu que nul n'est à l'abri des erreurs.

— Alors, racontez-moi d'abord les vôtres.

Elle hésita. Elle ne voulait lui livrer aucun indice sur sa véritable identité ; en même temps, elle mourait d'envie de l'entendre se repentir de sa lâcheté.

— J'ai un jour refusé mon aide à quelqu'un, déclara-t-elle enfin.

— Moi aussi, ou peu s'en faut, convint-il avec réticence. Une de mes relations, une gamine, a été accusée d'un forfait dont elle était innocente. Je le savais, et pourtant je n'ai rien fait pour l'en disculper.

— Pourquoi ?

— Sans doute parce que je suis un pleutre.

— Et qu'est-il arrivé ensuite à la… « gamine » ?

— Elle a disparu.

— Assassinée ?

— Grands dieux, j'espère bien que non ! s'écria-t-il avec effroi. Je pense qu'elle s'est simplement enfuie.

— Mais il est *possible* qu'elle ait été tuée. Comme c'est palpitant !

— Vous avez des goûts plutôt macabres, hein ?

Il ferma les paupières.

— Seigneur, je suis éreinté… Et comment se nomme l'élu de votre cœur ?

Elle garda le silence.

Le taxi venait de s'arrêter devant son immeuble. Elle regarda Jonny, songeant qu'il lui faudrait au moins une semaine avant qu'elle se remît de toutes les émotions de cette soirée.

— Tenez, voici ma carte, lui lança Jonny en fouillant dans sa poche. Ah non, j'oubliais : ceci est mon ancienne adresse. Si vous téléphonez à ce numéro, vous tomberez seulement sur mon frère.

Il entreprit de barrer soigneusement les indications portées sur le carré de bristol.

— Vous avez revendu votre maison à votre frère ?

— Il était la seule personne de ma connaissance à avoir les moyens de se la payer, et j'avais un besoin urgent de cet argent. Je vous inscris l'adresse de mon hôtel.

J'y demeure encore une quinzaine de jours. Peut-être pourrons-nous nous revoir avant mon départ ?

— Peut-être.

— Et si nous passions la Saint-Sylvestre ensemble ?

— Je suis déjà prise.

— Bon, tant pis. Merci de m'avoir tenu compagnie. Peut-être accepterez-vous de venir avec moi au cinéma un de ces prochains jours ?

— Peut-être.

Elle lui toucha la main et sortit du taxi.

32

— Je vous emmène d'abord visiter les lieux, lui annonça Jack. Je vais vous présenter à quelques collègues. Nous nous soucions assez peu de l'étiquette, par ici.

La responsable du service Recherche et Développement, au sein duquel Lark avait été embauchée, était une femme à la poitrine généreuse et à la chevelure opulente, prénommée Nellie. Elle portait des lunettes aux verres épais et s'exprimait avec une voix retentissante. Quand Jack l'eut confiée à ses soins, Lark mit quelques minutes à s'habituer à ses manières directes. Elle eut cependant assez vite l'impression de s'être attiré sa sympathie. L'activité de l'agence semblait en effet se dérouler dans une atmosphère bon enfant, même si, sous les saluts enjoués et les poignées de main cordiales, se devinait une activité aussi frénétique qu'efficace.

Deux personnes travaillaient avec Lark sur les manuscrits dans les sous-sols de l'immeuble. Ils s'appelaient Margaret et Rob et étaient tous les deux employés à mi-temps. Margaret suivait des cours pour devenir comique de music-hall et Rob était acteur. Ils devinrent presque aussitôt ses amis. Ils la surnommèrent bientôt « Larkhanov » à cause du zèle stakhanoviste avec lequel elle se vouait à sa tâche. Le bureau qui lui avait été alloué était dépourvu de fenêtre. Margaret et Rob s'étaient efforcés d'égayer les parois de leurs alcôves respectives en y épinglant des portraits de leurs proches ainsi que des affichettes humoristiques. Lark laissa la sienne aussi nue qu'au premier jour. Ses collègues essayèrent en vain de la persuader de la décorer avec des photographies de sa famille.

— Tous les miens sont morts, leur répondit-elle. Qui voudrait d'un mausolée pour bureau ?

— Alors accroche au moins un poster.

— J'ai mieux à faire de mon maigre salaire.

— Et si on t'envoyait des cartes par la poste ? Tu accepterais d'en décorer les murs ?

— Faudrait d'abord qu'elles me plaisent, répliqua-t-elle en gloussant.

Lark s'attacha immédiatement à son travail. Elle aimait lire les synopsis, même les mauvais — et c'étaient les plus nombreux. Elle ne pouvait commencer qu'à 9 h 30, mais poursuivait souvent sa lecture tard dans la soirée, jusqu'à 18 heures au moins. Parfois, elle était captivée par un des manuscrits au point de l'emporter chez elle. Nellie venait fréquemment lui rapporter les rumeurs flatteuses qui couraient sur son compte dans les « hautes sphères », aux étages supérieurs.

De toute l'agence, seule Lark accordait une attention sérieuse aux envois spontanés. Elle examinait scrupuleusement chacun d'entre eux et cataloguait mentalement leurs qualités comme leurs faiblesses.

Oui, elle adorait son travail, mais elle appréciait également de pouvoir ainsi oublier son passé, Susan et sa rencontre ahurissante avec Jonny. Surtout, elle était heureuse de distraire son esprit de son entêtante et mélancolique passion pour Dom. En dépit des bienfaits que la sagesse populaire attribuait d'ordinaire au temps, ce dernier, en l'occurrence, n'avait en rien amoindri les sentiments qu'elle éprouvait à l'égard du fils de Susan. Au contraire, la soirée passée avec son frère les avait encore renforcés et, quoiqu'elle sût ne jamais devoir le rencontrer de nouveau, elle repensait à lui chaque fois qu'elle se retrouvait dans la solitude de son appartement. Où était-il en ce moment ? se demandait-elle. Dormait-il ? Comment était-il habillé ? A quoi pensait-il ? Par instants, le souvenir de ses traits surgissait inopinément devant ses yeux, et elle devait alors faire appel à toute son énergie pour réprimer des désirs d'une vigueur telle qu'ils lui coupaient le souffle.

Non, ça ne la dérangeait absolument pas de rester tard au bureau.

Carl continuait à être son ami et confident attitré. Il s'intéressait aux moindres faits de sa vie et lui prodiguait sans compter encouragements et conseils. Il la pressait également de consulter un psychologue, non seulement afin d'assumer au mieux son nouveau visage, mais également pour se remettre des éventuelles séquelles de son viol. Lark s'y refusait obstinément.

— Je n'ai confiance en personne, lui déclara-t-elle un jour sur un ton péremptoire.

Puis, s'apercevant qu'elle l'avait blessé :

— Sauf en vous, ajouta-t-elle d'une voix plus douce. Je vous ai déjà révélé plus de détails sur ma vie passée qu'à n'importe qui d'autre. Mais je préfère désormais en rester là. La jeune fille que j'étais jadis n'existe plus. Elle est morte et enterrée.

Carl secoua la tête.

— Les morts donnent parfois naissance à des fantômes tenaces, murmura-t-il. Vous ne tarderez pas à vous en rendre compte par vous-même.

— Nul n'est à même de réveiller le mien, lui assura-t-elle.

Résolue à changer de sujet, elle lui adressa un sourire malicieux.

— Mon éducation n'aura-t-elle donc jamais de fin ?

De fait, Carl ne cessait de l'inviter au théâtre, de l'inciter à lire les journaux et de l'aider à décrypter les événements du monde.

La question qu'elle venait spontanément de poser ne laissa pas, néanmoins, de l'étonner.

— Mais on poursuit son éducation durant toute son existence ! lui répliqua-t-il. Les Américains ont toujours le tort de supposer que l'instruction s'arrête au diplôme.

— Mais, vous-même, ne pensez-vous pas être déjà assez cultivé comme ça ?

— Je prends chaque jour un peu plus conscience de mon ignorance.

— Pourquoi ai-je l'impression que je fais l'objet d'un entraînement en vue d'une mission spéciale ? Auriez-vous découvert par hasard que j'étais une princesse en exil destinée à retrouver prochainement son pays et ses sujets ?

Il lui sourit.

— En quelque sorte.

— Donc, il s'agit bel et bien d'un entraînement ?

— Vous en jugerez peut-être ainsi plus tard, convint-il avec tristesse. Mais n'oubliez jamais ceci : je pense également à vous.

— Mais de quoi parlons-nous vraiment, à la fin ? s'enquit-elle d'une voix plaintive.

— De tous les talents qui demeurent encore latents en vous. Je déteste voir des êtres humains ruiner leurs potentialités. Le monde a déjà plus que son lot de philistins. Enfin, bref, je ne veux pas que vous gâchiez votre vie.

— Ah ? Hmm, merci.

Elle garda le silence un instant.

— Il est vrai que je vous dois déjà beaucoup, reprit-elle. Parfois, j'ai même le sentiment que nous sommes parents.

— J'en suis ravi, car votre confiance m'est encore plus chère que votre gratitude.

Ce fut quelques jours après cette discussion, alors qu'elle travaillait depuis trois mois aux Stafford Productions, que Lark parcourut un synopsis qui l'enthousiasma littéralement. Il avait pour titre *Autumn Purple*, et pour sujet les tribulations d'une famille après le suicide du père. L'histoire la fit pleurer et rire aux éclats tour à tour. Elle avait certes besoin d'être remaniée, mais témoignait déjà d'une qualité d'écriture requérant l'avis du comité de lecture.

A l'intention de celui-ci, Lark rédigea un résumé de l'intrigue, ainsi qu'un compte rendu qui se terminait par ces mots :

« *Autumn Purple* est un de ces rares récits combinant à merveille humour, réalisme et profondeur psychologique. La gravité y surgit au détour d'un sourire et nous plonge au cœur d'une actualité marquée par une affligeante recrudescence des suicides de chefs de famille. Le manuscrit aurait naturellement besoin d'être étoffé et son intrigue resserrée. Néanmoins, je vous le recommande fortement, car il peut donner lieu à un téléfilm plus que prometteur. »

Nellie, à moitié convaincue, accepta de porter le tout à l'attention des « sphères supérieures ». Quelques semaines plus tard, elle vint annoncer à Lark que M. Cavendish, le vice-président, désirait lui parler.

— Que me veut-il ?

— Je l'ignore. Son bureau se trouve au dernier étage. Sa secrétaire vous attend.

Lark crut d'abord qu'elle était démasquée, que quelqu'un avait appris qu'elle ne possédait pas le diplôme en cinématographie dont elle s'était vantée. Lorsqu'elle pénétra dans l'imposant bureau du vice-président, celui-ci l'invita d'un geste à s'asseoir.

— Bonjour, mademoiselle Chandler, lui dit-il tout en la dévisageant, le menton calé dans le creux de la main. Il est étrange que je ne vous aie pas remarquée auparavant.

— Je travaille au sous-sol, lui rappela-t-elle.

Elle se retint d'ajouter que, de toute façon, les cadres dirigeants des étages supérieurs frayaient peu avec le menu fretin des lecteurs.

— Nous avons été quelque peu étonnés par votre rapport dithyrambique sur *Autumn Purple*, poursuivit-il en tapotant du doigt le manuscrit posé devant lui. Il est peu courant de dégoter un tel synopsis dans les envois spontanés.

— J'en ai été aussi surprise que vous.

— Nous l'avons soumis à une relecture, ainsi que vous nous l'aviez recommandé. Le verdict du comité confirme votre première opinion. Peu de gens auraient su distinguer les potentialités d'un tel synopsis, savez-vous.

— Oh, elles sont pourtant évidentes ! répliqua-t-elle. La structure de l'intrigue comme les dialogues prouvent une maîtrise certaine. Moyennant quelques révisions…

— Précisément, l'interrompit M. Cavendish. Nous avons décidé de vous donner une chance en vous confiant le rewriting d'*Autumn Purple*. Puisque vous l'avez si bien défendu, vous serez à même de l'améliorer, je suppose.

Lark en resta abasourdie.

— Tout… tout à fait, bredouilla-t-elle. J'ai d'ailleurs déjà songé aux remaniements nécessaires.

— Vous écrivez vous-même, n'est-ce pas ? Jack m'a appris que vous aviez déjà une ou deux pièces sous le coude.

« Mon Dieu ! Où diable Jack avait-il pu pêcher une idée pareille ? »

Lark se ressaisit.

— C'est exact, répondit-elle avec le plus bel aplomb.

Tant pis, elle travaillerait la nuit s'il le fallait…

— Vous aurez besoin d'un traitement de texte pour effectuer cette tâche. J'ai prévenu Andrew que vous emménageriez pour un temps dans le bureau situé à côté de celui de ma secrétaire. Vous y trouverez un micro à votre disposition. Le logiciel de réécriture y est déjà installé, cela vous facilitera le travail. Sous quel système tourne votre ordinateur domestique ?

— Je n'ai pas d'ordinateur.

— Pardon ? Mais vous venez de me dire que vous étiez écrivain ! Bon, vous savez au moins vous servir d'un micro ?

Elle crut bon de taire son incompétence en la matière. Elle hocha la tête.

— Mais voilà longtemps que je n'ai plus touché un clavier d'ordinateur, précisa-t-elle. Je me replongerai dans le bain dès ce soir.

— Parfait. Ann, ma secrétaire, vous mettra le progiciel en route. Je vous confie donc le bébé.

Il lui tendit le manuscrit.

— Bonne chance, mademoiselle Chandler.

Ann la conduisit dans la pièce adjacente. Celle-ci

ne comptait qu'une chaise et un bureau sur lequel était disposé un ordinateur relié à une imprimante.

— Voici l'interrupteur de la machine, lui expliqua Ann. Ce dossier en haut à droite, sur l'écran, contient l'icône du programme de rewriting. Vous n'avez qu'à cliquer deux fois dessus pour le lancer — comme ceci. Vous trouverez le manuel du logiciel dans le tiroir du bureau.

Elle s'interrompit pour consulter sa montre.

— Si vous voulez me poser des questions, frappez à la porte d'à côté. Je serai là jusqu'à 18 heures.

— Merci, murmura Lark en la remplaçant devant le moniteur.

Tout était arrivé si vite qu'elle en demeurait encore interdite. Elle pensait néanmoins se familiariser rapidement avec l'ordinateur. Après tout, ce n'était qu'une espèce de machine à écrire perfectionnée, et elle avait beau ne jamais avoir appris la dactylographie, elle en connaissait du moins quelques rudiments.

Ouvrant le tiroir, elle sortit le manuel et se mit à l'ouvrage.

33

Six semaines durant, alors que régnait sur Londres un printemps humide et froid, Lark remania sans relâche *Autumn Purple*. Réécrire le manuscrit se révéla une tâche passionnante. Elle en montra le premier jet à Jack. Quoique mitigés, ses éloges l'enthousiasmèrent. Elle acheva son travail à la fin du mois de mai et attendit ensuite avec impatience le démarrage de la production. En vain.

Quand, n'y tenant plus, elle demanda enfin à Jack les raisons d'un tel retard, il se mit à rire.

— Une décision de ce genre peut parfois exiger des années. Et il n'est pas exclu que le projet ne voie jamais le jour. Je vous conseille de vous consacrer dès maintenant à un autre synopsis.

— C'est bien ce que j'ai proposé à M. Cavendish, mais il m'a répondu qu'il préférait auparavant savoir comment réagirait le public à *Autumn Purple*.

— Alors écrivez-en un vous-même.

— Moi ? Et d'abord, pourquoi avez-vous prétendu que j'avais déjà une expérience en la matière ? Je n'ai jamais dit une chose pareille.

— Vous avez bien dû apprendre l'écriture de scénario à l'université, non ?

— Ah… hum, oui.

— En tout cas, ma suggestion est on ne peut plus sérieuse. La boîte a toujours besoin de nouveaux talents.

— Vraiment ?

Elle se mit à réfléchir fébrilement. Etait-il encore trop tôt pour proposer un sujet sur Groome ?

Oui, évidemment. Elle se trouvait pour l'instant à Londres. Qui se soucierait ici des turpitudes d'un député de New York ?

— Je vais y réfléchir, dit-elle en relevant la tête.

Jack la scrutait intensément. Le gris de ses yeux semblait presque argenté sous les néons de son bureau. En l'espace de cinq mois, ils étaient devenus de proches amis. Jusqu'alors, Jack lui avait manifesté une courtoisie distante qui l'avait rassurée. En cet instant, néanmoins, son regard trahissait une ardeur insolite qui la troubla.

Elle se leva.

— Le travail m'appelle, marmonna-t-elle.

Il consulta sa montre.

— Il est presque 19 heures, lui annonça-t-il sur un ton amusé. Votre journée ne finit donc jamais ?

— J'ai encore quelques détails urgents à régler.

— Oubliez-les, lui rétorqua-t-il en se levant à son tour. Je vous invite à dîner.

Lark hésita. Ils avaient déjà déjeuné ensemble, mais dîner était une tout autre affaire. Alors qu'il l'aidait à enfiler sa veste, il lui effleura légèrement le bras. Elle sentit un frémissement d'inquiétude lui parcourir le corps, tel un signal d'alarme.

Si Jack perçut son mouvement de répulsion, il n'en laissa rien paraître. Ils se rendirent en taxi dans un restaurant indien situé sur Knightsbridge. Durant le repas, Jack ne se départit pas de sa réserve, ce qui apaisa la jeune femme. Mais, plus tard, alors qu'il la raccompagnait chez elle, Lark éprouva un regain de tension. Jack s'arrêta brusquement pour se tourner vers elle.

— Qu'y a-t-il ? lui demanda-t-elle.

— J'allais vous poser la même question.

Il lui prit les mains et, comme elle essayait de se dégager, il se contenta de les serrer plus fermement.

— Regardez donc autour de vous, lui dit-il à mi-voix. Nous nous trouvons dans Kensington High Street. Il y a des centaines de passants autour de vous. Je suis votre ami, et non un simple inconnu. Alors, que craignez-vous ?

Des voitures passaient en klaxonnant. Un immense bus à impériale remontait laborieusement la rue. Une foule de badauds les bousculaient, irrités par leur arrêt intempestif au milieu du trottoir. Et la nuit, indéfiniment repoussée par le long crépuscule anglais, n'avait pas encore commencé.

Lark adressa à Jack un pâle sourire.

— Je ne crains rien du tout.

— Tant mieux, répliqua-t-il en la fixant calmement de ses yeux argentés, car j'ai l'intention de vous embrasser.

Lark déglutit avec difficulté.

— Mais…

— Il ne s'agit que d'un baiser, l'interrompit-il avec un sourire implorant. Je ne compte pas vous molester. Et si mon geste vous importune, vous n'aurez qu'à crier.

Sans lâcher ses mains, il se pencha lentement vers elle. A sa grande surprise, Lark le laissa faire. Après tout, il avait raison : rien ne pouvait lui arriver de fâcheux en pleine rue. Et puis Jack avait une expression si tendre. La curiosité, enfin, eut raison de ses dernières réticences.

Ce fut un baiser si fugitif qu'elle n'eut guère le loisir de le goûter. L'instant d'après, ils reprenaient leur chemin, main dans la main.

Lark se sentit de nouveau anxieuse alors qu'ils franchissaient les derniers mètres les séparant de son immeuble. Jack, cependant, ne lui proposa pas de la raccompagner jusqu'à sa porte.

— Bonne nuit, Lark, lui murmura-t-il.

— Merci, lui répondit-elle. Pour le dîner.

Il rit aux éclats tout en lui caressant doucement les cheveux. Elle baissa les yeux et fouilla dans son sac à la recherche de ses clés. Jack attendit qu'elle se fût réfugiée dans l'entrée de l'immeuble avant de la quitter. Ni l'un ni l'autre ne reparlèrent ensuite du baiser.

Autumn Purple fut enfin confié au service de la réalisation. Il fallut trois mois de tournage, puis un mois supplémentaire de postproduction, avant de pouvoir le proposer à une chaîne de télévision. Sa diffusion suscita des commentaires plutôt décevants et fut promptement oubliée.

Lark en fut accablée.

— Remettez-vous, lui conseilla Jack. Pour un seul succès, il y a des millions de bides. Nul ne saurait vous en tenir rigueur.

Néanmoins, elle ne pouvait s'empêcher de se reprocher ce demi-échec.

— Je suis une piètre scénariste, annonça-t-elle à Carl d'une voix désespérée.

— Non, au contraire, vous avez trop de talent. Le synopsis que vous m'avez communiqué contenait des subtilités qui ont été sacrifiées durant le tournage. Vous avez en un sens trop d'imagination, et vous nourrissez encore trop d'illusions sur votre métier. Essayez de penser plus à la manière du citoyen moyen.

— Mais je suis une citoyenne lambda.

Carl la considéra d'un regard singulier, quoique compatissant.

— Non, Lark. Vous êtes une personne exceptionnelle. Et pas seulement de mon point de vue.

— Super, merci, rétorqua-t-elle sur un ton pincé, mais je crois que ma place n'est pas aux Stafford Productions. Je suis trop incompétente pour espérer y faire carrière.

— C'est absurde. Qui vous a jamais jugée incompétente ? On ne peut estimer les qualités d'autrui sur un seul projet. Vous devez persévérer, voilà tout. Trouvez-vous un second manuscrit, et dites-vous bien que vous bénéficiez déjà d'une expérience suffisante pour donner du corps à votre écriture.

— Eh bien… justement, reprit-elle, vaguement rassérénée, je désirerais avoir votre opinion sur un sujet qui pourrait plaire à mes employeurs. Je me réservais de vous en parler après l'énorme succès que j'escomptais d'*Autumn Purple*, ajouta-t-elle avec un rire grinçant, mais faute de confirmer mon prétendu talent, cela pourrait au moins me permettre de me rattraper.

— Je vous écoute.

Ils étaient assis dans le séjour du médecin, en train de prendre le thé par une fin de samedi après-midi. La cérémonie du thé était la coutume anglaise à laquelle la jeune femme s'était accoutumée avec le plus grand plaisir. Elle l'attendait chaque jour avec impatience et avait appris à ébouillanter la théière ainsi qu'à préparer le lait dans les tasses.

Le mois de septembre était doux. Les hautes fenêtres étaient ouvertes sur le jardin. Les fragrances mêlées du gazon fraîchement tondu, des pommes mûres et du thé chaud environnaient Lark d'une atmosphère intime et familière. Durant cette première année en Angleterre, elle avait passé le plus clair de son temps dans la résidence de Carl, et elle s'y sentait désormais aussi à son aise que dans son propre appartement.

— A Noël dernier, reprit-elle en se renfonçant dans le fauteuil à oreillettes, j'ai rencontré un metteur en scène qui cherchait des producteurs pour financer un film sur un mannequin dénommée Maria Benton. Il pensait tirer un long métrage de son existence. Je crois pour ma part que cela donnerait un téléfilm du tonnerre. La vie de cette pauvre femme comporte le dosage idéal de paillettes et de rebondissements sordides.

— Maria Benton… J'ai entendu parler d'elle.

— Précisément : elle a été assez célèbre en son temps pour avoir laissé quelques souvenirs, mais le détail de ses tribulations demeure encore assez énigmatique pour avoir valeur de scoop. Son histoire est d'ailleurs particulièrement bouleversante.

— Hum, je vois. Et comment s'appelle votre metteur en scène ?

— Jonny Whitfield. Vous le connaissez ?

— Qui ne le connaît pas ? repliqua Carl en souriant. Mais vous, que pensez-vous de lui ?

Lark eut une grimace carnassière.

— Sa renommée ne l'a apparemment pas protégé des revers de fortune. Je le devine même aux abois.

— Alors appelez-le sans plus tarder, conclut Carl tout en remplissant leurs tasses. S'il est toujours disposé à réaliser ce film, vous êtes la candidate rêvée pour en assurer la production.

34

Quelques jours après, Lark ressortit de son sac la carte de visite de Jonny et la contempla d'un air songeur. Il était environ 8 heures du matin à Pacific Palisades.

Pouvait-elle raisonnablement appeler ?

Dom reconnaîtrait-il sa voix ? On prétendait que l'empreinte vocale était aussi identifiable qu'une empreinte digitale. Bah ! pensa-t-elle, si elle percevait le moindre doute, elle pourrait toujours raccrocher.

Rassemblant tout son courage, elle composa le numéro.

— Allô ?

Toni. Evidemment. Ils devaient être mariés, maintenant.

— Je voudrais parler à Jonny Whitfield, déclara-t-elle avec son meilleur accent britannique. Je crois savoir qu'il n'habite plus à cette adresse, mais peut-être auriez-vous l'amabilité de me communiquer ses nouvelles coordonnées ? Je vous appelle du siège des Stafford Productions, à Londres.

— Un moment, je vous prie.

Bien que Toni eût plaqué une main sur le combiné, Lark l'entendit distinctement demander à quelqu'un le numéro de téléphone de Jonny.

Une voix étouffée lui répondit : Dom. Lark ferma les yeux, en proie au vertige.

— Allô ? reprit Toni un instant plus tard. Voici l'adresse…

Lark la nota soigneusement au verso de la carte.

— Merci beaucoup, dit-elle avant de raccrocher précipitamment.

Son cœur cognait violemment dans sa poitrine.

Elle trouva enfin la force d'appeler Jonny. Elle avait besoin de se changer les idées. Elle avait aussi besoin d'un synopsis pour démarrer le projet.

Enfin, elle avait besoin de Jonny lui-même.

Elle eut un répondeur au bout du fil.

— Salut, vous êtes bien chez Jonny Whitfield. Veuillez parler après le signal sonore. *Bip.*

— Ici Lark Chandler, articula la jeune femme d'une voix saccadée. Nous nous sommes rencontrés l'an dernier, à Noël. Je souhaiterais reparler avec vous du film pour lequel vous étiez venu chercher des fonds à Londres, le long métrage sur Maria Benton. Au fait, je travaille maintenant aux Stafford Productions. Si vous êtes libre, rappelez-moi.

Le lendemain, au cours d'un déjeuner au Savoy, elle confia à Jack toute l'affaire. Celui-ci l'encouragea à aller de l'avant, lui conseillant cependant de rester prudente avec Jonny Whitfield.

— C'est un ivrogne et un rêveur abonné aux dépassements de budget. Mais un rêveur génial, assurément.

Lark fit tourner son vin dans son verre à pied. Elle avait le sentiment que Jack songeait à tout autre chose qu'au travail.

— Lark…

Elle releva la tête.

— Oui ?

— J'aimerais vous inviter chez moi après le repas.

Elle prit une profonde inspiration.

— Non, répondit-elle enfin.

— Je vous excuserai auprès de Nellie.

— C'est toujours non.

— Je comprends votre attitude, poursuivit-il d'un ton égal. Vous avez déjà été amoureuse de quelqu'un, vous l'êtes encore, et cet amour contrarié vous condamne selon vous à la solitude. Carl m'en a averti à mots couverts. Néanmoins, je réitère mon invitation.

Paradoxalement, Lark éprouvait moins d'angoisse qu'elle aurait pu le craindre. Elle se rappelait encore leur chaste et fugace baiser dans Kensington High Street. Et s'il était vrai que jamais elle ne pourrait aimer un autre homme que Dom, tout désir ne lui était pas interdit pour autant.

Situé en face de Parliament Square, le logement de Jack était confortable et spacieux. Ses murs étaient percés de hautes fenêtres qui dominaient Westminster Abbey ainsi que la Chambre des communes. La pluie s'était mise à tomber alors qu'ils sortaient du restaurant, et de grosses gouttes s'écrasaient maintenant contre les carreaux de l'appartement. Lark contemplait le paysage avec un léger frémissement d'anxiété.

Jack la rejoignit devant la fenêtre et la prit par la taille.

— Voulez-vous que nous parlions ? s'enquit-il.

Elle secoua la tête.

— Vous êtes une femme ravissante. J'adore les cheveux longs.

Il les embrassa.

— Et j'adore les yeux bleus.

Il la fit tourner et déposa un baiser sur ses paupières.

Lark demeurait immobile, en proie à une curiosité passive.

Les lèvres de Jack descendirent le long de sa joue, jusqu'à sa bouche, dont il essaya de forcer doucement le barrage. Elle se raidit.

Jack se recula en riant.

— Allons, détendez-vous.

— Je suis perdue, Jack. Totalement perdue. Je ne sais que faire.

Il passa un bras autour de ses épaules et la conduisit jusqu'au sofa.

— C'est ridicule, dit-il. Que voulez-vous donc faire, hormis profiter de ce moment ?

— J'en suis incapable, murmura-t-elle en s'asseyant.

Il rit de nouveau.

— Oh, que si ! La preuve…

Il la prit sur ses genoux et lui embrassa la tempe.

— Laissez-vous aller, chuchota-t-il. Ne pensez plus à rien. Contentez-vous de sentir… ceci, par exemple.

Il lui mordilla l'oreille.

— Vous avez senti ?

— Oui.

D'un doigt, il lui caressa la nuque.

— Et ça ?

Elle hocha la tête.

— Eh bien, le reste n'a pas d'importance. Mais continuons plutôt notre examen… Que dites-vous de cela ?

Il lui taquina le bout du nez. Elle sourit.

— Et de ceci ?

Il lui effleura les lèvres.

Puis sa bouche remplaça son doigt, et la jeune femme éprouva cette fois un long frisson de volupté.

— Parfait, murmura Jack tout en entreprenant de déboutonner son chemisier. Voyons la suite…

Lark éprouvait un désir croissant. La peur de se crisper d'un moment à l'autre diminuait en elle à chaque attouchement. Son corps répondait instinctivement aux avances de Jack, même si son cœur était ailleurs.

L'averse crépitait contre les carreaux avec un bruit apaisant. Lark s'immergeait peu à peu dans le royaume des sensations physiques sous les caresses délicates de Jack. Il lui retira son chemisier, puis l'aida à ôter sa jupe. Il dégrafa son soutien-gorge et continua de réveiller lentement son corps.

Quand il la coucha sur le sofa, Lark rouvrit les yeux en papillonnant des paupières et vit qu'il était nu. Il cherchait un préservatif dans la poche de sa veste…

— Ça va ? murmura-t-il en revenant auprès d'elle.

Elle hocha la tête. Elle le reçut en elle avec un cri étouffé et, l'espace d'un instant, eut l'impression de perdre connaissance.

— Voilà, ma chérie, susurra Jack d'une voix tendre, c'est bien. Tu sens toujours ?

Et il se remit à lui taquiner le bout du nez.

Lark se détendit et lui sourit. Il était bon d'être tenue ainsi dans les bras d'un homme. Elle savourait le miracle tranquille d'une telle union, cette harmonie naturelle entre deux êtres humains. D'une main timide, elle caressa le dos de Jack tandis que celui-ci accélérait le mouvement. Ravie, elle s'abandonna à cette houle voluptueuse avec une aisance qui la surprit elle-même. Il lui suffisait de se laisser porter par le plaisir : tout son être en anticipait spontanément le rythme.

— Oh, Lark…, chuchota Jack d'une voix haletante.

Il ralentit peu après la cadence, les membres couverts de sueur, sans relâcher la jeune femme.

— Tu te sens bien, ma puce ?

Elle hocha de nouveau la tête en souriant.

— Oui, parfaitement bien, maintenant.

Cette nuit-là, toutefois, elle rêva de Dom. Ils se disaient adieu au bord d'un lac. Ils se séparèrent enfin, s'éloignèrent de quelques pas, puis se retournèrent et coururent soudain l'un vers l'autre pour s'étreindre avec une ferveur désespérée.

Lark s'éveilla en sursaut, le cœur battant la chamade, le visage humide de larmes. Jack était couché sur le flanc, à côté d'elle. Elle contempla son dos avec incrédulité.

Emporterait-elle donc dans la tombe cet amour qu'elle ressentait pour un autre homme ? se demanda-t-elle. Saurait-elle jamais le surmonter ? S'éteindrait-il un jour en elle, évincé par une passion encore plus intense ?

Sans doute, non, car elle savait que son cœur s'embraserait toujours au souvenir de Dom, et que ce feu la brûlerait jusqu'à ce qu'elle ne fût plus elle-même que cendres.

35

Plusieurs jours s'écoulèrent avant que Lark n'invitât Jack à passer la nuit chez elle. Ce soir-là, elle vécut leurs étreintes avec plus de facilité encore que la fois précédente. Tant et si bien qu'elle voulut lui exprimer sa gratitude.

— Garde tes remerciements, ma chérie, l'interrompit-il. Je n'en veux pas.

— Et pourquoi ?

— Aimerais-tu que je t'exprime ma reconnaissance pour m'avoir permis de partager ton lit ?

— Ce serait idiot.

— Exactement. Le plaisir que nous partageons relève d'une affection que j'espère réciproque et qui n'a rien à voir avec la gratitude.

Lark se sentait néanmoins reconnaissante envers lui. Elle ne l'aimait pas, mais il lui insufflait ardeur et désir. Leurs rencontres intimes étant chaque fois plus intenses, elle se mit à les attendre avec impatience. Parfois elle demeurait tout le week-end avec lui. Ils rendirent même visite à Carl dans sa résidence du Sussex. Lark ne put cependant jamais savoir ce que son mentor pensait de leurs relations : ce dernier gardait sur le sujet une discrétion absolue.

Elle était déjà en Angleterre depuis un peu plus d'un an, et la bise automnale qui soufflait sur le pays semblait achever de la revigorer.

Ce fut à cette époque que Jonny la rappela. Le téléphone sonna au beau milieu de la nuit, tirant la jeune femme d'un profond sommeil.

— Lark ? C'est Jonny. Je viens à l'instant d'écouter votre message. J'étais en voyage et personne ne me l'a transmis. Alors, quelles nouvelles du projet ?

— Une minute, répondit Lark en riant. Vous m'avez réveillée.

— Seigneur, me serais-je donc trompé dans les horaires ? Pourquoi diable avais-je la certitude que c'était pour vous la fin de la matinée ? Vous dormiez, évidemment…

— Ce n'est pas grave.

Elle s'assit et essaya de rassembler ses esprits. La pendule indiquait 3 h 30 du matin.

— Je voulais simplement vous demander si vous comptiez toujours réaliser un film sur Maria Benton.

— Non, hélas. J'ai dû y renoncer.

— Je crois que cela pourrait intéresser les responsables de mon agence.

— Aux Stafford Productions ?

— Oui. Je vais vous donner leur adresse.

Il y eut un silence ébahi à l'autre bout du fil.

— Juste le temps de prendre papier et crayon et je suis à vous, déclara précipitamment Jonny… Voilà, je vous écoute. Mon Dieu, je n'en reviens pas. Par quel miracle vous êtes-vous rappelé mon nom ?

— Question stupide. Notez plutôt l'adresse. Je vous conseille d'appeler le plus tôt possible.

— Je n'y manquerai pas. Je dois cependant vous avertir

d'une chose : je tiens impérativement à réaliser le film moi-même. Pas question de le confier à un sous-fifre.

— Supprimer votre nom du générique serait de toute façon une erreur.

Il s'esclaffa.

— Vous m'en voyez flatté. Et vous pensez vraiment que vos patrons seront intéressés ?

— C'est fort probable.

— Vraiment, je n'en reviens toujours pas. Enfin, je leur envoie immédiatement un synopsis. Qui ne risque rien n'a rien, n'est-ce pas ?

— Absolument.

Le synopsis arriva le surlendemain à l'agence en envoi recommandé. Lark le lut avec attention. Elle était certaine que l'histoire aurait du succès — à la télévision, du moins. Encore fallait-il que Jonny surmontât sa répulsion à l'encontre du petit écran.

Elle communiqua le manuscrit à Jack, qui le posa à son tour sur le bureau d'Andrew. Au cours de la réunion suivante du service Recherche et Développement, *Maria Benton* se trouva inscrit en tête de l'ordre du jour.

Lark avait soigneusement préparé son intervention. Beaucoup s'émurent à l'entendre décrire certains des événements les plus marquants de l'existence du top model.

— Jonny Whitfield assurera la réalisation du téléfilm, dit-elle en conclusion. C'est son idée, après tout.

— Je connais un peu ce monsieur, intervint sèchement Andrew. C'est un alcoolique invétéré et il n'a jamais su respecter les limites budgétaires. Il serait imprudent de lui confier cette responsabilité.

— Ne vous inquiétez pas, répliqua Lark impulsivement. Ce film lui tient à cœur. Il saura se discipliner.

La réunion s'acheva sur la décision de donner à la

jeune femme la tâche de rédiger une première ébauche de scénario qu'elle soumettrait ensuite à Jack. Si ce dernier émettait un avis favorable, le service se réunirait une nouvelle fois pour en discuter.

Dans l'après-midi, Lark téléphona à Jonny de son bureau.

— Ils veulent que je rédige le scénario, lui annonça-t-elle d'une voix excitée.

Jonny en fut contrarié.

— Mais le scénario est déjà écrit, protesta-t-il. Pourquoi vous demander de le refaire ?

— Oh ! Je croyais que vous ne disposiez que du synopsis que vous nous avez envoyé.

Jonny marqua une pause. Lark devinait sa méfiance.

— Je refuse que la maîtrise de ce travail m'échappe, déclara-t-il enfin. Je cherche uniquement des producteurs susceptibles de le financer, un point c'est tout.

— Je vous comprends, rétorqua Lark, déçue par sa réaction, mais jusqu'à présent toutes vos démarches en ce sens se sont soldées par un échec. Et puis, j'ai déjà eu assez de mal à convaincre les grosses huiles de l'agence que vous ne nous feriez pas faux bond au dernier moment.

— D'accord, d'accord. Ne vous fâchez pas. J'ai seulement besoin de quelques secondes pour réfléchir.

Lark attendit, puis coupa court à ses réflexions.

— Ecoutez, adressez-moi votre scénario, voulez-vous ? S'il me paraît correct, je le soutiendrai en l'état. Dans le cas contraire, vous pourriez venir à Londres pour en superviser les corrections.

— Mouais… L'idée me plaît. J'arriverai ce week-end. A bientôt.

Et sur ces mots, il raccrocha.

Plus elle y repensait, plus Lark était enthousiasmée

par ce projet. Colla-borer avec un metteur en scène de renom — tout ivrogne et instable qu'il fût — représenterait certainement un tournant dans sa carrière.

Jonny la rappela le samedi matin de son hôtel situé dans Belgravia.

— Me voici, lui dit-il. On se retrouve chez vous ?

Lark avisa avec une grimace son modeste logement.

— Et si je vous rejoignais plutôt à votre hôtel ? lui suggéra-t-elle.

— Comme vous voulez. Je vous attends.

Elle avait revêtu pour la journée un pantalon bleu marine en velours côtelé et un luxueux cardigan qu'elle avait décidé de s'offrir aux premiers jours de l'automne. Son souci constant d'économie commençait à porter ses fruits. Elle possédait déjà cinq mille livres sur son compte.

Elle prit le métro pour se rendre dans Belgravia. Le réceptionniste de l'hôtel prévint Jonny de sa visite par Interphone, avant de la guider vers l'ascenseur.

Le réalisateur avait les cheveux ébouriffés et les paupières bouffies. Sa cravate dénouée pendait lamentablement de son col de chemise ouvert. Il lui sourit en levant sous son nez un bloody mary.

— Je vous en sers un ?

— Pas pendant le travail, lui répondit-elle sur un ton irrité. Veuillez m'excuser.

Elle lui arracha prestement le verre des mains et, sans lui laisser le temps de comprendre ses intentions, le vida aussitôt dans l'évier.

Jonny s'effondra sur le lit, sidéré.

— Mais que diable…

— Nous sommes ici pour travailler, je vous le répète. Si ce scénario reçoit l'aval du producteur délégué, il ne sera plus question de beuverie jusqu'à la fin du tournage. Je ne plaisante pas, Jonny. Ce film est trop important pour moi. Soit vous acceptez de collaborer avec moi sur le script, soit nous vous versons le cachet usuel pour votre synopsis et vous renvoyons à votre whisky. A vous de choisir.

— Bon, marmonna-t-il d'une voix éteinte. Je me rends.

— Alors, où est ce scénario ?

Jonny sortit un manuscrit de sa mallette.

— Ici. Lisez-le d'abord. Nous en discuterons ensuite.

Elle s'installa à la table disposée dans un des angles de la chambre. Jonny s'étendit sur le lit pour reprendre sa sieste. Lark était une lectrice aussi rapide qu'attentive. Elle nota rapidement les faiblesses du scénario, ainsi que ses qualités et ses potentialités.

Une heure plus tard, ils étaient assis ensemble au bureau pour l'examiner plus en détail. Jonny prenait des notes et contestait parfois les remarques de la jeune femme, laquelle lui répliquait alors du tac au tac.

Absorbés dans leur tâche, ils travaillèrent ainsi jusqu'après minuit. Quand enfin Lark se retrouva dans son appartement, elle était rompue, mais satisfaite.

Et plus déterminée que jamais à assurer la réussite du projet.

36

— Mais quels sont exactement tes rapports avec ce Jonny Whitfield ? s'enquit Jack.

Ils étaient couchés côte à côte dans son grand lit le premier samedi du mois de décembre. Des bourrasques matinales de neige glacée fouettaient les larges baies vitrées.

— Des rapports strictement professionnels, lui répondit-elle.

— Vous êtes amis depuis longtemps ?

— Depuis un an. Nous nous sommes rencontrés pour la première fois à Noël dernier. Pourquoi ?

— Tu n'ignores pas qu'il est marié ?

— Divorcé.

— Il boit.

— Certes.

— C'est un génie, je le reconnais, mais un génie pour le moins tourmenté. Il a toujours dilapidé sans vergogne les fonds de ses producteurs.

— Pas cette fois-ci. Je veille au grain.

— Tu m'as l'air de bien le connaître, dis-moi.

— Je… je lis les journaux, comme tout le monde. Et puis il m'a fait quelques confidences.

Jack lui caressa distraitement la poitrine.

— Tu ne crois pas qu'il serait temps de m'en faire à ton tour ?

— Que veux-tu savoir ?

— Le nom de l'élu de ton cœur, par exemple.

Lark se tint coite.

— C'est un silence définitif ?

— Oui. Désolée.

— Je t'aime, Lark, reprit-il sourdement. Je suis tombé amoureux de toi dès le premier instant. Je me doute que tu as déjà reçu cet aveu des douzaines de fois. Tu es irrésistiblement belle. Mais crois bien qu'il ne s'agit pas seulement de ça pour moi. Je tiens à toi, vraiment. Assez pour m'armer de patience jusqu'à ce que ça devienne réciproque. Autrement dit…

Il prit une profonde inspiration.

— … je voudrais t'épouser.

— Je ne peux pas me marier avec toi, Jack, marmonna-t-elle d'une voix tendue.

— Et ce refus n'a rien à voir avec Jonny Whitfield ?

— Non, rien du tout.

Ils se turent un moment, puis Jack se redressa soudain.

— Et si on prenait le petit déjeuner au lit ? Je vais te préparer des œufs et des toasts. Mais ne va pas t'imaginer que j'ai renoncé pour autant à te convaincre. Ma proposition est ferme et définitive.

Lark se rencogna contre les oreillers. Elle savait que les femmes de l'agence étaient toutes, ou presque, follement éprises de Jonny — le séduisant, le farouche, l'ombrageux metteur en scène. Aussi n'était-elle guère étonnée que Jack la soupçonnât d'avoir elle-même cédé à son charme.

Son soupirant malheureux réapparut sur le seuil de la chambre.

— Et si tu passais Noël avec moi ? On pourrait partir quelques jours.

Lark était tentée.

— Pour où ?

— Je pensais à l'Irlande. J'ai un bon ami qui vit là-bas, dans une ville appelée Sneem. Il est toujours heureux d'y accueillir des visiteurs. Alors, je lui téléphone ?

— L'Irlande, murmura Lark en soupirant. C'est une merveilleuse idée. Hélas, il me sera impossible de m'absenter très longtemps.

— Juste quelques jours, répéta Jack. Promis, juré.

37

Dès le printemps suivant, le tournage de *Maria Benton* était pratiquement achevé. Lark s'était vu conférer le titre de productrice associée — titre essentiellement honorifique, elle le savait, mais qu'elle prenait très au sérieux. Elle se sentait responsable de toutes les étapes de la fabrication du film. Le coordinateur de la production, un jeune homme frais émoulu d'une école spécialisée, était censé repérer les lieux de tournage, s'assurer de la présence des acteurs en temps voulu sur le plateau et subvenir au confort matériel de l'équipe. Le plus souvent, néanmoins, Lark le devançait dans l'exécution de toutes ces tâches. Son zèle, naturellement, déplaisait au jeune organisateur — mais à lui seul, car les autres s'en réjouissaient.

Ils s'émerveillaient surtout de son ascendant sur Jonny. Celui-ci ne toucha pas à un seul verre d'alcool durant les trois mois de tournage. Le contraindre à la sobriété n'était pas toujours facile, mais Lark procédait avec tant de tact et de discrétion que nul n'eut vent des discussions parfois houleuses qui les opposaient. A plusieurs reprises, elle dut intercepter les bouteilles qu'il avait fait acheter. Un jour, elle le suivit même dans un pub pour le persuader de retourner immédiatement à l'hôtel avec elle.

Jonny s'irritait de ces ingérences et la menaça plus d'une fois de tout laisser tomber.

— Ne vous gênez surtout pas, lui répliquait-elle alors d'une voix calme. Les réalisateurs en mal de contrat courent les rues.

— Boire un petit coup de temps en temps n'est pas un péché capital !

— Non, mais le petit coup a généralement des petits frères ; et si l'on vous présente toute la famille, vous avez ensuite la gueule de bois ; et si vous avez la gueule de bois, vous arrivez en retard ; et si vous arrivez en retard, le budget s'allonge ; et si vous dépassez trop votre budget, moi, je suis virée. Tenez, dégustez plutôt des sorbets.

— Beurk !

Durant ces mois d'intense labeur, Lark vit à peine Jack et Carl. Elle profitait de ses rares soirées de liberté pour rentrer dormir chez elle. La plupart du temps, elle était debout de 5 heures à minuit. Elle perdit du poids et prit des cernes sous les yeux, mais elle n'en avait cure.

— Je rattraperai plus tard les heures de sommeil qui me manquent, affirma-t-elle un jour à Carl au téléphone pour le rassurer. Pour l'instant, il n'en est pas question.

Ce ne fut qu'à la toute fin du dernier montage qu'elle s'autorisa à se détendre un peu. Jonny l'invita ce jour-là à dîner. Elle éprouvait une telle jubilation qu'elle ne broncha même pas quand ce dernier commanda un scotch.

— J'en ai bien le droit maintenant, non ? s'enquit-il avec un sourire espiègle.

Elle soupira et demanda un Watney's au serveur.

— Non, intervint Jonny. Apportez-lui plutôt un magnum de dom pérignon.

— Mais je n'arriverai jamais à terminer la bouteille ! protesta-t-elle.

— Les cuisiniers boiront le reste en votre honneur, rétorqua-t-il.

Et il commanda derechef un autre scotch.

— Votre frère s'est-il enfin marié ? s'enquit Lark.

— Oui, l'année dernière.

— Est-il heureux ?

Elle espérait que Jonny ne remarquerait pas son anxiété.

— Oui, bien sûr. Pourquoi ?

— Oh, pour rien ! répondit-elle tout en sirotant son champagne. C'était juste une question en l'air.

— Qu'est-ce qui vous a poussée à faire ça ?

— Quoi donc ?

— Vous investir à ce point dans ce film.

— Sans doute le considérais-je aussi comme le mien. Vous en avez rédigé le scénario et dirigé la mise en scène, mais c'est moi qui l'ai produit — ou peu s'en faut. Jamais auparavant je n'avais eu une telle responsabilité, et pour obtenir de cette œuvre le succès que j'en escompte, je n'avais d'autre choix que de m'y investir à corps perdu.

— Soit, admit Jonny, mais à mes yeux, vous n'avez rien de ces imbéciles de producteurs qui ne cessent de me couper les vivres. Que recherchez-vous exactement ?

« La vengeance », aurait-elle souhaité lui dire. Mais elle s'en retint. L'heure n'était pas encore venue. Le risque était trop grand de trahir sa véritable identité et d'être envoyée en prison pour le crime commis par Justin Groome. Elle ne pouvait se fier à personne — encore moins à Jonny.

Pourtant, plus elle le connaissait, plus elle le comprenait. Et lui pardonnait. En un sens, il était autant qu'elle une victime du député. Peut-être même l'aiderait-il à obtenir justice. Obscurément, elle le devinait capable de surmonter un jour sa pusillanimité.

Aussi résolut-elle de lui confier la décision qui avait mûri en elle durant ce long hiver froid et humide.

— Je désire m'installer aux Etats-Unis.

— Ah oui ? Et pour quelle raison ?

— J'ai des idées pour d'autres dramatiques télévisées du genre de *Maria Benton*.

— Sur les célébrités du monde du spectacle ?

— Et de la politique.

— Pourquoi ne pas les produire ici même ?

— Lesdites célébrités sont américaines.

Jonny termina son scotch en silence. Puis ils commandèrent le repas. Lark crut qu'il ne l'avait pas vraiment écoutée.

Peu après, cependant, alors qu'elle lui parlait de la vie à Londres, il l'interrompit brusquement.

— Je vous remercie de m'avoir apporté votre soutien, déclara-t-il. J'étais pratiquement au bout du rouleau quand vous m'avez appelé.

— Oh, je l'ignorais ! Votre projet m'a séduite, c'est tout.

— Je saurai un jour vous exprimer ma gratitude comme il se doit, croyez-moi.

— C'est déjà fait, lui répliqua-t-elle avec sincérité. Vous avez joué le jeu jusqu'au bout. C'est tout ce que j'attendais de vous.

— Je pourrais vous trouver un poste aux Etats-Unis, si vous voulez, reprit-il vivement. Mon frère est le président de l'American Production Group à Los Angeles, et les personnes de votre compétence sont une denrée rare. Reste à vous procurer un *H-One*.

— Qu'est-ce ?

— Un visa vous permettant d'être embauchée par une société américaine sans avoir à requérir la carte verte de résidente. APG n'aura qu'à prétendre que vous détenez un poste clé dans la société. Vous ne serez autorisée à travailler que pour elle. Les *H-One* sont couramment délivrés aux actrices et acteurs étrangers.

— Oh…

Lark sentit son cœur s'emballer.

— Est-ce que… est-ce que la société de votre frère serait susceptible de me laisser produire des téléfilms tels que *Maria Benton* ?

— Dom est un P.-D.G. novateur. Nous lui montrerons notre bébé ; je pense qu'il sera favorablement impressionné. Je retourne en Amérique après-demain. Je lui en parlerai à ce moment-là. Je suis sûr que nous saurons le convaincre.

L'ironie de la situation donna à la jeune femme une irrépressible envie de pouffer.

— Je me demande si c'est bien raisonnable, réussit-elle à articuler.

— Pardon ? Oh, vous subissez encore le contrecoup nerveux de *Maria*, voilà tout ! Allons, haut les cœurs ! Hollywood est strictement pareil à Londres, avec juste quelques paillettes en plus. Vous y serez rapidement remarquée, je vous le promets.

38

A quelque temps de là, Carl l'invita au restaurant pour célébrer le bouclage du téléfilm. Il vint la prendre à son appartement un samedi soir. Lark avait passé les deux jours précédents dans les bras de Morphée et se sentait aussi reposée qu'affamée.

— Où allons-nous ? s'enquit-elle alors qu'ils sortaient de la capitale.

— Au Gravetye Manor.

— Ouah ! Que sommes-nous censés fêter ?

— Votre anniversaire, répondit laconiquement Carl. Les ides de mars, vous vous rappelez ?

— Non, grommela-t-elle, j'avais oublié. Alors c'est aujourd'hui que je suis née ?

— Eh oui ! Vous feriez d'ailleurs mieux de vous en souvenir pour vous épargner des questions embarrassantes.

— Certes, admit-elle en se renfonçant dans le siège de cuir. En tout cas, c'est gentil d'y avoir pensé.

— J'ai cru comprendre que Jack vous avait demandé de l'épouser, lui dit Carl après qu'elle lui eut narré le tournage de *Maria Benton*.

— Vous a-t-il également informé de mon refus ?

— Oui.

Il lui jeta un coup d'œil soucieux.

— Mais il ne désespère pas de vous faire changer d'avis, ajouta-t-il.

— Tant pis pour lui.

— Quels sont vos projets, maintenant ? Vous comptez rester aux Stafford Productions ?

— Non.

Elle marqua une pause.

— La première fois que je suis venue vous voir, reprit-elle, j'étais si terrorisée que je pensais ne jamais retourner en Amérique. Mais beaucoup de choses ont évolué depuis.

— Et cette évolution n'est pas sans rapport avec Jonny Whitfield, n'est-ce pas ?

Elle garda un instant le silence. En fait, Carl n'avait pas tort. Elle était de plus en plus tentée de révéler à Jonny sa véritable identité. Elle aurait surtout souhaité qu'il pût rassurer Susan sur son sort. Elle savait cependant que la prudence s'imposait : Jonny pouvait aussi confier son secret à Justin Groome. Malgré tout, ce désir de confession qui la taraudait lui prouvait aussi que, peu ou prou, elle était toujours prisonnière de son passé.

Tandis que la voiture s'engageait dans l'allée menant au Gravetye Manor, elle sentit avec plus d'acuité que jamais que sa liberté serait chimérique, tant que Penny Houten ne serait pas vengée et que Justin Groome ne paierait pas son forfait. Et la seule manière de réaliser ce dessein était de retourner aux Etats-Unis pour confondre le député.

La voiture ne roulait plus. Carl, qui en était déjà sorti, dut revenir sur ses pas pour la tirer de sa méditation.

— Vous vous sentez bien, ma chère ?

— Oui, oui.

Elle descendit à son tour, puis ils pénétrèrent ensemble

dans le splendide vestibule du restaurant. On les installa aussitôt à une table près de la cheminée. De grosses bûches crépitaient dans l'âtre. Carl commanda une bouteille de vin qu'il goûta à peine. Alors qu'il détournait les yeux, Lark déchiffra subrepticement l'étiquette.

— Hum, murmura-t-elle en humant son verre. Châteauneuf-du-Pape… 79 — non : 80. Sans doute un Château Fortia.

— Remarquable ! lui lança Carl.

Il semblait si fier de ce tour de force qu'elle n'eut pas le cœur de le détromper.

— Avez-vous été malade ? s'enquit-elle. Je vous trouve amaigri.

— Et moi plus léger. Je surveille ma ligne.

Malgré son inquiétude, Lark ne put que respecter sa réserve. Elle n'avait jamais osé l'interroger sur sa vie privée. En dépit de leur affection mutuelle, elle en savait presque aussi peu sur lui qu'avant — sinon qu'il préférait Kandinsky à Paul Klee, Samuel Beckett à Cocteau et les Mercedes aux Jaguar.

— D'où vous est venue cette vocation pour la chirurgie esthétique ? lui demanda-t-elle.

— Et vous, d'où vous est venue cette vocation pour la production de téléfilms ?

Elle demeura un instant interdite. Puis ils éclatèrent de rire en chœur.

— J'ignore toujours pourquoi vous êtes si prévenant envers moi, avoua-t-elle dans un soupir. A ma connaissance, je suis la seule patiente que vous ayez invitée par deux fois au Gravetye Manor.

— C'est que mes autres patientes, je les emmène ailleurs.

Il la dévisagea d'un regard chaleureux.

— Mais, je vous en prie, ne parlons plus de « patiente ».

Convenons plutôt que vous ne méritez plus cette étiquette. Nous sommes amis, désormais.

Elle lui sourit. Une sourde intuition la tenaillait néanmoins. L'intuition que Carl avait une idée derrière la tête.

Après le restaurant, il la conduisit à sa résidence dans sa Mercedes marron.

— Vous n'avez toujours pas répondu à ma question, lui dit-il en chemin. Au sujet de Jonny.

Lark sursauta.

— Non, effectivement, j'en suis désolée. Eh bien, ma décision de retourner en Amérique n'a rien à voir avec lui.

— Veuillez me pardonner mon indiscrétion, mais Jack prétend que vous êtes amoureuse d'un autre homme — autre que lui, s'entend. Et comme je suis curieux…

Lark pouffa.

— Cet homme n'est pas Jonny. Satisfait ?

— Serait-ce alors quelqu'un que vous avez connu aux Etats-Unis ?

Ils étaient arrêtés à un feu rouge, et lorsque Lark se tourna vers lui, elle vit que Carl la considérait d'un œil interrogateur.

— Je n'ai pas envie d'en parler.

— Je comprends.

— Tout ce que je peux vous dire, c'est que Jonny Whitfield m'a proposé de m'obtenir un poste dans l'American Production Group à Los Angeles. Il a des relations dans cette société.

— Ah, je vois, s'exclama Carl avec un visible soulagement. C'est une très bonne opportunité pour vous.

— Vous connaissez donc APG ?

— C'est une fameuse société.

Il appuya sur l'accélérateur.

— Le frère de Jonny Whitfield y travaille, n'est-ce pas ?

— Oui.

Elle déglutit avec difficulté.

— Il en est le président.

— Alors, vous partez quand ?

— Oh, rien n'est encore décidé ! Jonny m'a juste offert de me présenter à son parent. Pour le reste, ma confiance en lui est assez limitée.

— Mais si une possibilité d'embauche se profile à l'horizon, vous vous lancerez dans l'aventure.

Ce n'était pas une question.

— Faut voir.

— Je vous suggère vivement de ne pas hésiter.

Lark lui jeta un coup d'œil perplexe. Il garda les yeux rivés sur la route.

— Pour quelle raison ? s'enquit-elle enfin.

— Je veux que vous rencontriez Dom Whitfield.

— Pourquoi ?

Il eut un sourire.

— Je veux qu'il vous voie telle que vous êtes maintenant.

Lark devint livide.

— Je ne comprends pas.

— Lark, ma douce, murmura-t-il, croyez-vous honnêtement que je me serais autant démené pour vous si vous m'étiez une parfaite inconnue ?

Du coup, elle en perdit le souffle.

— Quand nous serons arrivés à la maison, poursuivit-il en quittant l'autoroute, je vous expliquerai tout.

— C'est une blague, hein ? s'écria-t-elle d'une voix suraiguë.

La situation paraissait amuser son mentor.

— Dès le début, vous vous êtes interrogée sur mes motivations. Je me trompe ?

— Vous prétendiez m'apprécier.

— Et c'est toujours le cas. Je vous apprécie même encore plus que vous ne pourriez le penser.

— Ainsi donc j'avais vu juste : vous m'attendiez, ici, à Londres.

— Puissamment raisonné. Je m'étonne encore de voir avec quelle aisance j'ai pu vous convaincre de la nature purement altruiste de mon intérêt pour vous.

— Je m'en suis convaincue toute seule. J'avais besoin de vos services.

— Eh bien, désormais, j'ai besoin des vôtres.

Ils avaient enfin atteint la résidence. Carl laissa la voiture dans l'allée.

— Entrons, dit-il.

Quand ils furent parvenus dans le séjour, il ouvrit les rideaux d'une des fenêtres et se mit à contempler l'étendue sombre de la pelouse. La pièce, sans feu, paraissait glaciale.

Lark s'assit avec raideur sur le bras d'un fauteuil.

— Alors ?

— Je vais vous raconter une histoire, l'histoire de trois amis qui se sont connus sur les bancs de l'université d'Harvard. L'un a suivi des études de droit, le deuxième est entré dans une école de commerce et le troisième a été reçu à la faculté de médecine. Pourtant, ils étaient demeurés tous les trois bons amis, en souvenir de leur ancienne chambrée à Harvard. Ils avaient aussi un autre point commun : ils aimaient la même femme.

— Ben tiens, marmotta ironiquement Lark.

Elle était cependant suspendue aux lèvres de Carl.

Celui-ci prit place dans le fauteuil en face du sien.

— Chacun d'entre eux s'efforça de la ravir aux deux

autres, poursuivit-il. Quant à la jeune femme en question, quoiqu'elle les appréciât également, elle finit par se laisser séduire par le juriste. Ce dernier s'était installé à Washington, où il était devenu une étoile montante de la politique. Il semblait réussir tout ce qu'il entreprenait. Il l'épousa donc. Son nom était Steve Whitfield.

Lark ressentit un tel choc qu'elle bondit hors de son fauteuil et se mit à faire les cent pas devant la cheminée éteinte. Carl ne parut pas remarquer son agitation.

— Les deux autres s'étaient eux aussi établis à Washington. Le médecin était un célèbre spécialiste en chirurgie esthétique et l'homme d'affaires avait finalement entamé à son tour une carrière politique.

— Justin Groome, murmura Lark.

— Absolument. Le mariage de Steve avec Susan avait sonné le glas de leur amitié. A moins que ce ne fût plus simplement la vie elle-même. Justin n'arrivait pas à percer malgré les relations et le soutien actif de sa famille. Steve, bien qu'il ne disposât pas de son entregent ni de sa fortune, le dépassait toujours d'une courte tête. Quand ils en vinrent à briguer le même siège au Congrès, leurs liens s'étaient pour le moins distendus.

Carl s'interrompit un instant.

— A cette époque, reprit-il, le médecin aimait toujours Susan. Justin Groome conçut alors une machination pour, à la fois, donner Susan au médecin et s'assurer le siège tant convoité. Il s'agissait d'aider la Commission des activités antiaméricaines de la Chambre des représentants à tendre un piège à Steve. Dans ce but, il essaya de s'assurer la complicité du médecin. Celui-ci, originaire d'Europe de l'Est, s'efforçait toujours d'obtenir la nationalité américaine. Groome lui promit de l'épauler dans ses démarches s'il acceptait de prêter la main à ses manigances. Il lui jura également que Susan n'aurait jamais vent du fin mot de l'affaire. Le médecin refusa. Justin décida de se passer de son concours et fournit à la Commission un témoignage confidentiel ainsi que des enregistrements clandestins qui furent retenus pour prononcer l'inéligibilité de Steve — lequel se suicida l'année suivante. Justin n'avait pas prévu une telle réaction de sa part. Il s'attendait plutôt que Susan demandât le divorce en apprenant les prétendues menées communistes de son époux. Au lieu de quoi, elle lui manifesta un soutien indéfectible.

» Un an plus tard, elle se fiançait avec le médecin. Ils étaient très épris l'un de l'autre. Mais la veille des noces, elle rompit leur engagement. Un ami lui avait rapporté que son futur mari avait été responsable du suicide de Steve. Le médecin quitta Washington et ne la revit plus jamais. »

Lark se rassit.

— L'« ami » en question était Justin Groome. Il espérait récupérer la femme de Steve en plus du siège de ce dernier au Congrès. Le médecin résolut de l'en empêcher à tout prix. Il s'arrangea pour connaître discrètement le moindre détail de la vie de Susan. Son amour pour elle se transforma en une sorte d'obsession. Il découvrit ainsi qu'elle attendait un enfant de lui — car, en ce temps-là, déjà, hommes et femmes couchaient parfois ensemble avant leur mariage. Le fils de Steve avait dix ans à cette époque. Celui du médecin, son demi-frère, naquit quelques mois plus tard à New York.

Lark devina aussitôt son identité. En fait, elle avait entrevu la vérité dès que Carl avait commencé son récit.

— Susan le prénomma Dominic et ne révéla à personne le nom de son père, même pas à ce dernier. Voilà tout ce que je puis vous dire — sauf que ledit médecin, naturellement, c'était moi. Mais je suppose que vous l'aviez déjà compris.

— Oui, répondit-elle d'une voix compatissante.

Le visage de Carl était d'une pâleur alarmante.

— Vous savez maintenant pourquoi je vous ai témoigné tant de dévouement et pourquoi je désire également que vous acceptiez l'offre de Jonny. Vous devez accepter ce poste. Et vous l'accepterez.

— Non, je ne suis pas encore décidée, lui répliqua-t-elle tout en essayant de ne pas se laisser troubler par son ton vindicatif. Que voulez-vous de moi exactement ?

— Je veux que vous rencontriez Dominic et que vous gagniez son amitié. Je veux qu'il tombe sous votre charme…

Lark allait protester ; il balaya ses objections d'un revers de main.

— Je n'ignore pas qu'il est marié, mais là n'est pas la question : je désire simplement qu'il vous accorde toute sa confiance. Si vous y parvenez, et que vous lui rapportez ensuite toute mon histoire, alors il me reconnaîtra pour son père.

Elle secoua la tête.

— C'est impossible.

— Non ! Il n'y a pas d'autre moyen ! Je veux que mon fils me revienne avant que je meure. C'est le seul espoir qui me reste encore en cette vie.

— Il m'est impossible de le réaliser, répéta-t-elle. Pourquoi n'iriez-vous pas lui parler vous-même ? Je suis certaine qu'il saura vous écouter sans mon intermédiaire.

— En fait, expliqua Carl d'un ton las, je crains que sa mère lui ait dressé de moi un portrait peu flatteur. Et quand bien même elle ne lui aurait rien dit, si jamais elle apprend que je cherche à le revoir, soyez sûre qu'elle ne manquera pas de lui resservir les calomnies de Justin.

— Si tel est le cas, la comédie que vous exigez de moi n'aura guère d'effet non plus.

— Sauf s'il vous accorde sa confiance et que vous réussissez à le persuader…

— Je ne peux pas faire ça, le coupa-t-elle. Et j'ai de bonnes raisons pour m'en abstenir, croyez-moi.

Un silence pesant retomba sur la pièce. Carl paraissait se détendre quelque peu, mais à la façon d'un chat s'apprêtant à bondir sur sa proie. L'espace d'un instant, Lark eut l'impression singulière de se retrouver devant Justin Groome. Elle frémit.

— Vous devez m'aider, marmonna Carl d'une voix basse et caverneuse.

— Non, lui rétorqua-t-elle sur un ton moins détaché qu'elle l'eût souhaité. Malgré toute la gratitude que je ressens pour vous, il n'en est pas question.

— Vous m'obligez donc à vous mettre les points sur les i. J'ai continué à surveiller Susan de loin, bien après la naissance de Dominic. Mes informateurs m'ont rapporté ses premiers pas et tous les événements de son enfance, puis de sa vie d'adulte. J'ai été informé du déménagement de Susan. Et j'ai aussi reçu des informations sur vous, Penelope Houten. Je connais tout de votre existence. J'ai été mis au courant des difficultés de votre père ainsi que de son suicide. Je sais enfin que vous avez été inculpée de meurtre. Votre sort est entre mes mains.

Elle se recroquevilla dans son fauteuil.

— Mon dessein n'est pas de vous effrayer, précisa-t-il. Ni de vous dénoncer. Seulement, c'est donnant, donnant.

— Ce médecin qui m'a contactée… le Dr Smith…

— Il n'était pas médecin. Il est venu vous voir dans

votre chambre à ma demande. Et, naturellement, c'est moi qui ai veillé à ce que vous vous retrouviez assise à côté de Jonny au concert de Noël. Je comptais bien que vous deviendriez amis. Je me suis montré très patient jusqu'ici.

— A quoi vous servirait de me dénoncer ?

— Vous voulez vous affranchir de votre ancienne identité, et moi je veux retrouver Dominic. Ensemble, nous pourrons satisfaire nos désirs respectifs. Nous ne sommes pas deux adversaires aux échecs se concédant mutuellement des sacrifices tactiques. Nous sommes des alliés. Je vous ai fourni une nouvelle personnalité. Je vous ai rendue encore plus belle que dans vos rêves. Désormais, il est de votre devoir de me renvoyer l'ascenseur.

— Je vous rembourserai pour l'opération. Je vous le jure. J'en ai toujours eu l'intention.

— Et pour tous les conseils que je vous ai donnés, me rembourserez-vous aussi ? Me paierez-vous en retour pour tout le temps que j'ai consacré à vous initier à l'art, à la musique, au théâtre, à la politique ? Non. Non, très chère, notre relation est infiniment plus contraignante qu'une simple obligation financière. Je vous ai transformée en une femme du monde cultivée et raffinée. Sitôt qu'il vous connaîtra, Dominic estimera la vie indigne d'être vécue sans vous. Je connais bien mon fils.

— Pourquoi diable n'avez-vous pas dit la vérité à Susan ? Pourquoi ne pas lui avoir révélé que c'était en fait Justin qui avait causé la perte de son mari ?

— La colère m'a d'abord aveuglé, puis j'ai estimé que ce n'était pas nécessaire.

— Pas nécessaire ! s'écria Lark, abasourdie. Pas nécessaire d'éclairer Susan sur la perversité de celui qu'elle croit être son meilleur ami ? Mais vous êtes dingue !

— Elle a préféré croire Justin. Je n'avais aucune chance de la convaincre. Je n'en reviens d'ailleurs toujours pas. Elle prétendait pourtant m'aimer… Mais quel amour peut-on fonder sur la méfiance ?

— Vous auriez au moins dû lui parler. Lui permettre de se forger une opinion par elle-même.

— Et vous ? rétorqua-t-il avec tristesse. Pourquoi ne m'avez-vous rien dit ?

— A quel sujet ?

— Ai-je tort de supposer que c'est Justin qui vous a violée ?

Lark détourna les yeux vers la cheminée.

— Je pense que je commence à vous comprendre, admit-elle enfin. Un moment, j'en ai même voulu à Susan pour son inconscience. Oui, moi aussi, j'aurais le droit de lui reprocher la confiance insensée qu'elle témoigne à cet ignoble individu.

— Vous voyez…

— Mais je me refuse à séduire Dom. Il est marié, et le mariage est une chose que je respecte.

Carl eut un geste désinvolte.

— Quelle importance ?

— Pour moi, ça en a.

Elle marqua une pause.

— J'aimerais sincèrement vous aider, mais je ne le peux pas. Vous avez parié sur la mauvaise personne.

— Absurde ! Vous m'aiderez. Renonceriez-vous à ce qui vous a coûté tant d'efforts pour une pure question de principe ? Ce serait un lamentable gâchis. Une erreur monumentale. Une meurtrière saurait difficilement se trouver un poste de productrice en prison — ou dans la chambre à gaz.

Lark frémit de nouveau.

— Je suis innocente de ce crime. Vos indics auraient-ils oublié de vous en informer ?

— Alors pourquoi vous être enfuie ?

— Parce que je suis une poltronne — mais une poltronne innocente.

— Pouvez-vous le prouver ?

La question la stupéfia.

— Le pourrez-vous, Lark ?

— Un jour ou l'autre, oui.

Il la considéra d'un regard dubitatif.

— J'ai le sentiment que vous me cachez encore quelque chose.

Elle haussa les épaules.

— Je n'arrive pas à vous croire capable de me nuire à ce point. Vous êtes un honnête homme, ça se voit. Vous avez toujours été gentil avec moi.

— Oui. Mais je peux aussi me montrer impitoyable. Ne me sous-estimez pas.

Ils se dévisagèrent l'un l'autre. Lark se savait à sa merci. Elle savait qu'elle essaierait de se lier d'amitié avec Dom. Et qu'elle obéirait à Carl. Elle n'avait pas le choix. Sa nouvelle identité lui était trop précieuse.

Sa vie aussi, d'ailleurs. Car des profondeurs obscures de son esprit où elle s'efforçait vainement de la refouler, se dressait constamment la silhouette formidable et menaçante de Justin Groome. Et, plus encore que d'aller en prison, elle avait peur de cet homme-là.

39

Un mardi matin, Lark s'envola de l'aéroport d'Heathrow pour Los Angeles. C'était la fin de l'été. Elle emportait avec elle une seule valise, la copie de son acte de naissance, un passeport britannique assorti du visa *H-One* que lui avait procuré la société de Dom et sept mille dollars en traveller's check représentant les économies de près de deux ans de travail aux Stafford Productions.

Carl Bellamon l'accompagnait.

— Ne vous inquiétez pas, lui avait-il dit après lui avoir annoncé son intention de partir avec elle. Je ne jouerai pas les albatros dans votre sillage.

— Les quoi ?

— Les albatros, répéta-t-il avec une légère irritation. C'est une figure allégorique empruntée au poème de Coleridge, *The Ancient Mariner.* Je croyais que vous l'aviez lu.

— Eh non !

— Il est vrai que j'oublie parfois d'où vous venez. Rappelez-moi de vous trouver un exemplaire de cette œuvre. Aucune personne cultivée ne peut méconnaître *The Ancient Mariner.*

— Je pensais que les Californiens ne lisaient que les

menus des restaurants et les emballages des boîtes de conserve, répliqua-t-elle pour le taquiner.

— Oui, mais moi, je ne suis pas californien, et vous avez eu la chance de profiter de mon savoir. Vous épaterez tout le monde.

« Et Dom en particulier », songea-t-elle pour elle-même.

Ils voyageaient en première classe ; Carl avait réglé le détail de leur voyage. En dépit de ce que son mentor lui avait révélé et avait exigé d'elle, les sentiments de la jeune femme à son égard n'avaient pas changé. Sa sollicitude passée demeurait présente à sa mémoire. Elle se souvenait encore des paroles de Susan : « La gratitude est un sentiment qui ne se mesure pas, Penny. Il est permanent et inconditionnel, ou bien il n'est pas. Tu t'en apercevras toi-même un jour. »

Eh bien, ce jour-là était venu.

Ce qui ne l'empêchait pas d'être malade d'anxiété, même si elle refusait de l'admettre. Elle avait les traits tirés ; ses mains tremblaient. Deux années seulement s'étaient écoulées depuis sa première rencontre avec Carl, mais ces deux ans l'avaient vieillie d'une décennie entière. Et elle pressentait aujourd'hui que Carl avait autant besoin d'elle qu'elle avait eu elle-même besoin de lui à son arrivée en Angleterre.

Elle appréhendait également la vie nouvelle à laquelle elle devrait certainement s'acclimater à Los Angeles. Cette ville tentaculaire se profilait dans son esprit telle une silhouette enfumée, roussie par le soleil. Carl l'avait prévenue que rien n'y poussait spontanément ; même les palmiers y étaient des produits d'importation.

— Je sais, répondit-elle. Et tout le monde y est riche, abruti, blond et célèbre. Les autres appartiennent à une secte.

Il rit de bon cœur.

— D'ici peu, Los Angeles vous paraîtra plus complexe que ça. Souvenez-vous que les premiers mythes modernes sont nés à Hollywood. Voilà qui devrait vous stimuler. En outre, vous y évoluerez dans un milieu du plus haut raffinement. Vous ne pourrez plus sortir de chez vous habillée comme un sac.

— Je ne suis jamais habillée comme un sac ! protesta-t-elle avec véhémence.

— Certains de vos articles de friperie sont charmants, je vous l'accorde. Mais vous m'accorderez à votre tour qu'ils ne sont pas non plus de la dernière mode.

Elle émit un reniflement dédaigneux et le bouda une heure durant, tout en tapotant de temps à autre avec un soupir agacé l'étoffe délavée de son jean.

Le regard perdu par-delà le hublot, elle repensait avec nostalgie à l'Angleterre. La douce pluie dorée qui arrosait ses verts pâturages lui manquait déjà, de même que les venelles pavées et tortueuses de Londres où se nichaient tant de vieilles librairies et de pubs accueillants. Mais, surtout, elle souffrait de s'éloigner de ses nouveaux amis. Et de Jack.

— Tu ne pourras sans doute jamais t'imaginer combien tu as compté pour moi, lui déclara-t-elle avant de partir. Tu m'as ramenée à la vie, Jack. Tu as éveillé en moi des sensations qui m'étaient jusqu'alors inconnues. Tu m'as révélée à moi-même. Tu ne veux pas de remerciements, soit. Mais je te remercie quand même. J'aimerais t'exprimer dignement toute ma reconnaissance.

— Alors épouse-moi.

— Je ne peux pas. Je dois rejoindre mon poste en Amérique.

Il avait passé ses longs doigts dans sa chevelure en la

dévisageant avec le même air compréhensif et affectueux que de coutume.

— Je préférerais que tu restes. Et si je venais avec toi ?

— Non, je t'en prie. Ça ne marcherait pas.

— Peut-être, admit-il au bout d'un moment. Je t'aimerai malgré tout.

Puis, les yeux humides, il l'avait embrassée pour lui souhaiter bon voyage.

A présent, elle survolait l'Atlantique pour la deuxième fois. Son départ de Northkill avait jadis été si précipité qu'elle n'avait eu ni le loisir de regretter la ferme ni de réfléchir aux conséquences de sa fuite. Mais aujourd'hui, planant à des milliers de kilomètres en direction du Nouveau Monde, elle avait largement le temps de penser. Los Angeles… la ville du strass… la cité des anges…

Elle avait l'impression de retourner tête baissée dans la toile d'araignée dont elle venait à peine de se dépêtrer.

Ils parvinrent en vue de leur destination à la nuit tombée. Lark put longuement contempler la ville du désert qui scintillait dans l'obscurité. Ses lumières, de plus en plus denses, se regroupaient insensiblement en rubans de couleur scintillants et effilés. Orange, vertes, jaunes, blanches, rouges — mais orange, surtout, afin de percer le brouillard ou, plutôt, la fumée épaisse —, elles semblaient s'étendre à l'infini, pour finalement être englouties d'un côté par les ténèbres et de l'autre par l'océan.

Tandis que l'avion entamait ses manœuvres d'approche, les points lumineux grandirent et clignotèrent, et Lark distingua bientôt les feux des voitures qui roulaient en contrebas, telles des gouttes de rosée glissant le long des minces fils argentés d'une toile d'araignée. Elle comprenait désormais ce que pouvait ressentir une mouche.

Les lumières de la piste d'atterrissage étaient violacées. Le contact des roues contre l'asphalte projeta la jeune femme en arrière. Elle plaqua ses pieds contre le sol, puis l'appareil s'immobilisa et elle se détendit brusquement, comme la proie qui abandonne le combat après que l'araignée lui a arraché les ailes.

Elle était arrivée à Los Angeles.

Ils logèrent la première nuit au Beverly Hills Hotel. Lark avait accepté la chambre que Carl y avait réservée pour elle, même si son insistance à vouloir la lui offrir la mettait mal à l'aise.

— Vous n'êtes guère prévoyante quand vous voyagez, lui lança-t-il dans le taxi. Où auriez-vous dormi si je n'avais pas eu la présence d'esprit de louer des chambres pour nous deux ?

— Dans l'aéroport, répliqua-t-elle avec humeur. Et puis je me serais mise en quête d'un appartement aux aurores.

— Pour pouvoir partir à la recherche d'un appartement à Los Angeles, vous avez besoin d'une voiture.

— Bah, je sais me débrouiller !

Néanmoins, elle était heureuse de jouir de sa compagnie, et fut émerveillée par l'hôtel dont les stores à rayures blanches et vertes tranchaient sur le rose de la façade illuminée.

Carl paraissait avoir beaucoup d'amis à Los Angeles ; la plupart d'entre eux étaient comme lui originaires d'Europe de l'Est.

— Nous vous trouverons un appartement sans problème, lui assura-t-il. L'un de mes amis est dans la partie.

— Et vous, où logerez-vous ?

— Un autre de mes amis, un confrère qui habite à Beverly Hills, m'a proposé l'hospitalité dans un pavillon de sa propriété. Je pourrai m'y installer dès la semaine prochaine.

Le lendemain matin, il loua une voiture pour lui faire visiter la ville. Sous la lumière éblouissante et vaporeuse du soleil, Los Angeles semblait un étrange et vaste labyrinthe de bâtisses râblées, alignées le long de rues et d'avenues toutes semblables les unes aux autres. Quant aux ponts autoroutiers, ils étaient saturés de véhicules, de bruits et de fumée. Quand elle retrouvait le luxe feutré de l'hôtel, Lark avait l'impression de se réfugier dans une oasis incongrue. Elle ne se sentait chez elle nulle part.

Elle avait également l'impression d'être réduite à l'immobilité. A Londres, elle avait la possibilité de se rendre où elle voulait. Ici, à Los Angeles, la voiture était un auxiliaire indispensable.

Carl régla promptement ce problème. Dès le début de la semaine suivante, il l'inscrivit dans une auto-école. Susan lui avait bien appris à conduire, mais elle n'avait jamais eu l'occasion de rouler en Angleterre. Il était désormais indispensable qu'elle se perfectionnât. Elle s'appliqua à cette tâche avec sa détermination coutumière et, huit jours plus tard, passa l'examen haut la main. A l'annonce de son succès, Carl lui offrit un somptueux bouquet de glaïeuls, ainsi qu'un trousseau de clés.

Elle adora les fleurs d'un rouge éclatant.

— Et à quoi sert ceci ? s'enquit-elle en lui montrant les clés.

— Suivez-moi.

Ils descendirent au parking de l'hôtel. Carl la mena devant une Honda Accord bleu métallisé.

Lark se figea sur place.

— Je ne peux accepter, dit-elle en lui rendant les clés.

Carl la força à les garder.

— Très chère, murmura-t-il, ne croyez pas que je veuille vous rappeler par ce présent la reconnaissance que vous me devez. Vous êtes comme une fille pour moi. Durant ces deux années, votre amitié m'a été d'un inestimable réconfort. C'est dans cet esprit que je vous offre ce cadeau. Considérez-le comme un gage de mon affection.

Lark céda enfin, quoique avec réticence.

— Et comment vous déplacerez-vous vous-même ?

Il lui désigna du menton la Mercedes marron garée à côté de la Honda.

— J'ai toujours goûté le confort de ma vieille berline. Aussi ai-je demandé à une compagnie de transport maritime de la convoyer jusqu'ici.

La peinture brune de la Mercedes étincelait au soleil. Lark rit aux éclats. Depuis son arrivée à Los Angeles, elle croyait vivre un rêve — sans compter qu'elle allait intégrer son nouveau poste dans moins d'une semaine. Le directeur du personnel d'AGP lui avait souhaité un accueil chaleureux au téléphone lorsqu'elle l'avait appelé. Elle avait hâte d'entamer sa nouvelle carrière.

— Il me reste encore à dénicher un logement, déclara-t-elle alors qu'ils rentraient dans le hall de l'hôtel. Je ne me vois guère résider encore ici quand je commencerai à travailler.

— Nous irons après le déjeuner visiter l'appartement que m'a recommandé mon ami. Je crois qu'il vous plaira.

Et, de fait, dès qu'elle y pénétra, Lark le jugea parfait, ainsi que Carl l'avait deviné. Situé à Santa Monica — le quartier le plus anglais de tous les Etats-Unis, selon son mentor —, l'appartement occupait le premier étage d'un bâtiment de stuc blanc à la façade surchargée d'arcatures et de tourelles et au toit recouvert de tuiles vermillon. Il comportait un séjour hexagonal, une petite chambre, une kitchenette encore plus exiguë et une terrasse d'où l'on pouvait apercevoir au loin l'océan.

Lark commença à APG le lundi suivant. Les locaux de la firme se dressaient sur Hollywood Boulevard, près de Vine Street. Les premières semaines, Lark évita de s'y rendre par les ponts autoroutiers. Mais comme le trajet par les rues de la ville lui prenait deux fois plus de temps — près d'une heure —, elle vainquit ses craintes et finit même par apprécier les axes suspendus. Y circuler lui donnait le sentiment de flotter en hovercraft sur les eaux d'un torrent. Elle filait au-dessus des toits de la cité à cent à l'heure. Le paysage alentour était splendide. Des montagnes aux pics enneigés se profilaient à l'horizon ; les eaux pourpres du Pacifique scintillaient dans le lointain, zébrées d'écume argentée ; un essaim de tours dominaient, telle une île, une mer de pavillons aux jardins clos, verts et paisibles.

En dépit des pressions de Carl, Lark s'efforçait d'éviter Dom. Elle entendait fréquemment citer son nom — il était le président de la société, après tout —, mais ils ne se rencontrèrent jamais. La firme était d'une taille colossale et occupait à elle seule un bâtiment de vingt étages.

Carl l'emmenait en week-end et venait également la voir de temps à autre durant la semaine. Il l'invita à des vernissages sur Colorado et Melrose, l'entraîna au Los Angeles County Museum et à la Bibliothèque Huntington. Ils fréquentèrent les salles obscures, par plaisir autant que par nécessité professionnelle. Ils assistèrent à des concerts et à des opéras au Dorothea Chandler Pavilion, à des pièces de théâtre au Mark Taper Forum ainsi qu'à l'Ahmanson Theatre. Carl lui présenta ses amis : des médecins, des actrices et des acteurs célèbres, des conservateurs de musée, des artistes.

La propriété de Beverly Hills où l'accueillait son ami

médecin était un vrai petit parc, dont le mur d'enceinte de deux mètres de haut abritait plus d'un hectare de verdure exubérante et de plantations exotiques.

— Quand vous m'avez prévenue que tout ce qui poussait à L.A. était importé, je me suis imaginé que la végétation du coin se réduisait à des broussailles et des buissons malingres, lui avoua Lark le jour où il lui montra le jardin. Mais cet endroit est tout simplement fabuleux !

— Et que pensez-vous de mon cottage ?

Le bâtiment dans lequel il avait emménagé était un pavillon de six pièces couvert de glycine, en retrait de la demeure principale. Il était doté de deux salles de bains carrelées de marbre noir, toutes deux plus spacieuses que la chambre de la jeune femme.

— Eh bien, je dirai que votre ami sait recevoir ses hôtes, répondit-elle.

Cependant elle ne croisa jamais ce dernier. Carl l'informa qu'il était parti en Europe pour ses vacances. Il lui avait laissé la libre disposition des courts de tennis et de la piscine en forme de haricot. Lark aimait à y flotter sous le ciel bleu barbeau, dans le parfum capiteux et enivrant des camélias et du jasmin, un verre de champagne frais à la main. Elle s'y sentait comme au bout du monde. Le sud de la Californie était à ses yeux un pays de conte de fées, où rien de fâcheux ne pouvait lui arriver.

— Je suis amoureuse, dit-elle un jour à Carl.

Ce dernier dressa l'oreille.

— Amoureuse de L.A., précisa-t-elle. J'adore cette ville. J'ai le sentiment d'avoir enfin trouvé mon vrai foyer.

40

En tant que productrice associée, Lark avait pour mission de trouver des scénarios pour les studios et de les réécrire en collaboration avec les auteurs. Son supérieur direct était Trent Weston, un petit bonhomme rondouillard aux cheveux clairs dont les manières affables contrastaient avec la frénésie tatillonne qu'il mettait dans son travail.

Il avait rencontré Jonny Whitfield sur les bancs de l'UCLA et, en dépit de la carrière en dents de scie qu'avait connue le metteur en scène, leur amitié n'avait pas faibli depuis. Jonny lui avait rapporté le rôle actif qu'avait joué Lark dans son « sauvetage », l'année précédente. Aussi Trent se sentit-il bien disposé envers la jeune femme avant même de l'avoir vue. Il l'invita à déjeuner dès le premier jour, et ils discutèrent principalement de Jonny. Trent s'inquiétait à son sujet.

— Il a commencé à dégringoler à l'instant même où Dom a refusé tout dépassement du budget initialement prévu pour *Flaming Forest*. Le téléfilm sur Benton l'a provisoirement tiré de l'ornière. Puis il s'est remis à descendre la pente.

— Pourquoi APG s'est-il retiré de *Flaming Forest* ?

— Jonny nous coûtait trop de temps et d'argent, comme

d'habitude. Il n'a jamais rien compris au financement d'un long métrage. Une fois qu'il a l'œil collé à sa caméra, il consacre entièrement son génie au film en cours.

— Mais s'il est si génial que ça, on ne devrait pas lui couper les vivres ainsi !

— A Hollywood, la réalisation d'un film est soumise à un seul et unique impératif : les entrées en salles. Or jamais les faramineux projets de Jonny n'ont été lucratifs.

— Certains d'entre eux sont pourtant devenus des classiques.

— Et alors ? Ce sera peut-être important pour les générations futures… En attendant, Jonny est un prince sans couronne.

— APG ne pourrait-il l'embaucher pour mettre en scène un des scénarios à l'étude ? *Razzle Dazzle*, par exemple ? Nous n'avons pour l'instant confié ce projet à personne.

— Jonny méprise ce genre d'historiettes télévisuelles. Il préférera encore crever de faim.

— Il a déjà su adapter son talent au petit écran ; il pourrait accomplir des merveilles à partir de ce script. Jeannette Gold doit en être la vedette, n'est-ce pas ?

— Oui, mais c'est aussi la maîtresse de Jonny, et leurs rapports sont pour le moins explosifs.

Ce soir-là, Carl l'invita à un nouveau vernissage.

— Vous avez l'air heureuse, Lark, s'écria-t-il au moment où il la déposait devant chez elle.

— Mais je *suis* heureuse.

— Et… Dom ?

— Je ne le vois jamais. Il travaille à un autre étage que le mien — autant dire dans un univers parallèle.

— Mais qui côtoie le vôtre. Essayez de le rencontrer, je vous en prie.

Cependant, Lark demeurait douloureusement hésitante. Elle était certaine que Dom réagirait avec violence à ce qu'il considérerait sans doute comme une violation de sa vie privée. Or elle tenait à son poste. Au début, elle avait décidé de travailler pour la télévision afin de produire des documentaires qui lui permettraient un jour de se venger de Groome. Mais elle s'était prise au jeu et le milieu du cinéma, désormais, la passionnait. C'était un monde fébrile et inventif, où évoluaient des personnalités célèbres et où circulaient de prodigieuses sommes d'argent. Non, jamais elle ne voudrait le quitter. Elle se refusait à contrarier le destin qui l'avait jusqu'alors favorisée.

Trois mois s'écoulèrent ainsi.

— Quand allez-vous enfin tenter de produire un film en votre propre nom ? s'enquit Carl peu avant Noël.

Ils dînaient ce soir-là au Beau Rivage à Malibu. De la grotte où ils étaient attablés, ils pouvaient voir les crêtes écumeuses du Pacifique frissonner sur la grève de sable blanc en contrebas. Ce restaurant était leur préféré.

Lark lécha le sel couronnant son verre de margarita.

— Bientôt, sans doute, répondit-elle. J'ai déjà quelques idées en tête.

— C'est-à-dire ?

Il avait à peine goûté le poisson grillé qu'il avait commandé, se nourrissant quasi exclusivement de jus d'orange.

— Eh bien, j'ai le projet d'une série dans le style de *Mystery !*, à la différence près qu'au lieu d'un meurtre, le MacGuffin serait une intrigue sentimentale. Ce projet comporterait tous les ingrédients qui ont assuré le succès de *Mystery !* : acteurs talentueux, histoires tortueuses et cetera. Mais la série à laquelle je pense serait plus comique et, naturellement, plus romantique.

— Le « MacGuffin » ? répéta Carl. Qu'est-ce donc ?

Lark écarquilla les yeux.

— Ne me dites pas que je sais quelque chose que vous ignorez ! « MacGuffin » était le terme employé par Hitchcock pour désigner le prétexte de l'histoire — vol de bijoux ou concurrence entre services secrets. De la même façon, dans ma série, l'intrigue sentimentale servira de tremplin à la description des caractères et des rapports humains.

— Et pourquoi appelle-t-on ça un « MacGuffin » ?

— A cause de la blague des deux Anglais dans le train. L'un demande à l'autre :

« — Qu'y a-t-il dans cette valise ?

— Un MacGuffin.

— Qu'est-ce qu'un MacGuffin ?

— Un piège pour attraper le lion des Highlands.

— Mais il n'y a pas de lion en Ecosse !

— Ah ? Alors ce ne doit pas être un MacGuffin. »

Carl sourit.

— Ainsi donc, reprit-il sur un ton songeur, dans votre série, la clé de l'énigme serait en fait la clé d'un cœur. L'idée est séduisante.

Il la raccompagna à son appartement.

— Avez-vous rencontré Dominic ? lui demanda-t-il en se garant devant son immeuble.

Elle secoua la tête et se renfrogna soudain.

— Le temps m'est compté, poursuivit-il. Quand allez-vous enfin le voir ?

— C'est le président de la firme, Carl ! Je ne peux pas me présenter dans son bureau en criant : « Salut, je sais qui est votre vrai père ! »

— Allons, vous êtes une jeune femme pleine de

ressources. Je suis sûr que vous saurez trouver un moyen d'attirer son attention. Et le plus tôt sera le mieux.

— Le Noël de la firme doit avoir lieu la semaine prochaine. J'aurai peut-être une occasion de lui parler à ce moment-là.

Cependant, Dom ne se présenta pas à la réception. Lark apprit qu'il s'était rendu sur la côte Est pour passer les fêtes en compagnie de sa mère. Elle en fut soulagée, car non seulement elle craignait de le gêner par une intrusion intempestive dans sa vie privée, mais, surtout, elle avait peur d'être reconnue.

— C'était divin, annonça-t-elle à Carl quand il l'interrogea sur la réception. Tout simplement divin.

— Même en l'absence de Dom ?

Elle rougit.

— Je ne vois pas ce que vous voulez dire.

— Votre nouveau visage est aussi transparent que le précédent, vous savez... Bon, je suppose que vous comptez l'aborder à son retour ?

— Hmm, oui... Oui. J'inventerai bien un moyen d'ici là.

41

Après Noël, Lark travailla avec acharnement sur sa série, qu'elle baptisa *Romance !* . Trent était parti en vacances à Hawaii et ne devait en revenir que la deuxième semaine de janvier. Dès son retour, Lark lui soumit son projet. Il le lui rendit après l'avoir à peine parcouru.

— Nous avons tenté de produire un feuilleton de ce genre l'année dernière. Ça a été un flop monumental.

— Ah bon ? Et pourquoi ?

— Vous regarderez les enregistrements quand vous aurez un moment. Votre secrétaire vous indiquera l'endroit où ils sont stockés. Plus personne ici ne se risquera dans une pareille aventure. Nous avons déjà perdu ainsi des centaines de milliers de dollars.

Il consulta sa montre et se leva.

— La réunion commence dans cinq minutes. Vous êtes prête ?

— Tout à fait.

Lark était déçue, mais pas découragée. Ils traversèrent ensemble le couloir pour se rendre à la salle de conférences où devait se discuter la stratégie marketing.

Après la réunion, alors qu'elle s'empressait de retourner dans son bureau (elle avait désormais l'impression de se hâter constamment), elle heurta quelqu'un de plein fouet à l'angle d'un couloir. La pile de manuscrits et de notes qu'elle transportait s'éparpilla en tous sens.

— Excusez-moi…

— Je suis vraiment désolé…

Lark s'accroupit pour récupérer un des scénarios, bientôt imitée par l'homme qui l'avait bousculée. Elle releva alors la tête vers lui.

Dom la considérait de ces yeux fauves et acérés dont son cœur gardait encore le souvenir brûlant.

— Je regrette, dit-il sans pouvoir la quitter du regard. Mais vous marchiez si vite…

Elle déglutit avec difficulté. Les pointes des cheveux sombres de Dom étaient devenues grises et le coin de ses yeux s'étoilait de profondes rides. Il semblait avoir considérablement vieilli depuis la dernière fois qu'elle l'avait vu.

Il lui tendit la pile de papiers qu'il avait ramassés.

— Je ne crois pas que nous ayons déjà été présentés. Je suis Dom Whitfield. Et vous ?

Il la contemplait avec une telle intensité qu'elle était certaine qu'il l'avait reconnue. Elle comprit soudain son erreur et se ressaisit en lui tendant la main.

— Lark Chandler. Je travaille ici depuis peu.

— Ravi de vous rencontrer.

Ils se redressèrent. Lark serra ses documents contre elle. Son cœur battait autant que si elle venait de courir un cent mètres.

Elle éprouvait le pressant besoin de demander à Dom des nouvelles de Susan, de savoir s'ils avaient passé un joyeux Noël, s'il était heureux avec sa femme. Comme il serait surpris, songea-t-elle, si elle se jetait soudain dans ses bras en criant : « Comme c'est bon de vous revoir ! Vous m'avez tellement manqué ! »

Elle ne put s'empêcher de sourire.

— Qu'y a-t-il de si drôle ? s'enquit-il.

Il la considérait toujours avec fascination.

— Oh, rien ! Une pensée idiote.

— Ah, ça y est, je vous remets, reprit-il d'une voix lente. Lark Chandler, l'Anglaise qui a sorti Jonny du pétrin l'année dernière.

— Vraiment ?

— C'est ce qu'on m'a dit, du moins.

— « On » a beaucoup exagéré.

— Cela reste à voir.

Il consulta sa montre.

— Je ferais mieux de me dépêcher. Trent m'attend. Enchanté d'avoir fait votre connaissance.

Il repartit le long du couloir de son pas long et nonchalant. Lark jugea préférable de regagner son bureau avant de défaillir d'émotion.

Elle referma soigneusement la porte derrière elle. Peu avant, elle aurait juré que Dom découvrirait sa véritable identité au premier coup d'œil, mais elle s'était trompée. Elle en ressentait un mélange de soulagement et de déception. Si c'était Dom qui avait dû changer de visage, elle l'aurait assurément reconnu.

Elle s'assit pour lire le manuscrit discuté à la réunion. Le style en était terne et l'intrigue inconsistante.

Soudain, le téléphone sonna.

— Oui ?

— J'ai l'assistante de M. Whitfield en ligne, lui annonça d'une voix chantante Rosa, sa secrétaire d'origine espagnole. Le grand patron vous invite à prendre un verre avec lui ce soir, après le travail.

— Euh… je suis débordée.

— Lark, la tança Rosa, il s'agit de M. *Whitfield*.

— Oui, bon, d'accord. Dites à sa secrétaire que j'accepte.

Rosa s'esclaffa.

— Vous avez l'air de bien le redouter, ce petit verre. Ce n'est pourtant pas la mer à boire !

Un refus de sa part serait mal compris, songea Lark. D'un autre côté, elle tenait peut-être là l'occasion de remplir la mission que lui avait confiée Carl. Pas dans l'immédiat, évidemment. Elle ne pourrait s'ouvrir à Dom dès ce soir. Néanmoins, s'ils devenaient amis, sa tâche en serait d'autant plus aisée.

Rosa frappa à sa porte quelques minutes plus tard et passa la tête par l'entrebâillement du battant.

— Il viendra vous prendre à 18 heures.

— Merci, Rosa.

— Et puis, ne vous inquiétez pas, c'est un homme charmant.

— Certes, mais il me prend également au dépourvu. Si j'avais su, j'aurais soigné ma tenue.

— Vous êtes ravissante ainsi.

— Merci.

Elle en était cependant moins sûre que sa secrétaire. Si son ensemble bleu de nuit, qu'elle avait déniché dans un dépôt de l'Armée du Salut, lui allait bien, il était tout de même démodé et défraîchi. Or, à APG, même les secrétaires étaient habillées comme des gravures de mode. Ce jour-là, Rosa portait une minijupe de cuir noir, un col roulé sans manches de soie orange, des bas et des escarpins vernis noirs. Ses yeux bruns et vifs étaient soulignés de mascara marron et ombrés d'un léger fard bleu. Le rouge corail de ses lèvres semblait inaltérable. Et les bijoux… Elle avait pratiquement une bague à chaque doigt, en argent et turquoise pour la plupart. Enfin, un cactus d'argent était épinglé sur son débardeur.

Lark toucha instinctivement son cou, où pendait

encore la chaîne d'or que lui avait offerte Dom pour son anniversaire. Elle ne l'avait jamais retirée depuis. L'avait-il remarquée ?

— Ça ne va pas ? lui demanda Rosa.

— Si, si.

Non, se dit-elle, il ne l'avait pas remarquée. Après tout, elle n'était pas la seule à porter une chaîne en or.

Peu avant 18 heures, elle était prête à le recevoir. Depuis son appel, elle avait été incapable de travailler. Elle craignait de se trahir au cours de la soirée. Et puis, de toute façon, comment Dom pourrait-il ne pas la reconnaître ?

— Me voici, lui lança ce dernier depuis le seuil. Etes-vous prête ?

L'espace d'un instant, Lark demeura tétanisée sur son siège. Elle avait l'impression que leur séparation avait eu pour seul résultat de renforcer en elle l'âpre passion qu'elle lui vouait depuis le premier jour.

Le regard fixé sur elle, Dom ne parut pas se formaliser de son mutisme.

— J'ai pensé que nous pourrions nous rendre à deux pas d'ici, chez Musso and Frank's, lui proposa-t-il. Cela nous permettra en même temps de nous dégourdir les jambes. Qu'en pensez-vous ?

Elle se leva pour récupérer son sac et sa veste.

— Tout à fait d'accord, répondit-elle.

Situé à trois pâtés de maisons de la firme, Musso and Frank's était l'un des plus anciens restaurants de Los Angeles — et l'un des plus prisés. Quand ils y pénétrèrent, l'établissement était déjà bondé, mais le maître d'hôtel, avisant Dom, le conduisit à sa table favorite, dans le fond de la salle. Celui-ci commanda une vodka-tonic, et Lark un verre de chablis.

Désireuse de paraître détendue malgré la proximité

de Dom — proximité éprouvante, après un si long éloignement —, la jeune femme promena son regard autour d'elle.

— Vous êtes déjà venue ici ? s'enquit Dom.

— Non.

— L'endroit n'a presque pas changé depuis son ouverture dans les années vingt. Les nappes elles-mêmes sont sans doute d'époque. Certains des serveurs officient en ces lieux depuis un demi-siècle.

Il prit une gorgée d'alcool.

— Ma famille vous est très reconnaissante pour le soutien que vous avez apporté à Jonny, poursuivit-il. Vous en a-t-il au moins remerciée ? La gratitude n'est pas son fort.

— Je ne l'ai pas tant aidé que ça. Son projet m'a plu, et je me suis contentée de le soutenir auprès des responsables des Stafford Productions.

Dom hocha la tête tout en la dévisageant intensément.

— Racontez-moi un peu votre vie. Qu'est-ce qui vous a poussée à devenir productrice ?

Lark esquissa un sourire crispé, puis se racla la gorge.

— Le hasard, murmura-t-elle d'une voix rauque.

— Etes-vous heureuse à APG ? Y êtes-vous bien traitée ?

Elle leva les yeux vers lui et se mit à examiner ses iris mordorés, si familiers, son long nez et sa bouche délicate au dessin ferme. L'émotion qui lui emplissait le cœur confinait à l'extase.

« Oui, pensa-t-elle, c'est bien Dom. Dom Whitfield. L'homme dont je n'ai cessé de rêver et de languir durant toutes ces années. Je suis assise tout près de lui, et voici que les mots me manquent. »

— Très bien, réussit-elle à articuler.

Le vin la réconforta. Elle ne le buvait pas : elle l'engloutissait. Dom, qui semblait s'en amuser, lui commanda un autre verre.

— Sur quoi travaillez-vous en ce moment ?

— Je viens juste d'achever le rewriting de *Razzle Dazzle*. Le tournage est prévu dans un mois.

— A condition que nous trouvions un metteur en scène, lui rappela-t-il. La réalisatrice que nous pressentions a décliné notre offre pour une proposition plus alléchante.

Lark se souvint alors de sa conversation avec Trent.

— Et si nous engagions Jonny ?

Dom secoua la tête.

— Il s'agit d'un téléfilm.

— Et alors ?

— Alors, nous n'avons pas cinquante millions de dollars à dilapider sur ce projet, répliqua-t-il sur un ton égal où perçait néanmoins quelque irritation.

— Jonny s'est abstenu de tout dépassement de budget sur *Maria Benton*.

— Oui, mais ce miracle n'a été possible que grâce à vous, lui répliqua Dom avec un sourire qui la bouleversa.

Elle baissa aussitôt les yeux tout en s'efforçant de refouler le trouble qui menaçait de la submerger. « Seigneur, pensa-t-elle, c'est l'homme que j'aime et je ne peux même pas lui révéler ma véritable identité ! »

— N'avez-vous personnellement conçu aucun synopsis ? lui demanda-t-il.

Lark hésita. Malgré le refus désinvolte que Trent avait opposé à la réalisation de *Romance !*, elle n'osait le court-circuiter en requérant directement l'avis de Dom.

— Si, répondit-elle d'une voix prudente. J'ai eu l'idée

d'un concept susceptible de séduire toutes les chaînes du pays.

Dom battit des paupières, visiblement intéressé.

— Et quel est ce concept ?

— Une série dans la lignée de *Mystery !*, mais qui s'appellerait *Romance !* — sentimentale, donc.

— Nous avons déjà tenté le coup. En vain.

— Laissez-moi seulement vous en expliquer le principe. La série en question comporterait des épisodes d'une heure chacun, pleins d'humour et de rebondissements, avec des personnages aussi fouillés que sympathiques. Un peu dans le genre de *Romancing the Stones* ou *Working Girl*.

— *Working Girl* n'était pas un film sentimental.

— Si, absolument.

— Bon. En tout cas, vous évoquez là des réalisations à gros budget.

— Mais typiques aussi des fringales cinématographiques. Un projet pour la télé nous reviendrait nettement moins cher.

— Avez-vous jeté un coup d'œil aux bouts d'essai déjà effectués sur le sujet ? Ce fut un bide lamentable. Le public les a tout simplement ignorés. Je doute que les sentiments aient encore la cote à l'Audimat.

Lark se pencha en avant. Son visage au teint pâle s'anima soudain.

— Oui, mais vous avez alors commis une regrettable erreur en adaptant des romans sentimentaux où le sexe était trop présent, et ce pour plaire à un lectorat féminin que vous imaginiez friand de ces détails-là. Vous avez manqué ainsi l'essence même de toute histoire amoureuse : l'attente, le frisson délicieux de l'attente.

— Alors pourquoi les scènes d'amour sont-elles toujours aussi crûment traitées dans ce genre d'ouvrage ?

— Les meurtres le sont tout aussi crûment dans les romans policiers. Mais si l'assassinat, qui est l'élément moteur de l'intrigue, peut parfois donner matière à des descriptions explicites et détaillées, comme dans la série *Columbo,* tout le plaisir procuré par ces histoires réside dans la traque patiente du coupable. L'attente, vous dis-je, le délicieux frisson de l'attente…

Son ton passionné arracha un sourire à Dom.

— Vous estimez donc que nous avons péché par précipitation ?

— Exactement. Pour que les scènes d'amour soient émouvantes, elles ont besoin d'être longuement préparées. Il leur faut une approche subtile, génératrice de suspense. Autrement, vous retombez dans le voyeurisme spectaculaire des films d'horreur. Et où est le mystère, là-dedans ?

Dom éclata de rire ; Lark l'imita à contretemps, effarée par sa propre audace.

— Votre idée est tentante, admit-il après avoir réfléchi un moment. Mais notre récent échec nous a sévèrement échaudés. Vous n'arriverez pas sans peine à convaincre les responsables du développement.

— J'en ai déjà touché deux mots à Trent. Il m'a conseillé d'oublier ce projet.

Dom hocha la tête d'un air songeur.

— Vous en avez déjà rédigé un premier brouillon ?

— Oui.

— Transmettez-le-moi. Je jugerai sur pièces.

Il regarda sa montre avec tristesse.

— Il vaut mieux que je rentre, maintenant. Ma femme risque de se demander pourquoi je ne l'ai pas appelée.

Ce fut comme si les lumières s'éteignaient brutalement. Lark se tassa sur sa chaise, vidée de toute énergie.

Dom la raccompagna à sa voiture.

— Où habitez-vous ?

— A Santa Monica.

— Moi à Pacific Palisades.

— Merci pour le verre, murmura-t-elle d'une voix fluette tout en déverrouillant sa portière.

— Merci de l'avoir accepté, repartit Dom. Je tenais à mieux connaître la femme qui avait secouru mon frère. Et j'ai pu constater que son charme égalait sa générosité. A la prochaine.

Lark s'installa derrière le volant ; Dom referma sa portière avant de reculer. Elle enclencha la marche arrière et sortit du parking. Son cœur était comme serré dans un étau. Comment avait-il pu ne pas la reconnaître ? Même s'il avait été affreusement défiguré, se répéta-t-elle, elle n'aurait pas témoigné d'un semblable aveuglement. La personnalité de quelqu'un représentait tellement plus que son visage ! Il était vrai qu'elle avait modifié sa voix pour la rendre plus basse, et qu'elle s'exprimait désormais avec un accent anglais, mais ses mains, n'avait-il donc pas remarqué ses mains ? Les siennes, en tout cas, étaient pour toujours gravées dans sa mémoire.

Une fois rentrée à son appartement, elle fut prise d'une agitation fébrile. Elle arpenta le séjour de long en large, le sang battant à ses tempes. Elle se força à s'asseoir pour lire un peu, mais ne put tenir longtemps en place. Elle inspecta le contenu du réfrigérateur : rien ne la tenta. Elle ne put que ressasser interminablement la soirée dans son esprit.

Ce ne fut que la veille du week-end qu'elle eut la possibilité d'informer Carl de son entrevue inopinée avec Dom. Ils étaient tous les deux étendus sur des chaises longues près de la piscine, sous un grand parasol jaune qui les protégeait du soleil. Lark leur avait préparé le thé.

Carl accueillit la nouvelle avec plaisir.

— Attention, le prévint-elle, il n'a pas émis le désir de me revoir.

— Mais vous le reverrez.

— Oui, certes, mais notre amitié a des limites. Je me vois mal harceler le président de la société !

— Vous vous sous-estimez. Je suis d'ailleurs prêt à parier qu'il pense à vous en ce moment même.

— Carl !

— Si, si, croyez-moi.

— Mais je ne peux pas faire ça. Je ne le peux vraiment pas.

— Vous le ferez pourtant, vous le savez aussi bien que moi.

42

Toni allait et venait anxieusement dans l'immense salon. Les tomettes du sol luisaient d'encaustique. Deux fois par semaine, l'employée de maison passait plus d'une heure à les astiquer.

Où était passé Dom ? Il était déjà plus de 22 heures. Non qu'il rentrât d'ordinaire avant 20 heures, mais au bout de deux ans de vie commune, Toni n'arrivait toujours pas à s'accoutumer à ces longues soirées solitaires.

Elle essaya de se rappeler la première fois qu'elle avait commencé à en souffrir. En fait, elle avait éprouvé ce sentiment d'abandon juste après leur mariage, ou presque. En tout cas, il datait au plus tard de leur installation en Californie, à la suite de leur brève lune de miel. Elle avait renoncé à son travail, à ses amis et à sa maison pour rester auprès de Dom. Il ne l'y avait pas obligée, mais elle l'avait fait de bon cœur ; il était alors à ses yeux une sorte de chevalier à l'armure étincelante qui l'emmènerait vers des lendemains qui chantent.

A son grand dam, les jours avaient filé, cédant la place à une interminable et lugubre nuit.

Dom, lui, n'avait renoncé à rien ni changé en aucune façon pour lui plaire. Il continuait à vivre sa vie comme si elle n'était qu'une chaise achetée dans une boutique quelconque, ou encore un livre qu'il avait acquis sur un coup de tête et dont il repoussait indéfiniment la lecture. Au début, son investissement professionnel l'avait surprise ; désormais, il l'irritait. Elle avait tout tenté pour le retenir à la maison, et fini par baisser les bras. Depuis longtemps.

Ils ne se voyaient plus qu'entre deux portes.

Son nouvel emploi ne la passionnait guère. Elle travaillait pour une agence de casting de Century City spécialisée dans les seconds rôles. Elle avait pu y constater que l'existence des acteurs était infiniment moins stimulante et excitante que celle des politiciens. Bref, la vie en Californie lui apparaissait un songe creux et elle regrettait de ne plus pouvoir se dévouer comme avant pour des hommes de la trempe de Justin Groome.

Lasse et déprimée, elle se rendit sur la terrasse. Une douce brise soufflait du Pacifique, charriant d'âcres senteurs d'eucalyptus. La fontaine au bas du jardin chantonnait dans son bassin, l'agaçant nuit et jour de sa rengaine.

C'était surtout l'attente qui lui était insupportable. Elle endurait tout, sauf l'attente.

Elle prit un livre dans une bibliothèque avant de monter dans sa chambre. Dom ne revint qu'aux environs de 23 heures. Elle était alors sur le point de pleurer.

— Salut, dit-il.

Elle ne répondit pas.

— Toni ?

Elle craignait de sangloter si elle ouvrait la bouche. Elle préféra donc tourner le dos à son mari et se replonger dans son livre, auquel elle ne comprenait pas un traître mot.

L'irritation de Dom était presque palpable. Il s'éclipsa dans la salle de bains, puis redescendit l'escalier. L'année précédente, songea Toni avec un pincement au cœur, il l'aurait serrée dans ses bras pour lui demander ce qui n'allait pas. Il l'aurait dorlotée, embrassée, lui aurait promis monts et merveilles.

L'année précédente… A moins que ce ne fût l'année d'avant. Il semblait à Toni que le mariage, paradoxalement, les avait séparés. Il y avait si longtemps que Dom lui refusait tout geste de tendresse qu'elle en avait oublié jusqu'au souvenir.

Des larmes envahirent ses cils. Elle éteignit. De plus en plus souvent, ces derniers temps, elle s'efforçait de cacher à Dom sa détresse. Jamais auparavant elle n'avait pleuré ainsi, et ces épanchements lui répugnaient. Parfois, hélas, elle s'y abandonnait malgré elle. Elle avait tout essayé pour les réprimer : longueurs dans la piscine, somnambuliques promenades en voiture le long de la côte, conversations téléphoniques avec sa mère. Rien n'y faisait. Même l'employée, Benita, avait commencé à remarquer ses larmes.

— Non, ça ne peut plus durer, marmonna-t-elle d'une voix étouffée, le visage enfoui contre l'oreiller.

Mais voilà un an qu'elle se répétait la même antienne, et sa situation ne s'en trouvait toujours pas améliorée.

43

« Nul n'est à l'abri d'une erreur », songeait Jonny en contemplant le bord du verre qu'il tenait à la main. Dans son dos s'élevait l'air d'une chanson mélancolique. La musique populaire contemporaine ne l'attirait guère. Il avait grandi au rythme du rock des années cinquante, et rien ne pouvait égaler l'exaltation que lui procuraient jadis Carl Perkins, Little Richard ou Chuck Berry. Les groupes à la mode n'avaient pas leur allant.

Même les Beatles lui semblaient ternes en comparaison.

Le juke-box redevint silencieux. Jonny repensait aux erreurs de sa vie — une vie qui, comme toutes les autres, était un jeu risqué, recélant maintes occasions de faux pas. Où avait-il trébuché ? Il s'efforça de réfléchir. Il était arrivé à Hollywood à l'âge de dix-huit ans. Puis il était entré à l'UCLA. Le monde du cinéma l'avait presque aussitôt captivé. Les films étaient la grande passion de son existence. Parfois son métier l'obsédait jusqu'à l'étouffer, mais il ne pouvait y renoncer. Il ne pouvait s'empêcher de concevoir des scénarios, d'en prévoir la réalisation, d'en régler mentalement la mise en scène. Il voyait tous les plans défiler dans son esprit comme s'il assistait déjà à leur projection.

« Quelle œuvre magnifique cela aurait donné ! » pensait-il alors.

Malheureusement, il avait toujours trop bu ; peut-être était-il vraiment un alcoolique, après tout. Néanmoins, il ne s'en inquiétait pas. Il ne buvait pas par besoin, mais par goût. Ce n'était pas la boisson qui l'avait détruit. C'était Hollywood. Il était trop doué pour ce milieu mesquin. Trop cher, trop original, trop génial. Il sourit à l'adresse de son verre.

Cela dit, ses soucis actuels lui pesaient. Jeannette avait beau lui offrir un toit, elle devenait impossible à vivre. En outre, il avait des dettes, beaucoup de dettes. Mais, bah ! il les paierait un jour. Il lui fallait seulement un peu de temps pour se retrouver.

Pour un homme de sa notoriété et de son talent, il disposait de bien peu d'amis dignes de ce nom. A Hollywood, toute amitié se transformait insensiblement en échange de bons procédés. « A toi de me renvoyer l'ascenseur » y était une expression courante. Et c'était quasiment une marque d'affection que de lancer : « J'inclurai la facture dans ma note de frais », ou encore : « J'ai des places gratuites, si tu veux… » Ces dernières paroles suggéraient même une faveur insigne. Il arrivait aussi que la proposition fût tournée de la sorte : « J'ai des billets pour ce soir, mais je suis indisponible », ou bien ainsi : « Laisse-moi t'inviter, c'est mon tour. »

Quand on demandait à un ami rencontré par hasard des nouvelles d'une relation commune, il répondait parfois : « Oh, je l'ignore. Il a été viré, tu sais. Je n'ai plus entendu parler de lui depuis. Il s'est évanoui dans la nature. Curieux, non ? » Ainsi, les personnes n'étaient-elles liées que par le fil du profit, lequel, une fois rompu, les abandonnait à leurs errances respectives tels des ballons lâchés au vent d'été.

A quelqu'un qui, un jour, avait voulu savoir s'il était l'ami de telle célébrité déchue, il avait lui-même rétorqué : « Il n'a plus d'amis. »

Sans doute disait-on la même chose de lui désormais.

Et ce, peut-être, parce qu'il n'avait plus d'argent. Peut-être aussi s'était-on trop servi de lui ces dernières années sans rien lui offrir en échange.

Trent apparut soudain dans la brume de son champ de vision. Il le considérait d'un regard indécis. Jonny s'en irrita aussitôt et résolut de l'ignorer.

D'ailleurs Trent ne le reconnut pas immédiatement. Jonny ne travaillait plus depuis un certain temps déjà ; son hygiène de vie s'était relâchée. Il avait le teint jaunâtre et les joues mal rasées. Ses yeux, profondément cernés, formaient deux lacs sombres et mornes dans son visage.

— Salut, Jonny.

Celui-ci leva une main lasse.

— Désolé d'être en retard, s'excusa Trent en tirant une chaise à lui.

— Si tu veux boire un coup, dit Jonny tout à trac, ne compte pas sur moi pour te le payer.

— Je n'ai pas soif. Ecoute, Dom désire te parler. Je crois qu'il souhaite te confier le film sur Venise. C'est une histoire bien ficelée ; tu adoreras la tourner.

— Le script larmoyant de Thelma ? répliqua Jonny sur un ton sarcastique. Laisse tomber.

Il porta son verre à ses lèvres. Trent retint son geste.

— Je ne veux justement pas te laisser tomber.

— Je n'ai pas besoin de toi.

— Dom n'est pas responsable de la mise au rancart de *Flaming Forest*. Il a défendu jusqu'au bout ton projet.

Mais quels arguments pouvait-il opposer à une perte sèche de plusieurs millions de dollars, Jonny ? Quoi que tu en penses, ces questions d'argent ne sont pas futiles. Pourquoi n'as-tu pas au moins essayé de rester dans les limites de ton budget ?

— Quel budget ? Moi, j'appelle ça un plafond arbitraire de dépenses.

— Soit, mais c'est un plafond tout de même. On essaie de s'y tenir.

— Ce satané film promettait d'être mon chef-d'œuvre.

— Oublie-le et passe à autre chose.

— Va au diable ! marmonna Jonny, les yeux rivés sur la table.

Puis, sans relever la tête :

— Combien de temps prévoit-on pour le tournage ? s'enquit-il.

— Deux semaines à Venise — pas plus. Le reste sera filmé ici, dans les studios de la firme. Compte un mois en tout.

— Je n'ai pas envie qu'on me fasse la charité.

— Personne n'y songe.

— Si Dom me juge fini, il se trompe.

— Seigneur, Jonny, personne n'a jamais pensé que tu étais fini !

— Oui, mais je n'en suis pas loin. Crois-tu que j'accepterais de diriger une saloperie de téléfilm, autrement ?

— Allons, Jonny, courage. Tu as besoin de cette perche. Avec ta compétence et ta sagacité, tu te remettras d'ici peu sur les rails. Considère cette proposition comme un simple interlude dans ta carrière. Tu ne peux forcer ton génie chaque fois.

— Le repos, c'est la mort du talent.

— Eh bien, bouge-toi. Dom t'attend.

Trent s'arrêta devant le marchand de journaux en face d'APG pour y acheter des pastilles à la menthe.

— Ne le prends pas mal, dit-il à Jonny en lui tendant le paquet, mais ce ne sera pas superflu.

Alors qu'ils se dirigeaient vers l'ascenseur, Jonny prit une pastille. Trent adressa un hochement de tête à la demi-douzaine de personnes tassées dans la cabine. Jonny garda les yeux fixés droit devant lui. Et résolut au bout du compte de décliner la proposition. Il y en aurait d'autres, après tout. Quelqu'un, quelque part, finirait bien par requérir ses services.

Trent le précéda dans le couloir, tel un maître tenant son chien en laisse. Beth, la vieille assistante dévouée de Dom, les salua au passage.

Ce dernier était au téléphone. Il hocha vaguement la tête à leur entrée. Jonny oscillait sur place. Trent redoutait de le voir filer sans crier gare.

Le metteur en scène marcha jusqu'à la baie panoramique pour contempler le paysage urbain enseveli sous la brume. Les voitures en contrebas paraissaient se diriger vers une destination précise et assurée. Toutes roulaient vers un but.

Dom raccrocha.

— Parfait, Trent. Je te remercie.

Congédié sans autre formalité, Trent se retira avec réticence. Jonny le gratifia d'un sourire grimaçant, presque moqueur.

Les deux frères se dévisagèrent un instant. Toute parole était inutile. Chacun connaissait déjà l'air de la chanson :

Dom : — J'ai décidé de te donner une nouvelle chance en dépit de ta manie de bousiller tout ce qu'on te confie.

Jonny : — M'en fous.

Dom : — Si tu acceptes d'y mettre un peu du tien, tu es capable d'exécuter correctement ce travail. Ne va donc pas croire que j'agis uniquement par pitié.

Jonny : — Epargne-moi tes salades.

Dom : — Alors, tu le veux ce job, oui ou non ?

Jonny sursauta, car son frère venait de prononcer ces derniers mots à voix haute.

— Comment ?

— Mon offre n'est pas inconditionnelle, poursuivit Dom, le visage figé.

« Sale petit morveux, pensa Jonny. Je plains Toni. »

— D'abord, plus de soûlerie.

— Et ensuite ?

— Pas de remaniement du script. Lark Chandler l'a déjà réécrit selon nos souhaits.

— Mouais…

— Pas de chamaillerie avec Jeannette non plus. Je ne veux pas qu'elle claque la porte en cours de route. Vous êtes toujours ensemble ? Bon, alors réservez vos crises pour la chambre à coucher et efforce-toi pour une fois de te comporter en professionnel.

Jonny se raidit. Que son benjamin osât ainsi le soumettre lui était intolérable.

— Tu n'es qu'un petit con.

— Tu n'as pas le choix.

— Je commence quand ?

— Dans deux semaines.

— J'ai droit à une avance ?

Le regard de Dom se radoucit.

— Tu as une mine épouvantable, Jonny. Pourquoi te détruis-tu ainsi ?

Jonny se tint coi. La question lui semblait humiliante et stupide de la part d'un homme trônant au faîte du pouvoir. Mais, surtout, il n'y voyait aucune réponse.

— C'est à cause d'Emmy ?

Jonny secoua la tête.

— Tu n'as pas été capable de persuader tes foutus investisseurs de placer leurs billes dans *Flaming Forest*, hein ?

Dom secoua la tête à son tour.

— Tu avais dépassé ton budget dès la moitié du tournage. De plus, tu étais charrette. A jouer ce jeu-là, on perd la confiance des gens.

— D'autres producteurs pourraient être intéressés par le projet.

— Peut-être, mais avec un autre réalisateur.

— Ce sont tous des imbéciles.

Dom soupira et sortit un chéquier du tiroir de son bureau.

— Combien te faut-il ?

— Je n'ai plus un sou.

— J'ai le sentiment de jeter de l'argent par les fenêtres, marmotta Dom tout en libellant le chèque.

— Mon salaire est-il également soumis à conditions ? demanda Jonny avec aigreur.

— Non, et je le regrette. Essaie de ne pas le dilapider dans les bars ou les maisons de jeu.

Jonny ébaucha un pâle sourire.

— Comment veux-tu que j'arrive à gagner décemment ma vie si je ne joue pas ?

— N'as-tu donc pas encore appris à tirer les leçons de tes erreurs ?

— Parfois, je me dis que la vie elle-même est une erreur. Merci quand même, frangin.

Il glissa le chèque dans la poche de son pantalon.

— Si tu veux me joindre, appelle-moi chez Jeannette.

Dom hocha la tête. Ses traits étaient redevenus impassibles et son expression figée.

Jonny avait décidé de ne pas boire durant le vol jusqu'à Venise, afin de donner le bon exemple à l'équipe dont il avait la responsabilité. Il inspecta furtivement les sièges à côté de lui. Par chance, ils étaient inoccupés. Jeannette s'était rendue dans le cockpit pour parler au pilote. Il s'absorba dans le thriller qu'il était en train de lire et s'efforça de ne penser à rien d'autre.

Le bar ambulant apparut au bout de l'allée. Ils avaient décollé et planaient désormais bien loin au-dessus de tous les tracas de la terre. Jonny perçut le chant tentateur des glaçons dans les verres et parcourut sans s'en rendre compte le même paragraphe. Tous les passagers étaient calmes et détendus ; nul ne paraissait souffrir du mal de l'air. Le bar remplissait à merveille son office. Comme le chariot s'approchait, Jonny imagina ses liqueurs ambrées, réconfortantes, rafraîchissantes…

Non, se dit-il, pas question. Il n'y toucherait pas. Le bar, cependant, roulait inéluctablement dans sa direction. Les bouteilles y scintillaient comme des joyaux translucides, d'une limpidité diamantine.

Il s'obligea à baisser les yeux sur son livre.

— On the rocks, entendit-il. On the rocks…

Il pouvait voir l'alcool couler délicieusement dans les verres. Quand le chariot passa enfin à sa portée, il songea qu'un petit Martini l'aiderait sans doute à dormir. Tout bien pesé, il résolut d'en commander un double afin d'étancher définitivement sa soif.

— Un double Martini *on the rocks*, annonça-t-il d'une voix ferme.

Il se sentait un homme énergique, aux décisions irrévocables.

Quand l'avion atterrit à Venise, il était fin soûl. Les autres l'aidèrent en riant à monter dans la navette. La traversée de la lagune lui laissa pour seuls souvenirs la vision du bois rouge et luisant du plat-bord et la sensation de la brise sur son visage quand le bateau prit de la vitesse. Il fut ensuite laborieusement hissé jusqu'à la chambre que la firme avait louée pour lui dans un *palazzo* sur le Grand Canal, et là, il s'effondra aussitôt sur son lit, l'esprit perdu dans le brouillard — mais un brouillard agréable. De toute façon, songea-t-il, le tournage ne débuterait pas avant le lendemain. Il aurait tout le temps pour récupérer.

Il s'assoupit un moment.

Un coup frappé à sa porte le réveilla.

— Entrez, grommela-t-il.

Une jeune fille surgit devant lui. Elle devait avoir quatorze ans au plus. Elle avait les cheveux bruns, la peau mate et un grand sourire aux lèvres.

Jonny la salua d'un geste vague. Il était déjà moins nauséeux.

— Bonjour, fit-il.

La jeune fille s'approcha pour déposer sur sa table de chevet un verre rempli d'une substance rosâtre. Puis elle ôta sa veste élimée. Dessous, elle portait un fin chemisier d'une blancheur diaphane. Jonny s'assit sur le lit pour mieux la voir.

— Qui êtes-vous ? articula-t-il avec peine.

— Je m'appelle Fairusa, répondit-elle.

Sa grande bouche, aux lèvres minces et vermillon, s'ouvrit sur une dentition éclatante.

Ses yeux noirs, cependant, trahissaient une anxiété qui jurait avec son sourire.

Gêné, Jonny se racla la gorge et dut admettre, non sans honte, que le spectacle de cette enfant à demi dévêtue était pour le moins excitant.

Fairusa s'approcha plus encore.

— Je suis à votre disposition, lui déclara-t-elle d'une voix rauque et aigrelette.

Pris de vertige, Jonny cala son postérieur sur le bord du lit. La gamine se blottit contre lui et lui caressa la cuisse. Enfin, pensa-t-il, il n'allait tout de même pas abuser d'une enfant ! Non, bien sûr que non. Dieu merci, il lui restait encore assez de dignité pour s'abstenir de commettre une pareille ignominie.

Alors qu'il la considérait d'un œil hagard, la frêle créature parvint à se couler entre ses cuisses. Elle se pencha en avant ; il lui caressa inconsciemment le bas du dos. Elle lui sourit, impavide, et lui tendit le verre.

— C'est quoi, cette mixture ? demanda-t-il en tremblant.

— Un cocktail très spécial. Vous aimerez.

Il en avala une gorgée. C'était fort bon, en effet.

La jeune fille écarta des mèches de cheveux de son front. Sa frêle poitrine était à la hauteur de ses yeux. Jonny la repoussa d'une main moite.

— Non ! s'écria-t-il.

Elle en fut apparemment blessée.

— Je suis mauvaise ? s'enquit-elle d'une voix inquiète.

Il la dévisagea avec fureur.

— Non. C'est moi qui suis mauvais.

Elle sourit, visiblement soulagée, et revint vers lui.

— Tu n'es pas mauvais, lui assura-t-elle. Laisse-moi faire, tu verras.

Il émit un grognement menaçant. Cependant, la boisson le plongea peu à peu dans une bienheureuse inconscience et il n'eut bientôt plus la force de résister aux avances de la jeune fille.

« Une enfant, se dit-il avec désespoir. Suis-je donc tombé si bas ? »

Malgré tous ses efforts, cependant, il ne put longtemps freiner sa chute.

44

Dom transmit l'argumentaire de *Romance !* rédigé par Lark à Faith Brown, la vice-présidente du service Marketing et Développement. Sur la recommandation de cette dernière, il fut décidé de donner à la jeune femme l'occasion de défendre son projet devant l'assemblée des cadres dirigeants.

Lark était nerveuse, songeait Dom. Elle avait revêtu un tailleur gris à rayures, mais elle était loin de porter son ensemble aussi bien que Toni. Même habillée de la façon la plus stricte, celle-ci ne pouvait réprimer sa nature sensuelle. Sa jupe, toujours un peu trop courte, était fendue sur l'arrière, ou alors son chemisier déboutonné révélait la naissance de ses seins, si bien que Dom ne pouvait jamais oublier le corps que dissimulait médiocrement son uniforme de femme d'affaires.

Lark, en revanche, donnait l'impression d'être plus à l'aise en jean. Ses vêtements semblaient plutôt un carcan et un obstacle qu'une invite. Son tailleur, en outre, avec ses épaulettes carrées et sa longue jupe droite moulante, paraissait dater de la dernière mode des années quarante. Malgré tout, elle était ravissante, et Dom avait du mal à détacher les yeux d'elle. Il y avait dans sa personne quelque chose d'un peu familier, notamment dans sa manière de pencher ses cheveux bruns sur le côté pour écouter, ainsi que dans la vivacité qui animait ses traits pâles lorsqu'elle parlait.

Faith ouvrit la réunion en décrivant brièvement le concept de la série conçue par Lark.

— A vous maintenant de nous expliquer par quel miracle *Romance !* saura éviter l'échec que nous avons déjà connu avec un feuilleton similaire, conclut-elle en se rasseyant dans son fauteuil.

Faith était une femme blonde de cinquante ans aux yeux bleus et à l'abord glacial.

Lark s'éclaircit la gorge. Dom attendait avec anxiété sa prestation, mais n'en laissa rien paraître. La jeune femme était désormais livrée à elle-même ; il ne pouvait plus rien faire pour l'aider. Dès qu'elle ouvrit la bouche, cependant, il comprit la vanité de ses inquiétudes. En vérité, elle était bien moins nerveuse qu'enthousiaste.

— Permettez-moi tout d'abord de vous rappeler une évidence, dit-elle. La qualité d'un feuilleton sentimental repose avant tout sur celle de son intrigue, et celle-ci doit susciter une seule et même question : réussira-t-elle à séduire l'homme qu'elle aime ou non ?

— Nul n'ignore que ce genre d'histoire connaît toujours une fin heureuse, intervint Vanessa Bloom, l'une des responsables du marketing. Comment pourrait-on y ménager un quelconque suspense ?

— Dans les films policiers, répondit Lark en se tournant vers elle, nul n'ignore non plus que le criminel sera finalement démasqué, et cela ne nuit pas pour autant à la progression dramatique. Il en sera de même dans ma série. Permettez-moi néanmoins de vous corriger sur un point : un dénouement heureux n'est pas toujours nécessaire aux œuvres sentimentales. *Roméo et Juliette* se termine mal, ainsi que *Les Hauts de Hurlevent* — ou peu s'en faut. Or, l'absence de *happy end* ne rend pas ces chefs-d'œuvre moins prenants ni moins romantiques.

— Je pensais pourtant que c'était là une caractéristique du genre, déclara quelqu'un que Lark ne connaissait pas.

— Pas forcément. Faisons preuve d'originalité. Votre précédent projet se fondait sur des présupposés ineptes. Constatant que les romans populaires comportaient tous beaucoup de scènes d'amour et un dénouement heureux, vous vous êtes imaginé que c'étaient les seules raisons de leur succès.

Dom, qui avait commencé à se détendre, se raidit tout aussitôt. L'épithète « ineptes » était de trop. L'échec de leur dernière tentative était encore une pomme de discorde pour nombre de personnes assises autour de la table.

— Voyons d'abord les scènes d'amour, poursuivit Lark. Il ne faut pas les traiter aussi crûment à la télévision. Une avalanche de baisers peut même gêner le public. Et vous savez pourquoi ? Parce que cela n'a rien de romantique. Je me souviens d'un épisode de votre série où les héros se retrouvent au lit dès le premier quart d'heure. Où est le suspense dans ces conditions, la tension dramatique, l'amour ? Croyez-moi, ajouta-t-elle avec une grimace comique, dans ce domaine, rien ne vaut l'attente.

Des rires fusèrent dans la salle.

— Le dénouement doit venir comme un point d'orgue, reprit-elle. Les sentiments ne se résument pas à un bouquet de roses et un repas en tête à tête. La voie menant à la chambre à coucher doit être compliquée de dissensions, de malentendus et de difficultés en apparence insurmontables. La fin, qu'elle soit heureuse ou non, ne peut venir comme un simple post-scriptum à une débauche d'étreintes, mais comme un immense soulagement — ou une affligeante catastrophe.

Elle se rassit avec un air visiblement satisfait.

— Des questions ? s'enquit Dom.

— J'aurais deux ou trois remarques annexes à formuler, déclara Lark après quelques instants de silence.

Dom se renfonça dans son fauteuil, fasciné par son aisance.

— Les acteurs des épisodes que j'ai pu visionner étaient tous des créatures de rêve. Vous estimiez sans doute que cela suffirait à emporter le morceau. C'était une erreur. Le public s'identifie aussi à des personnalités moins conventionnelles, mais disposant d'un véritable don pour la composition. Les protagonistes de *Mystery !* réussissent à être attachants sans jamais être mièvres. Je doute du reste qu'on mesure généralement le talent requis pour regarder avec amour quelqu'un dans les yeux.

— Seigneur, marmonna Vanessa.

— Je vous assure, rétorqua Lark sans se démonter. Par ailleurs, il nous faut une musique de générique autrement plus frappante que celle du projet précédent. Il faudrait même un thème aussi marquant que celui du *Docteur Jivago* ou de *Spartacus*. Les gens allumeraient ainsi leur poste à l'avance pour ne surtout pas le louper. Quant au générique proprement dit, il devrait être plus humoristique et plus coquin, afin de capter l'attention du public masculin.

Dom consulta sa montre du regard, puis Faith.

— Nous avons déjà pris du retard sur notre ordre du jour, intervint cette dernière. Nous allons étudier plus attentivement votre proposition, mademoiselle Chandler. A la prochaine réunion, je souhaiterais que tout le monde me soumette critiques et suggestions. Et si nul n'y voit d'objection, nous pourrons entreprendre la réalisation d'un bout d'essai.

Lark jeta un coup d'œil à Dom. Sidéré par la gratitude qu'exprimaient les yeux bleus de la jeune femme, celui-ci baissa aussitôt la tête vers les papiers disposés devant lui et se concentra sur la discussion suivante.

Après la réunion, il la pria de l'accompagner à son bureau.

— Vous êtes une oratrice-née, lui dit-il.

— Uniquement parce que ce projet me passionne. Quand je m'investis à fond, j'arrive toujours à captiver mon auditoire.

Il sourit.

— Vous êtes vous-même captivante, vous savez.

Il s'étonna de la voir rougir. Ce curieux mélange de réserve et de spontanéité ne cessait de l'intriguer.

— Entrez donc un moment, lui proposa-t-il en arrivant devant la porte de son bureau.

Il referma la porte derrière elle.

— Entre nous, je tenais à vous assurer que votre concept a toutes les chances d'être adopté. Faith le soutient, et c'est le plus important. Nous commencerons par réaliser un bout d'essai accompagné d'une série de suggestions pour les feuilletons à venir. Si les chaînes nationales sont preneuses, l'affaire est gagnée. Par prudence, cependant, nous limiterons le budget dans un premier temps.

— Oh, Dom..., murmura Lark d'une voix frémissante.

— Un dernier point : vous avez omis de nous signaler que notre précédent projet souffrait de l'absence d'un coordinateur versé dans les intrigues sentimentales. A l'époque, voulant profiter de la vogue des romans d'amour, nous n'avons pas pris le temps de définir sérieusement le profil de notre public.

Lark hocha la tête.

— Lisez-vous vous-même ce genre d'ouvrages ? lui demanda-t-il, intrigué.

— J'ai beaucoup aimé *Jane Eyre* et *Orgueil et Préjugé*.

— Mais ce sont des classiques !

— Ils ont été publiés en un temps où les romans populaires étaient légion et ils ont néanmoins réussi à s'attirer la faveur du public. La situation est identique aujourd'hui, où de grands livres continuent à paraître au milieu d'un fatras de torchons. Je doute hélas que les éditeurs de romans sentimentaux sachent eux-mêmes distinguer le bon grain de l'ivraie. Regardez le nombre de refus qu'a essuyés Margaret Mitchell avec *Autant en emporte le vent*.

— Ah ? Combien ?

— Beaucoup. En tout cas, vous m'avez comprise.

— Oui : si nous acceptons de tourner cette série, nous vous en confierons la production. Cela vous convient-il ?

— Naturellement.

Il s'assit à son bureau.

— Puis-je vous inviter à dîner ce soir ? ne put-il s'empêcher de lui demander.

Le visage de Lark se ferma immédiatement.

— J'ai déjà prévu une sortie, lui répondit-elle sur un ton contrit. Désolée.

— Ce n'est pas grave. J'oubliais que nous étions vendredi.

— Je crois que je ferais mieux de retourner dans mon bureau.

— Bon… Au revoir, Lark.

45

Cela devint une véritable obsession. Dom pensait constamment à elle. Ses yeux d'un bleu pétillant surgissaient à tout moment dans son esprit. Il s'interrogeait sur la longueur de ses cheveux – qu'elle portait toujours en chignon –, sur son appartement, ses loisirs. Ses amis.

Il prenait n'importe quel prétexte pour venir lui rendre visite, si bien que les collègues de la jeune femme finirent par s'étonner de croiser si souvent le grand patron dans les couloirs de leur service.

Un peu honteux de ce penchant pour Lark, il essaya de se montrer plus prévenant envers Toni. Malheureusement, celle-ci parut accueillir ce changement d'attitude avec sa froideur et son indifférence coutumières. Même leurs étreintes manquaient de chaleur. A croire qu'elle pouvait à peine supporter sa présence…

Il se tenait sur le seuil de la chambre, humide encore de sa douche matinale. D'ordinaire, Toni dormait encore lorsqu'il quittait la maison, mais ce jour-là, il l'avait entendue plonger dans la piscine peu après 6 heures, et maintenant elle feuilletait un magazine posé sur ses genoux.

— Tu ne vas pas travailler aujourd'hui ? s'enquit-il.

— Non, répondit-elle. J'ai démissionné juste avant Noël.

Il en demeura bouche bée.

— Avant Noël ? Et tu ne m'as rien dit !

— Pour quoi faire ?

— Mais parce que ça m'intéresse, figure-toi ! Tu as trouvé un nouvel emploi depuis ?

Elle secoua la tête. Elle avait quitté l'agence de casting sur une impulsion et, bien que traîner à la maison lui fût un calvaire, elle était malgré tout soulagée. Elle avait mis fin à une situation qui lui déplaisait. Et ce n'était qu'un début.

— Je ne comprends pas, marmonna Dom.

Son regard se posa sur la pendulette de la table de chevet.

— Bon sang, déjà 8 heures... Non, je n'arrive toujours pas à croire que tu ne m'en aies pas informé.

Il commença à s'habiller. Attaché comme toujours à une élégance discrète, il avait opté pour une chemise de soie brique et brune et un pantalon de shantung à pinces. Il portait rarement la cravate.

— Tu es manifestement en colère, dit-il tout en achevant de se vêtir. Pourquoi ?

— Je ne suis pas en colère.

— Qu'y a-t-il donc ? Tu m'en veux ?

Elle continua à feuilleter son magazine, la gorge serrée.

— Si je t'ai blessée, tu devrais me le dire.

— Ce n'est pas aussi simple que ça, répliqua-t-elle d'une voix rauque.

— C'est quoi, alors ?

— Une accumulation interminable de petits faits, Dom. Je ne peux t'en reprocher aucun en particulier.

— Oui, mais en gros, qu'est-ce qui ne va pas ?

— Rien. Je préfère ne pas t'en parler quand tu es comme ça.

— Comme quoi ?

— Mais regarde-toi donc ! s'exclama-t-elle en jetant son magazine. Ecoute-toi un peu ! Ma peine te dérange. Tu as seulement peur d'être en retard ! Tu voudrais que je t'énumère méticuleusement ma liste de contrariétés pour que tu puisses l'oublier aussitôt et filer à ton maudit bureau ! Eh bien, je ne suis pas une machine, ni une de tes subordonnées, ni une de ces pétasses inconsistantes qui se pavanent dans tes films ! Je suis une *personne*, sacré bon sang !

— Mais je n'en ai jamais douté, murmura Dom, abasourdi.

— Alors pourquoi me traites-tu comme une moins que rien ? Vu ta conduite envers moi, on croirait que je suis une potiche !

Il s'approcha d'elle, un sourire fatigué sur les lèvres.

— Et quand nous faisons l'amour, est-ce que je te traite aussi comme une potiche ?

Elle ne répondit pas. Comme si la victoire lui était acquise, Dom se retourna pour enfiler ses chaussures.

— Il y a quelqu'un d'autre dans ta vie, hein ? s'écria-t-elle soudain. J'en suis certaine.

— A part toi, je n'ai que mon travail, rétorqua Dom sèchement.

— Non, tu mens, c'est visible. Comment s'appelle-t-elle ?

— J'ai déjà dix millions de problèmes à régler dans la journée et, selon toi, je te délaisse. Où voudrais-tu que je trouve du temps à consacrer à cette hypothétique maîtresse ?

Il descendit l'escalier, furieux. Il ne comprenait pas

lui-même sa propre rage. L'année précédente, il aurait serré Toni dans ses bras pour la rassurer, la caresser, embrasser ses larmes. Il lui aurait murmuré des serments d'amour éternel, et leur différend se serait finalement résolu dans la tiédeur du lit.

Il attribua son ressentiment au retard qu'il avait déjà pris. Toni avait toujours le don de mal choisir son moment pour les disputes. En tout cas, il refusait résolument de penser à Lark.

— Il faut que je trouve une solution, pensa Toni à voix haute lorsqu'il fut parti. J'ai toujours cru que le mariage m'épargnerait ce genre de problèmes. Et voilà que je me comporte maintenant comme une de ces épouses pleurnichardes que j'ai toujours méprisées.

Elle emporta sa tasse de café sur la terrasse ensoleillée qui surplombait le splendide jardin. De longues feuilles écarlates de poinsettia en jonchaient déjà les dalles.

Oui, c'était bien le paradis. Mais Toni n'avait cure du paradis. Elle regrettait New York. A cette époque, en février, la ville était traversée de bises coupantes et glaciales, et couverte d'un haillon de neige sale. Elle s'imaginait dans son appartement ou son bureau, au chaud, heureuse. Sans doute n'était-ce qu'un accès de nostalgie passager, mais elle ne pouvait le réprimer.

A midi, elle appela son mari sur sa ligne personnelle à APG.

— Dom ?

— Toni ? Ecoute, mon cœur, je suis actuellement en conférence. Je te rappelle plus tard.

— Non, ce n'est pas la peine, reprit-elle sur un ton qu'elle s'efforça de maintenir égal. Je voulais seulement te prévenir que je retourne à New York. Aujourd'hui même.

Il y eut un long silence à l'autre bout de la ligne.

— Ne bouge pas avant mon retour, O.K. ? Cette réunion se termine dans une heure. Je te rejoins tout de suite après. Il faut que nous parlions.

Elle raccrocha sans lui dire au revoir. Elle s'était remise à pleurer. Parfois, quand les sanglots la secouaient aussi convulsivement, elle craignait de ne jamais pouvoir s'arrêter.

Elle se regarda dans le miroir.

— Assez… Assez…

Non, elle ne voulait pas avoir les yeux bouffis et l'air hébété quand Dom reviendrait. Il l'avait aimée parce qu'elle était belle, raffinée et sûre d'elle-même. Comment avait-elle pu se relâcher à ce point ?

— Assez… *Assez…*

Elle pressa un mouchoir contre ses yeux tout en traversant le frais couloir qui menait dans la cuisine. Benita, l'employée, était en train de passer l'aspirateur à l'étage. Toni alluma la cafetière électrique.

Dom n'arriva qu'à 17 heures.

— Que signifie cette nouvelle lubie ? s'écria-t-il dès qu'il eut franchi la porte. Pourquoi diable veux-tu retourner à New York ?

Des sanglots lui remontèrent à la gorge.

— Oh, je t'en prie, contrôle-toi ! s'exclama-t-il d'une voix lasse.

— Je ne peux pas…

— Mais qu'est-ce qui t'arrive ? Qu'est donc devenue l'entreprenante femme d'affaires que j'ai épousée ? Et dire que je craignais que ton ambition gêne notre vie conjugale !

— Je ne sais pas ce qui m'arrive, répondit-elle avec sincérité. Je sais seulement que cette vie ne me plaît plus. J'ai envie de retrouver la côte Est. Mon ancien travail me manque, les sorties, les petits dîners. J'ai besoin d'affection, Dom. Je ne m'attendais pas que tu changes aussi radicalement après notre mariage.

— Je ne m'attendais pas que tu changes autant non plus, répliqua Dom d'une voix posée. Je croyais au contraire que tu continuerais à te rendre à des réceptions, à voir des amis. Et puis, toute ton existence était centrée sur ton job. En fait, plus tu te reposes sur moi, moins je suis enclin à te soutenir. Cette dépendance m'effraie.

Toni se tamponna les yeux une nouvelle fois.

— J'ai l'impression d'avoir attrapé une sorte de maladie des larmes, marmonna-t-elle. Jamais je n'avais autant pleuré jusqu'à présent.

Dom la prit doucement par les épaules.

— Donnons-nous une seconde chance, chuchota-t-il. Accordons-nous quelques semaines pour essayer de colmater la brèche, d'accord ? Je vais t'emmener aux Bahamas. D'ailleurs, j'ai moi aussi besoin de vacances.

Déçue, Toni recommença à pleurer.

— Allons, ma chérie, tu ne veux pas que nous nous retrouvions ensemble, comme avant ?

— Si, répondit-elle, le visage enfoui dans les plis de la chemise de soie de son mari.

46

Dom ne put s'octroyer qu'une semaine de congé. Non seulement il venait d'entamer des négociations cruciales pour l'achat d'un nouveau long métrage qu'il désirait produire, mais surtout, il se méfiait de Jonny et rechignait à mettre le sort du tournage à Venise entre les mains de ses subordonnés.

Pour leur première soirée à Nassau, il emmena Toni dans un restaurant de fruits de mer qui dominait la baie. Ils dansèrent, bavardèrent et burent du vin, l'alcool les aidant quelque peu à surmonter leur gêne.

Quand ils revinrent à l'hôtel, trois messages téléphoniques attendaient Dom à la réception.

— Il faut que je rappelle certaines personnes, déclara-t-il. Désolé.

Toni ne fit aucun commentaire ; elle n'était pas surprise. Elle se rendit sur la terrasse et s'allongea sur une chaise longue, la tête levée vers les étoiles. Elle avait le sentiment d'être en voyage avec un homme dont elle serait follement éprise, mais qui serait marié à une autre femme.

Une heure plus tard, Dom était toujours pendu au téléphone. Elle alla se coucher. Quand il la rejoignit enfin au lit, elle feignit le plus profond sommeil.

Le lendemain, ils se baignèrent à la plage.

— Es-tu passé par la réception ? s'enquit Toni sur un ton désinvolte au cours du déjeuner. Tu as reçu une nouvelle flopée d'appels de L.A.

Dom alla vérifier sitôt après le repas. Quatre messages l'attendaient, deux de Trent et deux de son assistante.

Il rappela d'abord Trent.

— Ah, enfin ! s'exclama ce dernier. On dirait bien que ton frère se laisse encore aller. Son escapade à Venise nous fait perdre des milliers de dollars, Dom. L'équipe technique et les acteurs se tournent les pouces en attendant le bon vouloir de monsieur.

— Il y a un problème particulier, ou il se soûle comme d'habitude ?

— Il se dispute avec Jeannette sur le script. Ce n'est pas nouveau, mais là-bas, ça nous coûte les yeux de la tête.

Dom réfléchit rapidement.

— Lark Chandler est toujours dans le secteur ?

— Oui.

— Alors envoie-la en Italie. Jonny l'écoutera peut-être.

— Impossible. Elle travaille en ce moment sur *Romance !*. Voudrais-tu que ce projet traîne lui aussi en longueur ?

— Ce ne serait que pour quelques jours. Et redresser la situation à Venise me paraît prioritaire.

— Bon, soit. Néanmoins, j'estime qu'il vaudrait mieux que tu interviennes toi-même. Nous avons déjà dépassé le budget alloué.

— Ne t'inquiète pas. J'y serai aussi. Cependant, j'ai l'intuition que Lark saura se montrer plus persuasive que moi.

— Espérons-le, soupira Trent. A part ça, tu t'amuses bien ?

— Je me repose. Bascule-moi sur le poste de Beth, veux-tu ? Il faut que je lui demande de me réserver une place d'avion.

Lorsqu'il raccrocha, il s'aperçut avec étonnement que Toni avait suivi la conversation depuis le seuil de la terrasse.

— Autant pour notre séjour, marmonna-t-elle.

Il soupira.

— Je n'ai pas le choix. Des millions de dollars sont en jeu.

— Naturellement.

— Toni…

Elle traversa la pièce pour s'étendre sur le lit. Elle ne savait plus que dire ni comment réagir.

— Et si tu m'accompagnais à Venise ? suggéra Dom au bout d'un moment. Ainsi, une fois cette affaire réglée, nous pourrions poursuivre cette seconde lune de miel.

Elle aurait voulu répliquer : « Trop tard. » Mais tout son être s'y refusait encore.

— Entendu, murmura-t-elle.

47

Trent frappa à la porte de Lark.

— Joyeuse Saint-Valentin ! s'écria-t-il en jetant sur son bureau une boîte de chocolats Perugina nouée d'une faveur rose.

Lark fronça le nez.

— Qu'y a-t-il ? s'enquit Trent. Vous n'aimez pas le chocolat ?

— Si, mais la Saint-Valentin me rend triste, répondit-elle. Ce saint n'a-t-il pas été lapidé ?

Elle ouvrit la boîte et lui proposa un chocolat.

— Il est mort en tout cas, lui répliqua-t-il, et depuis longtemps. Tout ce qui reste de cette vieille histoire est une coutume gourmande. Allons, profitez de la vie, Lark. Vous êtes à L.A., que diable !

— Hum… Ils sont bons.

— Nous avons un pépin, reprit Trent. Nous avons besoin de votre aide pour remettre Jonny Whitfield sur le droit chemin. Il est à Venise depuis plus d'une semaine pour y filmer *Razzle Dazzle*. Malheureusement, il semble que l'équipe n'ait jusqu'à présent travaillé que deux jours en tout et pour tout. Jonny accuse Jeannette de ce retard, mais nous savons à quoi nous en tenir. De toute façon, les frictions entre la star et le metteur en scène étaient inévitables.

— Qu'attendez-vous de moi exactement ?

— Dom désire vous dépêcher à Venise pour remanier le script de notre diva, et vous êtes la personne disponible la plus compétente pour effectuer cette tâche.

— Et quand dois-je partir ? demanda-t-elle, excitée à l'idée de visiter la cité des Doges.

— Demain à l'aube. Appelez immédiatement notre responsable des déplacements et dites-lui qu'en l'absence de Dom j'autorise ce voyage.

— D'accord.

— Ah, au fait ! Dom vous rejoindra sans doute là-bas.

Lark s'envola d'abord pour Milan, où elle prit un second avion pour Venise. Elle posa le pied sur l'aéroport de la ville à 22 heures. Un car la conduisit ensuite devant la caverneuse gare qui donnait sur le Grand Canal. Elle s'installa aussitôt dans l'habitacle effilé d'un *vaporetto* et fila au-dessus des eaux prestigieuses de la cité jusqu'au *palazzo* où demeurait Jonny en compagnie des vedettes du film et de quelques techniciens. Les indications de Trent se révélèrent aussi exactes que laconiques : il suffisait effectivement de parcourir la moitié du Grand Canal pour apercevoir bientôt sur la rive gauche la façade rose du *palazzo* en question.

La course, quoique brève, laissa Lark béate d'admiration. Elle était émerveillée par la splendeur baroque des antiques bâtisses dont les murs illuminés bordaient les eaux chatoyantes du canal. Chacune d'entre elles disposait d'un ponton de bois orné de poteaux aux motifs spiralés et multicolores. D'autres *vaporetti* traversaient l'avenue lagunaire, où leurs sillages se mêlaient à celui de l'embarcation de Lark. Des navettes ne cessaient de relier une rive à l'autre, ne s'arrêtant que le temps de débarquer ses passagers et de prendre une nouvelle fournée de clients bruyants obligés de voyager debout. Des volées de gondoles la croisaient, enguirlandées de lanternes et poussées à la perche par des bateliers dont les « *O Sole Mio !* » résonnaient sur les façades des *palazzi*.

Quand ils parvinrent enfin à destination, la jeune femme vit se dresser devant elle l'entrée de l'hôtel éclairé par des spots, son reflet morcelé en mille volutes roses à la surface des eaux noires. Un quartier de lune scintillait au-dessus de l'édifice.

Elle fut accueillie à la porte par un vieux liftier qui la guida à sa chambre, au deuxième étage. Le haut plafond de la pièce était peint de couleurs vives à la Tiepolo : sur un fond de ciel céruléen se détachaient des nuées ocre pâle où, au milieu des fleurs, flottaient des angelots dodus et de grassouillettes divinités aux chairs crémeuses drapées d'amples toges de satin mordoré et de soie rose. Le lit était une antique couche à baldaquin, recouverte d'un somptueux jeté de brocart lie-de-vin.

Deux étroites fenêtres oblongues surplombaient le Grand Canal.

— Désirez-vous une collation ? s'enquit le liftier italien. La salle à manger est fermée à cette heure-ci, mais nous pouvons vous apporter un plateau.

— Non, merci. Je crois que je vais plutôt me mettre au lit sans tarder.

— Alors, *buona notte*, chuchota-t-il en reculant jusqu'à la porte.

Lark se sentait trop épuisée pour affronter Jonny dans l'immédiat. Il lui était essentiel de recouvrer tout son tonus avant de lui parler. De plus, il était déjà près de 23 heures. Elle se déshabilla donc et revêtit sa nuisette.

Cependant, comme le sommeil tardait à venir, elle s'assit à une des fenêtres et contempla le large canal que traversaient gondoles, navettes et *vaporetti* empressés. Des reflets tremblotants tapissaient au loin l'intrados d'un pont.

« Suis-je vraiment ici ? A Venise ? » s'interrogea-t-elle.

Elle regretta vivement de ne pouvoir partager la découverte de cette ville féerique avec Susan.

Le lendemain, en dépit du décalage horaire et de son long trajet de la veille, elle ouvrit les yeux au début de la matinée. Le soleil se déversait déjà à flots dans la chambre. Elle enfila prestement un pantalon de velours et son pull en mohair vert. Avant de sortir de la chambre, elle mit les boucles d'oreilles Art-déco que Jonny lui avait offertes pour Noël. Elle espérait que ce détail lui rappellerait leur fructueuse collaboration sur *Maria Benton* et l'inciterait à réaliser *Razzle Dazzle* au mieux de ses capacités.

Son exemplaire du scénario sous le bras, elle descendit le large escalier de marbre et, se laissant guider par la rumeur des conversations, déboucha finalement dans la salle à manger. Ses portes-fenêtres dominaient le Grand Canal, dont les eaux se reflétaient sur le bois sombre du plafond et des huisseries. Les techniciens avaient déjà pris place autour des tables rondes après avoir rempli leurs assiettes à un buffet où était servi un « petit déjeuner américain » — à savoir, présentés sur des plateaux d'argent, du porridge, du bacon grillé, des œufs brouillés, des toasts, des petits pains, du café, du thé ainsi que des coupes d'argent contenant des confitures variées, de la crème fouettée et du fromage frais.

Quelques collègues d'APG la saluèrent de la main. Elle leur sourit et se versa une tasse de café.

— Où puis-je trouver Jonny ? demanda-t-elle à une jeune femme qui déposait dans son assiette un croissant aux œufs.

— Là-bas, répondit-elle en tendant le doigt.

Lark se dirigea vers une massive porte de bois qui donnait sur un salon ensoleillé, attenant à la salle principale. Plusieurs personnes entouraient Jonny qui, un verre de bourbon à la main, pérorait à voix haute.

Frappant au battant de la porte, Lark pénétra dans le salon.

— Veuillez m'excuser, monsieur Whitfield. Pourrais-je vous dire un mot en privé ?

Le ton âpre de sa requête réduisit tout le monde au silence.

— Hé, salut, vous ! s'exclama Jonny. J'adore vos boucles d'oreilles !

Lark se tourna vers les autres personnes présentes dans la pièce.

— Cela ne nous prendra que quelques minutes, leur assura-t-elle.

La bande quitta le salon, visiblement soulagée.

— Comment saviez-vous où j'étais ? s'enquit Jonny.

— Parce qu'on me l'a dit avant de m'envoyer ici, rétorqua-t-elle en lui arrachant le verre des mains pour le déposer sur l'appui de fenêtre. Quelle nouvelle mouche vous a donc piqué ?

Il eut un rire amer.

— Je m'efforce de sauver les meubles, figurez-vous. Ah, si vous saviez combien cette pimbêche de Jeannette m'en fait voir avec ce script pouilleux…

Lark s'assit à côté de lui sur le canapé tendu de brocart, le scénario sur les genoux.

— Examinons-le ensemble, lui suggéra-t-elle. Je suis certaine que nous saurons arranger les choses.

— Avec cette garce ? Sans moi, très chère. Cette satanée star au rabais croit pouvoir m'apprendre mon métier. Pas question de lui céder.

— Si les modifications qu'elle exige sont malvenues et qu'elle refuse de se conformer au script, nous la remercierons, répliqua Lark sèchement.

En réalité, elle doutait que ce fût possible.

Jonny s'esclaffa.

— Virer Jeannette Gold ? Mais nous aurons aussitôt ses avocats sur le dos ! Il y en aurait enfin, de l'action. Pour un an au moins, garanti sur facture !

— Etudions plutôt ce script. Voyons, quels sont les desiderata de notre vedette ?

Jonny retrouva suffisamment son sérieux pour lui indiquer le passage sur lequel ils étaient en train de travailler.

— Cette séquence nous a déjà pris une semaine de tournage, marmonna-t-il. Tout le monde me reproche mes dépassements de budget, sacré bon sang, alors que c'est elle qui bloque tout !

— Détaillez-moi les changements qu'elle vous demande, insista Lark.

Il leur fallut une bonne heure pour parvenir à un compromis. Jonny en parut rasséréné.

— J'ai eu plaisir à vous revoir, lui dit-il alors qu'elle se levait. Quelle est la suite de votre programme ?

— Il faut que j'aille parler à Jeannette Gold.

— Bonne chance ! A propos, comment vous sentez-vous à APG ?

— Très bien, répondit-elle avec un grand sourire. Je tenais d'ailleurs à vous remercier de vos recommandations.

— Vous perdez même votre accent anglais, à ce que j'entends.

— C'est la rançon du succès. Bon, je vais de ce pas secouer notre prima donna. Quant à vous, j'aimerais que vous m'avaliez une tasse de café et que vous mangiez un morceau, O.K. ?

— Je cours sur-le-champ me prendre un espresso, lui promit-il.

Il se redressa avec des gestes encore hésitants. Néanmoins, il se sentait désormais d'attaque pour achever le film. Il était Jonny Whitfield, après tout.

Lark fut conduite par le liftier jusqu'à la suite de Jeannette Gold, au deuxième étage. Elle frappa à la porte. N'obtenant pas de réponse, elle passa la tête par l'entrebâillement du battant. L'actrice, étendue sur un canapé, regardait un feuilleton italien à la télévision.

— Qui êtes-vous ?

— Lark Chandler. Je suis envoyée par APG pour relancer le tournage. Puis-je entrer ?

— A condition que vous écoutiez les modifications que je désire apporter à ce satané script. Il est tout de même incroyable que ce soit moi qui doive les proposer !

— Je vous en suis reconnaissante. Et mes supérieurs comme moi-même comprenons que vous désiriez avoir des dialogues que vous sentez bien.

Jeannette se remit sur son séant. Sa chevelure était un halo mordoré où pétillaient ses yeux verts. L'épais maquillage qu'elle portait pour le tournage ne parvenait pas à occulter la beauté frêle de son visage en forme de cœur — à croire que Caroline, le rôle-titre du film, avait été conçu pour elle.

— Vous êtes la comédienne idéale pour jouer votre personnage, déclara Lark sur un ton admiratif. Dès que j'ai appris que vous étiez intéressée par le projet, j'ai su que vous seriez la seule personne susceptible d'assumer ce rôle délicat.

Jeannette eut un sourire charmant.

— Eh bien… merci. J'ai tellement sué sous la férule de ce despote que j'ai presque fini par oublier l'estime que me porte mon public.

— Oh, vous n'avez pas à vous inquiéter pour cela ! Vous êtes une star. Nous n'aurions pas confié ce film à l'un des meilleurs réalisateurs d'Hollywood si nous n'avions pas pensé que vous le méritiez.

Flattée, Jeannette accepta de considérer les changements convenus entre Lark et Jonny. Elle voulut leur adjoindre quelques modifications supplémentaires. Lark ménagea du mieux qu'elle put ses susceptibilités.

Quand, deux heures plus tard, elles apparurent dans la salle à manger bras dessus, bras dessous, les vivats des techniciens saluèrent leur entrée. Peu de temps après, toute l'équipe regagnait le lieu du tournage.

Le soleil de février disparaissait par moments sous des nuages vaporeux, avant de rejaillir aussi subitement dans toute sa gloire. Projecteurs, caches et réflecteurs étaient déjà installés près d'un pont enjambant un canal étroit et sombre. Les gris mats et les orangés des pierres se réfléchissaient dans l'eau verte qui clapotait en contrebas. En l'absence de circulation automobile, la cité était plongée dans un silence paisible que troublaient seulement les grondements sporadiques de transporteurs fluviaux.

Lark demeura un instant avec l'équipe, puis se souvint qu'elle n'avait encore rien avalé de la journée. Elle s'éloigna du plateau et se faufila dans un passage exigu à la recherche d'un restaurant.

L'air était humide et froid ; elle se félicitait d'avoir revêtu une veste de laine. Elle traversa en tous sens nombre de ces minuscules ponts de pierre qui recoupent le réseau des canaux, arpentant avec précaution leurs marches glissantes et les gros pavés inégaux des ruelles. Des passants la croisaient en riant, certains lui adressaient même des invites. Egarée, elle s'octroya une halte sur un des petits ponts.

— Je me demandais quand nous allions enfin nous retrouver.

Il s'était glissé derrière elle si discrètement qu'elle ne l'avait pas entendu approcher — à croire qu'il l'avait attendue là depuis le début.

— Salut, Dom.

— Vous ne paraissez guère étonnée de me revoir.

— Trent m'a prévenue de votre arrivée.

Ils se dévisagèrent mutuellement. Lark essaya d'adopter un sourire dégagé, mais n'y parvint pas. Dom se pencha vers elle. Appréhendant brusquement son contact, elle commença à trembler comme une feuille.

— J'ai appris que vos charmes avaient déjà opéré sur mon frère, ainsi que sur notre star vedette, dit-il. Quel est donc votre secret ?

— L'appel au bon sens. Personne ne désire vraiment gâcher ce film, vous savez.

— Parfois, j'en doute. Où alliez-vous ainsi ?

— Me restaurer dans la première gargote venue.

— Alors, en route ! C'est moi qui invite.

Le restaurant La Madonna était niché dans une étroite et sombre venelle perpendiculaire au Grand Canal. Sa salle était bruyante et bondée de clients. Ils s'assirent face à face à une petite table que bousculaient par instants les serveurs fébriles.

— Vous me semblez nerveuse, murmura Dom en couvrant de sa main chaude ses doigts glacés.

Lark s'aperçut alors qu'elle était en train de déchiqueter sa serviette en papier.

Elle avisa la large main bronzée posée sur la sienne et se prit de nouveau à frissonner. « Oui, c'est bien Dom, ne cessait-elle de se répéter. La main de Dom, ses doigts qui me touchent… »

Elle inspira profondément.

— Je *suis* nerveuse, je l'admets.

— Pourquoi ?

— J'ai une lourde responsabilité.

— A cause de mon frère ? Bah ! vous saurez le raisonner sans problème. Je viens justement de lui parler. Il m'a déjà promis de rester sobre jusqu'à la fin du séjour.

Un serveur se présenta à leur table. Dom relâcha la main de Lark, qui la serra contre elle un moment, ravie et stupéfaite à la fois. Elle put cependant se ressaisir alors qu'il étudiait la carte. Il commanda du foie *a la Veneziana*, Lark des *linguini a le vongole*, la spécialité maison. Tandis qu'elle s'entretenait avec Dom de *Razzle Dazzle* tout en sirotant un merlot italien, la jeune femme s'efforçait de ne pas penser à Toni.

— Il ne jure plus que par vous, commenta soudain Dom avec aigreur à la fin du repas.

Elle était si absorbée dans la contemplation de toute sa personne qu'elle en demeura interdite.

— Qui ça ?

— Jonny. Il est dingue de vous. C'est la deuxième fois que vous le sauvez, et maintenant il vous voue un véritable culte.

Elle rougit.

— Oh, je ne le mérite pas !

— Jonny est très attirant, je ne le nie pas, poursuivit-il d'une voix plus douce. Il pourrait persuader une nonne de se défroquer pour lui. Mais il a aussi beaucoup de travers, dont son penchant pour la bouteille.

— Je le sais déjà, Dom.

— Comprenez-moi. Je ne cherche pas à déprécier mon frère. En tant que metteur en scène, il est génial, je suis le premier à le reconnaître. Mais avec les femmes… eh bien, il a déjà brisé beaucoup de cœurs. Et je ne voudrais pas que vous soyez le suivant sur sa liste.

— Nos rapports sont strictement professionnels.

— Tant mieux. Allons boire un café avant de rejoindre l'équipe. Il fait meilleur dehors.

Ils dénichèrent un petit bar sur une placette, avec trois tables en terrasse. Ils en choisirent une. Le soleil s'était encore une fois caché derrière des nuages, les abandonnant à une brume humide qui, de temps à autre, se condensait en bruine. Ils résolurent néanmoins d'ignorer ce désagrément.

— Ce n'est qu'un grain, soutint Lark. Et puis ce serait idiot de croupir à l'intérieur alors que le spectacle de ces vieilles pierres est si captivant.

Dom commanda deux cafés — *corretto.*

— En d'autres termes, avec une goutte de brandy, expliqua-t-il. Ça nous réchauffera.

— Bonne idée.

— Vous savez, j'ignore pourquoi je vous mets ainsi en garde contre Jonny. Vous n'êtes pas une gamine, après tout. Cela étant, je vous avouerai que j'éprouve constamment le besoin de vous offrir mon veston pour vous éviter de vous mouiller les pieds — et que je ne suis apparemment pas le seul dans ce cas.

Ils rirent en chœur.

— Trop tard, constata Lark en lui montrant ses escarpins trempés. De toute manière, je suis une dure à cuire.

— Ah bon ? Votre visage cache drôlement bien cette dureté.

— N'est-ce pas ?

Ils demeurèrent un moment silencieux. Les cheveux de Lark frisottaient sous l'humidité. Ni l'un ni l'autre ne semblaient pour autant disposés à se lever.

— Je suis marié, avoua Dom de but en blanc.

Leurs yeux se rencontrèrent. Lark distingua alors la fièvre qui couvait dans ses iris mordorés à l'éclat vif et pénétrant.

Leur regard fut comme un baiser.

Lark baissa les paupières la première. A son grand soulagement, Dom ne lui proposa pas de repartir immédiatement. Elle redoutait de n'avoir même plus la force de marcher.

Ils restèrent immobiles, sans mot dire, alors que le crachin se transformait en pluie. Puis, toujours silencieux, ils quittèrent le café pour remonter le dédale de rues en direction du tournage. Ils déambulaient l'un près de l'autre, sans se toucher. Leurs têtes, cependant, étaient penchées de côté, comme s'ils échangeaient de muettes confidences.

48

Toni savait qu'il en serait ainsi dès l'instant où ils arriveraient à Venise. Dom était constamment sollicité par les acteurs et les techniciens, et lorsqu'il ne s'entretenait pas avec quelqu'un sur place, il était en communication téléphonique avec Los Angeles.

Cependant, bien qu'elle s'y fût attendue, cette situation la rendait malade de chagrin.

Elle explora seule la vieille cité, suivit d'un pas hagard les méandres de l'artère principale, bousculée par la foule du milieu de la matinée. Aucune voiture, aucune bicyclette ni aucun camion n'encombrait les rues — seulement des gens. Parmi les passants, les Vénitiens se reconnaissaient à leur démarche pressée. Les autres déambulaient comme dans un rêve, un sourire plaqué sur leur visage ébahi. Ils s'immobilisaient parfois brusquement, sans raison apparente, surprenant les personnes qui marchaient derrière eux et qui venaient buter contre leurs talons. Toni levait la tête et apercevait alors la façade d'une église surchargée d'arches, de statues et de volutes qui avait retenu leur attention. Elle contournait aussitôt le groupe de touristes, le cœur trop lourd pour se sentir allégée par la vision de saints massifs de marbre sali.

Parvenue sur les marches de la grande loggia qui dominait la place Saint-Marc, elle promena son regard sur les devantures scintillantes des boutiques et les terrasses des élégants restaurants. Ce jour-là, la place semblait écrasée sous un amas de cumulus d'un gris lumineux rehaussé d'argent. Des nuées de pigeons voletaient au-dessus des touristes enchantés qui leur lançaient des graines.

Juste en face de la jeune femme s'élevait la basilique Saint-Marc. Son toit se boursouflait de coupoles dorées, comme les bulles sur le sirop d'érable mis à bouillir au printemps. La façade de l'édifice resplendissait de couleurs flamboyantes. Son portail était surmonté de quatre chevaux de bronze dont le galop farouche paraissait vouloir entraîner la basilique, tel un chariot du Seigneur, dans le ciel d'étain.

Toni longea la place sous les arcades tout en admirant les pièces de cristal d'un goût exquis exposées derrière les vitrines des boutiques. Quand elle arriva au côté opposé, elle pénétra dans le palais des Doges, résidence attitrée des nobles qui gouvernaient Venise à l'époque où la cité était la plus grande puissance maritime du monde. Les vastes salles du bâtiment paraissaient toutes plus somptueuses les unes que les autres. Sur leurs plafonds peints en touches vigoureuses, d'augustes personnages flottaient au sein de vertigineux amoncellements de nuages. Les Vénitiens domestiquaient le ciel à l'intérieur de leur maison, songea Toni, tandis qu'à l'extérieur ils faisaient du ciel leur plafond.

Cependant, même la galerie de portraits suspendus aux murs ne sut dissiper sa peine. Dans les immenses pièces vides jadis arpentées par les seigneurs de la ville ne subsistait plus à ses yeux que la représentation pompeuse et vaine d'une gloire oubliée.

Elle sortit du palais pour suivre les traces de Casanova, cet amant de légende dont elle avait lu l'existence mouvementée. Elle s'engagea sur le pont des Soupirs et gravit l'escalier sombre et humide qui menait à l'étroite cellule ménagée sous le toit. L'endroit devait être glacial en hiver et étouffant en été. Comment Casanova, cet aventurier, cet homme indépendant, vif et espiègle, avait-il pu survivre des années dans cette horrible geôle ? Au bout de longs mois d'efforts, il avait cependant réussi à creuser une mince ouverture dans le toit, puis avait sauté de tuile en tuile pour rejoindre la gondole qui l'attendait sur le canal.

Son amour pour Dom était aussi une prison, se dit Toni, mais une prison dont elle ne désirait pour sa part aucunement s'échapper. Elle ne pouvait quitter son mari.

Ressortant du pont, elle s'éloigna de la *piazza* qui, malgré la brume de la mi-journée, lui semblait encore trop carrée, trop plate. Elle avait besoin de l'ivresse des pentes, du tournis des cercles et des spirales, de l'égarement des lacis. Elle parcourut les venelles reculées, grimpa les marches glissantes des escaliers de marbre, traversa les petits ponts de pierre, s'enfonça dans les passages tortueux de la cité. Certaines rues étaient si étroites qu'on n'aurait pu y ouvrir un parapluie.

Elle grignota un sandwich à la laitue sous l'auvent d'une échoppe, au milieu d'une cohue mouvante d'hommes affairés qui hurlaient leur commande et fumaient d'âcres cigarettes.

— *Scusi, signora, per piacere.*

Quand elle ne gênait pas leurs allées et venues, les clients l'ignoraient souverainement. Elle s'adossa contre le haut comptoir et contempla la rue. Il commençait à pleuvoir. Elle avala un café en attendant la fin de l'averse. Quelques gouttes tombaient encore lorsqu'elle régla sa note et reprit sa route en se dirigeant au jugé vers l'hôtel.

Alors qu'elle errait dans les rues pratiquement désertes, elle avisa un couple en grande conversation à la terrasse d'un bar. Le grand parasol rouge et blanc planté près de leur table les protégeait à peine de l'ondée, mais ils paraissaient n'en avoir cure.

Toni eut le cœur serré en constatant l'intimité de leur rapport. Il avait été un temps où Dom était aussi peu attentif au monde extérieur que ce couple. Une foule de souvenirs submergea douloureusement Toni : le trajet dans le ferry de Staten Island sous la tempête de neige ; les caresses sur la plage de Nantucket ; le week-end improvisé à Paris, alors qu'assis à la terrasse d'un café pour déguster un vermouth et regarder les passants, ils ne cessaient de jouir de la présence de l'autre, de vivre intensément leur passion, de se tenir la main, tranquilles et heureux, de s'embrasser…

Elle refoula le brusque sanglot qui lui montait à la gorge et dépassa le couple en toute hâte, espérant qu'il ne l'avait pas remarquée. Les souvenirs étaient un fardeau inutile.

Soudain elle se figea.

L'homme était Dom.

La femme, en revanche, lui était totalement inconnue.

Ils étaient si fascinés l'un par l'autre qu'ils ne lui avaient accordé aucune attention. Elle obliqua au premier carrefour et pressa encore le pas. Dom lui avait dit et répété qu'il n'avait pas de maîtresse. Alors qui était cette femme ?

Une fois réfugiée dans sa chambre, elle ôta tous ses vêtements, comme si elle voulait se dépouiller de la vision de son époux en compagnie d'une autre. Frissonnant sous le froid humide, elle se fit couler un bain chaud. Cependant, quand elle en émergea, elle se sentait toujours glacée. Elle enfila des leggings, un T-shirt et un col roulé vieux rose. Elle n'était pas d'humeur à se pomponner. De toute façon, elle ne souhaitait pas sortir.

Elle ignorait encore comment elle accueillerait Dom à son retour. Devait-elle le confondre ? Lui reprocher ses mensonges ? Ou bien réclamer simplement une explication ?

Dom ne revint qu'à la nuit tombée. Il avait l'air soucieux, comme d'habitude. Il retira son trench-coat et jeta un coup d'œil à Toni qui lisait, étendue sur le grand lit.

— Je crois que tout va maintenant se dérouler comme sur des roulettes, déclara-t-il. Nous avons appelé à notre rescousse une amie de Jonny qui a déjà su le ramener une fois à la raison. Enfin, quelle embrouille malgré tout ! Il y a quelque chose à boire dans le coin ?

D'ordinaire, à cette heure, Toni leur commandait des cocktails ; ce soir-là, elle n'y avait pas pensé. Elle secoua la tête.

— Tu vas bien ? s'enquit-il. Tu ne t'es pas habillée pour le dîner.

« Tu es Toni Sumner, songeait-elle. Une jeune personne séduisante et riche, qui avait naguère réussi et vivait entourée par l'amour de sa famille, le respect de ses clients et l'affection d'amis qui l'appréciaient. Pourquoi diable as-tu renoncé à tout cela ? Ressaisis-toi, bon sang ! »

— Je n'ai pas faim, répondit-elle.

— Je serai dans la salle à manger si tu changes d'avis, répliqua Dom.

Et, de fait, elle changea d'avis. Elle était surtout

désireuse de connaître l'identité de la femme. Qui était-elle ? D'où venait-elle ?

Elle se mit sur son trente et un, sachant que ce dîner avec l'équipe serait un événement d'importance. Dom se comportait tel un roi au milieu de sa cour, sans même paraître s'en apercevoir. Cela était pour lui un droit acquis, un de ces privilèges naturellement attachés à l'exercice du pouvoir. Elle se choisit une combinaison moulante de velours pourpre et se maquilla avec soin. C'était un truc qu'elle avait appris voilà des années : plus on était déprimée, plus il fallait veiller à sa mise. Autrement, on déprimait plus encore.

La femme était là, assise entre Dom et Jonny. Elle portait un pull de la couleur verte des *fettucine* aux épinards, et son visage était totalement dépourvu de maquillage. Pourtant, en dépit de ce manque d'apprêt, sa beauté éclipsait celle de toutes les autres personnes présentes autour de la table. Elle avait dégagé son front haut et tressé ses cheveux noirs et bouclés en deux nattes roulées sur les tempes. Ses lèvres étaient pleines et sensuelles. Ses yeux de saphir se posèrent sur Toni au moment où elle pénétra dans la salle.

Cette dernière aurait pu jurer qu'elle la reconnaissait. Dom lui avait-il donc si précisément décrit son épouse ? Puis la femme tourna la tête, et ce bref instant de flottement passa.

Dom demanda une chaise pour Toni et la présenta au reste des convives.

— Et voici Lark Chandler, tout droit venue d'Angleterre, dit-il. Lark est notre dernière recrue.

Toni hocha poliment la tête, non sans deviner chez la jeune femme le même trouble qu'auparavant. Son sourire était réservé mais amical. Toni s'assit de l'autre côté de Dom et commanda un verre d'eau minérale.

— Tu te sens mieux ? murmura son mari.

— Un peu mieux, oui.

Jonny était en train de parler à Lark.

— Ça a bien marché cet après-midi, hein ?

— Effectivement. Continuez ainsi, Jonny.

— Combien de temps comptez-vous rester parmi nous ?

— Je ne sais pas. Aussi longtemps qu'on aura besoin de moi, je suppose.

— J'ai absolument besoin de vous, affirma Jonny avec un sourire désarmant.

Puis, se penchant par-dessus la table pour s'adresser à Toni :

— Tu es ravissante, ce soir, lui lança-t-il. Vous allez faire la tournée des grands ducs après le repas ?

— Je l'espère, répondit-elle sur un ton badin.

Dom s'entretenait à mi-voix avec Lark. Jonny vit alors Toni regarder son mari avec une détresse si poignante qu'il en sursauta. Il avait déjà surpris une telle détresse dans les yeux d'Emmy auparavant. Il crut bon de détourner l'attention de Dom de sa voisine.

— Hé, frérot, combien de temps pensez-vous séjourner à Venise, Toni et toi ?

— Je l'ignore. Sans doute pas plus d'un jour ou deux. Je ne crois pas être véritablement indispensable ici. En outre, une montagne de paperasse m'attend au bureau.

Toni se leva alors sans mot dire et sortit de l'hôtel.

La pluie avait cessé. Les boutiques étaient closes. Des lampadaires éclairaient cependant le pavé. Toni errait sans but précis. Elle marcha ainsi un long moment, jusqu'à déboucher sur le vieux pont de l'Académie, où elle plongea son regard dans les eaux vertes et frémissantes qui coulaient sous l'arche.

Une main la toucha.

— Hé, Toni…

C'était Jonny. Quoique un peu éméché, il la dévisageait avec tendresse.

— Je crois qu'il te faut un verre.

Il l'emmena au Harry's Bar, sur le Grand Canal. Ils s'installèrent dans une des alcôves. Jonny commanda deux scotchs.

— C'est la première fois que tu la vois ?

Toni secoua la tête.

— Ne t'inquiète pas, reprit-il. Ce n'est qu'une passade.

— Et d'où sais-tu cela ? Depuis quand Dom a-t-il le goût des « passades » ?

Jonny resta muet un instant.

— Ils se fréquentent depuis longtemps ?

— Non. Et il n'y a rien entre eux. Dom ne commettrait pas une idiotie pareille. Il n'est pas comme moi.

— Tu veux dire qu'ils n'ont pas encore couché ensemble ? La belle affaire ! Ils sont fous amoureux l'un de l'autre, ça se voit comme le nez au milieu de la figure.

Jonny ne put protester.

— Je ne peux pas renoncer à lui, chuchota Toni. Je l'aime, moi aussi.

— Et c'est réciproque. Il le comprendra bientôt. Ce n'est qu'un simple égarement passager.

Ils sirotèrent leurs scotchs en silence.

— Non, s'exclama soudain Toni. Je ne peux plus le supporter. Je dois le quitter.

— Oh, non ! Non, Toni.

— Si, ce serait la meilleure solution pour nous deux. Dom décidera lui-même s'il veut me retrouver ou non.

Jonny secoua la tête.

— Seule ta présence lui rappelle son attachement envers toi. Loin des yeux, loin du cœur…

— Et tu appelles ça de l'amour ? Je désire pour ma part un sentiment plus profond, plus durable. Je ne tiens pas à jouer le boulet à son pied.

— T'éloigner serait une erreur.

Toni se doutait qu'il repensait au départ d'Emmy. Mais elle croyait comprendre Emmy, aussi. Elle éprouva brusquement l'envie désespérée de fuir Venise, fuir le milieu de Dom, fuir ses incessantes conversations téléphoniques, les disputes, l'angoisse même de le perdre.

— Pas pour moi, rétorqua-t-elle. Si un homme se fiche de moi, eh bien, tant pis pour lui.

— Et où iras-tu ?

Tandis qu'elle réfléchissait, ils commandèrent deux nouveaux scotchs.

— A New York, répondit-elle enfin. Je vais demander à ta mère de me redonner mon poste à Whitfield Communications. Si c'est impossible, je trouverai un autre emploi ailleurs.

— Tu risques de regretter ta décision, tu sais. Il faut parfois composer dans la vie. Tu es sûre de vouloir tout plaquer ?

— Non, je n'en suis pas sûre.

Néanmoins, plus elle y songeait, plus elle se sentait résolue à franchir le pas. Elle devait impérativement sortir de l'existence de Dom avant d'être à jamais vidée de tout son allant et de toute son énergie.

— Enfin si, dit-elle, *maintenant* j'en suis sûre.

49

Lark appela Carl dès son retour à Los Angeles.

— Comment s'est déroulé votre séjour ?

— Merveilleusement, répondit-elle en soupirant. Venise est si magnifique.

— Dominic était avec vous ?

— Pour quelques jours seulement. Sa femme l'accompagnait.

— Les occasions de vous entretenir avec lui n'ont pas dû vous manquer.

Elle demeura silencieuse.

— N'avez-vous pas tenté une seule fois de lui parler de moi ?

— Carl…, articula-t-elle d'une voix hésitante, il m'est impossible de devenir son amie au point de le persuader de vous rencontrer. Vous devrez vous en occuper vous-même.

— Avez-vous déjà oublié ce que pourrait vous coûter un pareil refus ?

— Non, je ne l'ai pas oublié.

Néanmoins, elle le croyait incapable de la trahir. Au fond, il était gentil — c'était même l'homme le plus gentil qu'elle eût jamais connu.

— Alors ? dit-il.

Si elle s'ouvrait à Dom, ce serait par gratitude envers son mentor. Après tout, elle lui devait bien ça.

— Bien. Je lui parlerai, je vous le jure.

— Merci, mon enfant.

Elle l'entendit se racler la gorge.

— N'avez-vous jamais songé à vendre le récit des tribulations de Penny Houten à un quotidien de qualité ? lui demanda-t-il. Aucun journaliste digne de ce nom n'irait ébruiter ses sources, vous savez.

Lark crut brusquement défaillir. Elle était sidérée de n'avoir jamais eu cette idée elle-même. De plus, elle savait précisément qui pourrait se charger de l'article : Emmy Elson, l'ex-épouse de Jonny.

— Lark ?

— Vous êtes génial ! s'exclama-t-elle. Dieu que je suis idiote de ne pas y avoir songé moi-même !

— Ravi que ma suggestion vous agrée, très chère.

Lark raccrocha après lui avoir promis de lui rendre visite le lendemain. Trent lui avait appris qu'Emmy était devenue rédactrice en chef du *Monday Week* de New York. Redoutant que son coup de fil fût localisé si elle téléphonait de son appartement, Lark appela quelques jours plus tard d'une cabine publique. Elle eut en ligne une secrétaire de l'hebdomadaire qui, entendant le pseudonyme de Mary Smith, manifesta une certaine réticence à lui passer sa patronne.

— Dites-lui que je détiens des informations sur le député Justin Groome susceptibles de l'intéresser, ajouta-t-elle d'une voix précipitée.

A son grand plaisir, Emmy prit immédiatement la communication.

— Allô ? Emmy Elson à l'appareil.

Sa voix était basse et rauque. Son visage apparut aussitôt dans l'esprit de Lark : ses opulents cheveux auburn, son regard inquisiteur, ses traits empreints d'une profonde sérénité intérieure…

Lark avait noué une écharpe de soie autour du combiné pour que son interlocutrice ne reconnût pas sa voix.

— Je suis en mesure de vous rapporter certains actes peu reluisants perpétrés par Justin Groome, lui déclara-t-elle. Je suis une amie de Penny Houten qui, comme vous le savez sans doute, se cache toujours.

Elle perçut un silence tendu à l'autre bout de la ligne.

— Oui ? fit Emmy. Je vous écoute.

— Vous voudrez naturellement vérifier mes allégations. Je crains cependant que vous deviez pour l'essentiel me croire sur parole.

— Et si vous commenciez par le commencement ? suggéra Emmy sur un ton calme.

— Soit. Justin Groome est un assassin. Il a tué en 1985 une jeune femme dénommée Violet Sumner parce qu'elle le menaçait de révéler à tout le monde qu'il l'avait violée. Son forfait accompli, il en a accusé Penelope Houten, également victime de ses turpitudes. Voilà en gros l'affaire. Maintenant, je peux vous donner tous les détails que vous souhaitez.

L'entretien dura une bonne heure. Emmy Elson harcela Lark de questions et lui soutira plus d'informations que celle-ci n'avait initialement l'intention de lui en donner. En même temps, la jeune femme fut soulagée de se décharger enfin de ce pesant secret, si bien qu'après la conversation, ivre de joie, elle alla à la King's Head Tavern se régaler d'un festin de poisson-frites. La jubilation lui faisait tourner la tête. Si l'article permettait d'inculper Groome et de le condamner pour ses crimes, pensait-elle, alors un jour, peut-être, elle retournerait enfin à la maison.

Il lui fut malaisé de trouver un exemplaire du *Monday Week* à Los Angeles. Au cours de la deuxième semaine d'avril, elle en découvrit un à l'étalage d'un kiosque de Las Palmas, à Hollywood. Mais comme il ne comportait pas d'article au sujet de Groome, elle fut déçue.

Une fois de retour à son appartement, ce soir-là, elle commença à concevoir les grandes lignes d'un documentaire dramatique sur le député. Il s'agirait d'une sorte de *Citizen Kane* contemporain, mâtiné de *Dallas* et reprenant à l'envers la trame de *La vie est belle* : Justin Groome y serait contraint d'assister à l'histoire de ses proches telle qu'elle se serait déroulée sans lui, mais au lieu de l'amener à mesurer son utilité au monde comme dans le film de Capra, ce procédé l'obligerait à constater les malheurs et les frustrations que les gens avaient connus à cause de son égoïsme, de sa cruauté et de sa cupidité.

Cette idée ravit la jeune femme. Quand elle l'aurait mise au net, se dit-elle avec enthousiasme, elle la soumettrait à Dom. Il y avait des risques que ce récit lui déplût, Groome étant un ami de sa famille. Sans doute n'y croirait-il pas non plus. Du moins aurait-il pris connaissance de la version exacte des faits. Et peut-être jugerait-il finalement ce documentaire digne d'être produit par APG.

Maintenant, il fallait agir vite. Embauches et licenciements se succédaient à un rythme effréné dans l'industrie cinématographique. Si la série *Romance !* rencontrait un échec, cela pouvait lui coûter son poste. Pour l'heure, néanmoins, elle était en position de force pour soutenir son idée.

Elle passa donc toutes les soirées suivantes au bureau à peaufiner le synopsis de son documentaire.

50

Emmy Elson renfonça fébrilement la touche commandant le défilement de la bande. Le témoignage de cette femme confirmait maints soupçons qu'elle nourrissait déjà à l'encontre de Justin Groome. Quand elle vivait encore avec Jonny, ce dernier avait proféré certaines allusions sordides sur le compte du député. Devinant qu'il inspirait à son ex-mari autant de mépris que de crainte, elle avait essayé depuis quelques mois d'en savoir plus sur le politicien.

Elle ne doutait pas un seul instant de l'identité de sa mystérieuse informatrice. C'était Penelope Houten, évidemment. Seule Penny pouvait aussi bien connaître les faits. Elle seule, surtout, avait à cœur de rendre cette affaire publique — pour se venger.

Emmy se demandait où elle était en cet instant. Loin des Etats-Unis, espérait-elle, et en sécurité.

En premier lieu, elle devait procéder à quelques entretiens destinés à étoffer les dires de « Mary Smith ». Elle requerrait pour cela l'assistance de Marcia Collins, son adjointe. Marcia était une enquêteuse hors pair, aussi fiable qu'un cheval de trait. Elle avait également assez d'ambition pour vouloir participer à un coup de cette importance.

Emmy se chargerait en personne de contacter Susan Whitfield. Susan lui serait probablement d'un piètre secours, étant donné la confiance aveugle qu'elle vouait à Justin Groome. Malgré tout, elle détenait peut-être sans le savoir des informations intéressantes.

Emmy pensait aussi interroger elle-même Jonny.

Depuis son retour à New York, elle s'était absorbée dans son travail. Elle avait l'impression que le *Monday Week* lui appartenait. L'hebdomadaire était rapidement devenu un périodique estimé, réputé dans tout le pays. Concevoir un magazine à la fois distrayant et riche en reportages sur la vie politique, aussi bien locale que nationale, avait été une gageure. L'entreprise avait néanmoins été couronnée de succès.

Emmy n'était pas ambitieuse au même titre que Jonny. Certes, elle s'engageait elle aussi dans son travail au point d'en être souvent obsédée, mais elle effectuait sa tâche pour l'intérêt de celle-ci, non pour monter toujours plus haut. Elle ne comprenait d'ailleurs pas ce genre d'attitude, pas plus qu'elle ne comprenait le plaisir qu'éprouvaient les grimpeurs à défier des pics de plus en plus élevés. En dépit des différences de taille, les montagnes étaient toutes les mêmes, non ? Parfois, elle songeait que son ex-époux ne se donnait des buts toujours plus inaccessibles que parce qu'il souffrait d'un terrible vide intérieur, et qu'il aurait intérêt à s'arrêter un jour pour apprécier ce que lui offrait l'instant présent. Il ne se rendait pas compte que la vie était déjà une fin en soi, non un moyen.

Elle chassa Jonny de son esprit, irritée de s'être ainsi laissé distraire. Il lui fallait contacter Dom, puis Justin Groome et, pour cela, rappeler de vieilles relations et ressusciter d'anciennes amitiés qu'elle aurait préféré oublier. Enfin, le boulot l'exigeait. Et elle avait beau ne pas être ambitieuse, publier un bon article lui procurait toujours une immense satisfaction.

Avant toute chose, cependant, elle devait rendre visite à Susan Whitfield.

Susan paraissait fatiguée. Elle avait les lèvres plus serrées et les yeux plus tristes que jadis.

Néanmoins, elle accueillit chaleureusement la jeune femme.

— Ton coup de fil m'a tellement surprise, s'exclama-t-elle en entraînant cette dernière dans la cuisine inondée de soleil. Cela faisait si longtemps.

— Eh oui ! soupira Emmy. Tu m'as manqué, tu sais.

— Tu m'as manqué aussi, Em. Quel malheur que les divorces séparent les familles. Veux-tu du thé ?

— Du café plutôt, si ça ne te dérange pas.

Tandis que Susan préparait la cafetière, Emmy s'assit à la table de la cuisine et promena son regard autour d'elle. La pièce était comme autrefois, avec son vieux poêle, ses massives étagères de bois où s'alignait la vaisselle d'étain poli, la douce lumière d'avril qui pénétrait par les fenêtres ouvertes.

L'atmosphère, cependant, n'était plus tout à fait la même.

— Ainsi donc, tu désires écrire un article sur Justin ? s'enquit Susan. Je ne sais pas si je pourrai beaucoup t'aider. Je ne travaille plus pour lui, désormais.

— Je voudrais simplement que tu me racontes un peu sa vie, répliqua Emmy.

Elle plongea la main dans son sac pour prendre un calepin et un stylo, et en profita pour actionner le magnétophone dont elle ne se séparait jamais.

— Tu ne vois pas d'inconvénient à ce que j'enregistre notre conversation ? Ça me permettra de ne pas déformer tes propos.

Susan haussa les épaules.

— Tu connais le député Groome depuis longtemps ?

— C'était un ancien camarade d'université de mon mari. Nous sommes amis depuis lors.

— Il avait pas mal d'aventures en ce temps-là, n'est-ce pas ?

— Il a toujours été un séducteur impénitent.

— Et il ne s'est jamais marié ?

— Non.

— Aurais-tu eu vent d'une relation plus durable que les autres ? De fiançailles, peut-être ?

— Il m'a souvent proposé de me conduire devant l'autel, répondit Susan en riant, mais je ne l'ai jamais pris au sérieux.

— Pourquoi ?

— Oh, par fidélité envers Steve, sans doute !

Emmy hocha la tête.

— Il voyait souvent Violet Sumner à une époque. La connaissais-tu bien toi-même ?

— Non, assez peu. Comme tu le sais, sa sœur, Toni, avait repris la direction de mon agence avant d'épouser Dom. C'est par son intermédiaire que je l'ai rencontrée.

— Je vois.

— Je ne crois pas que Justin était plus entiché d'elle que de ses précédentes conquêtes. Il aimait trop les femmes pour se contenter d'une seule.

— Et sais-tu depuis combien de temps ils se fréquentaient ?

— Probablement depuis le moment où j'ai embauché Toni, il y a six ou sept ans de cela. Violet était encore une adolescente. Mais ce n'est que plus tard que Justin s'est intéressé à elle.

— Vraiment ?

Susan, qui remplissait la tasse d'Emmy avec la grâce qui lui était coutumière, se mit soudain à trembler.

— Que veux-tu dire ?

— Il semble que le député Groome se soit d'emblée épris de Violet.

Susan plissa les yeux de perplexité.

— Elle n'avait alors que quinze ou seize ans. Je ne saisis pas.

— Tu admettras, je suppose, que Violet était au fond une fille gâtée, ingénue et limitée ?

Susan fronça de nouveau les sourcils.

— Sans doute, oui. Du moins par comparaison avec sa sœur. Toni la couvait un peu trop, à mon avis.

— Et pour quelle raison, selon toi, voudrait-on assassiner une jeune fille un peu trop gâtée, ingénue et limitée comme elle ?

Susan s'assit.

— Mais où veux-tu en venir à la fin ?

— Tu ne trouves donc pas son décès suspect ?

— C'était un accident. Et si tu essaies de mettre en cause Penny dans cette affaire, je ne te suivrai pas. Penny était une jeune fille adorable. Cette tragédie n'avait aucune raison d'être. Elle en a été autant la victime que Violet.

— Oh, mais je ne parlais pas de Penny ! rétorqua Emmy sur un ton apaisant. Je sais fort bien qu'elle n'a pas assassiné Violet. Mon intention est précisément de démasquer le vrai coupable.

Susan allait ouvrir la bouche pour protester, quand elle comprit soudain toute la portée des paroles d'Emmy.

— Aurais-tu la preuve de l'innocence de Penny ?

— Elle saute aux yeux. Penny ne connaissait même pas la victime avant cette soirée fatale. Justin Groome a avancé l'hypothèse de la jalousie, mais ça ne tient pas debout. A ce que je sache, Penny ne supportait même pas sa présence.

— Ils étaient pourtant bons amis.

— Tu en es sûre ?

— Absolument, répondit Susan. Cela dit…

Elle se renfrogna brusquement.

— A quoi penses-tu ? lui demanda aussitôt Emmy.

— A certains propos que m'a tenus Penny à l'hôpital.

— Quels propos ?

— Elle prétendait que c'était Justin qui avait tué Violet, ainsi que sa chienne. Elle l'a répété ensuite à Dom. Mais quand la police est venue l'interroger dans sa chambre, elle s'est ravisée et n'a plus lâché un seul mot sur le sujet. Nous en avons déduit qu'elle avait menti.

— Alors tu as préféré croire à la version de Justin Groome.

— Seulement après la fuite de Penny. C'est uniquement à ce moment-là que j'ai commencé à envisager sa culpabilité.

— Il est possible qu'on l'ait intimidée pour l'obliger à se taire.

— Certes, admit Susan d'une voix hésitante, mais cela impliquerait que Justin… Non, je ne peux même pas y penser. C'est une idée insensée, Em.

— Pas tant que ça. Groome est — je te cite — « un séducteur impénitent ». Ignorerais-tu ses relations avec de très jeunes filles ?

— J'oubliais que tu étais journaliste, remarqua Susan avec dégoût. Je te considérais encore comme une parente, comme la femme de Jonny.

— Susan…

— Non. Justin est un de mes amis les plus fidèles et les plus chers. Jamais je n'accepterai de le salir. Tu as sonné à la mauvaise porte.

— Je ne cherche pas à le salir, mais uniquement à me renseigner sur lui.

Emmy savait néanmoins qu'elle n'en obtiendrait pas plus de Susan. Elle rangea son carnet et avala une gorgée de café.

— Tu te sens bien, ici ? s'enquit-elle.

— C'est un peu isolé, mais dans l'ensemble le coin me plaît.

— Penny te manque, n'est-ce pas ?

— Oui, beaucoup.

— Tu t'inquiètes pour elle ?

— Terriblement, reconnut-elle, les larmes aux yeux. Si elle va bien, pourquoi diable ne m'appelle-t-elle pas ?

— Que crains-tu pour elle ?

— Ce que chacun doit redouter pour ses enfants lorsqu'ils passent devant certains parcs mal famés de New York…

Le silence retomba sur la pièce.

— Susan, reprit Emmy, je… je ne m'angoisserais pas à ta place. Je suis certaine que Penny va bien.

— Certaine ? s'exclama Susan en relevant les yeux. Tu as eu de ses nouvelles ? C'est pour ça que tu veux écrire cet article ?

— J'ai reçu un appel d'une dénommée Mary Smith. Elle m'a rapporté des faits que seule Penny était à même de connaître.

— Et c'est elle qui prétend que Justin a commis ces horribles forfaits ?

— Oui.

— Seigneur, marmonna Susan avec l'accent du plus

profond désarroi. Penny pourrait très bien avoir inventé toute cette histoire, tu sais. Elle a toujours eu tellement d'imagination…

— La tiendrais-tu pour une mythomane ?

— Il lui est déjà arrivé de mentir.

— A toi ?

— Non, pas exactement.

— A Justin ?

— Oui.

Elles se dévisagèrent mutuellement.

— Je devine ce que tu penses, murmura Susan. Tu crois que Justin a tout fait pour la déprécier à mes yeux.

— Et ce n'est pas le cas ?

— Il a peut-être essayé. Je ne peux t'en dire plus.

Emmy s'aperçut alors que ce n'était pas la cuisine qui avait changé, mais Susan elle-même. Elle paraissait s'être tassée, comme si elle avait perdu tout son tonus. Emmy en fut peinée.

— Que devient Jonny ? demanda-t-elle pour changer de sujet. Je souhaiterais également recueillir son témoignage.

— J'ai l'impression qu'il est sur une mauvaise pente.

— Sais-tu où je pourrais le joindre ?

— Hélas, non. Dom te le dira sans doute.

Mais quand elle téléphona à ce dernier la semaine suivante, il l'ignorait autant que sa mère.

— Maman m'a prévenu de ton appel, annonça-t-il à Emmy. Ça me fait plaisir de t'entendre. Comment vas-tu ?

— Bien, merci.

— Tu désires me poser des questions pour ton article, c'est cela ? Je brûle moi-même de connaître la vérité. J'ai toujours estimé que Penny était incapable d'un acte aussi odieux. Et puis, certaines paroles de Jonny m'ont donné à réfléchir.

— A moi aussi.

— Il paraissait perpétuellement travaillé par un secret remords. Non que je le soupçonne d'avoir appuyé lui-même sur la détente — il était d'ailleurs évanoui au moment du coup de feu —, mais il ne semblait pas pour autant avoir la conscience tranquille. De plus, il n'a plus jamais voulu entendre prononcer le nom de Penny après l'accident. J'ai comme le sentiment que sa fuite l'a soulagé. Il a toujours préféré éviter les problèmes, tu sais.

— Oui, je le sais.

— Maintenant, je ne peux guère t'en apprendre plus.

Il marqua une pause.

— Mais toi… tu n'aurais pas une idée de l'endroit où se trouve Penny, par hasard ? Elle serait la mieux placée pour te renseigner.

Emmy précisa :

— Justement, je suis en train de vérifier ses allégations — d'où l'importance du témoignage de Jonny.

— Tu as parlé à Penny ! s'écria Dom. Mais quand ? Où ?

— Au téléphone, il y a quelques semaines. J'ignore d'où elle m'appelait. Et elle ne m'a pas révélé sa véritable identité. Néanmoins, je suis sûre que c'était elle.

Dom prit une profonde inspiration.

— Elle est donc vivante, dit-il avec un profond soupir.

— Si tu tombes sur Jonny, demande-lui de m'appeler, veux-tu ? Je te laisse mon numéro.

Dom en prit note et raccrocha. Il demeura un instant à contempler le combiné d'un air absent, puis se rappela soudain qu'il n'était pas seul dans le bureau. La sonnerie du téléphone l'avait interrompu en plein milieu d'une conversation. Il releva la tête et croisa le regard de Lark.

— Désolé pour ce contretemps, dit-il.

Lark s'éclaircit la voix.

— Ce n'est pas grave, répondit-elle.

— Vous vous sentez bien ?

— Tout à fait.

— Pourrions-nous reprendre cet entretien demain après-midi ? s'enquit Dom en se levant. Je n'arrive plus à rassembler mes idées. Je pense avoir déjà répondu à l'essentiel de vos questions, n'est-ce pas ?

— Effectivement. Je dois cependant vous avertir qu'une réunion me retiendra jusqu'à 16 heures, demain. Convenons plutôt d'un rendez-vous pour jeudi matin.

Dom consulta machinalement son agenda ouvert sur le bureau.

— A votre guise, déclara-t-il en décrochant de nouveau le combiné. A jeudi, donc.

Lark quitta la pièce en toute hâte.

51

Ce soir-là, après une journée remplie, Emmy rentra tard chez elle. La nuit était chaude et brumeuse, une nuit de printemps à New York. Son appartement occupait les deux derniers niveaux d'un immeuble en brique de trois étages situé sur Perry Street. Elle avait installé sa cuisine et son séjour sous le toit, dans lequel un grand Velux donnait directement sur l'Empire State Building. En bas se trouvaient sa chambre, son bureau et la chambre d'amis.

Après avoir ouvert toutes les fenêtres de son duplex, elle se rendit en short et T-shirt dans la cuisine pour se préparer un café et un sandwich au thon. La sonnerie de l'Interphone retentit à l'instant même où l'eau de la cafetière se mettait à bouillir.

— Oui ? Qui est là ? lança-t-elle dans l'appareil.

— Jonny.

Emmy faillit rétorquer : « Jonny qui ? » Elle s'en retint à temps et pressa le bouton commandant l'ouverture de la porte d'entrée.

Jonny apparut bientôt sur le seuil de l'appartement et la considéra d'un regard qu'elle ne lui avait jamais connu jusqu'alors : un regard presque timide.

Il lui adressa un sourire contrit.

— J'aurais juré que tu me répondrais : « Jonny qui ? »

— J'y ai songé, répliqua-t-elle en s'effaçant pour le laisser entrer.

Jonny se débarrassa d'un coup d'épaule de son veston froissé. Emmy vit alors combien il était maigre et harassé. Des poches violacées s'étaient formées sous ses yeux.

— Chouette appart, dit-il en promenant son regard à la ronde.

— Tu as une mine épouvantable. Tu veux manger un morceau ?

— Volontiers.

— Sandwich au thon, ça te va ?

— Emmy... Emmy, murmura-t-il sur un ton navré. Tu manges encore du thon ? N'as-tu donc aucune pitié pour ces pauvres bêtes ?

— Ne t'inquiète pas : c'est du poisson d'élevage. Je te sers aussi un café ?

Il hocha la tête. Quand elle revint dans le séjour avec les sandwichs, elle le trouva étendu de tout son long sur le canapé. Il se redressa aussitôt avec un air coupable.

— Je suis encore plus fatigué que je ne le croyais, déclara-t-il. Je reviens à l'instant de chez maman.

— Comment va-t-elle ? s'enquit Emmy en lui tendant l'assiette.

— Très bien. Elle m'a dit que tu désirais me parler.

— C'est exact.

— Elle a ajouté que tu écrivais un article sur Justin Groome.

— C'est vrai aussi.

— Je m'en abstiendrais à ta place, conseilla-t-il sur un ton grave.

— Je m'en doute.

— Ce type est impitoyable.

— Je n'ai pas peur de lui.

Jonny tripota le sandwich avec une moue chagrine.

— Je crois que je n'ai plus faim, dit-il. Ça me fait tout drôle de te revoir.

Ils étaient séparés depuis deux ans.

— A moi aussi, assura Emmy.

— Tu m'as manqué.

— Sans rire ?

Essayait-il donc de l'attendrir ?

— Puis-je te poser quelques questions sur la mort de Violet ? J'ai besoin de vérifier certains détails qui m'ont été communiqués.

Jonny se frotta les yeux avec lassitude.

— Ce n'est pas maintenant que je vais revenir sur ma déposition.

— Je n'en attends pas tant de toi. Permets-moi seulement de te rappeler que tu n'as pas dit toute la vérité sur cette affaire. C'est toi-même qui me l'as confié au moment des faits. Serait-ce parce que Justin Groome a exigé ton silence ?

Jonny releva la tête, mais se tut.

Emmy prit son sac pour en sortir son calepin.

— Procédons autrement, suggéra-t-elle. Je vais te livrer mes hypothèses et tu n'auras qu'à me répondre par oui ou par non, d'accord ? Ton nom ne sera évidemment pas cité dans l'article. J'ai seulement besoin de recouper certaines informations.

Jonny hocha lentement la tête. Emmy s'assit.

— Voici donc comment je reconstitue l'histoire, reprit-elle d'une voix décidée. Un différend quelconque opposait Justin Groome et Violet Sumner. Penny en a déduit que Violet faisait chanter Justin. Peut-être ce dernier l'avait-il violée — ou séduite, comme tu voudras — quand elle était plus jeune. Toujours est-il qu'elle le menaçait de tout rapporter à la presse s'il refusait de lui payer son silence.

» Toi et Penny vous êtes discrètement éclipsés pour ne pas en écouter plus. Tu étais en train de boire — comme de bien entendu — et Penny t'accompagnait, lorsque soudain Justin a surgi sans crier gare. Vous retrouver ensemble a semblé lui déplaire. Il a empoigné Penny ; tu t'es levé pour la défendre. Il t'a frappé.

» Puis Violet est apparue à son tour. Entre-temps, Justin s'en était repris à Penny. Tu as tenté de le raisonner. Il t'a frappé encore une fois. Penny s'est jetée sur toi pour te protéger. Alors Groome a sorti son revolver et a tiré sur Violet. »

— J'étais déjà inconscient à ce moment-là, précisa Jonny.

— Non, pas exactement : Penny te cachait en partie la scène. Sa chienne s'est alors portée à son secours et Groome l'a tuée elle aussi.

— Qui t'a raconté tout ça ?

— J'ai donc vu juste ?

— Tu as parlé à Penny… Oui, tu as dû lui parler. Où est-elle ?

— Pourquoi n'as-tu rien dit, Jonny ? Pourquoi as-tu laissé accuser cette pauvre fille ?

— Tu sais très bien pourquoi.

Emmy le considéra avec tristesse. Elle l'aimait toujours, cet ex-époux aussi lâche qu'ambitieux. Avait-il craint que Groome ébruitât quelque fait sordide de son passé ? Il cherchait alors désespérément les fonds nécessaires à la réalisation de son nouveau chef-d'œuvre. S'était-il résigné à sacrifier à sa propre carrière le sort d'une jeune fille qu'il connaissait à peine ?

— Il m'aurait également réglé mon compte, marmotta Jonny.

— Mange plutôt ton sandwich.

Il en avala une bouchée.

— Alors, tu as parlé à Penny ?

— J'ignore où elle est, si c'est ce que tu veux savoir.

— Non, pas vraiment. J'étais… hmm, inquiet pour elle. Groome lui a salement amoché la figure. Elle doit être furax.

— On le serait à moins.

Ils gardèrent un instant le silence.

— Eh bien…, murmura enfin Jonny.

— Oui ?

— Ça me fait quand même quelque chose de te revoir, répéta-t-il. Tu t'en sors ?

— Parfaitement.

— Tant mieux.

— Où loges-tu ?

— Pour ce soir ? Je ne sais pas.

— Moi, en tout cas, j'ai besoin de dormir un peu.

— Ouais… je comprends…

— Tu peux dormir en bas dans la chambre d'amis, si tu veux.

Ils se dévisagèrent mutuellement.

— O.K. Merci.

Elle prit l'assiette pour la rapporter dans la cuisine.

Le temps guérissait toutes les blessures, prétendait-on, mais c'était faux. A parcourir une ancienne histoire d'amour depuis son aurore idyllique jusqu'à son angoissant crépuscule, on voyait les vieilles plaies se rouvrir, élancer comme jadis. A se rappeler comment les rires apparemment éternels du début avaient tourné en cris de rage et de reproche, puis en un ressentiment froid, presque taciturne, on revivait toutes les souffrances du désarroi et de l'amertume. A comparer enfin les promesses fiévreuses de bonheur et de réussite dispensées par Hollywood au désespoir qu'on avait dû endurer en bout de course, on rechutait dans le marasme et la douleur.

Emmy ne voulait plus de Jonny dans sa vie, même pour un court laps de temps. Il aurait beau jurer s'amender et lui offrir la stabilité, la sécurité, un foyer digne de ce nom — tout ce qui lui paraissait inestimable par le passé —, désormais, elle préférait résolument la solitude à sa compagnie.

En revenant dans le séjour, elle le retrouva dans la posture même où elle l'avait laissé.

— Bonne nuit, lui dit-elle.

— Bonne nuit, Em.

52

Une fois réinstallée à New York, Toni avait essayé d'oublier sa peine en retrouvant ses plaisirs de célibataire. Cependant, la vie trépidante de la grande ville, qui lui manquait tant naguère, lui paraissait maintenant d'une frénésie vaine et stérile. Les réceptions endiablées dont elle gardait le souvenir nostalgique lui semblaient insipides. Elle rechignait à confier son désarroi à ses anciennes relations. Même les visites qu'elle rendait à ses parents dans le Connecticut ne la réconfortaient plus comme avant, ces derniers estimant qu'elle devrait retourner auprès de son époux.

De son côté Dom, pourtant, n'avait pas essayé de la joindre.

Justin Groome, en revanche, se montra ravi de la revoir. Non seulement il comprenait son geste, mais il l'encourageait à envisager l'avenir sous des couleurs plus sereines. Il lui offrit de si somptueux déjeuners et lui témoigna tant de sollicitude qu'elle commença à regretter de l'avoir jadis considéré comme un requin avide et sans scrupule.

— Et si vous repreniez votre ancien boulot ? lui proposa-t-il un jour.

— Je doute que Marianne me le rende de bonne grâce.

— Entre nous, Marianne est loin d'avoir votre compétence. J'ai déjà prévenu Susan que je comptais changer d'agence pour ma campagne sénatoriale.

— Ah bon ?

— Susan en a été bouleversée, naturellement. Cela dit, si vous êtes disposée à reprendre les rênes de Whitfield Communications, je reviendrai aussitôt sur ma décision. Pourquoi n'appelez-vous pas Susan ? Discutez-en toutes les deux.

— J'y réfléchirai.

— Susan me manifeste une certaine froideur depuis peu, reprit Justin sur un ton soucieux. J'ai moins de temps à lui consacrer qu'auparavant et je crois qu'elle m'en tient rigueur. Enfin, c'est ainsi que je l'interprète. Peut-être acceptera-t-elle de s'en ouvrir à vous.

Toni téléphona à Susan dans l'après-midi.

— Toni, ma chérie, quel plaisir de vous entendre ! Où êtes-vous donc ?

— A New York.

— Dom est avec vous ?

Toni fut à la fois étonnée et irritée de constater que celui-ci n'avait rien dit à sa mère.

— Nous nous sommes séparés, répondit-elle. Il ne vous en a pas informée ?

— Oh, non, il ne m'en a pas soufflé mot ! constata Susan d'une voix affligée. Comment en êtes-vous arrivés là ?

— Je me le demande encore, rétorqua amèrement Toni.

— Oh, mon enfant…

— Susan, j'ai besoin de vous parler au sujet de l'agence.

— Vous désirez reprendre votre poste ? J'en serais enchantée, et Marianne aussi, je crois. Il me semble qu'elle manque encore un peu d'expérience.

Toni émit un soupir de soulagement.

— Merci, Susan. L'inactivité me pèse terriblement.

— Et si j'organisais une petite réunion à trois la semaine prochaine ? Comme ça, nous pourrions vous remettre dans le bain.

Toni s'abstint d'interroger Susan sur la réserve qu'elle témoignait depuis peu envers Justin. Elle revit cependant le député en maintes occasions, et plus encore après qu'elle eut recouvré ses responsabilités à la tête de Whitfield Communications. Groome lui affirma à plusieurs reprises qu'il aurait raté sa campagne sans son assistance. Son estime la rasséréna, mais sans combler le sentiment de vide qui la taraudait — car si elle ne pleurait plus comme en Californie, bien souvent elle se sentait encore plus seule qu'auparavant.

— Il te faut un amoureux, lui déclara Marianne au cours d'un déjeuner, par une belle journée de printemps.

Elles étaient allées prendre des sandwichs dans Paley Park, sur la 53e Rue. Toni s'était entichée de cette oasis perdue au milieu de la ville et venait y passer la plupart de ses pauses-déjeuner. Elle aimait le babil frais de la cascade dont le rideau soyeux nappait le mur d'enceinte, le couvert des arbres, la sensation d'y être à l'abri du monde extérieur.

— Je ne crois pas, répliqua-t-elle. Je vais plutôt réaménager mon appartement de fond en comble.

Ses parents avaient pris la même résolution après son départ, quelques années plus tôt ; et, comme eux, elle avait désormais envie de reconstituer autour d'elle l'espace d'une nouvelle existence.

— Tu ne désires donc pas retourner à Los Angeles ?

Elle l'ignorait. Si Dom venait la chercher, le suivrait-elle ? Si un soir il sonnait à sa porte et lui affirmait ne pouvoir vivre sans elle, que lui répondrait-elle ? Elle ferma les yeux pour s'imaginer la scène. L'espace d'un instant, son cœur s'emballa.

Malheureusement, Dom ne ferait jamais une chose pareille. Ce serait plutôt lui qui l'attendrait, non l'inverse.

— Je ne pense pas, répondit-elle enfin.

— Je suis désolée. Un divorce est toujours douloureux.

« Un divorce… »

— Changeons de sujet, veux-tu ? Parlons plutôt de mon appartement. J'ai pas mal de travaux en tête.

— Je connais l'adresse d'une entreprise qui a accompli du bon boulot chez mon frère.

— Parfait. Pour commencer, je crois que je leur demanderai de mettre des carreaux de marbre dans la salle de bains.

— Une salle de bains en marbre ? C'est une idée magnifique !

— Et puis j'ai toujours eu envie d'installer des étagères sur le mur du séjour. La pièce aura ainsi l'allure d'une authentique bibliothèque. Je voudrais cependant un meuble original — avec des tablettes en marbre, par exemple.

— Ça risque de te coûter cher, tu sais.

— Bah ! rétorqua Toni en haussant les épaules. De toute façon, je n'ai pratiquement rien dépensé durant ces deux dernières années. J'ai bien le droit de me payer une petite folie.

Elle appela la société recommandée par Marianne, et ils convinrent d'entamer les travaux par la bibliothèque.

Elle fournit un double de ses clés au menuisier, puis

partit chez ses parents pour quelques jours. A son retour, le lundi suivant, elle trouva le séjour sens dessus dessous. Des bâches recouvraient les meubles repoussés contre les murs. Au milieu de la pièce trônait un établi sur lequel était penché un homme torse nu, la poitrine maculée de poussière, une scie circulaire au poing. Le bruit de l'appareil ressemblait au crissement d'une roulette de dentiste, en dix fois plus puissant.

Toni laissa échapper un gémissement. Le menuisier releva les yeux, la salua d'un bref hochement de tête et poursuivit son ouvrage. Son visage long et anguleux rappelait à Toni la gueule d'un loup. Sa peau d'un noir d'ébène était luisante de sueur.

Elle le contourna pour se réfugier dans sa chambre. Elle ôta sa veste, la jeta sur le lit et se rendit dans la salle de bains.

Le bruit de la scie s'arrêta. Quand elle ressortit de la chambre, le menuisier était en train de ranger ses outils. Toni désigna le séjour d'un air abattu.

— Quand aurez-vous fini ? s'enquit-elle.

Il haussa les épaules.

— Dans deux semaines, je pense.

C'était la première fois qu'il ouvrait la bouche. Toni fut frappée par la musicalité de sa voix. Il s'exprimait avec un fort accent français. Elle le détailla avec plus d'attention. Il avait les bras aussi massifs que des troncs d'arbre et ses cuisses, serrées dans un jean moulant, paraissaient aussi sveltes que musculeuses. Toni éprouva le désir subit de poursuivre la conversation.

— A quelle heure reviendrez-vous demain ?

— Dans la matinée.

Il referma sa trousse à outils avec une nonchalance agaçante.

— Désirez-vous boire une bière avant de partir ?

Son regard s'alluma un bref instant.

— Non, merci, dit-il enfin. Il faut que je parte.

— Comment vous appelez-vous ?

— Pierre.

— Moi, c'est Toni. D'où êtes-vous ?

— D'Haïti, répondit-il en esquissant un vague sourire. A demain, donc. Vous serez là ?

Toni hocha la tête. Après l'avoir raccompagné à la porte, elle alla dans la cuisine se préparer un verre. Oui, se promit-elle, elle referait sa vie.

Sans Dom.

Aussitôt, elle fondit en larmes.

53

Terrassé par une grippe opportune, Jonny demeura chez Emmy un mois durant. Quand il se fut un peu remis, il répéta à l'envi qu'il allait repartir à Los Angeles. Mais il semblait n'avoir plus une once d'énergie.

L'été fut précoce cette année-là ; le mois de mai connut des journées d'une touffeur moite. Un samedi, Jonny et Emmy se rendirent à Coney Island. Sitôt arrivés, ils se hâtèrent de traverser la foule de l'antique parc d'attractions pour rejoindre la grève, comme si en se pressant ils espéraient retourner sept ans en arrière, jusqu'à l'étendue dorée de sable et de soleil de la plage de Malibu.

La canicule était telle qu'ils coururent aussitôt se couler dans les flots. Dérivant paresseusement au rythme d'une houle languissante, Jonny ferma les paupières et s'efforça de nourrir des pensées propres à dissiper son sempiternel besoin d'alcool. La vision qui s'imposait le plus intensément à son esprit était celle de son luxuriant jardin de Pacific Palisades. Il croyait même sentir le parfum des orangers en fleur…

Il flottait dans la piscine et voyait Emmy descendre gracieusement de la terrasse, franchir d'un pas aérien l'escalier de dalles brunes qui menait à la pelouse, sa chevelure auburn chatoyant au soleil, ses jambes hâlées luisant d'huile de bronzage. Puis ils s'aimaient dans l'eau, alors que le jour se couchait. Emmy riait à l'un de ses propos. Elle riait constamment en ce temps-là.

Et ils faisaient l'amour partout. Sur la pelouse. Sur le balcon. Sur le sol de la cuisine… Il était étendu sur le dos, contre le carrelage d'une blancheur aussi étincelante que d'habitude. La chair d'Emmy, contre son corps arc-bouté, était aussi fraîche que les carreaux sous sa peau… « Madame va être servie », le prévenait-elle au paroxysme de la volupté et, parfois, lorsqu'ils recevaient des amis ou que l'employée de maison se trouvait dans une des chambres à l'étage, il plaquait doucement une main contre sa bouche pour étouffer ses gémissements. Il adorait la voir ainsi…

— Pourquoi ne m'as-tu pas dit qu'APG avait résilié le contrat de *Flaming Forest* ? s'enquit-elle, la face tournée vers le ciel, ses orteils chatouillant la crête des vagues.

— Je l'ai appris le jour même où tu es partie. Je pensais que tu t'en ficherais.

— Et tu n'avais sans doute pas tort, admit-elle.

Leur séparation avait apporté en elle des changements qui le chagrinaient. Il regrettait qu'elle eût troqué son aguicheur Bikini doré pour cet austère maillot noir une pièce. Il regrettait de ne plus l'entendre rire autant qu'auparavant. Il regrettait de ne plus vivre avec elle.

— T'arrive-t-il de repenser à la maison ? lui demanda-t-il soudain.

— A la résidence de Pacific Palisades ?

— Oui. Nous y avons passé de si merveilleux moments.

Elle ferma les yeux.

— C'est curieux, répliqua-t-elle. Dans mon souvenir, j'y étais le plus souvent seule.

— Comment ça ? J'étais là tout le temps.

— Oh, non, tu n'étais jamais là ! Cependant, ajouta-t-elle, je dois reconnaître que l'endroit était splendide. Est-ce que Dom s'y plaît ?

Elle rouvrit les paupières et surprit le regard inquisiteur de Jonny.

— Ça veut dire quoi : « Je n'étais jamais là » ?

— Que je ne me rappelle absolument pas t'y avoir croisé une seule fois. Bizarre, non ? Car enfin, tu as bien dû y séjourner de temps à autre.

— Souvent, même.

— Vraiment ?

Jonny se tint coi un instant.

— Je n'ai jamais compris pourquoi ma liaison avec Jeannette t'avait mise dans cet état, reprit-il enfin. Ce n'était pas ma première aventure, pourtant.

— Je sais. Me tromper t'était aussi indispensable que l'oxygène pour respirer.

— Presque aussi indispensable, répliqua-t-il sur un ton taquin.

Emmy plongea au creux d'un rouleau à l'aspect accueillant.

— Je me souviens encore du premier jour où j'ai songé à te quitter, poursuivit-elle d'une voix haletante en rejaillissant des flots. Tu t'étais emporté contre la couleur de cheveux que Jeannette avait adoptée pour l'un de tes films. Tu avais invité quelques membres de l'équipe à la maison. Tu les as entraînés dehors et tu leur as montré ta nouvelle Porsche en proclamant que sa peinture mordorée était la seule teinte adéquate.

Jonny rit aux éclats.

— Ce n'est pas que tu aies voulu divorcer qui me sidère, mais que tu m'aies tout simplement épousé.

Emmy plongea derechef et exécuta un roulé-boulé entre deux eaux.

— Est-ce vrai, Em ? s'écria-t-il lorsqu'elle émergea.

— Quoi donc ?

— Que tu m'as épousé uniquement pour mon talent ?

— Quel talent ?

— Ne détourne pas la conversation.

— Si je te répondais que c'était par amour, tu ne me comprendrais pas. Tu as toujours estimé qu'aimer quelqu'un et se servir de lui revenait au même.

— Je t'aimais quand je t'ai demandé de m'épouser.

— Tu vois ?

— Non.

Elle haussa les épaules.

— Prétends-tu que nos rapports m'étaient favorables, et pas à toi ? insista-t-il.

— Je n'irais pas jusque-là. Moi aussi, j'ai profité de toi. Et peut-être n'aimons-nous en général que les personnes qui nous apportent quelque chose, qui sait ?

— Et comment me suis-je servi de toi ?

Ce fut au tour de la jeune femme de rire.

— Je me rappelle pour ma part que je t'aimais sincèrement, poursuivit Jonny d'une voix égale. Je me rappelle mes caresses, ma tendresse envers toi. Certes, je rencontrais d'autres femmes, mais je n'en ai jamais chéri aucune autant que toi.

Emmy se mit à nager vers le rivage. Jonny la suivit.

— Tout cela doit t'affliger, n'est-ce pas ? s'enquit-il.

— De quoi parles-tu ?

— De moi. De ce que je suis devenu.

— Non, pas vraiment.

— Ah ! Alors tu t'en réjouis, tu te sens vengée par le destin.

— Non plus.

Il garda le silence un moment.

— Je n'ai pas changé, tu sais, murmura-t-il. J'ai toujours les mêmes rêves et les mêmes ambitions qu'à dix-huit ans. Seulement, à l'approche de la cinquantaine, ces désirs juvéniles semblent grotesques. Et pourquoi, grands dieux ? Dans ma jeunesse, tout le monde m'encensait alors que je n'avais encore rien accompli, et maintenant on me considère comme un raté uniquement parce que je n'ai pas sorti des chefs-d'œuvre chaque année.

— Il est vrai que tu n'as pas eu de chance. Mais tu l'as bien cherché aussi, avec toutes tes frasques et tes beuveries…

Il ne releva pas cette dernière remarque. Après s'être séchés, ils s'allongèrent sur le sable.

— Quel artiste n'a jamais produit que des chefs-d'œuvre de sa jeunesse à sa maturité ? reprit-il. Tout créateur doit forcément affronter un jour la panne, l'assèchement, la défaillance, la frustration… le mauvais sort. Et ce, pendant des mois, voire des années. Pourquoi la société ne pourrait-elle pardonner ces instants d'égarement ? Personne ne peut être constamment génial. La nature humaine a ses limites et, par Dieu, un homme n'en devient pas un raté pour autant !

Il s'échauffait peu à peu.

— Moi, en tout cas, je ne me juge pas comme un raté. Moyennant un petit coup de pouce, je pourrais livrer le summum de mon art, j'en suis sûr. Hélas ! ce petit coup de pouce, je le réclame encore. Un artiste, ici-bas, n'a le droit de connaître que des hauts. Les bas lui sont fatals.

— Ainsi va Hollywood.

— Non, pas seulement Hollywood, mais le monde dans son ensemble.

— Eh bien, c'est que le monde n'a pas été conçu par les artistes ni pour eux. Il a été forgé par les hommes politiques pour le bonheur des masses.

— Et ces deux univers n'ont rien en commun.

— Si, rétorqua-t-elle — avec le même entêtement aveugle que jadis, songea Jonny. Les politiciens doivent eux aussi apprendre à remonter la pente, tout comme les hommes d'affaires. Quant aux sportifs, leur sort est encore pire. Seules comptent leurs dernières performances, aussi négatives soient-elles. La société entière jauge chacun de ses membres à l'aune de ses réalisations les plus récentes. Pourquoi les artistes devraient-ils constituer une exception ?

Jonny se redressa en soupirant. Voilà longtemps qu'il la plaignait de ne pas être une grande créatrice et de ne rien comprendre à l'art — au sien en particulier.

— On vit une vie de dingue, marmonna-t-il.

— Oui, mais justement, c'est la vie.

Un Frisbee les frôla tout à coup. Jonny sauta sur le côté pour le rattraper et le relança avec fougue à trois adolescentes qui jouaient près des vagues.

— Vraiment dingue, répéta-t-il en se recouchant sur le sable.

— Alors, c'est que la vie elle-même est dingue, confirma Emmy en fermant les yeux, bercée par la chaleur du soleil et les cris des mouettes.

Dans ce cas, pensa Jonny, il était étrange qu'elle parût autant l'aimer, cette vie. En ce qui le concernait, il la trouvait parfois si insensée qu'il avait envie de se prendre la tête à deux mains pour la remettre à l'endroit.

La métaphore lui plut. Peut-être pourrait-il en tirer

un gag. L'idée seule lui semblait déjà du plus haut comique.

— Je travaille en ce moment sur un nouveau scénario, dit-il.

— Ah oui ?

— Hum… Tu ne crois plus en moi, je le vois bien.

— Mais non, tu te trompes.

— Tu trouveras sans doute l'intrigue déprimante, mais les gags sont épatants.

— Je sais. Tes gags ont toujours eu le don de me faire pleurer.

Jonny prit un air enchanté.

— C'est que ces gags-là sont les meilleurs.

Ils achetèrent des clams farcis et burent des Coke. L'un et l'autre auraient préféré de la bière. Ils déambulèrent le long de la large promenade de bois. Plus tard, Emmy retourna se baigner. Ses hanches se balançaient langoureusement tandis qu'elle marchait vers les vagues. Ses longues jambes étaient pâles et soyeuses. Jonny demeura étendu sur le ventre pour dissimuler son émoi. En même temps, il plaignait la jeune femme. « On n'éprouve de la pitié que pour les gens dont on se sert, pensa-t-il. Et aussi pour les gens qu'on aime, à en croire Emmy. »

— Je repartirai avant la fin de la semaine, lui annonça-t-il quand elle revint vers lui.

— Comme tu veux.

— Je te remercie de m'avoir accueilli chez toi si longtemps.

— Je t'en prie.

Il lui tendit la main ; elle la serra.

— Tu es si distante avec moi, lui dit-il à voix basse.

— Je me protège, voilà tout.

Le soleil se couchait à l'horizon, dans une brume cotonneuse. Les personnes autour d'eux commençaient à ranger leurs affaires. Ils restèrent encore un moment sur la plage et, silencieusement, regardèrent les flots s'assombrir. Chacun se demandait à quoi pensait l'autre, mais s'abstenait de s'en enquérir, connaissant d'avance la réponse.

Jonny aurait souhaité ne plus jamais quitter Emmy. Mais il savait que la jeune femme ne voudrait pas en entendre parler.

54

Ce fut à la mi-août que parut dans *Monday Week* le premier article sur Justin Groome. Lark le parcourut avidement, mais à sa grande déception, elle n'y trouva aucune mention de Penny Houten ni de Violet Sumner. Emmy n'avait révélé que des détails déjà plus ou moins connus du public : une histoire de tricherie à un concours — que la puissante famille du député avait tenté d'étouffer —, les trois échecs successifs aux examens semestriels de l'université, les manœuvres des parents pour lui éviter d'être envoyé dans les troupes d'intervention en Corée…

Lark se consola néanmoins en songeant que cet article n'était que le premier d'une longue série. Emmy était certainement en train de préparer ses lecteurs à la révélation des ignominies les plus marquantes qui avaient jalonné la scandaleuse carrière du député.

— Vous me semblez particulièrement joviale depuis quelque temps, lui fit un jour remarquer Carl. Serait-ce dû à l'article du *Monday Week* ?

— Vous êtes au courant ?

— Je lis les journaux de temps en temps, ma chère. En outre, vous devez vous douter que je m'intéresse à tout ce qui se rapporte à Justin Groome.

De Dom, en revanche, il n'avait plus reparlé à la jeune femme depuis son retour de Venise. Elle voyait désormais si peu le président d'APG qu'elle se sentait moins disposée que jamais à lui confier la véritable identité de son père.

Quelques semaines plus tard, le *Monday Week* publia un deuxième article relatif aux liens occultes du politicien avec des hommes d'affaires véreux, ainsi qu'à la rumeur l'accusant d'avoir soudoyé une partie de son électorat durant sa dernière campagne. Sur Penny, nul mot encore. Ces insinuations furent cependant reprises et étoffées durant tout l'été dans les colonnes de plusieurs autres périodiques de l'Etat et du pays.

En septembre, enfin, le magazine fit une première allusion aux viols de Violet et de Penny. Peu après, il retranscrivait le témoignage de Lark. La responsabilité de Groome devint alors patente, exactement comme la jeune femme l'avait espéré, et la cote du politicien se mit à chuter. Lark était aux anges. L'affaire se trouvait décidément en bonne voie.

Ce même automne débuta le tournage du bout d'essai du feuilleton *Romance !*

Cependant, Lark ne comptait pas s'en tenir là. Cela faisait un an qu'elle était à APG. L'heure était enfin venue de proposer le synopsis sur Justin Groome. S'il plaisait à Trent, ce dernier inscrirait l'examen du dossier à l'ordre du jour de la réunion suivante. Et si ses collègues l'appréciaient à leur tour, Dom pourrait difficilement opposer son veto au projet, aussi proche du député fût sa famille.

Elle transmit donc le manuscrit à Trent un soir avant de quitter le travail, estimant qu'il lui faudrait au moins un mois avant de venir à bout de sa lecture.

A sa grande surprise, il l'appela par l'Interphone dès la semaine suivante pour lui demander un entretien.

— J'arrive tout de suite, répondit-elle.

Assis sur son bureau, le dos tourné, Trent contemplait le paysage par la fenêtre. Il pivota sur lui-même lorsque Lark frappa au battant de la porte ouverte.

— Entrez, lui dit-il. Prenez un siège.

— Bonjour, Trent.

— J'ai lu votre synopsis avec intérêt. Les reconstitutions de faits divers rencontrent un vif succès en ce moment. Et le personnage principal de votre documentaire est précisément sur la sellette depuis quelque temps. Maintenant, les éventuelles conséquences juridiques de ce projet m'inquiètent. Comme vous le savez, le bonhomme nie tout en bloc. De plus, il a l'intention de mener campagne pour les sénatoriales de l'année prochaine, et ce documentaire risque de lui déplaire.

— Et alors ?

Trent la considéra d'un coup d'œil intrigué.

— Lui en voudriez-vous personnellement, par hasard ?

Elle secoua la tête et rétorqua, avec une rage qu'elle regretta aussitôt :

— Mais regardez un peu ce qu'il a fait… Ce type est une ordure !

— Une *prétendue* ordure. Tant qu'il n'aura pas été condamné en bonne et due forme, il ne cessera de crier à la calomnie. Et si jamais il est acquitté, nous aurons l'air malin.

— Dans le *Monday Week*…, commença Lark.

— Le *Monday Week* court après le scoop comme tous les autres journaux. Et comme tous les autres journaux, il défend ses arrières : jamais il n'a présenté les faits comme établis.

— Ne pourrions-nous nous servir de l'article à titre de caution ?

Trent parut réfléchir.

— Je vais vous dire comment nous allons procéder. Je vais soumettre votre projet à Dom. Il a du flair pour ce genre de coup. Selon moi, il va le rejeter dès la première ligne — mais je peux me tromper. De toute façon, je ne peux rien faire de plus.

— C'est déjà beaucoup. Merci, Trent.

— Un mot encore, Lark, lui lança-t-il alors qu'elle s'apprêtait à partir. Votre synopsis est du tonnerre. J'ai toujours pensé que vous aviez du talent, mais je suis quand même impressionné.

Une fois de retour dans son bureau, Lark éprouva un profond abattement. Elle avait le pressentiment que Dom craindrait infiniment plus les poursuites judiciaires qu'il ne souhaiterait dénoncer les « prétendus » forfaits de Groome.

L'avenir, hélas, lui donna raison ! Quelques jours plus tard, Dom vint lui rendre visite dans son bureau. Elle était en train de grignoter un sandwich à l'avocat tout en triant du courrier, et elle se sentit en état d'infériorité du fait qu'elle avait la bouche pleine.

— Vous ne prenez donc même pas le temps de sortir pour déjeuner ? s'enquit Dom, l'air embarrassé.

— Pas aujourd'hui, non.

Elle avala promptement sa bouchée et s'essuya les mains à une serviette en papier tout en espérant que sa joie de le revoir n'était pas trop visible.

— Bonjour, Dom.

Ce dernier referma la porte et tira une chaise à lui.

— Il est déjà 14 h 30. Vous devriez vous sustenter un peu plus tôt dans la journée.

— Je ne savais pas qu'il était si tard.

— Enfin, peu importe. Je suis venu vous parler de ceci, dit-il en déposant le manuscrit sur son bureau. Réaliser ce documentaire est exclu, Lark. Je comprends votre déception, mais nous ne pouvons produire une pareille émission. Il se trouve que je connais bien le député Groome, et il n'est pas homme à subir les attaques sans riposter. Il nous traînera devant les tribunaux jusqu'à ce que mort s'ensuive.

— Mais nous pourrions aussi gagner le procès, non ?

— D'ici là, il nous aura tellement malmenés que plus aucune chaîne n'acceptera de travailler avec nous.

— Même si nous arrivions à prouver ce que nous avançons ?

— Là est le hic. Prouver ce genre d'allégations est pratiquement impossible. Votre propos est ahurissant, et votre synopsis rudement bien ficelé. De plus, non seulement je connais Groome, mais j'ai connu aussi l'une des jeunes filles dont il aurait abusé, Penelope Houten, et je ferai tout pour démontrer qu'elle était innocente dans toute cette affaire. Maintenant, je vous le répète, nous n'avons aucune preuve. Et sans preuve, le procès nous pend au nez.

Lark se mordit la lèvre.

— Et si moi, je vous prouvais que chaque hypothèse émise dans ce manuscrit est exacte, me donneriez-vous alors le feu vert ?

— Si tel était le cas, Groome serait à l'heure actuelle en prison. Or, s'il n'y est pas, c'est que de telles preuves n'existent pas.

— Je crois…, poursuivit Lark avec hésitation, je crois qu'Emmy Elson, l'auteur des articles du *Monday Week*, cherche justement à localiser Penelope Houten.

Cette dernière saurait elle-même confirmer ou non cette histoire.

Elle leva les yeux vers Dom et vit une souffrance fugitive voiler son regard.

— Laissez tomber, lui murmura-t-il d'une voix douce. Emmy ne la retrouvera jamais.

— Pourquoi ça ?

— J'ai connu Penny, vous dis-je. Elle vivait avec ma mère au moment de sa disparition. Nous avons remué ciel et terre pour la retrouver. La police, et plus tard le F.B.I., nous ont prêté main-forte. Sans succès. Emmy s'imagine seulement lui avoir parlé, c'est tout.

— Il se pourrait néanmoins que Penelope Houten sorte de sa cachette si on lui offrait l'occasion de se venger et de dénoncer le vrai coupable — à savoir Justin Groome.

— Votre opinion me paraît bien hâtive. Et si le *Monday Week* avait volontairement gonflé l'affaire ?

— Non, je suis certaine que non.

Il la dévisagea avec perplexité.

— Vous semblez attacher autant d'importance à ce projet qu'à *Romance !*...

Pas autant : plus, cent fois plus, aurait-elle voulu lui hurler. Elle attendit en tremblant le verdict final de Dom.

— Je suis désolé, déclara-t-il enfin. Je ne vois pas comment nous pourrions nous en sortir. Votre synopsis est néanmoins remarquable. Si Groome était d'ores et déjà derrière des barreaux, je vous autoriserais à rédiger le scénario sans aucune hésitation.

— Mais c'est justement un tel documentaire qui l'empêchera de recommencer.

— Nous n'avons pas à remplir l'office du ministère public, rétorqua Dom en la gratifiant d'un sourire touchant. J'en suis vraiment navré, mais je dois vous dire non. J'attends votre prochaine proposition avec impatience. Vous pouvez être sûre que je l'examinerai immédiatement.

Lark fut trop irritée pour garder un ton affable.

— En d'autres termes, je n'ai droit qu'à un prix de consolation, répliqua-t-elle sèchement. Enfin, merci quand même.

Dom la contempla un instant encore, vaguement troublé, puis il sortit de son bureau.

Lark s'empara du manuscrit et le jeta contre le mur.

55

Toni s'était postée à la porte de l'appartement en terrasse de Justin Groome pour accueillir les invités. L'immense séjour avait été apprêté pour l'occasion. C'était la première campagne importante de collecte de fonds que Toni avait organisée depuis son retour à la tête de Whitfield Communications. Elle avait loué des chaises pliantes argentées et prévu un buffet raffiné offrant plusieurs sortes de thés, du café, des biscuits, des petits pains, des gâteaux et un plateau de fromages. Une magnifique composition florale de fuchsias, d'iris et de verges d'or s'épanouissait sous la baie vitrée.

— Le bouquet mettra une note chaleureuse dans ce gigantesque hall de gare, avait déclaré Marianne quand elles avaient réglé ensemble le détail de la réception.

— Et empêchera l'assistance béate de tomber par la fenêtre, avait ajouté Toni avec aigreur.

Les allégations acerbes des journaux ne cessaient de lui revenir à la mémoire. Chaque fois qu'elle posait les yeux sur Justin, elle se demandait malgré elle : « Aurait-il été réellement capable de violer ma sœur ? De la tuer ? »

Cela semblait absurde, et pourtant, un doute persistant la taraudait.

— Bienvenue, lança-t-elle à une délégation du Connecticut. Merci... Oui, le bar est juste devant vous. Prenez-y un verre. Des chaises sont à votre disposition près du buffet.

Les mots s'échappaient de ses lèvres comme une litanie apprise par cœur.

Les nouveaux arrivants se firent plus rares.

La jeune femme éprouvait la désagréable impression d'être observée. Mal à l'aise, elle résolut de s'éclipser sans plus attendre pour regagner son appartement. Il était inutile qu'elle écoutât une nouvelle fois le discours de Groome. Dwight, l'attaché de presse du député, avait toute la compétence requise pour éluder les éventuelles questions embarrassantes de la presse. Groome serait certainement irrité de ne pas l'avoir à son côté pour lui apporter la caution de sa présence, mais elle n'en avait cure. Sa carrière lui était devenue nettement moins importante qu'à l'époque de son mariage avec Dom.

Le ciel d'octobre était d'un bleu vif et la bise mordante. Se félicitant d'avoir revêtu son manteau de vison, Toni se hâta de franchir la dizaine de blocs qui la séparaient de son appartement.

Le menuisier haïtien était dans le séjour, en train de monter la nouvelle bibliothèque. Toni avait interrompu les travaux de rénovation pour l'été, peu désireuse de camper dans un chantier. Marianne l'avait cependant encouragée à les terminer avant la fin de l'automne, et elle avait elle-même fini par s'en accommoder. De toute façon, le duplex n'était plus vraiment son foyer. Elle en était restée éloignée trop longtemps.

En apercevant le menuisier, elle ressentit néanmoins un choc, et dut bientôt reconnaître qu'elle n'avait reporté les travaux qu'en raison de l'attirance qu'elle éprouvait pour ce dernier. Il la salua d'un hochement de tête.

— Vous en avez encore pour longtemps ? s'enquit-elle.

— Jusqu'à 17 heures, répondit-il en reprenant aussitôt son ouvrage.

Toni retira son manteau et le rangea avec soin dans la penderie avant de se rendre dans la cuisine. Elle se versa un jus d'orange, puis le corsa d'un filet de vodka. Elle entendait le menuisier donner des coups de marteau dans la pièce d'à côté. Elle imagina ses robustes mains posées sur son dos, leur contact ferme, leurs caresses apaisantes. Pourquoi avait-elle ainsi besoin d'être rassurée ? Elle essaya de chasser ce fantasme de son esprit. Non, pensa-t-elle, ce n'était pas parce que Dom lui manquait affreusement qu'elle allait pour autant se jeter dans les bras du premier venu.

Un sanglot incoercible lui monta à la gorge. Depuis quelque temps, elle se sentait au bord de la dépression nerveuse.

— Excusez-moi, lui murmura Pierre depuis le seuil de la cuisine, mais j'ai un petit problème.

Toni parvint à se dominer et le suivit dans le séjour.

Pierre l'observa un moment sans mot dire.

— Alors, quel est ce problème ? lui demanda-t-elle d'une voix sèche.

— Cette étagère-là, dit-il. Vous l'avez voulue plus courte que les autres. Or, ce sera la seule à ne pas s'aligner sur l'encadrement de la fenêtre, et je crois que ça fera moche.

Elle examina l'étagère en question. Toute son attention était cependant concentrée sur la large main qui la tenait, sur les veines qui saillaient de sa peau brune, sur les muscles de ses bras nus. Il portait un T-shirt rouge dont il avait roulé les manches, ainsi qu'un jean délavé. Toni eut soudain envie de le voir nu, de promener ses doigts sur la sciure qui poudrait son corps, d'y tracer des volutes, lentement, le long de ses cuisses, de son ventre plat et ferme. Elle se ressaisit. Pierre la considérait avec une expression amusée.

— Arrangez ça au mieux, marmonna-t-elle gauchement.

— Comme vous voudrez.

Il consulta sa montre et se retourna pour ranger ses affaires. Toni contempla ses mains qui empoignaient les outils, les imaginant sur ses seins. Elle en sentit les pointes durcir, puis, alors qu'il renfilait un vieux pull bleu, elle s'aperçut qu'en fait elle avait froid.

— Dites-moi, Toni — je peux vous appeler Toni, n'est-ce pas ?

Elle hocha la tête, savourant l'intonation basse et caverneuse avec laquelle il avait prononcé son prénom.

— Je suis invité au vernissage d'un ami ce soir. Voudriez-vous m'y accompagner ?

Toni écarquilla les yeux.

— Volontiers, répondit-elle avec une spontanéité qui l'étonna elle-même. Où se trouve la galerie ?

— Dans l'East Village.

L'East Village ! Toni demeura un instant déconcertée. D'ordinaire, elle ne daignait même pas assister à des vernissages dans Soho. Tous ses amis artistes exposaient plutôt dans Madison Avenue ou la 57e Rue, là où ce genre d'événements mondains réunissait champagne, caviar et manteaux de fourrure. Elle serait assurément déplacée dans l'East Village.

Devinant néanmoins que Pierre cherchait surtout à la provoquer, elle ne sut résister à l'envie de relever le défi.

— Je rentre à la maison prendre une douche et me

changer, reprit-il. Rendez-vous à la galerie, à l'angle de l'Avenue C et de la 11e Rue.

La provocation devenait manifeste. Toni hésitait à se risquer dans les bas quartiers uniquement pour y retrouver un quasi-inconnu. La solitude ne la pousserait tout de même pas à une pareille folie. Oh, non !

— D'accord, s'entendit-elle répliquer.

A 19 h 30, un taxi déposait la jeune femme à l'endroit convenu. Une bande de blousons noirs traînaient dans le coin, des canettes de bière à la main.

Toni regretta de n'avoir pas mis un pantalon avant de venir. Elle aurait moins attiré les regards qu'en minijupe et manteau de fourrure.

Elle régla le chauffeur et sortit de la voiture.

— Quelle honte, murmura quelqu'un.

Une jeune fille en short, les cheveux oxygénés, s'était approchée d'elle pour tâter la manche de son manteau.

— Pauvres bêtes, poursuivit-elle. Comme elles ont dû souffrir quand on les a écorchées.

— Ouais, et il faut bien cinquante peaux pour un manteau pareil, renchérit un des garçons avec dégoût.

— Soixante, plutôt.

— Hein ? Quoi ?

Toni était peu accoutumée à ces manières directes. En outre, elle n'aurait jamais pensé que sa somptueuse fourrure pût susciter un autre sentiment que l'envie.

— Et le massacre ne s'arrête pas là, reprit la jeune fille en toisant Toni d'un regard accusateur. Pour soixante visons capturés vivants, une centaine d'animaux supplémentaires sont accidentellement tués par les pièges — des chiens, des cerfs, des chats, des lapins…

Toni passa son chemin, se maudissant déjà d'avoir

accepté l'invitation de Pierre. Tous ces gens n'étaient décidément pas de son monde.

La galerie était bondée. Toni croyait sentir tous les yeux se poser sur son manteau et la considérer avec mépris. Elle fendit la foule d'un air hautain.

Mais où se cachait Pierre, bon sang ?

Elle se fraya un passage jusqu'au bar pour demander un remontant. Elle n'avisa cependant aucun serveur. Une simple table en formica se dressait devant elle, surmontée d'un pichet de vin blanc et de gobelets en plastique. Le vin n'était même pas frais. Toni détourna la tête avec une grimace. Elle ne pouvait décemment ingérer ce breuvage. C'est alors qu'elle aperçut Pierre. Il conversait avec une gigantesque femme moulée dans une combinaison orange à rayures vertes. Un gros anneau d'or lui sortait du nez et plusieurs autres petites boucles lui ornaient l'oreille. Comme elle ouvrait la bouche, Toni remarqua un éclat métallique à la pointe de sa langue. Il lui fallut quelques instants pour admettre que cette partie de son anatomie était également percée.

Relevant la tête, Pierre croisa le regard de Toni et vint aussitôt la rejoindre.

— Ah, vous voici. Vous vous amusez bien ?

— Pas vraiment.

— Et que pensez-vous des œuvres ?

Elle n'y avait pas encore prêté attention. Elle étudia un moment les immenses toiles blanches accrochées au mur. Des guirlandes de plastique — des tuyaux d'arrosage, semblait-il — y dessinaient de tortueuses circonvolutions.

— Pas grand-chose, répondit-elle. C'est de vous ?

— Non, d'une amie à moi. Je vous la présente ?

— Serait-ce la femme percée à laquelle vous parliez à l'instant ?

— Vous avez vous aussi les oreilles percées, lui rétorqua-t-il avec un sourire.

— Oui, mais j'hésite encore pour le reste.

— Mon amie ne se décide pas non plus pour les seins. Aussi a-t-elle opté pour la langue… et le clitoris.

— Quelle horreur !

— C'est une question de goût, expliqua Pierre en l'entraînant vers la porte. J'estime que les femmes devraient être libres de disposer de leur corps comme elles l'entendent. Maintenant, je dois vous avouer que toute mutilation me répugne. Y compris celle des oreilles, ajouta-t-il en souriant de nouveau.

— Mais ça n'a rien à voir ! protesta-t-elle.

— Vraiment ?

Ils se retrouvèrent sur le trottoir.

— Bon, dit-il, puisque l'art ne vous intéresse pas, allons plutôt manger un morceau.

Toni fut soulagée de l'avoir comme escorte. Pierre s'arrêtait parfois pour saluer des passants et leur dire quelques mots en français. Il paraissait connaître tous les habitants du quartier.

Ils ne rencontrèrent bientôt plus personne. Ils continuèrent à suivre la 11e Rue en direction de l'ouest.

— Où allons-nous ? demanda Toni alors qu'ils dépassaient un groupe de bâtiments incendiés.

— Chez moi.

— Je croyais que nous devions dîner.

— Je peux vous faire la cuisine, si vous avez faim.

Toni était confondue par son attitude. Il semblait agir uniquement à sa guise, sans même chercher à l'impressionner.

— Je suis un charmant garçon, vous savez, ajouta-t-il avec un clin d'œil. Vous n'avez pas à avoir peur.

— Je n'ai pas peur. Je suis seulement surprise. Vous

me connaissez à peine. Pour quelle raison voudriez-vous m'emmener chez vous ?

— Pour mieux vous connaître justement, répondit-il sur un ton dégagé.

Son appartement était situé sur Bowery. C'était un grand loft, où trônait un immense lit carré. Un poste de télévision était posé sur une table basse éraflée, entourée de trois chaises en aussi piteux état. Le reste de l'espace était occupé par des sculptures en plâtre et de bois. Toni se dépouilla de son manteau, qu'elle abandonna sur une pile de caisses près de l'entrée, et circula au milieu des statues, ébahie. Les œuvres étaient trop singulières pour qu'elle pût les apprécier, mais elles avaient un dessin vigoureux, un charme et une présence mystérieusement émouvants.

— Vous êtes un authentique créateur, déclara-t-elle.

— Non. Seulement un menuisier. L'art n'est pour moi qu'un passe-temps.

Il s'étendit sur le lit et la contempla à travers ses paupières mi-closes.

— Venez donc ici, dit-il en tapotant le matelas. J'ai envie de vous avoir près de moi.

Toni le rejoignit avec hésitation. Il glissa un de ses bras musculeux autour de ses épaules et se cala plus confortablement. Toni ferma les yeux.

Pierre lui caressait les cheveux d'un geste distrait. Ils demeurèrent silencieux un long moment. Une douce quiétude emplissait peu à peu la jeune femme. Elle avait l'impression de se sentir chez elle. L'atmosphère du loft était paisible. Les vociférations de deux ivrognes se disputant dans la rue paraissaient venir de très loin. Une pendule laissait entendre son frêle cliquetis. Le moteur du réfrigérateur s'enclencha avec un grondement sourd.

— A quoi penses-tu ? s'enquit enfin Toni.

Il sourit, les yeux toujours fermés.

— A l'une des peintures de l'exposition qui représentait un navire. J'ai un grand projet, tu sais. Dès que mes économies me le permettront, j'achèterai un bateau pour naviguer dans les Caraïbes. Je gagnerai ma vie en le louant aux touristes qui m'accepteront comme capitaine. Cette ville est pourrie, Toni. C'est surtout à ça que je pensais.

— Ah…

— Je suis venu ici pour essayer de m'en sortir. Je suis d'Haïti, je te l'ai déjà dit. C'est le plus beau pays du monde. Mais c'est aussi un enfer. J'y ai assisté à des scènes qui te glaceraient le sang. Moi, en tout cas, elles m'ont épouvanté.

Il marqua une pause.

— Oh ! Pierre…

— Je suis donc parti pour New York afin d'y commencer une nouvelle vie. Malheureusement, cette cité est la pire de toutes. J'y gagne de l'argent et je m'y suis fait de bons amis, c'est vrai, mais le coin est pourri quand même. Comment une telle richesse peut-elle y voisiner avec une telle misère ? Ça ne te brise pas le cœur, à toi, de voir des gens coucher dans la rue ? Les rupins ignorent donc tout le bien qu'ils pourraient apporter aux plus pauvres avec l'argent qu'ils dépensent pour un seul repas au restaurant ? Je croyais pourtant que l'Amérique était un pays civilisé.

Toni s'abstint de tout commentaire : elle appartenait elle-même aux classes privilégiées.

Pierre lui caressait toujours les cheveux.

— Et toi ? lui demanda-t-il.

— Quoi, moi ?

— Pourquoi es-tu triste ?

— Je ne suis pas triste... Enfin, si.

— C'est drôle, reprit-il au bout d'un moment, tu représentes tout ce que je déteste dans cette ville. Tu es riche, belle et, je suppose, insensible également aux malheurs d'autrui. Mais il y a en toi un je ne sais quoi qui m'attire — cela même qui me rend encore New York supportable.

Toni ne sut si elle devait en être flattée ou blessée.

Pierre se redressa sur un coude pour la dévisager d'un regard assoupi.

— Qu'est-ce qui peut me plaire ainsi en toi ?

— Je ne sais pas.

— Moi, si. Je le pressens, du moins. Il y a en toi une autre personnalité qui a soif de s'épanouir. Et je suis résolu à la découvrir. Oui, ce doit être ça. Je n'ai jamais su résister à un défi. Et New York en est un aussi.

Il effleura d'un doigt calleux ses sourcils, sa joue, sa bouche. Elle referma les paupières. Pierre lui toucha la gorge, la clavicule.

— Regarde-moi, murmura-t-il.

Elle rouvrit les yeux.

Il l'embrassa, força le barrage de ses lèvres. Ils se goûtèrent, longuement, sans se quitter du regard.

Toni s'entendit haleter.

La main de Pierre remonta le long de sa jambe. Elle surprit son expression ravie lorsqu'il s'aperçut qu'elle portait des bas. Elle sentit son entrejambe durcir contre sa hanche, sa main se poser sur son intimité, son ventre. Puis il passa délicatement sa paume sur l'intérieur de ses cuisses.

— Pierre..., dit-elle dans un profond soupir.

— Chut.

Jamais auparavant elle n'était restée aussi passive pendant l'amour. Pierre l'immobilisait de tout son corps.

Elle ne voulait d'ailleurs pas bouger, mais savourer la délicieuse ivresse qui l'envahissait, une ivresse qui ne devait rien à l'alcool.

Pierre lui ôta son pull de coton et considéra en souriant son soutien-gorge en satin et dentelle.

— Pierre…, répéta-t-elle.

— Hum ? fit-il en embrassant la naissance de sa poitrine.

Elle n'ajouta plus un mot. Le désir qu'elle éprouvait pour lui confinait à la douleur. Elle aurait voulu lui chuchoter qu'elle l'aimait, mais elle jugea cette envie absurde. On ne tombait pas amoureux dès le premier jour. Et pourtant, elle l'aimait déjà à la folie. Elle aspirait à se donner totalement à lui, corps et âme.

Pierre ouvrit la fermeture Eclair de sa jupe noire et dégagea ses cuisses. Dessous, elle portait une culotte d'une nuance champagne, un porte-jarretelles assorti et de fins bas de soie. Pierre se redressa pour mieux jouir du spectacle.

— Eh bien, on dirait que j'ai finalement rencontré la femme idéale, marmonna-t-il à voix basse.

— Et moi, l'homme de mes rêves.

Il se leva et, debout près du lit, la contempla de nouveau. Puis il déboutonna sa chemise. Sa poitrine brune était large et massive, son ventre plat et dur. Il déboucla sa ceinture et acheva de se dévêtir. Ses muscles roulèrent voluptueusement sous sa peau nue alors qu'il ouvrait un des tiroirs de la table de nuit pour en sortir une boîte de préservatifs. Toni ne pouvait détacher les yeux de lui.

Elle avait encore ses hauts talons ; Pierre les lui enleva, l'un après l'autre. Il s'allongea contre son flanc. Ses gestes étaient si nonchalants, si langoureux, que Toni pensa que leur étreinte allait durer toute la nuit, une année entière. Des siècles. En toutes circonstances, Pierre paraissait mettre le temps de son côté.

Toni avait l'habitude de porter sa culotte sur son porte-jarretelles. Pierre la fit glisser sans aucune difficulté. Il ne toucha pas au reste.

Son regard était aussi sensuel que ses caresses.

Il inséra un doigt sinueux sous la mince étoffe du soutien-gorge, qu'il dégrafa avec la même dextérité. Frémissante d'excitation, Toni le suppliait en son for intérieur de se presser, tout en désirant que ce moment durât éternellement.

— Je t'en prie…, lâcha-t-elle enfin. S'il te plaît…

Il la pénétra sans aucune hâte, avec une maîtrise égale, et se coula en elle avec un sourd gémissement. Toni gémit à son tour.

Leur union gagna encore en ferveur. Toni ressentait un contentement aussi aigu que paisible. Elle haleta plus fort, se mordit la lèvre, puis cria son nom. Elle était prise au cœur d'un ouragan, perdue sur quelque océan au milieu de nulle part, seule au monde avec lui.

Quand tout fut fini, elle pleurait. Le souffle court, Pierre la soulagea de son poids et la serra dans ses bras. Ni l'un ni l'autre ne parlèrent. Les sanglots de Toni s'atténuèrent peu à peu tandis qu'elle plongeait insensiblement dans le sommeil.

Cependant, alors même qu'elle dormait, elle savait que Pierre l'étreignait solidement, comme s'il voulait à jamais l'empêcher de repartir.

56

Toni se leva à 4 heures du matin pour se rhabiller. Pierre s'éveilla à son tour, le visage ensommeillé.

— Il faut que j'y aille, dit-elle.

— Où ça ?

— A la maison.

Il s'assit sur le lit et l'attira contre lui.

— Je n'aime pas trop ça, lui murmura-t-il à l'oreille. S'aimer, c'est aussi dormir ensemble. Pourquoi veux-tu me quitter si vite ?

— Je dois être au bureau à 8 heures.

Il porta sa montre-bracelet à ses yeux et la consulta en plissant les paupières.

— Mais il n'est que 4 heures du matin !

— Il faut que je me change, que je me douche, que je fasse ma gymnastique, que je…

Sa voix mourut.

— Tu as déjà eu ton content de gymnastique cette nuit, rétorqua Pierre. Pour ta douche, tu peux aussi bien la prendre ici. Quant à tes vêtements, pourquoi ne remettrais-tu pas ceux que tu portais hier soir ? Ils t'allaient à ravir.

Toni pensa qu'il allait la caresser de nouveau, mais il

s'en abstint. Il la serra simplement contre sa poitrine. Elle laissa échapper un soupir et se rendormit aussitôt.

Elle arriva au bureau à 8 h 30, l'esprit engourdi par le manque de sommeil. Quoiqu'elle fût passée à son appartement pour se doucher à la diable et avaler une tasse de café, elle se sentait encore groggy.

Une femme se précipita à sa rencontre au moment où elle pénétrait dans le hall de l'immeuble.

— Excusez-moi. Vous êtes bien Toni Sumner ?

— Oui, mais…

— Je suis envoyée par le *Monday Week*, reprit aussitôt l'inconnue en brandissant sa carte de presse. J'aurais quelques questions à vous poser dans le cadre de l'enquête que nous menons actuellement sur le député Groome. Sa secrétaire m'a suggéré de m'adresser à vous.

Toni s'exhorta à la patience : il était essentiel pour la réputation de son client qu'elle opposât une attitude sereine à la curiosité des médias.

— Oui, acquiesça-t-elle tout en surveillant la porte de l'ascenseur, Justin Groome a chargé Whitfield Communications des relations avec la presse pour la durée de sa campagne.

— Je souhaiterais vous interroger sur votre sœur, Violet Sumner.

Toni se raidit aussitôt, comme chaque fois qu'elle avait dû affronter un journaliste au cours des semaines précédentes. Son interlocutrice lui adressa un regard ingénu. Elle avait de grands yeux vert d'eau, une bouche pâle et des cheveux blonds comme les blés.

— Je vous écoute.

— Votre sœur a jadis été assassinée au cours d'une réception.

— Certes.

— Que pensez-vous des rumeurs accusant le député Groome d'être l'auteur de ce meurtre ?

— Je les trouve grotesques, évidemment. Et si vous m'accompagniez dans mon bureau ?

— Volontiers. Merci.

Elles ne trouvèrent rien à se dire dans la cabine. Toni ne cessait de songer à Pierre assoupi dans le grand lit, les muscles détendus…

L'ascenseur s'arrêta.

— Donnez-moi cinq minutes, voulez-vous ? demanda Toni en ouvrant la porte de son bureau.

— Je vous en prie, répondit la journaliste.

Elle resta debout dans l'entrée et promena un œil fureteur autour d'elle, comme si elle espérait dénicher quelque indice révélateur.

Au moment où elle accrochait son manteau à une patère, Toni se souvint des reproches de la jeune fille qui l'avait abordée devant la galerie de l'East Village. Fallait-il vraiment tuer soixante bêtes pour confectionner un tel vêtement ?

Elle arrangea sa chevelure, se remit du rouge à lèvres et alluma la cafetière électrique. Sa secrétaire n'arriverait pas avant vingt minutes.

— C'est bon, lança-t-elle par la porte ouverte, vous pouvez entrer.

La journaliste apparut sur le seuil de la pièce.

— Quel est votre nom, déjà ? s'enquit Toni.

— Marcia Collins. Vous avez un bien beau bureau.

— Merci, Marcia. Prenez donc un siège.

Marcia s'assit tout en glissant une main dans son sac. Toni devina qu'elle venait d'enclencher son magnétophone, bien qu'elle eût déjà sorti un carnet et un crayon pour prendre des notes.

— Bon, alors, que voulez-vous savoir ?

— La nature exacte des rapports du député Groome avec votre sœur.

— Le député Groome est l'un des célibataires les plus séduisants de tout New York, un battant doté d'une personnalité attachante. Ma sœur l'estimait beaucoup et lui vouait une amitié respectueuse. Les circonstances de son décès sont très regrettables. En fait, une autre jeune fille, Penelope Houten, nourrissait à son encontre une jalousie absurde. Elles se sont battues, et Penny semble avoir déclenché par mégarde le coup de feu fatal.

— Nous essayons précisément de localiser Penelope Houten. Sauriez-vous par hasard où elle se trouve ?

— Pas le moins du monde. Elle a été affreusement défigurée au cours de l'altercation et a dû séjourner à l'hôpital durant plusieurs semaines. Convoquée par le procureur, elle s'est enfuie la veille de sa sortie.

— Pensez-vous qu'elle aurait pu être tuée ?

— Dieu du ciel, non ! s'écria Toni avec effroi. D'où vous vient cette idée ?

— Il semble qu'elle ait été le seul témoin de la mort de Violet. En dehors du député Groome, s'entend. Voilà pourquoi je souhaite obtenir sa propre version des faits.

— Elle n'était pas un témoin selon la police, mais l'auteur de l'homicide — fût-il involontaire.

Bien que l'accident eût lieu trois années et demie plus tôt, Toni répugnait toujours à évoquer le décès de sa sœur.

— Je suis certaine que les rapports de la police sauront mieux vous renseigner que moi, reprit-elle. Cela dit, ce tragique événement fait partie du passé. N'avez-vous donc rien de plus neuf à offrir à vos lecteurs ?

L'ombre d'un sourire altéra les traits de Marcia.

— Oh, je suis sûre que nos lecteurs trouveront ce sujet captivant !

— Et pourquoi diable suspectez-vous le député Groome ? ne put s'empêcher de demander Toni.

— N'estimez-vous pas étrange que deux jeunes filles aient pu s'enticher à ce point d'un vieux politicien guindé au charme suranné ? Votre sœur a dû vous faire des confidences, j'imagine. Croyez-vous sincèrement qu'elle ait été amoureuse de Justin Groome ?

— Violet n'avait pas l'âge d'être amoureuse de qui que ce soit.

— Néanmoins, elle était liée à lui de quelque manière.

— Justin l'a certainement épatée. Toutes les femmes ne courent pas après les mannequins. Et puis, Justin sait se montrer extrêmement séduisant quand il le désire.

— Cette relation ne laisse pourtant pas de paraître curieuse. Violet l'a rencontré pour la première fois alors qu'elle n'avait que quinze ou seize ans, et leur liaison s'est poursuivie pendant cinq années. Violet avait-elle l'air heureuse durant tout ce temps ?

Toni se renfrogna. Elle n'aurait pu honnêtement affirmer que sa sœur était une personne enjouée, mais elle n'avait jamais songé que Justin Groome était peu ou prou responsable de sa morosité.

— Je récuse le terme de « liaison », dit-elle. Il ne s'agissait à l'époque que d'une simple amitié, je vous le répète.

— « Une amitié »… hum, je vois, repartit Marcia Collins tout en griffonnant sur son carnet. Cependant, certaines rumeurs prétendent que le député Groome l'aurait, disons… « connue » bien avant sa majorité.

Toni nia aussitôt l'allégation. Un souvenir lui revenait néanmoins à la mémoire. Elle se rappelait qu'une nuit, au retour d'une soirée à New York, Violet s'était réfugiée chez elle sous prétexte qu'elle ne pouvait ou ne voulait pas retourner chez leurs parents, à Middletown. Elle était dans un état quasi hystérique. Comme elle refusait de lui en confier la raison, Toni l'avait mise au lit et prévenu leurs parents, considérant la crise comme un simple accès de désarroi juvénile.

Justin avait téléphoné le lendemain pour lui parler. Apparemment, ils avaient passé la soirée ensemble. Violet lui avait semblé perturbée, avait-il déclaré. Maintenant qu'elle y repensait, Toni avait le sentiment qu'il cherchait alors à savoir ce qu'avait pu lui raconter sa sœur.

Elle avait dû le rassurer. Au moment de raccrocher, elle avait aperçu Violet sur le seuil de la chambre.

— C'était lui, n'est-ce pas ? lui avait demandé sa sœur.

— Justin ?

Violet avait hoché la tête, puis, sans rien ajouter, s'était enfermée sous la douche. Elle s'était déjà lavée par deux fois, la veille au soir et le matin même, dès son réveil. Toni ne parvint cependant jamais à lui soutirer la moindre confidence. Elle finit d'ailleurs par y renoncer.

Elle s'efforça de revenir à l'instant présent. Tout cela appartenait à un passé si lointain — et puis l'abattement de Violet pouvait avoir tant de causes diverses…

— Ces rumeurs sont sans fondement, Marcia.

— Etiez-vous proche de votre sœur ? Si elle avait été violée, vous l'aurait-elle avoué ?

Toni sursauta.

— Oui, répondit-elle d'une voix tendue, je le crois.

— Et ne serait-il pas possible que, plus tard, Violet ait menacé le député Groome de révéler à la presse qu'il avait abusé d'elle — ce qui aurait définitivement ruiné sa carrière ?

— Insinueriez-vous qu'elle le soumettait à un chantage ?

— Elle était toujours à court d'argent, n'est-ce pas ? Elle avait quitté prématurément l'université et n'avait depuis jamais su garder un emploi.

Toni garda le silence.

— Nous avons cru comprendre que Penelope Houten avait été également violée par M. Groome.

— C'est… c'est de l'affabulation pure, répliqua Toni. Chaque fois que je les ai vus ensemble, ils paraissaient bons amis.

— Il se peut néanmoins que le député Groome ait jugé éminemment dangereuses les menaces proférées par une jeune fille aussi instable que votre sœur, qu'il ait en conséquence décidé de la tuer et que, par la même occasion, il se soit arrangé pour envoyer Penelope Houten en prison ou, du moins, la discréditer au point que nul ne la croie si jamais elle l'accusait de l'avoir violée aussi.

Toni secoua la tête avec vigueur. Elle ne pouvait sérieusement envisager cette hypothèse.

— J'ai déjà eu vent de ces suppositions, articula-t-elle sur un ton posé. Elles sont grotesques.

— De nombreux points demeurent cependant obscurs. Et en premier lieu, que la prétendue confession de Penelope Houten soit toujours introuvable dans les archives de la police — si tant est qu'elle ait réellement existé. M. Groome soutient avoir personnellement assisté aux aveux officiels de l'inculpée. Pourtant, aucun membre des forces de l'ordre de Northkill n'en a le moindre souvenir. Etrange, non ? Et pourquoi a-t-elle disparu, selon vous ?

— Par peur du procès, je suppose.

— A moins que le vrai meurtrier ne l'ait elle aussi assassinée.

— Jusqu'à plus ample informé, son corps n'a toujours pas été retrouvé.

— Elle a pu également redouter qu'on ne veuille la réduire définitivement au silence. Notre devoir de journaliste nous impose de ne négliger aucune piste, vous savez.

Toni s'obligea à sourire. Quelle que fût l'étendue de ses propres doutes, Groome était encore son client.

— Je comprends, admit-elle, mais cette piste-là est mauvaise. Le député Groome est admiré par tous ses pairs. C'est un homme bon, spirituel et prévenant. Vous perdez votre temps avec moi, je le crains.

— Pensez-vous, déclara Marcia d'une voix neutre. Notre entretien m'a au contraire été très utile.

Toni se demanda en quoi.

— Cette histoire est sans intérêt, lui répéta-t-elle en la raccompagnant jusque dans le hall. Si vous avez néanmoins d'autres questions à me poser, n'hésitez pas à m'appeler.

— Je n'y manquerai pas. Merci de m'avoir reçue.

Sitôt que Marcia Collins fut partie, Toni pria la réceptionniste de lui envoyer Kathleen, sa secrétaire, dès qu'elle arriverait. Une fois revenue dans son bureau, elle se mit à arpenter fébrilement le plancher. Le rédacteur en chef du *Monday Week*, elle le savait, n'était autre qu'Emmy, et cette dernière avait la réputation d'être une journaliste consciencieuse.

Kathleen frappa bientôt à sa porte.

— Renseignez-vous sur une journaliste dénommée Marcia Collins, voulez-vous ? lui lança Toni. Elle travaille au *Monday Week*. Mais appelez-moi d'abord M. Groome.

Ce ne fut qu'une bonne demi-heure plus tard que Toni put enfin parler au député.

— Toni ? Il y a un problème ?

— Peut-être. Vous n'ignorez pas combien les rumeurs qui courent actuellement sur votre compte nuisent à votre réputation.

— Diable, ce minable aurait-il encore lâché un pavé dans la mare ?

Le « minable » en question était Timothy Marshall, l'adversaire de Groome. Il avait déjà révélé certains détails de la vie privée du député qui avaient valu à ce dernier des chutes importantes dans les sondages.

— Ça pourrait effectivement venir de lui, répondit Toni. Toujours est-il qu'une journaliste du *Monday Week* m'attendait ce matin au bureau pour me poser des questions sur Violet.

Il y eut un silence à l'autre bout de la ligne.

— Justin ? Vous êtes là ?

— Oui.

— Cette femme…

Toni déglutit avec peine.

— Cette femme insinue que vous auriez violé ma sœur, puis que vous l'auriez tuée parce qu'elle essayait de vous faire chanter. Et que vous auriez également violé Penny.

— Elle ne peut rien contre moi. Penny a d'ores et déjà confessé sa culpabilité.

— D'après cette journaliste, ses aveux auraient disparu des archives de la police.

— Comment ça, « disparu » ? s'enquit Groome d'une voix apparemment désinvolte.

— Envolés, évanouis. Nul n'a jamais entendu parler d'aucune autre confession que celle que vous auriez recueillie de sa propre bouche à l'hôpital. La police s'est contentée jusqu'à présent de votre seule parole.

— Oh, mais c'est vraiment insensé ! La justice de ce

pays vous considère pourtant comme innocent jusqu'à preuve du contraire, non ?

— Allez essayer d'en convaincre les journalistes, répliqua Toni, toujours perplexe.

— Comment comptez-vous négocier le coup ?

— Du mieux que je pourrai. En tout cas, je doute que l'enquêteuse du *Monday Week* s'en tienne là. Préparez-vous à sa visite.

— Bon sang ! Une fois le moulin à ragots mis en branle, il n'y a aucun moyen de savoir quand il va s'arrêter.

— Certes.

— Est-ce que… est-ce que cette journaliste a mentionné le nom de Jonny Whitfield ?

— Jonny ? Non, je ne m'en souviens pas. Pourquoi ?

— N'a-t-elle pas indiqué ses sources ?

— Je ne m'en suis pas enquise, répondit Toni en fronçant les sourcils. Tout ce que je sais, c'est qu'Emmy Elson, l'ex-femme de Jonny, est la rédactrice en chef du magazine.

— Oui, je le sais aussi.

— Voilà déjà un certain temps qu'ils se sont séparés. Et à ma connaissance, ils ne se sont pas revus depuis.

— J'en suis moins sûr que vous, rétorqua Justin d'une voix lugubre. Enfin, merci de m'avoir averti. Et continuez à me tenir au courant, d'accord ?

— Entendu.

— Et merde ! s'écria Groome après avoir raccroché. Merde, merde, *merde* !

57

Emmy était assise au comptoir de son pub irlandais favori, non loin des locaux du magazine, à l'angle de la VIIIe Avenue et de la 56e Rue. La salle était sombre et miteuse. Peu de clients s'y pressaient, malgré le match de football retransmis par le téléviseur de l'établissement.

Groome arriva en retard au rendez-vous. Il avait l'air irrité. Emmy commanda un Coke.

Dès qu'il l'aperçut, le politicien traversa la pénombre du lieu pour se diriger droit sur elle. Ses larges mâchoires semblaient encore plus massives que de coutume, les poches sous ses yeux plus boursouflées.

— Eh bien, ça fait un bail, hein, Emmy ?

— Plutôt, oui.

— Si ça ne vous dérange pas, je préférerais que nous nous installions à une table.

Elle glissa au bas du tabouret et prit son verre à la main.

— Nous pourrions discuter là-bas à notre aise, dit-elle en le guidant jusqu'à une stalle.

Quand ils se furent assis, Groome appela du geste la serveuse.

— Un bloody mary, je vous prie.

Puis, se tournant vers la jeune femme :

— Je vous avouerai que vos articles n'ont pas été pour me réjouir, lui déclara-t-il. Je désirais précisément vous en parler.

— Enchantée que vous acceptiez enfin de m'accorder un entretien, répliqua Emmy d'une voix polie.

— Je confie d'ordinaire à mon attaché de presse ou à mon conseiller en communication le soin de répondre aux questions de la presse. Mais pour une fois, comme vous pouvez le constater, j'ai décidé de payer de ma personne.

Emmy esquissa un léger sourire, tout en sortant calepin et stylo de son sac.

— Commençons donc par le commencement, si vous le voulez bien. Avez-vous eu une liaison avec Violet Sumner alors qu'elle était encore mineure ?

— Non.

— Avez-vous eu une liaison avec Penelope Houten alors qu'elle était encore mineure ?

— Non. Je dois cependant admettre que je ne lui déplaisais pas.

— Avez-vous subi une tentative de chantage de la part de Violet Sumner ?

— Non.

— Avez-vous assassiné Violet Sumner et tenté ensuite de rendre Penelope Houten responsable de ce meurtre ?

— Non.

Emmy reposa son stylo avec un haussement de sourcils.

— Bien. Ce sera tout, monsieur Groome. Je vous remercie.

— Vous pouvez me démolir rien qu'en publiant ces dénégations. D'où tenez-vous vos informations ?

— De sources confidentielles.

— Vous avez interrogé Jonny ?

— Naturellement.

— C'est lui qui vous a rapporté ces mensonges éhontés ?

— Vous avez pu lire son témoignage dans mes articles, non ? murmura Emmy sur un ton apaisant. Vous aurez donc constaté qu'il n'a pas changé depuis et que sa version corrobore toujours plus ou moins la vôtre.

— Mais ne vous a-t-il rien dit d'autre, en dehors de l'entretien ?

Emmy le fixa d'un regard inexpressif et garda le silence. Justin devina néanmoins qu'elle ne le portait pas vraiment dans son cœur.

— Si ce n'est pas Jonny qui vous a confié ces insanités, alors je ne vois qu'une seule autre personne, marmonna-t-il.

— Qui donc ?

— Penelope Houten. Elle seule pourrait souhaiter ma perte.

— Et pourquoi donc ?

— Pour prouver son innocence sur mon dos et sortir enfin de sa cachette.

— Vous la connaissez donc si bien ? s'enquit Emmy sur un ton détaché.

— Pas vraiment. Je la voyais de temps à autre chez Susan. C'était sa pupille, comme vous le savez.

— Et si vous me donniez votre version des faits ?

— Volontiers. J'avais été invité à la réception donnée par Susan pour fêter le bac de Penny, et… Enfin, je ne connais pas tous les détails de cette tragédie. Je puis en revanche vous certifier que Penny est passée aux aveux alors qu'elle était encore à l'hôpital. Je pense qu'elle était jalouse de Violet. Elle m'idolâtrait, vous savez. Non que je la suspecte de préméditation. C'était un accident, j'en suis convaincu. Je suis certain qu'elle n'avait pas l'intention de tuer sa rivale.

Emmy fit signe à la serveuse de lui verser un deuxième Coke.

— Et qu'est-il arrivé ensuite ?

— Penny s'est enfuie. Elle n'a jamais répondu à la convocation du procureur. Elle a tout bonnement disparu. Je la croyais morte, depuis le temps, mais vos articles ont commencé à jeter le doute dans mon esprit. Vous pouvez me jurer que vous n'avez pas eu de ses nouvelles ?

Emmy secoua la tête.

— Vous affirmez que Penelope Houten a avoué sa culpabilité, reprit-elle au bout d'un instant. Pourtant, je n'ai pu retrouver aucune trace écrite ni vidéographique de cette confession. Les policiers de Northkill n'en ont pas de souvenir non plus. Ils se rappellent seulement le silence obstiné qu'elle a opposé à toutes leurs questions. Ce que m'a par ailleurs confirmé Susan.

— Ah bon ?

— Pourquoi soutenez-vous le contraire ?

— C'est elle qui a appuyé sur la détente, répliqua Groome avec insistance. Je l'ai vue de mes propres yeux. Ses empreintes ont même été relevées sur l'arme.

— Vous avez très bien pu lui placer le revolver dans la main alors qu'elle était encore inconsciente.

— Hypothèse gratuite. Pourquoi ne soupçonnez-vous pas plutôt Jonny ?

— Jonny n'avait pas de mobile.

— Moi non plus !

Elle en resta bouche bée.

— Si vous continuez à me calomnier, je vous poursuivrai en justice.

— Je m'étonne que vous ne vous y soyez pas déjà résolu.

Groome vida son verre en silence. Tout bien réfléchi, se dit-il, il était nettement plus urgent de débusquer Penny que d'intenter un procès au magazine. De toute manière, il y aurait toujours un torchon pour colporter la rumeur. Penny ne le laisserait jamais en paix.

— Ecoutez, suggéra-t-il d'une voix plus douce, pourquoi ne pas demander directement à Penny si elle confirme ou non ces billevesées ? Vous saurez la persuader. Je me suis renseigné sur vous : vous avez une réputation de fin limier. Vous avez su notamment remettre la main sur ces deux gamins que la police avait portés disparus. Penny ne restera pas longtemps cachée pour vous.

— Cet exploit remonte à une époque lointaine.

— Peut-être, mais vous avez du flair, je le sens. Et si je vous chargeais de traquer notre Arlésienne ? Nous y trouverions tous les deux notre compte.

— Comment savez-vous d'abord qu'elle est toujours en vie ?

— Aucun médecin n'a encore établi de certificat de décès à son nom. J'ai vérifié.

— Elle peut avoir adopté un pseudonyme.

Il eut un sourire mauvais.

— Ça, c'est plus que probable, convint-il.

— Je suis journaliste, monsieur Groome, pas détective. Adressez-vous plutôt aux autorités compétentes.

— Leur compétence laissait déjà à désirer alors que les traces de Penny étaient encore fraîches. Je me fie plus à vous qu'à la police. Et puis, imaginez un peu le papier que vous pourriez tirer de ses confessions.

— Un papier terrible, convint Emmy.

— Si vous réussissez à la rencontrer, vous pourrez lui promettre que j'userai de toute mon influence pour lui garantir un procès loyal. Elle doit horriblement souffrir de devoir rester cachée ainsi, sans avenir… sans visage.

Je suis prêt également à lui payer les services du meilleur chirurgien esthétique du pays.

— De l'eau a coulé sous les ponts, monsieur Groome, fit observer Emmy en le fixant intensément. Pensez-vous que Penny souhaitera vous revoir ?

Les yeux bleus du député étincelèrent.

— Oui, je le pense.

Comme souvent depuis qu'elle avait commencé à publier ses articles, Emmy prit peur pour la jeune fille. Elle savait cependant qu'en cas de refus de sa part, Groome n'aurait aucune difficulté à embaucher quelqu'un d'autre pour la localiser.

— Il faut que j'y réfléchisse, lâcha-t-elle enfin. Par ailleurs, je ne puis vous garantir de résultat.

— Je le comprends parfaitement. Je vous rétribuerai à la journée, et vous rembourserai les frais annexes. Cet accord restera strictement entre nous.

Il consulta sa montre.

— Un second rendez-vous m'attend. Voici ma carte. Appelez-moi dès que vous aurez du nouveau.

— Au revoir, monsieur Groome.

Il lui tendit la main en la gratifiant d'un sourire éclatant et chaleureux. Emmy lui sourit en retour.

— A bientôt, lui dit-il.

Groome gagna le Plaza d'un pas vif, le vent perçant la protection de son pardessus telle une rafale de glaçons. L'air sentait la neige bien qu'on fût encore au mois de novembre.

Miguel Garcia y Reyes attendait déjà le politicien dans l'Oak Room du grand hôtel. Groome ne l'avait jamais vu arriver en retard à l'un de ses rendez-vous, et cette ponctualité lui inspirait confiance.

Il s'assit en face de lui et le salua d'un austère hochement de tête, se demandant s'il avait déjà deviné la raison de cet entretien. Miguel avait un don mystérieux pour connaître d'avance tous ses désirs.

— Je souhaiterais retrouver une jeune femme, déclara-t-il de but en blanc. Elle s'appelle Penelope Houten. Je l'ai connue il y a quelques années de cela.

— Hum… je vois.

Groome toisa son vis-à-vis d'un regard acéré.

— Que savez-vous d'elle exactement ?

— Rien du tout, répliqua Miguel en levant les mains. Rassurez-vous.

C'était un homme à la large carrure, au crâne semé d'implants roux et aux yeux bruns qui semblaient toujours sourire. Groome n'imaginait pas sans frémir ce qu'on devait ressentir en mourant sous ces yeux-là.

— Je suis très occupé en ce moment, reprit Miguel d'une voix posée. Nos forêts pluviales d'Amazonie font l'objet d'une publicité fâcheuse. L'opinion commence à soutenir la cause des Indiens. Ainsi que vous-même, paraît-il.

— Bah ! rétorqua Groome avec un reniflement de dédain, c'était au cours d'une conférence à l'université. J'ai seulement voulu caresser les étudiants dans le sens du poil.

— Vous n'avez donc pas l'intention de dénigrer les activités de mes commanditaires ?

L'esprit ailleurs, Groome se força toutefois à manifester quelque attention envers son interlocuteur : il avait besoin de lui.

— Je m'en garderai bien, répondit-il. Exploitants forestiers et industriels du bois m'ont promis leur appui pour ma campagne.

— Et ils respecteront cette promesse tant que vous ne

leur tournerez pas le dos. Maintenant, je dois moi aussi veiller à leurs intérêts, et pour cela retourner galvaniser mes troupes la semaine prochaine. J'ignore donc quand je pourrai vous aider.

— Je comprends fort bien, répliqua Groome avec irritation, mais je suis prêt à vous rétribuer largement pour cette tâche.

Miguel soupira.

— Bon, donnez-moi tous les détails que vous possédez sur cette fille, dit-il en sortant un crayon et un petit calepin de sa poche. Je vais essayer de vous la localiser.

58

— Alors ? s'enquit Carl avec insistance.

Lark détourna la tête. La voix de son mentor se détachait à peine du brouhaha régnant dans la salle du restaurant City.

— Vos scrupules m'ont jusqu'à présent incité à une certaine patience, reprit Carl. Mais Dom est séparé de sa femme, Lark. Plus rien ne vous retient de nouer avec lui des relations plus intimes.

— Cette séparation n'est qu'une rumeur.

— Vraiment ?

— Je lui parlerai, Carl, je vous le répète.

— Mais pourquoi toutes ces tergiversations ? Qu'attendez-vous donc ?

La jeune femme préféra changer de sujet, comme chaque fois que Carl évoquait Dom.

— Je pense quitter bientôt APG, dit-elle.

— Ah bon ? Et pourquoi ?

— Un de mes synopsis y a été refusé et je tiens à ce qu'il soit produit quand même. Je devrai sans doute pour cela me rendre à New York.

— Vous déraisonnez, rétorqua-t-il en la fusillant du regard. A moins que ce synopsis rapporte les tribulations de Penelope Houten — c'est cela ?

Lark jeta un coup d'œil inquiet autour d'elle, espérant que nul ne l'avait entendu. Fort heureusement, leurs propos s'étaient fondus dans la rumeur des conversations.

— Je vous conseille instamment de revenir sur votre décision, poursuivit Carl. Vous êtes actuellement en position de force à APG. Vous saurez intéresser un responsable à votre projet. Si vous déménagez à New York, en revanche, il vous faudra tout recommencer de zéro. Et puis la production de ce scénario n'est pas une nécessité urgente, que diable !

— Pour moi, si.

Quand elle confia à Trent son intention de démissionner, ce dernier fut horrifié.

— Mais c'est de la folie pure ! s'exclama-t-il. Nous n'avons même pas encore entamé le démarchage pour *Romance !*. Si cette série décolle, vous avez de bonnes chances d'obtenir le fauteuil de vice-présidente d'ici à l'année prochaine. Et où iriez-vous, d'ailleurs ? New York ne vous offrira jamais les opportunités que nous vous proposons ici, à Hollywood. Mais quelle mouche vous a donc piquée ? Auriez-vous perdu l'esprit ?

— J'ai mes raisons, répliqua-t-elle sans pouvoir s'expliquer davantage. J'ai une tâche à accomplir, et je viens de m'apercevoir qu'il me sera impossible de la mener à bien ici.

— Et quelle est donc cette tâche ?

— Je ne puis vous la révéler.

La nouvelle de son éventuel départ se propagea dans toute la firme. Tout le monde en fut d'autant plus abasourdi que *Romance !* paraissait promis au succès.

Quelques jours plus tard, on appela la jeune femme au téléphone.

— Oui ?

— Lark, vous avez l'assistante de Dom Whitfield en

ligne 2, la prévint Rosa. Le patron désirerait savoir si vous êtes libre pour 13 heures.

— Mais nous étions censées déjeuner ensemble, lui rappela Lark.

— Vous m'inviterez un autre jour.

Lark hésita. Cependant, elle avait déjà dû reporter par deux fois le repas avec sa secrétaire.

— Répondez-lui que c'est impossible.

Comme Rosa semblait vouloir protester, elle lui raccrocha au nez. Peu après, le téléphone se remettait à sonner.

— Dom Whitfield en ligne 2, l'avertit Rosa en pouffant.

— Merci.

Lark prit une profonde inspiration, puis enfonça la touche correspondante sur le combiné.

— Allô ?

— Bonjour, Lark. Dom à l'appareil. Si vous êtes prise pour le déjeuner, seriez-vous au moins disposée à accepter un verre après le travail ? J'ai une proposition à vous soumettre.

Sa voix troublait tant la jeune femme qu'elle se demanda si elle s'y habituerait jamais.

— D'accord, dit-elle enfin.

— Montez à mon bureau vers 18 heures.

— D'accord, répéta-t-elle.

Quand elle eut raccroché, elle enfouit son visage dans le creux de son bras. Maintenant que Toni et Dom n'étaient plus ensemble, elle sentait que ses rapports avec celui-ci avaient subtilement changé. Il n'essayait plus de cacher l'attirance qu'il éprouvait pour elle. Elle était certaine qu'avant longtemps il l'inviterait pour des raisons tout autres que professionnelles.

Comment réagirait-elle, alors ? Certes, elle était

décidée à lui apprendre l'identité de son vrai père, ainsi qu'elle l'avait promis à Carl, mais elle pressentait qu'il s'offusquerait de cette ingérence dans sa vie privée. Peut-être même refuserait-il de la croire.

Elle releva la tête et tenta de se concentrer sur le synopsis d'une historiette qu'elle était en train d'examiner avant l'appel de Dom, désirant chasser les Whitfield de ses préoccupations. Son amour pour Dom était un feu dévorant qui couvait sous chacune de ses activités. Tous les livres qu'elle lisait, les vêtements qu'elle portait et les films qu'elle voyait étaient associés à sa présence. Il était une partie intégrante de sa vie.

Le souvenir de Susan errait également aux marges de sa conscience. Elle préférait néanmoins le refouler. Penser à sa tutrice lui était trop douloureux.

A 18 heures tapantes, elle se rendit dans le bureau de Dom. Ce dernier arpentait la pièce tout en parlant au téléphone. Il émanait de lui une sorte d'enthousiasme rageur, une fébrilité vibrante, à peine maîtrisée. Dès qu'il l'aperçut, il mit brutalement fin à l'entretien et raccrocha.

— Merci de m'accorder un peu de votre temps, lui lança-t-il avec chaleur.

Lark regretta aussitôt d'avoir décliné son invitation à déjeuner. Elle s'efforça cependant d'afficher un sourire détendu.

— Je vous en prie.

— Vous êtes prête ?

— Absolument.

Alors qu'elle le suivait jusqu'à sa BMW vert cendré garée sur le parking, Lark songea que sa séparation ne semblait pas l'avoir rendu plus heureux que son mariage. Il avait l'air encore plus désorienté qu'auparavant. Son regard paraissait moins vif, comme noyé dans un brouillard humide et froid. Il semblait nerveux, également ; ce fut avec des gestes heurtés qu'il sortit la voiture du parking presque vide.

Lark mourait d'envie de lui demander ce qu'était devenue la Spider noire qu'il conduisait le jour de leur première rencontre.

— Je vous emmène sur Sunset Boulevard, chez Angelo. Vous y êtes déjà allée ?

— Non.

— Les serveurs me connaissent et je n'y croise que rarement des collègues ou des raseurs.

Elle hocha la tête. Le silence retomba dans l'habitacle. Dom ne tenta en rien de le briser. Une fois arrivé devant le restaurant, il confia la voiture au groom. Le maître d'hôtel les conduisit jusqu'à un box. Dom commanda une vodka-tonic, Lark un verre de vin rouge.

— C'est un santiago, un cabernet chilien, l'informa le serveur.

Quoique sa culture œnologique ne s'étendît pas jusqu'aux cépages sud-américains, Lark ferma les yeux d'un air entendu. Quand elle les rouvrit, elle s'aperçut que Dom la fixait avec intensité. Elle baissa vivement la tête, désespérée de ne pouvoir trouver un seul sujet de conversation.

— On m'a dit que vous désiriez nous quitter, déclara enfin Dom.

— Ma décision n'est pas encore arrêtée, murmura-t-elle en relevant les yeux.

— Quels sont vos projets ?

— Déménager à New York. J'aimerais travailler pour une chaîne de télévision.

— Vous gagnerez plus en demeurant à APG.

— Je n'ai pas ce genre d'ambition.

— Non, je le vois bien. Mais avez-vous pensé au

problème de changement de visa ? Celui que vous détenez actuellement ne vous autorise à travailler que pour nous.

Le visage de Lark se décomposa. Elle avait oublié qu'elle était officiellement citoyenne britannique. Dom fit signe au serveur de lui apporter une deuxième vodka-tonic.

— Ecoutez, Lark, reprit-il, APG se félicite de vous avoir embauchée. En l'espace d'une année, vous avez déjà contribué à deux de nos plus importantes réussites. De plus, le tournage de *Razzle Dazzle* n'aurait jamais pu s'achever sans votre intervention.

— Merci, mais je n'ai vraiment…

Il leva la main pour l'interrompre.

— Je sais, je sais. Non seulement vous êtes charmante et compétente, mais modeste. Comprenez-moi bien : je ne vous demande pas de rester chez nous en tant que simple productrice associée, mais d'attendre au moins que le succès que nous escomptons de *Romance !* vous assure votre sauf-conduit dans tout Hollywood. Après ça, vous serez en position de dicter vos conditions comme vous l'entendrez.

— J'en suis moins sûre que vous, répliqua-t-elle d'une voix posée.

— Je devine l'origine de vos réticences, ajouta-t-il à la grande surprise de la jeune femme. La réalisation de ce scénario sur Groome vous importe tellement que vous êtes prête à lui sacrifier votre carrière. Je dois cependant vous dire que vous vous y prenez mal. Avant de vous y atteler, il faut vous assurer une position plus solide dans le milieu. Vous me comprenez ?

Lark le considéra avec stupéfaction. Désarçonnée, elle se réfugia dans le mensonge.

— Il n'y a pas que ça.

— Vraiment ?

Elle baissa de nouveau les yeux. Comment pourraient-ils jamais aborder des sujets plus intimes ? se demanda-t-elle. Ils n'étaient que de simples collègues de travail. Un abîme les séparait.

Soudain, Dom serra la main qu'elle avait laissée reposer sur le bord de son verre. Ce simple contact lui enflamma la peau. Son cœur battait à tout rompre. Elle n'osa redresser la tête.

Au bout d'un long moment, elle répondit insensiblement à sa pression.

— Dom…, chuchota-t-elle dans un souffle.

Le serveur réapparut à cet instant avec une deuxième vodka-tonic. Dom relâcha la main de la jeune femme pour prendre son verre et s'éclaircit la gorge.

— Si jamais *Romance !* se vend, vous en serez la productrice, O.K. ? Vous aurez dès lors la maîtrise à peu près complète d'un projet qui, je le sais, vous tient à cœur et que vous saurez diriger au mieux. Donnez-vous un an ou deux pour vous affirmer comme productrice. Vous y réussirez à merveille. Entre-temps, j'aurai sans doute été viré et mon successeur sera certainement partant pour réaliser votre script sur Groome. Dans le cas contraire, vous aurez eu tout loisir de rencontrer d'autres producteurs et metteurs en scène auxquels vous pourrez soumettre les synopsis que nous vous aurons refusés.

Lark était éberluée. La proposition de produire *Romance !* dépassait ses plus folles espérances.

— Ouf ! dit-elle en riant. Vous me prenez un peu de court.

Dom la dévisagea de son regard inquisiteur.

— Je pourrais vous dire la même chose, lui rétorqua-t-il.

Il paraissait néanmoins soulagé.

— Avez-vous faim ? s'enquit-il. Je viens juste de me rendre compte que je buvais le ventre vide.

— Oui, je grignoterais bien quelque chose.

Ils commandèrent des hamburgers accompagnés d'une salade. Dom réclama la liste des vins.

— Ça vous dérange de continuer sur un rouge ? lui demanda-t-il.

— Pas le moins du monde. Montrez-moi un peu ce qu'ils ont en cave…

Il lui tendit la carte avec un air amusé.

— Et si nous prenions un brouilly ? suggéra-t-elle. Leur Domaine de Chavanne 85 se mariera à ravir avec les hamburgers.

Elle se retint à grand-peine de glousser en avisant la mine ébahie de Dom.

— Euh… oui, parfait, approuva-t-il.

Elle transmit la commande au sommelier en faction près de leur table.

— Où donc avez-vous appris à choisir les vins ?

— J'ai toujours eu un penchant pour ce genre de trucs, répondit-elle évasivement.

— Quels « trucs » ?

— Oh, ces machins-là, vous savez bien.

— Vous êtes vraiment la femme la plus secrète que j'aie jamais connue.

Ils dégustèrent le vin tout en attendant leurs hamburgers. Cette fois-ci, néanmoins, leur silence n'avait plus rien de tendu.

— Dom, s'exclama soudain Lark, je…

Elle se figea net en voyant l'expression bouleversée qui altérait les traits de son compagnon.

— Qu'y a-t-il ? s'enquit-elle.

— Rien, marmonna-t-il en secouant la tête. La façon dont vous venez de prononcer mon nom m'a simplement rappelé… une ancienne relation. Que vouliez-vous me dire ?

— Que je ne puis répondre d'emblée à votre offre de produire *Romance !*. Mais vous désirez peut-être une réponse immédiate ?

— Je pourrai patienter jusqu'au dessert.

— Je suis touchée par l'honneur que vous me faites, croyez-le bien. Et il serait insensé de ma part de vous opposer un refus. Seulement… eh bien, je ne suis peut-être pas sensée.

— Allons, je suis sûr que votre décision, quelle qu'elle soit, sera mûrement réfléchie.

Ils choisirent de terminer le repas sur un zabaione arrosé de marsala. Lark ne toucha pratiquement pas à son verre. Dom avait déjà trop bu, et elle allait sans doute être obligée de le reconduire chez lui.

— Vous n'avez, paraît-il, aucun petit ami, dit Dom tout à trac. Entretiendriez-vous une relation clandestine ?

Elle secoua la tête.

— Pourquoi personne ne semble-t-il en savoir plus sur vous ?

— Je mène une vie sans histoire.

— J'ai le sentiment que vous cultivez à dessein le mystère.

— A moins que je ne sois tout bonnement une personnalité superficielle.

— Quiconque commande un brouilly avec ses hamburgers ne peut être superficiel, lui répliqua-t-il avec un sourire.

Quand ils se levèrent enfin, Dom dut se retenir à la table pour ne pas chanceler.

— Eh bien, grommela-t-il, je crois bien que j'ai bu plus qu'à mon repas de noces !

— Je peux vous raccompagner, si vous le désirez.

— Je crains que vous n'ayez le choix. Mais comment rentrerez-vous chez vous après ? Si je vous prête ma voiture, comment me rendrai-je demain au travail ?

— Je n'aurai qu'à appeler un taxi de chez vous.

— Entendu, chère beauté superficielle. Je suppose que si jamais on m'en demande la raison, je saurai expliquer la présence de votre voiture durant toute la nuit sur le parking de la firme…

L'air frais les revigora. Lark vit avec soulagement Dom lui donner ses clés de contact sans rechigner.

— Prenez par Sunset Boulevard, lui conseilla-t-il.

Lark aimait rouler sur le boulevard, surtout la nuit, lorsque la voie était dégagée. Le trajet se déroula paisiblement. Ils n'échangèrent que de brèves paroles. Par deux fois, supposant que son passager s'était assoupi, la jeune femme se tourna vers lui et constata que son regard morne et las était rivé sur la route.

Puis, brusquement :

— Depuis combien de temps nous connaissons-nous ? s'enquit-il.

— Depuis l'hiver dernier.

— C'est curieux, j'aurais juré que c'était depuis des années. Je n'arrête pas de penser à vous, Lark. Votre nom est cité à chaque réunion. Jonny vous adule comme si vous étiez son ange gardien. A croire que vous ne quitterez jamais ma vie…

Il acheva cette ahurissante sortie sur un rire rauque qui brisa le cœur de Lark.

— Vous pouvez toujours me virer, rétorqua-t-elle sur un ton qu'elle voulut léger.

— Loin de moi une telle idée.

Lark s'agrippa au volant. Quelle idée avait-il donc en tête ? Entamer une liaison avec elle ? Elle respira lentement pour se calmer. Elle ne pouvait répondre à ses avances avant de lui révéler qui elle était réellement. Tant qu'elle continuerait à lui dissimuler la vérité, elle se sentirait incapable de franchir ce pas. Elle était encore trop effrayée.

Dom la guida jusqu'à une étroite et sinueuse route en pente qui contournait de magnifiques demeures aux fenêtres illuminées. Elle gara la BMW dans l'allée menant à la maison perchée au sommet de la colline. Tout autour d'eux, en contrebas, Los Angeles s'étendait en un chaos de clartés électriques qui semblait refléter la lueur des étoiles au-dessus de leur tête. Ni l'un ni l'autre ne sortirent de la voiture.

— Le site est splendide, murmura Lark.

— Je sais que j'ai pu vous choquer, admit Dom au bout d'un instant, mais je ne vous ai pas menti : je n'arrête pas de penser à vous.

Interdite, Lark se mit à contempler la ville scintillante. Espérait-il la persuader de passer la nuit chez lui ? Avait-il cru qu'elle le souhaitait elle-même, quand elle avait prononcé son nom dans le restaurant comme Penny n'eût jamais osé le faire jadis ? Seigneur, quelle idiotie n'avait-elle pas commise ! Se lier avec Dom Whitfield était totalement exclu, car continuer à lui taire sa véritable identité équivaudrait à un manque de confiance qu'il ne lui pardonnerait jamais.

Il lui toucha le bras.

— Lark... Vous êtes si belle...

Il posa la main sur sa nuque et l'obligea doucement à le regarder.

Elle était émue. Son contact l'enfiévrait. Ses *yeux*, surtout, lui donnaient le vertige. Elle tendit précipitamment la main vers la poignée de la portière.

— Il faut que je rentre. Je vais appeler un taxi.

Dom plissa les paupières avec perplexité.

— Vous avez peur.

Elle ouvrit la portière et se glissa dehors.

— Non, je n'ai pas peur. *Je n'ai pas peur.*

Il descendit à son tour et la prit par les épaules.

— Tant mieux, car vous n'avez aucune raison d'avoir peur, lui dit-il tout en la forçant à se retourner.

Puis il se pencha en avant. Et déposa un baiser sur ses lèvres.

Lark ferma les yeux. Les lumières de la ville virevoltaient dans son esprit tandis qu'elle le sentait goûter sa bouche. Ses bras se nouèrent spontanément autour de son cou. Elle avait depuis tant d'années anticipé cet instant qu'elle ne pouvait que s'abandonner à son allégresse. « Dom… Dom… Dom… » Oui, c'était bien lui qui l'embrassait, qui l'étreignait, qui lui caressait les cheveux. Il effleura son cou du bout des lèvres.

— Lark…

Non, elle ne s'appelait plus Lark. Dom devait savoir. Il *allait* savoir…

Elle s'écarta brusquement, le souffle court, plus apeurée que jamais. Elle jeta un coup d'œil alentour, craignant que Justin Groome ne jaillît soudain des sombres massifs de rhododendrons dont la haute haie cernait la résidence.

Elle ne pouvait dire la vérité à Dom.

— Je dois y aller.

Dom parut sur le point de lui poser une question, puis se ravisa.

— Bien. Rentrons. Je vous appellerai un taxi de la maison.

Sortant ses clés, il la précéda en haut d'une courte volée de marches qui conduisait à la porte d'entrée. Ensemble, ils pénétrèrent dans un somptueux séjour dont la large baie s'ouvrait sur le panorama qui avait déjà séduit Lark au-dehors. Un canapé et deux fauteuils d'une jolie teinte café étaient disposés devant une grande cheminée. Lark retrouvait la personnalité de Dom dans les moindres recoins de la pièce : celle-ci exprimait ses goûts et sa fortune, ainsi que l'étendue insoupçonnée de son pouvoir.

Elle marqua une pause sur le seuil pour mieux s'imprégner de l'atmosphère du lieu.

— Il y a deux ans, cette bâtisse appartenait encore à Jonny, lui déclara Dom. Au départ, je l'ai rachetée pour lui rendre service, mais j'y suis désormais attaché.

— Elle est magnifique, convint Lark, toujours immobile. Où est le téléphone ?

— Permettez-moi d'abord de vous offrir une tasse de café.

— Non, merci. Il faut vraiment que je rentre.

Il l'étudia un moment, la tête penchée de côté, comme s'il essayait de lire ses pensées.

— Soit.

Se dirigeant vers le combiné posé sur une table basse, il appela un taxi.

— Entrez donc vous asseoir le temps qu'il arrive.

Comme elle jugeait elle-même absurde de rester ainsi plantée sur le seuil, la jeune femme gagna à pas comptés l'un des fauteuils. Ils se dévisagèrent mutuellement. Voyant les cernes qui ombraient ses pommettes et le souci qui se peignait sur sa figure, Lark se demanda si Dom n'avait pas eu tort de sacrifier son bonheur personnel à sa réussite professionnelle.

Puis elle éprouva une émotion d'une autre nature, plus complexe encore que l'amour qu'elle vouait déjà à cet homme.

— Je ne peux accepter le poste que vous m'avez

proposé, murmura-t-elle brusquement en détournant la tête.

— Hein ? s'écria Dom, éberlué.

— C'est à l'évidence une responsabilité que je ne puis assumer.

— Pourriez-vous m'expliquer cette volte-face ?

— Est-ce vraiment nécessaire ? répliqua-t-elle sur un ton presque amer.

Les lèvres de Dom esquissèrent un demi-sourire.

— Qu'est-ce qui vous chagrine donc ? Que je vous aime ? Que vous m'aimiez ?

Il avait prononcé ces mots sur un ton si détaché que Lark n'en saisit pas immédiatement toute la portée. Mais elle devint bientôt cramoisie. *Il lui avait dit qu'il l'aimait.*

Dom se leva et se campa devant elle, les yeux rivés sur son visage rouge de confusion.

— Vous m'aimez donc aussi…

Sa voix rauque était aussi emplie de craintes et de tremblements que celle d'un fidèle béni par sa déesse.

— Pourtant vous hésitez encore. Et ce n'est pas seulement à cause du travail — je me trompe ?

Lark lui rendit son regard en silence.

— Vous ne voulez pas vous confier à moi ? Je pourrais vous aider, vous savez.

— Non.

— Mais qu'est-ce qui peut vous pousser ainsi à refuser la production de *Romance !* ? se demanda-t-il, à moitié pour lui-même.

— J'aimerais vraiment l'accepter.

— Alors, lancez-vous, rétorqua-t-il en prenant ses deux mains entre les siennes. Cessez donc de considérer cette opportunité comme un engagement affectif. Vous n'aurez sans doute jamais une meilleure occasion de prouver vos talents. Ne la laissez pas filer sous quelque prétexte fallacieux. A l'inverse de nos sentiments, qui peuvent changer, votre existence professionnelle est et doit demeurer solide et tangible. Acceptez donc ce poste. Cela ne nous rapprochera pas au point de nous rendre insupportables l'un à l'autre.

Ils entendirent le grondement d'une voiture qui remontait l'allée. Lark devina qu'il s'agissait du taxi.

Puis il y eut le son d'une toux embarrassée. Ils se retournèrent en sursautant vers l'escalier. Dom relâcha les mains de la jeune femme. Toni leur adressa un sourire froid. Elle portait une valise à la main, son sac en bandoulière. Elle était chaussée de hauts talons et vêtue d'une combinaison fauve clair, dont la soie palpitait contre ses formes fluides. Elle avait l'air élégant, raffiné, et affichait une parfaite maîtrise d'elle-même.

— Très touchant, commenta-t-elle d'une voix traînante. Cela dit, vous pouvez prendre au sérieux les propos de Dom sur votre carrière. Il a voué toute son existence à la sienne.

Ce dernier s'était rapidement ressaisi.

— Depuis quand es-tu ici ? s'enquit-il.

— Cet après-midi. Je suis seulement venue récupérer quelques affaires et tirer un trait définitif sur mon passé. Rassure-toi : je ne compte pas m'incruster jusqu'à Noël.

— Mon taxi m'attend, intervint Lark. Il vaut mieux que je parte.

Elle s'éclipsa de la pièce avant que Dom et Toni eussent le temps de réagir. Une fois seuls, ils se dévisagèrent avec agacement.

— Il est temps de mettre un terme à notre différend, reprit Toni en se détendant un peu. Je déteste laisser traîner les choses de cette façon.

— Moi de même. Je t'ai d'ailleurs appelée pour t'en parler.

— Oui, une seule fois.

Et elle ne lui avait pas répondu : un seul message ne suffisait pas.

— Toni…

Elle alla déposer sa valise dans l'entrée. Elle n'avait pas besoin de regarder Dom pour savoir qu'il la considérait de cette expression soucieuse et intense qui, naguère encore, lui faisait tout oublier — tout, hormis elle et lui.

Elle le sentait chercher ses mots et espérait de sa part une parole de tendresse, d'amour.

Il se réfugia finalement près de la baie vitrée et contempla les clartés de la ville qui s'étendait au bas de la colline.

— Peut-être suis-je le seul coupable, déclara-t-il d'une voix saccadée. Mais ta réaction m'a stupéfié, Toni. Je ne m'étais pas rendu compte de la force de ton attachement ni de tous les sacrifices auxquels tu avais consenti pour simplement être ma femme. Nous sommes, hélas, dans les années quatre-vingt-dix, et ce genre de rapports n'est plus vivable de nos jours !

— Sois au moins honnête avec toi-même, si tu ne peux l'être avec moi, répliqua Toni, le regard brûlant de larmes. Tu ne m'as jamais vraiment aimée.

Il ne protesta pas. Avant de rencontrer Lark, il n'avait effectivement jamais connu l'amour.

— Je l'ignorais à l'époque, crois-moi.

Toni baissa ses yeux embués de pleurs sur le Kirman noir et vert émeraude qui s'étalait à ses pieds.

— Je n'ai pas le désir de te retenir, poursuivit Dom. Ce serait mal avisé. Cependant ce malentendu me désole.

— Moi aussi.

Dom se retourna.

— Je me suis comporté comme un rustre avec toi, Toni. Je le savais depuis le début, mais je ne voulais pas le reconnaître.

Il hésita un moment, avant de reprendre :

— Je tiens à ce que tu saches qu'il n'y avait personne d'autre dans ma vie. Enfin, je n'ai jamais entretenu de liaison sérieuse avec une autre femme. Je te suis resté fidèle en actes, sinon en pensées.

— Je te remercie de m'en informer.

Il s'approcha d'elle, l'air interrogateur, ses yeux dorés brillant d'une lueur par trop familière. S'il osait essayer de l'embrasser, songea Toni, elle l'étendrait d'un uppercut sur le tapis. Elle plissa les paupières en signe d'avertissement.

Dom recula aussitôt.

— Quand repars-tu ?

— Maintenant.

Elle demeura néanmoins immobile.

— Il est déjà plus de minuit, lui rappela-t-il.

— Je saurai bien trouver un avion.

— Je te reconduis à l'aéroport.

— Je préfère appeler un taxi.

Ils continuèrent à se dévisager.

La langue russe, se rappela Toni, disposait d'une expression sans équivalent en anglais pour désigner le sentiment qu'on éprouvait au souvenir d'un amour perdu.

C'était précisément cette irrémédiable nostalgie qu'elle ressentait.

Bientôt elle appellerait la compagnie de taxis. Bientôt elle dirait adieu à Dom sur un ton calme et égal. Lutter était désormais inutile. Tout était déjà fini.

Alors pourquoi pleurer ?

59

C'était la veille de Noël. Jonny était à Las Vegas. Il buvait, assis seul à un bar. De temps en temps, il levait son verre à la lumière pour voir combien il lui restait d'alcool et, l'espace d'un instant, il avait l'impression de flotter dans les airs.

Un inconnu l'aborda.

— Puis-je vous tenir compagnie ?

Jonny haussa les épaules avec une moue chagrine, décidant sur-le-champ qu'il avait toujours haï les hommes aux cheveux teints en roux.

— Je m'appelle Miguel, déclara l'homme.

Ses yeux bruns pétillaient.

— Mon nom ne vous dira sans doute rien.

— Effectivement, admit Jonny sur un ton rogue.

— Moi, pourtant, je vous connais, l'ami, reprit l'importun avec un sourire.

— Sans blague ? rétorqua Jonny, soudain intrigué.

L'homme ne se départit pas de son sourire serein. A son accent, Jonny devinait qu'il était originaire d'un pays du Sud. Il lampa le fond de son verre sans rien ajouter.

— Eh oui, poursuivit l'autre à voix basse afin que seul Jonny l'entendît. Je sais que vous avez passé quelques moments… chauds, dirons-nous, avec une jeune fille dénommée Fairusa. Nous en détenons la preuve. Je puis même vous présenter quelques clichés fort instructifs. Désirez-vous les voir ?

Jonny devint livide. « Détournement de mineure, pensa-t-il aussitôt. Oh, non, il ne faut pas qu'Emmy… »

Puis il se rappela brusquement qu'Emmy l'avait quitté.

— Que voulez-vous de moi ?

— Une simple petite faveur.

— Qui s'élève à combien ? demanda-t-il sans réfléchir.

L'homme parut blessé.

— Voyons, cela n'a rien à voir avec l'argent !

— Avec quoi, alors ?

— Avec le film que vous avez autrefois commencé à tourner. Celui sur la forêt pluviale amazonienne, vous vous souvenez ?

Jonny commanda un autre verre. Quand le barman le lui eut servi, il se força à le siroter lentement.

— Oui, répondit-il enfin.

— Nous désirons que vous nous donniez toutes les bobines et que vous nous promettiez d'abandonner ce projet.

— Pourquoi ?

— Cela ne vous regarde pas.

— Allez au diable ! Même le président des Etats-Unis en personne ne saurait m'arracher une telle promesse. Et puis, qui est ce « nous », d'abord ?

— Cela ne vous regarde pas, répéta Miguel. Alors, nous pouvons compter sur vous ?

— Je crois que vous n'êtes pas au courant de la situation, *amigo*, se défendit Jonny en contemplant son verre avec un sourire triste. Ce film n'existe pas. On m'a coupé les vivres en plein milieu du tournage. Je coûtais trop cher, paraît-il.

— Vous aviez déjà achevé l'essentiel des séquences.

— Pas entièrement. De toute façon, vous vous tracassez pour rien. *Flaming Forest* n'est pas près d'être distribué.

Il releva la tête.

— Qui êtes-vous, exactement ?

— Je me suis déjà présenté, il me semble. Je me prénomme Miguel. Et je suis parfaitement au courant... pour Fairusa.

Jonny détourna la tête. « Oh ! Emmy, Emmy, qu'est-ce qui m'a pris ? »

— C'est elle qui m'a séduite. Et, apparemment, c'est vous qui me l'aviez envoyée. Maintenant, vos menaces me laissent de marbre. J'ai les moyens d'engager les meilleurs avocats de cette ville.

— Permettez-moi alors de vous rafraîchir la mémoire, susurra Miguel avec une expression compatissante. Revenez quinze ans en arrière. Vous étiez alors en voyage au Brésil.

Jonny s'en souvenait fort bien. C'était précisément à ce moment-là qu'il avait conçu le projet de réaliser un long métrage sur les ravages tragiques imposés à la forêt pluviale. Il avait pris un bateau pour remonter l'Amazone. Et sur ce bateau se trouvait une femme...

— Vous en étiez très épris, murmura Miguel, comme s'il avait lu dans ses pensées.

« Et alors ? » s'interrogea Jonny.

— Vous l'avez mise enceinte.

— C'est faux !

— Malheureusement non. Elle a finalement réussi à

trouver un mari, mais le bébé est né trop tôt. Beaucoup trop tôt. Elle a dû avouer le nom de son vrai père.

— D'où tenez-vous tout ça ?

— Cette femme est ma belle-sœur.

— Ah oui ?

— Et le bébé était une fille…

Jonny attendit la suite.

— … une fille qui fut prénommée Fairusa.

Jonny bondit de son tabouret et trébucha jusqu'à la terrasse. L'air frais du désert lui permit de recouvrer ses esprits. Tout son corps était en feu. La tête entre les mains, il s'appuya de l'épaule contre le mur de l'établissement, en proie à une détresse indicible.

Les étoiles semblaient ramper vers lui telles des araignées voraces. Il baissa les yeux et considéra les néons criards qui illuminaient la rue en contrebas. Des voitures serpentaient sur l'asphalte. Des vers le rongeaient, se frayant un chemin à même sa chair suppurante. Il avait la bouche sèche. Le vent était mort.

Miguel sortit à son tour du bar et vint lui poser une main amicale sur l'épaule.

— Allons, ce n'est pas si terrible que ça, lui dit-il d'une voix douce.

— Si, rétorqua Jonny, conscient que l'autre prenait son désespoir pour de la faiblesse.

— Etes-vous désormais disposé à nous accorder satisfaction ?

— Il est hors de question que je vous cède les séquences déjà tournées. Je vous assure néanmoins, une fois encore, que le film n'est pas près d'être distribué. Transmettez ce message de ma part à vos grosses huiles de Rio, ça les calmera.

Peu après, Jonny s'aperçut qu'il était seul sur la terrasse.

Il se demanda comment Miguel allait réagir. Jusqu'où irait-il pour empêcher la distribution du film ?

« Oh, Fairusa… »

Bah ! se dit-il, de toute manière, il était déjà au plus bas. En quoi un salaud de maître chanteur brésilien pouvait-il encore lui nuire ? Sa vie était déjà finie, non ?

60

— Et quelles sont les sources d'Emmy Elson, selon vous ? demanda Toni à Justin quand ils se retrouvèrent à New York.

— Je n'en ai pas la moindre idée.

— Elle ne m'a pas appelée. Elle m'a envoyé son adjointe, Marcia Collins. Avez-vous pu lui parler de votre côté ?

— Ouais. Tous des pourris, ces journalistes.

Toni le scruta du regard.

— Vous allez les poursuivre en justice, n'est-ce pas ?

— Je l'ignore encore. Pour l'instant, je m'efforce de remporter un fauteuil au Sénat, et un procès me vaudrait la suspicion de l'électorat.

Toni s'étonnait qu'il n'eût pas déjà requis les services de son avocat. Il était à ses yeux essentiel de déposer une plainte pour diffamation, ne fût-ce que pour sauver les apparences.

Justin arpentait la pièce de long en large.

— Qui la pousse à me chercher comme ça ? Voilà ce que j'aimerais savoir. Qui est derrière tous ces ragots ?

— Une personnalité telle que vous doit forcément s'attendre à avoir beaucoup d'ennemis, lui fit remarquer

Toni. Ce n'est pas en jouant les âmes charitables que vous avez conquis votre position actuelle.

Justin semblait ne pas l'entendre.

— Et Jonny Whitfield ? A-t-il revu sa femme ?

— Pourquoi vous inquiéter à son sujet ?

— Il pourrait avoir décidé de me démolir. Ou alors quelqu'un l'aura soudoyé pour répandre ces mensonges. Savez-vous ce qu'il devient ?

— Il s'échine toujours à trouver des millionnaires susceptibles de financer ses superproductions hollywoodiennes. Mais de moins en moins de producteurs lui font confiance. C'est un gouffre à dollars. J'imagine qu'il ne doit pas très bien se porter.

— Ce qui signifie qu'il lui manque des fonds.

— Sans doute.

— Qui donc est allé le payer pour colporter ces rumeurs ?

— Vous pensez vraiment que c'est Jonny qui a déclenché tout ce barouf ? Pour quelle raison ?

Justin se renfrogna.

— Il me déteste. Depuis toujours.

— Comme mobile, cela me paraît un peu mince.

— Savez-vous où je peux le joindre ?

— Non.

— Ne pourriez-vous vous en enquérir auprès de Dom ?

— Non.

— Vous ne vous parlez plus, tous les deux ?

— Non. Mais vous avez ici un téléphone. Appelez Dom vous-même. Il est 7 heures du matin, là-bas. Dom est peut-être encore chez lui.

A sa grande surprise, Justin saisit aussitôt le combiné et lui demanda le numéro de la résidence de Pacific Palisades.

Elle le lui donna tout en le considérant avec perplexité. Pourquoi diable estimait-il que Jonny était à l'origine des articles d'Emmy ?

— Dom ? Salut. Justin à l'appareil. Ecoutez, j'essaie de mettre la main sur Jonny. Il ne vous aurait pas confié ses coordonnées par hasard ?… Si ?

Il griffonna un numéro sur le bloc posé près du téléphone.

— O.K. Merci, Dom. J'espère au moins que je ne vous ai pas réveillé ?… Non, non, c'est juste une affaire entre nous. Merci encore. Au revoir.

— Alors ? demanda Toni.

— Jonny est parti à Las Vegas gaspiller son fric.

— Comme de bien entendu.

— Je crois que je vais aller le rejoindre là-bas dès cet après-midi. Vous saurez soutenir le siège en mon absence, n'est-ce pas ? Les médias se sont remis à me harceler. J'ai prié Dwight de leur opposer une fin de non-recevoir.

— Il vous faudra d'ici peu élaborer une meilleure tactique, l'avertit Toni.

— Chaque chose en son temps. Je dois d'abord découvrir qui a juré ma perte.

Jonny était aussi sobre qu'un mormon. Il ne buvait jamais quand il jouait. Ce soir-là, d'ailleurs, il avait la baraka et se sentait rasséréné.

« Au diable Hollywood ! songeait-il. Au diable tous ces philistins ! »

La roulette s'immobilisa et, à son grand dam, la bille d'acier se logea paresseusement dans une case rouge. Il ne s'était pas bien concentré sur ce coup, se dit-il, voilà pourquoi il l'avait perdu. Tout l'art du jeu tenait dans la concentration. Elle conférait une sorte de pouvoir kinesthésique qui permettait de diriger la bille à volonté, ou encore d'obtenir les bonnes cartes. Dans tous les cas, l'effet escompté dépendait entièrement de la concentration du parieur.

Quelqu'un lui tapa sur l'épaule. Il sursauta.

— Justin ! s'exclama-t-il en se relevant, l'air gêné. Que faites-vous donc à Las Vegas ?

— J'arrive à l'instant de New York. J'ai appris que vous étiez ici.

— Allons boire un coup, proposa-t-il au député, certain que son pouvoir magique s'était envolé et qu'il ne gagnerait plus rien de la journée. Donnez-moi seulement le temps de monnayer ces plaques.

Justin l'attendit au bar, assis dans un coin retiré, loin du téléviseur qui braillait au-dessus du comptoir. Sitôt revenu de la caisse, Jonny commanda un scotch ; Groome le laissa boire seul.

— Vous êtes au courant ? lui demanda-t-il en étalant devant lui le dernier numéro du *Monday Week*.

Jonny parcourut le magazine d'un œil d'abord indifférent, puis avec un intérêt croissant. Quand il eut achevé sa lecture, il arborait un large sourire.

— Doux Jésus ! s'écria-t-il. La vérité est enfin sortie du puits ! Mais comment diable avez-vous pu laisser publier un tel papier ?

Justin le toisa d'un regard dur.

— Etes-vous sûr de ne pas avoir trempé dans cette affaire ?

— Sûr et certain, mais je puis vous révéler un détail supplémentaire : il n'y a pas que la presse new-yorkaise qui s'intéresse à vous. Hollywood a également rejoint la meute.

— Comment ça ?

— Un synopsis est actuellement en cours d'étude concernant les événements les plus sordides de votre passé. Un documentaire romancé, semble-t-il, mais très convaincant.

— Et vous n'êtes pas non plus mêlé à cette magouille ?

— Absolument pas, répondit Jonny tout en dégustant le verre que le serveur venait de lui apporter. Je n'y aurais aucun intérêt.

— Beaucoup de mes adversaires seraient disposés à rétribuer grassement de pareilles informations.

— J'admets ne pas vous porter dans mon cœur. Mais je vous garantis que je ne suis pour rien dans l'histoire.

— Je souhaite que le responsable de cette campagne de dénigrement se rétracte publiquement. Ce remue-ménage doit cesser sur-le-champ.

— Bonne chance, conclut Jonny en se redressant.

Groome le rattrapa par le collet.

— Minute, espèce d'infect pochard ! N'avez-vous jamais craché le morceau ? Vraiment jamais ? A personne ?

Jonny tenta de se dégager. Groome lui serrait la gorge d'une poigne de fer.

— Non, articula-t-il d'une voix étranglée.

Groome le relâcha. Jonny s'effondra sur la banquette et déboutonna fébrilement son col.

— Même pas à Dom ?

Jonny secoua la tête.

— Et à votre mère ?

— Non plus.

— Et à votre ex ?

— Pas davantage.

— Si vous me mentez…

— Je ne vous mens pas, je vous le jure.

Justin le contempla avec mépris.

— Vous n'êtes qu'un lâche. Même si vous étiez derrière tout ça, vous ne le reconnaîtriez jamais, par crainte que je vous réduise en bouillie.

— Pour l'amour du ciel, Groome, fichez-moi la paix. Je vous répète que je n'y suis pour rien.

— Admettons. Parlez-moi maintenant de ce fameux synopsis.

— Je ne l'ai pas lu. Je ne le connais que par ouï-dire. On l'a soumis à Dom — qui l'a rejeté, naturellement. Il ne tenait pas à ce que vous le traîniez devant les tribunaux. Il a vite compris qu'il s'en mordrait les doigts.

— Qui a rédigé ce torchon ?

Jonny resta silencieux.

— Faut-il que je vous arrache la réponse de force ?

— Non. Je ne sais tout simplement pas le nom de son auteur.

— Vous mentez.

— Je ne mens pas, rétorqua Jonny sur un ton pitoyable.

Il ignorait lui-même pourquoi il essayait ainsi de protéger Lark — il était tout simplement horrifié à l'idée que Justin pût se retourner contre elle.

— Enfin, peu importe, déclara ce dernier avec dédain. J'arriverai bien à l'apprendre par moi-même. Maintenant, écoutez-moi : quand j'aurai découvert qui veut ma peau, cette personne me le paiera, et si jamais vous m'avez fait des cachotteries, je vous inclurai dans la facture. Aussi, j'exige que vous m'appeliez sitôt que vous aurez un indice, compris ?

— Mais, bon Dieu, comment voulez-vous que je sache quoi que ce soit ? Je ne suis pas un politicien, moi. Je n'habite même pas New York.

— Vous étiez le seul à connaître certains détails révélés dans ces articles, ce qui vous met en première position sur ma liste de suspects. Ne vous avisez donc pas de les refiler à un autre journaliste.

— C'est tout ? s'enquit Jonny sans pouvoir dissimuler sa répugnance.

— Non, ce n'est pas tout. Je vous propose également un marché. On a sucré le budget de votre long métrage sur la forêt pluviale et vous manquez de fonds pour l'achever, n'est-ce pas ? Eh bien, si vous m'aidez à retrouver Penny, ces fonds, je vous les avancerai.

Jonny en resta bouche bée.

— Vous financeriez *Flaming Forest ?*

— Le tournage en est pratiquement bouclé, non ?

— Oui, presque.

— J'aimerais vous donner la satisfaction de le terminer, Jonny, reprit Groome avec affabilité. Mais, je vous le répète, c'est donnant, donnant : Penny contre le film.

Jonny ne prêta qu'une attention distraite à cette dernière clause.

— Allez-vous en parler à Dom ? Je veux dire : de votre engagement dans *Flaming Forest* ?

— Certainement. Ça me rapportera toujours quelques voix écologistes. Mais de votre côté, vous me trouverez Penny, entendu ?

— J'ignore où elle est.

— Si ce n'est pas vous qui êtes à l'origine de ces rumeurs, alors ce doit être elle. Il faut que je la débusque et la sorte de son trou. Cuisinez votre ex.

— Emmy n'acceptera jamais de livrer ses sources.

— A vous, si.

— Non.

— Je me fiche de son intégrité, mon petit, conclut Groome en se levant. Si elle sait où est Penny, je veux le savoir aussi. Je compte sur vous, Jonny. Vous avez mon numéro.

Jonny garda le silence. La silhouette massive du député occulta un instant la blancheur éclatante du soleil tandis qu'il franchissait la porte du bar. Puis elle s'effaça.

Jonny commanda un autre verre.

Ses yeux se reposèrent sur le magazine toujours ouvert devant lui. Le meurtre de Violet y était rapporté seconde par seconde. Emmy Elson et Marcia Collins, la cosignataire de l'article, étaient parvenues à rendre les faits non seulement avec exactitude, mais aussi avec intensité et compassion. Penelope Houten y était décrite comme la malheureuse victime de Justin Groome, qui l'avait acculée à la fuite en la privant par avance des moyens de prouver son innocence.

Incroyable — mais vrai, il était bien placé pour le savoir.

Il repoussa son verre. Penny était bien derrière tout ça, il en était certain. Combien de temps les sources d'un journaliste pouvaient-elles demeurer secrètes ? Groome saurait-il obliger Emmy à lui avouer le nom de son informatrice ? Pour cela, il n'avait pas besoin de la menacer physiquement. Il suffisait qu'il réclamât son inculpation pour entrave à la justice.

Pour autant, il imaginait mal la jeune femme céder à ce genre de pression légale. Elle préférerait aller en prison plutôt que de contrevenir à ses principes. Son adjointe, en revanche, n'aurait peut-être pas sa fermeté…

Bientôt, Jonny cessa cependant de s'inquiéter pour Penny. Il repensait à l'Amazonie, à la chance qui lui était désormais offerte de mener à terme un projet auquel il n'avait jamais vraiment renoncé. Laissant son verre à moitié vide sur la table, il se redressa et sortit.

Oui, Hollywood lui tendait de nouveau les bras.

61

— Dominic a entamé une procédure pour demander le divorce, annonça Carl.

— Ah bon ?

C'était le jour de Noël. Lark avait rejoint Carl chez lui. Ils étaient sur le point de sortir dîner au restaurant Ma Maison.

— Permettez-moi de revenir sur notre précédente discussion, Lark. J'ai conscience de m'être montré par trop insistant, et je veux que vous sachiez que je n'ai naturellement pas l'intention de vous trahir.

Il prit place sur une chaise de cuisine à piètement métallique.

— Asseyez-vous un moment avec moi, voulez-vous ? Je suis fatigué.

— Vous êtes malade, Carl, je le sais.

Elle posa un bras autour de ses épaules, bouleversée de le voir si maigre. Même les traits de son visage semblaient à présent squelettiques.

— Pourquoi ne me dites-vous pas ce que vous avez ?

Il garda un instant le silence.

— Oui, c'est vrai, admit-il enfin, je suis malade. Malade depuis des années. Je ne désirais le confier à personne, mais il est maintenant trop tard pour continuer à le cacher.

— Il n'y a rien qui saurait vous guérir ? Aucun traitement envisageable ?

— Ce mal est mortel si l'on n'a pas pris soin de se prémunir contre ses vecteurs, répondit-il avec amertume.

Elle s'assit à côté de lui, l'air anxieux.

— Je ne peux vraiment rien faire ?

— Si : parler à Dominic. Je souhaiterais qu'il me reconnaisse pour son père avant que je meure. J'aimerais qu'il me rencontre, qu'il m'aime. Mon temps est compté, Lark. Aidez-moi, je vous en prie ! Aidez-moi à conquérir l'affection de mon fils...

Il enfouit son visage entre ses mains, le corps horriblement secoué de sanglots rauques, étranglés.

Les larmes aux yeux, Lark s'agenouilla devant lui. Carl aimait visiblement Dom autant qu'elle. Et il était à l'agonie, elle en était sûre aussi.

— Je lui parlerai, chuchota-t-elle. Je vous le jure.

Carl se moucha et tenta désespérément de se ressaisir.

— J'ai appris ma séropositivité il y a sept ou huit ans de cela, reprit-il. A cette époque, au tournant des années soixante-dix quatre-vingt, j'avais de multiples partenaires, y compris des hommes. J'ai contracté le virus du SIDA peu avant de vous connaître... Je ne m'en suis jusqu'à présent ouvert à personne, ajouta-t-il après un bref silence. Vous êtes désormais la seule à savoir la vérité en dehors de mon médecin traitant.

— Oh, Carl... *Carl.*

— Tout remords est inutile. Au début, j'ai essayé chaque remède lancé sur le marché, les moins mauvais comme les plus insensés. En vain. J'allais de mal en pis. Et maintenant, je n'ai plus aucun espoir, sauf que mon fils m'accepte pour père avant l'issue fatale. Alors je m'en irai discrètement, sans tambour ni trompette. Je ne croupirai pas longtemps à l'hôpital.

— Je ne vous laisserai pas tomber, Carl, je vous le promets.

— Alors contactez Dominic au plus vite. Je sais qu'il vous écoutera et que vous saurez le persuader de me rencontrer. Il a confiance en vous.

Lark n'hésita qu'un bref moment. Jamais elle n'oublierait que Carl l'avait protégée après sa fuite. Elle lui devait sa beauté, sa sécurité et sa réussite actuelles. Elle était désormais résolue à le soutenir jusqu'au bout.

— Très bien, vous pouvez compter sur moi.

— Et vous ne déménagerez pas à New York ?

— Non, Seigneur, *non*. Je resterai auprès de vous. Et je parlerai à Dom dès lundi prochain.

Elle posa la tête sur les genoux de son mentor et n'ajouta plus un mot.

— A quoi pensez-vous ? s'enquit-il.

Elle émit un profond soupir.

— A cette souffrance terrible qu'est l'amour.

— Une souffrance ? répéta-t-il doucement. Non, Lark.

— Si, murmura-t-elle. Toutes les personnes que j'ai aimées jusqu'à présent sont parties. Et vous allez bientôt partir aussi.

Il lui souleva la tête et la regarda gravement. Il avait les yeux rougis par les pleurs.

— Certaines personnes ne vous ont jamais abandonnée, vous savez. C'est vous qui les avez quittées.

Lark vit son visage se décomposer sous la douleur.

— Susan ! s'entendit-elle crier.

— Oui. Mais moi aussi, je l'ai abandonnée, sans

même lui avouer les reproches qui me pesaient sur le cœur. Cependant, si ma vie est maintenant derrière moi, la vôtre est devant vous, Lark. Ne serait-il pas enfin temps de la revoir ? Elle serait tellement contente de vous savoir en vie.

— J'ai si peur, Carl.

— Je sais, mais il n'y a que vous-même qui puissiez faire en sorte que votre amour soit plus fort que vos craintes.

Lark médita longuement ces paroles. Elles sonnaient pour elle comme un défi, et cette perspective la galvanisait. Elle se redressa enfin et embrassa Carl sur les deux joues.

— En tout cas, dit-il, même si les êtres qui vous sont chers finissent toujours par s'éloigner ou mourir, ne vaut-il pas mieux les avoir aimés que ne les avoir jamais connus ?

Lark réfléchit un instant. Quand sa mère avait disparu, elle avait maudit le jour de sa naissance. Néanmoins, n'était-elle pas effectivement heureuse d'avoir joui de son affection durant les six premières années de sa vie ? Ou encore d'avoir profité de l'amitié de Susan juste avant de devoir fuir l'Amérique ? Nul n'était immortel, de toute façon. Et partager son existence avec autrui était la plus précieuse des expériences, aussi brève fût-elle.

Elle sourit au milieu de ses larmes.

— Oui, répondit-elle sincèrement, je préfère cent fois souffrir de vous perdre que de ne vous avoir jamais eu pour ami.

— Merci, ma douce, répliqua-t-il en se levant. Mais dépêchons-nous d'aller fêter Noël ou nous risquons de perdre notre table au restaurant.

62

Le lundi suivant, Lark prit l'ascenseur pour se rendre dans le bureau de Dom. En cette semaine précédant le nouvel an, peu de personnes circulaient dans l'immeuble de la firme. La plupart des employés étaient en vacances.

Lark n'avait pris aucun congé depuis qu'elle était entrée à APG. Son Noël à Los Angeles lui avait semblé irréel. Le réveillon lui-même n'avait marqué que la fin d'une journée de travail comme les autres.

— Bonjour, Lark, la salua Beth. Dom est actuellement en réunion, mais il devrait être disponible d'ici à 16 heures. Voulez-vous patienter un moment ?

— Oui, je vais l'attendre ici.

Il était déjà 15 h 30.

— J'ai cru comprendre que vous pourriez bientôt nous rejoindre à cet étage.

Lark n'avait pas encore donné à Dom de réponse définitive.

— Oui, c'est exact, répondit-elle néanmoins.

— Tant mieux.

La jeune femme prit un siège, lissa sa jupe de velours crème et se mit à feuilleter le dernier numéro de *Variety*.

La sonnerie incessante du téléphone de Beth l'empêchait de se concentrer. Elle n'arrêtait pas de songer à Carl.

Environ vingt minutes plus tard, une conversation retint son attention.

— Oh, salut, Dom, dit Beth au téléphone. Vous êtes revenu dans votre bureau ? Lark Chandler désire vous voir... Comment ?... Oh, non, juste une demi-heure, je pense... Entendu.

Elle raccrocha et gratifia Lark d'un sourire contrit.

— Je crois que j'aurais dû aller le chercher en personne. Désolée.

— Ne vous inquiétez pas, répliqua Lark en riant.

Elle se leva et traversa le couloir recouvert d'une épaisse moquette, jusqu'au bureau de Dom. Bien qu'elle ne l'eût que rarement emprunté, elle avait l'impression de le connaître comme si elle l'avait déjà parcouru des centaines de fois.

Dom arpentait fébrilement la pièce quand elle y entra. Il la salua tout en dénouant son nœud de cravate.

— Veuillez me pardonner ce contretemps, dit-il en jetant le ruban de soie sur le canapé. Si ça n'avait tenu qu'à moi, j'aurais quitté cette réunion sur-le-champ. Prenez donc un siège.

Elle s'assit. Elle ne l'avait pas revu au cours des trois dernières semaines, depuis que Toni les avait surpris chez lui. Allait-il lui reparler de cette soirée ? Il se jucha sur le bord de son bureau et lui sourit.

— N'ayez pas l'air si apeuré, murmura-t-il. Votre visite me ravit.

— Je suis venue vous informer de ma décision de rester à APG.

— Bien, fit-il d'une voix égale. Nous avons déjà reçu quelques offres pour *Romance !*. Je suppose que vous en avez été avertie ?

— Oui.

Il la scruta d'un œil inquisiteur. Alors qu'elle le fixait en retour, Lark pensa qu'il était décidément inconcevable qu'il ne la reconnût pas. Même le baiser qu'ils avaient échangé ne lui avait pas ouvert les yeux !

— Eh bien ? s'enquit-il.

— Eh bien, quoi ? bredouilla-t-elle, interrompue dans sa rêverie.

— Vous auriez aussi bien pu me téléphoner pour m'annoncer cette nouvelle. Pourquoi teniez-vous à me voir ?

Elle ouvrit la bouche pour lui parler de Carl, puis la referma aussitôt, ne sachant par quel biais aborder le sujet.

Dom sauta du bureau et récupéra sa veste.

— Filons.

— Où ça ?

— Je vous invite à dîner. Vous ne pensiez tout de même pas m'échapper une nouvelle fois, non ?

Lark fut incapable de protester. D'une manière ou d'une autre, il lui fallait trouver le courage de lui dire la vérité.

Dom remit à Beth un dossier en passant devant son bureau.

— Tapez-moi ce document, voulez-vous ? Je serai absent jusqu'à demain. En cas d'urgence, vous pouvez laisser un message sur mon répondeur à la maison.

— D'accord, Dom, acquiesça Beth.

Elle adressa à Lark un sourire en coin et se retourna vers sa machine.

— Où allons-nous ? demanda Lark alors qu'ils s'installaient dans la BMW.

— On va suivre la côte sur quelques kilomètres. J'ai

besoin de m'aérer un peu la tête, et pour cela, il n'y a rien de tel que le spectacle du Pacifique.

Ils s'arrêtèrent à un supermarché pour acheter une bouteille de muscat californien, du pain de mie, du fromage et du raisin.

— Contempler l'océan m'a toujours donné faim, confia-t-il.

Une fois parvenu par la nationale à la hauteur de Malibu, il rangea la voiture sur une aire de stationnement. Non loin de là, au bas d'une pente douce, s'ouvrait une petite baie protégée par deux promontoires rocheux. Lark regretta de porter une tenue de ville : des hauts talons et une jupe moulante n'étaient guère appropriés pour ce genre d'excursion.

Main dans la main, ils dévalèrent la pente caillouteuse jusqu'à la grève. Dom assurait ses pas tout en serrant contre lui le sac à provisions. Ils rirent en chœur en arrivant sur la plage.

La houle était forte, ce jour-là ; les flots se brisaient sur le sable avec fracas. Une brise fraîche soufflait de l'océan. Ils se réfugièrent à l'abri d'un gros bloc de granit. Nul promeneur n'était en vue ; les surfeurs eux-mêmes avaient préféré rester chez eux. Des bécasseaux couraient sur les crêtes écumeuses et s'envolaient prestement avant d'être happés par le ressac.

— On dirait presque des enfants s'amusant avec les vagues, déclara Lark.

— Ou pédalant sur de petits vélos, ajouta Dom.

Il déboucha la bouteille de vin glacé et en versa le contenu dans deux gobelets en plastique.

— Santé, Lark.

— A la vôtre.

— Saviez-vous que Jonny s'était remis à son film sur la forêt pluviale ?

— Non. Je croyais que le projet était mort et enterré.

— Il l'a été, oui, pendant un temps.

Il marqua une pause.

— Justin Groome lui a proposé une avance de fonds pour le terminer.

— Justin Groome ! Et pourquoi, grands dieux ?

— J'imagine qu'il désire ainsi s'attirer les faveurs des écologistes.

— Il s'est toujours moqué d'eux, jusqu'à présent, murmura Lark d'une voix sourde. Quelles sont ses véritables intentions, d'après vous ?

Dom haussa les épaules.

— Je ne m'en soucie pas vraiment. Je suis seulement content pour Jonny. Le soutien financier de Groome sera un argument de poids pour rallier à sa cause les bailleurs de fonds d'APG.

— Effectivement, convint Lark d'une voix distraite.

La soudaine décision de Groome lui paraissait éminemment suspecte.

— Toni et moi avons résolu de divorcer, reprit Dom au bout d'un moment.

Lark hocha la tête, embarrassée.

— C'était plus ou moins inévitable, reconnut-il, mais la résignation est en ce cas d'un bien piètre secours. Je me sens même moins soulagé que je ne l'escomptais.

— Je suppose que ce doit être une expérience pénible.

— J'ai été aussi surpris que vous en découvrant la présence de Toni l'autre soir, vous savez. Je ne l'avais pas revue depuis Venise.

— Je l'ignorais. J'espère qu'elle ne s'est pas trompée sur la nature de nos relations.

Dom eut un sourire amer.

— Elle ne s'est pas trompée, non.

Lark demeura interdite.

— Sans doute est-ce le remords qui me travaille, ajouta-t-il.

Il garda un moment le silence.

— C'est drôle, reprit-il, mais en dépit de nos perpétuelles dissensions, Jonny et moi sommes actuellement plus proches que nous ne l'avons jamais été par le passé. Quand bien même il refuserait de l'admettre, mon frère ne s'est pas encore remis du départ d'Emmy. Il n'est plus le même depuis leur séparation.

— Terminer *Flaming Forest* devrait le consoler.

— Certes, mais il ne pourra en venir à bout sans contracter encore de nouvelles dettes. Il n'a jamais eu le sens de la mesure, ni dans ses films ni dans sa vie. *Razzle Dazzle* était son dernier contrat en date et il a recommencé à dégringoler depuis.

— Ne pouvez-vous lui venir en aide ?

— Je l'ai déjà beaucoup aidé, répliqua Dom d'une voix posée. Mais trop, c'est trop. Devrais-je donc continuer à lui proposer des opportunités de travail qu'il passe son temps à gâcher ? Autant l'entretenir jusqu'à la fin de son existence…

— Et votre mère ? s'enquit Lark avec hésitation.

— Il l'a également mise à contribution. Mais il faudra bien qu'il apprenne un jour à être autonome. Et pour cela, il doit d'abord accepter de suivre une cure de désintoxication.

— Il prend de la drogue ?

— L'alcool est une drogue.

— Certes.

— Enfin, *Flaming Forest* l'obligera à rester sobre pendant au moins quelques mois. Ce film compte beaucoup pour lui. Mais parlons plutôt de vous, ajouta-t-il en préparant un sandwich. J'ignore encore à peu près tout de votre existence.

— Oh, elle se résume à presque rien : je suis d'origine londonienne, ma mère et mon père sont tous les deux décédés et je n'ai ni frère, ni sœur, ni proche parent.

— Ça ne m'avance guère.

— Le reste est sans importance.

— N'êtes-vous pas vous-même intriguée par mon passé ?

— Comment ça ?

— Ne désireriez-vous pas savoir d'où je viens, qui je suis, où je vais ?

Si, songea-t-elle, naturellement — et ce, malgré tous les détails de sa vie qu'elle connaissait déjà.

— En réalité, je suis surtout intéressée par cette jeune fille que vous dites avoir connue, Penelope Houten. Je regrette de n'avoir pu vous poser des questions à son sujet avant de concevoir mon synopsis. Ça m'aurait permis de mieux définir son personnage.

— Je crois que vous en avez d'emblée dressé un portrait assez fidèle. Auriez-vous parlé à l'un de ses amis ?

— Oui, mais tout renseignement supplémentaire serait le bienvenu. Appréciiez-vous Penelope ?

— Grandement. Ma mère, pour sa part, l'adorait. Sa fuite nous a tous bouleversés.

— Pourquoi est-elle partie, selon vous ?

— Pas par lâcheté, en tout cas. Elle a subi des traumatismes horribles pour une jeune fille de son âge. Recommencer de zéro a certainement été une tentation très forte pour elle.

— Et qu'en était-il de ses rapports avec Justin Groome ? La presse a-t-elle vu juste sur ce point ?

— Je n'arrive pas à croire à ces calomnies, Lark. Vous ne connaissez pas le député, n'est-ce pas ? C'est un homme si affable, si sympathique. Je ne puis lui supposer une telle perversité.

— Vous estimez donc que ces articles sont une pure affabulation ?

— Je n'ai pas dit ça. En fait, je ne sais que penser. Et quand bien même les médias ne se tromperaient pas, je vois mal Penny accuser Justin Groome de viol et de meurtre par l'intermédiaire d'un tiers. Son sens de la justice lui interdirait d'alimenter de telles rumeurs en sous-main.

— Peut-être est-elle encore trop effrayée pour les soutenir en personne.

— Peut-être. Mais je doute que ses relations avec Justin aient été aussi simples que le prétendent les journaux. Au fond, j'ignore qui croire. Cependant, si jamais Penny se décidait à corroborer publiquement ces insinuations, c'est elle que je croirais sur-le-champ. Une telle dissimulation ne lui ressemble guère. Pour un peu, j'aurais le sentiment qu'elle cherche moins à obtenir réparation qu'à se venger de Justin.

— Ne voudriez-vous pas vous-même vous venger d'un individu qui vous aurait mis la responsabilité d'un meurtre sur le dos après vous avoir violé ?

— Je me suis mal exprimé. Je souhaiterais évidemment qu'il soit puni pour ses crimes. Mais de là à comploter sa perte, il y a une nuance de taille. Et puis, le désir de revanche suppose justement des rapports plus complexes que ceux liant une victime à son bourreau.

Lark se tourna vers l'océan.

— Vous y avez apparemment beaucoup réfléchi, n'est-ce pas ? demanda-t-elle à Dom.

— Oui.

Il lui prit la main et la contempla un instant. Lark entendit sa propre respiration s'accélérer. Comme elle dégageait sa main, Dom releva la tête et croisa son regard.

— Je vous raccompagne chez vous, se contenta-t-il de déclarer.

Ils effectuèrent la majeure partie du trajet en silence. Lark se concentrait toujours pour trouver un moyen d'évoquer Carl.

Elle le guida jusqu'à son immeuble, devant lequel il se gara. Quand il eut coupé le contact, il la dévisagea de nouveau. Un parfum mêlé d'eucalyptus et d'orangers en fleur embaumait l'atmosphère.

— Vous ne me proposez pas de monter ? s'enquit-il avec espoir.

Elle hésita. N'avait-elle pas laissé dans son appartement quelque indice susceptible de trahir sa véritable identité ? Ne saurait-il y relever un signe qui la dénoncerait ?

D'un autre côté, elle avait formellement promis à Carl de lui parler ce jour même…

— Si, bien sûr, répondit-elle enfin. Je vous offre le café.

Il lui tint la main jusque dans l'ascenseur. Pressentant qu'il l'embrasserait sitôt qu'ils seraient réfugiés dans l'appartement, Lark était de plus en plus fébrile. Il s'écarta néanmoins dès que s'ouvrirent les portes de la cabine.

Une fois entrée, elle ôta sa veste et se rendit directement dans la cuisine.

— Vous avez encore faim ? demanda-t-elle d'une voix tendue.

— Non, merci, lui lança-t-il depuis le séjour.

Elle en fut dépitée ; elle avait désespérément besoin d'une occupation quelconque. Elle le rejoignit lentement dans le séjour et le vit promener un regard perplexe sur la pièce.

— Depuis combien de temps habitez-vous ici ?

— Un peu plus d'un an.

Il eut un haussement de sourcils.

— Pourquoi paraissez-vous si étonné ?

— Je n'imaginais guère votre appartement ainsi.

— Et comment l'imaginiez-vous donc ? rétorqua la jeune femme, surprise elle-même par son désarroi.

Il haussa les épaules.

— Pas comme ça.

Sans doute avait-il espéré y découvrir des traces de sa personnalité, pensa-t-elle, des informations sur sa vie privée, son passé, son enfance. Or, l'endroit était vide, absolument vide, les murs nus. La pièce ressemblait à une chambre de motel prête à accueillir toute personnalité d'emprunt que sa locataire actuelle eût choisi d'adopter.

Dom s'effrayait presque à l'idée que cette dernière pût être aussi insignifiante que son logement.

Lark devina la raison de son trouble.

— Je vous ai pourtant prévenu qu'il était possible que je sois une personne superficielle.

— Je ne le pense toujours pas, mais vous êtes assurément une énigme. Vous n'avez même pas une petite plante en pot cachée quelque part ?

Elle se débarrassa négligemment de ses hauts talons et s'assit sur une chaise de bois.

— Si, mais j'ai fini par oublier de l'arroser.

— Je n'ai jamais rencontré quelqu'un qui vive dans un tel isolement. N'avez-vous vraiment aucun parent, Lark ?

— Oh, il doit bien me rester deux ou trois cousins au second degré, mais nous ne nous fréquentons guère !

Dom cessa d'arpenter le séjour pour la regarder droit dans les yeux.

— Puis-je vous poser une question ?

— Naturellement, répondit-elle en souriant.

— Pourquoi êtes-vous si nerveuse ?

— Nerveuse, moi ?

Il eut une nouvelle fois l'air déçu.

— Vous vous comportez comme si vous craigniez que je tombe sur quelque cadavre que vous auriez caché dans un de vos placards.

Elle demeura silencieuse.

— Bon, reprit-il, je pense finalement que je boirais bien une tasse de café. A moins que vous n'ayez autre chose à me proposer.

— Seulement de la bière.

Il secoua la tête.

— Du thé froid à la camomille, alors ?

— D'accord.

Lark retourna dans la cuisine pour préparer le thé. Quand elle revint dans le séjour, Dom s'était assis sur le canapé.

— Tenez, dit-elle en lui tendant son verre.

— Merci.

De l'autre main, il l'attira à côté de lui. Elle se percha avec raideur sur le bord du sofa.

— Vous êtes un vrai mystère pour moi, Lark. Pourquoi cela ?

Elle essaya de lui retirer sa main.

— Je n'en sais rien. Parlez-moi plutôt de votre famille, Dom, de vos parents.

— J'ai l'impression que vous m'avez interrogé durant tout l'après-midi ! Chaque fois que je vous pose une question, vous y répondez par une autre. Ma mère vit dans une ferme dans le nord de l'Etat de New York, au sud des Berkshires. Je lui rends visite aussi souvent que je peux.

— Et… votre père ?

— Il est mort.

— Oh…

— Il est décédé avant ma naissance. Il a été victime de la chasse aux sorcières organisée par McCarthy dans les années cinquante. Ça a ruiné son existence.

Enfin elle tenait un biais, pensa Lark. Elle prit une profonde inspiration.

— Dom, je vous suis étrangère, ou presque, et cela va vous sembler incongru de ma part, mais je dois vous annoncer une nouvelle qui risque de vous heurter. Etes-vous disposé à m'écouter ?

Quoique le visage de Dom demeurât de marbre, Lark sentait qu'il lui prêtait toute son attention.

— Oui, répondit-il d'une voix étonnamment calme, je vous écoute.

— Votre père n'est pas mort avant votre naissance et ce n'était pas le mari de votre mère, mais l'homme qu'elle avait failli épouser auparavant. Il est encore vivant. Il souhaite ardemment que vous acceptiez de le rencontrer et de le reconnaître pour votre vrai géniteur.

Dom resta silencieux si longtemps que Lark crut qu'il ne l'avait pas entendue. Il avait fermé les yeux. Par moments, cependant, ses paupières s'ouvraient sur un regard étrange, un regard dur et fixe, dépourvu de toute chaleur humaine.

— Voilà qui est fort intéressant, murmura-t-il enfin. Je suppose qu'il a requis votre intercession faute d'avoir le courage de se présenter à moi en personne.

— Non.

— Non ?

— Dom, essayez de comprendre…

— Mais je comprends, ma chère Lark, l'interrompit-il en se levant. Je comprends même cent fois mieux que vous ne pourriez le penser. Je connais l'identité de mon vrai père. Ma mère l'a confiée à Jonny comme à moi-même. Elle savait qu'un individu aussi égoïste et dénué de scrupules que lui chercherait un jour à me reprendre. Je m'étonne seulement qu'il ait attendu si longtemps.

Lark en fut sidérée.

— Vous connaissiez donc Carl ?

— J'ignore où il habite, ainsi que les détails de son existence, répliqua-t-il avec humeur. En revanche, je suis parfaitement au courant de ce qu'il a fait au mari de ma mère. C'est une canaille, un menteur, un opportuniste, un manipulateur et je n'ai pas envie de le rencontrer, pas plus aujourd'hui qu'hier ni que demain.

Il se força au calme.

— Mais vous, Lark, comment diable vous êtes-vous retrouvée mêlée à toute cette histoire ? Cela me paraît insensé.

— J'ai connu Carl à Londres. Quand il a appris que j'allais travailler pour vous, il m'a suppliée de vous parler. Ne pourriez-vous au moins lui téléphoner ?

— Jamais.

— Dom, il est en train de mourir.

— Nous commençons tous à mourir depuis notre naissance. Certains résistent à cette fatalité plus longtemps que d'autres, voilà tout. Notre nature éphémère n'excuse en rien nos fautes.

— Certes, mais elle devrait également nous inciter à la mansuétude. Carl est innocent des forfaits qu'on lui impute.

— A ce qu'il prétend.

— Laissez-lui au moins une chance de s'en expliquer lui-même.

— Jamais, vous dis-je. Ces pseudo-confessions de

dernière minute me répugnent. Qu'il aille donc griller en enfer !

— Pensez-vous que votre mère agirait ainsi à votre place ? rétorqua Lark, peu à peu gagnée par la colère.

— Maman est une sainte, pas moi. La compassion est une qualité qu'elle ne m'a pas transmise.

— A d'autres. Vous êtes un être aimant, Dom, je le sais.

— Ah bon ? Et d'où tenez-vous ça ?

— Peu importe, car en ce moment, c'est vous qui vous montrez égoïste ! Vous ne connaissez même pas Carl. C'est un homme bon, généreux, attentif…

— Oh, assez ! Vous racontez n'importe quoi.

— Ah, je raconte n'importe quoi ? s'exclama-t-elle d'une voix rageuse. Eh bien, sachez que Carl a été un père pour moi ! Il n'a rien d'un manipulateur. Ni d'un lâche. Il a commis des erreurs, comme vous et moi. Et vous seriez bien l'individu le plus arrogant de la terre si vous vous estimiez supérieur à lui !

Dom parut abasourdi par cette tirade enflammée.

— Je n'ai jamais affirmé lui être supérieur. Je vous répète seulement…

— Qu'il est une canaille, un menteur, un opportuniste et un manipulateur — alors que vous ne l'avez jamais vu ! De quel droit vous permettez-vous d'émettre un jugement aussi expéditif ?

Il la considéra avec irritation.

— Mais que signifie cette comédie, à la fin ?

— Seigneur ! Dom, auriez-vous donc une pierre à la place du cœur ? Carl est *à l'agonie*.

Il se leva et fit les cent pas comme pour refréner son exaspération.

— Pardonnez-moi mon agressivité, mais je regrette vivement qu'il soit parvenu à vous embobiner. Changeons de sujet, voulez-vous ? Je crains autrement de perdre le contrôle de moi-même.

Lark se mordit la lèvre.

— Il vaut mieux que je rentre, poursuivit-il. Il est déjà tard. Merci pour le thé.

Il l'avait à peine goûté.

— Je vous en prie…

— A propos, s'enquit-il depuis le seuil de la pièce, de quoi souffre-t-il ?

— Du SIDA.

— Ben voyons…

Lark regarda par la fenêtre sa voiture s'éloigner, puis se rassit sur le canapé tout en le maudissant.

Rappeler Carl lui paraissait une tâche insurmontable. Elle composa néanmoins son numéro d'une main tremblante.

— Carl ? C'est Lark. Les nouvelles sont mauvaises, dit-elle d'une traite. Je me suis entretenue avec Dom et il ne veut pas vous rencontrer. Sa mère lui a déjà confié toute la vérité. *Sa* vérité, du moins. J'ai tenté de le détromper, mais il n'a pas voulu me croire.

— Merci quand même, Lark. Je suis certain que je n'aurais pu avoir meilleur avocat que vous.

— J'ai vraiment voulu le raisonner, mais à mon avis c'est un imbécile. Peut-être devriez-vous définitivement renoncer à lui parler.

Elle l'entendit ricaner.

— S'il change d'avis, prévenez-moi. Il vous téléphonera sans doute dans quelques jours pour vous demander plus de détails.

— Je ne le pense pas. Il avait l'air vraiment remonté.

— L'avenir seul nous le dira, répliqua Carl avec entrain.

— Je passerai vous voir samedi prochain. Comment vous sentez-vous ?

— Un peu mieux, merci. Je serai enchanté de profiter de votre compagnie dès que vous aurez un instant de libre. Je vous sais très occupée.

— J'arriverai bien à me libérer. Carl… J'aurais tellement voulu…

— Je sais, mon petit.

— Je lui ai pourtant dit que vous aviez été un père pour moi.

— Merci, Lark. J'en suis infiniment touché.

Elle déglutit avec peine.

— Bonne nuit, ma douce.

Elle raccrocha, déconcertée par l'optimisme de Carl. Dom lui avait pourtant paru intraitable.

Mais il était vrai qu'il ne servait à rien non plus de désespérer. A quoi d'autre Carl aurait-il pu se raccrocher de toute façon ?

63

Lark reçut bientôt tant de demandes de renseignements sur *Romance !* qu'elle dut travailler jour et nuit pour maintenir à jour sa correspondance avec les chaînes de télévision et en assurer le suivi marketing, tout en élaborant de nouveaux épisodes pour la série. Elle avait décidé d'entamer celle-ci par un premier cycle de six feuilletons se déroulant dans le monde contemporain. En cas de succès, elle élaborerait trois autres cycles historiques.

Elle était si accaparée par ses tâches qu'elle n'eut pas le loisir de reparler à Dom — sinon au cours de réunions de travail ou durant de brèves conversations téléphoniques.

Un jour qu'elle était penchée sur le synopsis du deuxième épisode de la série, la sonnerie de son Interphone retentit. Elle appuya machinalement sur le bouton tout en continuant à frapper sur les touches de son ordinateur.

— Oui ?

— Vous avez un visiteur, lui annonça Rosa.

— Qui ?

— M. Justin Groome. Il affirme ne pas avoir de rendez-vous ni vous connaître personnellement, mais désirerait néanmoins s'entretenir un instant avec vous.

Lark sentit son cœur manquer un battement.

— Je suis à lui dans une minute, répondit-elle.

Elle se leva lentement et se rendit dans la salle d'attente. Justin Groome minaudait avec sa secrétaire, debout devant son bureau. Cette dernière rougissait de confusion.

— Voici Mlle Chandler, le prévint-elle.

Le politicien se retourna aussitôt, main tendue.

— Merci de me recevoir. Je sais que vous devez être très prise.

Lark réussit à esquisser un sourire poli et s'obligea à répondre à sa poignée de main. Il la dominait de toute sa taille, encore plus imposant que dans son souvenir. Cependant, malgré la correction irréprochable dont témoignaient son complet rayé, sa chemise amidonnée, ses boutons de manchettes en or et les fragrances douceâtres de son après-rasage, Lark devinait en lui une anxiété singulière. Il avait les mâchoires lourdes, le regard dur et des poches sous les yeux.

« Va-t-il me reconnaître ? »

— Je m'appelle Justin Groome et souhaiterais vous parler en privé, déclara-t-il d'une voix sèche.

— Suivez-moi dans mon bureau, je vous prie, lança Lark avec un sang-froid qui la surprit elle-même.

— Je préférerais un autre endroit.

Elle consulta sa montre, résolue à lui mentir.

— Je suis désolée, mais j'ai une réunion prévue dans une demi-heure. Je puis vous assurer que nous ne serons pas importunés dans mon bureau.

— Bon, entendu.

Justin en parut néanmoins contrarié. Lark se demanda s'il ne craignait pas de rencontrer Dom.

Bien qu'il fût déjà 17 h 30, la majeure partie des employés de la firme n'avaient pas encore regagné leur foyer. Lark précéda le député dans le couloir qui menait à son bureau. Elle aurait voulu en laisser la porte ouverte, mais Justin la referma derrière lui sitôt entré.

— J'espère que je ne vous dérange pas.

— Prenez donc un siège, lui proposa-t-elle en s'asseyant derrière le rempart de sa table de travail.

Il la contempla un moment en silence.

— Vous n'êtes pas comme je l'imaginais.

Elle le toisa avec autant de froideur que possible, redoutant que la couleur de ses yeux ne la trahît.

— Et comment me voyiez-vous ? s'enquit-elle d'un ton affable.

— Vous avez déjà une certaine réputation à Hollywood. Je m'attendais à quelqu'un de plus âgé, à l'allure plus coriace. Vous ne me paraissez pas très ancienne dans le métier.

Elle attendit patiemment qu'il entrât dans le vif du sujet.

— Savez-vous qui je suis ? lui demanda-t-il soudain.

Elle sursauta légèrement, redoutant qu'il l'eût reconnue, puis elle comprit le sens réel de sa question.

— Vous êtes un de nos représentants au Congrès, répondit-elle avec circonspection.

— Oui, vous me connaissez, évidemment. J'ai cru comprendre que vous souhaitiez réaliser un film sur ma vie. J'aimerais jeter un coup d'œil sur le scénario.

— Il n'est pas encore écrit.

— Pas encore écrit ? Mais quel est alors ce document dont parle tout Hollywood ?

— Le synopsis du scénario. Quelques pages décrivant les grandes lignes de l'intrigue.

— Puis-je le consulter ?

— Désolée, mais c'est impossible.

— Pourquoi ça ?

« Parce que, dès que vous l'aurez lu, vous userez de toute votre influence pour empêcher sa réalisation », songea Lark.

— Parce que ce synopsis n'est pas encore du domaine public, répondit-elle. Pour l'instant, personne ne l'a acheté.

— Je m'attendais bien à un refus de votre part, remarquez. Maintenant, pourriez-vous me dire si, comme je le suppose, vous vous êtes inspirée des articles récemment publiés sur mon compte ?

— C'est exact.

— Et votre version des faits est aussi calomnieuse ?

— Disons qu'elle n'est pas à votre avantage. Aussi me voyez-vous étonnée que vous en soyez déjà informé.

Il se mit à fouiller dans ses poches.

— Ça vous dérange que je fume ?

— Je le crains, oui. Allons dans la salle de conférences. Là, nul ne vous demandera d'éteindre votre cigarette.

Il secoua la tête et rangea son paquet.

— Je préfère m'en abstenir. Juste une question supplémentaire : avez-vous eu l'occasion de vous entretenir de ce projet avec Penelope Houten, la jeune fille qui a tué Violet Sumner ?

Ainsi donc il ne l'avait pas reconnue, pensa Lark. Soulagée, elle prit une profonde inspiration.

— Non, répondit-elle.

— Voilà des années que j'essaie de la retrouver. Comme vous devez le savoir, elle a disparu — sans doute par peur d'être envoyée en prison. Si elle accepte de revenir se présenter devant le juge, elle aura droit à un procès loyal. J'y veillerai. Et je voudrais pouvoir l'en assurer personnellement.

— J'ignore où elle est.

Justin sortit son portefeuille de la poche intérieure de sa veste et tendit à la jeune femme une carte de visite.

— Auriez-vous l'obligeance de me rappeler au cas où vous auriez de ses nouvelles ? C'est très important pour moi. Je chérissais profondément la petite Penny. Je suis malade à l'idée qu'elle se terre quelque part, la peur au ventre, le visage affreusement défiguré. Si seulement elle se décidait à affronter les conséquences de ses actes devant un tribunal, sa vie en serait nettement améliorée. Je suis même prêt à lui payer les frais d'une opération de chirurgie esthétique dès qu'elle aura purgé sa peine.

— Trop aimable de votre part.

Il la fusilla du regard.

— J'aimais vraiment beaucoup cette enfant. Nous étions très liés tous les deux.

— Ah ?

— Oui. Si vous la voyez, vous m'en avertirez, n'est-ce pas ?

— Je risque de vous décevoir, monsieur Groome.

— Et moi je vous apprécie encore plus que je m'y attendais, répliqua-t-il avec un clin d'œil. Vous êtes une femme ravissante.

— Merci.

— Dommage que vous vous acharniez autant sur moi. Je pense qu'autrement nous aurions pu devenir bons amis.

— Vraiment ?

— Si, si, croyez-moi, dit-il en lui adressant un large sourire qui découvrit une dentition étincelante. Car non seulement vous êtes belle, mais à l'évidence talentueuse, tenace et courageuse. J'adore ces qualités chez une femme. Oh, à propos, pourquoi désirez-vous tant ma perte ?

Elle lui rendit son sourire.

— Loin de moi cette idée, monsieur Groome. Mon seul but est de produire un documentaire divertissant.

— Et je devrais m'estimer flatté que vous jugiez ma vie si… « divertissante » ?

— Elle fut active et bien remplie, non ?

— Et comment pourrais-je vous convaincre que tous ces articles écrits sur moi sont de purs ragots ?

— Je connais l'étendue de votre pouvoir de persuasion, monsieur Groome. Mettez-le en pratique, vous verrez bien.

— J'ai la désagréable intuition que vous m'avez déjà condamné d'avance, rétorqua-t-il en se levant. Mais maintenant que je vous connais, je suis plus déterminé que jamais à me défendre et à vous montrer quel chic type je suis. Je saurai bien gagner votre respect.

— J'ai hâte de voir comment.

— En débusquant Penelope Houten. Elle vous y incitera elle-même.

— Et comment la « débusquerez »-vous ?

— J'ai déjà lancé certaines personnes sur sa piste. J'espère seulement la retrouver avant que vous acheviez la rédaction de votre scénario.

— Je l'espère aussi… pour vous, repartit Lark en souriant.

— Merci de m'avoir accordé cette entrevue, mademoiselle Chandler.

Lark contourna son bureau pour lui ouvrir la porte et lui tendit crânement la main. Il la serra plus longtemps que nécessaire, comme si ce simple contact lui plaisait trop pour qu'il l'interrompît.

Puis il s'engagea dans le couloir et rejoignit la salle d'attente d'une démarche assurée, le regard fixé droit devant lui.

Dehors, la nuit était tombée. Le cœur de Lark battait la chamade. Puis elle prit une longue inspiration et sourit discrètement à son reflet dans la vitre. Le masque que lui avait donné Carl était impénétrable. C'était même la cachette la plus sûre au monde — elle venait à l'instant d'en avoir la confirmation.

64

Une semaine plus tard, Lark vit Dom entrer dans son bureau et refermer la porte derrière lui.

— Je suis venu vous présenter mes excuses pour mon éclat de l'autre soir.

— Alors acceptez également les miennes. J'ignorais que vous connaissiez déjà votre père.

— Je ne désire toujours pas le rencontrer, mais je ne suis plus en colère contre vous. Je ne sais pas pourquoi vous ne cessez d'occuper toutes mes pensées. Je n'ai pas arrêté de songer à ce que vous m'avez dit, aux intonations de votre voix, à votre sourire, aux expressions de votre visage. Vous m'obsédez, Lark.

Comme poussée par une force invisible, cette dernière s'approcha de lui. Elle savait le danger de ce mouvement impulsif ; elle savait également qu'elle ne pourrait lui avouer toute la vérité avant qu'elle eût été innocentée du meurtre de Violet, et Groome enfermé dans la pénombre d'une cellule ou d'un tombeau. Oui, elle savait tout cela, mais elle s'entendit répondre quand même :

— Vous m'obsédez aussi, Dom.

Elle vit une flamme vaciller dans son regard, et s'immobilisa à trois pas de lui. Puis ils se dévisagèrent mutuellement, comme paralysés par une soudaine indécision sur la conduite à adopter. L'Interphone de la jeune femme émit alors un bourdonnement sec qui dissipa brutalement cette tension. Lark se retourna d'un bond pour décrocher le récepteur.

— Oui.

— M. Stevens est arrivé, lui annonça Rosa.

C'était un écrivain auquel Lark avait donné rendez-vous à 15 heures.

— Merci, Rosa. Demandez-lui de patienter. Je suis à lui dans une minute.

Elle raccrocha lentement.

Dom lui souriait.

— Nous poursuivrons ceci plus tard, murmura-t-il.

« Poursuivre quoi ? » s'interrogea-t-elle. Mais la chaleur de son regard la renseigna aussitôt. Elle sentit son pouls s'accélérer, partagée entre le ravissement et le désespoir.

— Vous êtes un être très secret, n'est-ce pas ? reprit Dom en lui serrant la main. Je sais que vous vous méfiez encore de moi. Mais nous y remédierons, je vous le promets. Appelez-moi dès que vous en aurez fini avec Stevens.

Quand il fut sorti de son bureau, Lark voulut s'examiner rapidement dans le miroir de son poudrier. Elle savait que ses cheveux étaient noués en deux tresses parfaites ; pas une mèche n'en dépassait. Elle les lissa néanmoins du plat de la main. Elle avait instamment besoin de contempler ses traits. Juste avant d'ouvrir son poudrier, elle crut revivre le moment où elle avait revu son visage à l'hôpital, après l'« accident ». Quand elle se contempla, sa nouvelle figure lui causa un choc aussi grand, mais bien plus rassurant que le précédent.

L'entretien avec l'écrivain dura plus d'une heure. Lark dut ensuite consulter quelques notes laissées par sa secrétaire. Et quand ce travail fut terminé, elle éprouva l'envie de rentrer directement chez elle. Hélas, Dom attendait son appel et il était déjà 18 heures.

Elle décrocha le combiné, constatant avec irritation que sa main tremblait.

— Ça y est, j'ai fini, dit-elle d'une voix plus calme qu'elle ne l'aurait crue. Et vous ?

— Je ne me tourne pas les pouces, mais c'est tout juste. Venez.

Elle passa d'abord par les toilettes pour se remettre un peu de rouge à lèvres. Elle s'en contentait ordinairement en guise de maquillage. Sa carnation délicate ne nécessitait qu'un peu de lotion hydratante et ses cils noirs suffisaient à souligner ses yeux. Ce jour-là, elle avait revêtu un ensemble de coton pêche, un chemisier de lin blanc et de confortables sandales ivoire. Alors qu'elle se rajustait devant le grand miroir des toilettes, elle songea qu'à défaut d'être assez chic pour une sortie au Roxy, cette tenue conviendrait parfaitement à une soirée plus simple.

Dom lui ouvrit la porte de son bureau dès qu'elle y frappa.

— En route, lui lança-t-il. On prend ma voiture.

— Où allons-nous ?

— Chez moi. Je serais heureux que vous aimiez ma maison.

— Ne vous inquiétez pas, répliqua-t-elle en riant alors qu'ils se dirigeaient vers l'ascenseur. Je l'aime déjà.

Durant le trajet sur Sunset Boulevard, ils discutèrent essentiellement de leur travail. Cependant, quand ils se furent engagés sur la pente sinueuse menant à la résidence, Lark ne prononça plus une parole, émerveillée une nouvelle fois par le paysage. Les lumières de Santa Monica et de la baie au-delà festonnaient de clartés le rivage océanique. L'air était empli de fragrances d'eucalyptus.

Une fois à l'intérieur de la maison, Dom invita la jeune femme à déposer sa mallette, son sac et sa veste sur une chaise dans l'entrée.

— Je vais nous préparer un verre. Que diriez-vous d'un cocktail exotique ? Un daiquiri, ça vous va ?

— Absolument.

— Mais peut-être préférez-vous vous installer sur la terrasse pour profiter de la vue ? La salle de bains se trouve par ici et la cuisine par là. Suivez-moi.

Il la précéda le long d'un large couloir au sol pavé de tomettes jusqu'à un balcon qui dominait la colline, puis il repartit en direction de la cuisine. Lark s'appuya contre le mur de pierre et plongea son regard sur le jardin enténébré. Le murmure paisible d'une fontaine se percevait dans le lointain. Les feuilles d'un immense eucalyptus bruissaient légèrement sous la fraîche brise nocturne. Lark frissonna, enchantée malgré tout d'être là. Un parfum délicieux émanait des plantes grimpantes ornant la balustrade.

Dom revint bientôt avec un verre dans chaque main et un pull bleu marine jeté sur l'épaule. Il posa les daiquiris sur la rampe du garde-corps.

— J'ai pensé que vous pourriez avoir froid, dit-il en lui tendant le pull. Il est un peu grand, mais très chaud. Voici votre verre.

Il avait enfilé un jean et un ample chandail gris. Il était pieds nus. Dépouillé de son costume, il avait l'air plus jeune.

Lark se blottit avec plaisir dans le grand pull de laine. Dom déplia deux chaises longues sur lesquelles ils s'allongèrent pour siroter leurs cocktails. Lark s'aperçut alors avec surprise que jamais elle ne s'était sentie aussi heureuse qu'en cet instant.

Le ciel fut bientôt envahi d'étoiles comme une coupe de joyaux rutilants.

— Je vous trouve bien silencieux, ne put s'empêcher de chuchoter la jeune femme.

— Le bonheur se passe de commentaire, répondit-il.

Il lui prit la main et la balança doucement, tel un pont suspendu entre leurs deux sièges. Elle ferma les yeux pour mieux savourer la sensation de sa peau contre la sienne. « La main de Dom… » Elle croyait vivre un rêve.

— Avez-vous faim ? s'enquit-il au bout d'un moment.

— Un peu, oui.

— Rentrons. Je vais nous préparer une salade avec du pain et du fromage. Désolé de ne pas vous proposer un mets plus raffiné.

— Ça me paraît déjà alléchant.

Ils dînèrent dans le séjour. Accompagné d'un chassagne-montrachet, le repas léger se révéla délicieux.

— Un de ces jours, il faudra que je vous montre ma cave. J'ai le sentiment que vous êtes une des rares personnes qui sauraient l'estimer à sa juste valeur.

— Volontiers.

Déjà comblée, Lark eut largement assez de sa salade. La pièce étant chauffée, elle retira bientôt le pull que lui avait prêté Dom.

Puis ce dernier lui enleva son verre des mains pour le reposer sur la table basse. Il ne souriait plus, mais la considérait avec des yeux si tendres que Lark se sentit fondre. Il s'assit à côté d'elle sur le canapé, la prit doucement entre ses bras, lui embrassa le front et s'amusa à dénouer ses tresses.

— Je ne vous savais pas les cheveux si longs, s'exclama-t-il bientôt en riant. Je vais en avoir pour des heures à les dérouler !

Le moindre de ses attouchements rendait Lark frémissante. Quand il eut enfin détaché ses cheveux, Dom les caressa tout en déposant de petits baisers sur sa nuque. Elle lui effleura la joue en retour, suivit des doigts la ligne de sa mâchoire.

« Non, se dit-elle, je n'arrive toujours pas y croire. »

Il glissa lentement une main le long de sa jambe nue et dégagea son pied de la sandale de cuir. Puis il remonta le long de sa cheville jusqu'à sa cuisse.

Posant sa paume sur la veine qui battait à son cou, il commença à déboutonner le haut de son chemisier, et explora d'un doigt léger la naissance de ses seins.

— Allons dans la chambre, chuchota-t-il. J'ai envie de coucher avec vous.

Lark eut alors l'impression horrible de se réveiller au beau milieu d'un conte de fées. Elle ne s'offrait plus comme cire tiède aux caresses de Dom ; elle était glacée.

Celui-ci sentit cette crispation aussi soudaine qu'inattendue. Il effleura doucement le haut de son épaule et n'essaya même pas de se lever.

— Qu'y a-t-il ?

— Je ne sais pas, répondit Lark sur un ton affligé, tout en se redressant.

— Ignoriez-vous que nous ferions l'amour ?

— Non.

— Et vous le désiriez aussi ?

— Oui.

— Alors, pourquoi ces réticences ?

— Je ne sais pas, répéta-t-elle. Et je veux toujours faire l'amour avec vous.

— Eh bien, dans ce cas, allons dans la chambre.

Elle hocha la tête et le suivit hors du séjour. Pour elle, néanmoins, le charme était rompu.

Dom ôta son chandail et s'allongea sur le lit en jean et T-shirt. Puis il croisa les bras sous sa tête en fermant les yeux.

— Dites-moi ce qui ne va pas. Racontez-moi un peu votre vie, juste un peu. Jusqu'à présent vous ne m'avez rien confié — absolument rien. Je me demande parfois si je ne suis pas tombé amoureux d'une princesse condamnée par une méchante sorcière à se transformer par moments en statue ou à s'évanouir dans les airs.

Lark demeurait immobile près du lit.

— Je vous ai déjà raconté l'essentiel de mon existence.

— C'est faux. Moi, en revanche, j'ai évoqué devant vous mon enfance, mes copains de classe, mes profs d'université, ma mère. En outre, vous connaissez déjà mon père. Bref, vous êtes au courant de tous ces petits détails privés qui, au total, me définissent. Or, moi, je ne sais toujours rien de vous. Pourquoi ?

— Mais je vous ai déjà parlé de moi, protesta-t-elle faiblement. Nous avons discuté ensemble de mes projets de scénarios, de mes origines anglaises, de…

Il l'interrompit avec un soupir d'exaspération.

— Parfois je m'effraie d'être autant épris de vous. Aurais-je eu le béguin pour un simple minois, si ravissant soit-il ?

— Ce n'est pas impossible.

Il rouvrit les yeux et la considéra avec incrédulité.

— Je vous sais moins creuse que ça. Il y a en vous des profondeurs insoupçonnées que vous rechignez à me révéler. Elles me sont encore obscures, aussi obscures que la raison de votre méfiance à mon égard — mais une chose est claire : toute relation amoureuse aboutit à une impasse tant qu'elle n'est pas fondée sur la confiance réciproque.

Lark crut entendre parler Carl. Dom était-il donc destiné comme son père à subir la défiance des êtres qui lui étaient le plus chers ? Epuisée nerveusement, elle se sentait sur le point de pleurer. Quelle folie d'avoir envisagé une relation avec Dom, songea-t-elle. Son propre passé se dressait entre eux telle une haute barrière de fil de fer barbelé bloquant toute communication.

Elle s'agenouilla sur le lit à côté de lui et rassembla tout son courage pour écarter un pan du voile.

— Vous avez raison, lui avoua-t-elle. Je garde en moi un secret que je ne peux livrer. Mais je n'en suis pas inaccessible pour autant.

— Même maintenant ? rétorqua-t-il. Qu'est-ce qui a pu vous crisper à ce point tout à l'heure ?

Lark songea qu'il était étrange que ses rapports avec Jack n'aient pas complètement éradiqué la frayeur qui s'attachait pour elle aux contacts intimes. Mais il fallait dire aussi que son attirance pour Jack était purement physique. Avec ce dernier, elle était à cent lieues de l'amour.

— J'ai été violée, déclara-t-elle enfin. Non qu'aucun de vos gestes ou propos ait ravivé cette douleur en moi, mais au moment de passer à l'acte, ce souvenir affreux s'est involontairement réveillé dans ma mémoire. J'en suis vraiment désolée. J'étais loin de prévoir une telle réaction de ma part. Je croyais cette vieille histoire morte et enterrée.

Dom se rassit brusquement.

— Mon Dieu, Lark ! C'est plutôt moi qui suis désolé. Je pensais que vous m'en vouliez.

Il l'attira contre sa poitrine.

— Restons simplement l'un près de l'autre. Je ne veux pas vous forcer.

— Mais bon sang, Dom, vous ne me forcez pas ! Je ne suis plus une enfant. Je savais très bien à quoi m'attendre en venant ici. J'ai été la victime d'un égarement passager, voilà tout.

— A d'autres, Lark. Vous êtes moins dure que vous ne le prétendez. Votre visage le prouve, et un visage ne ment jamais.

— Ah oui ?

Il lui caressa les cheveux.

— Je vous aime plus que tout au monde, poursuivit-il calmement. Vous avoir ainsi près de moi suffit à m'enchanter.

Il se cala plus confortablement sur le lit, sans desserrer son étreinte. Lark se blottit contre sa poitrine et ferma les yeux, rassurée.

— Est-ce la raison pour laquelle vous tenez tant à rendre public le drame de Penny ?

— Pardon ?

— Vous compatissez à son sort parce qu'elle aurait été violée, n'est-ce pas ?

— Euh… Oui, probablement.

Ils demeurèrent ainsi allongés un temps indéfini. Puis, Dom s'agitant, Lark rouvrit les yeux et croisa son regard.

— Ma toute, toute belle, chuchota-t-il.

Une sensation singulière animait la peau de Lark sous ses mains, une tiédeur rayonnante qui diffusait à travers tout son être, au contact de son corps ferme et délié. Ses gestes étaient doux, prévenants et, surtout, donnaient conscience à la jeune femme de sa propre séduction. *Il l'aimait.*

Leurs lèvres se rencontrèrent. Leurs bouches se cherchèrent, se goûtèrent.

Dom déboutonna lentement son chemisier, embrassant au fur et à mesure sa chair nue. Lark plongea les doigts dans ses cheveux.

— Je rêve de cet instant depuis le premier jour, murmura-t-il en effleurant le bord de son soutien-gorge de satin. Et le rêve est en train de devenir réalité. Je voudrais que cette soirée n'ait jamais de fin.

— Un rêve… oui, répéta-t-elle d'une voix alanguie.

— Je vais t'enlever ta jupe. Même si nous restons étendus ainsi toute la nuit, tu seras plus à l'aise. D'accord ?

— D'accord.

Il ouvrit la fermeture Eclair cousue sur le côté et dégagea ses hanches. Elle reposait maintenant sur le matelas en soutien-gorge et culotte. Dom ôta son T-shirt et reprit la jeune femme dans ses bras. Chacun de ses mouvements était posé et tranquille, comme s'il craignait de l'effaroucher.

Elle tourna la tête pour retrouver sa bouche. Dom répondit à son baiser avec une nonchalance taquine.

Puis il se mit à lui prodiguer des caresses prudentes. Il dégrafa son soutien-gorge, posa les lèvres sur sa poitrine et en suivit la rondeur par de petits baisers circulaires, jusqu'à leur pointe frémissante. Lark se cambra contre lui. Elle vibrait toute sous ses attouchements. Elle sentit bientôt sa bouche descendre vers son ventre. Sa culotte rejoignit son chemisier sur le sol de la chambre. Dom explora alors des lèvres la tendre pliure de son genou, le galbe de son pied, témoignant à ces recoins intimes d'une curiosité tour à tour languide et intense. Lark n'y résista plus : elle se tendit de tout son corps vers lui.

Les douces trémulations qui la secouaient s'accentuèrent bientôt en une enivrante frénésie. Elle cria son nom. Dom ne cessait de l'embrasser.

— Je t'aime, lui dit-elle lorsqu'elle se fut apaisée. Je n'ai jamais aimé et n'aimerai jamais que toi.

Il gloussa et lui donna un dernier baiser.

— Tu viens de m'apprendre plus sur toi que je n'osais espérer. Encore vingt ans, et je finirai peut-être par te connaître, ajouta-t-il en riant.

Ce fut à ce moment que le téléphone sonna.

65

Etouffant un juron, Dom se redressa pour décrocher le combiné. Lark posa une main sur son dos et le caressa avec émerveillement. Soudain, elle le sentit se raidir.

— Elle y est déjà ? s'enquit-il d'une voix crispée. Quand est-ce arrivé ?

Lark se figea à son tour.

— J'arrive immédiatement, s'exclama-t-il dans l'appareil. Dites-lui de tenir le coup.

Il raccrocha et se tourna vers la jeune femme.

— C'est ma mère. Elle vient d'être transportée à l'hôpital. Une crise cardiaque. Elle doit subir un pontage demain matin. Il faut que j'aille la rejoindre.

Lark le dévisagea avec effroi.

— Ça va ? s'enquit-il.

— Oui, répondit-elle en se forçant au calme. Je suis vraiment désolée.

Dom se leva et attrapa son pantalon.

— Je vais réserver une place d'avion. Je ne sais pas encore combien de temps je resterai là-bas. Jonny se trouve au Brésil et ne pourra revenir à temps, je le crains.

— Dom, reprit Lark avec précipitation, emmène-moi avec toi.

— Hein ?

— Je t'en prie. Il est terriblement important pour moi de… connaître ta mère.

— Ah ? Hmm, elle serait sans doute ravie de te rencontrer, mais elle est gravement malade, tu sais. Le moment est plutôt mal choisi pour te présenter à elle.

— Je comprends, et j'insiste quand même.

— Ça risque d'être affligeant. Je vais passer le plus clair de mon temps près de sa chambre. Je ne serai guère disponible.

— Peu importe.

— Bon. Dans ce cas, je suis heureux que tu m'accompagnes. Cela me réconforte même infiniment.

Ils prirent le premier vol du lendemain, à l'aéroport de Los Angeles. Quand ils parvinrent enfin à l'hôpital de Northkill, l'opération était déjà terminée. Susan se reposait aux soins intensifs. Dom s'y rendit seul pour lui parler.

En l'attendant, Lark déambula dans l'établissement où elle avait jadis séjourné en tant que patiente. En un sens, elle était contente d'être revenue. Son passé en devenait plus tangible, lui confirmant qu'elle avait bien été quelqu'un avant d'avoir revêtu sa nouvelle identité.

Dom réapparut quelques instants plus tard.

— Allons prendre un remontant à la cafétéria, lui proposa-t-il. Ensuitc, je retournerai une dernière fois auprès de maman. Nous logerons à la ferme, ce soir. Ce n'est qu'à une demi-heure de route d'ici. Je suis sûr que l'endroit va te plaire.

Lark constata avec soulagement que Dom avait l'esprit trop occupé par la santé de sa mère pour deviner son trouble.

De retour de la cafétéria, ils se rendirent ensemble dans la chambre de Susan.

Le visage de cette dernière était d'une pâleur mortelle.

Un tube lui sortait du nez, et des aiguilles étaient plantées dans ses bras. Ses traits fins semblaient fripés et avachis. Lark serra la main de Dom.

— C'est juste la routine postopératoire, lui assura-t-il. Elle se porte bien.

La gorge serrée, Lark s'approcha alors du chevet de son ancienne tutrice.

— Susan…, murmura-t-elle.

Les yeux de la malade s'ouvrirent en papillonnant, puis s'écarquillèrent de surprise en se posant sur la jeune femme. Un sourire trembla sur ses lèvres.

— Penny.

Des larmes coulèrent sur les joues de Lark.

— Je suis là, Susan, je suis là.

— Je savais que tu reviendrais, chuchota-t-elle d'une voix rauque. Mais, ma chérie, pourquoi avoir attendu si longtemps ?

Soudain consciente de la présence de Dom dans son dos, Lark fit un effort surhumain pour contenir ses pleurs. Elle prit la main de Susan tout en s'essuyant les yeux.

Dom ne parut pas remarquer son émotion.

— Tu t'en es sortie en beauté, maman, dit-il.

— Jamais je n'aurais cru qu'on pouvait survivre à une pareille douleur, répliqua-t-elle en reportant sur lui son regard. Mais maintenant que j'ai retrouvé Penny, je comprends pourquoi j'ai tenu le coup.

Puis elle perdit de nouveau connaissance.

Une fois réfugiée à l'abri de leur voiture de location, Lark se moucha. Dom aussi.

— Je suis désolé de t'avoir mise dans cette situation embarrassante.

— Non, penses-tu…

— Elle t'a prise pour Penelope Houten.

— Oui, je m'en suis aperçue.

— Maman espère encore la revoir un jour.

Lark était effondrée. Jamais elle n'aurait dû quitter Susan, pensait-elle. Elle ne savait plus que faire.

Durant le trajet jusqu'à la ferme, elle contempla avec extase les paysages familiers de son enfance. La neige recouvrait les champs. Les graciles bouleaux blancs, les érables majestueux et les robustes chênes profilaient leurs sombres ramures sur le ciel d'un gris plombé. Lark croyait reconnaître chacun des arbres et des réverbères plantés le long de la route. La ferme comme la cour étaient ensevelies sous un manteau blanc. Les lieux paraissaient déserts.

Affronter son passé était inévitable, se dit-elle. Sans vraiment l'ignorer, elle avait jusqu'à présent préféré reculer indéfiniment cette échéance.

Désormais, elle ne pouvait plus se défiler.

Elle partagea le lit de Dom. Quand il se fut assoupi, cependant, elle se releva silencieusement pour aller visiter son ancienne chambre. On n'y avait pas touché depuis son départ. Ses vêtements étaient toujours accrochés dans la penderie, son ours en peluche sur le lit et ses romans policiers sur l'étagère. Elle arpenta la pièce en tous sens ; les lattes gauchies du plancher grinçaient sous ses pieds nus. Elle jeta un coup d'œil par la fenêtre sur le jardin plongé dans la pénombre, ainsi que sur les prés enneigés qui s'étendaient au-delà. « Me voilà de retour, ne cessait-elle de se répéter. Dans ma maison. Chez moi. »

Le lendemain matin, tous les deux avaient l'air hagard et épuisé.

— Apparemment, tu as aussi mal dormi que moi, marmonna Dom sur un ton lugubre. Tu peux rester ici pendant que je serai à l'hôpital. Ta présence n'y est pas nécessaire.

— D'accord.

En réalité, Lark redoutait qu'en dépit de son état semi-comateux Susan la reconnût réellement et la trahît auprès de Dom.

Elle passa la journée à sillonner les prés couverts de neige pour revoir les lieux secrets de son adolescence. Elle regrettait amèrement Georgia, son retriever. Les joues rosies par le froid et les membres frissonnants, elle rentra à la ferme pour se préparer un thé chaud à la menthe.

Dom revint à 18 heures. Il avait acheté une grande pizza et une bouteille de chianti.

— Ma mère te réclame, lui annonça-t-il en débouchant le vin. Elle était peinée de n'avoir pu te parler aujourd'hui. Elle a tout voulu savoir : nos relations, ton nom, etc. Hélas, elle pense encore que tu es Penelope Houten. J'en ai touché deux mots à l'infirmière, qui m'a affirmé que c'était une séquelle sans gravité du choc opératoire. Ça te dérangerait de venir avec moi à l'hôpital demain ?

— Non, pas du tout, répondit Lark après quelques instants d'hésitation.

Le lendemain, Susan avait déjà été transférée de la salle des soins intensifs dans une chambre particulière. Elle était toujours sous perfusion, mais ne portait plus de tube dans le nez et paraissait pleinement lucide. Elle sourit à Lark dès qu'elle l'aperçut.

— Bonjour, ma douce, lui dit-elle d'une voix au timbre encore voilé. Je suis si heureuse de te revoir.

— Moi aussi.

— N'est-il pas étrange que je me retrouve à présent ici, à ta place ?

Dom se pencha vers la jeune femme.

— Penny est restée quelques jours dans cet hôpital juste avant sa disparition, lui précisa-t-il à mi-voix.

Lark hocha la tête.

— Dom, chuchota-t-elle, pourriez-vous me laisser seule un moment avec votre mère ?

Il parut étonné. Il accéda néanmoins à sa requête, quoique avec réticence. Dès qu'il eut quitté la chambre, Lark s'assit sur le bord du lit, résolue à jouer franc-jeu. Tout mensonge était désormais inutile.

— Pourquoi es-tu partie ? s'enquit Susan.

— Je n'avais pas le choix.

— Aucune situation n'est désespérée.

— La mienne l'était. Mais oublions cela. Tu n'es pas encore en état d'apprendre la vérité. Je te raconterai tout quand nous serons de nouveau à la maison. Mais je t'en prie, Susan, sois prudente : Dom ne sait rien encore.

— Mais si.

— Non. Et c'est mieux ainsi. Je ne peux encore te dire pourquoi, mais je te le confierai plus tard, c'est promis. En attendant, je te supplie de garder le silence.

Déconcertée, Susan ferma les yeux.

— Bon, murmura-t-elle enfin, c'est entendu.

Lark alla rouvrir la porte à Dom. A partir de cet instant, Susan prit garde à ne jamais l'appeler autrement que par son nouveau prénom.

Ils purent ramener Susan à la ferme dès la semaine suivante. Le travail les réclamant, ils ne pouvaient demeurer avec elle que deux ou trois jours de plus. Dom lui assura les services d'une infirmière à domicile et lui promit de revenir à la fin du mois.

Bien que soulagée de réintégrer son foyer, Susan était atterrée par sa mauvaise mine chaque fois qu'elle se regardait dans le miroir. Elle n'avait rien perdu de sa coquetterie.

— Il faut impérativement que je prenne rendez-vous à l'institut de beauté, dit-elle.

— Ne t'inquiète pas, lui rétorqua Dom en riant. Nous pourrons bien supporter ta vue quelque temps encore.

Ce soir-là, après que Dom fut monté se coucher, Lark rejoignit Susan dans sa chambre. Elle savait que cette dernière souffrait d'insomnies et, de fait, quand elle ouvrit sa porte, elle la vit assise dans son lit, près de sa lampe de chevet allumée, les épaules couvertes par une robe d'intérieur en molleton bleu.

— Ah, c'est toi, s'exclama Susan en souriant. Dépose une autre bûche dans le foyer, veux-tu ? On gèle, ici.

Lark alimenta le feu, puis s'assit au pied du lit. Ayant endossé le peignoir de flanelle de Dom par-dessus son T-shirt et son pantalon de pyjama, elle se sentait parfaitement au chaud.

— Allons, parle, lui demanda Susan. Ta fuite nous a accablés. Tu savais tout de même que nous t'aurions soutenue, non ?

— J'avais peur.

— Tu n'es pas lâche, pourtant. De quoi donc avais-tu peur ?

— De Justin Groome, répondit Lark d'une voix sourde.

Susan s'était penchée en avant pour mieux l'écouter, le regard brillant. Quand elle entendit le nom du député, elle s'affaissa à la renverse au milieu des draps, le visage défait.

— Seigneur…, murmura-t-elle. C'était donc bien ce que je craignais.

Elle se redressa aussitôt pour saisir la main de Lark.

— Raconte. Je veux tout savoir.

— Ce soir-là, durant la fête, j'ai vu M. Groome tuer

Violet. Et plus tard, pendant que j'étais à l'hôpital, il m'a menacée du même sort si je contestais sa version de l'« accident ».

Susan lui étreignit la main, la bouche crispée.

— Continue, mon enfant. Il y a encore autre chose, n'est-ce pas ?

— Oui, admit Lark sur un ton monocorde. Justin m'a aussi violée. C'était au cours de notre deuxième séjour à New York. Il m'a affirmé t'avoir donné rendez-vous chez lui. Après, j'ai dû revenir à la maison par mes propres moyens.

Sourcils froncés, Susan essaya de rassembler ses souvenirs.

— Mon Dieu, je perds décidément la mémoire, déclara-t-elle avec tristesse.

— On était convenus de se retrouver à la galerie d'art, lui rappela Lark. Justin y est arrivé en avance et m'a emmenée dans son appartement.

— Oui, je m'en souviens maintenant. J'étais furieuse contre toi.

— Justin a prétendu que je n'étais pas à la galerie à l'heure du rendez-vous. Et tu n'étais pas furieuse contre moi, mais inquiète.

— Mais pourquoi ne m'as-tu rien dit sur le coup ? lui demanda Susan, les larmes aux yeux.

Lark fixa le feu d'un regard absent.

— Je l'aurais bien voulu. Oh, oui, tu ne peux pas savoir comme je l'aurais voulu ! Mais c'était impossible. Et cela pour deux raisons. D'abord, j'étais terrorisée. C'était ma parole contre celle de Justin, et Justin était ton meilleur ami. En outre, comme tu l'as reconnu toi-même un jour, il saurait persuader n'importe qui de n'importe quoi. Il serait assurément parvenu à te convaincre que j'étais une traînée — et même que c'était moi qui avais abusé de lui. Je ne désirais pas que ma mésaventure soit connue.

— Surtout pas de Dom, ajouta Susan doucement.

— Surtout pas de Dom, oui.

— Je crois que tu as été injuste envers nous, ma chérie. Nous t'avons toujours fait confiance, depuis le début.

— Et si Justin vous en avait dissuadés ?

— Il n'aurait pas réussi à nous éloigner de toi, rétorqua Susan avec insistance.

Elle avait l'air terriblement menue et fragile, la tête ainsi posée au creux des oreillers, éclairée par la lueur tremblotante du foyer.

— Et quelle est la seconde raison pour laquelle tu m'as caché la vérité ?

Lark hésita.

— C'est délicat à avouer, et je crains que tu ne t'en offusques, mais, paradoxalement, je t'ai jugée responsable de mon malheur. Justin était ton ami, après tout, et j'ai estimé que tu aurais dû mieux le connaître et me protéger de lui.

— Mais comment pouvais-je imaginer sa perfidie dès lors que tu me la taisais ?

— J'ai pensé que si tu m'aimais vraiment, tu aurais pu deviner ce qui s'était passé…

Elle s'interrompit, les yeux toujours rivés sur les flammes.

— … et tu ne m'aurais pas soupçonnée de mensonge, lâcha-t-elle enfin.

— Mais tu t'es enfuie sans crier gare ! protesta Susan. Tu ne m'as même pas laissé une chance de décider qui, de toi ou de Justin, je devais croire.

Lark soupira.

— Carl m'a dit exactement la même chose, fit-elle en se tournant vers Susan.

L'espace d'un instant, cette dernière parut ne pas l'avoir entendue. Puis ses yeux s'agrandirent et elle se courba en avant, les doigts serrés sur les couvertures.

— Comment ?

Elle avait la voix si rauque et si tendue que Lark redouta une nouvelle attaque.

— Il vaut mieux que nous en restions là pour ce soir, Susan. Tu n'es pas en état d'en apprendre plus. Je te raconterai la suite demain.

Susan secoua la tête.

— Non, je t'en prie, pour l'amour de Dieu, pourquoi me parles-tu de Carl ?

Lark, qui s'était levée, se rassit à contrecœur. Elle savait que Susan ne pourrait se reposer avant de connaître le fin mot de l'histoire. Elle résolut cependant d'abréger son récit.

— Alors que j'étais à l'hôpital, reprit-elle, un inconnu m'a transmis la carte de visite de Carl en me le présentant comme un chirurgien désireux de m'opérer gratuitement. Je ne me suis pas souciée du véritable motif de cette générosité, préférant croire que ce praticien était simplement intéressé par mon cas. J'ai effectué le trajet jusqu'à Londres pour le consulter, et il s'est révélé merveilleux. Il ne m'a cependant révélé toute la vérité que deux ans après l'opération. Il m'a alors appris qu'il n'avait cessé de prendre de tes nouvelles depuis que tu avais rompu vos fiançailles.

— Mais pourquoi..., commença à articuler Susan d'une voix hoquetante.

Alarmée, Lark se releva d'un bond.

— Je vais te chercher un verre d'eau. A moins que tu ne veuilles plutôt une tasse de thé ?

— Non, répliqua-t-elle avec lassitude. Ce que je veux, c'est t'écouter jusqu'au bout.

— Bien. Tu souhaitais me demander pourquoi il ne t'avait pas oubliée, Susan ? Tout bonnement parce qu'il t'aimait. Et qu'il t'aime encore. Il voudrait aussi que Dom le reconnaisse pour son père.

Lark était à présent sérieusement inquiète pour Susan. Elle doutait néanmoins que celle-ci eût la force d'attendre la suite de ses confessions jusqu'au lendemain.

— Ce n'est pas lui qui a comploté la perte de ton mari, mais Justin. Comme ils se disputaient alors un siège au Congrès, Justin n'a envisagé que ce moyen-là pour parvenir à ses fins. Carl n'a jamais trempé dans cette affaire. Il est la bonté même.

— Pourtant, murmura Susan, à aucun moment il n'a nié les allégations de Justin.

— Il a estimé que la confiance qu'on éprouve envers l'élu de son cœur doit se passer de justification. Et que l'amour vrai a toujours raison des calomnies.

— Mais il n'a pas essayé une seule fois de me détromper. Jamais il n'a tenté de confondre Groome ! Etait-ce juste envers moi ? Etait-il juste que tu ne m'aies toi-même jamais ouvert les yeux sur la perfidie de cet individu ?

— Non, admit Lark en secouant la tête, ce n'était pas juste. J'en suis vraiment désolée.

Susan s'effondra contre l'oreiller, exténuée.

— Et Dom ? demanda-t-elle. Que lui as-tu raconté ?

— Je lui ai parlé de Carl, mais il refuse obstinément de le rencontrer.

— Bon, il faudra que je m'en occupe, déclara Susan d'une voix éteinte. Et que lui as-tu révélé sur ton propre passé ?

— Rien du tout.

— Tu te méfies donc aussi de lui.

— Non, de Justin Groome. S'il apprend qui je suis réellement, mon compte est bon.

— Dom ne te trahira pas.

Lark ne dit rien.

— Mais peut-être crains-tu surtout qu'il ne te croie pas, ajouta Susan.

— Disons que je n'en suis pas certaine, répondit Lark avec hésitation.

— Pas certaine !

— Jadis, après le meurtre de Violet, il ne m'a pas crue non plus.

— Nous étions tous complètement déboussolés. Et puis on n'arrivait pas à t'arracher une seule parole.

— Justin s'était précipité à l'hôpital alors que j'étais encore en état de choc pour me menacer de mort si jamais je divulguais la vérité.

— Et il a également dû menacer Jonny, marmonna Susan sur un ton songeur.

— Pourquoi Dom m'a-t-il ainsi abandonnée ? ne put s'empêcher de demander la jeune femme. Il est reparti en Californie sans même venir me rendre visite dans ma chambre.

— Sa présence était requise à APG, lui rappela Susan avec douceur. Et puis sa fiancée l'attendait. En ce temps-là, tu n'étais qu'une sœur pour lui.

— Il ne m'a jamais considérée ainsi. Et s'il découvre un jour que je suis Penny…

— *Quand* il le découvrira, corrigea Susan.

— Oui, eh bien, alors il m'en voudra de lui avoir menti sur ma véritable identité.

— Certes, mais son amour pour toi finira toujours par l'emporter. En outre, je sais qu'il ne mettra pas en doute ce que tu lui apprendras sur Justin.

— Non. En revanche, il me conseillera certainement

de me livrer à la justice afin de pouvoir plaider ma cause devant un tribunal.

Susan la considéra avec perplexité.

— Oui. Et alors ?

— Tant que Justin peut user de son influence, il veillera à signer mon arrêt de mort. Jamais il ne me laissera passer à la barre, de peur que je ne ruine sa carrière et sa vie.

Susan réfléchit un instant.

— De toute façon, reprit-elle, Dom ne te forcerait jamais à agir contre ta volonté.

— J'en suis moins sûre que toi.

— Penny, tu ne peux guère l'épouser avec ce secret au fond de toi. L'authenticité de votre relation en pâtirait.

— Nous n'avons pas encore parlé mariage.

— Cela viendra.

Elles se regardèrent mutuellement. Puis Susan tendit ses bras amaigris vers Lark et la serra contre elle. La jeune femme posa la joue contre sa poitrine.

— Comme tu m'as manqué, murmura Susan.

Emue, Lark demeura silencieuse.

— Puis-je entrer ? murmura Dom.

Debout sur le seuil de la chambre, il les contemplait d'un air intrigué.

66

Lark se redressa d'un bond, tandis que Susan regardait son fils sans mot dire. Ni l'une ni l'autre ne lui répondirent.

— Alors, on papote ? s'enquit-il.

— En quelque sorte, reconnut Susan.

Puis elle détourna la tête, épuisée.

— Quelle heure est-il ? demanda-t-elle.

— 2 heures du matin.

Troublé, Dom s'approcha d'elle pour lui caresser le front.

Lark se leva du lit.

— Bonne nuit, Susan, chuchota-t-elle d'une voix mal assurée. Dors bien.

— Bonne nuit, ma chérie.

Dom demeura un moment auprès de sa mère, puis rejoignit Lark dans sa chambre. La jeune femme était étendue sur le lit, le dos tourné à la porte.

— Eh bien, il semble que vous vous soyez bien entendues toutes les deux.

— C'est une femme directe, balbutia Lark. Elle… elle allait bien, n'est-ce pas ?

— Oui. Elle m'a paru seulement un peu fatiguée. Vous avez parlé longtemps ?

Lark jugea préférable de mentir.

— Pas trop. J'ai entendu du bruit en passant devant sa chambre et je suis entrée voir si elle n'avait besoin de rien.

Dom se glissa sous les draps et se blottit contre elle, une main posée sur son ventre.

— Tu es glacée, dit-il en lui embrassant la nuque. Au fait, maman m'a confié que tu lui avais parlé de Carl et de son désir de me rencontrer.

Lark se figea, craignant un mouvement d'humeur de sa part.

— Oui. Et... ?

— Oh, répliqua Dom en bâillant, nous en rediscuterons demain.

Sa respiration se ralentit bientôt. Lark resta éveillée, savourant le contact de son corps contre le sien. Elle s'émerveillait encore de se retrouver ainsi avec lui dans son ancienne maison, là même où elle avait si souvent rêvé de connaître ce bonheur. Elle savait que Susan avait raison, qu'elle devrait un jour lui révéler sa véritable identité. En attendant, blottie entre ses bras vigoureux, entre les murs de la vieille ferme, elle se sentait à l'abri de toute menace.

Le ciel commençait à pâlir lorsqu'elle perçut un bruit sourd provenant de l'autre côté du couloir. Elle bondit aussitôt hors du lit.

Dom se redressa à son tour et leva vers elle un regard ensommeillé.

— Qu'était-ce ?

Lark ouvrit la porte.

— Susan ! s'écria-t-elle.

Effondrée sur le seuil de sa chambre, la vieille dame semblait disparaître sous les plis de ses vêtements. Lark s'agenouilla près d'elle sans cesser de répéter son nom d'une voix affolée.

Dom l'écarta et souleva sa mère dans ses bras. Avec une infinie douceur, il la recoucha dans son lit.

Lark demeura un instant à contempler la scène avec impuissance, puis elle se rua vers le téléphone au rez-de-chaussée. Alors qu'elle appelait les secours, elle se souvint que Dom s'était servi de ce même combiné cinq ans plus tôt, juste après le suicide de son père.

Mais Susan, elle, ne pouvait pas mourir. Pas maintenant !

— Une ambulance à la Dogwood Farm, vite ! lança-t-elle dans l'appareil. Je crois que ma mère vient d'avoir une attaque.

Elle indiqua le chemin à suivre pour se rendre sur les lieux. Les infirmiers lui promirent d'arriver dans une vingtaine de minutes.

Elle remonta à l'étage. Dom caressait le front de sa mère. Il redressa la tête.

— Je ne comprends pas ce qui a pu déclencher cette crise, marmonna-t-il.

Prise de remords, Lark crut défaillir. C'était elle la responsable, évidemment. Elle avait tenu Susan éveillée des heures durant, au beau milieu de la nuit, alors même qu'elle avait le plus besoin de se reposer. De plus, elle n'avait pas pris garde de ménager son cœur. Quelle imbécile elle avait fait ! Quelle *idiote* ! Si jamais Dom le savait, il pourrait légitimement l'accuser d'avoir tué sa mère. Pas sciemment, non, mais le choc d'apprendre qui était la fiancée de son fils, ainsi que la vérité sur Justin et Carl, avait visiblement été trop rude pour elle.

La pièce se mit à tourner devant ses yeux. Elle s'agrippa à la poignée de la porte, puis elle vacilla dans le couloir.

Elle eut l'impression que le plancher ondulait sous ses pas pour entraîner sa chute.

Dom la soutint jusqu'à sa chambre.

— Etends-toi, lui dit-il à voix basse. Je ne tiens pas à avoir une malade de plus.

Lark s'assit sur le lit, le cœur au bord des lèvres.

— Elle va s'en sortir ?

— Je ne sais pas, répondit-il, hagard. Quand les secours seront-ils ici ?

— Dans vingt minutes.

— Non, répéta-t-il, je ne sais vraiment pas.

Lark le dévisagea avec anxiété.

— Tu ne sais pas quoi ?

— Pourquoi elle est toujours dans le coma.

— C'est ma faute, s'exclama-t-elle dans un hoquet. J'ai parlé trop longtemps avec elle. J'aurais dû la forcer à s'endormir. Je n'aurais jamais dû lui dire quoi que ce soit. Oh, mon Dieu…

Dom lui posa une main sur l'épaule.

— Je connais ma mère, tu sais. Si elle voulait discuter avec toi, aucune puissance au monde n'aurait su l'en dissuader. Je suis sûre que tu n'y es pour rien. Sans doute a-t-elle pressenti son malaise et désiré mieux te connaître avant…

Il s'interrompit soudain.

— Et aussi avoir des nouvelles de… de mon père.

Lark n'en fut pas consolée pour autant.

— Mais que fait donc cette satanée ambulance ? grommela-t-elle.

Dom retourna auprès de Susan. Les secours arrivèrent quelques minutes plus tard. Le visage exsangue, Lark regarda les brancardiers déposer le corps inanimé de sa tutrice sur une civière avant de descendre celle-ci par l'escalier.

— Je les suis dans ma voiture, lança Dom en enfilant son manteau d'un coup d'épaule.

Indécise, Lark se demanda s'il voulait ou non qu'elle l'accompagne.

— Je me sens perdue, lui avoua-t-elle.

Dom l'étreignit un bref instant.

— Et si tu te reposais un peu ici ? Tu m'as l'air d'en avoir bien besoin.

Elle s'accrocha à lui en secouant frénétiquement la tête.

— Alors cours chercher ton manteau, lui dit-il. C'est peut-être égoïste de ma part, mais je préfère encore ne pas être seul là-bas. Prends-toi aussi un livre. La journée risque d'être longue.

Lark n'avait cependant guère envie de lire. Une fois parvenus à l'hôpital, ils furent refoulés dans la salle d'attente. Les médecins n'osaient pas encore émettre de pronostic. Dom arpentait nerveusement la pièce. Lark gisait sur une chaise, le visage enfoui entre ses mains.

— Monsieur Whitfield ?

Ils se retournèrent d'un même mouvement. Un homme en blouse blanche s'approchait d'eux.

— Je suis terriblement désolé. Nous avons fait tout notre possible. Nous en saurons certainement plus après l'autopsie.

Lark se cacha de nouveau la face.

— J'aimerais la voir, articula Dom d'une voix rauque.

— Suivez-moi, répondit le médecin.

Puis, avisant la présence de Lark, que la douleur semblait avoir tétanisée :

— Votre sœur désire-t-elle venir avec nous ? s'enquit-il.

— Ce n'est pas ma sœur.

— Oh, veuillez m'excuser ! J'avais cru comprendre que Mme Whitfield était sa mère.

Dom se pencha vers la jeune femme.

— Je monte, lui murmura-t-il.

— Moi aussi, répliqua-t-elle en se levant.

Il la dévisagea d'un regard soucieux.

— Rien ne t'y oblige, Lark.

— Peut-être, mais je le veux quand même.

Ils emboîtèrent le pas au médecin, main dans la main.

On aurait pu croire Susan endormie. Une quiétude surnaturelle l'enveloppait. Lark s'agenouilla près du lit, la gorge trop serrée pour verser des larmes.

— Oh, Susan, pardonne-moi, chuchota-t-elle.

Dom resta debout.

Sentant soudain des gouttes tomber sur sa manche, Lark releva la tête. Le fils de Susan pleurait en silence.

67

Dans les rêves de Toni, Pierre et Dom se mêlaient indistinctement. C'étaient des rêves heureux, où elle riait à gorge déployée. « Comme il est bon de pouvoir rire de nouveau », pensait-elle alors.

Quand elle s'éveillait, malheureusement, son visage était couvert de larmes.

A l'agence, elle se montrait infatigable, dure à la tâche et toujours enjouée. Aux réceptions, elle se révélait d'une sociabilité raffinée. Une fois seule dans son lit, en revanche, elle ne parvenait plus à refouler sa peine. Aussi demeurait-elle de plus en plus tard au bureau.

Elle n'avait plus eu de nouvelles de Pierre depuis la nuit qu'ils avaient passée ensemble au mois d'octobre précédent. Le réaménagement de son duplex était achevé depuis longtemps. Cependant, même le marbre veiné de sa salle de bains ne parvenait pas à l'égayer.

Elle essaya de se consacrer entièrement à la campagne électorale de Groome. La mission se révélait d'ailleurs délicate. Malgré tous ses efforts, la cote du député se ressentait des rumeurs colportées par les médias, et elle était de plus en plus lasse de son client.

Un mois s'écoula ainsi : le mois terne et stérile de

février. Puis, un vendredi soir, alors qu'elle se trouvait encore à l'agence, Pierre l'appela.

— Salut, c'est moi.

Toni soupira de bonheur en entendant sa voix basse à l'accent français.

— Bonjour, toi.

— Tu es occupée ?

Il était déjà plus de 20 heures et, n'eût été sa répugnance à regagner son logis vide, elle n'avait plus aucune raison de rester sur place.

— Eh bien…

— J'ai pensé qu'on pourrait peut-être se voir. Tu m'as manqué, Toni.

— Vraiment ?

— Eh oui !

— Alors pourquoi ne pas m'avoir téléphoné plus tôt ?

— Mais je t'ai téléphoné. Seulement, ta secrétaire ne cessait de me répondre que tu te trouvais en Californie.

Il marqua une pause avant d'ajouter :

— J'ignorais que tu étais mariée.

Toni ne dit rien. La pluie fouettait la fenêtre obscure de son bureau. Tous les autres employés de l'agence étaient rentrés chez eux.

— Je te rejoins chez toi, murmura-t-elle enfin.

— Parfait. Je t'attends.

Malgré l'averse drue et froide, elle parvint à trouver un taxi. Le trafic était dense. Elle s'assoupit légèrement en chemin.

Sitôt qu'elle arriva chez Pierre, ce dernier l'embrassa et l'attira sur le lit. Il était en train de regarder une émission comique à la télévision, toutes lumières éteintes.

Toni se sentit mieux dès qu'elle s'étendit contre lui.

Elle ne comprenait toujours pas pourquoi cet appartement sale et désordonné, dénué de tout objet beau ou plaisant, l'apaisait à ce point — mais ça marchait. Elle ferma les yeux et appuya sa tête contre le bois du lit. La télévision ne la dérangeait même pas. Elle était au contraire heureuse de ne pas avoir à parler. Tout en s'esclaffant à une des blagues du présentateur, Pierre lui tendit le verre d'eau de Seltz qu'il s'était préparé. Toni en but une gorgée, consciente qu'en dépit de son attitude nonchalante Pierre était aussi attentif à sa présence qu'elle-même à la sienne. De là venait sans doute la tranquillité qu'elle éprouvait en sa compagnie.

— Bon, dit-il en éteignant le récepteur après la fin de l'émission. Ce sera tout pour ce soir. Il pleut toujours, dehors ? Tu me parais trempée.

— C'est le déluge.

— Viens. Nous allons te faire couler un bain chaud.

Assis derrière elle sur le bord de la longue baignoire à pattes de lion de la salle de bains, il lui savonna le dos et la poitrine. Aucun de ses doigts, aucun de ses orteils n'échappa à ses soins vigilants. Puis il s'attaqua à ses fesses.

Toni en frémit de volupté.

Quand il s'insinua entre ses cuisses, elle se mit à gémir. Elle oublia tout : Dom, Groome, l'agence, New York même. Seul existait pour elle le contact des mains rudes et calleuses de Pierre, qui la caressait avec une tendre langueur.

Il la sortit du bain, humide et ruisselante. Elle le déshabilla. Quand ils se furent étendus sur le lit, elle se jucha sur ses reins et entama en de lents mouvements sinueux la danse immémoriale du plaisir.

— Voilà qui t'aura un peu détendue, déclara Pierre

alors qu'éreintés et repus, ils avaient tout juste la force de reposer dans les bras l'un de l'autre. Tu étais aussi crispée qu'un chat mouillé quand tu es arrivée tout à l'heure. Pourquoi ?

— A cause du travail, je suppose. Cette satanée campagne a rendu Justin Groome singulièrement distant et hargneux. Il voudrait qu'on rende à Tim Marshall la monnaie de sa pièce. Hélas, on n'a rien pu trouver sur ce dernier. Etre jeune est un sacré avantage dans cette carrière. Et puis, je dois dire que plus je le connais, plus il me plaît. Je pense même voter pour lui.

— Alors laisse tomber Groome et propose-lui tes services.

Elle s'esclaffa.

— Ce n'est pas si simple. Groome est toujours notre plus gros client. Il pourrait me détruire en un rien de temps s'il me soupçonnait de déloyauté à son égard.

— Mauvais, ça, marmonna Pierre. Tu es trop dépendante de ce type. Je n'ai pas confiance en lui.

— Oh, la confiance n'a rien à voir là-dedans ! C'est un simple échange de bons procédés. Nos relations sont purement professionnelles et pratiques. Et elles le resteront.

— J'aimerais mieux que tu l'envoies balader.

— Et moi donc.

— Mais, dis-moi, ces ragots que j'ai lus sur lui dans les journaux, sont-ils exacts ?

Toni ne répondit pas.

— Alors, sont-ils vrais, oui ou non ? s'enquit Pierre avec insistance.

— Je ne sais pas.

— Toni, regarde-moi.

Haussé sur un coude, il la contemplait avec inquiétude.

— Cette jeune fille assassinée était ta sœur. Vous n'en avez jamais reparlé tous les deux ?

Elle secoua la tête.

— Et pourquoi ça ?

— Je n'aurais pas pu le supporter, murmura-t-elle en refermant les paupières pour refouler un brusque et violent accès de larmes.

Pierre la serra contre lui.

— Si jamais je te demandais d'embarquer avec moi pour les Caraïbes, tu dirais à ce mec d'aller au diable, n'est-ce pas ?

— Sans doute, bredouilla-t-elle. Je ne sais pas.

Ils ne quittèrent pas le lit de toute la journée du lendemain. Dehors, il continuait à pleuvoir. Ils passèrent leur temps à s'étreindre, à visionner de vieux films sur le magnétoscope de Pierre et ils appelèrent un traiteur quand ils eurent faim. Toni n'interrogea même pas son répondeur à distance, préférant jouir pleinement de ce moment de détente.

Les funérailles de Susan Whitfield furent brèves. Jonny était revenu du Brésil avec une mine épouvantable et les yeux injectés de sang. La présence de Lark au côté de son frère ne parut pas l'étonner.

Au départ, la jeune femme n'avait pas l'intention d'assister au service. Dom n'avait pu en comprendre la raison.

— Pourquoi se séparer maintenant ? avait-il protesté, blessé et indigné à la fois. Serrons-nous les coudes jusqu'au bout.

Lark ne pouvait pour sa part lui avouer qu'elle craignait de revoir Justin Groome à l'enterrement. Elle redoutait de livrer à celui-ci le moindre indice sur sa véritable identité. Or, elle était quasi certaine que sa présence aux funérailles éveillerait les soupçons du député.

— Qui doit venir ? s'était-elle enquise d'une voix détachée.

— Presque tous les habitants du bourg. Ma mère semble avoir gagné leur cœur. Je ne crois pas que ses relations new-yorkaises répondront en masse à l'appel. Pas Toni, en tout cas, si c'est à elle que tu penses. Marianne, son assistante à l'agence, représentera Whitfield Communications à la cérémonie.

— Pas d'autres amis new-yorkais, alors ?

Le visage de Dom s'éclaira soudain.

— Oh, je vois ! Tu te demandes si Justin Groome sera là ? Eh bien, non. Nous ne l'avons pas invité.

Il la gratifia d'un lumineux sourire, le premier depuis des jours.

— J'aurais pourtant cru que tu aurais hâte de le voir enfin en chair et en os.

— Je devine à quoi il ressemble, avait-elle rétorqué.

Et, finalement, elle avait accepté de l'accompagner au cimetière.

Susan fut enterrée à Northkill même. La cérémonie des condoléances se déroula au presbytère, Dom et Jonny ayant estimé qu'ils ne pouvaient accueillir tous les invités à la ferme. Malgré son chagrin, Lark apprécia de revoir les compagnons de son enfance. Elle échangea de graves poignées de main avec Billy et Mary, ses vieux amis. Graham vint également la saluer, accompagné d'une jeune femme que Lark ne connaissait pas et qui portait un bébé dans un couffin.

— Qu'allons-nous faire de la maison ? demanda Dom lorsque, tard ce soir-là, il se retrouva seul avec

Jonny et Lark dans la grande et chaleureuse cuisine de la ferme.

— La vendre ? suggéra Jonny, plein d'espoir.

— Ce serait un peu prématuré, fit remarquer Dom avec gêne.

— Ah bon ? Et pourquoi ?

— Eh bien…, répondit-il d'une voix hésitante, sans regarder Lark. Pour moi, elle appartient toujours à Penny. Je ne voudrais pas qu'en revenant ici, elle découvre que non seulement Susan a disparu, mais qu'en plus elle n'a plus de foyer.

Jonny se versa sans mot dire un deuxième bourbon. Lark s'approcha de Dom et le prit par le cou.

— Tu es l'homme le plus gentil de la terre, lui murmura-t-elle à l'oreille.

Il lui sourit.

Elle ne put cependant surmonter son remords d'avoir indirectement provoqué le second et fatal malaise de sa mère. Il fut impuissant à l'en consoler.

Dans l'avion qui les ramenait à Los Angeles, il reposa le *New York Times* sur ses genoux en s'exclamant :

— Allons, Belle-au-Bois-Pleurant, noyons notre peine dans l'ivresse !

Il sortit de sa mallette un des cabernets californiens favoris de la jeune femme, un bella oaks des chais Heitz. Le steward vint leur déboucher la bouteille.

— Il est tout de même incroyable que tu aies si vite conçu une telle affection envers ma mère, reprit-il sur un ton rêveur tout en sirotant son verre de vin. Sa disparition semble t'affliger encore plus que moi.

— Je n'aurais pas dû la forcer à parler ainsi.

— Cesse un peu de battre ta coulpe, veux-tu ?

Inquiet, il décida de changer de sujet.

— Tu n'as pas été très franche avec moi.

— A quel propos ?

— Sur ton passé.

Lark se raidit.

— Tu n'as laissé aucun souvenir à la section de cinématographie de l'université de New York. Or, j'ai du mal à croire que tu aies pu y passer à ce point inaperçue.

— Pourquoi diable as-tu jugé utile de le vérifier ? s'enquit-elle après quelques instants de silence.

— Oh, tu as éveillé ma curiosité dès notre première rencontre — non ma suspicion, note bien ! Cela étant, pourquoi avoir menti ?

— Pour décrocher un boulot.

— Je t'aime, Lark, tu le sais, mais je ne peux continuer à chérir un fantôme. J'ai envie d'avoir un être moins évanescent à mes côtés. J'ai besoin de savoir qui tu es réellement, tes goûts, ta personnalité.

— Je suis ce que je suis, ici et maintenant. En quoi mes antécédents sauraient-ils manquer à notre relation ? Tout cela est du passé.

— Tu parais considérer l'existence comme une bobine de film dont on pourrait sans préjudice couper l'amorce. Mais la vie n'est pas ainsi : elle est bien plutôt le résultat d'un processus dont les strates successives nous définissent tous.

— Charmante métaphore.

Dom préféra abandonner le sujet.

— Au fait, dit-il au déjeuner d'une voix désinvolte, tu peux avertir mon géniteur que je lui rendrai sans doute visite un de ces jours.

Lark le dévisagea avec stupeur.

— Oh, Dom, il en sera si heureux !

— J'ignore pour quelle raison il tient tant à me voir, mais je suis prêt à le satisfaire et à me montrer magnanime.

Lark lui serra le bras avec reconnaissance.

— Ce serait merveilleux.

— Quelle est sa profession, déjà ? Médecin, n'est-ce pas ?

— Oui.

— Et quelle est sa spécialité ? Il pratique encore ?

— Plus maintenant, non.

— Raconte-moi tout sur lui, que je me prépare à notre rencontre. Et d'abord, comment vous êtes-vous connus ?

— Par des amis communs, répondit-elle prudemment.

— Et revoilà la championne de l'esquive à l'œuvre, s'écria-t-il en soupirant. Bon, oublie ma question.

Lark fut soulagée qu'il n'insistât pas. Elle était résolue à suivre le conseil de Susan et à lui confier toute la vérité — mais plus tard. Un article qu'elle venait de lire dans le *Times* lui avait appris que la cote de Groome était au plus bas et que de récents sondages auguraient d'une large victoire de son adversaire. Ce qui rendait le député d'autant plus dangereux.

68

— J'aimerais que tu m'accompagnes auprès de lui, déclara Dom quand ils furent revenus à Los Angeles. Il est à l'hôpital ?

— Oui. Tu verras, Dom, Carl est vraiment un chic type. Je suis sûre que tu l'aimeras.

— Ne me dis pas qui je dois aimer ou pas, je t'en prie.

— Pardonne-moi, je voulais seulement calmer tes appréhensions.

— Oui, eh bien, de telles affirmations me crispent plus encore.

Quand Lark prévint Carl de la visite de Dom, elle fut étonnée par l'équanimité de sa réaction.

— J'en suis naturellement ravi, Lark, mais je savais depuis le début qu'il ne pourrait rien vous refuser.

Lark lui avait rapporté en détail son séjour à Northkill. Une fois qu'il eut accusé le choc causé par la nouvelle du décès de Susan, elle ne put s'empêcher de lui confesser ses remords. Certes, l'autopsie avait décelé une défaillance de la valvule que les chirurgiens avaient greffée sur le cœur de Susan. Néanmoins, Lark se savait peu ou prou responsable du dysfonctionnement fatal.

Carl ne parut guère surpris que Susan eût immédiatement reconnu sa pupille.

— Elle a toujours été si perspicace, murmura-t-il dans un souffle. A ce que je sache, elle n'a commis qu'une seule et grave erreur de jugement dans sa vie.

Lark n'eut pas besoin de demander laquelle. Il s'agissait évidemment de son attachement pour Groome.

Elle revint le voir avec Dom le samedi suivant.

— Le voici, dit-elle.

Les deux hommes se regardèrent.

— Bonjour, fit Dom.

Quoiqu'il fût certainement anxieux, son attitude ne trahissait en rien son trouble.

Carl se dominait également, mais Lark le devinait malgré tout trop ému pour engager lui-même la conversation. Dom s'assit dans le fauteuil près du lit.

— Je compatis à vos souffrances, dit-il. Si je puis vous rendre un quelconque service, n'hésitez pas à me le demander.

— Merci.

— Je suis aussi désolé qu'il nous ait fallu tant de temps pour nous retrouver, poursuivit-il, une lueur de regret dans ses yeux mordorés. Voilà des années que cette rencontre aurait dû avoir lieu.

— Oui, bien sûr.

Il y eut un silence gêné. Lark, debout devant la fenêtre, tournait le dos à la chambre.

— Je suis désolé pour votre mère, Dom.

— Et moi donc…

— J'aurais tant aimé la revoir, reprit Carl d'une voix à peine audible. Cela m'aurait tellement apaisé de lui parler juste une fois avant de… Enfin, je n'ai jamais su mater mon orgueil.

Dom s'éclaircit la gorge.

— Je ne sais toujours pas ce qui vous a séparé de maman. Elle m'a seulement répété les allégations de Justin, et c'était il y a bien longtemps. Lark prétend que le sénateur lui aurait menti. Voudriez-vous m'éclairer sur ce point ?

Carl le gratifia d'un sourire qui illumina tous ses traits.

— J'attends cet instant depuis ta naissance, Dom.

— Lark était disposée à tout me raconter, mais je préfère l'entendre de ta propre bouche.

La jeune femme se retourna à ce moment. Dom lui tendit la main. Elle le rejoignit près du lit et lui entoura les épaules. Dom joua avec ses doigts, tandis que Carl lui rapportait les faits.

— Tu ne peux savoir comme j'en ai voulu à ta mère lorsque j'ai compris qu'elle accordait plus de crédit à Justin qu'à moi-même, conclut ce dernier. Ce n'est qu'après avoir rompu nos fiançailles qu'elle a cru bon d'exiger de moi des explications. Mais il était trop tard. Malgré sa peine et sa colère, je n'ai su lui pardonner ce manque de confiance. Je ne te souhaite pas de connaître une aussi amère déception dans ta vie.

— Moi non plus, renchérit Lark.

— Il me semble que tous ces douloureux malentendus auraient pu être évités si vous en aviez discuté, répliqua Dom sans lâcher les doigts de la jeune femme. Se parler résout bien des difficultés. Ou, à tout le moins, s'écrire. Bref, communiquer d'une manière ou d'une autre. A la place de ma mère, je n'aurais pas supporté de rester ainsi dans le doute.

— Si ma vie était à recommencer, repartit Carl, crois bien que j'agirais autrement. Je prendrais déjà soin de lui ouvrir les yeux.

— Grâce à Lark, au moins, elle a connu la vérité avant de mourir.

— Oui, grâce à Lark, approuva Carl tout en regardant la jeune femme avec reconnaissance.

Lark baissa les yeux, confuse, et s'écarta de Dom.

Carl semblait fatigué. Dom serra sa main décharnée posée sur la couverture.

— Il n'est pas trop tard pour que nous devenions amis, dit-il. J'aimerais revenir te voir.

— J'en serais très heureux moi aussi. Dieu te bénisse, mon cher enfant.

Quand ils furent de retour dans la voiture, Lark se tourna vers Dom.

— Tu sais quoi ? Tu es vraiment un chic type, au fond.

Il sourit.

— Eh bien, tiens, répliqua-t-il en lui tendant un paquet. En voici une preuve de plus.

— Ah ? Qu'est-ce donc ?

Il la dévisagea avec une moue amusée.

— Lark, ma chérie, tu devrais tout de même essayer de te rappeler la date de ton anniversaire si tu ne désires pas que les gens se posent des questions.

Elle lui tira la langue et défit l'emballage du cadeau. A l'intérieur se trouvait un écrin, et dans cet écrin une parure en or comprenant une paire de boucles d'oreilles, un bracelet et un collier gravés du malicieux cupidon qu'on avait choisi pour sigle de la série *Romance !*.

Elle frémit de plaisir : ce présent témoignait non seulement de l'affection de Dom, mais aussi de la popularité croissante de la série. D'un coup, elle prenait conscience d'une renommée qui, sans être universelle, lui était désormais assurée dans le milieu de la production.

Après l'enterrement de Susan, Jonny était reparti

au Brésil pour achever *Flaming Forest*. Groome ayant confirmé à Dom son engagement dans le projet, celui-ci avait pu aussitôt persuader le directoire d'APG d'autoriser la poursuite du tournage. La décision du député le laissait néanmoins perplexe. Si elle pouvait lui attirer les faveurs des écologistes, elle risquait en revanche de lui aliéner celles des banquiers et des industriels censés financer sa campagne électorale. Or, il n'était pas du genre à commettre une telle bévue.

— Et puis, avoua-t-il à Lark un soir où ils revenaient tard du bureau, Jonny n'a aucun sens de la mesure. Un million de dollars ou cent, pour lui, c'est pareil. Ses exigences techniques sont affreusement onéreuses, sans compter qu'il a le chic pour accumuler les frais de dernière minute. Je crains même qu'au lieu d'utiliser les fonds de Groome pour mener à terme ce long métrage, il ne les dépense pour satisfaire quelque nouvelle et extravagante lubie.

— Qui est le monteur ?

— Roger Grigio. Il a déjà travaillé avec Jonny. Ils sont comme chien et chat, mais se comprennent parfaitement. Ils se trouvent actuellement ensemble à Manaus. Roger est un très bon monteur. Assez bon, je l'espère, pour ramener à trois heures au plus le monceau de prises que Jonny a d'ores et déjà en bobines.

Lark eut une moue dubitative.

— En tout cas, il faut que ce film puisse être distribué dès le mois de juin, poursuivit Dom. Le directoire s'est montré intransigeant sur ce point.

— Jonny a fait une croix sur la bouteille ?

— A ma connaissance, oui. Je compte cependant prendre quelques jours de congé pour aller vérifier cela sur place. Il est impératif qu'il boucle le projet dans les délais. A ses yeux, il s'agit d'une grande fresque écologique qui peut aussi bien durer cinq heures que dix ou trente. Les entrées en salles ont toujours été le cadet de ses soucis. Mais, fort heureusement, Roger est là pour veiller au grain.

Il s'interrompit pour lui jeter un coup d'œil.

— A ce propos, ça te dirait de m'accompagner là-bas ? Pendant que je m'enquerrai des progrès de Roger au studio de Manaus, tu pourrais discuter avec Jonny — qui t'écoutera certainement plus que moi. Et puis, tu aurais ainsi l'occasion de connaître la forêt pluviale avant qu'elle soit complètement rasée. Nous pourrions y séjourner une semaine au plus.

— D'accord, je suis partante, répondit Lark.

Elle s'étonnait toujours de la facilité avec laquelle Dom improvisait ses voyages. Certes il était fortuné, mais l'Amazone paraissait tout de même une destination bien lointaine pour une simple escapade de quelques jours. Lorsqu'elle vivait encore à la ferme, la ville de New York, qui n'était pourtant qu'à deux heures de route, était pour elle le bout du monde.

Ils atterrirent à Rio de Janeiro un samedi matin et s'installèrent à l'hôtel Copacabana Palace. La large route du front de mer, encombrée de voitures, s'étendait juste sous le balcon de leur chambre. Une curieuse promenade au motif sinueux de pierres noires et blanches séparait leur fenêtre de la plage. La somptueuse étendue de sable doré s'incurvait en un arc parfait d'un pic rocheux à l'autre.

La grève commençait déjà à se peupler de fans du soleil à la peau cuivrée et luisante, poitrine nue pour la plupart et vêtues comme leurs compagnons de minces ficelles en guise de maillots.

— Autant se mettre complètement nu, déclara Lark en riant.

— Oh, ce serait moins érotique ! répliqua Dom.

Revêtus des jolis peignoirs fournis par l'hôtel, ils prenaient sur le balcon un petit déjeuner composé de café noir, de croissants et d'énormes papayes aux graines odoriférantes et poivrées.

— Non, trop c'est trop, grommela Dom au bout d'un moment.

— Quoi donc ? s'enquit Lark en sursautant.

— Toi. Tu me rends dingue.

Il lui embrassa le menton et lécha le jus des fruits sur sa bouche.

— Rentrons, murmura-t-il.

— Soit. Mais dans tes bras.

Il la porta en chancelant jusque sur le matelas moelleux, qui rebondit légèrement sous son poids.

— Pourvu que je ne me sois pas déplacé un disque ! gémit Dom, avant de s'affaler auprès d'elle.

Elle gloussa.

— J'en doute, rétorqua-t-elle en effleurant du doigt les muscles saillants de ses bras nus.

Leurs peignoirs s'étaient ouverts durant la manœuvre. A présent, ils reposaient côte à côte, peau contre peau, les yeux dans les yeux.

— Ça va, Dom, chuchota Lark, comme si elle avait lu dans ses pensées. Je me sens bien, maintenant.

Les yeux de Dom étincelèrent. Il l'étreignit tendrement, savourant autant son propre plaisir que le sien.

— Ma douce, ma belle…, marmonna-t-il en lui mordillant le cou et le lobe de l'oreille. Ma princesse, ma toute…

Elle ferma les paupières et murmura son nom.

— Non, ouvre les yeux, lui demanda-t-il.

Elle s'exécuta.

— Pourquoi ?

— Je veux les voir, répondit-il avec passion. Ils sont si beaux, si expressifs.

Il se mit à la caresser encore plus doucement, puis avec une vigueur qui la laissa pantelante.

— Ouvre les yeux, répéta-t-il en riant.

— Oh, Dom…

Il l'enveloppa de son corps tout en écartant les mèches de cheveux qui lui cachaient le visage. Ils eurent alors le sentiment que plus aucune barrière ne se dressait entre eux. Ils ne formaient plus qu'un seul corps, qu'un seul esprit. Lark noua ses jambes autour de sa taille. Ils se regardaient toujours, le front perlant de sueur, l'extase altérant peu à peu leurs traits.

Lark connut la volupté la première — sans fermer les paupières. Dom la suivit peu après sur la crête du plaisir et s'effondra sur elle.

Il voulut presque aussitôt se dégager. Lark le retint.

— Ne bouge pas, s'il te plaît…

— Mais je suis trop lourd.

— Non.

— Vraiment ?

— Vraiment.

Le lendemain matin, ils rejoignirent l'équipe de Jonny à Manaus. Le vol dura presque cinq heures. Lark était ébahie par l'immensité du territoire brésilien. Ils planèrent d'abord au-dessus d'un épais tapis de verdure, puis parvinrent aux zones déboisées par les agriculteurs et les exploitants forestiers. Lark était déjà informée des ravages subis par la forêt pluviale. Quand elle les constata de ses propres yeux, cependant, elle s'aperçut de l'ampleur de la tragédie. La végétation se délitait par plaques entières, et à ces endroits-là ne subsistait plus qu'un sol poussiéreux.

— Je souhaite sincèrement que Jonny arrive à montrer

l'horreur de ces déprédations, s'exclama-t-elle avec flamme.

— Oui, c'est bien là le problème, repartit Dom. On ne peut s'empêcher de lui donner raison, même si sa croisade entraîne la ruine de ses producteurs.

L'imposant fleuve Amazone coulait sous eux, d'une opacité impénétrable.

— Je me garderais bien d'y tremper les pieds, murmura Lark. Ses eaux sont, paraît-il, infestées de piranhas.

— Et encore, renchérit Dom, ce ne sont pas les pires prédateurs qu'on y croise.

Il s'abstint cependant de lui révéler quel sort pouvait être encore plus effrayant que celui d'être instantanément déchiqueté par des milliers de petites dents acérées.

Manaus était une cité bâtie dans un style néoeuropéen désuet. Son opéra, notamment, datait du siècle précédent.

— J'ai du mal à imaginer des dames en crinoline et des gentlemen coiffés de hauts-de-forme en train d'écouter *La Traviata* au beau milieu de cette jungle ! s'exclama Lark tout en s'épongeant le front. Cela semble irréel.

Leur hôtel, qui donnait sur la place principale, n'était pas aussi luxueux que le Copacabana Palace, mais disposait par bonheur de l'air conditionné.

Ils louèrent une jeep ce même après-midi pour rejoindre le plateau de tournage ménagé sous le sombre couvert de ramures entremêlées. Nulle lumière n'y filtrait. Le ciel était totalement dissimulé par la verdure. Un silence inquiétant régnait dans ces lieux que seuls peuplaient une végétation aux formes tortueuses et le bourdonnement d'insectes aux lignes cauchemardesques. La nuit d'émeraude y réduisait la vie à un spectacle d'ombres.

Jonny était trop absorbé par son œuvre pour accorder grande attention aux nouveaux arrivants. Quand Dom l'avertit de la nécessité d'organiser une avant-première dès le mois de juin, il eut un rire désinvolte.

— Le montage sera du gâteau. Il suffira d'utiliser la plupart des prises en l'état. Le film devra être distribué en juin, dis-tu ? Eh bien, il sera prêt d'ici là.

— Combien d'heures as-tu en boîte pour l'instant ?

— Pas mal.

— Alors je te conseille de rentrer avec Roger terminer le montage à L.A. Plus vite *Flaming Forest* apparaîtra au box-office et plus vite le public sera sensibilisé à la destruction de cet écosystème — car tel est toujours ton but, n'est-ce pas ?

Le regard de Jonny s'égara dans les profondeurs glauques du sous-bois.

— Pas seulement, répondit-il enfin. Je désire aussi faire un grand film.

— Ce sera évidemment un grand film, intervint Lark. Cependant, vous n'êtes pas sans savoir que le montage est aussi important que la prise de vues. Voudriez-vous en céder l'entière responsabilité à Roger ?

— Ah ça, non !

— Alors terminez-en ici au plus tôt et revenez avec nous.

— Une sortie en été est une opportunité non négligeable, ajouta Dom. Nous projetons de reverser les bénéfices de l'avant-première à la cause indienne. Nous demanderons mille dollars par billet d'entrée.

Jonny promit d'y réfléchir.

Dom et Lark revinrent à Manaus dans la touffeur d'une fin de journée.

— On a beau appeler cette jungle la forêt pluviale, marmonna Dom, certains arbres y sont si feuillus que pas une goutte d'eau ne peut mouiller leur pied !

— J'ai lu quelque part que certaines plantes se développaient parfois à leur sommet. Ce qui expliquerait l'obscurité au sol.

— Ouais, c'est un endroit plutôt bizarre.

— Mais splendide. Je comprends la fascination qu'il exerce sur Jonny.

Ils émergèrent enfin de la jungle. Alors qu'ils se garaient devant l'hôtel, Lark se raidit soudain.

— Seigneur Dieu ! s'écria-t-elle.

Dom suivit son regard. Justin Groome s'approchait d'eux.

— Dom ! Vous tombez à point nommé. Jonny m'a prévenu de votre éventuelle arrivée, et je désirais justement vous parler.

— Bonjour, Justin, lança Dom en sautant de la jeep après avoir coupé le contact. Quel bon vent vous amène ?

— Je suis en vacances à Rio. Quand j'ai appris que les frères Whitfield tournaient à Manaus, j'ai décidé de venir vous saluer. Allons, rentrons, je vous offre un verre.

— Justin, je vous présente Lark Chandler, reprit Dom sur un ton distant. Lark, Justin Groome.

— Nous nous sommes déjà rencontrés, répondit Justin en serrant la main de la jeune femme.

Dom en parut étonné. Sans plus attendre, ils pénétrèrent dans l'hôtel où régnait, à leur grand soulagement, la fraîcheur de l'air conditionné. Ils commandèrent au bar des pinas coladas et s'assirent près d'une fenêtre qui dominait la place. Le soleil se couchait. La lumière, cependant, restait éclatante. Puis la nuit tomba en quelques minutes à peine, avec la brièveté caractéristique des crépuscules équatoriaux.

Lark prit le premier prétexte pour se réfugier dans sa chambre. Assise sur le bord du grand lit, elle se força au calme. Si Groome n'avait toujours pas découvert sa véritable identité, songea-t-elle, il était peu probable qu'il la reconnût maintenant.

Un coup fut frappé à sa porte. Elle se redressa d'un bond.

— Ce n'est que moi, chuchota Dom en se glissant dans la pièce. Que fais-tu là, assise toute seule dans le noir ?

Elle alluma la lampe de chevet.

— Ainsi donc, voilà l'homme dont tu veux stigmatiser les forfaits dans un documentaire, reprit-il d'une voix amusée. Comment vous êtes-vous connus ?

— Je l'ai reçu à APG en janvier dernier. Il avait eu vent du projet et désirait en discuter avec moi.

— Ah bon ? fit Dom en fronçant les sourcils.

— Il est toujours au bar ?

— Oui, répondit Dom en ôtant négligemment ses chaussures. Jonny est venu prendre la relève tout à l'heure, et j'ai pu m'éclipser.

Il s'étendit sur le lit.

— J'ai comme l'impression que les articles des journaux commencent à l'agacer. Il recherche Penelope Houten. Il est certain que c'est elle qui est derrière toute cette histoire et voudrait lui remettre la main dessus.

— Je m'en doute.

— Je lui ai rétorqué que je ne l'avais pas revue depuis des années et que je désirais autant que lui la retrouver.

— Tout comme le F.B.I., je suppose.

— Tu as faim ? Nous pouvons descendre dîner dès que tu seras prête.

— Il sera là, lui aussi ?

— Non. Grâce à Dieu, j'ai réussi à m'en débarrasser. J'ai prétendu que nous étions ici afin de nous entraîner pour notre lune de miel.

Lark se retourna et lui sourit.

— Et puis il tenait surtout à s'entretenir avec mon frère, reprit Dom en bâillant.

— Pauvre Jonny. Faut-il que je m'habille pour le repas ou je peux rester en jean ?

— Oh, ça, je m'en fiche ! N'importe comment, tu me plais.

— Merci, mais je crois que je vais me choisir une tenue plus légère.

Elle se rendit dans la salle de bains pour prendre une douche tiède. Quand elle en ressortit, les reins entourés d'une serviette, elle retrouva Dom sur le lit dans la position même où elle l'avait laissé, l'air perdu dans ses pensées. Elle sortit de la penderie une minijupe bleu de nuit et un chemisier de soie assorti. Dom la regarda s'habiller. Ses yeux mordorés demeuraient indéchiffrables.

Ils dînèrent au rez-de-chaussée de l'hôtel, dans une salle éclairée par des chandeliers. Sur chaque table était disposé un gobelet garni de freesias jaunes et parfumés.

— Au fait, s'enquit-il après qu'ils eurent passé commande, d'où te vient cette connaissance des vins ?

— De ton père. Il estimait que cela était indispensable à l'éducation d'une jeune fille.

— Pourquoi ne pas t'avoir également initiée aux fromages ou aux diverses variétés de caviar ?

— Je lui dois déjà beaucoup, tu sais.

— Vous vous fréquentez depuis longtemps ?

— Depuis mon enfance. C'était un grand ami de mon père.

— Qui était… ?

— Chausseur.

— Et ta mère ?

— Ma mère ?… Chapelière.

— Dans quelle université es-tu allée ?

— Aucune. Mais on m'aurait viré si je l'avais avoué.

— C'est fort probable, admit Dom en souriant. Cela dit, je ne suis pas mécontent de ce mensonge, car il nous a permis de nous rencontrer.

— Pourquoi me poses-tu toutes ces questions ? demanda-t-elle après quelques instants de silence.

— A la vérité, j'aimerais surtout t'interroger au sujet de Justin, répliqua Dom d'une voix posée. Je m'étonne encore que tu ne m'aies pas informé de sa visite.

— Elle a eu lieu en ton absence.

— Et c'est la seule fois où tu l'as rencontré ?

— Oui.

— Pourtant, vous me semblez singulièrement intimes. Etrange, non ?

— Absurde plutôt. Je le connais à peine.

Dom, qui contemplait jusqu'alors son verre de vin, releva brusquement la tête.

— Qui t'a violée, Lark ?

Elle devint écarlate. « Sait-il ? Et s'il ne sait rien, qu'est-ce qui le pousse à s'en enquérir ? » Prise de vertige, elle fut incapable d'articuler une parole.

— Tu ne veux toujours pas en parler ?

Elle s'éclaircit la voix.

— C'était effectivement quelqu'un qui ressemblait à Justin Groome, admit-elle avec réticence. Une personnalité riche et puissante ayant la singulière faculté de persuader n'importe qui de n'importe quoi. Je n'ai pu le dénoncer parce qu'on aurait accordé crédit à sa parole plutôt qu'à la mienne. Je n'avais alors que dix-sept ans.

Dom tendit le bras par-dessus la table pour lui serrer la main.

— Merci de m'avoir confié cela. Je sais que cet aveu te coûte beaucoup.

Elle hocha la tête, honteuse de ne pas lui faire plus confiance. Après le dîner, ils gagnèrent le bar. Des couples y dansaient joue contre joue sur le parquet luisant, accompagnés par un orchestre qui jouait de vieux classiques du jazz. Dom commanda deux cognacs avant d'inviter Lark sur la piste.

L'espace d'un instant, elle oublia tout dans ses bras.

— Je n'aurais jamais cru qu'un jour je désirerais autant épouser quelqu'un, lui avoua Dom lorsqu'ils se furent rassis.

— Serait-ce une demande ? répliqua-t-elle sur un ton taquin.

— Non, un constat. Avant de te demander en mariage, il faudra d'abord que je sois officiellement divorcé.

« Et moi, je ne pourrai te donner ma main avant d'être hors de danger », songea Lark.

— J'ai toujours jugé stupide tous ces gens qui rêvaient de passer devant l'autel, reprit Dom d'une voix rêveuse. Mais je commence désormais à comprendre leurs raisons.

— Et quelles sont les tiennes ?

— Il n'y en a qu'une, répondit-il avec gravité, et elle se résume ainsi : la vie ne vaudrait pas la peine d'être vécue sans toi.

Lark se souvint alors que Carl lui avait affirmé que son fils éprouverait ce sentiment dès qu'il la rencontrerait. Comment avait-il pu le prévoir ?

— Allons bon, s'exclama Dom, à quoi penses-tu maintenant ?

— Je me disais que tu ne me connaissais pas encore assez bien pour avoir une telle certitude.

— Assurément, convint-il. Et j'en suis le premier étonné.

69

Pendant ce temps, Jonny vivait une soirée particulièrement pénible en compagnie de Justin Groome. Ayant ingéré Martini sur Martini, il s'efforçait de combattre l'ivresse tout en assurant pour la énième fois au politicien qu'il ignorait totalement où se cachait Penny.

— Dois-je vraiment vous croire, Jonny ? lui demanda ce dernier.

Ses traits paraissaient s'être avachis et ses yeux rétrécis. Jonny le trouvait répugnant.

— Je vous jure que c'est la vérité, Justin. Comment diable pourrais-je disposer d'un tel renseignement ? Je la fréquentais très peu et, juste au moment où nous allions devenir bons amis, je l'ai laissée tomber sans un mot d'explication, sans même essayer de la disculper du meurtre de Violet.

Les yeux perçants de Groome semblaient deux perles de marbre.

— Rappelez-vous que je n'ai accepté de vous avancer des fonds pour votre long métrage qu'à condition que vous me rameniez Penny.

— Je m'en souviens, mais je ne sais absolument pas où elle est.

— En avez-vous au moins parlé avec Emmy ?

— Penny a disparu, Justin. Elle s'est enfuie il y a des années de cela.

— Elle se terre pourtant quelque part dans le pays, j'en suis certain, et je la débusquerai. Et quand je l'aurai débusquée, elle regrettera d'être née.

Jonny se sentit envahi par le remords. S'il avait soutenu Penny, à eux deux ils auraient pu confondre Groome.

Hélas, il s'était montré lâche ! Il contempla son vis-à-vis d'un air mauvais.

— J'espère pour elle que vous ne la retrouverez jamais, dit-il. Je ne suis pas l'auteur des allégations colportées par les médias, Justin, mais par Dieu, tous ces pépins, vous les avez bien cherchés. Il n'y a aucun secret entre nous. Je connais la vérité, et vous le savez. Or, si je suis couard, je n'ai pas besoin d'être hypocrite avec vous. Vous êtes un salaud, Justin, et vous me répugnez.

Il se leva et se dirigea d'une démarche chancelante vers la réception. Quand il sortit de l'hôtel, la touffeur moite de l'air le frappa comme une gifle. Il se mit aussitôt à suer abondamment.

— N'allez pas « disparaître » à votre tour, vint alors lui murmurer Groome à l'oreille. Si jamais j'apprends que vous voulez me doubler…

Jonny s'écarta d'un bond. Cette confrontation lui avait littéralement donné la nausée.

Justin Groome regagna Rio le lendemain matin. Il avait résolu d'écourter son séjour au Brésil, convaincu que ni Dom ni Jonny n'avaient eu des nouvelles de Penny — et qu'ils n'étaient pas non plus responsables de la campagne de dénigrement menée par les médias. Sitôt de retour à New York, il appela Toni à Whitfield Communications.

La jeune femme s'apprêtait à quitter l'agence pour le week-end.

— Il faut que je vous voie, lui annonça-t-il. Rejoignez-moi à mon bureau.

Il était déjà 17 heures, un vendredi soir.

— Maintenant ? s'enquit-elle. J'ai rendez-vous avec Pierre à 20 heures et je dois d'abord passer chez moi.

— C'est urgent, répliqua Groome.

Puis il raccrocha.

Toni s'exécuta. Elle trouva le député seul à son bureau.

— J'estime qu'il n'existe qu'une façon et une seule de mettre un terme aux calomnies de la presse, déclara-t-il de but en blanc : dénicher la jeune fille responsable de ces rumeurs, Penelope. Je sais que c'est elle qui m'accuse en sous-main d'avoir assassiné Violet. Elle a décidé ma perte. Mais je ne suis pas un agneau, moi. Il faut impérativement la sortir de son trou et la neutraliser.

Toni était lasse de l'obsession que Groome avait conçue à l'encontre de Penny. Pour sa part, elle était sûre que la protégée de Susan était morte. Personne ne pouvait ainsi s'évanouir dans la nature. Et puis, si celle-ci croyait réellement à la culpabilité de Groome, pourquoi ne l'avait-elle pas déjà publiquement dénoncé ?

Néanmoins, sachant qu'elle était forcée de ménager son client, elle dut pendant plus d'une heure acquiescer à ses délires paranoïdes. Le mépris qu'elle lui vouait déjà s'en accrut d'autant.

— Mais quand bien même nous la retrouverions, comment voulez-vous l'empêcher de continuer à alimenter ces ragots ?

— J'en fais mon affaire, répliqua-t-il sur un ton menaçant.

Toni ne put réprimer un frisson.

— Enfin, reprit-elle, je ne sais guère comment vous satisfaire. La personne la plus proche de notre mystérieux délateur — ou délatrice, à supposer que ce soit Penny — est Emmy Elson. Or, jamais elle ne trahirait ses sources, fût-ce au péril de sa vie. Ce n'est pas son genre.

— Maudite soit-elle ! Maudits soient tous ces satanés journalistes ! N'avez-vous donc aucune autre suggestion à émettre ?

— Si. Cessez de vous croire harcelé par le fantôme d'une jeune fille qui a disparu depuis longtemps de votre existence. Oubliez-la. Poursuivez plutôt votre campagne de manière plus pragmatique. Vous êtes en train de dégringoler dans les sondages.

— Au diable les sondages ! Il doit tout de même bien y avoir un moyen d'arriver jusqu'à elle, sacré bon sang ! Les cinq détectives privés que j'ai lancés sur sa piste prétendent tous être incapables de me fournir le moindre indice — à moins que je ne leur accorde une rallonge pour éplucher les fichiers de tous les chirurgiens esthétiques en exercice à l'époque. Tu parles d'une piste !

Toni consulta sa montre. Il était déjà 19 heures. Elle en avait plus qu'assez de cette conversation.

— Il faut que je vous quitte, Justin. Ma journée est terminée. Peut-être me viendra-t-il une idée durant le week-end.

— Votre journée ne sera pas finie tant que nous n'aurons pas résolu ce problème.

— Mais quel problème ? Continuez vos recherches, et de mon côté je continuerai à vous défendre devant la presse, voilà tout.

Elle se leva. Même le somptueux bureau de Groome, dans lequel elle avait été jadis si fière d'être introduite à ses débuts auprès de Susan, lui paraissait désormais d'un luxe creux et tapageur.

— Si vous m'abandonnez maintenant, j'engagerai quelqu'un d'autre, l'avertit Groome d'une voix rageuse. Moi seul décide ou non de clore une réunion de travail.

Toni le toisa, consciente d'être à un carrefour de sa vie. La perspective d'une croisière dans les Caraïbes en compagnie de Pierre la rasséréna alors telle une ondée fraîche et vivifiante. Ils n'avaient cessé d'en discuter ensemble la nuit précédente. Pierre avait voulu la persuader de vendre son duplex. Lui-même avait déjà signifié son congé à son propriétaire. Il désirait quitter New York libre de tous liens. Jusqu'ici, pensa Toni, chaque fois qu'elle avait renoncé à certains avantages sur sa demande, loin d'en être fragilisée, elle s'en était trouvée plus légère et plus confiante en elle-même. Elle s'était ainsi débarrassée de son coupé Mazda. Elle avait même cédé son vison à une association écologiste qui s'en servait désormais dans ses manifestations contre le massacre des animaux à fourrure.

La seule chose dont Pierre ne voulait à aucun prix qu'elle se séparât était sa collection de dessous affriolants.

Il envisageait de prendre le large dès l'été. Et Toni n'était pas loin de penser qu'il partirait avec ou sans elle. C'était un être entier. Jamais il ne voudrait d'une femme incapable de s'offrir à lui sans retenue.

Cela étant, elle devait également songer à sa carrière. Elle l'avait déjà sacrifiée à Dom, jadis, et cette expérience s'était révélée désastreuse. Après être revenue à la tête de Whitfield Communications, il lui avait fallu un an pour recouvrer toute son autonomie, aussi bien morale que financière.

Elle rechignait à la risquer de nouveau.

Par ailleurs, elle adorait toujours son travail. Sa réussite actuelle était l'œuvre patiente de nombreuses années.

Jusqu'à présent, toutefois, son ambition avait surtout

servi les desseins de Justin Groome. Et il venait précisément de se montrer trop gourmand.

Pierre lui avait un jour suggéré de l'envoyer au diable. Sur le coup, elle en avait été blessée, croyant qu'il méprisait l'importance qu'elle attachait à sa carrière.

Or, ce soir-là, ces mêmes mots lui brûlaient les lèvres.

— J'ai le pressentiment que ce petit salaud de Dom sait où est Penny, marmottait Groome. Il m'a témoigné une certaine froideur la dernière fois que je l'ai vu. Peut-être est-ce lui qui informe cette garce d'Emmy.

— Si Dom pensait vraiment que c'était vous qui aviez tué Violet et cherché ensuite à détourner les soupçons sur Penny, il vous traînerait directement devant les tribunaux.

— Peuh !

Toni hésitait encore, craignant de bouleverser ses parents, d'être incomprise de ses amis.

Mais elle pouvait compter sur le soutien de Pierre. Il serait pour elle le roc sur lequel elle fonderait une existence infiniment plus riche, plus épanouissante.

— Bonsoir, Justin.

Il la dévisagea avec stupéfaction.

— Attention, Toni, je suis sérieux. Si vous passez cette porte, je vous vire.

Elle rassembla tout son courage, comme si elle était sur le point de plonger dans les eaux glacées d'un lac de haute montagne.

Oui, se dit-elle, cela promettait d'être un choc. Un choc rafraîchissant.

— Allez au diable ! déclara-t-elle calmement.

Et elle franchit la porte.

70

Une fois seul, Groome contempla la porte d'un air absent. Toni était sortie de son bureau comme de ses pensées. Il était si obsédé par Penny qu'il ne voyait pas le monde s'écrouler autour de lui.

Oui, songeait-il, il était fort probable que la petite ait subi une opération de chirurgie esthétique. Comment elle avait pu se la payer demeurait un mystère, mais elle avait certainement dû changer de visage pour déjouer ainsi la sagacité du F.B.I.

Les fédéraux étaient par ailleurs quasi certains qu'elle était sortie du pays. Mais comment ? Comment ? Elle avait réservé une place sur un vol pour Londres en utilisant une carte de crédit volée ; cependant, elle n'avait jamais retiré son billet.

Etait-elle parvenue à gagner l'Angleterre par un autre moyen ?

Et pourquoi l'Angleterre, d'abord ?

Il connaissait bien un spécialiste en chirurgie esthétique établi à Londres, Carl Bellamon, le troisième homme de la relation triangulaire qui les unissait jadis tous deux à Steve Whitfield.

Néanmoins, Carl avait préféré s'éloigner après la mort de ce dernier. De plus, il ne devait assurément jamais avoir l'occasion de fréquenter des personnes comme Penelope Houten. C'était un des praticiens les mieux cotés d'Angleterre. Penny n'aurait pu s'offrir ses services, même si elle avait par hasard entendu parler de lui.

Cela dit, Carl était susceptible de l'aider à résoudre l'énigme. Ils avaient été bons amis autrefois. Peut-être lui avait-il tout pardonné.

Il décrocha le téléphone et composa l'indicatif du Royaume-Uni.

Quand il réussit enfin à obtenir le numéro de la résidence de Carl — où, selon ses estimations, ce devait être le début de la matinée du samedi —, il tomba sur une jeune femme.

— Allô ?

— Bonjour, mademoiselle. Je désirerais m'entretenir avec le Dr Carl Bellamon.

Il se demandait qui pouvait bien être son interlocutrice. Il avait toujours pensé que Carl était homosexuel.

— Je suis désolée, monsieur, mais Carl n'habite plus ici. Il a déménagé en Californie.

— Auriez-vous l'amabilité de me communiquer un numéro où je pourrais le joindre ?

— Auriez-vous auparavant l'obligeance de me dire votre nom ?

— Justin Groome. Je suis un vieil ami de Carl. J'appelle depuis New York.

— Oh, je vois ! Un instant, je vous prie.

Il y eut un remue-ménage à l'autre bout de la ligne. La qualité des liaisons téléphoniques internationales ne cessait de l'émerveiller. Dans sa jeunesse, il fallait des heures pour obtenir l'étranger — et encore devait-on ensuite hurler pour couvrir les crachotements des parasites.

— Voilà. Il se trouve actuellement au Mount Sinai

Hospital de Los Angeles. Il ne m'a malheureusement pas confié le numéro d'appel de sa chambre.

— Il est malade ?

— Il y est entré comme patient, oui.

— Merci beaucoup, mademoiselle. Comment vous appelez-vous, au fait ?

— Isabella. Je garde la maison de Carl en son absence.

— Eh bien, merci encore, Isabella. Je le saluerai de votre part.

Groome attendait l'ascenseur qui devait le mener au deuxième étage de l'hôpital, là où résidaient les patients en phase terminale du SIDA. Et où se trouvait également Carl. Il n'avait pas prévenu celui-ci de sa visite.

Il vit soudain une jeune femme d'une beauté saisissante pousser les portes de l'établissement et s'approcher à son tour des ascenseurs. Il reconnut bientôt en elle l'employée d'APG qui projetait de réaliser un documentaire peu élogieux sur sa personne — la petite amie de Dom. Pourquoi diable était-elle ici ?

Il se recula instinctivement à l'abri d'un pilier.

La jeune femme pénétra dans une cabine ; les portes se refermèrent.

Groome suivit sa progression sur le panneau lumineux de l'ascenseur, puis s'élança dans l'escalier.

Il parvint essoufflé au deuxième étage. Quand il déboucha sur le palier, la jeune femme traversait le couloir. Elle pénétra ensuite dans une chambre dont elle referma la porte derrière elle. Groome lui emboîta le pas.

Sur la porte était collée une étiquette au nom de Bellamon.

Il en demeura bouche bée. Quel rapport pouvait-il y

avoir entre Carl et la petite amie de Dom ? N'était-ce qu'une simple coïncidence ?

Oui, peut-être.

Mais peut-être aussi avait-elle découvert que Carl avait jadis rencontré Penny et cherchait-elle à lui soutirer des informations pour son documentaire.

En tout cas, se dit-il, elle paraissait manifestement désireuse de lui parler en tête à tête. Il redescendit au rez-de-chaussée et arpenta fébrilement la salle d'attente. A travers la paroi de verre qui le séparait de la réception, il pouvait surveiller en toute discrétion les entrées et les sorties des visiteurs.

Quand enfin Lark réapparut, elle était en compagnie de Dom. Groome fronça les sourcils avec perplexité. Ainsi donc, Dom connaissait également Carl…

Pour une pure coïncidence, c'était tout de même un peu fort !

Il les regarda traverser la réception. La démarche de Lark attira soudain son attention. Ce fut une vraie révélation. Porter un masque ne suffisait jamais, songea-t-il. De dos, on se trahissait toujours.

Une joie féroce l'envahit.

Il attendit que le couple eût quitté l'établissement pour remonter au deuxième étage. Quand il atteignit la chambre de Carl, il frappa à la porte et passa la tête à l'intérieur sans attendre la réponse.

— Puis-je entrer ?

Un vieil homme émacié gisait sur le lit. Une ruine. Il leva sur Groome des yeux éteints. Puis il tenta maladroitement de se redresser.

— Justin ! s'écria-t-il.

— Bonjour, Carl. Ravi que tu ne m'aies pas oublié. On m'a appris que tu étais dans le coin, alors j'ai décidé de venir te rendre une petite visite. Ça n'a pas l'air d'être la grande forme, hein ?

— Je n'arrive pas à croire que c'est toi.

— Pour tout t'avouer, tu as bien changé toi aussi. Que fais-tu donc ici ?

— J'y meurs. Et toi ?

Groome tira une chaise.

— Maintenant que cette chère Susan n'est plus, j'ai cru que nous pourrions redevenir amis.

Carl le considéra avec suspicion.

— Et si tu me disais plutôt la vérité ?

— Hum ! Soit. Je suis à la recherche d'une femme disparue il y a quatre ans de cela. C'était une de mes amies. Aux dernières nouvelles, il semblerait qu'elle ait changé de visage — et qu'elle se soit également rendue en Angleterre. J'espérais que tu pourrais éclairer ma lanterne.

— Je suis désolé, répondit Carl en se rencognant avec lassitude contre son oreiller. Même si je savais où elle était, je serais tenu au silence par le secret professionnel. Tu me comprends, n'est-ce pas ?

— Naturellement. Et je n'en suis d'ailleurs pas surpris. Mais on peut se parler quand même un peu, non ? Ton cas est-il si grave que ça ? Ne puis-je vraiment t'aider en rien ?

— Plus maintenant. Il est trop tard.

— La médecine ne cesse d'accomplir des progrès. De nouveaux traitements sont mis à l'étude tous les jours.

— Je suis mieux placé que toi pour le savoir. Et des traitements, j'en ai déjà essayé plus que de raison.

— Certes, mais il en existe certains auxquels moi seul pourrais te donner accès. Je ne te promets rien, attention. Cela dépendra en grande partie de ta bonne volonté.

— Quand bien même tu me proposerais le remède

miracle, je ne pense pas que je serais à même de t'aider, rétorqua Carl avec froideur. J'ai pour principe de respecter la vie privée de mes patients. En outre, si la femme en question désirait effectivement une nouvelle identité, je doute qu'elle se soit présentée à moi sous son véritable nom.

— Il nous suffirait de parcourir tes fiches datant de cette époque. Si tu pouvais au moins me décrire la nature des traumas…

Carl commençait à se sentir las. Il savait très bien où Groome voulait en venir.

— Fous-moi le camp, Justin !

Le visage de Groome s'empourpra.

— Tu le regretteras, Carl.

— Je suis trop vieux et trop malade pour regretter quoi que ce soit. Et je préfère encore avoir des regrets que de traiter avec des crapules.

Durant un long moment, les deux hommes se dévisagèrent avec tout le ressentiment mutuel accumulé au fil des années. Puis la porte s'ouvrit brusquement sur Lark.

— J'ai oublié ma mallette…

Elle se figea soudain en avisant Groome.

— Vous ! s'exclama-t-elle.

Groome se releva et la scruta d'un œil inquisiteur. Durant un bref instant, il avait déchiffré dans ses yeux bleus un étonnement mêlé de terreur qui lui était incroyablement familier.

Il lui adressa un sourire affable.

— Je vous reconnais…

Il eut un hochement de tête satisfait en constatant la soudaine pâleur de la jeune femme.

— Vous êtes l'amie de Dom. Alors, où en est votre documentaire ?

— Il avance, merci.

— Bon, il faut que j'y aille. Enchanté de t'avoir revu, Carl. A la prochaine, peut-être.

Puis, se retournant vers Lark :

— Désirez-vous profiter de ma voiture ? s'enquit-il.

— Non, merci. Dom m'attend dehors.

— Transmettez-lui mes plus amicales salutations. Je suis juste de passage en ville, aussi n'aurai-je sans doute pas le temps de l'appeler.

Puis il quitta la pièce.

Lark s'approcha de Carl.

— Pourquoi diable était-il ici ? chuchota-t-elle.

— Pour vous retrouver.

— Mais comment a-t-il pu remonter jusqu'à vous ?

— Je l'ignore, répondit Carl, certain désormais que Groome savait la vérité. Mais je vous conseille vivement de vous montrer très prudente à partir de maintenant. Cet homme n'a aucune pitié.

— Vous pensez donc…

— Absolument.

Lark empoigna sa mallette tout en s'efforçant de dissimuler sa frayeur.

— Vous avez l'air épuisé, dit-elle. Je vous laisse. Bonne nuit, Carl.

— Bonne nuit.

Elle se dépêcha de revenir vers Dom, sursautant à chaque ombre tapie sur son chemin. Sitôt sortie de l'hôpital, elle bondit dans la voiture et verrouilla promptement sa portière.

— Lark ! Qu'y a-t-il ?

Elle se renfonça en tremblant contre son siège. Puis elle se réfugia dans les bras de Dom avec des gémissements rauques.

*
* *

Sitôt qu'il eut regagné sa chambre d'hôtel, Groome appela Emmy Elson à la rédaction du *Monday Week*. La secrétaire de cette dernière lui passa aussitôt sa patronne.

— Comment allez-vous, Emmy ? demanda-t-il sur un ton jovial.

— Très bien, merci.

— Connaissez-vous une jeune femme dénommée Lark Chandler ?

— Non. Pourquoi ?

— Vous n'avez jamais entendu parler d'elle ?

— Non. Qui est-ce ?

Ne sachant si elle mentait, Groome renonça à l'interroger plus avant.

— C'est la nouvelle petite amie de Dom, répondit-il. Elle est en train d'écrire le scénario d'un documentaire sur moi. Et je crains qu'elle ne se base pour cela sur le contenu de vos articles.

— Oh ! cher ami, vous m'en voyez désolée, mais il se trouve que cette jeune dame m'est parfaitement inconnue.

— Bon, merci quand même. Excusez-moi de vous avoir dérangée.

— Mais je vous en prie, répondit Emmy avec amabilité.

Justin Groome raccrocha, complètement déboussolé.

Cependant, il tenait une piste : la jeune femme qui lui avait répondu à la résidence de Carl, en Angleterre. Si Penny y avait séjourné, il en aurait vite le cœur net : c'était là-bas, et nulle part ailleurs, qu'il devait entamer son enquête.

71

Un après-midi, alors que Lark s'apprêtait à quitter son bureau, elle reçut un appel téléphonique de l'étranger.

— Je m'appelle Miguel Garcia y Reyes, lui annonça son interlocuteur avec un fort accent sud-américain. J'ai récemment eu l'occasion d'apprendre que vous désiriez réaliser un film sur M. Justin Groome.

— Oui ? Et… ?

— Je serais éventuellement disposé à vous obtenir les fonds nécessaires à sa production. Le sujet m'intéresse.

— D'où tenez-vous ces renseignements ?

— De Walter Arnim. Comme il se trouvait posséder une copie du synopsis, il me l'a prêtée.

Walter Arnim était un acteur que Lark avait rencontré quelque temps auparavant et qui lui avait effectivement demandé de consulter le synopsis de son documentaire.

— Et si nous en discutions plutôt de vive voix ? suggéra Lark. Quel moment vous conviendrait le mieux ?

— Malheureusement, je suis pour l'heure retenu à Soubriquet, dans le sud de la France. Mais, si vous le souhaitez, je serai ravi de vous y recevoir. Je vais vous envoyer un aller en première classe pour Paris, d'où vous prendrez les lignes intérieures pour gagner Marseille. De la sorte, nous pourrons nous entretenir à loisir.

— Je suis trop occupée pour m'accorder un congé.

— Ce serait juste pour un week-end.

— Dans ce cas… Laissez-moi quand même y réfléchir.

— Décidez-vous vite, car je crois que notre rencontre pourrait se révéler très fructueuse pour tous les deux.

— Donnez-moi un numéro où vous joindre. Je vous rappelle dans la soirée.

Après avoir raccroché, elle demanda à Rosa par l'Interphone de venir dans son bureau.

— Je viens à l'instant de parler à un homme qui se prétend désireux de financer un de mes projets. Je ne sais si je peux lui faire confiance ou non.

— Comment se nomme-t-il ?

— Miguel Garcia y Reyes.

— Un Portugais ? Un Brésilien ? Son nom ne me dit rien. Il travaille à Hollywood ?

— Je ne crois pas. Il m'appelait de France. Walter Arnim lui aurait confié une copie de mon synopsis. Peut-être ce dernier en saura-t-il plus sur lui.

— Je vais mener mon enquête.

— Merci, Rosa.

Le téléphone sonna de nouveau. Lark décrocha.

— Allô ? Ah, salut, Dom.

Rosa s'éclipsa alors que la jeune femme informait Dom de la proposition de Miguel Garcia y Reyes.

— Tu ne songes tout de même pas sérieusement à te rendre là-bas ? s'exclama-t-il.

— Si, bien sûr, mais je n'y suis pas encore décidée

— Cette histoire sent l'embrouille à plein nez, déclara Dom d'un ton suspicieux.

— Sans doute. Mais ça pourrait être aussi une occasion unique.

— Bon, reprit Dom avec réticence, si tu tiens vraiment à y aller, j'arriverai bien à me libérer pour venir avec toi.

— Vraiment ? Alors ça change tout. Je rappelle immédiatement mon bonhomme. Si on part vendredi prochain, ça te va ?

— Oui, je pense.

Après avoir réglé les détails du voyage avec Miguel Garcia y Reyes, Lark ne se tint plus de joie. Bientôt, peut-être, des millions de personnes apprendraient enfin toute la vérité sur Groome. La presse avait déjà préparé le terrain. Elle n'aurait plus qu'à envoyer une bonne fois pour toutes le député dans le décor.

— Comment a réagi ton correspondant lorsque tu lui as dit que je t'accompagnerais ? s'enquit Dom ce soir-là.

— Il a paru surpris. Et contrarié. Mais il n'a pas protesté.

— Parfait.

Dom devait assister à un colloque à San Francisco le jeudi suivant.

— Je reviendrai vendredi matin et te retrouverai à l'aéroport à midi. Le vol à destination de Paris est prévu pour 14 heures, n'est-ce pas ?

— Tout à fait. Je t'attendrai là-bas.

Pour quelque raison inconnue, les mesures de sécurité furent renforcées à l'aéroport de San Francisco le vendredi matin, si bien que beaucoup de vols furent retardés, dont celui de Dom.

— Que se passe-t-il ? demanda-t-il à l'hôtesse chargée de vérifier les titres d'embarquement.

— Un simple contrôle de routine. Ne vous inquiétez pas.

Dom décida de retourner dans la salle d'attente pour avertir Lark par téléphone de son retard. Il retraversa le sas électronique après avoir déposé sa mallette sur le tapis roulant adjacent. Il ne l'avait pas plus tôt franchi qu'une employée de la sécurité le saisissait par le coude.

— Un instant, monsieur, lui dit-elle d'une voix polie.

— Que diable… ?

— Nous devons procéder à certaines vérifications. Par ici, je vous prie.

Sans relâcher sa prise, elle l'entraîna vers un guichet. Deux autres agents surgirent. L'un d'entre eux entreprit de fouiller sa mallette et en sortit un Smith et Wesson.

— Ceci vous appartient-il, monsieur ?

Dom regarda l'objet avec stupéfaction.

— Non.

— Vous ne possédez pas de permis pour le port d'arme ?

— Si, mais pour le 45 que j'ai à la maison. Je n'ai jamais vu ce revolver auparavant.

— Je crains que vous ne deviez nous suivre, monsieur.

Dom obtempéra sans s'inquiéter outre mesure : un homme dans sa position n'était généralement pas suspecté bien longtemps. Quelques heures au plus.

Hélas, c'était encore trop.

— Il me faut impérativement regagner L.A. afin d'y prendre le vol de 14 heures à destination de la France, déclara-t-il aux agents. Et je vous répète que je n'ai jamais vu ce revolver auparavant.

— Vous êtes-vous éloigné de votre bagage depuis votre arrivée à l'aéroport ?

— Je l'ai laissé sur une banquette le temps d'aller chercher un café au distributeur. Il n'a pas quitté mon champ de vision, mais je ne le surveillais pas vraiment. Quelqu'un a dû en profiter pour y glisser cette arme.

Les agents de la sécurité lui rétorquèrent d'un ton aussi ferme que poli qu'il devrait attendre le prochain vol pour L.A.

— Dans ce cas, marmonna-t-il avec irritation, j'ai besoin de passer un coup de fil.

Il espérait que Lark n'avait pas encore quitté le bureau.

On l'emmena au Q.G. de la sécurité. Un officier de police resta avec lui tandis qu'il appelait APG.

— Rosa ? Lark est-elle déjà partie ?… Comment ? Oh, tant pis pour la réunion ! C'est très important, Rosa.

— Mais, Dom, cette réunion se déroule à Bel-Air.

— Zut !

— Elle m'a cependant prévenue qu'elle repasserait par le bureau après.

— Bon, avertissez-la que je suis bloqué à San Francisco et que je ne pourrai la retrouver à l'heure prévue. Demandez-lui aussi d'essayer de changer nos réservations, voulez-vous ?

— Entendu.

— Oh ! Rosa, juste une chose encore, poursuivit-il avant de jeter un coup d'œil en coin à l'officier de police. Pensez-vous qu'elle va revenir bientôt ?

— J'en doute.

— Alors passez-moi Beth, je vous prie.

Il patienta un instant.

— Beth ? C'est Dom. Je suis toujours à San Francisco. Il se peut que j'aie besoin de l'assistance d'un avocat incessamment. Contactez Steve Collier pour moi, s'il vous plaît, et dites-lui de se tenir prêt à débarquer ici dans les prochaines heures. Je n'ai guère envie de passer le week-end en prison.

— Qu'est-il arrivé ?

— Je n'en sais trop rien encore, mais je commence à me demander si l'on n'essaie pas de m'empêcher d'accompagner Lark en France.

La réunion à Bel-Air ayant duré plus longtemps que prévu, Lark se rendit ensuite directement à l'aéroport. Comme elle gardait en permanence un nécessaire de toilette et des affaires de rechange dans le coffre de sa voiture, elle n'eut pas à repasser par le bureau.

Quand elle pénétra dans la salle d'attente de la première classe, on lui transmit deux télégrammes : l'un de Rosa, qui la priait de la rappeler, l'autre de Dom.

« Suis retenu à la conférence, était-il écrit sur ce dernier. Ne pourrai venir avec toi. Bon voyage quand même. »

Déçue, elle téléphona à Rosa, laquelle était malheureusement sortie de son bureau. Elle résolut alors de laisser un message sur le répondeur de Dom.

— Salut, Dom, c'est Lark. Je suis désolée de devoir partir sans toi. Je te rappellerai dès mon arrivée pour te donner un numéro où tu pourras me joindre. Je serai de retour lundi.

Le trajet jusqu'à Paris l'excita autant que son premier voyage en avion. Elle ne se lassait pas de voler. M. Garcia y Reyes lui avait réservé une chambre au George V pour la nuit. Le lendemain, elle embarquait dans un appareil d'Air Inter pour gagner Marseille. L'avion survola la fertile campagne française parsemée de villages. Puis l'azur légendaire de la Méditerranée se profila à l'horizon, et bientôt apparut le grand port de Marseille.

M. Garcia y Reyes l'attendait sur la piste. Ses yeux bruns et chaleureux s'éclairèrent quand il l'aperçut.

— Ma voiture est par là, lui dit-il.

Ils se dirigèrent vers une jeep poussiéreuse stationnée devant l'aérogare. Sur le siège avant était assise une splendide rousse dont les traits n'étaient pas inconnus de la jeune femme.

— Salut, Lark ! s'exclama cette dernière en agitant la main.

Lark n'en crut pas ses yeux. Il s'agissait d'Isabella, le mannequin qu'elle avait rencontrée quatre ans plus tôt en Angleterre, à la soirée organisée chez Carl.

— Bonjour, Isabella. Quelle surprise de vous retrouver ici. Que faites-vous donc à Marseille ?

— Du tourisme. N'est-ce pas l'endroit le plus ravissant de la terre ? Allez, grimpez.

Elle ménagea à Lark une place à côté d'elle. Puis la voiture s'ébranla et fila en pétaradant le long de la route côtière.

— Comment vous êtes-vous donc connus tous les deux ? s'enquit enfin Lark.

— Par des amis communs, répondit Miguel, ses cheveux bruns flottant au vent de la course.

— Tout le monde est ami ici, ajouta gaiement Isabella. C'est le paradis.

Ils passèrent devant un grand moulin dont les ailes tournaient mollement sous la douce et chaude brise. Lark était anxieuse.

— C'est tout de même une curieuse coïncidence, marmonna-t-elle.

— L'univers est rempli de coïncidences, répliqua Miguel.

— Nous habitons dans la plus somptueuse résidence que vous ayez jamais vue, déclara Isabella avec enjouement. Vous l'adorerez. Il y a plein de gens du cinéma là-bas — des acteurs, des actrices, etc.. J'ai été ravie d'apprendre par Miguel que vous alliez nous rejoindre. Vous avez une fameuse réputation à Hollywood, vous savez.

— Merci.

— Je loge chez Carl depuis qu'il est parti en Amérique. Pense-t-il revendre sa maison ? Je serais heureuse qu'il puisse m'en informer.

Ne sachant jusqu'à quel point Isabella était au fait de l'état de santé de Carl, Lark émit une réponse évasive, mais se sentit néanmoins rassurée qu'elle eût mentionné le nom de son ancien mentor.

Ils s'éloignèrent de la côte pour gravir une pente escarpée. Plongeant son regard en contrebas, Lark eut soudain l'illusion de voir la face menaçante de Justin Groome affleurer à la surface des eaux. Elle cligna des yeux avec inquiétude. Le mirage s'évanouit.

— Et voilà, s'exclama Miguel en arrêtant brutalement la jeep. Bienvenue à Soubriquet.

Lark chassa de son esprit l'image de Groome et se tourna vers la maison. Celle-ci était perchée sur un promontoire rocheux qui surplombait les flots bleus.

— Charmant, admit-elle.

Un homme aux cheveux grisonnants vint sortir ses bagages de la voiture. Il lui adressa un silencieux hochement de tête. Isabella la prit par le bras tandis qu'ils pénétraient dans le jardin et traversaient un large patio. Dans un coin, sous de grands parasols jaunes, était disposée une table au plateau de verre entourée de sept fauteuils. Bougainvillées et azalées tachaient de rose et de pourpre les murettes du clos.

A l'intérieur de la demeure, de hauts plafonds et d'épais murs de pierre dispensaient quiétude et fraîcheur. Cependant, en dépit de la tranquillité du lieu, Lark eut un frisson dès qu'elle en franchit le seuil. Elle demeura un instant immobile dans l'entrée, indécise sur la conduite à adopter. Isabella revint sur ses pas et l'interrogea du regard.

— Vous venez ?

— Oui, oui.

Lark la suivit en haut d'un escalier de bois, puis le long d'un couloir exigu.

— Voici votre chambre, annonça Isabella en s'effaçant devant elle.

Lark inspecta la pièce blanchie à la chaux. Son mobilier se résumait à un secrétaire de bois poli, une penderie et un lit étroit. Isabella ouvrit en grand la fenêtre. Dans le lointain se distinguait le port de Soubriquet dont les jetées embrassaient les eaux scintillantes de la Méditerranée.

— Et en quelles circonstances exactement avez-vous connu Miguel ? voulut savoir Lark.

— Par l'intermédiaire d'un ami, à Cannes. On rencontre toujours beaucoup de monde, là-bas. C'est une ville super.

— Et depuis quand êtes-vous ici ?

— Quelques jours à peine. Pourquoi ?

— Je ne sais pas, répondit Lark avec embarras. Je trouve tout cela très étrange. Sommes-nous seuls dans cette maison ?

— Oh, non ! Il n'y a plus une seule chambre de libre. Mais vous verrez les autres invités tout à l'heure, à l'apéritif.

— Qui sont-ils ? Pourriez-vous me dire leurs noms ?

A ce moment, Miguel héla Isabella depuis le rez-de-chaussée.

— Désolée, Lark, mais on m'appelle. Je crois que c'est l'heure de la baignade. Vous nous accompagnez ?

La jeune femme secoua la tête.

— Bon, comme vous voulez, reprit Isabella. On se retrouve en bas pour les cocktails aux environs de 17 heures. Tout le monde a hâte de vous rencontrer. Si vous désirez prendre une douche, la salle de bains est au bout du couloir. J'ai bien vu plus chic, mais c'est déjà si merveilleux d'être ici, n'est-ce pas ?

Quand elle eut quitté la pièce, Lark s'approcha de la fenêtre et contempla les alentours. Le soleil de fin d'après-midi répandait sa clarté sur le jardin qui s'étendait au pied de la demeure. Nulle présence humaine ne troublait la paix du site.

La douche se réduisait à une pomme d'arrosoir saillant d'un mur décrépi. Aucun rideau ne pendait au-dessus du sol incliné où s'ouvrait seulement un trou d'écoulement. Dès que Lark tourna le robinet, l'humidité imprégna jusqu'aux serviettes qu'elle avait sorties de sa valise. Elle se glissa néanmoins avec délices sous le jet d'eau tiède qui aspergeait le petit réduit. Ragaillardie, elle regagna sa chambre pour s'habiller.

Elle n'avait pas emporté beaucoup d'affaires. En dehors de ses vêtements de voyage, elle n'avait que son jean, un chemisier de soie blanche, une veste légère pour le soir et une paire de sandalettes. Elle nouait ses cheveux en chignon lorsque Isabella passa la tête par l'entrebâillement de la porte.

— Miguel m'envoie prendre de vos nouvelles. Vous n'avez besoin de rien ?

Lark détestait qu'on fît ainsi irruption dans son intimité.

— Non, merci, répondit-elle.

Elle ne put cependant s'empêcher de lorgner la toilette

de l'intruse. Quelques bouts de tissus verts et transparents laissaient voir sa poitrine et ses hanches. Même sur la plage, avec un maillot en dessous, la robe — qui méritait à peine ce nom — devait sembler impudique.

Isabella considérait avec une égale stupeur la tenue de la jeune femme.

— Vous ne comptez quand même pas descendre en jean ?

— Pourquoi pas ?

— Mais nous sommes à Soubriquet !

— Je n'ai rien d'autre.

Isabella lui saisit la main.

— Suivez-moi, lui ordonna-t-elle.

Lark voulut se dégager, mais le mannequin avait une poigne étonnamment robuste.

— Miguel mourrait de honte s'il avait à vous présenter dans cet accoutrement. J'ai de quoi vous habiller à merveille.

Elles pénétrèrent dans sa chambre. Des morceaux d'étoffes colorées traînaient un peu partout dans la pièce. Gênée, Lark ravala ses protestations. Elle ne voulait certes pas que Miguel mourût de honte à cause d'elle.

— Ah, voilà ! s'écria Isabella en brandissant un ensemble bleu pâle et translucide surfilé d'or.

Lark constata que le haut s'arrêtait au-dessus du nombril.

— Non, rétorqua-t-elle d'une voix polie mais ferme. Je ne peux pas porter ça.

— Mais si. Essayez-le, au moins.

— Navrée, mais…

— Bah ! l'interrompit Isabella, tout le monde s'habille ainsi à Soubriquet. On ne vous autoriserait même pas à entrer dans une discothèque vêtue d'un jean, aussi bien coupé soit-il.

Lark se laissa finalement convaincre. Elle essaya le pantalon. Son fin tissu lui serrait les cuisses et s'arrêtait juste en dessous de la taille. Le bustier transparent lui rehaussait les seins tout en lui découvrant le ventre.

Cette toilette la métamorphosait, dut-elle admettre en se regardant dans le miroir. Les fils d'or insérés dans la trame soulignaient chacune de ses rondeurs ainsi que le moindre de ses mouvements.

— Non, vraiment, murmura-t-elle, je ne peux pas m'habiller ainsi.

— Attaquons-nous aux cheveux, maintenant, décréta Isabella avec assurance. Les chignons sont interdits ici. Nous allons arranger ça.

Elle ôta prestement les épingles qui retenaient la chevelure de la jeune femme.

— Vous les gardez beaucoup plus long qu'à votre séjour à Londres ! s'exclama-t-elle sur un ton admiratif. Les hommes sont dingues des cheveux longs. Vous en avez de la chance.

Elle saisit une brosse et entreprit de lisser les somptueuses boucles de Lark.

— Attachons-les. Les autres nous attendent déjà dehors.

Du patio leur parvenait la rumeur des conversations. Elles poussèrent les portes vitrées en se tenant par la main comme deux fillettes. Les luxuriants massifs d'azalées leur cachaient presque entièrement le groupe des convives.

Mais presque seulement. L'un d'entre eux, un homme, était assis face à la résidence. Il était renversé dans son fauteuil, riant aux éclats à quelque blague. Il avait croisé ses longues jambes devant lui et tenait un verre en équilibre sur son large poitrail. Il portait une chemise rouge déboutonnée jusqu'au nombril.

Comme il relevait la tête, ses yeux se rivèrent sur ceux de Lark.

Celle-ci sursauta. Isabella la retint fermement par la main.

— Qu'y a-t-il ?

— Non, ce n'est pas possible, chuchota Lark à mi-voix.

— Quoi donc ? Frank est photographe. Je suis sûre qu'il vous plaira. A côté de lui, c'est Leila, une consœur à moi qui voudrait devenir actrice. Puis il y a Miguel, que vous connaissez déjà. Et enfin Justin, un homme politique américain.

Lark déglutit avec difficulté. Elle ne pouvait cependant plus reculer. Il ne lui restait plus qu'à espérer qu'il s'agissait d'une pure coïncidence.

Ce qui, après tout, était peut-être le cas.

72

— Bonsoir, tout le monde ! lança Isabella d'un ton chantant.

Miguel les accueillit avec un sifflement moqueur.

— Ah, vous voici enfin ! J'ai du mal à croire qu'il vous ait fallu si longtemps pour vous découvrir à ce point !

— Mais c'est tout un art, mon cher Miguel. Lark, je vous présente Frank, Leila et Justin. Vous avez certainement dû les croiser à un moment ou à un autre — sans doute dans l'unique salle d'eau que nous devons tous partager ici.

Lark sourit, le regard absent. La voix de Justin retentit quelque part à côté d'elle.

— Salut, Lark.

— Bonsoir, monsieur Groome, s'obligea-t-elle à répondre.

— Non, appelez-moi Justin, je vous en prie.

— Vous vous connaissez ? s'enquit Isabella.

— Nous nous sommes déjà rencontrés, repartit Lark.

Le silence retomba sur le patio. Frank se racla la gorge.

— Mais asseyez-vous donc, dit-il. Ah, il nous manque un fauteuil ! Je cours en chercher un.

Lark prit place avec raideur sur le siège que lui avança Justin. Du coin de l'œil, elle vit qu'Isabella s'était assise dans le fauteuil de Frank pour bavarder avec Leila. Elle était pour sa part incapable d'articuler une seule parole. Elle était désormais certaine que tout ce séjour avait été arrangé par Justin Groome.

Par-delà le déluge de frayeur qui noyait son esprit, elle crut percevoir la voix de Groome et s'aperçut que ce dernier lui parlait.

— Que désirez-vous boire, Lark ?

Elle frémit légèrement.

— Un verre d'eau minérale, s'il vous plaît.

— Quelqu'un veut-il que je le resserve ? demanda-t-il à la cantonade.

Tous opinèrent du chef. Justin s'éclipsa avec les verres à l'intérieur de la maison.

Lark se pencha vers Leila.

— Vous êtes aussi mannequin ?

— Oui. Et vous, vous êtes une célèbre productrice, n'est-ce pas ?

— Pas exactement, répliqua Lark.

Son instinct lui criait de s'enfuir au plus vite. Hélas, elle ne savait comment se rendre au village de Soubriquet, ni encore moins comment rejoindre l'aéroport.

Frank revint avec le fauteuil supplémentaire.

— Après, nous irons danser, annonça Miguel en gratifiant Lark d'un sourire appuyé.

Celle-ci, non sans peine, se força à lui prêter attention.

— Vous aimez danser, Lark ?

— Voilà longtemps que je n'en ai eu l'occasion.

Justin réapparut avec un plateau garni des verres qu'il avait remplis. Ses doigts effleurèrent subrepticement la main de Lark alors qu'il lui tendait le sien. La jeune femme crut sentir la peau lui brûler.

— Oh, oui ! s'écria Isabella. Nous irons au Jackie O's. C'est la plus fameuse discothèque des environs. Mais avant, il faut d'abord que nous nous choisissions un restaurant.

Lark avala une gorgée d'eau minérale et risqua un coup d'œil en direction de Groome. Ce dernier tourna la tête au même instant et lui rendit son regard.

— Voilà longtemps que nous ne nous sommes pas revus, dit-il. Vous allez bien ?

— Oui, merci.

— Et Dom ?

— Il va bien aussi. Il assiste à un colloque en ce moment même.

— A mon avis, cet homme travaille trop.

— Certes.

Lark ne pouvait détacher ses yeux des siens. Ils étaient si durs que leur bleu en paraissait artificiel, comme s'ils avaient été moulés dans un matériau aussi inerte que le plastique. Les yeux sont les fenêtres de l'âme, songea Lark. Or ceux-là n'ouvraient sur rien. Le politicien s'était par ailleurs un peu empâté, mais sa formidable carrure le supportait très bien.

Ramenée à la réalité par le rire d'Isabella, Lark baissa les yeux et s'efforça de sourire à la blague qu'elle venait pourtant de manquer. Elle promena son regard sur le jardin puis, au-delà de la résidence, sur la colline dont les pentes se couvraient déjà de pénombre. Nulle issue ne s'offrait à elle. Elle se mit à frissonner sous le vent frais.

Justin posa une main chaude sur son bras nu.

— Auriez-vous froid ?

Elle frémit à ce contact.

— Un peu, admit-elle. Je vais me chercher une veste.

Une fois seule dans sa chambre, elle essaya de recouvrer ses esprits. Elle sortit de sa valise un réticule dont elle assujettit la bride à son épaule. Comme il était très petit, on le remarquerait à peine. Elle y transféra son argent, ses cartes de crédit, son passeport et son billet de retour. Elle n'osait abandonner le tout dans la pièce, de peur qu'un vol la clouât en France.

Elle redescendit ensuite dans le séjour pour appeler Dom.

Il n'était pas chez lui. Alors que défilait l'annonce de son répondeur, Lark hésita à exprimer ouvertement ses craintes. Elle avait la désagréable impression d'être épiée. La prudence s'imposait.

— Salut, c'est Lark. Je t'appelle de Soubriquet. Je voulais juste te prévenir que j'étais arrivée en France saine et sauve. J'y ai retrouvé Isabella, une vieille amie de Londres, ainsi que quelqu'un que tu connais bien : Justin Groome.

Elle marqua une pause.

— J'espère revenir lundi comme prévu, ajouta-t-elle.

— Alors, on passe un coup de fil ? s'enquit Groome depuis le seuil.

— J'avais promis à Dom de l'appeler dès mon arrivée.

— Je crois que les autres se sont enfin décidés pour un restaurant, reprit-il. Les plus graves décisions, ici, concernent le choix de la plage dans la journée et celui du restaurant pour la soirée. Vous aurez également à voter pour tel film ou telle discothèque, je le crains.

— Oh, je dois repartir dès après-demain, vous savez !

— Nous comptons bien vous persuader de rester avec nous un peu plus longtemps, répliqua-t-il en reposant le plateau sur une table basse. Allons rejoindre la bande, voulez-vous ?

Tout le monde se serra dans la jeep. Lark se retrouva coincée sur la banquette arrière entre Frank et Justin.

— Le restaurant est situé juste devant la plage, lui apprit le député. Soubriquet dispose de tous les établissements imaginables, depuis les restaurants gastronomiques jusqu'aux minuscules gargotes de famille. C'est un endroit très couru.

— Et on y mange divinement, ajouta Isabella depuis le siège avant. Crevettes fraîches, calmars grillés… Vous allez vous régaler, Lark !

Quoique raffolant des fruits de mer, cette dernière toucha à peine au plat qu'on lui servit. Elle ne cessait de chercher désespérément un moyen d'atteindre l'aéroport.

Après le dîner — offert par Justin Groome —, ils se rendirent au Jackie O's, une discothèque située de l'autre côté du port. Les lumières des cafés bondés de clients palpitaient sur les eaux sombres. Justin offrit le droit d'entrée à tout le monde. Apparemment, il était le maître de la soirée. A l'intérieur, les murs tapissés de miroirs semblaient vaciller sous les faisceaux colorés des spots tournants. La piste disparaissait sous la foule des danseurs.

Malgré l'affluence, Justin réussit à leur trouver une table vacante. Alors que les autres s'asseyaient, Frank voulut danser. Lark accepta son invitation.

A leur retour, Miguel et Isabella avaient à leur tour disparu sur la piste. Frank invita alors Leila et laissa Lark seule avec Justin.

Celui-ci se rapprocha de la jeune femme.

— Je vous offre un verre ?

— Non, merci.

Il claqua des doigts à l'adresse d'une serveuse.

— *Un Pernod*[1], lui commanda-t-il.

Dès qu'il fut servi, il se leva.

— Sortons. Nous serons plus tranquilles dehors.

Lark se renfonça contre la banquette.

— Je me sens bien ici.

— Vous vous sentirez aussi bien dehors, répliqua-t-il sur un ton sans appel.

Sur la large terrasse, assis à une table métallique, Miguel et Isabella échangeaient des baisers. Justin entraîna Lark de l'autre côté et posa son verre sur la balustrade. Puis il saisit la jeune femme dans ses bras et la souleva dans les airs. Celle-ci commença à se débattre sauvagement, puis comprit soudain qu'il désirait uniquement la hisser sur l'appui de pierre.

Il la dévisagea avec une expression amusée.

— Notre rencontre n'a pas l'air de vous étonner, parvint à articuler Lark. Moi, si. Je ne m'attendais pas à vous retrouver en France.

— Je m'en doute.

— Vous connaissez donc Miguel ?

— C'est un ami. Nous nous rendons mutuellement service. Il est originaire du Brésil.

— Et c'est vous qui lui avez demandé de m'inviter ici, n'est-ce pas ?

— Oui.

— Pourquoi ?

— Pour que nous rediscutions ensemble de votre documentaire, évidemment.

1. En français dans le texte (N.d.T).

— Nous aurions très bien pu en parler à Los Angeles ou à New York. Vous n'aviez pas besoin de gaspiller tant de temps et d'argent pour m'attirer ici.

Il gloussa.

— Comme je vous le disais déjà la dernière fois, je suis sûr qu'en d'autres circonstances nous aurions pu devenir amis. Vous exercez sur moi un charme mystérieux et… vous êtes une très belle femme, Lark.

— Que voulez-vous de moi, à la fin ?

— J'ai le pressentiment que votre documentaire donnera une mauvaise image de moi. Je désirerais que nous en revoyions ensemble le scénario.

Miguel et Isabella rentraient dans la discothèque. En passant, le mannequin leva un pouce vainqueur à l'adresse de Lark. Cette dernière faillit lui répondre par un rire hystérique.

— Avez-vous pu vous entretenir avec la principale protagoniste de votre histoire ? poursuivit Justin. La jeune fille qui a tué Violet Sumner ?

— Penelope Houten ? Non, je vous le répète. Elle a disparu sans laisser de traces peu après le soir du meurtre. Certains la croient morte.

— Et vous ?

— Je n'en sais rien.

— Vraiment ?

— Oui, pourquoi ?

Il la toisa d'un regard mutin.

— *Lark*… D'où tenez-vous ce prénom ?

— De ma grand-mère.

Il afficha un air si incrédule qu'elle préféra baisser les yeux.

— En tout cas, il vous va bien. Vous êtes d'une nature espiègle[1].

Il effleura sa joue du doigt. Elle manqua défaillir.

— Auriez-vous peur de moi ?

— De vous ? Non, au contraire, je pense que vous êtes trop gentil avec moi.

— Trop ? Tiens donc…

Il lui prit le menton.

— Très jolie fossette…, murmura-t-il. Joues adorables… Nez parfait… Fascinant.

Elle frémit. Il la relâcha.

— Encore froid ?

— Un peu.

— On va rentrer dans un instant. Juste une dernière question : avez-vous au moins conscience du tort que votre documentaire pourrait causer à ma carrière si jamais il était diffusé à la télévision ?

Lark se tint coite.

— Votre silence est éloquent, très chère. Permettez-moi alors de vous demander s'il est juste de me condamner ainsi sur la base de simples présomptions. En fait de preuves, somme toute, vous ne disposez que des allégations calomnieuses d'une scribouillarde. Et si je vous jurais que la moindre ligne de votre synopsis relève du mensonge le plus éhonté ?

— Dans ce cas, convint-elle, il serait infiniment regrettable que votre réputation en pâtisse. Néanmoins, Emmy Elson semble assurée de la véracité de ses sources, et jamais je n'aurais osé concevoir un tel synopsis si je n'avais eu autant confiance en ses talents d'enquêteuse.

— Emmy Elson… La connaîtriez-vous, par hasard ?

1. En anglais, *a lark* est à la fois une alouette et une farce, une blague.

— Oui, répondit Lark après quelques instants d'hésitation. Mais de loin seulement. Nous nous sommes seulement parlé un jour au téléphone.

— Ah oui ? ironisa Justin en esquissant un sourire. Elle m'a pourtant affirmé que votre nom lui était inconnu. Etrange, non ?

73

Harassé et exaspéré, Dom ne put regagner Los Angeles que tard dans la soirée de vendredi. Jonny était étendu sur le canapé du salon, en train de regarder la télévision. Dom l'hébergeait le temps du montage de *Flaming Forest*.

Jonny sauta sur ses pieds dès qu'il aperçut son frère.

— On t'a appris la nouvelle ?

Dom sentit son cœur manquer un battement.

— Quelle nouvelle ?

— La chambre forte d'APG a été fracturée !

Dom laissa échapper un soupir.

— Lark va bien ?

— Qui ça ? s'exclama Jonny, éberlué. Dom, je te dis que la chambre forte a été fracturée ! On a essayé de voler les négatifs de mon film !

— Ah ! Ils ont disparu ?

— Non. Il y a quelques semaines de cela, j'ai eu un mauvais pressentiment. Alors je les ai mis en sécurité ailleurs. Ils sont cachés ici, ajouta-t-il sur un ton confidentiel, au sous-sol.

— Qui donc pourrait vouloir les dérober ?

— Certaines personnes que je connais et qui seraient prêtes à tout pour empêcher la distribution du film.

— Vraiment ? marmonna Dom d'une voix distraite. Lark a appelé ?

— Ouais, elle t'a laissé un message sur le répondeur.

Jonny parut vexé que son frère ne le félicite pas pour sa prudence et sa perspicacité.

Ce dernier se débarrassa de sa veste sur le dossier d'une chaise et se rendit immédiatement dans son bureau pour consulter le répondeur. En repassant la bande, il s'aperçut qu'elle était muette.

Il revint dans le salon, où Jonny riait à gorge déployée devant la télévision.

— Il semble que tu aies effacé le message par mégarde, lui lança-t-il sèchement. Que disait-il ?

— Effacé ? répéta Jonny d'un air penaud. Désolé, vieux. Voyons... Lark s'excusait de devoir partir sans toi quelque part et affirmait être de retour lundi.

— A-t-elle précisé sa destination exacte ? s'enquit Dom, agacé.

— Non. Je pensais que tu le savais. Zut ! Je regrette vraiment d'avoir effacé ce truc, Dom.

Celui-ci téléphona à l'appartement de Lark. Aucune réponse. Son anxiété était telle qu'il ne songea même pas à s'emporter contre Jonny. Il était désormais trop tard pour entamer des recherches. Dès le lendemain, néanmoins, il appela chez elle la secrétaire de la jeune femme.

— Je suis désolé de vous déranger si tôt un samedi matin, Rosa, mais je voudrais savoir si Lark ne vous a pas confié un message pour moi avant son départ.

— Je crains que nous ne nous soyons manquées, Dom. Comme elle ne rentrait toujours pas au bureau, je lui ai adressé un télégramme à l'aéroport afin qu'elle me rappelle à mon poste, mais je n'y étais pas quand elle m'a téléphoné.

— Vous n'avez donc pas pu l'avertir de mon retard ?

— Non. Désolée.

— C'est bon, Rosa. Merci.

Il raccrocha tout en se demandant s'il devait ou non se rendre lui-même en France. Sans doute Lark n'y courait-elle aucun danger. Il lui fallait cependant en avoir le cœur net, car il était sûr qu'au cas où Justin se sentirait menacé par son projet de documentaire, il serait prêt à tout pour l'empêcher de le réaliser. Absolument à tout.

Il décrocha de nouveau le téléphone et composa le numéro de Toni.

— Allô ?

— Toni ? C'est moi, Dom.

Il y eut un silence interloqué à l'autre bout de la ligne.

— Je sais que tu n'as guère envie de m'entendre, reprit Dom, mais j'ai besoin d'un renseignement.

— Je t'écoute.

— Connaîtrais-tu par hasard l'emploi du temps de Justin pour ce week-end ?

— Un instant.

Il entendit Toni converser à voix basse avec une autre personne.

— Allô, Dom ? J'ignore tout des allées et venues de Justin. Je ne travaille plus pour lui depuis un certain temps déjà.

— Comment ça ?

— Il m'a virée, ou du moins il m'a juré de le faire quand j'ai mis fin de mon propre chef à une discussion absurde qu'il voulait m'imposer un vendredi soir après le travail. Alors je lui ai dit d'aller au diable. Whitfield Communications a cessé de le compter au nombre de ses clients.

— Eh bien, pour une surprise…

— Tu sais, Dom, ajouta Toni, je suis désolée pour ta mère.

— Merci.

Il s'éclaircit la gorge.

— Ainsi donc, tu n'as aucune idée de l'endroit où se trouve Justin en ce moment même ?

— Non. Ayant également démissionné de l'agence, je ne suis plus au courant de rien.

— Tu as démissionné ! Et pour quelle raison ?

— Afin de pouvoir partir en croisière dans les Caraïbes.

— Seule ?

— Non, avec un homme. Je suis vraiment heureuse à présent, Dom. Ne t'en fais pas pour moi. Je crois que je tiens le bon bout désormais.

— Tu m'en vois soulagé.

— Justin me rendait dingue avec son désir forcené de remettre la main sur Penny. Et, pour tout avouer, les affirmations des médias m'ont finalement amenée à douter de lui.

— Aurais-tu appris quelque chose de nouveau sur la mort de Violet ?

— Disons que certaines de ses paroles et de ses réactions me sont peu à peu revenues à la mémoire, et qu'en les reliant aux allégations d'Emmy, j'ai dû moi-même reconnaître la véracité de ces dernières, aussi horribles soient-elles. Violet était une personnalité instable et tortueuse…

Sa voix se brisa.

— Enfin, j'aurais dû l'écouter davantage. J'ai manqué de patience avec elle.

— T'es-tu ouverte de tes soupçons à Justin ?

— Seule Penny l'intéresse. C'est une obsession. Il n'a même pas tenté de poursuivre le *Monday Week* en justice pour diffamation — ce qui m'a semblé pour le moins suspect.

— En d'autres termes, les articles d'Emmy ne seraient pas loin de la vérité, marmonna Dom.

Toni se moucha.

— Si tu arrives à retrouver Penny avant ce sale pervers, tu pourras lui promettre mon aide au cours du procès. Je ne dispose naturellement d'aucune preuve, mais je suis prête à témoigner en sa faveur. Bref, tu peux l'assurer de mon soutien — si du moins elle est encore vivante…

— Merci, Toni. C'est déjà beaucoup. Je suis ravi que tu ne travailles plus pour Justin, même si je voudrais quand même bien savoir où est notre bonhomme actuellement.

— Pourquoi ?

— Je m'inquiète pour… quelqu'un.

— Oh, Lark…, répliqua-t-elle d'une voix atone. Une histoire de scénario court actuellement à son sujet. Justin en paraissait très irrité. C'est cela ?

— Oui.

— Malheureusement, j'ignore où tu pourrais le joindre.

— Bon, tant pis. En tout cas, ça m'a fait plaisir de t'entendre. Salue ton ami pour moi, veux-tu ? Et bon voyage ! Je serai content de te savoir dans les mers du Sud.

— Au revoir, Dom. Bonne chance.

— Bonne chance à toi aussi.

Dès qu'il eut raccroché, Dom attrapa sa veste et se

rendit à l'hôpital dans l'espoir que Lark se serait entretenue avec Carl avant son départ.

Le chirurgien n'était pas seul dans sa chambre.

— Dom, je te présente Bettina Smith, une vieille amie de Londres, lui dit-il. Charles, son mari, vient juste de descendre à la cafétéria. Très chère Bettina, je te présente Dom Whitfield.

Ce dernier serra machinalement la main de la visiteuse.

— Où est Lark ? demanda Carl. Bettina aurait voulu la revoir.

Dom tira une chaise à lui.

— Elle a reçu l'appel d'un bailleur de fonds pour son fameux documentaire. Elle s'est envolée pour la France ce week-end afin d'en discuter avec lui.

— Lark a conçu un documentaire ? intervint Bettina. J'ai toujours estimé que cette jeune fille avait du talent. Et quel sera le sujet de ce documentaire ?

— Un député dénommé Justin Groome.

Bettina écarquilla les yeux.

— Quelle coïncidence ! Figurez-vous que nous avons récemment fait la connaissance de ce monsieur à Londres. Il s'est acoquiné avec Isabella. *Ton* Isabella, Carl, celle-là même qui gardait ta maison en ton absence.

Abasourdi, Carl se redressa fébrilement.

— Seigneur Dieu ! murmura-t-il.

— C'est un homme charmant, poursuivit Bettina sans remarquer la stupeur du malade. Il a même invité Isabella à l'accompagner en France ce week-end.

— En France ? s'exclama Dom.

— Hmm, oui. Mais Charles pourra sans doute vous en dire plus. Il a récemment eu Isabella au téléphone. Tenez, le voici.

Charles pénétra dans la chambre. Dom lui serra la

main, le cœur battant la chamade. « Pourquoi diable Groome s'était-il rendu en France ? » se demandait-il.

— Nous parlions d'Isabella, reprit Bettina. Où devait-elle aller ce week-end, déjà ? C'était bien en France, n'est-ce pas ? Tu te rappelles où, exactement ?

Puis, se retournant vers Dom :

— Charles tient la rubrique des échos mondains dans le *Sun*, lui expliqua-t-elle. Il a une mémoire infaillible pour tous ces petits détails.

— Allons, rétorqua Charles sur un ton désapprobateur, tu exagères. Maintenant, je crois me souvenir qu'Isabella était censée séjourner à Soubriquet, un village à la mode sur la Côte d'Azur — près de Cannes, je crois.

Dom considéra Carl avec ahurissement.

— Mais que signifie donc toute cette embrouille ?

— Que le pire est à redouter, Dom.

Ils se dévisagèrent, totalement oublieux de la présence des deux autres.

— Il faut que je la retrouve, annonça soudain Dom. Justin n'a aucune pitié.

— Je ne le sais que trop bien, Dom.

— Sa décision de se rendre en France au même moment qu'elle ne peut être une simple coïncidence.

— Sans compter que Lark a une raison supplémentaire de le craindre que tu ignores encore, mon fils.

Dom tourna aussitôt les talons et se précipita hors de la chambre.

74

Soudain consciente du piège que lui avait tendu Justin, Lark devint livide.

— Emmy a dû oublier notre conversation, balbutia-t-elle. Elle me connaît, je vous l'assure.

— Je n'en doute pas, repartit Justin en se penchant vers elle.

Il la pressa contre le parapet, la forçant à ouvrir les jambes.

— Vous êtes vraiment quelqu'un, Lark. Dom a bien de la chance.

— Merci.

— Vous êtes la fille la plus séduisante de la ville, chuchota-t-il en effleurant du doigt son ventre nu. Pourquoi avez-vous revêtu une telle tenue ? Désirez-vous ensorceler tous les hommes de la région ?

— C'est une idée d'Isabella.

Il appuya sur son nombril.

— Je ne sais pas pourquoi, mais votre synopsis m'a donné l'impression que vous étiez moins animée par le sens de la justice que par l'envie de vous venger.

Elle voulut se dégager.

— J'ignore de quoi vous parlez.

Il plaqua ses mains sur ses cuisses pour l'empêcher de bouger.

— Ah oui ? Alors je vais vous l'expliquer moi-même. Je vous fascine, je vous attire. Vous vous détestez pour cela, mais c'est plus fort que vous.

Lark le toisa avec froideur.

— La justice ne vous suffit pas, poursuivit-il. Vous voulez prendre votre revanche sur moi.

— Je vous répète que je cherche uniquement à réaliser un documentaire divertissant. Revanche ou justice — là n'est pas mon propos.

— Maintes autres personnalités pourraient vous offrir matière à « divertissement », mais c'est *moi* que vous voulez abattre.

Il approcha son visage à deux doigts de celui de la jeune femme.

— C'est bien cela, n'est-ce pas ?

— Rentrons, dit-elle.

Comme elle tendait les bras pour le repousser, il se recula au même instant, si bien qu'elle faillit tomber de la balustrade. Il la retint en riant.

— A votre guise. Nous aurons tout le temps d'en rediscuter.

Ils rejoignirent le reste de la bande à l'intérieur de la discothèque. Indifférent à la tension de la jeune femme, Frank l'invita à danser. Une fois éloignée de Justin, celle-ci put rassembler ses esprits.

Frank la contemplait avec un air énamouré. Elle se souvint alors de la toilette qu'elle portait. Après tout, songea-t-elle, cette tenue pourrait se révéler utile. Elle parcourut des yeux la foule qui se pressait dans la salle. Un jeune homme assis au bar la regardait. Elle le gratifia d'un sourire provocant. Bien que le visage de ce dernier demeurât de marbre, ses yeux noirs papillonnèrent un instant.

— Je vous retrouve dans un instant, dit-elle à Frank dès que s'acheva la musique.

Le regard de l'homme était toujours fixé sur elle. Elle s'accouda à côté de lui au bar et commanda un Coke. Lorsqu'elle voulut prendre son porte-monnaie dans son réticule, une main se referma sur la sienne. Elle sursauta, croyant que c'était celle de Justin. Puis elle comprit qu'elle appartenait en fait à l'inconnu.

— *Je vous en prie*, lui murmura-t-il en français avant de régler la note.

— Merci.

Comme il n'y avait plus aucun tabouret libre, il descendit du sien et le lui offrit. Elle s'y installa avec un sourire reconnaissant. Il lui posa alors une question qu'elle ne comprit pas.

— Anglaise ? s'enquit-il enfin.

Elle hocha la tête.

— *My tailor is rich*, reprit-il, mais mon anglais est très mauvais…

Ils s'esclaffèrent en chœur.

— Bon, marmonna-t-elle à moitié pour elle-même. Et maintenant ?

— *Voulez-vous danser ?* lui proposa-t-il en désignant la piste.

Elle hocha de nouveau la tête. Les haut-parleurs diffusaient un slow. L'homme la serra dans ses bras. Tout en continuant à bavarder avec les autres dans un recoin obscur de la salle, Justin ne la quittait pas des yeux. Elle se sentait de plus en plus fébrile.

Son cavalier l'embrassa dans le cou. Puis il lui mordilla le lobe de l'oreille. Elle laissa échapper une grimace.

Si elle voulait s'enfuir, cependant, elle devait continuer à jouer le jeu.

— S'il vous plaît, fit-elle d'une voix hoquetante. Allons dehors.

Il lui fallait impérativement bouger.

L'autre en parut enchanté. Il l'entraîna à l'extérieur. La rue était calme. Ils s'arrêtèrent un moment pour échanger un baiser, puis se dirigèrent vers une vieille Citroën cabossée.

Le jeune homme sortit ses clés, déverrouilla une des portières et poussa Lark dans l'habitacle. Elle s'y glissa à contrecœur et sentit aussitôt l'inconnu se jucher sur elle avec un soupir rauque tandis que ses mains se faufilaient sous son bustier.

— Hé ! Bas les pattes !

Constatant que ses protestations restaient sans effet, elle dut repousser à plusieurs reprises son entreprenant cavalier avant qu'il s'aperçût enfin de ses réticences. Il en parut peiné et posa sur elle un regard lourd.

— Qu'avez-vous ?

— Pourriez-vous me conduire à un hôtel ?

— Hein ?

Jetant un coup d'œil par la vitre, elle vit Justin et Miguel sortir à leur tour de la discothèque. Ils devisaient gravement. Groome inspectait la rue de haut en bas d'un œil furibond.

— Je vous en supplie, murmura Lark sur un ton désespéré. *Vite*, emmenez-moi loin d'ici.

Son ton pressant finit par arracher l'inconnu à ses rêveries concupiscentes. Etouffant un juron, il prit place derrière le volant, démarra le moteur et engagea la voiture dans la paisible ruelle. Lark s'aperçut alors que Justin et Miguel les avaient repérés.

— Vous pouvez passer la nuit chez moi, si vous voulez.

— Comment ?... Oh, non ! Je dois absolument trouver un hôtel.

Elle ne pouvait le suivre chez lui. Miguel risquait de le connaître et de savoir où il habitait.

Le jeune homme émit un nouveau chapelet de jurons et parvint bientôt devant une bâtisse miteuse dont la façade portait le mot *Auberge*. Lark eut à peine le temps de sortir de la voiture et de remercier son sauveur que celui-ci appuyait brusquement sur l'accélérateur. La Citroën disparut dans un crissement de pneus à l'autre bout de la rue.

Un garçon d'étage ensommeillé était de faction à la réception. Il examina la jeune femme avec suspicion.

— Je voudrais une chambre pour la nuit, déclara-t-elle.

Il secoua la tête.

— *Complet*, lui répondit-il.

— Même pas pour une seule nuit ?

— *Tout est complet, j'vous dis*, répliqua-t-il en considérant sa tenue avec mépris.

Epuisée, Lark baissa les yeux. Comment allait-elle s'en sortir, maintenant ?

— Pourriez-vous au moins m'appeler un taxi ?

— Pardon ?

Elle se retourna anxieusement vers la rue. Une jeep passa en trombe. Elle crut distinguer Justin sur le siège avant.

— Un taxi, répéta-t-elle, il me faut tout de suite un taxi !

Le garçon d'étage prononça quelques paroles inintelligibles d'une voix rude, puis se saisit du combiné.

— *Votre taxi sera là dans une minute*, grommela-t-il après avoir raccroché.

Un quart d'heure s'écoula. Assise sur une chaise de bois à l'écart de l'entrée, Lark espérait que l'employé l'avait correctement comprise et que Justin n'avait pas rattrapé le conducteur de la Citroën pour l'obliger à avouer où il l'avait déposée. Elle avait les nerfs à fleur de peau.

La porte s'ouvrit soudain à la volée. Elle se redressa d'un bond. Il ne s'agissait heureusement pas de Justin, mais d'un Français à la mine lasse et aux lèvres mollement refermées sur un mégot jaunâtre.

— Taxi ? lui demanda-t-elle dans un souffle.

— Pour vous servir, ma jolie.

Il lui fit signe de le suivre jusqu'à sa voiture garée dehors.

— On va où ?

— Paris.

Elle avait pris cette décision en l'attendant. Une fois dans la capitale, elle prendrait le premier vol pour Los Angeles. Certes, Paris n'était pas la porte à côté, mais elle était résolue à offrir un pourboire généreux au chauffeur.

— Paris ! s'exclama celui-ci. Bonne Mère ! Mais c'est à mille bornes d'ici !

— Comment ? Oh, alors Marseille ! Je dois impérativement prendre l'avion. C'est très important.

— Non. C'est trop loin encore. Je ne peux pas vous y conduire.

Lark perçut le grondement d'une jeep qui se rapprochait. Elle grimpa dare-dare dans le taxi.

L'instant d'après, la jeep surgissait effectivement au bas de la rue.

— A la gare ! s'écria-t-elle. Au *train*. D'accord ?

Le chauffeur monta à son tour dans la voiture. Puis, avec une lenteur exaspérante, il inséra la clé de contact sous le tableau de bord. Lark se plaqua sur la banquette arrière tandis que la jeep les dépassait dans un vrombissement furieux.

— Il n'y a pas de train pour Paris avant demain, vous savez. Où comptez-vous dormir d'ici là ?

Lark ne répondit pas. Elle consulta sa montre. Il était près de 3 heures du matin. Une heure à peine s'était écoulée depuis qu'elle avait parlé avec Justin sur la terrasse de la discothèque.

Le taxi la mena à la gare la plus proche, près de la commune d'Aix-la-Paix. Lark avisa d'un air sombre les portes closes du bâtiment.

— A quelle heure, à votre avis, est prévu le prochain train pour Paris ? s'enquit-elle.

Le chauffeur lui tendit six doigts.

— Combien vous dois-je ?

Les doigts indiquèrent une somme exorbitante.

L'esprit ailleurs, Lark régla la course sans protester — à la grande surprise du chauffeur. Vaguement honteux, ce dernier lui rendit la monnaie tout en s'excusant pour la fermeture de la gare.

La jeune femme descendit de voiture, ne sachant trop où elle pourrait trouver refuge jusqu'à la réouverture.

— *Merci*, dit-elle avec un temps de retard.

Le bonhomme haussa les épaules, se moqua *in petto* de l'excentricité des *angliches* et disparut dans la nuit.

Lark songea alors qu'après avoir passé en revue tous les hôtels de Soubriquet, Justin ne manquerait pas de se rabattre sur les gares. Elle ne pouvait rester bêtement sur le trottoir à l'attendre.

Elle contourna le bâtiment et franchit la barrière qui défendait l'accès au quai. Un second quai s'étendait de l'autre côté des voies. Au-delà se devinait un pré bordé par une haie vive et quelques arbres.

Lark traversa le ballast, sauta la grille d'un poulailler et atterrit dans un carré d'herbe détrempé par la rosée. Elle se coula au sein d'un buisson qui la dissimulerait aux yeux de ses poursuivants s'il leur venait l'idée d'inspecter les abords des quais. Ce ne fut qu'une fois étendue dans sa cachette qu'elle prit conscience de sa fatigue.

L'atmosphère était fraîche et humide. Au-dessus d'elle, le ciel nuageux prenait des teintes laiteuses. Un oiseau gazouilla puis se tut.

Quand il se remit à pépier, la jeune femme dormait déjà.

75

Quand Lark s'éveilla, une rougeur diffuse teintait le sommet des feuillages. Dans le lointain sifflait un train. Elle consulta sa montre : il était 5 h 45.

Elle se redressa vivement. Ses épaules étaient ankylosées et des crampes lui taraudaient les chevilles. Elle s'étira avec une grimace de douleur. Risquant un coup d'œil par-dessus la haie, elle vit le quai désert. Une lumière éclairait néanmoins l'intérieur de la gare.

Doutant que Justin eût guetté sa venue durant tout ce temps, elle franchit la barrière et retraversa les voies en courant. Sur un banc à côté de la caisse était assis un homme en train de lire le journal. Il avait le chef grisonnant et fumait une cigarette. Il parut vaguement familier à la jeune femme.

— Le train pour Paris ? demanda-t-elle au caissier.

— Il passera dans cinq minutes.

— Un aller, s'il vous plaît, dit-elle en lui présentant un doigt.

Quand elle se retourna après avoir payé son billet, elle s'aperçut que l'homme aux cheveux gris était en conversation au téléphone. Décidément, elle était sûre de l'avoir déjà vu auparavant. Devenait-elle paranoïaque ?

Le bâtiment se remplit peu à peu. Lark se sentait

mal à l'aise dans son pantalon transparent et son bustier décolleté. Elle avait froid au ventre et ses hauts talons étaient maculés de boue.

Les autres voyageurs la reluquaient de biais comme si elle était une prostituée.

Le train arriva enfin à quai. Lark s'apprêtait à monter dans la voiture, lorsqu'elle s'avisa que le vieil homme qui paraissait l'épier peu de temps avant grimpait à son tour dans le wagon de queue.

Elle le reconnut soudain. C'était le domestique qui avait pris ses bagages à la résidence de Soubriquet. Sur le coup, elle l'avait à peine remarqué.

Elle ressortit du train, indécise sur la conduite à adopter.

L'air de rien, l'homme redescendit également et se replongea aussitôt dans son journal.

S'il avait téléphoné à Justin, pensa Lark, ce dernier serait là d'un instant à l'autre. En ce cas, le train représentait encore pour elle l'abri le plus sûr. A moins que…

Elle remonta dans le wagon.

Le signal du départ fut donné.

L'homme escalada promptement le marchepied. Il y resta un moment suspendu tout en surveillant le couloir intérieur. Puis il vit brusquement la jeune femme réapparaître sur le quai…

Le train commençait à s'ébranler.

Voulant sauter en même temps que Lark, il trébucha. Celle-ci profita de l'occasion pour bondir une nouvelle fois dans le train. Quand l'homme releva la tête, il était trop tard.

Lark trouva une place libre dans un compartiment par ailleurs bondé. Elle s'assit avec des mouvements gauches, gênée par les regards méprisants des autres passagers. L'air s'engouffrait par la vitre ouverte.

Elle avait froid, mais du moins était-elle tirée d'affaire.

Le train roulait lentement. Elle se demanda quand aurait lieu la prochaine halte.

Une heure s'écoula ainsi. Elle était transie. Elle se leva en s'excusant pour fermer la vitre. Les occupants du compartiment grommelèrent de vagues protestations. Comme elle allait se rasseoir, elle crut distinguer une jeep sur la route qui longeait les voies.

Certaine qu'il s'agissait de Groome, elle se rencogna précipitamment contre la banquette.

Comment diable pourrait-elle lui échapper, cette fois-ci ? Avait-il l'intention de la traîner hors du train par la force ? Il pouvait prétendre qu'elle était une prostituée, ou encore une épouse infidèle. Connaissant mieux le français qu'elle, il n'aurait aucun mal à dresser contre elle les autres passagers.

« Il saurait persuader n'importe qui de n'importe quoi… »

Elle pencha la tête et vit la jeep accélérer pour les dépasser. Justin avait certainement décidé de monter dans le train à la prochaine gare. D'ailleurs, celui-ci ralentissait déjà. Quelques voyageurs se mirent à rassembler leurs bagages.

Lark se leva aussitôt pour gagner la portière du wagon, qu'elle ouvrit sans difficulté. A sa grande surprise, elle se retrouva alors en rase campagne. Sans plus réfléchir, elle se laissa glisser au bas de l'accotement et courut se cacher à l'abri d'un bosquet. Accroupie sous un épais massif de rhododendrons, elle comprit alors ce qui avait provoqué l'arrêt prématuré du train : un troupeau de moutons obstruait les voies, poussé par des paysans visiblement en colère. Une manifestation !

Tout en bénissant ce secours inespéré, elle inspecta

les environs. Elle n'avait aucune idée de la direction à emprunter. En tout cas, ce ne serait certainement pas celle de la gare. Elle résolut de partir plein est, vers le soleil levant.

Son court somme à Aix-la-Paix l'avait ragaillardie. Elle ôta ses hauts talons et poursuivit son chemin pieds nus à travers champs. Elle prit soin d'éviter les routes et de contourner les deux ou trois mas qui, par moments, se profilaient à l'horizon. Au bout d'une heure, enfin, elle aperçut le clocher blanc d'une église.

L'écho lointain de son carillon la rasséréna. Marcher l'avait réchauffée. Tout irait pour le mieux, désormais, elle en était presque certaine.

Quand elle fut parvenue à proximité du village, elle se rechaussa et s'efforça de démêler ses cheveux. Avec un peu de chance, se dit-elle, il y aurait bien sur son chemin une boutique de vêtements ouverte où elle pourrait s'acheter un jean.

Les cloches de l'église sonnaient maintenant à toute volée. Le premier café qu'elle avisa était fermé, de même que la plupart des maisons et des pavillons du bourg. Il était encore trop tôt.

Elle traversa la rue. Devant l'église se tenaient des femmes en chapeau à fleurs et des hommes en complet sombre. Des enfants en costume du dimanche s'ébattaient alentour.

Evidemment, songea soudain Lark, de plus en plus embarrassée par leurs coups d'œil outragés, on devait être dimanche ! Confuse, elle s'éloigna de l'église. Elle sentait peser sur son dos les regards réprobateurs de tous les fidèles.

Errer ainsi à l'aveuglette dans le village était vain. Elle adopta donc l'attitude la plus digne possible et parcourut méthodiquement les rues à la recherche d'un établissement susceptible de lui servir une boisson chaude. A l'extrémité d'une ruelle, elle distingua la terrasse d'un café apparemment ouvert. Elle pressa le pas. Deux touristes — allemands, semblait-il — devisaient à l'une des tables. Lark s'installa à l'intérieur, à l'écart des fenêtres. Elle s'était déjà fait suffisamment remarquer comme ça.

Une serveuse s'approcha. La singulière tenue de sa cliente ne parut pas l'intriguer.

— *Café au lait et croissant*, lui demanda celle-ci dans un français hésitant.

— Bien, madame.

Le café se révéla délicieux. Tenaillée par la faim, Lark commanda deux autres croissants. Elle s'aperçut alors qu'elle n'avait rien avalé depuis la veille au soir.

— Y a-t-il un aéroport dans les environs ? s'enquit-elle lorsque la serveuse lui apporta sa deuxième tasse de café.

— Pardon ?

— Un aéroport, vous savez ? répéta-t-elle en désignant le ciel. *Des avions*.

— Oh, oui, madame ! A Marseille.

Bon, pensa-t-elle, elle pourrait toujours s'y rendre en stop.

— Quelle route dois-je prendre ?

La serveuse lui expliqua par signes qu'elle trouverait un panneau indicateur sur sa droite, en sortant du village.

— Merci.

Lark régla l'addition et sortit du café. Un rayon de soleil perçait les nuées vaporeuses. Les Allemands étaient repartis. Toutes les boutiques étaient closes. Lark pensa avec regret à son jean abandonné sur le plancher de la chambre d'Isabella.

Alors qu'elle redescendait la rue, elle vit un scooter stationné devant un restaurant fermé. Une veste en jean était négligemment jetée sur le siège. Les clés de l'engin pendaient encore sous le guidon. Manifestement, son propriétaire allait revenir d'un moment à l'autre.

Lark hésita.

Cependant son temps était compté. Elle fouilla fébrilement dans son réticule pour en extraire une liasse de billets de cent francs, espérant que la somme suffirait à dédommager le motocycliste. Elle posa les billets en évidence sous un pavé.

Puis elle grimpa sur le scooter et enclencha l'allumage. Quelques secondes plus tard, elle dévalait la rue. Nul ne lui courut après en criant.

Elle tourna à fond la manette des gaz.

Quand elle eut dépassé le panneau indiqué par la serveuse, elle se mit à chanter à tue-tête.

Elle s'arrêta par trois fois : d'abord pour enfiler la veste de jean — le fond de l'air était encore frais —, puis pour refaire le plein et, enfin, pour demander son chemin lorsqu'elle aborda la banlieue de Marseille. Une fois parvenue à proximité de l'aéroport, elle rangea le scooter sur un parking et termina le trajet à pied, se promettant d'appeler Dom dès qu'elle aurait accompli les formalités d'embarquement.

— Je désirerais prendre le prochain vol à destination de Los Angeles, annonça-t-elle à la préposée en lui tendant son billet. Vous serait-il possible de procéder à un échange ? C'est très important.

L'employée examina son titre de première classe, puis consulta l'écran de son ordinateur.

— Un avion en partance pour les Etats-Unis doit s'envoler dans quelques minutes, mais je crains que vous ne puissiez pas le prendre.

— Il le faut ! s'écria Lark d'une voix angoissée.

Elle était sûre que Justin aurait vite fait de remonter sa piste.

L'employée décrocha son téléphone, afficha une mine soucieuse, raccrocha, tapota frénétiquement sur son clavier et tendit finalement son billet à Lark.

— Porte 20, dit-elle. Hâtez-vous.

Lark prit ses jambes à son cou.

Dix minutes plus tard, elle s'asseyait en première classe et bouclait sa ceinture tandis que le jumbo-jet gagnait la piste d'envol.

Quand l'hôtesse vint lui proposer une coupe de champagne, elle l'accepta de bon cœur. Après tout, elle l'avait amplement méritée.

76

Dom arriva à Soubriquet le samedi soir peu avant minuit. Il lui fallut un certain temps avant de savoir où séjournait le député, et quand il parvint enfin à la résidence, un vieux domestique lui répondit que tout le monde était « sorti danser ».

En désespoir de cause, il demanda au chauffeur du taxi de le conduire à chaque discothèque des environs. Au Jackie O's, il aperçut Justin sur la piste, en compagnie d'une grande rousse à demi nue. Lark, en revanche, demeurait invisible.

Il alla taper sur l'épaule du député.

— Salut, Justin.

— Dom ! s'exclama celui-ci, légèrement déconcerté. Quel bon vent vous amène ? Laissez-moi deviner… Vous voulez voir Lark, n'est-ce pas ?

— Oui. Où est-elle ?

— Elle est partie avec un bellâtre il y a une heure de cela. Désolé, mon vieux.

Dom serra les dents.

— Et qui était exactement ce « bellâtre » ?

— Un gars du coin. Il a dû l'inviter chez lui, je suppose.

— Vous connaissez son adresse ?

— Moi non, mais Miguel très certainement. Vous la désirez vraiment ?

— Oui.

— Alors, suivez-moi.

Justin présenta Dom comme un « vieil ami de la famille » à toute la bande assise autour de la table.

Miguel put effectivement renseigner Dom. Sur la suggestion de Groome, il lui proposa même de l'accompagner en voiture.

— J'espère que vous viendrez ensuite nous retrouver ici, lui lança Justin.

Dom ne répondit pas. Il régla le taxi et s'installa dans la jeep. Arrivé devant une maison aux volets clos, Miguel klaxonna bruyamment. Dom sursauta.

— Ne vous tracassez pas, lui dit Miguel. Auguste n'est pas encore couché. Nous l'avons quitté il n'y a pas cinq minutes.

— Ah bon ?

— Eh oui ! Le *signor* Groome se tracassait lui aussi pour la jeune dame.

Auguste accepta, non sans réticence, de leur parler depuis le seuil de sa demeure. Visiblement, il aurait préféré n'avoir jamais connu la jeune femme. Cette dernière avait exigé d'être emmenée à l'hôtel. Quel hôtel ? Oh, une auberge dans la rue des Arbres. Ensuite, il l'avait plantée là. En d'autres termes, conclut Dom pour lui-même, elle avait décliné ses avances.

— Alors, on va vérifier ? s'enquit Miguel sur un ton moqueur.

Dom soupira.

— Je suppose que c'est déjà fait, n'est-ce pas ? Elle est là-bas ?

— Non. L'hôtel est complet. De plus, le réceptionniste l'a prise pour… euh… une belle de nuit. Enfin, disons qu'elle portait une tenue plus adéquate pour aller danser que pour chercher un hôtel.

— Et ce monsieur sait-il où elle est partie ensuite ?

— Il lui a appelé un taxi.

— Et le chauffeur de taxi ?

— Il l'a déposée à la gare d'Aix-la-Paix. Nous avons perdu sa trace là-bas. Comme vous pouvez le constater, M. Groome s'inquiète autant que vous à son sujet.

Dom regarda autour de lui d'un air désemparé, ne sachant quelle conduite adopter. Les dernières paroles de Carl ne cessaient de le tarauder. Si son projet de documentaire n'était pas seul en cause, pour quelle autre raison insoupçonnée Lark devait-elle craindre Justin ? Dom se souvint alors de ses aveux à Manaus et commença à se demander si le député n'était pas justement l'homme qui l'avait jadis violée.

— Bon, allons quand même à la gare, déclara-t-il.

Miguel accepta de bonne grâce.

Une fois sur place, Dom vit que l'endroit était désert et renonça finalement à poursuivre ses recherches. De toute manière, pensa-t-il, Lark avait dû quitter la région en toute hâte, sinon rejoindre Paris en stop. Pour l'heure, en tout cas, il ne lâcherait pas Groome avant d'être sûr qu'il ignorait réellement où elle se trouvait.

— Autant retourner auprès des autres, dit-il à contrecœur.

Une fois revenu à la discothèque, il refusa le verre qu'on lui offrit. Il n'était guère d'humeur à s'amuser. La fête ne s'acheva qu'à 5 heures du matin.

— Sans doute Lark est-elle rentrée à la maison se reposer, s'écria Groome avec entrain. Elle nous y attend peut-être en ce moment même.

Dom prit un air dubitatif, mais se résolut malgré tout à

les accompagner. Quand ils eurent regagné la résidence, Groome le conduisit à la chambre de la jeune femme.

— Vous pouvez dormir ici si vous le désirez, lui proposa-t-il. Elle va certainement revenir bientôt.

La sonnerie d'un téléphone retentit alors dans la maison. Groome se précipita aussitôt hors de la pièce. Quelques secondes après, Dom entendit la jeep redescendre l'allée en vrombissant.

Il se rua au bas de l'escalier. Mais il était déjà trop tard : Groome avait filé sur les chapeaux de roues.

Dom rentra à l'intérieur, anxieux et tendu.

Les quelques affaires de Lark étaient encore dans sa valisette. Il s'allongea sur le lit mais ne parvint pas à dormir. Deux heures s'écoulèrent ainsi. Lorsque enfin la jeep réapparut, le jour s'était levé. Rendu fébrile par le manque de sommeil, Dom bondit à la fenêtre et baissa les yeux vers l'allée. Justin rentrait seul. Lark n'était pas dans la voiture.

Groome leva la tête et lui adressa un signe.

— Pas de chance ! lui cria-t-il. Autant courir après le vent !

Dom se retourna sans mot dire.

Ce matin-là, il écuma le village en tous sens dans l'éventualité qu'un des habitants aurait aperçu la jeune femme. Quoique peu convaincu de la réelle utilité de prolonger son séjour à Soubriquet, il n'arrivait toujours pas à se résoudre à regagner Los Angeles.

Vers midi, il appela finalement chez lui, espérant sans trop y croire que Jonny aurait reçu un message pour lui.

— Je te téléphone de France, lui annonça-t-il laconiquement. Tu n'aurais pas eu des nouvelles de Lark, par hasard ?

— Si, justement. Elle vient d'appeler d'un avion. Elle

va bientôt atterrir ici. Apparemment, vous vous êtes manqués, là-bas.

— Dieu soit loué ! Je rentre immédiatement. T'a-t-elle communiqué le numéro de son vol ? Pourrais-tu aller l'accueillir à l'aéroport ? Il est vital que tu ne la quittes pas des yeux un seul instant jusqu'à mon retour.

— J'ai un rendez-vous très important ce soir et…

— Jonny, l'interrompit Dom avec irritation, Lark est mille fois plus importante que n'importe lequel de tes satanés rendez-vous. Si je te demande de t'accrocher à elle comme une sangsue, ce n'est pas pour le simple plaisir de t'embêter. Lark est menacée.

— Par qui ?

— Justin.

— Oh, lui…

— Alors, je peux compter sur toi ?

— Ya-ya, mon général. Je ne la lâcherai pas d'une semelle. Ne t'inquiète pas, va.

77

Comme promis, Jonny retrouva Lark à l'aéroport. Il n'était pas rasé, mais ne semblait pas avoir bu. Lark fut surprise de le voir.

— J'aurais pu prendre un taxi, dit-elle, mais ça fait tout de même rudement plaisir de tomber sur un visage connu.

— Dom m'a demandé de vous chaperonner, expliqua Jonny.

— Où est-il ?

— En France. A mon avis, vous vous êtes manqués de peu.

— Il s'est rendu en France ?

— Absolument. Mais je pense qu'il doit être sur le chemin du retour à l'heure qu'il est.

Lark fut envahie par une joie soudaine à l'idée que Dom fût ainsi parti à sa recherche.

— Seigneur, murmura-t-elle, j'ai hâte de prendre un bain chaud et de changer de vêtements !

— Votre ensemble est effectivement… étonnant, admit Jonny. Cela dit…

— Oui ?

— J'ai à faire, ce soir. Je dois rencontrer quelqu'un.

Or, j'ai juré à Dom de rester avec vous. Cela vous ennuierait-il de m'accompagner ?

Cela l'ennuyait, hélas, et beaucoup. Elle désirait par-dessus tout rentrer chez elle pour se débarrasser de sa tenue de starlette, se prélasser un moment dans sa baignoire et s'abîmer ensuite dans son lit pour dormir au moins douze heures d'affilée.

— Et si vous me rameniez simplement à mon appartement ? proposa-t-elle à Jonny. J'y serai en sécurité. Et puis nous ne sommes pas obligés d'en avertir Dom.

— Non, c'est impossible, répondit Jonny d'une voix chagrine. Je lui ai juré de ne pas vous quitter. Maintenant, je ne peux pas non plus annuler mon rendez-vous.

— Les craintes de Dom sont ridicules.

— Sans doute, mais il a peut-être aussi raison de s'inquiéter.

Lark soupira. Elle se sentait tellement à l'abri du danger à Los Angeles que les précautions de Dom lui étaient plus une gêne qu'un réconfort.

— Puis-je au moins passer chez moi me changer ? s'enquit-elle.

Jonny consulta sa montre.

— Je suis déjà en retard. Mais je doute que l'entretien dure plus de vingt minutes, rassurez-vous.

Le club où il emmena la jeune femme était situé au cœur des bas quartiers. C'était une vaste salle encombrée de tables, où l'on accédait depuis la rue par un escalier étroit. Lark se mit à pleurer dès le seuil sous l'épais nuage de fumée qui stagnait dans les lieux.

De grands dais de brocart pendaient du plafond. Les murs étaient tapissés de tissus chatoyants mordorés, bordeaux et vert sombre. Dans un coin, un orchestre tirait des sons étranges d'instruments qui ne l'étaient pas moins. Lark était la seule femme présente dans la salle…

Ou presque, se ravisa-t-elle en s'asseyant avec Jonny à une table située à l'écart. Près de la porte des cuisines, derrière un rideau ajouré, se devinait la silhouette d'une autre femme, voilée et immobile, le corps moulé d'or et d'écarlate. Alors que Lark la contemplait avec fascination, la musique se modifia insensiblement, les lumières s'estompèrent et la danseuse fit son entrée avec une lenteur provocante. A ses poignets et à ses chevilles sonnaient des bracelets d'or. Ses formes étaient langoureusement drapées dans un voile translucide. Puis, comme la musique prenait un rythme plus soutenu, elle se libéra soudain de cette cape opalescente et, le sourire aux lèvres, se glissa parmi les tables, son opulente poitrine palpitant en cadence, ses hanches frémissant d'une trémulation hypnotique, sidérante.

Jonny commanda deux verres d'arak, une liqueur libanaise au fort goût d'anis. Il semblait indifférent aux évolutions de la danseuse. Ses yeux ne cessaient de parcourir la foule massée autour des tables.

La danseuse s'approcha — elle circulait de table en table, riant et boudant tour à tour, vive, ensorcelante, fascinante, admirable. Jonny lui-même parut enfin se laisser séduire. La danseuse sortit alors un mouchoir rouge de sa ceinture et l'enroula autour de la tête de Jonny à la manière d'un turban. Au moment où elle lui tendait la main, Lark vit qu'elle y serrait un billet. Avec un clin d'œil amical à l'adresse de cette dernière, elle s'écarta dans un tintement de bijoux.

Jonny déplia le billet et le lut, l'air furieux et préoccupé.

Lark lui prit la main.

— Ça va ?

— Non.

— Qu'y a-t-il ?

— J'ai des problèmes.

— Puis-je vous aider ?

Il eut un rire amer.

— J'en doute.

— Dites-moi au moins ce qui vous tracasse.

— Il y a trois ans de cela, à Londres, vous m'avez lu les lignes de la main, vous vous rappelez ? Vous y avez vu une ligne de remords…

— Je plaisantais, le coupa Lark. Je n'y connais rien en chiromancie.

— Ah oui ? Eh bien, vous n'étiez pas loin de la vérité quand même. J'ai commis beaucoup de fautes dans ma vie, mais celle-ci se trouve être la plus abominable de toutes. J'en suis malade rien que d'y penser.

Elle lui serra la main.

— Je traîne moi-même mon lot d'erreurs regrettables, Jonny. Confiez-vous à moi, je vous en prie.

Il considéra son verre en silence.

— Je serais le père d'une enfant illégitime, avoua-t-il enfin. Et quelqu'un se sert d'elle pour me soumettre à un chantage.

— La situation n'est pas irréparable. Tout le monde saurait vous pardonner cet égarement. Même Emmy.

— Oui, peut-être. Mais il y a pire.

— Pire ?

— Oui.

Lark détourna involontairement la tête.

— Dans ce cas, je crois effectivement que je préfère ne pas savoir.

— Vous voyez ? Maintenant, cette petite fille n'en a pas moins besoin de soins et d'affection. Voilà pourquoi je vous en parle. J'ai une trouille bleue, Lark. Si jamais je disparaissais un jour… Oh, et puis, à quoi bon ?

Il se leva.

— On m'attend dans l'arrière-salle, dit-il. Je reviens dans un instant.

Il s'éloigna après avoir abandonné le billet sur la table. Lark le ramassa. Un seul mot y était inscrit : « Fairusa ».

Lasse à mourir, la jeune femme commanda une tasse de café pour garder les yeux ouverts. Une demi-heure s'écoula. Jonny ne reparaissait toujours pas. La danseuse répéta son numéro, mais cette fois-ci Lark se sentit moins captivée qu'auparavant par ses déhanchements.

Les clients près de la scène saluèrent la prestation par un concert de vivats et d'applaudissements.

A sa grande surprise, Lark vit alors Dom debout sur le seuil du club, en train de scruter l'assistance. Que diable faisait-il ici ? se demanda-t-elle. Il se précipita vers elle sitôt qu'il l'aperçut.

— Où est Jonny ?

— Il avait rendez-vous avec quelqu'un. Mais je te croyais encore en France !

— J'ai sauté dans le Concorde dès que j'ai appris ton retour. Tu n'étais pas à ton appartement ni chez moi. Fort heureusement, mon employée de maison m'a prévenu que Jonny devait se rendre dans ce satané night-club. Je suis venu aussitôt dans l'espoir que mon frère t'y aurait emmenée avec lui. Si au moins tu m'avais donné une piste pour te retrouver…

— Oh, on m'a déjà assez pistée comme ça ! rétorqua-t-elle. Si tu savais…

Elle était si soulagée de le revoir qu'elle ne remarqua pas sa colère.

— Sortons d'ici, grommela-t-il.

Jonny revint à ce moment. Les deux frères se figèrent à deux pas l'un de l'autre.

— Comment as-tu osé la laisser seule ? s'écria Dom. Je t'avais pourtant demandé de ne pas la quitter des yeux un seul instant. Tu m'avais donné ta *parole*.

Jonny chancela sous l'attaque.

— Comment as-tu su que nous étions ici ?

— Par Benita.

— Oh, Seigneur...

— C'est bien la dernière fois que je te permets de me décevoir, lança Dom. La dernière, tu m'entends ?

Saisissant Lark par le poignet, il l'entraîna dehors jusqu'à sa voiture et lui ouvrit la portière.

— Que diable magouillait encore Jonny dans ce bouge ? s'enquit-il lorsqu'il se fut installé derrière le volant.

— Il y avait un rendez-vous, répéta Lark d'une voix hésitante. Un rendez-vous important. Pourquoi t'es-tu emporté contre lui ?

— Voilà deux jours que je n'arrête pas de trembler pour toi. Quand enfin j'ai été informé que tu étais sur le point d'atterrir à l'aéroport de L.A., j'ai prié Jonny de rester avec toi. Et il a failli à sa promesse.

— Mais je ne craignais rien.

Dom se tint coi, les yeux braqués droit devant lui.

— Peux-tu me ramener à la maison, s'il te plaît ? lui demanda Lark. Je viens de connaître le plus long week-end de toute mon existence.

— Ah oui, parlons-en, de ce foutu week-end...

Il démarra le moteur et se réengagea sur la route.

— Qu'est-ce qui t'a poussé à partir à ma recherche ?

— Cette invitation en France me semblait louche. J'ai tout de suite senti le coup fourré.

— Oh ? Et comment ?

— Peu importe — car j'avais raison, non ? Pourquoi te serais-tu enfuie, autrement ?

— Et qui t'a dit que je me suis enfuie ?

— Pour l'amour du ciel, cesse donc cette comédie ! Tu as filé sans même récupérer ta valise ni prendre congé de tes hôtes ! Regarde ta tenue : il est évident que tu t'es enfuie, ça crève les yeux !

— Je crois que Justin Groome m'a un peu effrayée.

Dom se raidit.

— Hum, je vois.

— Non, tu ne vois rien. Pourquoi diable te mets-tu dans un état pareil ?

— Pourquoi ? Tu décides sur un coup de tête de t'envoler pour la France, je découvre entre-temps que l'individu que tu as mis à mal dans ton scénario t'y attend, puis j'apprends là-bas que tu as disparu, et tu voudrais que je ne l'aie pas mauvaise ? Et puis, d'abord, qu'est-ce que c'est que cet accoutrement ?

— La façon dont je m'habille ne regarde que moi ! protesta Lark. Moi aussi, je viens de passer des moments pénibles, figure-toi. En descendant d'avion, mon seul désir était de rentrer chez moi prendre un bain et me glisser sous la couette. Mais non, il a fallu que tu obliges Jonny à jouer les duègnes auprès de moi, si bien que j'ai été forcée de le suivre à ce maudit rendez-vous !

— C'est tout ce que tu as à me dire ?

Le silence retomba dans l'habitacle. Dom accéléra.

— Dom, reprit Lark sur un ton presque calme, qu'est-ce qui te chagrine vraiment ?

— Pourquoi ne m'as-tu encore rien confié de ton passé, de tes origines ? De quoi as-tu si peur ? Tu prétends m'aimer, mais ta confiance s'arrête là. Ne t'étonne donc pas que je t'en veuille.

— Je ne sais plus que penser, reconnut Lark, confuse

et bouleversée. Il faut que je dorme. J'ai tellement besoin de sommeil que j'en ai la tête qui tourne.

Quand il se fut garé devant son immeuble, Dom se pencha pour lui ouvrir la portière, sans quitter son siège.

— Bonne nuit, marmonna-t-il d'une voix sèche.

Elle descendit de voiture.

— Bonne nuit, répondit-elle.

Puis elle regagna en toute hâte son appartement.

Quand elle en eut ouvert la porte, elle voulut actionner l'interrupteur. La pièce resta plongée dans le noir. Perplexe, elle avança malgré tout dans l'appartement.

Un flot de clarté l'inonda soudain. Elle trébucha en arrière avec un hoquet de stupeur. Une main lui saisit le bras avant qu'elle pût atteindre la porte et la tira violemment à l'intérieur.

Lorsqu'elle se redressa, le canon d'un fusil était braqué contre sa tempe.

Son agresseur lui était inconnu. C'était un homme râblé, aux épaules carrées. Il avait le nez cassé et le regard menaçant. Lark comprit aussitôt qu'il s'agissait d'un meurtrier envoyé par Justin Groome.

Elle hurla. L'assassin la réduisit au silence d'un coup de crosse en pleine face et lui visa de nouveau la tête.

Lark ferma les yeux. Lorsque retentit la détonation, elle ne ressentit rien. Ni choc, ni douleur. Rien. Elle rouvrit les paupières. L'homme s'écroulait lentement sur le tapis du séjour, l'air ébahi. Au bout d'un long moment, il s'effondra enfin, face contre terre, le dos rouge de sang.

Relevant les yeux, Lark vit Dom debout sur le seuil, un revolver au poing. Des frissons incoercibles la maintenaient clouée au sol. Dom vint la soutenir par la taille.

Elle parvint non sans peine à se traîner jusqu'au canapé et enfouit son visage entre ses mains.

— Il allait te tuer, murmura Dom, le souffle court.

— Oui, chuchota-t-elle.

Il prit une profonde inspiration.

— Bon. Tu me mets au courant, maintenant ?

78

Dom attendait.

— J'aurais dû te le dire avant, commença à articuler Lark, mais j'étais trop terrorisée.

— Me dire quoi ?

— Que je m'appelle en fait Penelope Houten.

Lark sentit son cœur manquer un battement en s'entendant prononcer son nom.

Dom la dévisageait, abasourdi.

On frappa à la porte.

— Qu'est-ce qui se passe, là-dedans ? cria une voix.

Ni l'un ni l'autre n'esquissèrent un mouvement. Les coups devinrent plus appuyés.

— Hé ! Ça va ?

Dom parvint à se ressaisir et alla entrebâiller la porte.

— Oui, répondit-il aux deux voisins dans le couloir, ça va. Nous attendons l'arrivée de la police.

— Qui a crié ?

Lark le rejoignit sur le seuil de l'appartement.

— C'était un simple incident. Désolée de vous avoir dérangés.

Quand ils eurent finalement réussi à se débarrasser des deux curieux, Lark se rassit sur le canapé.

Dom demeura debout devant elle. Il s'éclaircit la gorge comme s'il désirait parler, mais resta malgré tout silencieux.

— J'ai vu Groome assassiner Violet, reprit enfin la jeune femme. Et il le sait. Il m'a menacée de me tuer si je le révélais à qui que ce soit. Alors je me suis tue et j'ai préféré m'enfuir. Malheureusement, il a dû découvrir ma véritable identité.

— Je ne puis croire que tu m'aies caché cela durant si longtemps.

— J'aurais voulu t'en parler, crois-moi. Mais je me sentais seule, abandonnée de tous. Je pensais ne pouvoir faire confiance à personne.

— Même pas à ma mère ?

— Elle a su qui j'étais dès que nous nous sommes revues à l'hôpital.

— Mais pourquoi t'être cachée de moi, alors ?

Les yeux de Lark s'embuèrent.

— Si tu avais été à ma place, assura-t-elle d'une voix tendue, moi, je t'aurais reconnu tout de suite.

Il secoua la tête, incapable de prononcer une parole.

— Si, j'en suis sûre, murmura-t-elle.

— C'est… c'est toi, la source d'Emmy, n'est-ce pas ?

— Oui.

— Te confier à elle était une bonne idée, admit-il sur un ton posé. Le coup du scénario, en revanche, me paraît plus hasardeux.

— A moi aussi, convint-elle.

Elle tremblait de tous ses membres, craignant que Dom ne cessât désormais de l'aimer. Contrairement à

Lark, Penny avait toujours semblé le laisser indifférent. Elle releva la tête et contempla d'un regard absent le cadavre gisant au milieu du séjour.

— Qu'allons-nous faire ?

— Appeler la police. Un de tes voisins s'en est sans doute déjà occupé, mais garder le silence pourrait nous être préjudiciable.

Elle approuva d'un hochement de tête. Dom décrocha le téléphone.

Lark ne prêta pas attention à la conversation. Elle ne s'était toujours pas remise de l'agression. Si Groome était vraiment déterminé à l'éliminer, pensa-t-elle, il y parviendrait un jour ou l'autre. Rien, apparemment, ne pourrait l'arrêter.

Dom lui tendit un verre.

— Bois ça, lui ordonna-t-il.

C'était du scotch. L'alcool lui brûla la gorge, mais stoppa au moins ses tremblements.

Dom s'était aussi servi un remontant.

— Il faut que je me change, déclara Lark en s'avisant qu'elle portait encore la tenue légère prêtée par Isabella.

— Ce serait mieux, effectivement.

Elle se réfugia dans la salle de bains. Maintenant que Dom savait qu'elle était Penny, elle avait elle-même l'impression de redevenir la petite provinciale qui l'avait tant aimé jadis.

Elle enfila un T-shirt et un pantalon de survêtement. Quand elle revint dans le séjour, elle trouva Dom en train d'arpenter fébrilement la pièce. Rompue de fatigue, elle se rassit sur le canapé.

— Ne crois-tu pas que tu aurais dû mieux te protéger des menées de Groome ? s'enquit-il.

— J'estimais que mon nouveau visage était la meilleure

des protections. Et puis, comme tu ne m'avais pas toi-même percée à jour…

Dom eut le bon goût de ne pas insister.

Des coups énergiques furent alors frappés à la porte.

— Police ! Ouvrez !

Dom s'exécuta. Lark se raidit et rassembla tout son courage pour affronter les questions des policiers.

79

Groome retrouva Miguel une semaine après son retour à New York. Il lui donna rendez-vous dans un petit restaurant italien d'Upper West Side où il était sûr de pouvoir discuter en toute tranquillité. Le Sud-Américain l'attendait au bar.

On les conduisit à une table. Ce ne fut que lorsqu'on leur eut servi les hors-d'œuvre — du moins le crabe farci du député, Miguel n'ayant rien commandé en entrée — que Justin Groome lâcha ce qui lui pesait sur le cœur :

— Votre homme a échoué.

— Vous ne m'apprenez rien.

— J'imagine que vous n'en resterez pas là.

Les yeux baissés sur la table, Miguel secoua lentement la tête.

— Je crains que nous ne devions nous en tenir à l'avenir à nos propres activités. Nous manquons du personnel requis pour vous satisfaire. Et d'ailleurs nous n'en avons plus le désir.

Groome avala une bouchée de son crabe. Le mets était succulent. Il accusa le refus de son interlocuteur sans broncher. Il savait d'expérience que tout individu avait son prix.

— Combien voulez-vous ?

Miguel leva les mains en signe de dénégation.

— Nous ne sommes pas disposés à prendre ce genre de risque.

Puis, avec un toussotement poli :

— Nous avons récemment eu vent de votre engagement dans le financement du film de Jonny Whitfield, ajouta-t-il.

— Bah ! rétorqua Justin avec un haussement d'épaules désinvolte, ça ne vaut pas la peine d'en parler.

— Nous pensons le contraire.

— Absurde. Cent mille dollars vous suffiraient-ils ?

Miguel leva de nouveau les mains. Le serveur leur apporta les plats de résistance : blanquette de volaille pour Miguel, carpaccio pour Justin.

— Jonny est un ami, reprit ce dernier. Je le connais. Son long métrage ne trouvera pas de distributeur. Il dure plus de trois heures ! Personne n'en voudra.

— Nous ne partageons pas votre assurance. Nous nous efforçons en ce moment même de récupérer les négatifs de *Flaming Forest*, mais jusqu'à présent nous n'y sommes pas parvenus. Nous avons essayé de persuader M. Whitfield de nous les confier, dans son propre intérêt. Nous ne voulons pas que ce film sorte en salles.

Il se remit à toussoter.

— Nous avons été consternés d'apprendre votre participation à ce projet, vous savez.

— Je suis un homme politique, repartit Justin en lui adressant un sourire froid. Je tiens avant tout à m'attirer les faveurs des électeurs, et ce genre de fadaises écologiques est actuellement au centre de leurs préoccupations.

— J'entends bien. Nous n'éprouvons aucun ressentiment à votre égard, croyez-moi. Mais il se trouve que ce long métrage peut dresser l'opinion publique contre nos commanditaires. Et ceux-ci hésitent déjà à poursuivre leur collaboration avec nous.

— A votre place, je ne m'en inquiéterais pas. Aussi longtemps que leur marge de profit sera en jeu, banquiers et industriels ne permettront pas que quelque mélo sur les Indiens entrave leurs affaires.

— J'en suis moins certain que vous. Les temps changent, voyez-vous. Les Américains n'ont plus la même mentalité.

— Bon, alors, que voulez-vous de moi exactement ?

Le serveur revint débarrasser leur table. Justin commanda deux *mascarpones*.

— J'aime beaucoup le cinéma, s'exclama Miguel sans transition. Et j'aime aussi beaucoup la Californie. Je crois que je vais y faire un saut.

Groome, perplexe, le scruta du regard.

— Je voudrais assister à l'avant-première de *Flaming Forest*.

— Hum, marmonna le député, je vois…

Il réfléchit tout en plantant sa cuillère dans le gâteau. Nul doute que Penny, alias Lark, serait également présente à l'événement… Oui, il y avait peut-être là une occasion à ne pas manquer.

— Les entrées seront reversées aux natifs de nos forêts pluviales, poursuivit Miguel. Mille dollars par ticket. La réception aura lieu à la résidence du frère du réalisateur.

— Chez Dom ? s'exclama Justin. Je l'ignorais.

« De mieux en mieux… », se dit-il.

— Nous demanderons à Jonny Whitfield de nous procurer des invitations.

— Cette avant-première est réservée aux professionnels, lui rappela Groome.

— Certes, mais j'ai de bonnes raisons d'espérer que M. Whitfield saura nous accorder cette faveur.

Groome eut un sourire retors.

— Je serais curieux d'apprendre ces « bonnes raisons ».

Miguel lui rendit son sourire sans répondre.

— La fille sera aussi de la fête, murmura Justin en engouffrant une nouvelle portion de crème au *mascarpone*.

— Ah…

— Un otage pourrait se révéler utile.

— Et décéder accidentellement au cours des négociations ? C'est à envisager. Mais attention, *signor* Groome, de notre côté, nous tenons impérativement à récupérer toutes les bobines.

Justin se racla la gorge. Les deux hommes se dévisagèrent intensément.

— Aurons-nous le plaisir de vous retrouver à l'avant-première ? s'enquit enfin Miguel.

— Très certainement. Je suis le principal bailleur de fonds de ce projet, après tout. Ces nigauds d'APG craindraient trop de *ne pas* m'inviter.

80

Quelques jours plus tard, après une nouvelle séance de travail houleuse en compagnie de Roger Grigio dans le studio de montage, Jonny se rendit dans le bureau de Dom. Comme il devait s'entretenir avec Miguel dans l'heure qui suivait, il était aussi nerveux que déterminé à ne plus se laisser ballotter par les événements. Il contempla les visages familiers de la firme, le sourire de la secrétaire de Dom et le visage fermé de celui-ci comme s'il les découvrait pour la première fois — car ce serait aussi probablement la dernière.

— Je suis attendu à un rendez-vous dont j'ignore si je reviendrai, dit-il à Dom sans préambule.

Son frère le toisa d'un regard indifférent. Jusqu'alors, Jonny ne lui avait jamais parlé de ses problèmes personnels. Ce jour-là, néanmoins, il n'y tenait plus : il voulait faire ses adieux. Et, malgré l'agacement que Dom éprouvait d'ordinaire à voir les visiteurs fumer dans son bureau, il ne put se retenir d'allumer une cigarette.

— Dom, au sujet de l'autre soir… Eh bien, je suis désolé d'avoir dû abandonner Lark. Je ne l'ai quittée que quelques minutes, tu sais.

Dom ne dit rien.

— Je n'avais pas le choix, reprit Jonny en tirant furieusement sur sa cigarette.

— Et si tu essayais un peu de reprendre le contrôle de ta vie ? Quelle est donc cette personne que tu dois rencontrer tout à l'heure ? Est-ce encore un de tes compagnons de débauche qui te réclame le remboursement d'une dette de jeu ?

Jonny secoua la tête.

— Tu te rappelles l'effraction de la chambre forte ? Il a été perpétré par des Brésiliens résolus à empêcher la distribution de *Flaming Forest.*

— Et c'est eux que tu es censé retrouver dans quelque club miteux de danse orientale ?

Jonny ne répondit pas. Et Dom ne répéta pas sa question. « Il me méprise, il me déteste », songea Jonny. Jamais auparavant il ne s'était aperçu aussi clairement de la haine que lui vouait son frère.

— Pourrais-tu au moins t'assurer de la sortie du film ? s'enquit-il.

Les yeux froids de Dom cillèrent un bref instant.

— Vu tous les soucis et les frais qu'il nous a déjà coûtés, tu peux être certain que j'y veillerai personnellement.

— C'est tout ce que je désirais savoir, répliqua Jonny en inhalant une nouvelle bouffée de tabac. J'aurais également un service à te demander, au cas où il m'arriverait un pépin. Je suis le père d'une enfant illégitime cachée Dieu sait où. J'aimerais que tu la retrouves et que tu prennes soin d'elle.

— Seigneur Dieu…

— Je ne connais d'elle que son nom, Fairusa, ainsi que celui de son oncle, un certain Miguel Garcia y Reyes. Elle est originaire du Brésil.

— Tu déraillles, Jonny. Pourquoi diable accepterais-je de me compromettre auprès de cette jeune personne ?

— Parce qu'elle a besoin de nous.

— De « nous » ? Pour ma part, je n'ai rien à voir avec elle.

— Mais s'il m'arrive quelque chose, je te dis…

— Et que veux-tu donc qu'il t'arrive ?

Jonny se renfrogna soudain.

— Bon, fit Dom sur un ton sarcastique, tu souhaites que je lui dégote un mari — c'est ça ?

— Oh, la ferme ! s'écria Jonny en se redressant d'un bond.

Il se mit à arpenter la pièce.

— Essaie un peu de me comprendre, pour une fois !

— Justement, répliqua Dom, c'est bien là le problème : jamais tu n'as daigné te confier à moi. Jamais. Et quand par hasard tu te décides à me réclamer un entretien, c'est uniquement pour m'extorquer des rallonges budgétaires. Tu ne cesses de gâcher ta vie, ton travail, le mien et la prospérité de cette entreprise elle-même, au nom des prétextes les plus fallacieux. Alors, écoute-moi bien : je ne veux plus que tu touches à *Flaming Forest*. Tu as déjà failli faire avorter ce projet avec tes exigences dispendieuses, tes sempiternelles brouilles avec Jeannette et tes séances de beuverie. Or, voilà que tu te mets également à en bousiller le montage. Jamais les distributeurs ne loueront un long métrage de trois heures. Je croyais que tu en aurais enfin conscience, mais non, il faut encore que tu t'obstines. Je viens juste d'avoir Roger au téléphone : les négatifs seront envoyés au labo demain, que tu le veuilles ou non. La suite ne te regarde plus : bande-annonce, stratégie de vente, conditionnement et campagne de promotion devront impérativement être prêts avant le jour de l'avant-première, le 1er juin. Mais pour cela, il faut d'abord que le film lui-même soit fini, et donc que tu arrêtes de jouer la mouche du coche. Moralité : tu es viré.

— Bah ! ça n'a plus aucune importance, désormais, maugréa Jonny d'une voix lasse.

Il chercha des yeux un cendrier. N'en trouvant pas, il laissa tomber sa cigarette dans la corbeille à papier de Dom. Celui-ci se précipita aussitôt pour récupérer le mégot encore fumant et l'écraser contre la paroi métallique de la poubelle. Jonny le considéra un moment avec irritation, puis détourna les yeux.

— S'il m'arrive quelque chose..., répéta-t-il.

Dom l'interrompit avec un haussement de sourcils.

— Mais que crains-tu donc, à la fin ?

— Je ne sais pas.

— Ne serait-ce pas Justin, par hasard ? Sa proposition de financer le film m'a toujours paru suspecte. Si c'est lui que tu redoutes, je peux t'aider à le remettre à sa place.

— Non, ce n'est pas lui qui me tracasse.

— Manquerais-tu d'argent ?

— Je n'en ai jamais eu assez.

Dom émit un soupir exaspéré.

— Tu as toujours été un salaud de faux frère avec moi, s'écria Jonny tout à trac, mais depuis quelque temps j'ai l'impression que tu me traites carrément en étranger. Et à mon avis, ce n'est pas seulement à cause de *Flaming Forest*. Ta satanée firme a les reins plus solides que ça.

Dom se releva en frémissant. Tout le ressentiment qu'il éprouvait envers Groome depuis qu'il avait appris son crime contre Penny le submergea brusquement.

— Oui, tu as raison, grommela-t-il d'une voix sourde,

je me fiche éperdument de *Flaming Forest*. En fait, je suis écœuré que durant toutes ces années tu n'aies jamais disculpé Penelope Houten du meurtre de Violet alors même que tu la savais innocente. Jusqu'à présent, je te pensais seulement lâche, mais je vois maintenant que tu es aussi une crapule. Seules les crapules protègent ainsi les assassins.

Jonny chancela sous l'accusation.

— Tu as abandonné cette jeune fille à ses tourments, continua Dom avec un surcroît de rage. Tu l'as laissée s'enfuir. Tu nous as tous laissés croire — *y compris maman* — que Penny était la vraie coupable. Pourtant, quelques paroles de toi auraient suffi. Ah ! Rien que d'y songer me rend malade, Jonny, complètement malade.

Ce dernier s'éclaircit la gorge.

— D'où tiens-tu tout ça ?

— Tu ne lis jamais les journaux ?

— Emmy ne détient aucune preuve. Et si elle mentait, Dom ?

— Sors d'ici, rétorqua son frère en lui tournant le dos. Tu me dégoûtes.

— Tu… tu as parlé à Penny ?

— Oui.

— Où est-elle ?

— Es-tu assez fou pour espérer que je te le dirai ?

— Je ne le répéterai pas à Justin.

— Je n'ai plus aucune confiance en toi, déclara Dom avec amertume. Pourquoi ne vas-tu pas plutôt confirmer à Emmy que sa reconstitution du crime est exacte de bout en bout ? Pourquoi n'acceptes-tu pas d'aider un peu Penny ?

Jonny ne broncha pas.

— Ainsi donc, les fonds que l'autre nous a versés pour achever le tournage de *Flaming Forest* représentaient effectivement le prix de ton silence ? s'enquit Dom, les lèvres blanches.

— Non, répondit Jonny. Mais, de toute façon, tu ne pourrais pas comprendre.

Il se leva et partit.

Il tremblait de tous ses membres.

Un ciel boueux et lourd pesait sur les rues de la ville. Jonny regagna le parking d'une démarche de somnambule, n'éprouvant rien d'autre qu'un singulier engourdissement de tous les sens. Et voilà, se dit-il, la comédie était finie.

Miguel l'attendait dans une voiture, une Ford Escort des plus banales. Du geste, il l'invita à le rejoindre.

Jonny obtempéra. Ils quittèrent aussitôt le parking.

— Où allons-nous ?

— Faire un petit tour, répondit Miguel sur un ton affable. Il faut que je vous parle. J'ai décidé de vous accorder une deuxième chance.

Jonny maintint les yeux fixés sur la route.

— Les négatifs du film n'étaient pas à l'endroit que vous nous aviez indiqué. Nous n'aimons pas les menteurs, vous savez.

— Vous pouvez me menacer tant que vous voulez, répliqua Jonny d'une voix morne. Vous n'aurez pas mon film. Il sera distribué comme prévu. Vous et vos hommes n'avez qu'à aller au diable, ajouta-t-il avec colère. Quant à Fairusa, je m'en fiche éperdument ! Criez donc ma vilenie sur les toits, si ça vous chante !

La lumière du couchant les éclairait en pleine face. Miguel abaissa le pare-soleil.

— Du calme, voyons, murmura-t-il. Ne vous emportez pas ainsi. Nous saurons bien trouver un terrain d'entente, non ?

Jonny fut surpris par cette soudaine aménité.

— Nous avons appris que les négatifs se trouvaient dans la résidence de votre frère.

— Comment le savez-vous ?

— Peu importe. On nous a également informés que le film sortirait d'ici peu en salles.

— Je viens de nouveau d'être viré du projet, l'informa Jonny. Toute cette histoire n'est plus de mon ressort.

Si les négatifs devaient effectivement être envoyés au labo le lendemain, songea-t-il, ils ne resteraient pas longtemps chez Dom. Un éventuel vol ne l'inquiétait plus.

— Enfin, reprit Miguel, vous n'ignorez quand même pas la date retenue pour l'avant-première ?

— Elle aura lieu le 1er juin, chez Dom.

— Je vois.

Miguel pencha la tête pour contempler son passager d'un œil dubitatif.

— Et vous assisterez personnellement à l'événement, j'imagine ?

— Certainement pas. Les séides d'APG sont en train de charcuter mon film.

— A moins qu'ils en assurent le succès, dit Miguel d'une voix apaisante. Vous ne voulez vraiment pas le vérifier par vous-même ?

Jonny secoua la tête.

— Quel dommage. Et vous n'avez aucun moyen d'empêcher sa sortie ?

— Non.

— D'un autre côté, n'est-ce pas, vous ne tenez pas non plus à ce que s'ébruitent vos frasques avec ma jeune nièce ?

Jonny demeura de marbre.

— Sans doute serions-nous plus indulgents si vous nous obteniez des invitations pour l'avant-première…

— Hein ?

— Ça ne devrait guère vous poser de problèmes.

— Mais pourquoi diable voudriez-vous y assister ? La recette doit aller directement dans la caisse des Indiens !

— Eh bien, votre long métrage n'est peut-être pas aussi dommageable pour notre cause que certains le prétendent. Plus vite nous nous en assurerons, et plus vite nous serons à même de rédiger le communiqué que nous adresserons ensuite aux médias.

— Bon, articula Jonny avec hésitation, dans ce cas, je peux vous arranger le coup.

Miguel rangea la voiture le long du trottoir et coupa le moteur.

— J'étais sûr que nous pourrions trouver une solution à l'amiable, dit-il en gratifiant Jonny d'un sourire chaleureux. Je regrette seulement de ne pas vous revoir chez votre frère. A ce propos, son amie… quel est son nom déjà ?

— Lark Chandler.

— Ah, oui ! Mlle Chandler sera-t-elle également présente à la réception ?

— Probablement. Elle vit peu ou prou chez Dom, maintenant.

— Bien. Un dernier mot, encore : vous pourrez compter sur notre silence, Jonny, mais à la condition expresse que nous recevions les invitations à temps. Entendu ?

Jonny hocha la tête tout en le dévisageant avec perplexité.

— L'arrêt de bus est à deux pas. Vous avez de quoi vous payer un ticket ?

— Oui.

Miguel lui tendit la main. Jonny la serra, vaguement

incrédule. Puis il descendit de la voiture et referma la portière.

— Au revoir, lui cria Miguel.

Jonny regarda la Ford s'éloigner. Il s'avisa alors avec étonnement que le simple fait de procurer des invitations au Brésilien et à ses sbires l'angoissait encore plus que l'éventuelle révélation de ses liens avec Fairusa.

81

Il avait toujours existé une empathie singulière entre Emmy et Jonny. Parfois, sans raison apparente, cette dernière se sentait extrêmement tendue et apprenait plus tard que Jonny avait assisté au même moment à une réunion délicate où il devait défendre l'un de ses projets. De même, quand celui-ci était d'humeur morose, elle éprouvait aussitôt de l'abattement, malgré toute la distance qui pouvait alors les séparer. Jonny lui avait d'ailleurs assuré que ce phénomène marchait dans les deux sens.

Or, Emmy avait désormais le pressentiment troublant que Jonny était en danger.

Elle s'efforça dans un premier temps de refouler cette anxiété, se disant que, quand bien même il aurait un problème, cela ne la concernait absolument plus. Dans sa jeunesse, cependant, elle avait entendu le pasteur Martin Luther King affirmer un jour que chacun sur terre était en quelque manière dépendant et responsable de son prochain ; et les années passant, cette foi embryonnaire, mais vivace, qui avait jadis déterminé sa vocation de journaliste, avait peu à peu crû en force et en vigueur.

Finalement, elle dut reconnaître qu'elle ne pouvait

supporter longtemps cette sourde inquiétude. Elle appela d'abord Dom à son bureau.

— Il faut que je parle à Jonny, lui annonça-t-elle. Tu ne saurais pas où je peux le joindre ?

— Non. Nous nous sommes une nouvelle fois disputés au sujet de *Flaming Forest*. Il m'a téléphoné pour m'avertir qu'il n'assisterait même pas à l'avant-première en juin.

— Ah bon ? Cela ne lui ressemble pas.

— Oh, le montage du film l'a laissé amer ! Nous l'en avons définitivement écarté. Et depuis, comme tu peux l'imaginer, il estime que nous avons gâché son chef-d'œuvre.

— Oui, je vois, affirma-t-elle d'une voix absente. Mais j'ai encore du mal à croire qu'il se soit résigné à manquer l'événement. Il en est le réalisateur, après tout.

— Qu'est-ce qui te tracasse ? s'enquit Dom.

Emmy hésita un instant, craignant que Dom ne se gausse de ses appréhensions.

— Mettons que j'ai l'impression qu'il traverse une mauvaise passe.

— Ah ? Pourrais-tu, hmm… te montrer plus explicite ?

— Je le voudrais bien. En fait, j'ai dû être marquée par un entretien que m'a récemment accordé un groupuscule de terroristes brésiliens à la solde des exploitants forestiers de la forêt pluviale. Mon interlocuteur, qui avait eu vent du film de Jonny, redoutait que ce dernier provoque un mouvement de soutien en faveur des Indiens et des écologistes qui les défendent. Maintenant, il est possible que je me fasse des idées.

— Je me le demande, marmonna Dom sur un ton soucieux. Jonny a peut-être été menacé. Certains des propos qu'il m'a tenus le laisseraient d'ailleurs entendre, même si, comme d'habitude, ce n'étaient évidemment que des allusions : tu sais comment il est.

— Et toi, penses-tu qu'il soit en danger ?

— Non. Je connais mon frère, il aime à cultiver le mélodrame. En revanche, je dois admettre qu'il avait l'air réellement préoccupé.

Emmy se mordit nerveusement la lèvre.

— Ecoute, Dom, je sais que l'avant-première est réservée aux professionnels, mais crois-tu que tu pourrais malgré tout m'y assurer un strapontin ? Il faut absolument que j'y assiste, j'en ai la certitude.

— Comme tu veux, Emmy, je vais arranger ça, répondit Dom, étonné. Je serai toujours heureux de t'accueillir à la maison, tu sais. Si j'avais pu deviner combien tu souhaitais être de la fête, je t'aurais déjà adressé une invitation.

— La recette en sera reversée aux Indiens, n'est-ce pas ? Combien réclamez-vous par entrée ?

Il éclata de rire.

— Une fortune ! Mais pour toi, ce sera gratuit.

— Merci, Dom.

— Néanmoins, je te le répète, Jonny n'y sera pas. Hormis le coup de fil dont je te parlais tout à l'heure, je n'ai plus eu de ses nouvelles depuis avril dernier.

Emmy ne put s'empêcher de sourire.

— Jonny viendra, dit-elle. Il ne louperait ça pour rien au monde.

82

L'indifférence... Le mal du siècle, disait-on. Mais il n'était au fond qu'une conséquence de l'explosion démographique.

Jadis, quinze kilomètres séparaient chacun de son voisin — à moins que ce fût telle cascade, tel cours d'eau, ou bien encore la peur du loup. Si bien que, lorsqu'on se réunissait, on avait quelque chose à se dire, on dansait le quadrille, on prenait ensemble du bon temps. Mais cette ancienne convivialité avait fini par s'éteindre sous la pression d'une promiscuité permanente.

Aspirant aujourd'hui à l'amitié, à l'amour, à la compréhension mutuelle, pouvait-on raisonnablement avoir encore la naïveté de rester ouvert et attentif à son prochain ? Devait-on être toujours prêt à tendre la main, sinon l'autre joue ? Ou fallait-il au contraire se refermer sur soi-même et n'entrebâiller sa porte qu'aux personnes qui ne vous demandaient rien ?

Jonny l'ignorait. La veille au soir, il avait verrouillé à double tour la porte de sa chambre d'hôtel. Puis, ce matin-là, il s'était risqué dehors, l'humeur plus combative. Seulement, de combat, il n'était plus question, du moins pas sur le sable doré de cette plage mexicaine où, nu, la peau hâlée et le portefeuille vide, il s'efforçait d'oublier toute l'agitation que provoquait son film à Hollywood.

Hélas, la tranquillité était désormais un privilège inaccessible. Tout être était prisonnier dès sa naissance d'un entourage qui, loin de le protéger, se refermait parfois sur lui tel un piège aux mâchoires acérées. Que d'obligations entravaient ainsi la liberté de chacun ! Les promesses d'un avenir radieux, le poids du passé, la force des habitudes présentes…

Perdu dans son amère rêverie, Jonny se glissa dans les flots. L'eau était chaude, légèrement poisseuse. De longs rubans d'une matière indistincte l'engluaient. Il se laissa couler. Plus bas régnait une clarté verte et limpide. Certains touristes passaient des heures, dos au soleil, à sonder ces profondeurs. Qu'y cherchaient-ils ? Tels des spirites courbés sur leur planchette, ils semblaient attendre de leurs explorations le jaillissement d'une révélation indicible, l'éclair d'une soudaine illumination. Il ne cessait lui-même d'espérer voir un jour l'un d'entre eux se redresser d'un bond en arrachant son tuba et lui rapporter une pensée profonde, quelque vérité bouleversante. « C'était là, je l'ai vu, je l'ai senti ! »

Il s'immergea de nouveau dans l'océan. Un poisson fusa silencieusement à son approche et se fondit dans l'onde. Des vaguelettes ténues troublaient à peine l'immobilité cristalline, telles des pensées paresseuses et languides. L'esprit se dissolvait à poursuivre ces songes épars, translucides, ces scintillements rêveurs diffractés par les eaux dont l'opacité évanescente renvoyait au plongeur le reflet indéchiffrable de sa propre quête.

Puis, peu à peu, les oursins noirs, par centaines, envahissaient sa songerie, parasitant son esprit d'une horde toujours croissante de pelotes d'épines, qui piquaient, blessaient, enflaient sans cesse…

La nuque brûlante, Jonny se retourna face au ciel. Ses paupières salées refusaient de s'ouvrir, sa bouche était sèche. Sa tête lui lançait comme si on la frappait à coups de marteau. Etaient-ce les échos lointains des travaux de terrassement menés devant l'hôtel ou une simple gueule de bois ?

La nuit venue, étendu sur le grand lit de sa chambre, il crut percevoir une présence familière à son côté. Mais *elle* n'était pas là. Plus personne n'était là. Il rouvrit les yeux, désorienté.

La migraine lui taraudait les tempes. Des fenêtres ouvertes lui parvenait le murmure de l'océan. Les volets claquaient violemment contre le mur. *Bang ! Bang !* Chaque détonation le transperçait comme une balle. Avide de fraîcheur, il alla dans la salle de bains noyer sous le robinet ce bruit qui lui fêlait le crâne. Si seulement *elle* avait été là pour verser elle-même un long filet d'eau vive sur la souillure sanglante de son âme. Si seulement ces coups pouvaient cesser, cette sape insidieuse, ces *bang, bang, bang !*

Il sentit le dernier lien qui le retenait à son corps se dénouer et son esprit se libéra d'un coup.

L'obscurité l'enveloppa. Des ténèbres bienfaisantes, muettes, apaisantes, impénétrables. Le silence.

Quand il se réveilla, le jour n'était pas encore levé. Un calme si profond l'entourait qu'il ne sut ce qui l'avait ainsi arraché au sommeil. Il avait néanmoins l'impression très nette qu'il n'était plus seul dans la chambre.

Il s'assit sans faire de bruit. Il ne ressentait aucune peur, seulement une soif intense.

Lentement, il tendit le bras vers la lampe de chevet et actionna l'interrupteur.

La clarté électrique de l'ampoule l'aveugla momentanément. Quand ses yeux se furent accoutumés à la lumière, il s'aperçut que la pièce était vide.

Penaud, il se leva et entrouvrit les rideaux pour aérer un peu la chambre. L'aube ternissait la noirceur métallique des cieux. Les flots étaient sombres. Il se recoucha sur le lit moite, incapable de supporter le moindre drap sur sa peau nue.

L'espace d'un instant, il essaya d'évoquer le visage d'Emmy. Penser à elle suffisait d'ordinaire à l'exciter. Malgré toutes les splendides actrices et les superbes mannequins qu'il avait connues, Emmy demeurait sa figure fantasmatique de prédilection. Ils avaient vécu de tels moments ensemble…

Mais cette nuit-là encore, elle ne viendrait pas auprès de lui.

Aussi préféra-t-il passer en revue les souvenirs brumeux qui lui restaient des semaines précédentes. Il avait le sentiment que quelque chose d'important lui avait échappé. Un détail que son obsession pour *Flaming Forest* l'avait empêché de remarquer.

Cependant, malgré tous ses efforts, il se mit aussitôt à repenser à son film.

Une légère brise soulevait les rideaux et lui caressait le corps.

Alors, inopinément, il se prit à songer à Lark. Oui, nul doute que son angoisse était en rapport avec elle. Lorsque Dom l'avait appelé depuis la France, les inquiétudes de ce dernier l'avaient troublé sans qu'il en eût entièrement conscience. Sur le coup, l'anxiété de son frère lui avait même paru sans fondement.

Il se redressa contre l'oreiller et croisa les mains sous sa nuque. Il avait cru que Dom était jaloux de lui, ce qui l'avait amusé. Jusqu'alors, celui-ci avait tout de l'animal à sang-froid. Or, il s'était échauffé en un rien de temps au contact de cette inconnue surgie de nulle part, Lark Chandler.

L'inconnue surgie de nulle part…

On aurait dit le titre d'un film noir. Il se complut à y réfléchir un long moment.

Il repensa également à Penny. Il se reprochait encore ses malheurs. Dom n'avait pas tort de lui en vouloir. Il revoyait la jeune fille le considérer avec effroi après que Groome l'avait assommé, le soir du meurtre.

Cependant, son visage se brouilla et, à sa place, réapparut celui de Lark Chandler.

Qui était-elle ? D'où venait-elle ?

Et pourquoi diable avait-elle rédigé un synopsis qui devait immanquablement lui attirer l'inimitié de Groome ?

Jonny cilla pour essayer une nouvelle fois de retrouver les traits de Penny, ses grands yeux bleus… Mais ce furent encore ceux de Lark qui lui revinrent à la mémoire.

Il bondit soudain hors du lit : elles avaient les mêmes yeux ! Non seulement les mêmes yeux, d'ailleurs, mais aussi la même taille ! Les intonations de leurs voix trahissaient également une similitude perceptible, malgré l'accent anglais de Lark.

En outre, juste après la disparition de Penny, il avait entendu Groome affirmer à Susan que cette fuite ne le surprenait guère, la jeune fille étant selon lui « une menteuse, une voleuse et une traînée » — soit exactement le jugement ironique que Lark avait porté sur elle-même lorsqu'ils s'étaient connus à Londres. Ah ça ! Elle avait eu beau jeu, ensuite, de se prétendre chiromancienne et lui découvrir une « ligne de remords » au creux de la paume !

Il arpenta fébrilement la pièce.

« Oui, se dit-il, c'est l'évidence même. On accomplit

des miracles en chirurgie esthétique, de nos jours. Pas étonnant qu'elle soit dingue de Dom : elle l'était déjà à la ferme.

» Et maintenant, Groome connaît aussi la vérité. Il est parvenu à la démasquer. Mais le sait-elle au moins ? Il va la tuer. Voilà pourquoi il a cessé de me harceler. Il a finalement compris que j'étais aussi lâche qu'il le supposait, que jamais je ne prendrais le risque de compromettre ma carrière. Mais Penny, elle, n'est pas lâche. Elle s'est enfuie uniquement parce qu'elle était certaine de n'avoir aucune chance face à Groome. Et elle finira par obtenir justice. Oh, oui... »

La chambre s'illumina brusquement. L'aube ne durait pas longtemps dans ces contrées. Jonny s'habilla en toute hâte. Dom était-il au courant ? Naturellement. Il ne pouvait l'aimer sans savoir... Mais c'était tout de même possible, et dans ce cas, Penny se retrouverait seule pour affronter Groome.

Que projetait ce dernier ?

Jusqu'alors, Jonny avait préféré refouler le soupçon éveillé en lui par la demande de Miguel. Sur le moment, quatre invitations à l'avant-première lui avaient semblé un prix dérisoire à payer pour s'assurer le secret sur l'existence de Fairusa. Mais, désormais, son soulagement le cédait à l'inquiétude. Miguel s'était enquis de la présence de Lark à la réception. Se pouvait-il qu'il fût de mèche avec Groome ?

Oui, évidemment.

Jonny avait naguère résolu de ne plus jamais revenir à Los Angeles. Cette ville lui inspirait le dégoût le plus profond. Elle symbolisait pour lui un mélange ignominieux d'espoir et de désillusions, de richesse et de misère. Ainsi que la fin de sa carrière. Dès que s'ébruiteraient ses liens avec Fairusa, plus personne ne l'embaucherait à Hollywood.

Mais il lui fallait maintenant y retourner, pour Penny, pour réparer ses erreurs.

Sa vie était fichue. Son avenir bouché. Il n'avait plus d'argent, plus de travail. Emmy l'avait abandonné. Dans une quinzaine au plus, il devrait quitter cet hôtel de seconde zone où il avait cherché refuge. Il lui restait à peine de quoi reprendre l'avion pour Los Angeles.

Mais il y reviendrait quand même. Il y reviendrait pour prévenir Penny du danger qu'elle courait. Et il lui promettrait également qu'en cas de procès, il révélerait à la cour toute la vérité sur la mort de Violet Sumner.

Désormais, de toute manière, il n'avait plus rien à perdre.

83

Quelques années auparavant, Jonny avait aménagé dans le sous-sol de la résidence une salle de projection munie d'un grand écran. Après l'avoir décorée, Dom y avait disposé cinquante chaises ainsi que le projecteur contenant la copie de *Flaming Forest.*

Les invités commençaient à affluer. Aussi blasés fussent-ils, la plupart frémissaient d'excitation dans l'attente de l'événement. Tant de mystère et de controverse avaient entouré le tournage du film que presque toutes les personnalités de l'industrie cinématographique brûlaient de voir le produit final.

Lark avait revêtu une robe à paillettes bleu de nuit et accroché à ses oreilles les boucles en saphir et diamant que Jonny lui avait jadis offertes.

Elle était tendue.

— Du calme, lui murmura Dom. Justin ne peut rien te faire ici. De plus, je ne te quitterai pas de toute la soirée.

Ils accueillirent les invités main dans la main.

Justin Groome se présenta en compagnie d'un mannequin au sourire emprunté.

— Quelle foule, c'est formidable ! s'exclama-t-il. Lark, très chère, voici pour vous, en gage de mon respect et de mon amitié. Vous pouvez réaliser sur moi tous les documentaires que vous souhaitez — à condition, naturellement, que vous sachiez rester objective.

— Merci, répondit Lark en prenant la petite boîte enrubannée qu'il lui tendait.

— Veuillez m'excuser, mais je dois aller saluer quelques connaissances. A tout à l'heure.

Il s'éloigna au bras de sa beauté muette.

— Hé ! s'écria quelqu'un. Dom !

Comme ce dernier se retournait, Lark déposa le cadeau de Justin sur une table basse dans l'intention de l'ouvrir ultérieurement. La projection n'aurait lieu que deux heures plus tard. Du champagne et des petits-fours étaient d'abord proposés aux invités dans le séjour. Un buffet dînatoire ainsi que quelques discours de circonstance et une présentation sommaire du long métrage s'ensuivraient. Puis, après la projection, seraient servis le dessert et les cafés.

Un barman spécialement engagé pour l'occasion officiait près de la terrasse. Deux serveurs en frac présentaient sur des plateaux d'argent des champignons fourrés, des bouchées de crevettes à la rémoulade et des tartelettes au poulet.

Alors qu'il revenait vers Lark, Dom aperçut Emmy sur le seuil. Il s'approcha d'elle et la serra dans ses bras.

— Je suis heureux de te revoir.

Elle contempla l'assistance.

— Jonny n'est pas là ? s'enquit-elle.

— Non, pas encore. Emmy, voici Lark Chandler.

Curieusement, alors qu'elle serrait avec gravité la main de la jeune femme, Emmy sentit son anxiété monter d'un cran.

— Ravie de vous rencontrer, dit-elle.

Ses yeux se posèrent une nouvelle fois sur les invités.

— Bah ! marmonna-t-elle, je me tracasse sans doute pour rien…

Maintenant qu'elle se retrouvait dans cette splendide résidence, où elle avait jadis tant souffert de la solitude, il lui semblait incroyable d'imaginer que celle-ci pût servir de théâtre à un attentat terroriste.

Le séjour était bondé. Les nerfs à fleur de peau, Lark s'agrippait à la main de Dom.

— Mon Dieu, là-bas, c'est Miguel ! murmura-t-elle soudain. Il était avec Justin à Soubriquet.

— Comment diable est-il entré ici ? grommela Dom.

— Miguel Garcia y Reyes ? demanda Emmy.

— Je ne me rappelle pas son nom de famille, répondit Lark. C'est l'homme là-bas, près du bar. Vous le connaissez ?

— Oui. Il m'a récemment accordé un entretien pour un article sur l'Amazonie.

— Pourquoi est-il là ? reprit Dom. Qui l'a invité ?

Carl apparut alors dans l'entrée, pesamment appuyé sur une paire de béquilles.

— Vous êtes finalement venu ! s'écria Lark.

Elle l'embrassa affectueusement et le guida jusqu'au canapé.

— Je suis si contente que vous soyez des nôtres, Carl.

— Je te sers un verre ? s'enquit Dom.

— Oui, mon fils. Un peu d'eau, s'il te plaît.

Comme Dom se dirigeait vers le bar, Lark se leva brusquement et s'empressa de le rejoindre.

— Il y a quelque chose qui cloche, chuchota-t-elle.

— Quoi donc ? demanda Dom sur le même ton.

— Tu sais, le paquet que m'a donné Justin ? Eh bien, il vient à l'instant de le reprendre sur la table où je l'avais laissé.

— Ah bon ? Et où l'a-t-il mis ?

— Sur une étagère dans la salle à manger. Et si c'était…

— Une bombe ? Allons, Lark, dans ce cas, il se garderait bien de rester dans les parages.

— Justement, ajouta la jeune femme en lui désignant des yeux le député qui regagnait discrètement la sortie.

— Attends-moi là.

Dom fila comme l'éclair. Il rattrapa Groome et le saisit par le bras d'un air faussement bonhomme pour le ramener dans le séjour.

Le politicien en parut contrarié.

De son côté, Lark n'avait aucunement l'intention d'« attendre » comme le lui avait ordonné Dom. Elle réfléchit à toute vitesse. Si le cadeau contenait bien une sorte de machine infernale à retardement, à quel moment était-elle censée se déclencher ? A son ouverture ? A moins que le paquet ne recelât quelque substance mortelle, comme la pomme empoisonnée de la méchante sorcière !

Elle étouffa un rire hystérique. Voyant Carl l'interroger du regard, elle se rassit promptement à côté de lui.

— Vous allez bien, Lark ? Vous paraissez sur le point d'exploser.

— Pas moi, non, rétorqua-t-elle avec un sourire crispé.

Elle lui fit part de ses craintes. Il se rembrunit aussitôt.

— Vous avez un plan ?

— Oui, répondit-elle. Sortir ce paquet d'ici. Mais il faut que ce soit à l'insu de Groome.

— Je m'en charge.

— Comment comptez-vous procéder ?

— Je jetterai le cadeau au fond du jardin, dans la piscine. Qu'en pensez-vous ?

Lark hocha silencieusement la tête.

— Ça ira. Mais vous êtes déjà si fatigué…

— Et alors ? Dites-moi seulement où se trouve le paquet.

— Sur l'étagère, là-bas. Il est enveloppé dans du papier jaune.

Carl se leva sans mot dire et se rendit péniblement dans la salle à manger.

Une main s'abattit alors sur l'épaule de la jeune femme. Elle fit volte-face. Le frère de Dom la dévisageait d'un œil farouche.

— Jonny ! s'exclama-t-elle avec stupéfaction. Quelle surprise !

— Il fallait que je vienne, déclara-t-il d'une voix haletante. Au diable mon film et ma foutue réputation ! Vous êtes en danger. Je l'ai compris alors que j'étais seul au Mexique. Groome complote votre perte.

— Je sais. Il est venu avec une bombe.

— Non, je ne crois pas qu'il se servira d'une bombe. Je viens juste de parler avec Emmy. Nous pensons tous les deux que Miguel est résolu à voler les négatifs de *Flaming Forest* et, dans ce but, à vous prendre en otage. Il est de connivence avec Groome, j'en suis certain. Celui-ci lui a certainement demandé de vous… de t'éliminer au cours de l'opération, Penny.

Lark devint livide.

— Ainsi donc, vous savez, vous aussi…

— Oui, mais j'ai été sans doute le moins perspicace d'entre nous tous, n'est-ce pas ?

Lark parcourut des yeux l'assemblée bruyante et indistincte des invités. Dom n'était toujours pas revenu.

— Si jamais Miguel obtient les négatifs…, reprit-elle sur un ton affolé.

— Oublie ça, bon sang ! Nous devons sortir d'ici au plus vite.

— Jonny, écoutez-moi, je vous en prie. Le labo a été détruit par une explosion, toutes les épreuves du film sont parties en fumée. Nous n'en possédons en tout et pour tout qu'une seule copie. Nous ne pourrons jamais le distribuer !

Jonny blêmit, mais se ressaisit aussitôt.

— Nous verrons ça plus tard, répliqua-t-il stoïquement. Pour le moment, il faut d'abord penser à toi.

— Mais où donc est passé Groome ? Dom était avec lui et je…

— Allons, suis-moi.

— Mais où ?

— Peu importe. Loin d'ici. C'est toi, la cible des terroristes !

Ils se frayèrent un chemin à travers la foule bavarde des invités pour gagner le séjour dont les grandes portes-fenêtres ouvraient sur le jardin. Ils aperçurent alors Dom qui fixait l'étagère avec ahurissement.

— Il n'est plus là, murmura-t-il en relevant la tête.

Ils coururent à lui.

— Carl s'en est occupé, lui annonça Lark. C'était un leurre, Dom. Groome nous a bernés.

— Pour l'amour du ciel, fichons le camp ! hurla Jonny en les poussant dehors.

Dom parut enfin s'aviser de la présence de son frère.

— Mais qu'est-ce que… ?

Une violente détonation retentit alors dans le séjour.

— Oh, mon Dieu ! s'exclama Jonny en regardant vers la porte avec effroi. J'arrive trop tard !

Dom se retourna. Un homme s'approchait d'eux, revolver au poing.

— Et voilà, gémit Jonny, j'ai échoué encore une fois.

— Allez, vous autres, prononça le terroriste d'une voix rude, venez par là.

Il saisit Lark par le bras et l'entraîna dans l'autre pièce. Inquiets pour sa vie, les deux frères les suivirent.

Dans l'immense séjour, tous les invités s'étaient allongés face contre terre sous la menace des fusils, les mains croisées derrière la nuque — sauf Lark, que le terroriste confia à son chef. Miguel l'empoigna avec un sourire narquois et lui bloqua sans ménagement le bras dans le dos.

— Les négatifs, ordonna-t-il à Dom. Vite, ou je bute la fille !

— Le film est au sous-sol. Relâchez-la.

— Allez d'abord chercher les bobines. *Toutes* les bobines, compris ?

Dom lança un coup d'œil désemparé à la jeune femme, puis disparut dans l'escalier, un troisième terroriste sur les talons.

Emmy Elson était la seule à avoir gardé son sang-froid au milieu du chaos. Elle s'était silencieusement éclipsée à l'étage. Les invités étaient trop nombreux pour que les sbires de Miguel eussent remarqué sa fuite. De plus, elle connaissait parfaitement la maison. Elle se précipita dans la chambre de l'employée de maison pour appeler la police.

Le téléphone, hélas, avait été coupé. Les terroristes n'avaient pas commis l'erreur de le laisser branché. Ils avaient également dû neutraliser l'alarme qui protégeait les alentours de la propriété.

Il ne lui restait donc plus qu'à courir chez des voisins. Elle prit une profonde inspiration et se coula au bas de l'escalier de service qui débouchait sur l'arrière de la résidence. La nuit n'était toujours pas tombée — ce qui lui aurait facilité la tâche : bien que le soleil se fût déjà couché, le ciel était encore clair.

Espérant que les agresseurs seraient trop occupés par leurs otages pour surveiller le jardin, elle se glissa sous les rosiers et gagna l'abri d'un épais massif de bougainvillées.

Soudain, elle entendit une respiration haletante. Elle s'arrêta net. Elle aperçut alors un vieil homme muni de béquilles qui remontait péniblement le sentier menant à la résidence. Elle reconnut en lui l'un des invités de Dom.

— Psst ! fit-elle.

Carl la considéra avec étonnement.

— Il y a une prise d'otages à l'intérieur, le prévint-elle. Il vaut mieux que vous restiez à l'écart.

Carl se rapprocha d'elle.

— Je me doutais que ce n'était pas une vraie bombe, marmonna-t-il, mais j'ai quand même jeté le paquet dans la piscine.

— Je vais essayer d'avertir la police, poursuivit Emmy, sans chercher à comprendre. Cachez-vous ici en attendant.

— Non. Lark est en danger. Il faut que j'aille l'aider.

Quoique intriguée qu'il sût la jeune femme menacée, Emmy renonça, faute de temps, à lui demander de s'expliquer.

— Alors, bonne chance ! chuchota-t-elle. Je dois filer, maintenant.

Carl hocha la tête et repartit en direction de la maison.

Emmy contourna le portail de la propriété et longea le mur d'enceinte dans l'espoir de trouver un moyen de le franchir.

Elle avisa bientôt un oranger susceptible de l'aider dans cette tâche. L'instant d'après, elle se retrouvait à l'extérieur et dévalait la route sinueuse en direction de la résidence la plus proche.

84

Tandis que les otages attendaient anxieusement le retour de Dom, Jonny releva la tête et chercha Justin Groome du regard. Il vit bientôt ce dernier nonchalamment étendu derrière le canapé, à l'abri d'une éventuelle balle perdue.

C'était maintenant ou jamais, se dit-il. Si le monde devait apprendre la vérité, mieux valait la lui révéler sans tarder, alors que Lark était encore en vie.

— Je réclame la parole, s'exclama-t-il en se relevant lentement.

— A terre ! hurla un des terroristes en braquant son arme sur lui.

Jonny leva une main dans un geste théâtral.

— Je me recoucherai tout à l'heure, rétorqua-t-il. Il n'y a pas urgence, non ? Vous pourrez toujours me tuer après. Je vous demande seulement de me laisser m'exprimer.

Puis, ayant jeté un coup d'œil au visage blême de Lark :

— Lâchez-la, ajouta-t-il. Non seulement elle ne peut pas s'enfuir, mais en plus vous lui faites mal.

Pour toute réponse, Miguel resserra sa prise. Lark cria de douleur.

Jonny se redressa pour de bon. Malgré l'immobilité que gardaient les autres otages, il les devinait extrêmement tendus. Parfait, pensa-t-il, ils seraient d'autant plus attentifs.

— J'ai une information capitale à vous communiquer, poursuivit-il. Si Mlle Chandler est actuellement la proie de nos agresseurs, c'est sur la requête d'un homme qui se trouve en ce moment même parmi nous. Bas les masques, Justin Groome. Levez-vous et assumez enfin la responsabilité de vos actes !

— Espèce d'idiot, marmonna le député, ils vont vous tuer !

— Et alors ? répliqua Jonny avec hauteur. Il faut que tous sachent enfin qui vous êtes vraiment, député Justin Groome. Allons, debout... Debout, j'ai dit !

Le visage du politicien, déformé par la colère, apparut au-dessus du canapé. Certains des otages les plus audacieux tendirent légèrement le cou pour mieux le voir.

— Cet homme délire, grommela-t-il.

— Ah oui ? Eh bien, écoutez-moi tous. Il y a quatre ans de cela, notre honorable député a assassiné une femme et accusé ensuite une jeune innocente de ce meurtre. L'adolescente en question, poussée par le désespoir, s'enfuit à l'étranger et changea de traits comme de nom. Je fus complice de cette injustice. Groome me menaça des pires maux s'il me surprenait à parler. Car, voyez-vous, hormis cette jeune fille, j'étais le seul autre témoin du meurtre.

L'assistance émit un hoquet de stupeur.

Lark intervint alors, d'une voix sourde mais ferme :

— Cette jeune fille, c'était moi, dit-elle. Avant cette fatale soirée où Violet fut tuée, je m'appelais Penelope Houten. Depuis, j'ai pris une nouvelle identité ainsi qu'un nouveau visage pour me protéger de Groome. Il m'avait moi aussi menacée de mort. Mais il a fini par me retrouver et a déjà essayé une fois d'attenter à mes jours. Je suis sûre que Jonny a raison : cet ignoble individu est de mèche avec les terroristes.

Comme pour confirmer ses dires, Justin laissa alors échapper un cri rageur :

— Descends-la, Miguel ! Pour l'amour du ciel, règle-lui son compte !

— Le film d'abord, coupa ce dernier sur un ton implacable. La réussite de cette opération est à nos yeux plus importante que vos petites querelles personnelles.

— Nom de Dieu ! vociféra Justin en se redressant à son tour.

Prenant alors soudain conscience de la présence des autres otages, il parut chanceler et tenta de se ressaisir.

— Enfin, tout cela est absurde. Il doit y avoir un malentendu…

Carl choisit ce moment pour surgir derrière la grande fenêtre qui s'ouvrait dans le dos de Lark et de Miguel.

— Tu es un homme ambitieux, Justin, un homme ambitieux et influent…

Miguel se retourna d'un bond, le doigt sur la détente. Puis, avisant le vieillard décrépi qui venait de prendre la parole, il jugea préférable de reporter son attention sur Lark.

— Crois-tu cependant que tu pourrais commettre un nouveau meurtre impunément ?

— C'est toi qui me parles de meurtre ? rétorqua Groome. Toi qui as assassiné le mari de ta fiancée !

— Allons, tu sais mieux que moi ce qui s'est réellement passé.

— Va au diable !

— Vous n'êtes qu'une sale crapule, s'exclama Jonny, un maître chanteur !

— Non… non, répondit Groome en refrénant à grand-peine sa colère, vous ne comprenez rien à rien. Je suis entièrement dévoué à mon pays, je crois en ma mission, et les femmes et les hommes qui m'accordent leur suffrage me soutiennent. La vérité, la justice et la liberté ne sont pas pour moi de simples clichés destinés à m'attirer la faveur des électeurs. Ces principes ont à mes yeux une signification profonde, essentielle…

— C'est au nom de la vérité que vous m'avez imposé le silence ? le coupa Jonny.

— Et ce serait au nom de la justice que vous m'avez imputé la responsabilité du meurtre de Violet ? renchérit Lark.

Dom revint à cet instant dans le séjour, le canon d'un revolver sur la tempe, le regard furieux. Il rapportait avec lui les bobines de *Flaming Forest*.

— Jamais je n'ai exercé de chantage sur qui que ce soit, protesta Groome avec le plus grand sérieux. Quant à tuer quelqu'un, c'est une hypothèse encore plus insensée.

Il dévisagea chacun d'eux avec insistance. Miguel aboya une injonction en espagnol à ses compatriotes.

— Relâchez Lark, lui ordonna Dom.

— Donnez-nous le film, répliqua-t-il en lui désignant les bobines.

Carl était le seul à surveiller encore le député. Il le vit se crisper. Il franchit laborieusement l'appui de fenêtre et se glissa vers Lark.

— Relâchez-la, répéta Dom.

— Pas avant que nous ayons les bobines.

— Non, maintenant.

Miguel repoussa brusquement la jeune femme tout

en pointant sur elle le canon de son fusil. Elle hurla. Le coup de feu partit tandis que Carl plongeait brusquement en avant. Il reçut la balle en plein dos. Puis il s'effondra sur le sol.

Ce fut la panique générale. Les invités se relevèrent fébrilement pour se ruer vers la sortie. Dom laissa tomber les bobines et saisit Lark par le bras. Cette dernière se dégagea pour s'accroupir auprès de Carl.

— Ça va, Lark ? s'enquit le blessé.

Elle hocha la tête sans mot dire.

Les hurlements et les cris de la foule furent bientôt couverts par les sirènes de la police. Miguel et ses acolytes s'enfuirent pendant que Jonny s'empressait de récupérer la copie de son film.

— Carl ? chuchota Lark en serrant la main de son ami.

Il essaya de parler, mais ses yeux se fermèrent avant qu'il eût pu rouvrir les lèvres.

Dehors, les voitures de patrouille se garaient devant la résidence.

— Papa…, murmura Dom.

Le regard sec, Lark ne cessait de scruter le visage de Carl. Il paraissait simplement endormi.

Il était mort par sa faute, pensa-t-elle, tout comme Susan. Seigneur, comment tout cela avait-il pu arriver ?

Elle n'était pourtant pas une scélérate. Jamais elle n'avait souhaité tous les malheurs qu'elle avait provoqués autour d'elle. La faute en revenait à la fatalité ou, au pire, à son manque de discernement.

Le mal n'était pas un monstre ou un dragon. Ce n'était pas non plus un malin génie qui l'aurait occasionnellement tentée, incitée par exemple à voler la carte de crédit à l'hôpital ou à séduire le Français dans la discothèque de Soubriquet.

Non, le mal, elle le savait, échappait à toute morale. C'était un compagnon de tous les instants, un beau parleur aussi amical qu'assidu. Quand elle prenait place à la table du dîner, il s'asseyait à son côté. Quand elle parlait, il parlait aussi. Il vivait avec elle, en elle, dans la peine comme dans la joie.

— Lark… Lark…

Elle cligna des yeux pour s'arracher à ces sombres réflexions. Dom s'était penché vers elle.

— Laisse-moi tranquille, articula-t-elle sourdement.

— Tu n'y es pour rien.

— Il m'a sauvé la vie.

Dom voulut ôter sa main de celle de Carl. En vain.

— Lark, je t'en prie, la supplia-t-il d'une voix rauque.

Elle n'esquissa aucun mouvement.

Jonny posa les bobines sur une table et se campa devant le couple avec un air farouche.

— Où est passé Groome ? demanda-t-il.

— Je l'ai vu descendre l'allée en courant, répondit Dom en s'agenouillant près de la jeune femme. Mais il n'arrivera pas à s'échapper. Plus maintenant.

— Tant mieux.

Dom releva la tête.

— Jonny ?

— Ne t'inquiète pas, garantit ce dernier, comprenant son frère à demi-mot. Je témoignerai, au risque même de ruiner ma carrière. Voilà des années que j'aurais dû m'y résoudre.

— Nous retrouverons Fairusa, lui promit Dom. Nous prendrons soin d'elle.

— Merci.

Dom demeura silencieux un moment.

— Nous n'aurions pu rêver meilleure publicité pour le film, dit-il enfin. Si nous avions encore la possibilité de le distribuer en salles, ce serait le succès assuré.

— Bah ! fit Jonny avec une grimace de dégoût, mieux vaut l'oublier. Je lui ai déjà trop sacrifié. Et puis, je dois t'avouer que si les terroristes ont pu pénétrer ici, c'est grâce à moi.

— Nous en rediscuterons plus tard, l'interrompit Dom en se retournant vers Lark.

Emmy déboula alors dans la pièce et s'approcha de Jonny.

— Tu vas bien ?

Il hocha la tête et lui sourit.

— Joli coup, Em. Quand je t'ai aperçue en train d'escalader l'oranger, j'ai su que la cavalerie n'allait plus tarder à arriver.

— Je savais que tu te ressaisirais un jour ou l'autre, lui dit-elle avec gravité.

Il détourna la tête. Il ne pouvait encore affronter le jugement d'autrui. Après tout, il était le premier responsable de tout ce drame. C'était lui et lui seul qui avait gardé un silence coupable sur le crime de Justin. Il avait trop longtemps vécu en suivant un mauvais scénario.

Il se rendit sur la terrasse et contempla le jardin. La fontaine babillait dans l'obscurité. Il aurait bien voulu s'expliquer avec Emmy, mais c'était impossible. Son regard lui pesait trop. Il se sentait misérable.

Dom passa un bras autour des épaules de Lark.

— Il vaut mieux que j'aille m'entretenir avec la police afin d'en terminer au plus vite. Tu m'accompagnes ? Je n'ai pas envie de te laisser seule.

— Je ne crains plus rien, lui répondit-elle à voix basse. Justin ne peut plus compter que sur la clémence des jurés, désormais.

— Hmm, je sais. Mais j'aimerais quand même que tu viennes avec moi.

— Je te suis dans un instant, lui assura-t-elle sans quitter Carl des yeux.

Dom attendit.

— Allons, lève-toi, lui dit-il. S'il te plaît, Lark… J'ai besoin de toi.

Elle consentit enfin à lâcher la main de Carl. Dom la prit par la taille. Emmy vint à son tour les étreindre.

— Je tremble encore à l'idée que nous avons risqué de te perdre une nouvelle fois, chuchota Emmy à l'adresse de Lark.

— Et moi donc, marmonna Dom.

— C'est grâce à Carl que je suis encore vivante, fit remarquer Lark. Il s'est sacrifié pour moi.

— Mais qui était donc ce monsieur ? s'enquit Emmy. Nous nous sommes à peine entraperçus au jardin.

Le dos voûté et l'âme en peine, Jonny rentrait dans le séjour lorsque Dom répondit :

— Mon père.

— Carl ! s'exclama-t-il. Mais oui, bien sûr !

— C'est une longue histoire, reprit Lark, encore ébranlée. Je vous la raconterai plus tard, quand tout le monde sera parti. Vous restez avec nous, n'est-ce pas ?

Emmy hocha la tête et tendit la main à Jonny. Celui-ci hésita un instant avant de la serrer.

— Carl n'est d'ailleurs pas le seul héros de cette histoire, poursuivit Lark. Vous auriez pu également vous faire tuer, Jonny.

— Chaque individu est une énigme, tu sais, y compris pour lui-même. Toi, en tout cas, tu as su entretenir le mystère. Comme tu as dû rire de nous !

— Effectivement, convint Lark avec tristesse, c'était parfois amusant. Je me croyais souvent à une sorte de bal masqué. Notamment lorsque je vous ai revu à Londres.

Dom frémit.

— Amusant !

Lark se pressa contre lui avec un tendre sourire.

« Oui, songea-t-elle, le mal est une mascarade, un torrent, une étreinte sauvage. C'est une puissance, une entité. A l'instar des dieux anciens, il hante encore sinistrement l'esprit des hommes.

» Les divinités archaïques se sont bien réduites à des idoles de pierre, elles se sont éteintes, mais la tempête n'en demeure pas moins effrayante ni l'océan moins terrible. Et lorsque Pan est devenu un aimable joueur de flûte aux pieds caprins, la nature n'a pas cessé pour autant de nous étonner et de nous terroriser tour à tour.

» Le mal a pris aujourd'hui la figure d'un diable d'opérette. Soit.

» Mais alors, d'où naissent ces ténèbres qui obscurcissent parfois nos regards ? »

REMERCIEMENTS

Pour leur aide et leurs conseils, leur soutien, leur confiance, leurs encouragements, et la source d'inspiration qu'ils ont été pour moi, merci à Cynthia Cannell, Charlotte Carter, Jefferson Eliot, Jane Winslow Eliot, Alexander Eliot, Ron Gustavson, Mark Hardy, Beverly Hendricks, Jennifer Kellen, Sam Knapp, Eva Lewin, Randye Lordon, May Paddock, Adriana Reyneri, Perter Scibetta, Jill Sprecher, Thomas Stier, et Dr Barry Zide. J'aimerais aussi adresser des remerciements particuliers à mon agent Loretta Fidel et à mon éditeur Jennifer Weis.

des trois amis. Car Colin, toujours en vie, est prêt à tout pour détruire les seuls témoins de son crime…

Best-Sellers n°331 • roman

Au fil d'un été - Debbie Macomber

Le jour où Brad, son fiancé, lui annonce que, pour le bien de son fils, il accepte de donner une nouvelle chance à son ex-femme, de retour à Seattle, Lydia est désemparée. Pour surmonter cette épreuve, elle peut heureusement compter sur le soutien de ses nouvelles amies, membres de l'atelier de tricot qu'elle anime dans sa boutique de Blossom Street: Courtney, adolescente solitaire, Bethanne, épouse modèle qui se remet mal d'un divorce inattendu, et Elise, sexagénaire qui voit resurgir dans sa vie son ex-mari, vingt ans après leur rupture…

Best-Sellers n°332 • historique

La maîtresse du rajah - Rosemary Rogers

Angleterre, Jamaïque et Inde, 1888

Lady Madison Westcott, une jeune aristocrate rebelle, crée le scandale lors de son premier bal à Londres en dévoilant un autoportrait qui la représente nue. Pour tenter de sauver sa réputation, ses parents l'exilent à la Jamaïque, dans la plantation de lady Moran, la tante de la jeune fille. Là, Madison noue d'emblée une relation orageuse avec l'énigmatique Jefford Harris, l'intendant de lady Moran. Mais, bientôt, des révoltes mettent l'île à feu et à sang. Contraints de fuir, tous trois se réfugient en Inde où lady Moran possède un somptueux palais. Eblouie, lady Madison est reçue à la Cour du rajah…

Best-Sellers n°333 • roman

Trahison - Erica Spindler

Lorsque, à 17 ans, Becky Lynn quitte sa bourgade natale du Mississippi, elle n'a qu'une idée en tête : fuir la misère, l'alcoolisme de son père, l'ignominie de ces riches adolescents qui l'ont violée en toute impunité. A Los Angeles, où elle se réfugie, elle réussit une ascension fulgurante : apprentie coiffeuse, mannequin, photographe de mode. De hasard en rencontre, son talent éclate, enfin reconnu. Jusqu'au jour où les révélations d'un homme surgi de son passé l'obligent à assumer la cruelle vérité…

Composé et édité par les
éditions Harlequin
Achevé d'imprimer en avril 2008

BUSSIÈRE
GROUPE CPI

à Saint-Amand-Montrond (Cher)
Dépôt légal : mai 2008
N° d'imprimeur : 80343 — N° d'éditeur : 13583

Imprimé en France